हिन्द पॉकेट बुक्स

वर्दी वाला गुण्डा

10 जून, 1955 को मेरठ में जन्मे वेद प्रकाश शर्मा हिंदी के लोकप्रिय उपन्यासकार थे। उनके पिता पं. मिश्रीलाल शर्मा मूलत: बुलंदशहर के रहने वाले थे। वेद प्रकाश एक बहन और सात भाइयों में सबसे छोटे हैं। एक भाई और बहन को छोड़कर सबकी मृत्यु हो गई। 1962 में बड़े भाई की मौत हुई और उसी साल इतनी बारिश हुई कि किराए का मकान टूट गया। फिर एक बीमारी की वजह से पिता ने खाट पकड़ ली। घर में कोई कमाने वाला नहीं था, इसलिए सारी ज़िम्मेदारी मां पर आ गई। मां के संघर्ष से इन्हें लेखन की प्रेरणा मिली और फिर देखते ही देखते एक से बढ़कर एक उपन्यास लिखते चले गए।

वेद प्रकाश शर्मा के 176 उपन्यास प्रकाशित हुए। इसके अतिरिक्त इन्होंने खिलाड़ी श्रृंखला की फिल्मों की पटकथाएं भी लिखी। *वर्दी वाला गुंडा* वेद प्रकाश शर्मा का सफलतम थ्रिलर उपन्यास है। इस उपन्यास की आजतक करोड़ों प्रतियाँ बिक चुकी हैं। भारत में जनसाधारण में लोकप्रिय थ्रिलर उपन्यासों की दुनिया में यह उपन्यास सुपर स्टार का दर्जा रखता है।

हिन्द पॉकेट बुक्स से प्रकाशित

लेखक की अन्य पुस्तकें

खेल गया खेल

सुहाग से बड़ा

सुपरस्टार

चक्रव्यूह

सभी दीवाने दौलत के

वर्दी वाला गुण्डा

वेद प्रकाश शर्मा

हिन्द पॉकेट बुक्स
पेंगुइन रैंडम हाउस इम्प्रिंट

हिन्द पॉकेट बुक्स

यूएसए। कनाडा। यूके। आयरलैंड। ऑस्ट्रेलिया। सिंगापुर
न्यू ज़ीलैंड। भारत। दक्षिण अफ्रीका। चीन

हिन्द पॉकेट बुक्स, पेंगुइन रैंडम हाउस ग्रुप ऑफ़ कम्पनीज़ का हिस्सा है, जिसका पता www.hindpocketbooks.com पर मिलेगा

पेंगुइन रैंडम हाउस इंडिया प्रा. लि.,
चौथी मंजिल, कैपिटल टावर 1, एमजी रोड,
गुरुग्राम 122002, हरियाणा, भारत

पेंगुइन
रैंडम हाउस
इंडिया

प्रथम संस्करण: तुलसी पॉकेट बुक्स द्वारा 1992 में प्रकाशित
प्रथम हिन्दी संस्करण हिन्द पॉकेट बुक्स द्वारा 2019 में प्रकाशित

10 9 8 7 6 5 4 3 2

इस पुस्तक में व्यक्त विचार लेखक के अपने हैं, जिनका यथासंभव तथात्मक सत्यापन किया गया है, और इस सम्बन्ध में प्रकाशक एवं सहयोगी प्रकाशक किसी भी रूप में उत्तरदायी नहीं हैं।

ISBN 9789353493554
मुद्रकः रेप्रो इंडिया लिमिटेड

www.penguin.co.in

MIX
Paper from responsible sources
FSC www.fsc.org
FSC® C047271

This is a legitimate digitally printed version of the book and therefore might not have certain extra finishing on the cover.

ॐ

वर्दी वाला गुण्डा

लाश ने आंखें खोल दीं।

ऐसा लगा जैसे लाल बल्ब जल उठे हों।

एक हफ्ता पुरानी लाश थी वह।

कब्र के अन्दर, ताबूत में दफन!

सारे जिस्म पर रेंग रहे गन्दे कीड़े उसके जिस्म को नोच-नोचकर खा रहे थे।

कहीं नरकंकाल वाली हड्डियां नजर आ रही थीं तो कहीं कीड़ों द्वारा अधखाया गोश्त लटक रहा था—कुछ देर तक लाश उसी 'पोजीशन' में लेटी लाल बल्ब जैसे नेत्रों से ताबूत के ढक्कन को घूरती रही।

फिर!

सड़ा हुआ हाथ ताबूत में रेंगा—मानो कुछ तलाश कर रहा हो—अचानक हाथ में एक खुखरी नजर आई और फिर लेटे-ही-लेटे उसने खुखरी से ढक्कन के पृष्ठ भाग पर जोर-जोर से प्रहार करने शुरू कर दिए।

कब्रिस्तान में ठक् ... ठक् ... की भयावह आवाज गूंजने लगी।

अंधकार और सन्नाटे का कलेजा दहल उठा।

मुश्किल से पांच मिनट बाद!

एक कच्ची कब्र की मिट्टी कुछ इस तरह हवा में उछली जैसे किसी ने जमीन के अन्दर से जोर लगाकर मुकम्मल कब्र को उखाड़ दिया हो।

कब्र फट पड़ी।

लाश बाहर आ गयी—शरीर पर कफन तक न था।

चेहरा चारों तरफ घूमा, लेकिन केवल चेहरा ही—गर्दन से नीचे के हिस्से यानी धड़ में जरा भी हरकत नहीं हुई—धड़ से ऊपर का हिस्सा

इस तरह घूमा था जैसे शेष जिस्म से उसका कोई सम्बन्ध ही न हो, चारों तरफ निरीक्षण करने के बाद चेहरा 'फिक्स' हो गया।

कब्रिस्तान में दूर-दूर तक कोई न था—हवा तक मानो सांस रोके सड़ी-गली लाश को देख रही थी—लाश कब्र से निकली, कब्रिस्तान पार करके सड़क पर पहुंची।

एकाएक हवा जोर-जोर से चलने लगी—मानो खौफ के कारण सिर पर पैर रखकर भाग रही हो और उसके वेग से लाश की हड्डियां आपस में टकराकर खड़खड़ाहट की आवाजें करने लगीं।

बड़ी ही खौफनाक और रोंगटे खड़े कर देने वाली आवाजें थीं वे मगर उन्हें सुनने या कब्र फाड़कर सड़क पर चली जा रही लाश को देखने वाला दूर-दूर तक कोई न था—विधवा की मांग जैसी सूनी सड़क पर लाश खटर-पटर करती बढ़ती चली गयी।

कुछ देर बाद वह दयाचन्द की आलीशान कोठी के बाहर खड़ी आग्नेय नेत्रों से उसकी बुलन्दियों को घूर रही थी—उसने दांत किटकिटाये, नरकंकाल जैसी टांग की ठोकर लोहे वाले गेट पर मारी।

जोरदार आवाज के साथ गेट केवल खुला नहीं बल्कि टूटकर दूर जा गिरा—खटर-पटर करती लाश लॉन के बीच से गुजरकर इमारत के मुख्य द्वार पर पहुंची—पुनः दांत किटकिटाकर जोरदार ठोकर मारी, दरवाजा टूटकर अन्दर जा गिरा।

लाश हॉल में पहुंची!

चारों तरफ अंधेरा था।

''क-कौन है?'' एक भयाक्रांत आवाज गूंजी—''कौन है वहां?''

''लाइट ऑन करके देख दयाचन्द!'' नरकंकाल के जबड़े हिले—''मैं आया हूं!''

''क-कौन?'' इस एकमात्र शब्द के साथ 'कट' की आवाज हुई।

हॉल रोशनी से भर गया।

और!

एक चीख गूंजी।

दयाचन्द की चीख थी वह!

लाश ने अपना डरावना चेहरा उठाकर ऊपर देखा।

दयाचन्द बॉल्कनी में खड़ा था—खड़ा क्या था, अगर यह लिखा जाये तो ज्यादा मुनासिब होगा कि थर-थर कांप रहा था वह—लाश को

देखकर घिग्घी बंधी हुई थी—आंखें इस तरह फटी पड़ी थीं मानो पलकों से निकलकर जमीन पर कूद पड़ने वाली हों जबकि लाश ने उसे घूरते हुए पूछा—''पहचाना मुझे?''

''अ-असलम!'' दयाचन्द घिघिया उठा—''न-नहीं—तुम जिन्दा नहीं हो सकते।''

''मैंने कब कहा कि मैं जिन्दा हूं?''

''फ-फिर?''

''कब्र में अकेला पड़ा-पड़ा बोर हो रहा था—सोचा, अपने यार को ले आऊं!''

''तुम कोई बहरूपिये हो।'' दयाचन्द चीखता चला गया—''खुद को असलम की लाश के रूप में पेश करके मेरे मुंह से यह कुबूलवाना चाहते हो कि असलम की हत्या मैंने की थी।''

''वाह! मेरी हत्या और तूने?'' लाश व्यंग्य कर उठी—''भला तू मेरी हत्या क्यों करता दयाचन्द—दोस्त भी कहीं दोस्त को मारता है और फिर हमारी दोस्ती की तो लोग मिसाल दिया करते थे—कोई स्वप्न में भी नहीं सोच सकता कि दयाचन्द असलम की हत्या कर सकता है।''

''तो फिर तुम यहां क्यों आये हो?'' दयाचन्द चीख पड़ा—''कौन हो तुम?''

''कमाल कर रहा है यार—बताया तो था, कब्र में अकेला पड़ा-पड़ा बोर ...।''

''तू इस तरह नहीं मानेगा हरामजादे!'' खौफ की ज्यादती के कारण चीखते हुए दयाचन्द ने जेब से रिवॉल्वर निकाल लिया, गुर्राया—''बोल ... कौन है तू?''

जवाब में चेहरा ऊपर उठाये लाश खिलखिलाकर हंस पड़ी—कोठी में ऐसी आवाज गूंजी जैसे खूनी भेड़िया थूथनी उठाये जोर-जोर से रो रहा हो।

भयाक्रांत होकर दयाचन्द ने पागलों की मानिन्द ट्रेगर दबाना शुरू कर दिया।

धांय ... धांय ... धांय!

गोलियों की आवाज दूर-दूर तक गूंज गयी।

मगर आश्चर्य!

उसके रिवॉल्वर से निकली कोई गोली लाश का कुछ न बिगाड़ सकी।

सभी गोलियां उसके जिस्म के आर-पार होकर हॉल की दीवारों में जा धंसीं—नरकंकाल थूथनी ऊपर उठाये भयानक अंदाज में ठहाके लगा रहा था।

रिवॉल्वर खाली हो गया। हंसना बन्द करके लाश ने दांत किटकिटाये—खौफनाक किटकिटाहट सारे हॉल में गूंज गई, जबड़े हिले—''मुझे दुबारा मारना चाहता है दयाचन्द—तू भूल गया, दो बार कोई नहीं मरा करता।''

दयाचन्द के होश फाख्ता हो गए।

जुबान तालू से जा चिपकी।

जड़ होकर रह गया वह, हिल तक नहीं पा रहा था।

''मैं आ रहा हूं दयाचन्द!'' इन शब्दों के साथ लाश उस जीने की तरफ बढ़ी जो हवा में इंग्लिश के अक्षर 'जैड' का आकार बनाता हुआ बॉल्कनी तक चला गया था।

दयाचन्द उसे खट् ... खट् ... करते सीढ़ियां चढ़ते देख रहा था—दिमाग चीख-चीखकर कह रहा था कि लाश उसे मार डालेगी, उसे भाग जाना चाहिए और वह चाहता भी था कि भाग जाए मगर ... शरीर दिमाग का आदेश नहीं मान रहा था—भागना तो दूर, जिस्म के किसी हिस्से को स्वेच्छापूर्वक जुम्बिश तक नहीं दे पा रहा था वह।

मानो किसी अदृश्य ताकत ने जकड़ रखा हो।

खट् ... खट् ... करती लाश जीना चढ़कर बॉल्कनी में आ गई।

उसके ठीक सामने—बहुत नजदीक पहुंचकर रुकी, जबड़े हिले—''तुझे कितनी बड़ी गलतफहमी थी दयाचन्द कि मेरा मर्डर करने के बाद सारी जिन्दगी सलमा के साथ 'ऐश' कर सकेगा—देख, मैं आ गया—अब तुझे दुनिया की कोई ताकत नहीं बचा सकती।''

जाने क्या जादू हो गया था?

दयाचन्द की हालत ऐसी थी जैसे खड़ा-खड़ा सो गया हो।

लाश ने अपने सड़े-गले हाथ उठाकर उसकी गर्दन दबोच ली—विरोध करने की प्रबल आकांक्षा होने के बावजूद वह कुछ न कर सका—यहां तक कि लाश ने उसकी गर्दन दबानी शुरू कर दी।

सांस रुकने लगी—चेहरा लाल हो गया, आंखें उबल आयीं।

''न-नहीं ... नहीं!'' पुरजोर शक्ति लगाकर वह चीख पड़ा, मचल उठा—उसके अपने दोनों हाथ उसकी गर्दन दबा रहे थे।

चेहरा पसीने-पसीने हो रहा था।

गर्म रेत पर पड़ी मछली की मानिन्द बिस्तर पर तड़प रहा था वह।

घबराकर उठा, कमरे में नाइट बल्ब का प्रकाश बिखरा हुआ था—असलम की लाश कहीं न थी।

''सीधे सवाल का सीधा जवाब दे!'' इंस्पेक्टर देशराज ने खतरनाक स्वर में पूछा—''तूने असलम की हत्या क्यों की?''

''मेरे उसकी पत्नी से ताल्लुकात थे।''

''ओह!'' देशराज के चेहरे पर मौजूद खतरनाक भाव चमत्कारिक ढंग से व्यंग्यात्मक भावों में तब्दील हो गए—''और यह भेद असलम पर खुल गया होगा?''

''अगर मैं उसे न मारता तो वह मुझे मार डालता।''

''ऐसा क्यों?''

''उस रात असलम जबरदस्ती मुझे अपने घर ले गया था—वहां जाकर पता लगा उसने न केवल कोठी के सभी नौकरों को छुट्टी पर भेजा हुआ है, बल्कि सलमा को भी उसके मायके भेज रखा है।''

''सलमा ... यानी उसकी बीवी, तेरी माशूक?''

''हां!''

''इन्वेस्टीगेशन के वक्त मैंने उसे देखा था—इतनी खूबसूरत तो नहीं है वह, तू मरा भी किस पर—उससे लाख गुना लाजवाब चीज तो उसकी नौकरानी है—क्या नाम है उसका—हां, शायद छमिया!''

दयाचन्द चुप रहा।

''खैर, पुरानी कहावत है—दिल आया गधी पर तो परी क्या चीज है—आगे बक!''

''उसने अपनी बीवी के नाम लिखे मेरे सारे लैटर सामने रख दिये—कहने लगा, मैंने दोस्ती की पीठ में छुरा घोंपा है और अब वह मेरे सीने में छुरा घोपेगा—इन शब्दों के साथ उसने जेब से चाकू निकाल लिया—मुझ पर हमला किया ...।''

''हाथापाई में चाकू तेरे हाथ लग गया—तूने उसका काम तमाम कर दिया।'' इंस्पेक्टर देशराज ने व्यंग्यात्मक स्वर में बात पूरी कर दी।

''हां!''

''और अब तुझे एक हफ्ते से हर रात अजीब-अजीब सपने दिखाई दे रहे हैं... कभी मैं तुझे तेरे हाथों में हथकड़ियां पहनाता नजर आता हूं, तो कभी तू खुद को फांसी के फन्दे पर झूलता पाता है, पिछली रात तो असलम की लाश ही कब्र फाड़कर तेरी गर्दन तक पहुंच गई?''

''हां इंस्पेक्टर साहब, मैं तब से एक क्षण के लिए भी शांति की सांस नहीं ले पाया हूं।''

''इतने ही मरियल दिल का मालिक था तो हत्या क्यों की?''

''अगर मालूम होता, किसी की हत्या कर देना खुद मर जाने से हजार गुना ज्यादा दुःखदायी है तो ये सच है इंस्पेक्टर साहब, मैं खुद मर जाता मगर असलम की हत्या न करता—मैं तो ख्वाब में भी नहीं सोच सकता था कि ऐसे-ऐसे ख्वाब दीखेंगे।''

''तुझे थाने में आकर मुझे यह सब बताने में डर न लगा?''

''लगा तो था मगर...''

''मगर?''

''आपने असलम की फैक्ट्री के एक ऐसे यूनियन लीडर को डकैती के इल्जाम में फंसाकर जेल भिजवा दिया था जिसके कारण फैक्ट्री में आये दिन हड़ताल हो जाती थी।''

''फिर!''

''उन्हीं दिनों मेरी असलम से बात हुई थी—उसका कहना था आपने उसे आश्वस्त कर दिया था कि कोई भी, कैसा भी काम हो—आप अपनी फीस लेकर कर सकते हैं।''

''फीस बताई थी उसने?''

''हां।''

''क्या?''

''कह रहा था आपने पच्चीस हजार लिए।''

''और तू यह सोचकर अपनी करतूत बताने चला आया कि मैं अपनी फीस लेकर तेरी मदद कर दूंगा?''

''सोचा तो यही था इंस्पेक्टर साहब—अब आप मालिक हैं, जैसा चाहें करें—मुझे असलम की हत्या के जुर्म में पकड़कर जेल भेज दें या ...।''

दयाचन्द ने जानबूझकर वाक्य अधूरा छोड़ दिया।

देशराज उसे घूरता हुआ गुर्राया—''या?''

''या मेरी मदद करें।''

''वो यूनियन लीडर को डकैती के इल्जाम में फंसाने जैसा मामूली मामला था—एक डकैत की चमड़ी उधेड़कर उससे कहलवा दिया कि डकैती में लीडर भी उसके साथ था—बस—काम बन गया। मगर ये मामला बड़ा है, हत्या का किस्सा है!''

''सोच लीजिए साहब, मैं मुंहमांगी फीस दे सकता हूं।''

गुर्राकर पूछा उसने—''क्या मदद चाहता है?''

''यह तो आप ही बेहतर समझ सकते हैं।''

''तुझे बुरे-बुरे ख्वाब चमकते हैं, मैं भला उन ख्वाबों को कैसे रोक सकता हूं?''

''असलम की हत्या के जुर्म में किसी और को फंसा दीजिए, मुझे ख्वाब चमकने बन्द हो जाएंगे।''

''किसे फंसा दूं, तेरी नजर में है कोई?''

सटपटा गया दयाचन्द, मामले पर इस नजरिये से विचार नहीं किया था उसने, बोला—''इस बारे में तो अभी कुछ सोचा नहीं साहब।''

''नहीं सोचा तो सोच, या रुक... मैं ही कुछ सोचता हूं।'' कहने के बाद देशराज ने एक सिगरेट सुलगा ली और सचमुच सोच में डूब गया।

दयाचन्द खुश था।

इंस्पेक्टर ने वही रुख अपनाया था जो सोचकर वह वहां आया था—अब उसे जरा भी डर नहीं लग रहा था—समझ सकता था कि इंस्पेक्टर कोई-न-कोई रास्ता निकाल लेगा और उस वक्त तो उसकी आशायें हिलोरें लेने लगीं जब सोचते हुए इंस्पेक्टर की आंखें जुगनुओं की मानिन्द चमकते देखीं, प्रसन्न नजर आ रहा इंस्पेक्टर बोला—''काम हो गया!''

''हो गया?'' दयाचन्द उछल पड़ा।

''चाकू कहां है?'' देशराज ने पूछा।

''कौन-सा चाकू?''

''अबे वही, जिससे तूने असलम का क्रिया-कर्म किया था?''

दयाचन्द ने थोड़ा हिचकते हुए बताया—''म-मैंने अपनी कोठी के लॉन में दबा रखा है।''

''खून से सने कपड़े?''

''वे भी।''

''तेरा काम हो जायेगा दयाचन्द, फीस एक लाख!''

''ए-एक लाख?''

''बिच्छू के काटे की तरह मत उछल—आंय-बांय गाने की कोशिश की तो टेंटवा पकड़कर इसी वक्त हवालात में ठूंस दूंगा—भगवान भी नहीं बचा सकेगा तुझे, सीधा फांसी के तख्ते पर पहुंचेगा।''

''म-मुझे मंजूर है।''

''तो जा, एक लाख लेकर आ।''

''प-पचास लाता हूं, पचास काम होने के ...।''

''जुबान को लगाम दे दयाचन्द।'' देशराज उसकी बात काटकर गुर्राया—''मैं कोई गुण्डा नहीं हूं जो आधा काम होने से पहले और आधा काम होने के बाद वाली 'पेटेन्ट' शर्त पर काम करूं—मेरे द्वारा काम को हाथ में लिये जाने को ही लोग पूरा हुआ मान लेते हैं।''

''म-मैंने भी मान लिया साहब।'' दयाचन्द जल्दी से बोला—''मैंने भी मान लिया।''

''हवलदार पांडुराम!''

''यस सर!'' हवलदार सावधान की मुद्रा में खड़ा हो गया।

''उस दिन छमिया के बारे में क्या कह रहा था तू?''

''किस दिन साब?''

''जिस दिन असलम सेठ का मर्डर हुआ था और हम इन्वेस्टीगेशन के सिलसिले में उसकी कोठी पर गए थे।''

''ओह, आप उस नौकरानी की बात कर रहे हैं?''

''हां।''

''उसके बारे में न ही सोचें तो बेहतर होगा साब, मैंने उस दिन भी कहा था—आज फिर कहता हूं, या तो सतयुग में सावित्री हुई थी या कलयुग में छमिया हुई है—हद दर्जे की पतिव्रता है वह, हाथ फिरवाने की बात तो दूर, अपने पति के अलावा किसी की तरफ देखती तक नहीं।''

''तुझे कैसे मालूम?''

''मैं ट्राई मार चुका हूं साब, साली ने ऐसा झांपड़ मारा कि याद भी आ जाता है तो गाल झनझनाने लगता है।''

''क्या नाम है उसके आदमी का?''

''गोविन्दा।''

''तो चल, ड्राइवर से जीप निकलवा—ये साले ऊपर वाले बहुत कहते रहते हैं कि मैं कोई केस हल नहीं करता।'' देशराज ने कहा—''आज हम असलम मर्डर केस को हल करने का कीर्तिमान स्थापित करेंगे।''

''म-मेरे कमरे में?'' गोविन्दा चकराया—''मेरे कमरे में आपको क्या मिलेगा साब?''

''हरामजादे ... हमसे जुबान लड़ाता है?'' दहाड़ने के साथ देशराज ने उसके गाल पर जो चांटा मारा, वह इतना जोरदार था कि हलक से चीख निकालता हुआ गोविन्दा लॉन में जा गिरा, देशराज पुनः दहाड़ा था—''सरकारी काम में बाधा डालने की कोशिश करता है साले?''

सारे नौकर कांप गए।

छमिया चीखती हुई लॉन पर पड़े गोविन्दा से जा लिपटी, पलटकर इंस्पेक्टर से बोली—''इन्हें क्यों मार रहे हो इंस्पेक्टर साब?''

''मारूं नहीं तो क्या आरती उतारूं इसकी?'' देशराज गुर्राया—''हमें अपने कमरे की तलाशी लेने से रोकना चाहता है उल्लू का पट्ठा।''

सहमे हुए गोविन्दा ने अपने मुंह से बहता खून साफ किया।

छमिया बोली—''ये रोक कहां रहे थे, इतना ही तो कहा था कि हमारे कमरे से आपको क्या मिलेगा?''

''अगर ज्यादा जुबान-जोरी की तो खाल में भूसा भर दूंगा—इस हवा में रही तो धोखा खायेगी कि औरत होने के कारण बच सकती है!''

छमिया चुप रह गयी—बड़ी-बड़ी आंखों में सहमे हुए भाव लिये देशराज की तरफ देखती भर रही—इसके अलावा कर भी क्या सकती थी वह?

कोई भी क्या कर सकता था?

सारे नौकर, सलमा और देशराज के साथ आये पुलिसियों के अलावा वहां कोई न था—एकाएक देशराज ने हवलदार से कहा—''देख क्या रहा है पांडुराम, इसके कमरे की तलाशी ले।''

''यस सर!'' कहने के साथ वह मशीनी अंदाज में लॉन के उस पार एक पंक्ति में बने सर्वेन्ट्स क्वार्टर्स की तरफ बढ़ गया, मदद हेतु सिपाही भी पीछे लपका।

''आइये सलमा जी।'' कहने के साथ देशराज भी उस तरफ बढ़ा।

सलमा उसके पीछे थी।

खामोश!

उसके पीछे नौकर थे, सभी डरे-सहमे।

गोविन्दा और छमिया भी।

गोविन्दा ने अपनी चाल तेज की, सलमा के नजदीक पहुंचकर फुसफुसाया—''आप कुछ कीजिए न मालकिन, मालिक के सामने कोई पुलिस वाला हमसे ऐसा व्यवहार नहीं कर सकता था।''

''मैं क्या कर सकती हूं?'' सलमा इतनी जोर से बोली कि आवाज

देशराज के कानों तक पहुंच जाये—''इंस्पेक्टर साहब को तुम पर शक है।''

''क्या शक है हम पर?'' गोविन्दा के रूप में मानो ज्वालामुखी फट पड़ा—''क्या ये कि मालिक को हमने मार डाला—हमने ... जो उन्हें देवता समझता था—जो उनके चरण धोकर पानी पीता था—जरा सोचो मालकिन, क्या मालिक की हत्या हम करेंगे—हम।''

''ज्यादा नाटक किया तो जबड़ा तोड़ दूंगा उल्लू के पट्ठे।'' देशराज गुर्राया—''सारी जिन्दगी मैंने तेरे ही जैसे मालिक-भक्त नौकर देखे हैं।''

बेचारा गोविन्दा!

कर भी क्या सकता था?

और फिर!

एक पुराने सन्दूक की तलाशी ले रहे पांडुराम के मुंह से निकला—''मिल गए साब।''

''क्या?'' देशराज तेजी से उसकी तरफ लपका।

''खून से सने कपड़े, ये देखिये!'' कहने के साथ जो उसने खून से सना गोविन्दा का कुर्ता उठाकर हवा में लहराया तो एक चाकू उसमें से निकलकर जमीन पर गिर पड़ा।

पांडुराम ने कुर्ता छोड़कर उसे उठाने के लिए हाथ बढ़ाया ही था कि देशराज चीख पड़ा—''नहीं पांडुराम, चाकू को छू मत—इस पर अंगुलियों के निशान होंगे।''

पांडुराम ठिठक गया।

सभी अवाक्!

गोविन्दा और छमिया की रूह कांप रही थी।

''क्यों बे!'' इन शब्दों के साथ देशराज गोविन्दा पर यूं झपटा जैसे बाज कबूतर पर झपटा हो—गोविन्दा के बाल पकड़ लिए उसने और पूरी बेरहमी के साथ घसीटता हुआ सन्दूक के नजदीक लाकर गर्जा—''ये क्या है?''

''म-मुझे नहीं मालूम—मैं सच कहता हूं इंस्पेक्टर साहब, मुझे कुछ नहीं मालूम ...।'' गोविन्दा दहाड़ें मार-मारकर गिड़गिड़ा उठा—''मुझे नहीं मालूम कि ये ...''

''ये कुर्ता और सन्दूक में पड़ी वह धोती क्या तेरी नहीं है?''

''य-ये कपड़े तो मेरे ही हैं साब, मगर मुझे ये नहीं मालूम कि इन पर खून कहां से लग गया—मैं सच कहता हूं, भगवान की कसम खाकर कहता हूं, मुझे नहीं मालूम।''

''और ये चाकू ... ये चाकू भी तेरा है?''

''न-नहीं साब, ये चाकू मेरा बिल्कुल नहीं है।''

''अब भी झूठ बोलता है हरामजादे?'' कहने के साथ देशराज ने उसके चेहरे पर जोरदार घूंसा मारा—एक चीख के साथ गोविन्दा खाट के पाये से जा टकराया।

छमिया ऐसे खड़ी थी जैसे लकवा मार गया हो।

देशराज नौकरों की तरफ पलटकर बोला—''देखा तुम लोगों ने—अपनी आंखों से देखा, इसके खून से सने कपड़े और चाकू इसके अपने सन्दूक से निकले—और फिर भी ये हरामी का पिल्ला कहता है इसे कुछ नहीं मालूम।''

''मैं सच कहता हूं इंस्पेक्टर साब।'' गोविन्दा तेजी से खड़ा होता हुआ बिलख पड़ा—''अगर मैं झूठ बोलूं तो अपनी छमिया का मरा मुंह देखूं—मुझे बिल्कुल नहीं मालूम कि ये चाकू मेरे सन्दूक में कहां से आ गया, मेरे कपड़ों पर खून कहां से लग गया?''

''हम सबको बेवकूफ समझता है गधे के बच्चे!'' कहने के साथ ही सरकार द्वारा पहनायी गयी भारी बट्ट वाली बैल्ट निकाल ली उसने और फिर जो पीटा है तो अंदाज ऐसा था जैसे इंसान को नहीं जानवर को मार रहा हो।

गोविन्दा की चीखें दूर-दूर तक गूंज रही थीं।

बचाता कौन?

नौकरों की आंखों में उसके लिये घृणा थी।

छमिया हतप्रभ।

सलमा के पैर पकड़कर गिड़गिड़ा उठा वह—''बचा लो मालकिन—मुझे बचा लो, सच कहता हूं—मैंने मालिक को नहीं मारा, भला मालिक की हत्या मैं क्यों करूंगा?''

बेचारा गोविन्दा!

काश, जानता कि वह भिखारी के पैरों में पड़ा भीख मांग रहा है।

''गड़बड़ तो नहीं हो जायेगी इंस्पेक्टर साहब?'' देशराज के सामने बैठे दयाचन्द ने आशंका व्यक्त की—''अदालत में कोई धुरन्धर वकील हमारी 'स्टोरी' के परखच्चे तो नहीं उड़ा देगा?''

"तेरे में सबसे बड़ी खराबी ये है दयाचन्द कि तू बोलता बहुत है—कोई धुरन्धर वकील क्या इसमें 'हींग' लगा लेगा—सलमा अदालत में गवाही देते वक्त कुबूल करेगी या नहीं कि उसने मुझे यानि इंस्पेक्टर देशराज को अपने खाविन्द और छमिया के अवैध सम्बन्धों के बारे में बताया था?"

"जरूर कुबूल करेगी, उससे मेरी बात हो चुकी है।"

"तेरी बात क्यों नहीं मानेगी वह, आखिर माशूक है तेरी और फिर आखिर तूने उसी की खातिर तो उसके खाविन्द को लुढ़काया है—खैर, स्टोरी ये है कि सलमा ने मुझे असलम और छमिया के नाजायज ताल्लुकात के बारे में बताया—तब मेरे दिमाग में यह बात आई कि कहीं यह भेद गोविन्दा को तो पता नहीं लग गया था—कहीं इसलिए तो असलम की हत्या नहीं हुई—पुष्टि करने के लिए उसके कमरे की तलाशी ली गई, सारे नौकर गवाही देंगे कि खून से सने कपड़े और चाकू उनके सामने गोविन्दा के सन्दूक से बरामद हुए—देंगे की नहीं?"

"देनी पड़ेगी, आखिर यह सच है।"

"उसके बाद काम करेगी फिंगर प्रिन्ट्स एक्सपर्ट की रिपोर्ट!" देशराज कहता चला गया—"उसे साफ-साफ लिखना पड़ेगा कि चाकू की मूठ पर गोविन्दा की अंगुलियों के निशान हैं।"

"क्या आप उस पर गोविन्दा की अंगुलियों के निशान ले चुके हैं?"

"अपना काम 'फिनिश' करने के बाद ही मैं यहां आराम से बैठा हूं।"

"ल-लेकिन चाकू की मूठ पर उसने अपनी अंगुलियों के निशान कैसे दिए?"

देशराज ने जोरदार ठहाका लगाया और दयाचन्द के सवाल का भरपूर आनन्द लूटने के बाद बोला—"लगता है तू कभी थर्ड डिग्री टॉर्चर से नहीं गुजरा?"

"म-मैंने तो कभी हवालात भी नहीं देखी इंस्पेक्टर साहब।"

"तभी ये बचकाना सवाल पूछ रहा है।"

"मैं समझा नहीं।"

"थर्ड डिग्री टॉर्चर एक ऐसे पकवान का नाम है दयाचन्द, जिसका स्वाद केवल वही जानता है जिसने उसे चखा हो, इसलिए तू ठीक से नहीं समझ सकता—बस इतना जान ले कि उसके दरम्यान अगर हम तुझसे अपना पेशाब पीने और मैला खाने के लिए भी कहेंगे तो वह तुझे करना पड़ेगा—ये तो एक चाकू पर गोविन्दा की अंगुलियों के निशान लेने जैसा मामूली मामला था।"

‘‘कहीं लैबोरेट्री में जांच के दरम्यान जांचकर्ता यह तो नहीं जान जायेंगे कि गोविन्दा के धोती-कुर्ते पर जो खून लगा है, वह असलम का नहीं है?’’ दयाचन्द ने दूसरी शंका व्यक्त की।

‘‘कैसे जाने जायेंगे—वे केवल खून का ग्रुप बताते हैं और उसके धोती-कुर्ते पर जो खून लगा है वह उसी ग्रुप का है जो असलम के खून का ग्रुप था—लगा है कि नहीं?’’

‘‘बिल्कुल लगा है, खून तो मैं खुद ही खरीदकर लाया था।’’

‘‘उसमें तूने कौन-सा तीर मार दिया, बाजार में हर ग्रुप का खून मिलता है।’’

‘‘फिर भी, आखिर कुछ काम तो किया ही है मैंने?’’ दयाचन्द कहता चला गया—‘‘गोविन्दा के कमरे से उसके कपड़े चुराना और फिर खून लगाकर चाकू सहित वापस सन्दूक में रखकर आना कम रिस्की काम नहीं था।’’

‘‘फांसी से बचने के लिए लोग आकाश-पाताल एक कर देते हैं और तू इतना मामूली काम करने के बाद सीना फुलाये घूम रहा है?’’

‘‘लेकिन गोविन्दा और छमिया तो हमारी स्टोरी की पुष्टि नहीं करेंगे?’’

‘‘अदालत ही नहीं, सारी दुनिया जानती है कोई मुल्जिम खुद को मुजरिम साबित करने वाली स्टोरी की पुष्टि नहीं करता। यह सवाल होता है पुख्ता गवाहों और सबूतों का—वह सब हमने जुटा लिये हैं—घर जा दयाचन्द, आराम से पैर पसार कर सो—अब असलम की लाश कब्र फाड़कर कभी तेरी गर्दन दबाने नहीं आएगी।’’

देशराज के ऑफिस में दाखिल होती डरी-सहमी छमिया ने पूछा—‘‘आपने रात के इस वक्त मुझे क्यों बुलाया है इंस्पेक्टर साब?’’

‘‘तेरा बयान लेना है।’’

‘‘व-वो आप दिन में ले चुके हैं ...।’’

‘‘तुझे दिन वाले और रात वाले बयान का फर्क नहीं मालूम?’’

‘‘ज-जी नहीं!’’

‘‘दरवाजा बन्द करके अन्दर से चटखनी चढ़ा दे।’’

छमिया चिहुंक उठी—‘‘क-क्यों?’’

''रात वाला बयान बन्द कमरे में लिया जाता है।''

''न-नहीं!'' छमिया ने सख्ती के साथ कहा—''मैं दरवाजा बन्द नहीं करूंगी, बयान लेना है तो ऐसे ही लो!''

देशराज भद्दे अंदाज में हंसा, बोला—''तू तो वाकई बावली है, बयान का मतलब ही समझकर नहीं दे रही—जरा सोच, अगर दरवाजा बन्द कर देगी तो मैं अकेला बयान लूंगा और खुला छोड़ दिया तो थाने में हवलदार है, कांस्टेबल और सिपाही हैं—सब के सब साले बयान लेने चले आएंगे।''

''तो क्या हुआ?'' छमिया ने मासूमियत के साथ कहा—''सबको बयान दे दूंगी!''

''अच्छा!'' देशराज ने जोरदार ठहाका लगाया—''सबको बयान दे देगी तू?''

''क्यों नहीं, जो सच है ...''

''बड़ी दरियादिल है।'' देशराज उसके भोलेपन का पूरा लुत्फ लूट रहा था—''लगता है पांडुराम साला झूठ बोल रहा था।''

''क-क्या कह रहे थे हवलदार साब?''

''कह रहा था कि तू अपने पति के अलावा किसी को बयान नहीं देती?''

''क-क्या मतलब?'' छमिया चौंकी—''आप कहना क्या चाहते हैं इंस्पेक्टर साब?''

''देख छमिया!'' देशराज ने उसे सीधी भाषा में समझाने का निश्चय किया—''तेरा खसम हत्या के जुर्म में फंस गया है और अब केवल मैं उसे बचा सकता हूं।''

''अ-आप ... कैसे?''

देशराज ने उसे घोलकर पी जाने वाले अंदाज में घूरा—सचमुच वह बला की खूबसूरत थी—गठा हुआ जिस्म, लम्बा कद—मासूम और माखन की मानिन्द चिकना मुखड़ा, बड़ी-बड़ी कजरारी आंखें और रसीले होंठ—छमिया के सम्पूर्ण जिस्म को टटोलती उसकी अश्लील नजरें पुष्ट वक्षस्थल पर स्थिर हो गईं, बोला—''क्योंकि मैंने ही उसे फंसाया है।''

''अ-आपने?'' छमिया उछल पड़ी।

''हां। मैं जानता हूं उसने असलम की हत्या नहीं की—जिसने की है, उसे भी जानता हूं—सुबह होते ही तेरे पति को छोड़कर उसे पकड़ सकता हूं।''

''तो फिर आपने उन्हें पकड़ा ही क्यों?''

पर्वत की चोटियों को घूरते हुए कहा उसने—''तेरी खातिर!''

''म-मेरी खातिर?''

''हां जानेमन, देखने मात्र से ही बड़ी रसीली नजर आती है तू—जैसे ही तुझ पर पहली नजर पड़ी, दिल में इच्छा उभरी—बगैर कपड़ों के तू कैसी नजर आती होगी—हवलदार से कहा—'तुझे चूसना चाहता हूं', वह बोला—भूल जाइए, आखिर वह पतिव्रता है—मर सकती है मगर अपने पति के अलावा किसी की तरफ देख तक नहीं सकती—उसी दिन सोच लिया था, मौका आने पर तेरी परीक्षा लूंगा—देखूं तो सही तू किस स्तर की पतिव्रता है और नतीजा सामने है—पतिव्रता वह कहलाती है जो अपना सर्वस्व लुटाकर भी पति की जान बचा ले और मैं ... मैं तो केवल तेरी बांहों में एक रात गुजारने का ख्वाहिशमन्द हूं।''

''हरामजादे ... कुत्ते!'' छमिया बिफर पड़ी—''होश में बात कर।''

तमतमा उठा देशराज, झटके के साथ कुर्सी से खड़ा होता हुआ गुर्राया—''पुलिस वाले से गालियों में मुकाबला करना चाहती है भूतनी की, इस तरह अपने उस उल्लू के पट्ठे पति को नहीं बचा सकती तू।''

''म-मैं तेरे मुंह पर थूकती हूं!'' छमिया चिल्ला उठी।

''ये थाना है छमिया और मैं यहां का थानेदार होता हूं।'' देशराज गुर्राता चला गया—''इंसान की बिसात क्या है—थाने में थानेदार को मनचाही करने से भगवान तक नहीं रोक सकता—चाहूं तो इसी वक्त तुझे जमीन पर पटककर बयान ले डालूं, मगर नहीं ... देशराज का विश्वास बलात्कार में नहीं है—अगर होता तो बहुत पहले मेरे द्वारा रौंदी जा चुकी होती—जो मजा रजामंदी में है वह बलात्कार में नहीं, तू खुद आगे बढ़कर मुझे अपनी बांहों में लेगी—ये पहाड़ जैसी चोटियां खुद मेरे मुंह में डालेगी तू।''

''म-मैं तेरी शिकायत करने एस.एस.पी. के पास जा रही हूं।'' कहने के साथ वह तेजी से दरवाजे की तरफ पलटी।

''जा—वहां भी जाकर देख ले! मगर जरा ये फोटो देखती जा।'' कहने के साथ देशराज ने दराज से ढेर सारे फोटो निकाल कर मेज पर डाल दिए।

भौंचक्की रह गयी छमिया, बड़ी-बड़ी आंखें विस्फारित अंदाज में फट पड़ीं।

प्रत्येक फोटो में वह अलग मर्द की अंकशायिनी बनी नजर आ रही थी, मुंह से केवल इतने ही शब्द फूट सके—''ये-ये फोटो?''

''ट्रिक फोटोग्राफी से तैयार किये गये हैं।'' इंस्पेक्टर नरपिशाच की मानिन्द हंसा—''मगर कोई ताड़ नहीं सकता—एस.एस.पी. तो क्या, उसका

बाप भी नहीं—गौर से देख इन्हें, दो फोटुओं में असलम के साथ नजर आ रही है—उसके साथ जिसे इसी जुर्म में तेरे पति ने मार डाला—अब जरा सोच, दिमाग पर जोर डाल मेरी बुलबुल कि इन फोटुओं के बूते पर मैं तुझे रंडी साबित कर सकता हूं कि नहीं?''

छमिया अवाक्!

''मेरे बारे में कहे जाने वाले तेरे किसी भी शब्द पर न एस.एस.पी. यकीन करेगा न खुद तेरा पति—इन फोटुओं को देखने के बाद वह भी तुझे रंडी समझेगा—अब बोल, मेरे द्वारा चूसी जाने के बाद सारी दुनिया की नजरों में सती-सावित्री बनी रहना चाहती है या यहां से बाहर जाकर दुनिया की नजरों में वेश्या बनना पसंद करेगी?''

छमिया जड़ होकर रह गयी, मुंह से बोल न फूट सका।

अधर कांप रहे थे।

देशराज जानता था कब, कौन से तीर का, क्या असर होता है। अतः थोड़े नर्म स्वर में बोला—''बावली मत बन छमिया—अपने बारे में न सही—गोविन्दा के बारे में सोच, तू उसे फांसी के फंदे से बचा सकती है।''

डबडबाई आंखों के साथ छमिया बहुत मुश्किल से पूछ सकी—''क्या तुम उन्हें सचमुच छोड़ दोगे?''

''बिल्कुल सच।'' देशराज की लार टपक गयी—''तेरी कसम!''

छमिया का कांपता हुआ हाथ दरवाजे की तरफ बढ़ा—पहले दरवाजा और फिर चटकनी बन्द कर दी उसने। काश! वह जान सकती कि गोविन्दा को छोड़ने का उसका कोई इरादा न था।

⅄

''पिताजी सो गये?'' कैप उतारकर कील पर टांगते हुए देशराज ने पूछा।

आंचल सम्भालती आरती ने कहा—''नींद कहां आती है उन्हें, सारी रात खांसते रहते हैं—मैंने दवा के लिए कहा तो बोले, 'दवा से बीमारियां ठीक होती हैं बहू, बुढ़ापे का इलाज नहीं हो सकता और यह खांसी, नींद न आना ... सब बुढ़ापे की निशानी हैं।''

''कल उन्हें जबरदस्ती डॉक्टर के पास ले जाना पड़ेगा।'' वर्दी के बटन खोलते हुए उसने कहा ही था कि फोन की घंटी घनघना उठी।

आरती ने तेजी से हाथ बढ़ाकर रिसीवर उठा लिया, बोली—''हैलो!''

''ब्लैक स्टार!'' दूसरी तरफ से उभरने वाला स्वर इतना सर्द था कि आरती के संपूर्ण जिस्म में सिरहन दौड़ गयी।

उसने जल्दी से माउथपीस पर हाथ रखा, बोली—''ब्लैक स्टार!''

''ब-ब्लैक स्टार?'' देशराज हकला गया।

''ज-जी।''

''खुद वही बोल रहा है?''

''हां।''

''ओह!'' देशराज का चेहरा बता रहा था कि उसके दिलो-दिमाग को भूकम्प ने घेर लिया है, फोन की तरफ इतनी तेजी से लपका जैसे जानता हो देर होते ही मौत के घाट उतार दिया जायेगा—माउथपीस में 'हैलो' कहते वक्त उसकी सांसें धौंकनी की मानिन्द चल रही थीं।

''सुना है तुमने असलम मर्डर केस हल कर लिया?''

''यस सर!'' देशराज मानो एस.एस.पी. को रिपोर्ट दे रहा था—''कातिल इस वक्त हवालात में है, सुबह होते ही कोर्ट में पेश कर दूंगा।''

''तुम्हें मालूम है न देशराज, हम ब्लैक स्टार बोल रहे हैं?''

''ज-जी!'' देशराज के सभी मसामों ने इस तरह पसीने की बाढ़ उगली जैसे डी.आई.जी. द्वारा रंगे हाथों हेराफेरी करता पकड़ा गया हो।

''हमें सारा किस्सा मालूम हो चुका है।'' मानो सांप फुंफकारा—''तुम अभी-अभी गोविन्दा की बीवी को रौंदकर घर पहुंचे हो।''

''ज-जरूर मालूम हो गया होगा सर।'' देशराज ऐसे गिड़गिड़ाया जैसे एक पुलिस इंस्पेक्टर को केवल आई.जी. के सामने गिड़गिड़ाना चाहिए—''म-मैं तो ख्वाब में भी नहीं सोच सकता था कि आपसे कुछ छुपा रह सकता है।''

लहजा कुछ और सर्द हो उठा—''तुम्हारी भलाई इसी में है ...।''

''क-क्या हुक्म है सर?'' सरकारी मुलाजिम किसी और के हुक्म का तलबगार था।

''असलम की हत्या के जुर्म में उसकी बीवी पकड़ी जानी चाहिए।'' सीधा और सपाट आदेश।

''ब-बीवी?'' देशराज उछल पड़ा—''यानि सलमा?''

''उसका यही नाम है।''

''म-मगर।'' देशराज बुरी तरह हकला रहा था—''ऐसा कैसे हो सकता है सर?''

''यह सोचना तुम्हारा काम है देशराज—एक थानेदार अगर इतना भी

नहीं कर सकता तो अपने जीवन में तरक्की क्या खाक करेगा? मगर नहीं, हमें पूरा विश्वास है कि तुम तरक्की वाले काम बखूबी कर सकते हो—जो शख्स दयाचन्द की जगह गोविन्दा को हत्यारा साबित कर सकता है, उसे भला दयाचन्द की माशूक को मुजरिम साबित करने वाले सबूत पैदा करने में कितनी देर लगेगी—याद रहे देशराज! सलमा के खिलाफ इतने पक्के गवाह और ठोस सबूत होने चाहिएं कि कोर्ट उसे फांसी से कम कुछ न दे सके, ऐसा हम चाहते हैं ... हम!'' अन्तिम शब्द 'हम' पर जोर देने के बाद संबंध विच्छेद कर दिया गया।

देशराज बुत बना खड़ा रह गया।

ऐंगेज की टोन उसके कान के पर्दे फाड़े डाल रही थी।

आरती ने पूछा—''क्या हुआ?''

''आं!'' वह चौंका, संभलकर बोला—''क-कुछ नहीं!''

''पहले भी कई बार कह चुकी हूं, बहुत खतरनाक खेल, खेल रहे हैं आप—ब्लैक स्टार से दूर रहें वर्ना किसी दिन ...।''

''तुम नहीं समझोगी।'' वर्दी के बटन बन्द करता हुआ वह कील पर टंगी कैप की तरफ बढ़ा।

आरती ने पूछा—''आप जा रहे हैं?''

''हां।'' वह दरवाजे की तरफ बढ़ा—''कुछ नहीं पता रात को किस वक्त लौट सकूंगा—कई बार कह चुका हूं, पिताजी के कमरे में लगा फोन का एक्सटेंशन इन्स्ट्रूमेन्ट हटा लो—घन्टी बजने से उनकी नींद खुलती होगी।''

''स-सॉरी!'' आरती ने कहा—''कल हटा लूंगी।''

⅄

''न-नहीं—ऐसा नहीं हो सकता।'' दयाचन्द के हलक से चीख निकल गई—''मैंने एक लाख दिए हैं, उन्हें डकारने के बाद तुम ऐसा नहीं कर सकते।''

''जुबान को लगाम दे दयाचन्द।'' देशराज गुर्राया—''मुझसे इस लहजे में बात करने की हिम्मत कैसे हुई?''

दयाचन्द सकपका गया, संभलकर नर्म स्वर में बोला—''कुछ तो ख्याल कीजिए इंस्पेक्टर साहब—मेरा काम करने की 'एवज' में आप एक लाख ले चुके हैं, ऐसा कहीं होता है कि पैसा लेकर काम न किया जाये?''

''किस काम का पैसा लिया था मैंने?''

‘‘गोविन्दा को फंसाने का।’’

‘‘भूल है तेरी—यह पैसा गोविन्दा को फंसाने के लिए नहीं—तुझे बचाने की खातिर लिया था, तेरे अलावा किसी भी अन्य को फंसाने के वादे पर लिया था—गोविन्दा को फंसाने का आइडिया भी मेरा था और अब ... सलमा को फंसाने का आइडिया भी मेरा है।’’

‘‘अगर वह एक लाख रुपया केवल मुझे बचाने का था, गोविन्दा को फंसाने का नहीं, तो ठीक है—सलमा को बचाने की कीमत बता दो, मैं भर दूंगा। मगर बने-बनाये प्रोग्राम में रद्दोबदल मत करो।’’

‘‘ओ.के.।’’ देशराज ने एक झटके से कहा—‘‘अपनी माशूका के लिए इतना ही मरा जा रहा है तो उसे बचाने की खातिर खुद को पेश कर दे।’’

‘‘ख-खुद को?’’ दयाचन्द हकला गया—‘‘क-क्या मतलब?’’

‘‘मतलब साफ है बेटे—तुझे पेश कर देता हूं कोर्ट में।’’

दयाचन्द का चेहरा इस कदर पीला पड़ गया जैसे एक ही झटके में सारा लहू निचोड़ लिया गया हो, घिघियाया—‘‘आखिर आपको हो क्या गया है इंस्पेक्टर साहब?’’

‘‘मुझे तुम दोनों में से एक चाहिए—जल्दी फैसला कर, खुद को पेश कर रहा है या अपनी माशूका को?’’

जड़ होकर रह गया दयाचन्द, मुंह से बोल न फूट रहा था।

‘‘तो चल!’’ देशराज ने उसकी कलाई थाम ली—‘‘तू ही चल!’’

‘‘न-नहीं!’’ दयाचन्द चीत्कार उठा—‘‘म-मुझसे बेहतर तो वही रहेगी।’’

‘‘गुड!’’ देशराज हंसा—‘‘समझदार आदमी को ऐसा ही फैसला करना चाहिए—माशूका का क्या है, एक ढूंढो हजार मिलती हैं और दो-चार तो बगैर ढूंढे ही मिल जाती हैं—खैर, अब तू एक नई स्टोरी सुन!’’

दयाचन्द किंकर्त्तव्यविमूढ़ अवस्था में खड़ा रहा।

देशराज ने उसकी अवस्था की परवाह किए बगैर कोर्ट के समक्ष पेश की जाने वाली स्टोरी शुरू की—‘‘पूछताछ के दरम्यान गोविन्दा बार-बार न केवल असलम की हत्या करने से इंकार करता रहा, बल्कि यह भी कहता रहा कि छमिया और असलम के बीच वैसा कोई संबंध न था जैसा सलमा ने कहा है, जबकि वैसा संबंध खुद सलमा और मालिक के दोस्त दयाचन्द के बीच था।’’

‘‘म-मेरा नाम?’’ दयाचन्द की तन्द्रा टूटी—‘‘त-तुम मेरा नाम भी घसीटोगे?’’

“तुझे घसीटे बिना स्टोरी नहीं बनेगी।”

दयाचन्द की जीभ को लकवा मार गया।

“भरपूर प्रयासों के बावजूद जब गोविन्दा यही कहता रहा तो मैं यानि इंस्पेक्टर देशराज यह सोचने पर विवश हो गया कि गोविन्दा कहीं सच तो नहीं बोल रहा है?” देशराज उसे समझाता चला गया—“और दिलो-दिमाग में सच्चाई का पता लगाने की ठानकर मैं उसी रात ... यानि आज की रात चोरों की तरह असलम की कोठी में पहुंचा—सलमा के कमरे की तलाशी में उसके नाम लिखे तेरे यानि दयाचन्द के प्रेम-पत्र मिले—मेरे जहन में सारी तस्वीर स्पष्ट हो गयी और वहां से सीधा यहां यानि तेरी कोठी पर आया—तेरे और सलमा के संबंधों के बारे में पूछताछ की, मगर तू मुकर गया और तब तक मुकरता रहा जब तक मैंने तेरे सामने सलमा के कमरे से बरामद प्रेम-पत्र नहीं रख दिये—उनकी मौजूदगी के कारण तू वास्तविकता कुबूल करने पर विवश हो गया और तुझे सारा गुनाह कुबूल करना पड़ा।”

“क-कैसा गुनाह!” दयाचन्द की आवाज अंधकूप से निकली।

“तूने मुझे बताया, तेरे और सलमा के बीच इश्क की कबड्डी पिछले एक साल से खेली जा रही थी और फिर सोलह जुलाई की सुबह असलम सेठ अपने कमरे में मृत पाया गया—उस वक्त तक तुझे भी नहीं मालूम था कि असलम की हत्या किसने की, सुन रहा है न?”

“स-सुन ही रहा हूं।” दयाचन्द के मुंह से काफी ताकत लगाने के बाद लफ्ज निकल पा रहे थे।

“सुन भी ले और समझ भी ले।” देशराज कहता चला गया—“बीस जुलाई की रात को सलमा तुझसे मिली और उसने बताया कि अपने पति की हत्या उसे इसलिए करनी पड़ी क्योंकि वह न केवल तेरे और उसके बीच खेली जा रही इश्क की कबड्डी के बारे में जान गया था, बल्कि प्रेम-पत्र भी उसके हाथ लग चुके थे और उस रात वह इतने गुस्से में था कि अगर सलमा उसे न मार डालती तो वह उसका क्रियाकर्म कर देता—सलमा ने तुझे यह सब बताने के बाद यह भी कहा कि असलम का मर्डर करने के बाद वह एक भी रात ठीक से सो नहीं पाई है—आंखें बन्द होते ही डरावने सपने दीखते हैं—तब तुम दोनों आपसी विचार-विमर्श के बाद इस नतीजे पर पहुंचे कि जब तक असलम की हत्या के जुर्म में कोई और न पकड़ा जाएगा, तब तक डरावने सपने सलमा का पीछा नहीं छोड़ेंगे और तब तुमने गोविन्दा को फंसाने की योजना कार्यान्वित की—सलमा ने असलम के खून से सना चाकू

और अपना सलवार-कुर्ता तेरे हवाले किया, गोविन्दा के क्वार्टर से उसके कपड़े तू खुद चुराकर लाया—ब्लड बैंक से असलम के ग्रुप का खून भी तू ही खरीदकर लाया, ब्लड बैंक वाले तेरे बयान की तस्दीक करेंगे—जब तू गोविन्दा के धोती-कुर्ते को ब्लड बैंक से लाए खून से तर करके और वास्तविक चाकू को उसके क्वार्टर में प्लान्ट कर चुका तो सलमा ने मुझे, यानि इंस्पेक्टर देशराज को, छमिया और अपने खाविन्द की मनघड़न्त प्रेम कहानी के बारे में बताया—कुछ देर के लिए मैं उसके जाल में फंस गया, गोविन्दा के क्वार्टर से चाकू और उसके खून से कपड़े भी बरामद किए।''

''इस तरह तो मैं भी फंस जाऊंगा इंस्पेक्टर साहब!'' दयाचन्द गिड़गिड़ा उठा—''साफ जाहिर है कि असलम का मर्डर करते वक्त सलमा भले ही अकेली थी, मगर बाद में गोविन्दा को फंसाने के मामले में मैं पूरी तरह उसके साथ था।''

''तुझे शायद यह नहीं मालूम कूढ़मगज कि कानून खुद सरकारी गवाहों को पनाह देता है, भले ही वे मुजरिम हों।''

''क्या मतलब?''

''यह सब बताने के पुरस्कार स्वरूप या तो अदालत तुझे माफ कर देगी या देगी भी तो प्रतीक स्वरूप थोड़ी-बहुत सजा सुनाकर छोड़ देगी, क्योंकि तेरी ही सशक्त गवाही के कारण अदालत सलमा के रूप में असलम सेठ के वास्तविक हत्यारे को सजा देने के महान कार्य को सम्पन्न कर पाएगी।''

एक बार फिर गिड़गिड़ा उठा दयाचन्द—''क-क्या मेरा नाम बीच में आये बगैर सलमा नहीं फंस सकती?''

''नहीं फंस सकती दयाचन्द—स्टोरी के साथ हमें कोर्ट में गवाह और सबूत भी पेश करने पड़ते हैं—तेरे प्रेम-पत्र, ब्लड बैंक से तेरे द्वारा ब्लड की खरीद और वास्तविक चाकू इसी स्टोरी पर फिट बैठते हैं। और फिर तू मरा क्यों जा रहा है, यकीन रख—सरकारी गवाह बनाने के बाद तू सुरक्षित हो जायेगा।''

''ल-लेकिन मेरे मुंह से यह सब सुनते ही अदालत में सलमा पागल हो उठेगी—वह चीख-चीखकर कहेगी कि मैं कोर्ट को ठीक उल्टी स्टोरी सुना रहा हूं—हकीकत ये है, कि असलम की हत्या मैंने की और वह केवल गोविन्दा को फंसाने में मददगार थी।''

सारे जमाने की धूर्तता की मीटिंग देशराज के चेहरे पर होने लगी, कुटिल मुस्कराहट के साथ कहा उसने—''सलमा के ऐसा कहते ही कोर्ट समझ

जायेगी कि असलम की हत्या का कारण तेरे और सलमा के अवैध संबंधों के अलावा और कुछ नहीं है—तब कोर्ट के सामने केवल यह जानना शेष रह जायेगा कि तू सच बोल रहा है या सलमा! और असलम के खून से सने सलमा के कपड़े साबित कर देंगे कि सच तू बोल रहा है क्योंकि खून उसी के कपड़ों पर लगता है जो मर्डर करे।''

''म-मगर सलमा के कपड़े?''

''उन्हें तू लायेगा—ये काम आज ही की रात करना है, उन्हें असलम के खून से सानना मेरे जिम्मे—सूरज निकलने से पहले सलमा गिरफ्तार हो जायेगी।''

''ल-लेकिन ...।''

''आंय-बांय गाने की कोशिश मत कर दयाचन्द—टाइम कम है, मैं थाने जा रहा हूं—सलमा के कपड़े लेकर तू वहीं पहुंच और याद रख, अगर नहीं पहुंचा तो सुबह होते ही हत्या के जुर्म में तू खुद को हवालात में पायेगा।''

ड्राइवर ने जोर से ब्रेक लगाकर जीप रोक दी।

देशराज की तंद्रा भंग हुई, बोला—''क्या हुआ?''

''सड़क के उस तरफ कुछ पड़ा है साब, शायद कोई लाश!''

''लाश?''

''हां साब—शायद लाश ही है, उस तरफ देखिए ...।'' कहने के साथ ड्राइवर ने बाईं तरफ वाले फुटपाथ की ओर इशारा किया—जीप की हैडलाइट सड़क पर सीधी पड़ रही थी—इसलिए फुटपाथ का दृश्य साफ तो नजर न आया मगर ऐसा आभास जरूर मिला कि वहां कुछ पड़ा है, देशराज ने आदेश दिया—''जीप तिरछी कर।''

ड्राइवर ने आदेश का पालन किया।

सचमुच लाश ही थी वह!

देशराज, पांडुराम और ड्राइवर के साथ जीप से निकलकर लाश के नजदीक पहुंचा।

वह किसी बूढ़े की लाश थी—जिस्म पर नीला कुर्ता, सफेद धोती और पैरों में जूतियां—किसी ने बड़ी बेरहमी से उसके चेहरे पर चाकू मारे थे—अगर यह कहा जाए तो गलत न होगा कि हत्यारे ने बूढ़े का समूचा चेहरा उधेड़ डाला था।

लाश पर मक्खियां भिनभिना रही थीं।

''हवलदार!'' देशराज ने घृणा से मुंह सिकोड़ा—''अगर हमने इस बुड्ढे की लाश की बरामदगी अपने इलाके से दिखाई तो साली एक मुसीबत जान को उलझ जाएगी—इसका पंचनामा करो, पोस्टमार्टम कराओ, शिनाख्त न होने पर श्मशान ले जाकर फूंकने की जहमत उठाओ।''

''शिनाख्त तो इसकी हो ही नहीं सकती साब!'' पांडुराम ने कहा—''क्रियाकर्म करने वाले ने साले के चेहरे की तिक्काबोटी अलग-अलग कर डाली है।''

''हमारे पास इसके हत्यारे की खोज में सिर खपाने का टाइम भी कहां है—और उधर अखबार वाले शोर मचाएंगे, अफसरान फिर कहेंगे देशराज के हलके में बहुत क्राइम हो रहे हैं और देशराज कुछ कर नहीं रहा।''

''फिर क्या करें साब?''

''सारी मुसीबतों से छुटकारा पाने का एक ही रास्ता है, इसे यहां से उठाकर बगल वाले थाने के हलके में फेंक आते हैं—इस मुसीबत को साले वे ही भुगतें।''

''ओ.के. सर!''

''तो उठाओ इसे, जीप में डाल लो।''

ड्राइवर और पांडुराम ने मिलकर लाश इस तरह जीप में डाली जैसे भूसे की बोरी हो।

सुबह के चार बज रहे थे।

सारा काम निपटाने के बाद देशराज अभी-अभी अपनी कुर्सी पर आकर बैठा था—चेहरे से थकान और आंखों से नींद झांक रही थी—दोनों पैर टेबल पर फैलाने के बाद सिगरेट सुलगाई ही थी कि ऑफिस में दाखिल होते पांडुराम ने सूचना दी—''वह मुसीबत तो फिर हमारे गले पड़ गई साब ...।''

''कौन-सी मुसीबत?''

''वही, बुड्ढे की लाश!''

''क्या मतलब?'' देशराज चौंका।

''वह पुनः हमारे इलाके में पड़ी मिली है।''

"ओह!" देशराज के होंठों पर धूर्त मुस्कराहट उभर आई—"लगता है बगल वाले थाने के इंस्पेक्टर ने भी वही सोचा जो हमने सोचा था, उन्होंने मुसीबत वापस हमारे गले में डाल दी।"

"अब क्या करें सर?"

"कहां पड़ी है लाश?"

"गन्दे नाले के पुल पर।"

"ठीक है, मुझे घर भी जाना है—रास्ते से उठाकर जीप में डाल लेंगे—इस बार नदी में लुढ़का देते हैं उसे, साली को मगरमच्छ नोच-नोचकर निपटा देंगे—रही-सही बह जायेगी—न रहेगा बांस, न बजेगी बांसुरी!"

"यस सर, यह ठीक रहेगा!" पांडुराम ने कहा—"बहुत ही बड़े-बड़े मगरमच्छ हैं नदी में—इतने खतरनाक कि कभी-कभी तो नदी किनारे जलने वाली चिताओं तक से लाश खींचकर ले जाते हैं—पिछले इंस्पेक्टर साहब ने भी एक लाश इसी तरह ठिकाने लगाई थी, आज तक कोई न जान सका कि लाश कहां गयी—और फिर आजकल तो वैसे भी बारिश धुआंधार पड़ रही है, नदी उफान पर है—आधे घंटे बाद दुनिया की कोई शक्ति लाश को नहीं ढूंढ सकेगी।"

पांच मिनट बाद वे गन्दे नाले के पुल पर थे।

ड्राइवर और पांडुराम ने लाश जीप में डाली, जीप उस वक्त नदी की तरफ दौड़ रही थी जब देशराज ने पांडुराम को निर्देश दिया—"दयाचन्द और सलमा अलग-अलग हवालातों में बन्द हैं—मैंने केस डायरी तैयार कर दी है, उसे पढ़ लेना और कल सुबह दोनों को कोर्ट में पेश करके जेल भिजवा देना—मैं लंच बाद थाने पहुंचूंगा।"

"ओ.के. सर!" पांडुराम के इन शब्दों के बाद जीप में खामोशी छा गयी।

फिर!

वे नदी पर पहुंचे।

जीप पुल के बीचों-बीच खड़ी की।

देशराज ने एक सिगरेट सुलगाई। ड्राइवर और पांडुराम ने भूसे की बोरी की मानिन्द लाश जीप से निकाली, पुल की रेलिंग के नजदीक ले गए और दो-तीन 'झोटे' देने के बाद रेलिंग के दूसरी तरफ उछाल दी।

'छपाक' की आवाज के साथ सब कुछ खत्म हो गया।

मुश्किल से एक मिनट लगा था उन्हें।

अगले मिनट जीप देशराज के घर की तरफ उड़ी चली जा रही थी,

पांडुराम को जाने क्या सूझा कि अचानक बोला—''इजाजत हो तो एक दिलचस्प बात सुनाऊं साब?''

''सुना!'' देशराज ने सिगरेट में कश लगाया।

''वेद प्रकाश शर्मा का नाम सुना है आपने?''

''वो जासूसी उपन्यासों का लेखक?''

''हां!''

''तो?''

''सवा सौ उपन्यासों के करीब लिख चुका है वह और आज हिन्दी का सबसे ज्यादा बिकने वाला उपन्यासकार है—लोग उसके उपन्यास बड़े चाव से पढ़ते हैं, मैं भी पढ़ता हूं।''

''फिर?''

''अगर उसके उपन्यास के इंस्पेक्टर को इस तरह लाश पड़ी मिलती तो पट्ठा ये दिखाता कि इंस्पेक्टर पर बुड्ढे के हत्यारे को खोज निकालने और उसे कानून के हवाले करने का जुनून सवार हो गया।''

''अच्छा!'' देशराज ने खिल्ली उड़ाने वाला ठहाका लगाया।

''सारा उपन्यास बुड्ढे के हत्यारे की खोजबीन कर रहे इंस्पेक्टर की कार्यवाहियों से ही भर डालता—कई उपन्यासों में तो उसने यहां तक लिखा है कि पुलिस इंस्पेक्टर इतना ईमानदार, मेहनती, कर्मठ और कर्त्तव्यनिष्ठ था कि अपने साथ-साथ अपने परिवार तक की जान गंवा दी मगर अपराधियों के हाथों बिका नहीं—ऐसे-ऐसे इंस्पेक्टर पेश किए हैं उसने जो कोई पेचीदा केस मिलने पर कहते हैं—मेरे दिमाग को खुराक मिल गयी है और अपराधी के पीछे लग जाते हैं।''

''फिर भी वह सबसे ज्यादा बिकता है?''

''हां।''

''वो भी मूर्ख है और पब्लिक भी—ये लेखक साले होते ही दिमाग से पैदल हैं—खुद ही लेख लिख-लिखकर प्रचारित करेंगे कि साहित्य समाज का दर्पण है और लिखेंगे वह बकवास जो तू बता रहा है—अब भला इन कूढ़मगजों से कोई पूछे, अगर इनका साहित्य समाज का दर्पण होता तो उनके उपन्यासों के नायक मेरे जैसे इंस्पेक्टर होते या वे, जो समाज में पाये ही नहीं जाते?''

ड्राइवर और पांडुराम ठहाका लगा उठे—''यही तो मैं कहना चाहता था साब।''

''अ-अरे!'' कमरे में कदम रखते ही देशराज भौंचक्का रह गया—''य-ये क्या हुआ आरती?''

होंठों पर बंधी पट्टी और मुंह के अन्दर ठुंसे कपड़े के कारण आरती के हलक से केवल 'गूं-गूं' की आवाज निकलकर रह गयी—दोनों हाथ पीठ पर बांधकर किसी ने रेशम की मजबूत डोरी से उसे लोहे की भारी अलमारी के साथ बांध रखा था—बंधन इतने मजबूत थे कि स्वेच्छापूर्वक आरती जुम्बिश तक नहीं ले सकती थी।

देशराज ने झपटने वाले अन्दाज में उसे बंधनमुक्त किया, पूछा—''तुम्हारी यह हालत किसने की?''

होंठों पर बंधी पट्टी और मुंह में ठुंसे कपड़े को निकालने के साथ आरती ने बताया—''पिताजी ने ...।''

''प-पिताजी?'' देशराज चिहुंक उठा।

''उन्होंने तुम्हारे और ब्लैक स्टार के बीच होने वाली वार्ता अपने कमरे में रखे एक्सटेंशन इन्स्ट्रूमेन्ट पर सुन ली थी।''

''ओर!'' देशराज पर मानो बिजली गिरी—''फ-फिर?''

''उन पर तुम्हारी करतूतों का भेद एस.एस.पी. पर खोल देने का जुनून सवार था—कह रहे थे आज उन्हें अपने बेटे से घृणा हो गई है—पुलिस इंस्पेक्टर होने के बावजूद वह ब्लैक स्टार के हाथों की कठपुतली बना हुआ है—वे यह भी कह रहे थे कि ब्लैक स्टार के हुक्म पर तुम किसी की हत्या के जुर्म में किसी निर्दोष को फंसाने वाले हो—मैंने तब भी रोकना चाहा, कहा 'मुमकिन है, ब्लैक स्टार के फोन से कोई गलतफहमी 'क्रिएट' हो गयी हो, अतः इस संबंध में कुछ भी करने से पूर्व एक बार आपसे बात कर ली जाये', मगर उन्होंने एक न सुनी—ज्यादा विरोध किया तो मेरी यह हालत करके निकल गए।''

''क-कब?'' देशराज की आवाज सूखे पत्ते की मानिन्द कांप रही थी—''कब की बात है ये?''

''आपके जाते ही वे कमरे से बाहर निकले थे।''

''त-तो फिर अब तक एस.एस.पी. के पास पहुंचे क्यों नहीं—मेरे खिलाफ कोई एक्शन क्यों नहीं हुआ—उफ्फ! उन्होंने पहन क्या रखा था?'' भयंकर आशंका ने मानो उसे पागल कर दिया, चीख पड़ा वह—''जल्दी जवाब दो

आरती, कौन से कपड़े पहने हुए थे वे?''

''नीला कुर्ता, सफेद धोती और ...''

''और जूतियां!'' देशराज ने पागलों के से अंदाज में आरती की बात पूरी की।

''हां।''

''न-नहीं ... नहीं!'' देशराज दहाड़ उठा—''ऐसा नहीं हो सकता।''

''क्या बात है, क्या हो गया?''

देशराज पर मानो वह बिजली गिरी थी जो पलक झपकते ही प्राणी को राख के पुतले में तब्दील कर देती है, दिलों-दिमाग सुन्न पड़ गया—आंखों के समक्ष बुड्ढे की लाश चकरा रही थी।

कानों में अपने शब्द गूंजे—'इस बार नदी में लुढ़का देते हैं उसे—साली को मगरमच्छ नोच-नोचकर निपटा देंगे—रही सही बह जाएगी—न रहेगा बांस, न बजेगी बांसुरी!'

'यह ठीक रहेगा!' पांडुराम ने कहा था—'बहुत ही बड़े-बड़े मगरमच्छ हैं नदी में ... कभी-कभी तो किनारे पर जलने वाली चिताओं से लाश को खींचकर ले जाते हैं ... नदी उफान पर है, आधे घंटे बाद दुनिया की कोई ताकत लाश को नहीं ढूंढ सकेगी।'

''क-क्या हुआ?'' आरती ने उसे झंझोड़ डाला—''आपको क्या हो गया है?''

क्या जवाब देता देशराज?

तभी फोन की घंटी बजी।

रिसीवर उठाकर उसने 'हैलो' कहा।

''गजब हो गया सर!'' पांडुराम की आवाज—''गोविन्दा और छमिया ने आत्महत्या कर ली ...।''

''क-कैसे?'' देशराज दहाड़ उठा।

''अपने क्वार्टर में मृत पाए गए हैं दोनों, चूहेमार दवा की शीशी लुढ़की पड़ी है, सुसाइड नोट भी छोड़ा है, थाने में अपने साथ किए गए सुलूक के बारे में साफ-साफ लिख दिया है उन्होंने। मगर आप फिक्र न करें—हम सुसाइड नोट को गायब कर देंगे।''

''नहीं हवलदार, उसे गायब करने की जरूरत नहीं है।''

''ज-जी?'' पांडुराम की आवाज सातवें सुर में जा मिली।

“ठहरिए योर ऑनर ... ठहरिए!” अदालत कक्ष में दाखिल होता देशराज दीवानावार चीखा—“असलम की हत्या सलमा ने नहीं, दयाचन्द ने की है—हालांकि मुजरिम सलमा भी है, परन्तु उसे असलम की हत्यारी बनाने का गुनाह मैंने किया है—मैंने। एक पुलिस इंस्पेक्टर ने, एक थानेदार ने ... और ऐसे गुनाह मेरे जैसे थानेदार इसलिए करते हैं क्योंकि थानेदारों को जरूरत से ज्यादा शक्तियां दे दी गई हैं।”

सब दंग रह गए।

न्यायाधीश से श्रोता तक!

पांडुराम, दयाचन्द और सलमा तो भौंचक्के थे।

कक्ष में खलबली मच गई।

“ऑर्डर ... ऑर्डर!” न्यायाधीश ने शांति बहाल करने के बाद कहा—“आपको जो कहना है, विटनेस बॉक्स में आकर कहिए।”

देशराज विटनेस बॉक्स की तरफ झपटा, जुनून में फंसा अभी कुछ कहना ही चाहता था कि न्यायाधीश ने पूछा—“यह केस डायरी आप ही ने तैयार की है?”

“यस सर!”

“उसके बावजूद आप कह रहे हैं हत्या सलमा ने नहीं, दयाचन्द ने की है?”

“हकीकत यही है योर ऑनर!”

“तो फिर डायरी में सलमा को हत्यारी क्यों ठहराया?”

“ब्लैक स्टार के इशारे पर।” देशराज दांत भींचकर कह उठा।

“ब-ब्लैक स्टार?” ये शब्द संपूर्ण अदालत कक्ष में गूंज गए और गूंजते भी क्यों नहीं—यह शब्द न्यायाधीश से लेकर कक्ष की अंतिम सीट पर बैठे शख्स तक के होंठों से हैरतअंगेज बुदबुदाहट के साथ फूटे थे—ऐसा नजारा प्रस्तुत हो गया जैसे भेड़ों के झुंड में भेड़िए का नाम ले लिया गया हो।

कक्ष में सन्नाटा छा गया।

सनसनीखेज सन्नाटा।

हर चेहरे पर आतंक, खौफ और भय की छाया मंडराती नजर आ रही थी।

वह देशराज ही था जिसने लम्बे होते सन्नाटे के गाल पर झन्नाटेदार चांटा रसीद किया—“मैं अभी अदालत से पूछ रहा हूं मी लॉर्ड—क्या इस राज्य में कोई ऐसा है जो ब्लैक स्टार के हुक्म की अवहेलना कर सके?”

सन्नाटा कुछ और पैदा हो गया।

''मैं दावे के साथ कह सकता हूं योर ऑनर, अगर ब्लैक स्टार खुद आपको यह हुक्म दे कि सारे सबूत इंस्पेक्टर देशराज के खिलाफ होने के बावजूद देशराज को बाइज्जत बरी किया जाना है तो आपको भी उसकी अवहेलना करने से पहले हजार बार सोचना पड़ेगा।''

सन्नाटा यथावत् छाया रहा।

''और ऐसा इसलिए है मी लार्ड कि जिस राज्य सरकार का मैं मुलालिम हूं, वह सरकार खुद ब्लैक स्टार की गुलाम है—इस राज्य के वास्तविक चीफ मिनिस्टर मिस्टर चन्द्रचूड़ नहीं, बल्कि ब्लैक स्टार है—'स्टार फोर्स' इतनी शक्तिशाली हो गई है कि उसके इशारे के बगैर राज्य में पत्ता तक नहीं खड़क सकता और राज्य ही क्यों, खुद देश की सरकार तक कोशिश करने के बावजूद 'स्टार फोर्स' का सफाया न कर सकी—हमारे पड़ोस में एक छोटा-सा देश है 'श्रीगंगा' —'स्टार फोर्स' का मुख्यालय श्रीगंगा में है—वहां यह फोर्स अपने लिए एक अलग मुल्क की मांग कर रही है—मुझे यह कहने में कतई संकोच नहीं कि 'श्रीगंगा' की मिलिट्री 'स्टार फोर्स' के सामने बहुत बौनी है—स्टार फोर्स से निपटने के लिए 'श्रीगंगा' ने हमारे देश से सैनिक सहायता मांगी और दोस्ती की खातिर हमने अपनी सेना वहां उतार दी—जबरदस्त कोशिश और अपने सैंकड़ों जवान गंवाने के बावजूद हमारे मुल्क की सेना भी 'श्रीगंगा' से स्टार फोर्स को समूल नष्ट न कर सकी—सैनिक कार्यवाही का परिणाम यह निकला कि स्टार फोर्स के मरजीवड़ों ने 'श्रीगंगा' से भागकर हमारे राज्य में शरण ली क्योंकि मूलतः वे उसी जाति के हैं जिस जाति की हमारे राज्य में बहुतायत है—शरणार्थियों की आड़ में अब उसी स्टार फोर्स के मरजीवड़े हमारे राज्य में सक्रिय हैं—सब जानते हैं सर कि उनका मुख्यालय उस थाना क्षेत्र में स्थित है जहां का इंचार्ज मैं हूं, मगर मजाल है कि राज्य सरकार उसके मुख्यालय पर हाथ डाल सके—ऐसी फोर्स के मुखिया के हुक्म की अवहेलना भला एक अदना-सा थानाध्यक्ष कैसे कर सकता था?''

''यह झूठ है योर ऑनर।'' एकाएक दयाचन्द चीख पड़ा—''यह शख्स इस केस के दरम्यान ब्लैक स्टार का नाम घसीट कर व्यर्थ की सनसनी फैलाना चाहता है—हकीकत केवल इतनी है कि इंस्पेक्टर देशराज एक भ्रष्ट पुलिसिया है—असलम की हत्या के जुर्म में इसने पहले गोविन्दा को गिरफ्तार किया—थाने में गोविन्दा की बीवी को बुलाकर उसका सर्वस्व लूटने की कीमत पर, गोविन्दा के स्थान पर सलमा के खिलाफ केस डायरी

तैयार की—और अब न जाने किससे क्या लेकर मुझे हत्यारा साबित करना चाहता है।''

देशराज गुर्राया—''तू अदालत को यह बताना भूल गया दयाचन्द कि गोविन्दा को मैंने तुझसे एक लाख रुपये लेकर फंसाया था?''

दयाचन्द सकपका गया।

उसने स्वप्न में भी कल्पना न की थी कि देशराज स्वयं अपनी करतूत का भंडाफोड़ कर देगा—वह बेचारा क्या जानता था कि इंस्पेक्टर देशराज इस वक्त किस मनःस्थिति में है—वह तो तब जाना जब एक बार शुरू हुआ देशराज सांस लेने के लिए तभी रुका जब उससे एक लाख रुपया लेने से लेकर अपने पिता की मौत तक का वृत्तांत अदालत को बता चुका।

''अदालत में दिए गए इंस्पेक्टर देशराज के बयान ने केवल इसी राज्य में नहीं बल्कि सारे देश में तूफान ला दिया है। आपात्कालीन मीटिंग में पुलिस कमिश्नर मिस्टर एच.के. शांडियाल गंभीर स्वर में कहते चले गये—''गृह मंत्रालय तक में खलबली मच गयी है, अगर किसी और ने पुलिस पर वे इल्जाम लगाये होते तो यह सोचा जा सकता था कि इल्जाम झूठे होंगे, मगर इंस्पेक्टर देशराज ने खुद-ब-खुद पर इल्जाम लगाए हैं—भरी अदालत में खुद अपनी काली करतूतों का भंडाफोड़ किया है—उसके कारनामे सुनकर आज लोग जहां उससे घृणा कर रहे हैं लेकिन ... लेकिन अपने बयान से पुलिस विभाग पर उसने ऐसा सवालिया निशान लगा दिया है जिसका जवाब आम आदमी से लेकर गृह मंत्रालय तक मांग रहा है।''

डी.आई.जी. चिदम्बरम ने कहा—''अगर देशराज ने केवल अपनी ही करतूतों का बखान किया होता तब भी गनीमत होती, मगर जोश में भरकर उसने सारे पुलिस विभाग को अपने जैसा कह दिया है सर।''

''क्या उसने गलत कहा है?''

''सब पुलिस वाले एक से कैसे हो सकते हैं, सर?'' एस.एस.पी. कुम्बारप्पा कह उठे।

''भले ही सब एक से न हों मगर बहुतायत इंस्पेक्टर देशराज जैसों की है।'' शांडियाल का लहजा सख्त हो गया—''वर्दी की आड़ में पुलिस को मिली शक्तियों का दुरुपयोग करने की इन प्रवृत्तियों को हमें खत्म करना होगा मिस्टर कुम्बारप्पा।''

"यस सर!" एस.पी. सिटी मिस्टर भारद्वाज बोले—"यह सवाल पूरे डिपार्टमैन्ट की इज्जत का है।"

"डिपार्टमैन्ट की ही नहीं, समाज की इज्जत का सवाल है ये—इस किस्म की घटनाएं पुलिस पर से आम नागरिक का विश्वास उठा सकती हैं—पुलिस वाले जनता के सेवक और रक्षक होते हैं, अगर वे लोगों पर हुकूमत करने लगें—रक्षक ही भक्षक बन जाएं तो क्या होगा—यही न कि एक दिन इस मुल्क में बगावत हो जाएगी—पुलिस के खिलाफ लोगों का सैलाब सड़क पर उतर आएगा!"

"देशराज ने पुलिस विभाग को तो क्या प्रदेश सरकार तक को नहीं बख्शा सर।" एस.पी. देहात कह उठे—"भरी अदालत में चीफ मिनिस्टर तक को 'स्टार फोर्स' के हाथों की कठपुतली कह दिया उसने।"

"अपने पिता की मौत और उससे ज्यादा उनकी लाश के साथ अपने द्वारा किए गए सलूक से वह इस कदर टूट गया कि अपनी जान की परवाह किए बगैर वह सब कहता चला गया जिसे जानते तो सब हैं, लेकिन कहने का साहस किसी में नहीं।"

"लेकिन सर, जब तक सरकार न चाहे तब तक पुलिस विभाग स्टार फोर्स के विरुद्ध कर भी क्या सकता है?"

पुलिस कमिश्नर ने गंभीर स्वर में कहा—"आप सब जानते हैं, राज्य सरकार भले ही स्टार फोर्स के हाथों की कठपुतली हो, मगर केन्द्रीय सरकार उसकी कट्टर विरोधी है—केन्द्र में जिस दल की सरकार है वह दल हमारे राज्य में इस वक्त विपक्ष में है—उस दल के सर्वोच्च प्रदेशीय नेता मिस्टर चिरंजीव कुमार विपक्ष के नेता हैं—बड़ी मुश्किल से उन्होंने ऐसे सबूत इकट्ठे करके केन्द्र को भेजे हैं जिससे चन्द्रचूड़ सरकार और स्टार फोर्स के संबंध प्रमाणित हो जाते हैं—मिस्टर चिरंजीव कुमार ने केन्द्र से सिफारिश की है कि राज्य सरकार को तुरंत बर्खास्त कर दिया जाए—हमें पूरा विश्वास है, चिरंजीव कुमार द्वारा भेजे गए प्रमाण इतने पुख्ता हैं कि केन्द्र के सामने चन्द्रचूड़ सरकार को बर्खास्त करके राष्ट्रपति शासन लागू करने के अलावा कोई रास्ता न बचेगा।"

"क्या आप यह संकेत देना चाहते हैं कि राज्य में शीघ्र ही राष्ट्रपति शासन लागू होने वाला है?" एस.एस.पी. कुम्बारप्पा ने पूछा।

"यह सच है!" शांडियाल बोले—"और इसीलिए अब हमें स्टार फोर्स के खिलाफ मोर्चा लेने हेतु कमर कस लेनी चाहिए—केन्द्र से शीघ्र ही स्टार फोर्स का सफाया कर डालने के आदेश आने की उम्मीद है।"

एस.पी. सिटी ने कहा—''तब तो उस थाने पर ऐसे इंस्पेक्टर की नियुक्ति की जानी चाहिए जो अपनी जान की परवाह किए बगैर स्टार फोर्स के मरजीवड़ों से लोहा ले सके।''

''हमें उस थाने पर एक ऐसा इंस्पेक्टर चाहिए मिस्टर भारद्वाज, जो पुलिस के मस्तक पर देशराज द्वारा लगाये गए कलंक को न केवल धो सके, बल्कि लोगों में पुलिस के विश्वास की पुनस्थापना भी कर सके—जनता को विश्वास दिला सके कि पुलिस भक्षक और मालिक नहीं बल्कि रक्षक और सेवक है।''

''मैं तेजस्वी यमन का नाम प्रस्तुत करता हूं सर!'' डी.आई.जी. चिदम्बरम ने कहा।

''तेजस्वी यमन?''

''मैं भी यही कहने वाला था सर!'' एस.एस.पी. कुम्बारप्पा कर उठे—''अगर यह कहा जाए तो अतिश्योक्ति न होगी कि तेजस्वी राज्य का सबसे काबिल इंस्पेक्टर है—कर्मठ, ईमानदार, जुझारू और क्राइम से नफरत करने वाले इंस्पेक्टर के नाम से प्रसिद्ध है वह—अपराधियों में यह सुनते ही आतंक फैल जाता है कि तेजस्वी की नियुक्ति उनके इलाके में कर दी गई है—'अपराधियों का काल' के नाम से जाना जाता है उसे, यहां तक कहा जाता है कि जिस थाने पर उसे नियुक्त कर दिया जाए, उस थाना क्षेत्र के क्रिमिनल उसी दिन किसी अन्य थाना क्षेत्र में जाकर रहने लगते हैं, और उसके अब तक के रिकॉर्ड को देखकर लगता है कि यह सच है। रिकॉर्ड बताते हैं, जिस थाने में वह नियुक्त हो गया वहां क्राइम का ग्राफ आश्चर्यजनक रूप से नीचे आ गया, गुण्डे-बदमाशों का सफाया करके राम-राज्य स्थापित कर देता है वह।''

''तेजस्वी के बारे में हम पहले भी ऐसी बातें सुन चुके हैं।'' एच.के. शांडियाल ने कहा—''उसे हमारे सामने पेश किया जाए।''

डी.आई.जी. चिदम्बरम और एस.एस.पी. कुम्बारप्पा को उम्मीद नहीं थी कि उन्हें इतनी आसानी से सफलता मिल जाएगी, दोनों की आंखें इस तरह मिलीं जैसे एवरेस्ट की चोटी पर झण्डा गाड़ देने के बाद तेनसिंह और हिलेरी की आंखें मिली होंगी।

⅄

इंस्पेक्टर तेजस्वी!

गोरा-चिट्टा और झील-सी नीली आंखों वाला अड़ियल जवान।

वर्दी उसके जिस्म पर यूं फबती थी जैसे बना ही उस वर्दी के लिए हो—गठीले और साढ़े छः फुट लम्बे जिस्म वाले तेजस्वी के नाक-नक्श इतने तीखे थे कि सामने वाला बरबस ही उसके व्यक्तित्व से प्रभावित हो जाता था—लम्बी टांगों के बूते पर वह लम्बे-लम्बे कदमों के साथ पुलिस मुख्यालय में दाखिल हुआ और कमिश्नर के ऑफिस के बाहर पड़ी एक मेज के पार बैठे पुलिसिए के समक्ष पहुंचकर प्रभावशाली स्वर में बोला—"इंस्पेक्टर तेजस्वी!"

"कमिश्नर साहब का आदेश है कि आपको आते ही अंदर भेज दिया जाए।"

"ओ.के.!" कहने के साथ उसने अपने घने काले और घुंघराले बालों को कैप से ढका तथा लम्बे-लम्बे दो ही कदमों में ऑफिस के द्वार पर पहुंच गया।

थोड़ा सा दरवाजा खोलकर उसने सम्मानित स्वर में पूछा—"मे आई कम इन सर?"

"कम इन तेजस्वी!" विशाल मेज के पीछे, रिवॉल्विंग चेयर पर विराजमान शांडियाल ने कहा—"कम इन।"

जिस वक्त उनकी मेज के नजदीक पहुंचकर तेजस्वी ने जोरदार सैल्यूट मारा, उस वक्त डोर क्लोजर पर झूलता हुआ ऑफिस का द्वार बन्द हो चुका था।

"बैठो!" शांडियाल ने कहा।

"थैंक्यू सर!" तेजस्वी बैठा नहीं, सावधान की मुद्रा में खड़ा-खड़ा बोला—"मेरे लिए क्या हुक्म है सर?"

"तुम्हें प्रतापगढ़ थाने पर अपनी नियुक्ति के आदेश मिल गए होंगे?"

"यस सर!"

शांडियाल ने एक सिगार सुलगाया, बोले—"तुम्हें मालूम है न कि स्टार फोर्स का मुख्यालय प्रतापगढ़ ही में है?"

"यस सर!"

"यस भी जानते हो कि राज्य में जो सरकार थी उसे केन्द्र ने बर्खास्त करके राष्ट्रपति शासन लागू कर दिया है और नई सरकार के गठन हेतु राज्य में शीघ्र चुनाव होने वाले हैं?"

"यस सर!" तेजस्वी मानो एक ही शब्द रटकर आया था।

"तुमसे पहले प्रतापगढ़ थाने पर इंस्पेक्टर देशराज नियुक्त था—जो कुछ उसने किया, तुमने सुना होगा।"

तेजस्वी ने पुनः वही शब्द दोहराया—"यस सर!"

"डी.आई.जी. और एस.एस.पी. से हमने तुम्हारी बहुत तारीफ सुनी है।"

"यह उनकी महानता है सर।" पहली बार तेजस्वी ने 'यस सर' का पीछा छोड़ा—"मुझे केवल खुद को सौंपी गई ड्यूटी को कठोरता से अंजाम देना आता है—क्राइम से मुझे सख्त नफरत है, सोचता हूं अगर मेरे हलके में क्राइम हुआ तो लानत है मेरी वर्दी पर—जिस दिन मैंने यह पवित्र वर्दी पहनी थी, उसी दिन कसम खाई थी कि जुर्म के कीटाणुओं को चुन-चुनकर मौत के घाट उतार दूंगा।"

"गुड!" शांडिल्य कह उठे—"चुनाव से पहले तुम्हें न केवल प्रतापगढ़ से स्टार फोर्स का सफाया कर डालना है, बल्कि देशराज के कारनामों के कारण वहां की जनता में पुलिस की जो छवि बन गई है उसे भी धो डालना है—ये दोनों चुनौतियां बहुत बड़ी हैं तेजस्वी, हमें उम्मीद है तुम कामयाब होगे।"

"आपकी उम्मीदों पर खरा उतरने की कोशिश करूंगा सर।" तेजस्वी ने कहा—"मगर ऐसा केवल तब हो सकेगा जब मुझे अपने अफसरों का सहयोग मिल सके।"

"क्या सहयोग चाहोगे?"

"जब मैं अपने इलाके में सख्ती करता हूं तो आप लोगों को जहां राहत मिलती है, वहीं कुछ खास लोगों को परेशानी भी होती है और ऐसे लोग अक्सर एप्रोच वाले होते हैं—पॉलीटिकल दबाव का इस्तेमाल करते हैं वे—केवल इतना सहयोग चाहूंगा कि किसी दबाव में आकर मुझे डिस्टर्ब न किया जाए!"

"निश्चिंत रहो तेजस्वी, हम तुमसे वायदा करते हैं, किसी के दबाव में आकर न तुम्हारा ट्रांसफर किया जाएगा और न ही तुम्हारे किसी काम में कोई दखलअंदाजी की जाएगी।"

"थैंक्यू सर!" तेजस्वी की आंखें चमक उठीं—"थैंक्यू वैरी मच!"

"तुमने सुना?" जुए का अवैध अड्डा चलाने वाले लुक्का ने कहा—"प्रतापगढ़ थाने पर इंस्पेक्टर तेजस्वी को नियुक्त कर दिया गया है।"

"तो?" कच्ची शराब का धंधा करने वाले रंगनाथन ने बुरा-सा मुंह बनाया—"मरा क्यों जा रहा है, चेहरे पर हवाइयां क्यों उड़ रही हैं?"

''सुना है वह ईमानदार है।'' चकला चलाने वाला कह उठा—''रिश्वत नहीं लेता—और जब थानेदार नहीं लेगा तो हमारा धंधा कैसे चलेगा?''

''बकवास!'' रंगनाथन ने हाथ झटका—''दुनिया में ऐसा कोई पुलिसिया नहीं है जो रिश्वत न लेता हो।''

''नहीं रंगनाथन, गलत सोच रहा है तू।'' प्रतापगढ़ के सट्टा किंग ने कहा—''वो सचमुच रिश्वत नहीं लेता—सूअर का बाल है साले की आंखों में—तुझे मालूम है, एक साल पहले मैं कमाठीपुरे में धन्धा करता था—उस थाने पर तेजस्वी की नियुक्ति हो गई—मैंने उससे दुगनी रकम देकर 'ट्यूनिंग' बनाने की कोशिश की जितनी पिछले इंस्पेक्टर को देता था, मगर मानना तो दूर, साले ने उठाकर बन्द कर दिया—मजबूर होकर मुझे इस इलाके में सैटल होना पड़ा—अब लगता है, यहां से भागना पड़ेगा—उसके हाथ में हमेशा एक रूल रहता है, रूल के अंतिम सिरे पर साइकिल की चैन बंधी रहती है—यह उसका पसंदीदा हथियार है, यानि जब तक अपराधी की खाल उससे नहीं उधेड़ता, तब तक उसके कलेजे में ठंडक नहीं पड़ती।''

''मेरा 'एक्सपीरियेंस' तुम सबसे जुदा है मेरे लाडलों।'' रंगनाथन मुस्कराया।

बहुत देर से खामोश बैठे पेशेवर कातिल को आखिर बोलना पड़ा—''तू कहना क्या चाहता है रंगनाथन?''

''मैं पिछले दस साल से कच्ची शराब का धन्धा कर रहा हूं—न जाने प्रतापगढ़ थाने पर कितने इंस्पेक्टर आए और चले गए, मगर मेरा बिजनेस बदस्तूर चलता रहा—बस ये है कि जिस इंस्पेक्टर के बारे में जितना ज्यादा यह प्रचारित हो कि वह कर्मठ, जुझारू, मेहनती और ईमानदार है, समझ लो उसका पेट उतना ही बड़ा है—सब साले बिकाऊ हैं, कोई एक में बिकता है, कोई सौ में।''

''इस बार तुझे अपने 'एक्सपीरियेंस' में तब्दीली लानी पड़ेगी रंगनाथन।'' पैसे लेकर मकान खाली कराने वाले ठेकेदार ने कहा—''मैं भी उसे भुगत चुका हूं—रिश्वत का नाम लेते ही ऐसे बिदकता है जैसे भैंसे ने लाल कपड़ा देख लिया हो।''

''देखा जाएगा ...।'' रंगनाथन ने पुनः हाथ झटका।

''देखने के लिए तू अकेला ही इस इलाके में बचेगा।'' किसी अन्य की प्रॉपर्टी खुद बेच डालने में माहिर शख्स ने कहा—''अपन तो इस इलाके में अब धन्धा करेगा नहीं—अपन को तो सारी जिन्दगी दूसरों के मकान-दुकान बेचने हैं, सो वे हर इलाके में होते हैं।''

''मेरा भी यही ख्याल है।'' अपहरण करने का हुनरमन्द बोला—''अब इस इलाके की जमीन अपने धन्धे की फसल के लिए बंजर हो गई है।''

रंगनाथन हंसा, बोला—''तुम सब मुझे एक ही मूड में नजर आ रहे हो—सबके चेहरों पर इंस्पेक्टर तेजस्वी के भूत को कत्थक करते देख रहा हूं मैं—साला इंस्पेक्टर न हुआ, हव्वा हो गया—जरा यह भी तो सोचो कि हम सब अपने-अपने धन्धों में से एक निश्चित रकम स्टार फोर्स को पहुंचाते हैं—क्या ब्लैक स्टार हमारे धन्धे चौपट होने देगा? हरगिज नहीं—हमारे धन्धों से स्टार फोर्स को लाखों रुपये महीना की इन्कम है।''

''बात तो तुम्हारी ठीक है।'' बच्चों को भीख मंगवाने का धन्धा करने वाला बोला—''हमारे धन्धे चौपट होने का मतलब है, ब्लैक स्टार का धन्धा चौपट होना और स्टार फोर्स ऐसा बिल्कुल नहीं होने देगी।''

''अब बोलो मेरे लाडलों।'' रंगनाथन ने अन्य पर व्यंग्य किया—''क्या वो इंस्पेक्टर स्टार फोर्स से उलझ सकेगा?''

''स-सुना है तेजस्वी की नियुक्ति इस थाने पर की ही इसलिए जा रही है कि वह स्टार फोर्स का सफाया कर डाले?''

रंगनाथन ठहाका लगाकर हंसा, बोला—''स्टार फोर्स का सफाया ... वाह ... वाह ... मजाक है—जिस स्टार फोर्स का सफाया 'श्रीगंगा' की सैनिक क्षमता न कर सकी—हमारे देश के जवान न कर सके—उसका सफाया तेजस्वी करेगा, एक अदना सा पुलिस इंस्पेक्टर ... वाह, इस मजाक में मजा आ गया दोस्त!''

''योजना का पहला चरण यानि प्रतापगढ़ थाने पर इंस्पेक्टर तेजस्वी की नियुक्ति का काम पूरा हो चुका है।'' डी.आई.जी. चिदम्बरम ने इस तरह कहा जैसे बहुत बड़ा तीर मारा हो।

चमकदार काले जूते, काली पैन्ट और काले ही ओवरकोट वाले शख्स ने सफेद दस्ताने से ढका अपना दायां हाथ जेब में डाला—पांच सौ के नोटों की एक गड्डी निकालकर मेज पर फेंकता हुआ बोला—''वादे के मुताबिक योजना का पहला चरण पूरा होने की फीस हाजिर है।''

''केवल एक गड्डी?'' एस.एस.पी. कुम्बारप्पा ने पूछा।

''और हैं।'' कहने के बाद जो वह शुरू हुआ तो हाथ तभी रुका जब

जेब से निकाल-निकालकर पूरी दस गड्डियां मेज पर फेंक चुका—इस बीच चिदम्बरम और कुम्बारप्पा की नजरें रहस्यमय शख्स के लम्बे बालों और आंखों पर चढ़े चौड़े फ्रेम के काले चश्मे पर स्थिर रहीं—उन्हें पूरा यकीन था अगर यह शख्स किसी और हुलिए में उनके सामने आए तो लाख प्रयासों के बावजूद पहचान नहीं पाएंगे—त्वचा के नाम पर वे केवल उसकी नाक देख पाते थे क्योंकि गालों का अधिकांश हिस्सा और ठोड़ी घनी दाढ़ी-मूंछों से ढकी रहती थी—वे समझ सकते थे कि दाढ़ी-मूंछ ही नहीं सिर के बाल तक नकली हैं—हालांकि नाक से यह अंदाजा लगता था कि उस व्यक्ति की त्वचा का रंग काला होगा परन्तु चिदम्बरम और कुम्बारप्पा समझते थे कि असल में वह दूध की मानिन्द गोरा भी हो सकता है।

इस रहस्यमय शख्स की गहराई में जाने की कोशिश दोनों में से कभी किसी ने नहीं की और करते भी कैसे—यह शख्स जब भी सामने आता, वही सौगात बरसाकर चला जाता जो इस वक्त मेज पर पड़ी थी और उनकी आंखें ठीक उसी तरह जुगनुओं की मानिन्द चमकने लगतीं जैसे इस वक्त चमक रही थीं, अपने उल्लास को काबू में रखे कुम्बारप्पा ने पूछा—''योजना का अगला चरण क्या है?''

''अभी उसके बारे में जिक्र करने का वक्त नहीं आया है।'' रहस्यमय शख्स ने प्रभावशाली स्वर में कहा—''ख्याल रहे, तेजस्वी को कभी मालूम न हो पाये कि प्रतापगढ़ थाने पर उसकी नियुक्ति तुम लोगों ने किसी खास मकसद से कराई है।''

''जब हमें ही असली मकसद नहीं मालूम तो उसे क्या बताएंगे?'' चिदम्बरम कह उठा—''हां, इतना अवश्य मालूम हो सकता है कि हमने आई.जी. साहब से उसकी तारीफ की थी, प्रतापगढ़ थाने पर नियुक्ति के प्रस्तावक भी हम ही थे—मगर इस जानकारी से इसके अलावा कोई अर्थ नहीं निकलेगा कि हम भी आई.जी. की तरह कुछ बेहतर करना चाहते थे—हमने इंस्पेक्टर की झूठी प्रशंसा नहीं की, वह वास्तव में वैसा ही है जैसा हमने कहा था—ईमानदार, कर्मठ, मेहनती और जुझारू!''

''दूसरी चेतावनी।'' रहस्यमय शख्स बोला—''जब तक अगला आदेश न मिले तब तक इस बात में विशेष दिलचस्पी नहीं लेनी है कि प्रतापगढ़ थाने पर नियुक्त तेजस्वी क्या कर रहा है?''

''हम कोई दिलचस्पी नहीं लेंगे लेकिन ...।''

''लेकिन?''

''अगर बुरा न मानें तो एक बात कहना चाहता हूं।''

''बोलो।''

''जिस तरह आपने हमसे काम लिया है अगर उसी तरह इंस्पेक्टर तेजस्वी से किसी गैरकानूनी काम में मदद लेने की कोशिश की तो आप मुंह की खा सकते हैं क्योंकि वह ...।''

''हमें मालूम है मिस्टर कुम्बारप्पा कि किससे किस ढंग से काम लिया जाएगा।''

''निश्चित रूप से वह कोई बहुत बड़ा काम होगा जिसके लिए आपने हमें इतने ...।''

''इस बारे में सोचकर अपना दिमाग खराब मत करो मिस्टर चिदम्बरम!'' रहस्यमय शख्स के हलक से निकलने वाली गुर्राहट इतनी सर्द थी कि दोनों की रीढ़ की हड्डी में सिहरन दौड़ गयी—''जो शख्स वक्त से पहले मेरे मकसद के बारे में जानने की कोशिश करेगा, उसे वक्त से पहले इस दुनिया से जाना होगा।''

'सड़ाक् ... सड़ाक् ...!'

तेजस्वी का हाथ दो बार चला।

थाने के प्रांगण में जेबकतरे की चीख गूंज गई।

तेजस्वी के हाथ में मौजूद एक फुट लम्बे, गोल और चिकने रूल के सिरे पर बंधी दो फुट लम्बी मोटर साइकिल की चेन के स्पष्ट निशान जेबकतरे के जिस्म पर बन गए और अभी वह चेन के प्रहारों की तिलमिलाहट से बाहर नहीं निकल पाया था कि तेजस्वी ने झपटकर उसके बाल अपनी बायीं मुट्ठी में भींचे और दांतों पर दांत जमाकर गुर्राया—''अगर मैंने सुना कि प्रतापगढ़ थाने के इलाके में किसी की जेब कटी है तो इस चेन से तेरी चमड़ी उधेड़कर रख दूंगा।''

''म-मैं इलाके में रहूंगा ही नहीं माई बाप।'' इन शब्दों के साथ जेबकतरा तेजस्वी के पैरों में गिरकर रो पड़ा—''म-मेरी सूरत तक आपको दोबारा देखने को नहीं मिलेगी।''

तेजस्वी ने आग्नेय नेत्रों से पंक्तिबद्ध खड़े इलाके के गुण्डे-बदमाशों को घूरा—इस वक्त उसका सुन्दर एवं आकर्षक चेहरा भयंकर और बदसूरत नजर

आ रहा था—उसके इस रूप को देखकर गुण्डे-बदमाशों की न केवल टांगें कांप रही थीं बल्कि चेहरे इस कदर पीले नजर आ रहे थे जैसे उन पर हल्दी पोत दी गई हो—एक में भी इतनी ताकत न थी कि तेजस्वी की सुलगती आंखों से आंखें मिला पाता।

हाथ में चेनचुक्त रूल लिए तेजस्वी, अपने कदमों को मुस्तैदी के साथ जमीन पर जमाता हुआ पंक्ति के अन्तिम छोर की तरफ बढ़ा, प्रत्येक गुण्डे को खा जाने वाले अंदाज में घूरता हुआ गुर्राया—"जिस थाने पर मुझे नियुक्त कर दिया जाता है उस थाना क्षेत्र का मैं सबसे बड़ा गुण्डा होता हूं। मेरा शौक गुण्डों पर गुण्डागर्दी करना है—इसी शौक की खातिर मैंने यह वर्दी पहनी है—कान खोलकर सुन लो! जिसे इस इलाके में रहना है, शरीफ बनकर रहे और जिसका पेट शरीफ बनकर न भर सके, वह प्रतापगढ़ छोड़कर कहीं और जा बसे—अगर मैंने किसी को गुण्डागर्दी में लिप्त पाया तो उसके बीवी-बच्चे यही कहते फिरेंगे कि इस नाम का शख्स होता तो था लेकिन जाने कहां गायब हो गया ...।"

आतंक की पराकाष्ठा के कारण पंक्तिबद्ध खड़े गुण्डे-बदमाशों के कलेजे थर्रा रहे थे—वे सब-के-सब थाने से बाहर तभी निकल सके जब तेजस्वी के पैरों में पड़कर वायदा कर चुके कि प्रतापगढ़ थाने की सीमा में कोई क्राइम नहीं करेंगे। उनमें लुक्का भी था—जुए का अवैध अड्डा चलाने वाला लुक्का—वह जिसके सिर पर लड़कियों जितने लम्बे बाल थे—देखने मात्र से लुक्का बेहद क्रूर शख्स नजर आता था।

"समझ नहीं पाया इंस्पेक्टर साहब कि आपने 'मुझे' तलब क्यों किया?" मनचंदा के चेहरे पर हवाइयां उड़ रही थीं—"बच्चों की कसम खाकर कहता हूं, मैंने कभी कोई क्राइम नहीं किया, धारा एक सौ चवालीस तक नहीं तोड़ी मैंने!"

"सुना है प्रतापगढ़ थाने में सरकारी लाइसेंस प्राप्त शराब के केवल दो ठेके हैं।" तेजस्वी उसे घूरता हुआ बोला—"एक देशी शराब का और दूसरा इंग्लिश का।"

"बिल्कुल ठीक है साहब।" मनचंदा ने कहा—"और यह भी सच है कि दोनों ही के ठेके मेरे पास हैं परंतु ...।"

''परंतु?''

''आप चाहे जिस तरह जांच कर सकते हैं, मेरे काम में कोई अनियमितता नहीं पाएंगे आप।''

''कमाई तो अच्छी-खासी होगी?'' तेजस्वी ने उसे खास नजरों से घूरा।

''अजी कहां साहब, बच्चों के लिए दाल-रोटी मुश्किल से जुटा पाता हूं।''

''बकते हो!'' तेजस्वी गुर्राया—''आजकल निन्यानवे प्रतिशत लोग शराब पीते हैं।''

''पीते तो हैं साब, लेकिन सरकारी शराब कहां पी जाती है प्रतापगढ़ में—सबको सस्ती शराब चाहिए और सरकारी टैक्स के बाद शराब सस्ती कहां रह जाती है—कमाते तो वो हैं जिन्हें सरकारी टैक्स देना नहीं पड़ता—खींची और बेच दी।''

''कौन करता है ऐसा?''

''मुझसे आपकी क्या दुश्मनी है साहब?''

''मतलब?''

''म-मेरे मुंह से उसका नाम निकला नहीं कि ...।''

''ओह ... तो रंगनाथन का इतना आतंक है यहां! तुम लाखों रुपये महीना का नुकसान सह सकते हो मगर पुलिस को खुलकर नहीं बता सकते कि यह नुकसान किसके कारण है?''

''जान लाखों रुपये से ज्यादा कीमती होती है साहब।''

''यानि वह तुम्हारा कत्ल कर डालेगा?''

''न-नहीं साहब!'' मनचंदा मिमियाया—''मैं उसके बारे में आपसे कुछ नहीं कह रहा और उसी के बारे में क्यों, मैं तो किसी के बारे में भी शिकायत नहीं कर रहा आपसे।''

तेजस्वी हौले से मुस्कराया, बोला—''तुम्हारे चेहरे पर उड़ती हवाइयां बता रही हैं मनचंदा कि तुम रंगनाथन से किस कदर खौफजदा हो। मगर मैं तुम्हें यकीन दिला सकता हूं, भविष्य में उससे डरने की कोई जरूरत नहीं है—आज का सूरज डूबने तक न केवल वे सभी अड्डे तबाह हो जाएंगे जहां नाजायज कच्ची शराब खींची जाती है बल्कि रंगनाथन भी इस थाने की हवालात में एड़ियां रगड़ रहा होगा।''

मनचंदा की आंखों में चमक उभर आई, अपने ठेकों के बाहर शराब खरीदने वालों के हुजूम नजर आने लगे थे उसे, बोला—''आपके बारे में

सुना तो बहुत है साहब, मगर बुरा न मानें, लगता नहीं वह सब हो पाएगा—रंगनाथन के हाथ बहुत लम्बे हैं साहब, शायद आपको अभी इसका अहसास नहीं है।''

तेजस्वी के होंठ कुटिलतापूर्वक मुस्कराकर रह गए।

और सचमुच!

सूरज डूबते-डूबते रंगनाथन के अड्डों पर मानो तूफान आ गया।

फोर्स को साथ लिए तेजस्वी उन अड्डों पर बाज की तरह झपटा था—भट्टियां केवल तोड़ ही नहीं दी गईं बल्कि तहस-नहस कर डाली गईं—अधखींची शराब के ड्रम उलट दिए गए—अवैध धंधे में लिप्त जो जहां मिला, गिरफ्तार कर लिया गया।

यानि वह हो गया जो रंगनाथन के मुताबिक दस साल में नहीं हुआ था।

खुद रंगनाथन को केवल गिरफ्तार ही नहीं कर लिया गया बल्कि हवालात में लाकर सीधा टॉर्चर चेयर पर बैठा दिया गया—इतने पर भी 'बस' हो जाती तो गनीमत होती—रंगनाथन के सारे भ्रम तो तब टूटे जब टॉर्चर चेयर पर बैठे-बैठे उसने तेजस्वी के सामने अपनी तरफ से बहुत ही आकर्षक रकम का प्रत्येक महीने का प्रस्ताव रखा और जवाब में रूल के अग्रिम सिरे पर लटकी चेन ने उसके जिस्म पर खून की लकीरें बनानी शुरू कर दीं।

जुनूनी अवस्था में रंगनाथन को मारता चला गया वह।

हवालात में ही नहीं, संपूर्ण थाने में रंगनाथन की मर्मान्तक चीखें गूंज रही थीं—उस पर पिला पड़ा तेजस्वी पसीने से लथपथ था कि पांडुराम ने आकर सूचना दी—''गंगाशरण जी आए हैं साब।''

''कौन गंगाशरण?'' तेजस्वी उसकी तरफ पलटता हुआ गुर्राया।

''नेताजी हैं साब, प्रतापगढ़ के विधायक!''

''ओह!'' तेजस्वी के चेहरे से मानो जलजला गुजर गया—''मगर तू उसे गंगाशरण 'जी' क्यों कह रहा है—याद रख पांडुराम! जो आज तक इस थाने में होता रहा है वह अब नहीं होगा—किसी नेता के नाम के आगे 'जी' नहीं लगाया जाएगा और विधायक ... विधायक वह चार दिन पहले था—विधानसभा भंग हो चुकी है—राष्ट्रपति शासन लागू है और राष्ट्रपति शासन में कोई विधायक नहीं होता।''

"स-सॉरी सर!" पांडुराम हकला गया—"भ-भूतपूर्व विधायक!"

"क्या चाहता है?"

"इसी के बारे में आया होगा।" पांडुराम ने तुरन्त उसकी टोन से टोन मिलाते हुए कहा—"इससे गंगाशरण का पुराना टांका है, उसी की 'शै' पर धंधा चलता है इसका।"

"तो वह इसे छुड़ाने आया है?"

"जी।"

"चल!" तेजस्वी हवालात के दरवाजे की तरफ बढ़ा—"देखता हूं साले को!"

"कहिए!" तेजस्वी ने एक सिगरेट सुलगाने के बाद पूछा—"कैसे आना हुआ?"

मेज के उस पार बैठे, सूअर की-सी थूथनी वाले गंगाशरण ने कहा—"तुम प्रतापगढ़ के थानेदार हो और हम विधायक..।"

"माफ कीजिए!" तेजस्वी ने उसकी बात काटी—"इस वक्त आप विधायक नहीं हैं।"

गंगाशरण हंसा, बोला—"चलो इस वक्त न सही मगर भूतपूर्व हैं और भविष्य में भी होंगे।"

"वह तो चुनाव बताएंगे।" तेजस्वी ने शुष्क स्वर में कहा।

"चलो तुम्हारी ये बात भी बड़ी करते हैं।" गंगाशरण मुस्कराता रहा—"फिर भी, एक-दूसरे से हमारा परिचय तो होना ही चाहिए था।"

"परिचय हो चुका है, अब आप जा सकते हैं।"

"बड़े बेरुखे इंस्पेक्टर हो यार, ये भी नहीं पूछा कि हम आए क्यों हैं?"

"बता दो।"

"रंगनाथन ने तुम्हें बताया नहीं कि वह क्या दे सकता है?"

तेजस्वी ने सिगरेट में जोरदार कश लगाया, बोला—"बता दिया।"

"लेकिन तुम्हें कुबूल नहीं?"

"न!"

"मैं रंगनाथन द्वारा बताई गई रकम को दुगनी कर सकता हूं।"

"मुझे वह भी कबूल नहीं।"

"क्यों?"

"मैं रिश्वत नहीं लेता।"

"मजाक मत करो इंस्पेक्टर, ऐसे कहीं इंस्पेक्टरी होती है?"

"मजाक तो आप कर रहे हैं मिस्टर गंगाशरण, ऐसे कहीं नेतागिरी होती है?"

"ओह!" गंगाशरण के होंठों पर से पहली बार मुस्कराहट लुप्त हुई—"तुम हमें नेतागिरी सिखाओगे?"

उसकी आंखों में झांकते हुए तेजस्वी ने उतने ही कठोर स्वर में कहा—"अगर आप मुझे इंस्पेक्टरी सिखा सकते हैं तो मैं निश्चित रूप से आपको नेतागिरी सिखा दूंगा।"

"जुबान को लगाम दो इंस्पेक्टर!" गंगाशरण गुर्रा उठा—"हम खुद चलकर तुमसे मिलने आए हैं, इससे यह भ्रम मत पालो कि तुम हमारे स्तर के हो गए—तुम जैसे पचासों इंस्पेक्टर हमारे दरवाजे पर एक टांग पर खड़े रहते हैं, किसी कमाऊ थाने पर नियुक्ति के लिए फरियाद करते रहते हैं वे।"

"बेवकूफ होंगे साले, अपनी ताकत का अंदाजा नहीं होगा उन्हें, मगर मुझे है।" दांतों पर दांत जमाए तेजस्वी कहता चला गया—"किसी व्यक्ति को नेता पुलिस बनाती है—अगर पुलिस ने महात्मा गांधी पर इतने जुल्म न किए होते तो आज महात्मा गांधी हिन्दुस्तान के राष्ट्रपिता न होते—अगर आज तक इस इलाके के नेता तुम हो तो कल पंडित शाहबुद्दीन चौधरी तुमसे ज्यादा लोकप्रिय नेता हो सकता है!"

"औकात में रहो इंस्पेक्टर!" गंगाशरण भड़क उठा—"त-तुम पंडित शाहबुद्दीन चौधरी को इस इलाके का हमसे ज्यादा लोकप्रिय नेता बनाओगे?"

उसके भड़कने पर तेजस्वी मुस्कराया, एक-एक शब्द को उसके जिस्म पर भाले की नोक की मानिंद चुभाता हुआ बोला—"जिस थाने पर मुझे नियुक्त कर दिया जाता है, उस थाना क्षेत्र में मैं ऐसे करिश्मे अक्सर दिखाता हूं!"

"त-तुम अभी जानते नहीं हो कि मेरे हाथ कितने लम्बे हैं।" गंगाशरण तिलमिला उठा—"मैं तुम जैसे बद्तमीज इंस्पेक्टर को एक क्षण के लिए भी इस इलाके के थाने पर बर्दाश्त नहीं कर सकता।"

तेजस्वी ने सिगरेट का अंतिम टुकड़ा फर्श पर डाला—जूते से मसला और मेज पर पड़ा चेनयुक्त अपना रूल उठाता हुआ बोला—"मेरी आदत ये है कि अगर एक बार तेरे जैसा घटिया नेता थाने में आ जाए तो मैं उसे अपने प्रिय हथियार का स्वाद चखे बगैर बाहर नहीं जाने देता।"

"क-क्या मतलब?" गंगाशरण उछलकर कुर्सी से खड़ा हो गया—"त-तू मुझे रोकेगा?"

"बेशक!"

"देखता हूं कैसे रोकता है।" कहने के साथ वह दरवाजे की तरफ मुड़ना ही चाहता था कि तेजस्वी के हलक से हिंसक गुर्राहट निकली—"एक कदम भी आगे बढ़ाया गंगाशरण तो ...।"

"तो?" गंगाशरण दहाड़ा—"क्या करेगा तू?"

"मैं नहीं, जो करेगा ... ये करेगा!" उसने रूल की तरफ इशारा किया—"मेरा प्रिय हथियार!"

"त-तू मुझे मारेगा?" गुस्से और हैरत के मिश्रण ने मानो उसे पागल कर दिया।

"मैं मारता नहीं हूं हरामजादे, चमड़ी उधेड़ डालता हूं!" कहने के साथ जो उसने हाथ घुमाया तो चेन की मार के परिणामस्वरूप वहां गंगाशरण की चीख गूंज गई—और एक क्या, अनेक चीखें उबलती चली गईं उसके मुंह से—तेजस्वी इस तरह पिल पड़ा जैसे भूसे की बोरी पर वार कर रहा हो।

पांडुराम के चेहरे पर आतंक कत्थक कर रहा था।

"पांडुराम!"

"यस सर।"

"प्रतापगढ़ की सबसे खूबसूरत कॉलगर्ल का नाम गोमती है न?"

"हां साब, है तो सही।"

"उसे इसी वक्त पकड़कर ले आ।"

"ले आता हूं साब मगर ..."

"मगर?" तेजस्वी की भृकुटि तन गई।

हिचकते हुए पांडुराम ने कहा—"मैं कुछ कहना चाहता हूं।"

"बोल!"

"जो कुछ आप कर रहे हैं, उस पर विचार कर लें तो बेहतर होगा।"

गुर्रा उठा तेजस्वी—"क्या मतलब?"

"मेरी बातों को अन्यथा न लें साब—कई बार होता ये है कि कोई अफसर थाने पर नया-नया आया और जानकारी न होने के कारण जोश में

ऐसा काम कर बैठा जिसके परिणाम बाद में उसके खिलाफ निकले—तब, हम जैसे मातहतों पर डांट पड़ती है, कहा जाता है कि हमने आगाह क्यों नहीं किया—उसी डांट से बचने के लिए मैं आपको जानकारी देना चाहता हूं।''

''बक!''

''आपने गंगाशरण को मार-मारकर अधमरा करके हवालात में डाल दिया, आप शायद समझ नहीं पा रहे कि यह कितनी बड़ी घटना है?''

''ये तो कुछ भी नहीं पांडुराम, मैं बहुत बड़ी-बड़ी घटनाओं को जन्म देने प्रतापगढ़ आया हुआ हूं।''

''गंगाशरण अच्छा-खासा लोकप्रिय नेता है—यहां की घटना ने थाने की सीमा लांघी नहीं कि प्रतापगढ़ में तूफान आ जाएगा—आपके खिलाफ रोष फैल जाएगा, लोग थाने के बाहर जमा हो जाएंगे—नारेबाजी करेंगे—भूख हड़ताल तक कर सकते हैं।''

''उसी सबसे बचने के लिए गोमती को बुला रहा हूं।''

''जी-जी?''

''गंगाशरण को हमने रंगनाथन को छुड़ाने आने के जुर्म में नहीं, बल्कि गोमती के फ्लैट से उसके साथ रंगरलियां मनाते पकड़ा है—गोमती थाने के सामने जमा होने वाली भीड़ और अदालत के समक्ष यह बताएगी कि 'हां, गंगाशरण उसके फ्लैट पर उसके साथ था'—गोमती को तैयार करने के बाद इन दोनों को उसके फ्लैट पर ले जाया जाएगा—फोटो खींचे जाएंगे और तब यह खबर थाने की सीमा क्रॉस करेगी कि गंगाशरण गोमती की बांहों में पकड़ा गया।''

''ओह, इस तरह तो गंगाशरण की सारी इमेज का कचरा हो जाएगा साब।''

''कचरा ही तो करना है पांडुराम।'' तेजस्वी धूर्ततापूर्वक मुस्कराया—''नेतागिरी झाड़नी है उसकी—सिद्ध करना है कि पुलिस 'नेतामेकर' होती है, मेरा ट्रांसफर कराने की धमकी दे रहा था साला!''

''एक बात और साब ...।''

''उसे भी उगल।''

''जनता द्वारा आंदोलन तो एक पहलू था—यकीनन आपने उसका माकूल हल सोचा है—गोमती के बयान और उसके साथ रंगरलियां मनाते गंगाशरण के फोटुओं को देखने के बाद निश्चित रूप से जनता उसके खिलाफ भड़क उठेगी। परंतु ...''

''परंतु?''

''दूसरा पहलू गंगाशरण का स्टार फोर्स से संबंध है।''

''मतलब?''

''स्टार फोर्स आपके खिलाफ मैदान में उतर पड़ेगी, एक्शन में आ जाएगी।''

''यही तो मैं चाहता हूं।''

''ज-जी?''

तेजस्वी के होंठों पर नाचने वाली मुस्कान अत्यंत गहरी हो गई—''स्टार फोर्स को अपने खिलाफ एक्शन में लाना ही मेरा उद्देश्य है—जा, जल्दी से गोमती को पकड़ ला।''

''ठीक है साब।'' कहने के बाद वह मुड़ा ही था कि---

''और सुन!'' तेजस्वी ने कहा।

''जी।''

''रंगनाथन के जो गुर्गे बाहर हैं उनके कानों में यह बात निकालता जा कि पंडित शाहबुद्दीन चौधरी से इंस्पेक्टर तेजस्वी के बहुत अच्छे संबंध हैं—रंगनाथन की सिफारिश के लिए अगर पंडित शाहबुद्दीन चौधरी आया होता तो मैं उसे छोड़ सकता था।''

चकरा उठा पांडुराम, बोला—''ये क्या बात हुई साब?''

''बात तेरी समझ में नहीं आएगी, जो कहा जाए वह किए जा।''

''बड़ा अजीब नाम है तेरा—पंडित भी, शाहबुद्दीन भी और चौधरी भी?''

बेहद नाटे, काले और मोटी तोंद वाले नेता को तेजस्वी के संबोधन का स्टाइल अखरा जरूर, परंतु जानता था कि कुछ बिगाड़ नहीं सकता, अतः बेहयाईपूर्वक ठहाका लगाने के बाद बोला—''ये मेरा जन्मपत्री वाला नहीं बल्कि राजनीतिक नाम है—जैसे लेखक और कवि 'तखल्लुस' लगाकर अपना नाम बदल लेते हैं—वैसे ही मैंने भी राजनीतिक नाम रख लिया है, पंडित शाहबुद्दीन चौधरी—धर्मनिरपेक्षता का पोषक हूं मैं और उसी का प्रतीक है मेरा नाम।''

''यही मैं सोच रहा था।'' तेजस्वी ने कहा—''एक ही आदमी के भला तीन बाप कैसे हो सकते हैं—पंडित, मुस्लिम और जाट!''

उसकी मां को साफ-साफ गाली दी गई थी मगर लेशमात्र भी विरोध नहीं दर्शाया पट्ठे ने बल्कि हो हो करके यूं हंसा जैसे तेजस्वी ने भारी मजाक किया हो—हंसने के कारण उसकी तोंद जमीन पर पड़े पानी से भरे गुब्बारे की मानिन्द हिल रही थी।

तेजस्वी ने कहा—"दुर्भाग्य की बात है, धर्मनिरपेक्ष नाम चिपकाने के बावजूद तू प्रतापगढ़ का लोकप्रिय नेता न बन सका।"

"लोगों में समझ की कमी है।"

"लोगों की बात छोड़ 'तीगले नेता' और मेरी बात सुन!" तेजस्वी ने एक सिगरेट सुलगाने के बाद कहा—"मैं तुझे प्रतापगढ़ का लोकप्रिय नेता बना सकता हूं।"

"अ-आप?" वह हकलाया—"क-कैसे?"

"पहले ये बता, यहां कैसे आया था?"

"क्या बताऊं—आना तो नहीं चाहता था मगर फंस गया, मेरी समझ में अभी तक यह बात नहीं आ रही कि वे लोग मेरे पास आखिर आ कैसे गए, सोचा क्या था उन्होंने?"

"किन्होंने?" तेजस्वी ने भेदभरी मुस्कान के साथ पूछा।

"रंगनाथन के गुर्गे थे वे—करीब आधा घंटा पहले मेरे घर पहुंचे—हाथ जोड़ने लगे, पैरों में पड़ गए—कहने लगे, दुनिया में मैं वह अकेला शख्स हूं जो रंगनाथन को थाने से छुड़ाकर ला सकता हूं—मैं चकित रह गया, हैरान हो उठा—उनका राजनीतिक आका गंगाशरण था। समझ नहीं पा रहा था कि उसे छोड़कर वे मेरे पास क्यों आ गए, बोला—गंगाशरण की शरण में जाओ भाई, रंगनाथन को वही छुड़ा सकता है—मेरी सुनने वाला कौन है—कहने लगे—'नहीं, मैं झूठ न बोलूं—उन्हें पता लगा है, नए इंस्पेक्टर से मेरे बहुत अच्छे ताल्लुकात हैं और वह रंगनाथन को केवल मेरे कहने से छोड़ सकता है'—मैंने बहुत समझाया, गिड़गिड़ाकर कहा—'तुम लोगों को किसी ने बहका दिया है'—इंस्पेक्टर तेजस्वी की तो मैंने शक्ल तक नहीं देखी—मगर वे नहीं माने, मजबूर कर दिया मुझे।"

"मैंने भेजा था उन्हें।"

"अ-आपने?" आंखें उलट गईं।

"मैंने हवलदार से रंगनाथन के गुर्गों में यह बात फैला देने के लिए कहा था कि तेरे कहने से इंस्पेक्टर तेजस्वी रंगनाथन को छोड़ सकता है।"

"आपने ऐसा क्यों किया?"

‘‘तेरी इज्जत, तेरा मान बढ़ाने के लिए—तेरा रुतबा कायम करने के लिए और तेरी नेतागिरी चमकाने के लिए।’’

पंडित शाहबुद्दीन चौधरी रोमांचित हो उठा—‘‘म-मगर आपने मुझ पर ये मेहरबानी आखिर की क्यों?’’

‘‘दिल आ गया है तुझ पर।’’

‘‘ज-जी?’’

‘‘चुनाव जीतना लोकप्रियता का प्रतीक है यानि लोकप्रिय नेता वह जो अपने हलके से चुनाव जीत जाए—चुनाव आजकल आम वोटर नहीं बल्कि गुण्डे-बदमाश जिताते हैं—वे, जो आम मतदाता को बूथ तक नहीं पहुंचने देते—भूला-भटका कोई पहुंच भी जाए तो पता लगता है कि उसकी वोट डल चुकी है—मतलब ये कि आजकल ज्यादातर लोगों के वोट गुण्डे-बदमाश डाल देते हैं, ऐसा है कि नहीं?’’

‘‘बिल्कुल ऐसा ही है इंस्पेक्टर साहब—वाह, क्या बात कही है आपने—मजा आ गया, चंद शब्दों में हमारे लोकतंत्र की कलई खोलकर रख दी—मैं भी यही कहता रहा हूं—गंगाशरण के चुनाव के खिलाफ अदालत में याचिका दाखिल कर रखी है मैंने—उसमें यही कहा है कि गंगाशरण ने गुण्डागर्दी से चुनाव जीता है—आम मतदाता को तो वोट डालने ही नहीं दिया गया—सभी बूथ उसके रायफलधारी बदमाशों ने कैप्चर कर लिए थे।’’

‘‘याचिका का कोई नतीजा निकला?’’

‘‘अभी तो बस तारीख पर तारीख लग रही हैं।’’

तेजस्वी हंसा—‘‘जबकि विधान सभा भंग भी हो चुकी है।’’

‘‘यही तो मैं कहता हूं—हमारे देश का कानून भी कोई कानून है? या तो इंसाफ मिलेगा नहीं और मिलेगा भी तो तब जब पीड़ित पक्ष को उसकी जरूरत नहीं रह जाएगी।’’

‘‘तेरे जैसे घोंचू अदालतों के चक्कर काटते रहते हैं, चुनाव नहीं जीत सकते।’’

‘‘मैं तुम्हें इसी क्षण अपना राजनीतिक गुरु स्वीकार करता हूं—प्लीज गुरुदेव, वो तरीका बताओ जिससे चुनाव जीता जा सके क्योंकि जो चुनाव नहीं जीत सकता वह राजनीति के मैदान की फुटबाल बनकर रह जाता है, कभी किसी की ठोकर पर तो कभी किसी की।’’

‘‘वही बता रहा हूं ‘तीगले नेता’—चुनाव जीतने के लिए छोड़े जाने वाले तीरों का नाम गुण्डे-बदमाश है और गुण्डे-बदमाश उसके तरकश में रहते हैं

जो उन्हें पुलिस से संरक्षण दे सके क्योंकि उनके और पुलिस के बीच लाग-डाट चलती रहती है—इसलिए हे नेता! चुनाव जीतना है तो अपने तरकश में गुण्डे-बदमाश नाम के ब्रह्मास्त्र भरकर कुरुक्षेत्र में कूद!''

''व-वे तो आप ही मेरे तरकश में भर सकते हैं।''

''समझदार है तू—जल्द ही समझ गया कि किसकी चरण वन्दना से चुनाव के भवसागर से तर सकता है और भाग्यशाली भी है, तभी तो तुझसे बात तक किए बगैर मैंने तेरे लिए काम करना शुरू कर दिया—अभी तो केवल रंगनाथन के गुर्गे तेरे तरकश में आए हैं, जब रंगनाथन को यहां से छुड़ाकर ले जाएगा तो वह भी तेरे तरकश में पड़ा होगा।''

''बस ... बस इंस्पेक्टर साहब, मैं तर जाऊंगा—रंगनाथन का ही तो गिरोह था जिसने आम मतदाता को बूथ तक न पहुंचने दिया—इस बार अगर वह गिरोह मेरे साथ हुआ तो ... तो ... समझो कि मैं विधायक बन जाऊंगा।''

''तू तो मूर्खतापूर्ण बातें करने लगा तीगले!''

''क-क्या मतलब?'' वह घिघियाया।

''जाल ऐसा बुनना चाहिए जिससे सारे तीर अपने ही तरकश में भर जाएं—सामने वाले का तरकश खाली हो—ठीक उसी तरह, जैसे पिछले चुनावों में तेरा तरकश खाली था।''

''ये तो पते की बात है गुरुजी।''

''प्रतापगढ़ में रंगनाथन के गिरोह जैसे और भी कई गिरोह हैं—उनमें से कई ऐसे भी हैं जिनकी रंगनाथन से दुश्मनी है—अगर वे गंगाशरण के तरकश में जा गिरे तो गैंगवार छिड़ जाएगी और गैंगवार का परिणाम कुछ भी निकल सकता है—गंगाशरण के पक्ष में भी और तेरे पक्ष में भी। जबकि अगर हम समझदार हैं तो ऐसा रिस्क नहीं ले सकते—हमें ऐसे बीज बोने हैं जिनसे पैदा होने वाली फसल पर हमारा कब्जा हो।''

''अगर ऐसा हो जाए तो मजा आ जाए गुरुदेव।''

''होगा तीगले—ऐसा होगा—मैं करूंगा, सारे तीर तेरे तरकश में पड़े होंगे।''

''क-कैसे?''

''ठीक वैसे जैसे रंगनाथन नाम का ब्रह्मास्त्र तेरे तरकश में गिरने वाला है—मैं एक-एक को पकड़ूंगा और तू हरेक को छुड़ा ले जाएगा—ऐसा बार-बार होगा, तब तक होता रहेगा जब तक उन्हें अहसास न हो जाए कि प्रतापगढ़ में उनकी दुकानदारी तेरा संरक्षण पाए बगैर नहीं चल सकती।''

''मैं समझ गया गुरुदेव, बिल्कुल समझ गया मैं!'' खुशी से पागल हुआ जा रहा पंडित शाहबुद्दीन कहता चला गया—''इस वक्त केवल इतना ही आश्वासन दे सकता हूं कि अगर आपकी कृपा से कभी कुछ बन गया तो सारी जिन्दगी आपकी गुलामी करूंगा, हुक्का भरूंगा आपका।''

''ये था इलाके का लोकप्रिय नेता बनने का एक मोर्चा—दूसरा मोर्चा है, प्रतिद्वंदी की साख को ध्वस्त कर डालना बल्कि उसके चरित्र पर ऐसा बदनुमा धब्बा लगा देना जिससे उसके कट्टर समर्थक भी भड़क उठें, खिलाफ हो जाएं—ऐसा होने पर जनता की निगाहें स्वतः तुझ पर टिक जाएंगी।''

''वैरी गुड गुरुदेव, मगर ऐसा हो कैसे?''

''हो चुका है।''

''जी?''

''ये फोटो देख!'' कहने के साथ तेजस्वी ने दराज से एक ऐसा फोटो निकालकर मेज पर डाल दिया जिसमें जन्मजात नंगा गंगाशरण जन्मजात नंगी गोमती के साथ उसके बैड पर नजर आ रहा था। फोटो को देखते ही उसके मुंह से निकला—''हे ऊपर वाले, क्या नजारा है!''

''इस नजारे वाले पोस्टरों से प्रतापगढ़ की दीवारें ढक देना तेरा काम है—अखबार वाले खुद इस फोटो को प्राप्त करने के लिए आकाश-पाताल एक कर देंगे—उसके बाद गंगाशरण हजार खण्डन भेजता रहे, गला फाड़-फाड़कर चिल्लाता रहे कि यह सब झूठ है, मगर खुर्दबीन से ढूंढने पर भी उसकी बात पर विश्वास करने वाला नहीं मिलेगा।''

फोटो की तरफ देखते पंडित शाहबुद्दीन चौधरी ने पूछा—''क्या ये सच है?''

''झूठ होता तो फोटो कहां से आ जाता?'' तेजस्वी गुर्राया—''गंगाशरण को गोमती की शरण में से मैंने रंगे हाथों पकड़ा है, दोनों हवालात में बन्द हैं इस वक्त।''

''वाकई, ये साला गंगाशरण तो बड़ा छुपा रुस्तम निकला।''

मुस्कुराया तेजस्वी, बोला—''कल को प्रतापगढ़ के बच्चे- बच्चे की ज़ुबान पर ये शब्द होंगे।''

अगले दिन!

सुबह के दस बजे!

प्रतापगढ़ थाने के बाहर टायरों की तीव्र चरमराहट के साथ एक मिनी बस रुकी—द्वार पर तैनात संगीनधारी पुलिसिए कुछ समझ भी न जाए थे कि बस के दोनों दरवाजे खुले।

मिलिट्री की सी वर्दी पहने ढेर सारे लोग नजर आए।

उनके हाथों में ए.के.-47 रायफलें थीं।

संगीनधारी सिपाही अभी फैसला न कर पाए थे कि उन्हें करना क्या है कि दो रायफलों की नालें उनके सीनों से आ सटीं।

साथ ही एक कड़क चेतावनी—''जुंबिश खाई तो गोली खानी पड़ेगी।''

जहां-के-तहां खड़े रह गए दोनों, मानो स्टेचू हों।

जिस्मों ने पसीना इस तरह उगला जैसे शर्त लगा बैठे हों—चेहरों पर हवाइयां उड़ रही थीं, मुंह से चूं-चां तक की आवाज न निकल सकी, उन्हें केवल दो वर्दीधारी लोगों ने कवर किया था, बाकी वर्दीधारी हाथों में ए.के.-47 लिए मिनी बस से कूद-कूदकर थाने में दाखिल हो गए।

जैसे पूर्वनिर्धारित हो, किसे क्या करना है!

उनके पैरों में मिलिट्री जैसे भारी बूट थे, सारे थाने में बूटों की खड़खड़ाहट गूंज उठी—थाने के प्रांगण के परले सिरे पर खड़े एक पुलिसिए ने यह दृश्य देखा, गड़बड़ी की आशंका से ग्रस्त उसने कंधे पर लटकी रायफल उतारकर हाथ में ली और उसे फायर करने की पोजीशन में लाना चाहता था कि—

'धांय!'

सारा इलाका गोली की आवाज से गूंठ उठा।

रायफल पुलिसिए के हाथ से छिटककर दूर जा गिरी—इससे पूर्व कि वह कोई दूसरी हरकत करता, मिलिट्री की-सी वर्दी वाले एक शख्स की ए.के.-47 की नाल उसकी कनपटी का चुम्बन लेने लगी।

थाने के प्रांगण में चारों तरफ फैल गए वे।

कुछ बिल्डिंग के विभिन्न ऑफिसों में घुसे।

हालांकि भारी बूटों और फायर की आवाज ने थाने में मौजूद सभी पुलिसियों को चौंका दिया था और वे अपने अपने स्थान पर उछलकर खड़े भी हो चुके थे परंतु केवल खड़े ही हो सके।

कुछ करने की बात दूर, सोचने तक का अवसर न मिल पाया था।

जो जहां था, वहीं-का-वहीं रायफलों के साये में कैद होकर रह गया।

सारी कार्यवाही सैनिक टुकड़ी की मानिन्द व्यवस्थित थी।

कहीं कोई अड़चन, कोई हड़बड़ाहट नहीं!

तेजस्वी उस वक्त अपने ऑफिस में मौजूद पांडुराम को कोर्ट चलने से संबंधित निर्देश दे रहा था जब फायर की आवाज गूंजी—दोनों उछल पड़े, तेजस्वी ने झपटकर होलेस्टर से रिवॉल्वर खींचा।

धांय!

एक गोली सीधी रिवॉल्वर में आकर लगी।

पांडुराम उछलकर दीवार से जा सटा, घिग्घी बंध गई थी उसकी।

और तेजस्वी!

ठगा-सा खड़ा वह ऑफिस के द्वार पर जिन्न की मानिन्द प्रकट हुए दो वर्दीधारियों को घूर रहा था—उनमें से एक के हाथ में रिवॉल्वर था, दूसरे के हाथ में ए.के.-47—रिवॉल्वर की नाल से धुआं निकल रहा था।

तेजस्वी बगैर उनके कहे समझ सकता था कि इस वक्त स्वेच्छापूर्वक अपनी अंगुली तक हिलाना मूर्खतापूर्ण हरकत साबित हो सकती है।

वर्दियां बता रही थीं कि वे स्टार फोर्स के लोग हैं।

''अगर हमारा मकसद खून-खराबा होता तो गोली रिवॉल्वर पर नहीं, तेरी कनपटी पर लगती इंस्पेक्टर!'' वह शख्स बोला जिसकी रिवॉल्वर अभी तक धुआं उगल रही थी—''और तुम केवल उतनी देर में इस दुनिया से कूच कर चुके होते जितनी देर में गोली तुम्हारी मेज के आर-पार निकलती।''

तेजस्वी ने शांत स्वर में पूछा—''क्या चाहते हो?''

''हमारा काम चाहना नहीं, आदेश को पूरा करना है।''

''क्या आदेश मिला है तुम्हें?''

''मेजर थारूपल्ला तुमसे मिलना चाहते हैं।'' लहजा पूरी तरह सपाट था—''हमारा मिशन था, उनकी और तुम्हारी बातचीत के लिए माहौल तैयार करना।''

''कहां है थारूपल्ला?''

''आते होंगे, अभी माहौल बना कहां है?''

''मतलब?''

''प्रांगण में चलो, वे धूप में बैठकर आराम से बात करना चाहेंगे।''

तेजस्वी चुप रहा गया—अपने स्थान से हिला तक नहीं वह—जबकि घिघियाते से पांडुराम ने कहा—''च-चले चलिए साब, प्रांगण में चले चलिए—ये लोग बड़े जल्लाद होते हैं, मेरे और आप जैसे इंसानों की कीमत इनकी नजरों में गाजर- मूली ...।''

''खामोश!'' तेजस्वी हलक फाड़कर दहाड़ा।

पांडुराम ने सकपकाकर स्टार फोर्स के लोगों की तरफ देखा—उसे उम्मीद थी, वे किसी भी क्षण इंस्पेक्टर तेजस्वी को गोली मार सकते हैं, मगर आशाओं के विपरीत उनमें से एक ने हल्की मुस्कान के साथ तेजस्वी से कहा—''प्रांगण में चलें?''

''चलो!'' कहने के साथ तेजस्वी अपनी मेज के पीछे से निकल आया।

सभी पुलिसिए स्टार फोर्स की राइफलों की नोक पर थे।

तेजस्वी और पांडुराम की तरह सभी को प्रांगण में ले आया गया—इस वक्त वह स्थान पुलिस का थाना नहीं बल्कि स्टार फोर्स की छावनी नजर आ रहा था—स्टार फोर्स के लोग एक मेज और दो कुर्सियां उठाकर प्रांगण में ले आए।

मेज लॉन में डाल दी गई, सफेद रंग का मेजपोश बिछाया गया उस पर।

बीचों-बीच दो गुलदस्ते रख दिए गए, गुलदस्तों में गुलाब के फूल खिले हुए थे।

एक कुर्सी मेज के इधर डाली गई, दूसरी उधर।

आमने-सामने।

''बैठो।'' रिवॉल्वरधारी ने तेजस्वी से कहा।

तेजस्वी बगैर कुछ बोले आगे बढ़ा और उस कुर्सी पर जा बैठा जिसकी तरफ रिवॉल्वरधारी ने इशारा किया था—कुर्सी पर बैठने के बाद उसने चारों तरफ का निरीक्षण किया—मौत के आतंक से ग्रस्त पुलिस वाले इस वक्त चूहे से नजर आ रहे थे—रायफलधारियों के कन्धों पर लगी 'लुप्पियों' पर स्टील के बने स्टार लगे हुए थे जबकि रिवॉल्वरधारी की लुप्पियों पर लगे स्टार पीतल के थे।

दोनों कंधों पर एक-एक स्टार।

तेजस्वी की निगाहें अभी प्रांगण का निरीक्षण करने में ही तल्लीन थीं कि तोप से छूटे गोले की-सी रफ्तार के साथ खुली जीप मुख्य द्वार पार करके थाने में प्रविष्ट हुई।

जोरदार ब्रेक लगाए जाने के कारण टायरों की तीव्र चीख-चिल्लाहट के साथ जीप प्रांगण में रुकी—हरेक नजर उस पर स्थिर हो गई—जीप में एक ड्राइवर, चार रायफलधारी और एक वह था जो ड्राइवर की बगल में अगली सीट पर बैठा था।

जीप के रुकते ही वह कूद पड़ा।

कलफ लगी 'मिलिट्री की वर्दी' पहने हुए था—काला रंग, बलिष्ठ जिस्म,

मोटी मूंछों और गंदली आंखों वाले उस शख्स का व्यक्तित्व आकर्षित करने वाला था—भारी बूटों से ठक् ... ठक् करता हुआ वह मेज की तरफ बढ़ा, तेजस्वी से नजरें मिलते ही मुस्कुराया।

मगर ...।

तेजस्वी केवल उसे घूरता रहा, कुर्सी से खड़ा नहीं हुआ वह।

''थारूपल्ला।'' मेज के नजदीक पहुंचकर उसने हाथ बढ़ाते हुए कहा।

''बैठो।'' तेजस्वी का स्वर शुष्क था।

थारूपल्ला की मुस्कान गहरी हो गई, बोला—''हाथ नहीं मिलाओगे?''

''मैं दोस्तों से हाथ मिलाया करता हूं।''

थारूपल्ला इस तरफ पड़ी कुर्सी पर बैठता हुआ बोला—''हाथ तो हम भी दोस्तों से ही मिलाते हैं और बढ़ाया इसीलिए था ताकि दोस्ती कायम हो जाए।''

''मैं प्रतापगढ़ थाने पर गुण्डे-बदमाशों से दोस्ती करने नहीं आया हूं।''

''गुड।'' थारूपल्ला हंसा—''बहादुर लोग मुझे पसंद हैं।''

तेजस्वी के स्वर में पैनापन आ गया—''यहां आने का कारण?''

थारूपल्ला थोड़ा गंभीर नजर आया—''मुझे केवल बहादुर पसंद हैं, बेवकूफ नहीं—बहादुर दिमाग का इस्तेमाल करते हैं और बेवकूफ जानते ही नहीं कि दिमाग का इस्तेमाल होता कैसे है?''

''इस वक्त मैं तुम्हारी रायफल के साए में हूं और किसी बहादुर व्यक्ति को रायफल के साए में लेकर मूर्ख से मूर्ख व्यक्ति भी मूर्ख कह सकता है।''

''इतना बखेड़ा तुम्हारे दिमाग से यह 'खुश्की' निकालने के लिए करना पड़ा कि थानेदार थाने का मालिक होता है और थाने में केवल वह होता है जो वह चाहे—थाना तुम्हारा है इंस्पेक्टर मगर यहां होगा वह जो हम चाहेंगे।''

''मुमकिन है इस वक्त जो तुम चाहो वह हो जाए परंतु ...।''

''परंतु?'' कहते वक्त थारूपल्ला के होंठों पर मुस्कान थी, गंदली आंखों में जगमगाहट।

तेजस्वी ने उसकी आंखों में आंखें डालकर बेधड़क कहा—''मेरी तरफ से तुम्हें बहुत जल्द अपनी इस नाजायज हरकत का माकूल जवाब मिलेगा।''

''यानि स्टार फोर्स से टकराव का रास्ता चुना है तुमने?''

''स्टार फोर्स को नेस्तनाबूद करने का फैसला मैं काफी पहले ले चुका हूं।'' तेजस्वी के स्वर में दृढ़ता कूट-कूटकर भरी हुई थी।

''अगर ऐसा है तो तुम्हें अपने फैसले पर पुनर्विचार कर लेना चाहिए इंस्पेक्टर।'' थारूपल्ला चेतावनी देने के से अंदाज में बोला—''और पुनर्विचार करने का केवल यही मौका है—दिल में स्टार फोर्स को नेस्तनाबूद करने के मंसूबे लेकर तुम जीवित नहीं रह सकते।''

''तो मर जाऊंगा।'' तेजस्वी के दांत भिंच गए—''मगर मंसूबे को दिल से नहीं निकलने दूंगा।''

''हम यह भी नहीं चाहते।''

''क्या नहीं चाहते?''

''कि तुम मर जाओ।''

हंसा तेजस्वी—''इस मेहरबानी की वजह?''

''तुम बहादुर हो, यमन हो, यानि उस कौम के जिस कौम का मैं हूं—स्टार फोर्स है और खुद ब्लैक स्टार हैं—श्रीगंगा की जमीन के जिस टुकड़े पर हमारी कौम की बहुतायत है उस टुकड़े को अपना एक आजाद और सार्वभौम राष्ट्र बनाना चाहते हैं हम—इसमें क्या गलत है? मगर श्रीगंगा सरकार हमारा दमन कर रही है, उसके इशारे पर खुद हमारे मुल्क की सेनाओं ने हमारी कौम पर बेशुमार जुल्म किए—इन जालिमों से लोहा लेने के लिए हमें अपनी कौम के तुम जैसे बहादुरों की सख्त जरूरत है, इसलिए नहीं चाहते कि तुम स्टार फोर्स के हाथों कुत्ते की मौत मारे जाओ।''

''किसी कौम विशेष का होने से बहुत पहले तेजस्वी अपने वतन का है और एक सच्चा वतनपरस्त किसी राष्ट्र के टुकड़े कर डालने का हामी नहीं हो सकता—अगर हम ये कहेंगे कि श्रीगंगा सरकार को स्टार फोर्स की मांग मान लेनी चाहिए तो वह किस मुंह से कह पाएंगे कि हमारे मुल्क के आतंकवादियों की मांग नाजायज है?''

''मैं बहस नहीं करना चाहता इंस्पेक्टर।''

''हुंह!'' तेजस्वी ने धिक्कारा—''कुछ देर पहले तुम पूरी बहस के मूड में थे मिस्टर थारूपल्ला, मगर मेरे सवाल का तर्कपूर्ण जवाब न दे पाने के कारण इसके अलावा और कह क्या सकते हो कि 'तुम बहस नहीं करना चाहते'—नहीं चाहते तो न सही, मैं कौन सा तुम्हें 'कन्विंस' करने का ख्वाहिशमंद हूं! मगर इतना जरूर कहूंगा कि हमारी कौम पर श्रीगंगा सरकार या हमारे मुल्क की सेना नहीं बल्कि तुम लोग जुल्म कर रहे हो—कौम के तुम जैसे चन्द चालाक लोग सीधे- सादे लोगों की भावनाएं भड़काकर उन्हें तबाह और बरबाद कर रहे हो, खून के आंसू रुला रहे हो उन्हें।''

अंतिम शब्द कहते-कहते तेजस्वी का चेहरा भभक उठा और उसके भभकते चेहरे को देखकर थारूपल्ला के दांत भिंचते चले गए, इस बार हलक से गुर्राहट निकाली—''मेरे ख्याल से तुम इसी वक्त गोली से उड़ा दिए जाने के लायक हो।''

तेजस्वी के सम्पूर्ण जिस्म में मौत की सिहरन दौड़ गई मगर वह उस सिद्धांत को मानने वाला था कि जो डर गया सो मर गया। अतः मुकम्मल दृढ़ता के साथ बोला—''तो मार क्यों नहीं देते, रोकने वाला कौन है तुम्हें?''

''ब्लैक स्टार का आदेश!''

''मतलब?''

''उनका आदेश है, तुम्हें एक हफ्ता दिया जाए।''

''क्या?''

''अच्छी तरह सोच लो, स्टार फोर्स को सहयोग देकर जिन्दा रहना चाहोगे या ...।''

''फैसला सुना चुका हूं मिस्टर थारूपल्ला, मेरे इस फैसले से ब्लैक स्टार को भी अवगत करा देना।'' सख्त स्वर में तेजस्वी कहता चला गया—''उससे कहना, तेजस्वी मर सकता है मगर स्टार फोर्स से हाथ नहीं मिला सकता ... और सुनो, यह भी कह देना कि तेजस्वी नाम की हस्ती फ्री में मर जाने वालों में से नहीं है—स्टार फोर्स और अपने अस्तित्व को बचाकर रखे वह—कहीं ऐसा न हो कि बहुत जल्द वह तेजस्वी के हाथों को अपनी गर्दन पर जकड़ा पाए।''

थारूपल्ला उतने ही कठोर स्वर में बोला—''हालांकि सुना है, कोई किसी को ख्वाब देखने से नहीं रोक सकता, लेकिन अगर तुम्हें एक हफ्ता देने का हुक्म न मिला होता तो इस वक्त का मेरा एक इशारा तुम्हें ख्वाब देखने से भी रोक सकता था इंस्पेक्टर—ब्लैक स्टार की बात तो बहुत दूर है, तुम्हारे ये नापाक हाथ उनके मुझ जैसे अदने से सेवक तक की गर्दन को नहीं छू सकते—और वे मुझ जैसे कम-से-कम दो सौ सेवकों के पीछे रहते हैं।''

कुछ देर पहले तक तेजस्वी के दिमाग में थोड़ा-बहुत खौफ था मगर जब से ब्लैक स्टार के आदेश के बारे में सुना था वह भी काफूर हो गया—तेजस्वी समझ चुका था, थारूपल्ला चाहकर भी कम-से-कम इस वक्त उस पर गोली नहीं चला सकता। अतः मुकम्मल तौर पर बेखौफ स्वर में बोला—''बहुत धमकियां दे चुके मिस्टर थारूपल्ला, अब एक चेतावनी मेरी भी सुनो—अगर एक हफ्ते के अन्दर तुमने प्रतापगढ़ नहीं छोड़ दिया तो ये दुनिया छोड़नी

पड़ेगी—सारे इलाके को तुम्हारी लाशों से पाट दूंगा मैं—प्रतापगढ़ के उस जंगल को जलाकर राख कर दूंगा जिसमें छुपने के बाद तुम्हारा ब्लैक स्टार खुद को उतना सुरक्षित समझता है जितना मां के गर्भ में बच्चा।''

थारूपल्ला इस तरह हंसा जैसे उपरोक्त शब्द नासमझ बच्चे ने कहे हों, बोला—''ब्लैक स्टार एक चीते का नाम है इंस्पेक्टर और तुम ... तुम महज एक चींटी हो।''

''चींटी ही सही बेटे, मगर मैं पंख वाली चींटी हूं जिसके काटने मात्र से चीते तिलमिला उठते हैं।''

''तुम जैसी चींटियों के पंख कुतरने हमें आते हैं।''

''कोशिश करके देखो।''

थारूपल्ला ने नजदीक खड़े एक वर्दीधारी से कहा—''गंगाशरण को यहां ले आओ।''

तेजस्वी के होंठों पर मुस्कान थिरक कर रह गई।

बल्लियों तो गंगाशरण उसी समय उछलने लगा था जब स्टार फोर्स के सैनिकों ने हवालात का ताला खोला और प्रांगण का दृश्य देखने के बाद तो बांछें ही खिल गईं—थाने पर स्टार फोर्स का कब्जा और चूहे से नजर आने वाले पुलिसियों को देखकर उसके सीने का नाप कम-से-कम दो इंच बढ़ गया था, अपने दरबार में दाखिल होते शहंशाह की-सी चाल से चलता गंगाशरण धूप में पड़ी मेज की तरफ बढ़ा मगर नजदीक पहुंचते-पहुंचते अपने दिमाग को लगे झटके से न बचा सका, यह झटका तेजस्वी के होंठों पर थिरक रही मुस्कान के कारण लगा था—तेजस्वी की हालत अन्य पुलिसियों की-सी न देखकर निराशा हुई उसे।

यही क्षण था जब थारूपल्ला ने तेजस्वी की आंखों में झांकते हुए गर्व के साथ कहा—''अगर हम गंगाशरण को यहां से ले जाएं तो भविष्य में तुम अपने पंखों से नहीं उड़ सकोगे।''

''तुम इस हरामी नेता को नहीं ले जा सकते थारूपल्ला!'' तेजस्वी के हर लफ्ज से आत्मविश्वास की फुहारें फूट रही थीं।

''त-तुम रोकोगे हमें?'' थारूपल्ला हंसा—''तुम?''

''हां थारूपल्ला, मैं रोकूंगा तुम्हें ... मैं!''

''अपने शब्द वापस लेने पड़ेंगे मुझे—तुम बहादुर नहीं, मूर्ख हो।''

तेजस्वी शब्दों से जवाब देने के स्थान पर खिल्ली उड़ाने वाले अंदाज में हंसा।

गुस्से की ज्यादती के कारण थारूपल्ला का चेहरा भभक उठा—आंखें सुलगकर अंगारा हो गईं, सारा जिस्म कांप रहा था उसका और उसे इस अवस्था में देखकर प्रांगण में चारों तरफ खड़े पुलिसियों के चेहरे इस कदर सुत गए मानो लहू की अंतिम बूंद तक निचोड़ ली गई हो—थारूपल्ला के हलक से हिंसक चीते की सी गुर्राहट निकली—''ऊपर वाला जानता होगा कि तुम ये दावा किस बूते पर कर रहे हो?''

''इसके बूते पर!'' तेजस्वी ने दाहिने हाथ की तर्जनी से अपनी कनपटी को ठकठकाते हुए कहा—''यहां आदमी की अक्ल होती है थारूपल्ला और उस अक्ल के बूते पर ही मैं ये दावा कर रहा हूं।''

''इस रिवॉल्वर की गोली बड़ी-से-बड़ी अक्ल का भुर्ता बना डालती है इंस्पेक्टर!'' गुस्से के कारण कांपते थारूपल्ला ने अपने होलेस्टर से रिवॉल्वर खींच लिया—''इस भुलावे में मत रहना कि मैं तुम्हें किसी भी 'कंडीशन' में नहीं मार सकता—जहां मुझे, तुम्हें एक हफ्ता देने का हुक्म मिला है, वहीं यह आदेश भी मिला है कि गंगाशरण को थाने से निकालकर लाऊं और इस आदेश को पूरा करने की खातिर तुम्हारे टुकड़े-टुकड़े कर डालने के अधिकार मेरे पास सुरक्षित हैं।''

''तो करो कोशिश।'' तेजस्वी के होंठों पर भेदभरी मुस्कान थी—''ले जाओ इस हरामी नेता को!''

''आओ गंगाशरण!'' कहने के साथ थारूपल्ला एक झटके से उठा, जीप की तरफ बढ़ता हुआ बोला—''जीप में बैठो, देखता हूं ये हमें कैसे रोकेगा ...।''

गंगाशरण उसके पीछे लपका।

''सोच ले गंगाशरण!'' तेजस्वी ने चेतावनी दी—''तुझे भविष्य में नेतागिरी करनी है या नहीं?''

गंगाशरण ठिठका, पलटकर इतना ही पूछ पाया वह—''क्या मतलब?''

''पब्लिक की नजरों में तू गोमती के फ्लैट से उसके साथ रंगरलियां मनाता पकड़ा गया है—आज के अखबारों में तेरे और गोमती के फोटो भी छपे हैं—इन हालात में अगर थारूपल्ला के साथ गया तो सभी प्रचार-माध्यम और अखबार पब्लिक को यह बताएंगे कि स्टार फोर्स के लोग तुझे

थाने से उड़ा ले गए—इस प्रचार से पब्लिक की नजरों में यह आरोप और पुष्ट हो जाएगा कि तू वाकई गोमती के साथ रंगरलियां मना रहा था—जिस नेता के बारे में पब्लिक यह सोचने लगे उसकी नेतागिरी खत्म, लोकप्रियता नेस्तनाबूद!''

गंगाशरण के चेहरे पर हवाइयां उड़ने लगीं।

''इसके विपरीत।'' तेजस्वी ने गर्म लोहे पर चोट की—''अगर मेरे द्वारा कोर्ट में पेश होता है तो अदालत तुझे अपना पक्ष प्रस्तुत करने का अवसर देगी, उस वक्त तू चीख-चीखकर प्रतापगढ़ की पब्लिक को यह 'मैसेज' दे सकता है कि मैंने तुझे झूठे केस में फंसाया है।''

गंगाशरण मिट्टी के माधो की तरह जमीन पर चिपका रह गया।

तेजस्वी ने पुनः कहा—''सोच ले गंगाशरण, अच्छी तरह सोच ले—अगर भविष्य में नेतागिरी नहीं करनी तो बेशक थारूपल्ला के साथ जाकर हमेशा के लिए अपने दामन को दागदार कर ले—और अगर नेतागिरी करनी है तो अपने दामन पर लगा दाग तुझे धोना पड़ेगा क्योंकि इस दाग के साथ नेतागिरी नहीं की जा सकती—खुला मैदान है तेरे सामने, जो चाहे कर।''

बात गंगाशरण की समझ में आ गई थी अतः थारूपल्ला की तरफ पलटकर बोला—''इंस्पेक्टर ठीक कह रहा है मेजर साहब, अगर मैं इस तरह चला गया तो ...।''

''तो?'' थारूपल्ला गुर्राया।

''मेरी नेतागिरी खत्म—प्रतापगढ़ की पब्लिक कौड़ी के भाव नहीं पूछेगी मुझे और जब नेतागिरी ही खत्म हो जाएगी तो महान ब्लैक स्टार के किस काम का रह जाऊंगा मैं?''

''क्या चाहता है?''

गंगाशरण फौरन जवाब न दे सका, दोराहे पर खड़ा था वह।

और तेजस्वी!

तेजस्वी के होंठों पर जबरदस्त विजयी मुस्कान भरतनाट्यम कर रही थी—बड़े ही निश्चिंत भाव से उसने एक सिगरेट सुलगाई, जोरदार कश लिया और अपने द्वारा फेंके गए शब्दों के जाल में फंसे गंगाशरण तथा थारूपल्ला के बीच चल रहे विवाद का आनंद इस तरह लूटने लगा जैसे दिलचस्प नाटक देख रहा हो।

''बकता क्यों नहीं गंगाशरण?'' थारूपल्ला झुंझला उठा—''क्या चाहता है तू?''

''ग-गुस्ताखी माफ करना मेजर साहब।'' हिचकिचाते हुए गंगाशरण को कहना पड़ा—''बेहतर है मुझे कोर्ट में पेश होने दिया जाए—वहां मैं अपनी बात कहूंगा, भले ही सब लोग यकीन न कर पाएं मगर मेरे समर्थक तो विश्वास करेंगे ही—अगर मैंने लोगों के सामने अपना पक्ष रखने का यह स्वर्णिम अवसर गंवा दिया और आपके साथ चला गया तो आम पब्लिक की तो कौन कहे, समर्थक तक यही समझेंगे कि गंगाशरण सचमुच गोमती की बांहों से गिरफ्तार किया गया था, तभी तो चोरों की भांति थाने से फरार हो गया!''

''हम केवल इसलिए आए थे ताकि तुम्हारे दिल में यह शिकायत न रहे कि स्टार फोर्स ने कुछ किया नहीं—मगर जब तुम ही इंकार कर रहे हो तो ...।''

''स-सोचिए मेजर साहब ... आप खुद सोचिए, क्या मेरा इस तरह चले जाना अक्लमंदी होगी?''

बात थारूपल्ला के पल्ले भी पड़ चुकी थी अतः बोला—''जो फैसला तुमने किया है वह ठीक ही होगा।''

''थ-थैंक्यू मेजर साहब।'' गंगाशरण के हृदय पर से मानो भारी बोझ हट गया।

एक-चौथाई सिगरेट पी चुका तेजस्वी अचानक कुर्सी से उठा और विजयी मुद्रा में चहलकदमी करता हुआ पुनः दाहिने हाथ की तर्जनी से कनपटी को ठकठकाता हुआ बोला—''उम्मीद है थारूपल्ला कि तुमने अक्ल का करिश्मा महसूस कर लिया होगा—देखो ... अपने चारों तरफ देखो, मेरा हर सिपाही तुम्हारे कब्जे में है—थाने के चप्पे-चप्पे पर तुम्हारी हुकूमत का मायाजाल बिछा है, मगर गंगाशरण को यहां से निकालकर नहीं ले जा सकते, यानि अपना वह एकमात्र मकसद पूरा नहीं कर सकते जिसकी खातिर यहां आए थे—अगर खुले दिमाग के हो तो सारी शक्तियां अपने पास होने के बावजूद यहां से अपनी शिकस्त कुबूल करके जाओ थारूपल्ला—और रास्ते भर यह रटते चले जाना कि थाने में केवल वह होता है जो थानेदार चाहे।''

गुस्से के कारण थारूपल्ला का बुरा हाल था परंतु परिस्थितियों के चक्रव्यूह में जकड़ा हुआ वह कुछ कर न पाया—अंततः पैर पटकते हुए अपनी जीप की तरफ बढ़ना पड़ा।

तेजस्वी ने सिगरेट का शेष टुकड़ा जमीन पर फेंका, जूते से बुरी तरह कुचल डाला उसे।

थाने में जो कुछ हुआ, उसकी रिपोर्ट पुलिस के उच्चा- धिकारियों में ही नहीं बल्कि मुकम्मल प्रतापगढ़ में फैल गई—बच्चे-बच्चे की ज़ुबान पर एक ही वाक्य था, यह कि 'ब्लैक स्टार' के मेजर थारूपल्ला को नए इंस्पेक्टर के सामने मुंह की खानी पड़ी—'वह गंगाशरण को थाने से ले जाने आया था परंतु इंस्पेक्टर तेजस्वी ने उसे नाकाम कर दिया।'

लोग तेजस्वी की प्रशंसा के गीत गा रहे थे।

और वे पुलिसिए तो खुद को धन्य समझ रहे थे जो तेजस्वी और थारूपल्ला के टकराव के वक्त थाने में थे—अपने परिचितों को उन क्षणों का हाल बढ़ा-चढ़ाकर बता रहे थे वे—सुन-सुनकर लोग हैरान हो उठते—'अच्छा, नए इंस्पेक्टर ने थारूपल्ला से 'यह' कह दिया?' प्रत्यक्षदर्शी कहते—'यह तो कुछ भी नहीं, तेजस्वी ने थारूपल्ला से साफ-साफ कहा कि मैं स्टार फोर्स को नेस्तनाबूद कर डालूंगा।'

लोग हैरान और चमत्कृत रह जाते।

चेहरों का जर्रा-जर्रा तेजस्वी की प्रशंसा का पसीना उगलने लगता।

लगभग हर कान ने स्टार फोर्स की शिकस्त का यह पहला किस्सा सुना था इसलिए सुनते और सुनाते रहना चाहते थे—छीछालेदर हो रही थी तो गंगाशरण की।

सुबह के अखबार पढ़कर और उसमें छपे फोटुओं को देखकर जहां लोगों के मुंह से बरबस निकल गया कि 'अरे, हम तो स्वप्न में भी नहीं सोच सकते थे कि गंगाशरण इतना नीच होगा' वहीं लोग प्रतापगढ़ की दीवारों पर चिपके रंगीन पोस्टरों पर हुजूम लगा लेते—उनमें छपी तस्वीरें अखबारों से अलग थीं—जाने रात ही रात में पंडित शाहबुद्दीन चौधरी ने ये पोस्टर कौन से प्रेस में छपवाकर किस मशीनरी से दीवारों पर चिपकवा दिए थे?

ऐसे करिश्में नेता अक्सर कर दिखाते हैं।

और तब, जब तेजस्वी ने गंगाशरण और गोमती को कोर्ट में पेश किया।

भीड़ से खचाखच भरी अदालत को गंगाशरण ने चीख-चीखकर बताया कि इंस्पेक्टर तेजस्वी ने उसे किस तरह झूठे केस में फंसाया है—गोमती ने कोर्ट में वह सब नहीं कहा जो तेजस्वी ने पढ़ाया था, बल्कि गंगाशरण के बयान की पुष्टि की यानि कहा कि तेजस्वी ने जबरदस्ती गंगाशरण के साथ उसके फोटो खिंचवाए हैं—हां, बयान देते वक्त उसका चेहरा पीला

जर्द जरूर नजर आ रहा था—उसके बयान ने अदालत कक्ष में सनसनी फैला दी, पुलिस वालों के चेहरों पर हवाइयां उड़ने लगीं मगर तेजस्वी जरा भी विचलित नजर नहीं आ रहा था—जिस वक्त गोमती उसकी करतूत का भंडाफोड़ कर रही थी, उस वक्त प्रत्येक निगाह तेजस्वी के चेहरे पर चिपकी हुई थी—लोग उसकी मुस्कराहट पर हैरान थे और उस मुस्कराहट का अर्थ लोगों की समझ में तब आया जब अपनी बारी आने पर उसने धीर-गंभीर स्वर में कहना शुरू किया—''गंगाशरण तो खैर कहेगा ही कि मैंने उसे झूठा फंसाया है क्योंकि बगैर ऐसा कहे वह अपने शर्मनाक चरित्र पर पर्दा डालने की कोशिश नहीं कर सकता—सवाल ये है कि गोमती उसके बयान की पुष्टि क्यों कर रही है? जवाब साफ है—मैंने भले ही स्टार फोर्स का हुक्म न मानने की हिम्मत दिखा दी हो, मगर प्रतापगढ़ के आम नागरिकों के दिल में अभी इतनी हिम्मत नहीं भर पाया हूं कि वे स्टार फोर्स की हुक्मउदूली कर सकें—गोमती बेचारी तो एक अदनी-सी कॉलगर्ल है—भला ये स्टार फोर्स का आदेश न मानने की जुर्रत किस बूते पर कर सकती है—थारूपल्ला ने थाने में आकर गंगाशरण को छुड़ा ले जाने का असफल प्रयास किया—उस घटना की रोशनी में सहज ही अनुमान लगाया जा सकता है कि स्टार फोर्स गोमती को डरा-धमकाकर बयान दिलवा रही है जिससे न केवल गंगाशरण को छोड़ देने का वह काम अदालत कर दे जिसमें वे थाने में नाकाम हो चुके हैं, बल्कि लोगों में मेरी छवि भी खराब कर दें—बयान देते वक्त और अभी तक गोमती के चेहरे पर छाया पीलापन अपने आप में इस बात का गवाह है कि वह डरी हुई है—सोचने वाली बात ये है मी लॉर्ड कि अगर मैंने झूठा मामला बनाया होता तो गोमती वह बयान न देती जो दिया है, बल्कि वह कहती जो मैं चाहता—यह तथ्य खुद स्पष्ट कर देता है कि मैंने झूठा मामला नहीं बनाया बल्कि जो कुछ गोमती कह रही है वह स्टार फोर्स के दबाव में आकर कहने पर विवश है—ऐसी पेचीदगियां उस दिन दूर होंगी जिस दिन मैं लोगों के मन-मस्तिष्क पर छाए स्टार फोर्स के आतंक को नेस्तनाबूद कर सकूंगा—इस काम में सफलता पाने के लिए मुझे सभी का सहयोग चाहिए—इस अदालत का, आपका—और ये अदालत इस वक्त गंगाशरण की जमानत अस्वीकार करके मुझे सहयोग दे सकती है—लोगों में विश्वास जगाने के लिए जरूरी है कि गंगाशरण को यहां से सीधा जेल भेज दिया जाए।''

लोग तालियां बजा उठे, जाहिर है, सभी ने उसका समर्थन किया था।

मगर ...।

कोर्ट में शांति बहाल करने के बाद न्यायाधीश ने कहा—''मिस्टर गंगाशरण की बेल एप्लीकेशन के साथ डॉक्टर का 'सर्टिफिकेट' लगा हुआ है जिसके मुताबिक मिस्टर गंगाशरण 'हार्ट पेशेन्ट' हैं, और जेल भेजने पर उनके जीवन को खतरा हो सकता है। अतः यह अदालत इस शर्त पर उनकी जमानत स्वीकार करती है कि वे प्रत्येक तारीख पर खुद कोर्ट में हाजिर होंगे।''

इस फैसले को सुनकर जहां कक्ष में सन्नाटा छा गया—वहीं तेजस्वी के चेहरे पर शिकन तक न उभरी—सांप द्वारा सूंघ लिए गए लोगों पर दृष्टिगत करता तेजस्वी जानता था कि अदालत से निकलने के बाद ये ही लोग किस चर्चा में मशगूल होंगे और वही हुआ—एक घंटे बाद प्रतापगढ़ में यह आम चर्चा थी कि 'जज साहब ने स्टार फोर्स की धमकी में आकर फैसला दिया है, स्टार फोर्स से टकराने की कूव्वत भला हरेक में कहां है?'

''मेरी समझ में तो कुछ आ नहीं रहा सर।'' एस.एस.पी. कुम्बारप्पा के मस्तक पर बल पड़े हुए थे—''क्या आपके पल्ले कुछ पड़ रहा है?''

''किस संबंध में बात कर रहे हो?''

''तेजस्वी की 'एक्टीविटीज' के संबंध में।''

चिदम्बरम का गंभीर स्वर—''अपनी सेहत की बेहतरी के लिए हमें उसके संबंध में बात नहीं करनी चाहिए।''

''हम दोनों के अलावा यहां है ही कौन?''

''हमें किसी और का नहीं 'ट्रिपल जैड' का डर है।'' चिदम्बरम फुसफुसाया—''पता नहीं उसके पास जादू की कौन-सी छड़ी है—मुंह से निकली बात की तो बात ही दूर, जो सोचते हैं वह भी उसके कानों तक पहुंच जाता है और उसने सख्त हिदायत दी थी कि तेजस्वी की एक्टीविटीज पर ध्यान न दें।''

''ध्यान देने की जरूरत ही कहां है—प्रदेश भर के अखबार उसके कारनामें से रंगे पड़े हैं—क्या उन्हें पढ़कर आपके दिमाग में बार-बार यह सवाल नहीं कौंध रहा कि जो कुछ वह कर रहा है, क्या वही सब करने के लिए 'ट्रिपल जैड' ने हमें इतनी मोटी रकम देकर उसकी नियुक्ति प्रतापगढ़ थाने पर कराई थी?''

''क-कौंध तो रहा है।''

''क्या समझ में आता है आपके?''

''अपना मकसद तो ट्रिपल जैड ने हमें बताया नहीं, लेकिन तेजस्वी जो कुछ कर रहा है, यदि उससे मकसद निकालने की कोशिश की जाए तो इसके अलावा कुछ नहीं निकलता कि ट्रिपल जैड स्टार फोर्स का कोई भयंकर दुश्मन है और वह तेजस्वी के हाथों स्टार फोर्स को नेस्तनाबूद कराना चाहता है।''

''तेजस्वी की 'एक्टीविटीज' तो यही बता रही हैं मगर ...।''

''मगर?''

''बात कुछ जम नहीं रही, ऐसा सोचना मूर्खता के अलावा कुछ हो ही नहीं सकता कि मात्र एक शख्स स्टार फोर्स को नेस्तनाबूद कर सकता है—और यह तो आप भी मानेंगे कि ट्रिपल जैड मूर्ख नहीं है।''

''यही बातें सोचकर तो दिमाग उलझ जाता है—हम यह पूरी तरह मानते हैं कि अपराधी प्रकृति का व्यक्ति किसी लालच या दबाव में लेकर तेजस्वी से कोई काम नहीं ले सकता—इसके बावजूद ट्रिपल जैड ने उसकी नियुक्ति प्रतापगढ़ थाने पर कराई—जाहिर है और तेजस्वी जैसे सख्त आदमी के जरिए वह उसे कैसे परवान चढ़ाएगा, सारा सिलसिला समझ में न आने वाली पहेली जैसा है।''

एकाएक वहां ट्रिपल जैड की आवाज गूंजी—''इस पहेली को सुलझाने की कोशिश मत करो मिस्टर चिदम्बरम!''

दोनों उछल पड़े।

चौंककर आवाज की दिशा में देखा।

काले कपड़े, सफेद ग्लव्स, नकली दाढ़ी-मूंछ और विग वाले शख्स को कमरे में दाखिल होता देखते ही दोनों के चेहरों से तोते उड़ गए।

उछलकर खड़े हो गए वे।

घिघिया उठे!

चिदम्बरम हकलाया—''म-मैंने कुम्बारप्पा से कहा था सर ...।''

''हमें मालूम है तुमने क्या कहा था!'' चमकदार जूतों से ठक् ... ठक् करता ट्रिपल जैड उनके नजदीक पहुंच गया—''मगर फिर भी तुम हमारा उद्देश्य जानने की चर्चा में मशगूल हो गए।''

''ग-गलती हो गई सर।'' कुम्बारप्पा गिड़गिड़ा उठा—''म-माफ कर दीजिए, भविष्य में ...।''

''तुम्हारे गिड़गिड़ाने के कारण नहीं बल्कि इस गलती पर तुम्हें माफ किया जाता है क्योंकि हम अच्छी तरह जानते हैं, चाहे जितना डिस्कशन कर लो, चाहे जितना दिमाग भिड़ा लो, मगर हमारे उद्देश्य के आस-पास नहीं फटक सकते।''

चिदम्बरम और कुम्बारप्पा के चेहरों पर रौनक ने लौटना शुरू किया, कुम्बारप्पा बोला—''अगर इजाजत दें तो मैं अपनी बात कहूं सर?''

''बोलो!''

''हमें आपका उद्देश्य जानने की जिज्ञासा केवल इसलिए थी क्योंकि हमारे ख्याल से कम-से-कम तेजस्वी आपके किसी उद्देश्य को पूरा नहीं कर सकता।''

ट्रिपल जैड ने एक-एक शब्द पर जोर देते हुए कहा—''हमारे उद्देश्य को केवल तेजस्वी ही पूरा कर सकता है।''

''म-मेरे ख्याल से तो तेजस्वी की आयु ही दो-चार दिन से ज्यादा नहीं है।'' चिदम्बरम बोला।

''वजह?''

''स्टार फोर्स के मेजर की बात तो छोड़ ही दीजिए, किसी साधारण सैनिक तक को आज तक किसी ने वैसी करारी शिकस्त नहीं दी जैसी तेजस्वी ने थारूपल्ला को दी है—पता लगते ही ब्लैक स्टार भड़क उठा होगा, उसने तत्काल तेजस्वी की हत्या का फरमान जारी कर दिया होगा—और यह तो आप जानते होंगे कि एक बार को मुल्क की सबसे बड़ी अदालत के आदेश का पालन टल सकता है, ब्लैक स्टार के आदेश का पालन नहीं टल सकता—उसने एक बार जिसकी मौत का फरमान जारी कर दिया, उसके हिस्से में केवल चंद सांसें रह जाती हैं।''

''तेजस्वी ब्लैक स्टार के इस भ्रम के परखच्चे उड़ा देगा।''

''ग-गुस्ताफी माफ हो सर।'' कुम्बारप्पा कह उठा—''मेरी यह अटल धारणा है, थारूपल्ला को उलटे-सीधे जवाब देकर तेजस्वी अपनी मौत के परवाने पर हस्ताक्षर कर चुका है।''

''अगर इस युद्ध में तेजस्वी मारा जाता है तो हमें खुशी होगी।'' ट्रिपल जैड के हर लफ्ज में रहस्य था—''हमारी समझ में यह बात आ जाएगी कि अपने उद्देश्य की पूर्ति हेतु तेजस्वी का चुनाव करके हमने भूल की मगर, विश्वास रखो, ऐसा होगा नहीं—तेजस्वी के 'टैलेन्ट' पर हमें पूरा भरोसा है।''

चिदम्बरम और कुम्बारप्पा चकित दृष्टि से उसकी तरफ देखते रह गए।

सामने खड़े युवक को कड़ी नजरों से घूरते हुए तेजस्वी ने कहा—"तो तू असलम का भाई है?"

"जी हां।"

"नाम?"

"इकबाल।"

"कहां रहता है?"

"फ-फिल्म नगरी में, भाभी के गिरफ्तार होने की सूचना पाकर आया हूं।"

"क्या करता है वहां?"

"मुझे हीरो बनने की चाह थी—करीब पांच साल पहले किस्मत आजमाने गया था—मगर बहुत पालिटिक्स है वहां, टैलेन्ट होने के बावजूद किसी ने काम नहीं दिया।"

"अगर सही समय पर इंस्पेक्टर देशराज का हृदय-परिवर्तन न हो जाता और वह कोर्ट जाकर अपनी काली करतूतों का भंडाफोड़ न कर देता तो उसके द्वारा पुख्ता सबूतों के साथ पेश की गई चार्जशीट के आधार पर सलमा को फांसी जरूर हो जाती।"

"यह सच है, बड़ा ही बदमाश इंस्पेक्टर था वह!"

"और उस अवस्था में ये आलीशान कोठी!" लॉन में खड़े तेजस्वी ने इमारत की तरफ इशारा किया—"करोड़ों की फैक्ट्री और असलम का जो भी कुछ था, तेरा हो जाता!"

"क-क्या मतलब?" इकबाल हकला गया, पैरों के नीचे से धरती खिसक गई।

"तेजस्वी को फिल्म नगरी के बड़े-से-बड़े एक्टर की एक्टिंग धोखे में नहीं डाल सकती बेटे, तू तो वैसे भी वहां से असफल होकर लौटा है।" तेजस्वी एक-एक शब्द को चबाता चला गया—"सलमा को फंसाने का हुक्म देशराज को ब्लैक स्टार ने दिया था, जबकि गोविन्दा या दयाचन्द के स्टार फोर्स से कोई ताल्लुकात न थे जिनके कारण वह स्टोरी बनती हो कि ब्लैक स्टार का उद्देश्य उन्हें बचाना था—उस फोन के पीछे का एकमात्र उद्देश्य स्पष्ट है—असलम तो मृतक था ही, उसकी हत्या के जुर्म में सलमा फंस जाए तो करोड़ों की जायदाद तेरी हो जाए।"

"न-नहीं ... यह झूठ है, गलत है!"

"सीधी तरह बता, स्टार फोर्स से तेरा क्या सौदा हुआ था?"

"य-ये क्या कह रहे हैं आप—स्टार फोर्स से मेरा सौदा?" इकबाल को काटो तो खून नहीं, बुरी तरह हड़बड़ा उठा वह—"म-मैं तो जानता तक नहीं स्टार फोर्स क्या बला है! मैं तो ...।"

मगर ...!

बात पूरी न कर सका इकबाल।

उससे पहले ही ...।

"सड़ाक ... सड़ाक!"

रूल के अग्रिम सिरे से लटक रही चेन दो बार उसके जिस्म के विभिन्न हिस्सों से टकराई, हलक से चीखें निकलीं, मगर इतने ही पर 'बस' करने वाला कहां था तेजस्वी! खतरनाक स्वर में उसने पांडुराम को हुक्म दिया—आदेश होते ही पांडुराम गुरिल्ले की तरह इकबाल पर झपटा, बाल पकड़े और लगभग घसीटता हुआ जीप तक ले गया।

जीप से उतारकर इकबाल को सीधा हवालात में ले जाया गया—टॉर्चर चेयर पर बैठा दिया गया उसे और तब तेजस्वी ने शुरू किया, हकीकत उगलवाने का प्रयास—तेजस्वी के टार्चर का तरीका ऐसा था कि बड़े से बड़ा अपराधी टूट जाता। पन्द्रह मिनट के अन्दर इकबाल पटरी पर आ गया, टेपरिकार्डर की भांति शुरू हो गया वह।

"असलम भाई के मर्डर की सूचना भाभी के टेलीग्राम द्वारा मिली—मैं आया—तीसरे दिन मुझे इल्म हो गया कि भाभी और दयाचन्द के बीच सामान्य संबंध नहीं हैं—खुसर-पुसर करते देख लिया था मैंने उन्हें—उस क्षण पहली बार दिमाग में यह ख्याल आया कि भाई तो मर ही गया है, उसकी हत्या के जुर्म में भाभी फंस जाएगी और सारा माल मेरा—उधर फिल्म नगरी में मेरा हाल बुरा था—न केवल हीरो बनने की सारी उम्मीदें दिल से निकल चुकी थीं, बल्कि एक होटल में लोगों को लंच-डिनर कराकर अपनी रोटी का जुगाड़ कर रखा था—अपना विचार मुझे जंचा, सलमा के पकड़े जाते ही मेरी मुकम्मल जिन्दगी बदल सकती थी—लोगों से मालूम हुआ, यहां का सबसे बड़ा दादा रंगनाथन है—उससे मिला, असली मकसद नहीं बताया बल्कि बोला—'मुझे एक मर्डर कराना है, क्या खर्च आ जाएगा'—उसने कहा—'प्रतापगढ़ में इतना बड़ा काम स्टार फोर्स की इजाजत के बगैर कोई नहीं कर सकता, अतः मेजर थारूपल्ला से बात करो'—मैंने थारूपल्ला का पता पूछा, बोला—'उनकी इच्छा के बगैर कोई उनसे नहीं मिल सकता'—

उसने एक टेलीफोन नम्बर दिया—वह नम्बर मिलाने पर थारूपल्ला से बात हुई—यह जांचने के बाद कि वह काम कर सकता है, अपना असली उद्देश्य बताया—सारी बात सुनने के बाद उसने कहा—'काम हो जाएगा मगर बदले में तुम्हें उस शख्स को असलम की संपूर्ण जायदाद और फैक्टरी में फिफ्टी परसेंट का पार्टनर बनाना पड़ेगा जिसे हम कहें'।''

''ओह!'' यह शब्द तेजस्वी के मुंह से बरबस निकल गया।

''शर्तें कड़ी होने के बावजूद मेरे पास मान लेने के अलावा चारा न था।'' इकबाल कहता चला गया—''तय हुआ कि सलमा को मेरे फिल्म नगरी लौट जाने के बाद फंसाया जाएगा ताकि दूर-दूर तक कोई मुझ पर शक न कर सके—वही हुआ, अपनी गिरफ्तारी का टेलीग्राम भी मुझे भाभी ने ही दिया—खुशी से झूमता यहां पहुंचा मगर यह सुनते ही सारी खुशी काफूर हो गई कि इंस्पेक्टर देशराज के हृदय-परिवर्तन के कारण प्लान चौपट हो गया था—मर्डर का असली मुकदमा दयाचन्द पर चल रहा है और भाभी सरकारी गवाह बन चुकी हैं।''

''थारूपल्ला से दुबारा बात हुई?''

''जी ... हुई तो थी।''

''क्या बात हुई?''

''उसका कहना है, देशराज के हृदय-परिवर्तन की कल्पना तक न की जा सकती थी मगर वैसा हुआ और उसी के कारण सारा मामला उलट गया। मगर मैं फिक्र न करूं।''

''मतलब?'' तेजस्वी के माथे पर बल पड़ गए।

इकबाल ने थोड़ा हिचकते हुए बताया—''थारूपल्ला ने कहा है मुझे थोड़ा रुकना पड़ेगा, धैर्य से काम लूं—जैसे ही ये मामला ठंडा पड़ेगा, सलमा किसी दुर्घटना में मारी जाएगी और ...''

तेजस्वी के हलक से गुर्राहट निकली—''तो हार नहीं मानी है उसने?''

इकबाल चुप रहा।

''वह शख्स कौन है जिसके साथ पार्टनरशिप होनी थी?''

''मुझे नहीं मालूम।''

''झूठ?'' तेजस्वी ने आंखें तरेरीं।

''स-सच ... मैं सच कह रहा हूं—यकीन कीजिए इंस्पेक्टर साहब, थारूपल्ला ने कहा था, वक्त आने पर वह शख्स मुझसे मिलेगा, मगर चूंकि वक्त आया नहीं अतः मुझसे कोई मिला नहीं।''

तेजस्वी उसे कच्चा चबा जाने वाली दृष्टि से घूर रहा था जबकि वह गिड़गिड़ाया—''लालच में फंसकर मैंने षड्यंत्र जरूर रचा इंस्पेक्टर साहब, मगर आप जानते हैं—हाथ-पल्ले कुछ न पड़ा ... और अब तो सलमा भाभी की मौत के बाद भी कुछ मिलने वाला नहीं है क्योंकि सारा किस्सा आपको बता चुका हूं—इन हालात में मुझ पर केवल एक मेहरबानी कीजिए।''

''क्या?''

''जो कुछ मैंने आपको बताया उसे अदालत तक न ले जाइए—तरस खाइए मुझ पर, जरा सोचिए—इस लफड़े में पड़कर मुझे मिला ही क्या है—जो आपने पूछा, मैंने बता दिया—अब मुझे छोड़ दीजिए, वादा करता हूं—यहां से निकलकर सीधा फिल्म नगरी की गाड़ी पकड़ूंगा और फिर ... फिर कभी पलटकर प्रतापगढ़ की तरफ देखूंगा भी नहीं—मैं वहां जो था, जैसा था—ठीक था—लालच में फंसकर बेकार ही इस लफड़े में पड़ा—मुझे माफ कर दीजिए साब, छोड़ दीजिए मुझे—वैसे भी, इस बात को उजागर करने से न तो केस पर ही कोई फर्क पड़ेगा, न ही आपको कोई फायदा होगा कि ब्लैक स्टार ने मुझसे हुए सौदे के कारण देशराज को फोन किया था।''

''जब तेरा सौदा थारूपल्ला से हुआ तो देशराज को सीधा ब्लैक स्टार ने फोन क्यों किया?''

''इस बारे में मैं क्या कह सकता हूं साब, मुमकिन है उन्होंने सोचा हो कि जितना असर ब्लैक स्टार के फोन का होगा उतना थारूपल्ला ...''

तेजस्वी उसकी गर्दन पर मौजूद तिल पर एक नजर डालने के बाद गुर्राया—''थारूपल्ला का फोन नम्बर बता।''

फोन की घंटी घनघनाते ही थारूपल्ला ने रिसीवर उठा लिया, दूसरी तरफ से आवाज उभरी—''इंस्पेक्टर तेजस्वी आपसे बात करना चाहता है सर।''

''तेजस्वी?'' थारूपल्ला के ललाट पर बल पड़ गए—जिस्म में अनायास तनाव उत्पन्न हो गया—इस वक्त उसने एक चारखाने वाला तहमद और सफेद बनियान पहन रखा था—गले में काले धागे में बंधा पोटेशियम साइनाइड का कैप्सूल लटक रहा था। एक पल की खामोशी के बाद उसने गंभीर स्वर में कहा—''इंस्पेक्टर को लाइन दो।''

क्षणिक यांत्रिक खड़खड़ाहट के बाद तेजस्वी की आवाज उभरी—''हैलो!''

''थारूपल्ला!'' मुंह से गंभीर स्वर निकला। ''सुना है तेरी मर्जी के खिलाफ तुझसे कोई मिल नहीं सकता?''

''ठीक सुना है तूने।''

''मैं बहुत जल्द तुझसे मिलने वाला हूं।''

थारूपल्ला के ललाट पर पड़े बल गहरा गए—''तू कहीं पागल तो नहीं है इंस्पेक्टर?''

''ठीक पहचाना बेटे, इस बार सचमुच तेरा वास्ता पागल से पड़ा है।'' इंस्पेक्टर तेजस्वी मजेदार स्वर में कह रहा था—''मगर तू इतनी जल्दी जान कैसे गया कि मैं पागल हूं?''

''जिस पुलिस इंस्पेक्टर के जहन में यह विचार आए कि उसे मेरी मर्जी के खिलाफ मेरे ठिकाने पर आकर मुझसे मिलना चाहिए, वह पागल के अलावा और क्या हो सकता है?''

''अपनी सुरक्षा-व्यवस्था पर तुझे बड़ा गुरूर है न?''

''निःसंदेह।'' इस बार थारूपल्ला मुस्कराया।

''तेरे इस गुरूर की धज्जियां उड़ाने मुझे वहां आना पड़ेगा।'' तेजस्वी एक-एक शब्द को चबा रहा था—''तेरी मर्जी के खिलाफ मिलना ही पड़ेगा तुझसे।''

''मेरे ठिकाने तक पहुंचने की बात तो दूर इंस्पेक्टर, तू काली बस्ती में दस कदम से ज्यादा अन्दर तक नहीं आ सकता—ग्यारहवें कदम पर तेरी लाश पड़ी होगी।''

''आने से पहले फोन किया है—कारण स्पष्ट है, बाद में तू यह न कह सके कि मैं गफलत का फायदा उठाकर तेरी मांद तक पहुंच गया।''

''एक बात मेरी भी सुन ले इंस्पेक्टर।''

''बोल बेटे!''

''ब्लैक स्टार से मेरी वार्ता हो चुकी है, पिछला आदेश वापस ले चुके हैं वे—और नया आदेश ये है कि दस दिन के अन्दर तेरी लाश उनके समक्ष प्रस्तुत की जाए।''

''चलो, यह भी अच्छा हुआ—अब तू अपनी असफलता पर ब्लैक स्टार के हुक्म का पर्दा डालने की स्थिति में नहीं रहा।''

''तेरी पुरजोर कोशिश के बावजूद हमने गंगाशरण की जमानत करा ली, क्या इसके बाद भी तुझे हमारी ताकत का अंदाजा नहीं हुआ?''

''और मैंने तेरा पर्सनल फोन नम्बर हासिल कर लिया, क्या इससे तुझे मेरी ताकत का इल्म नहीं हुआ?''

थारूपल्ला ने तुरंत जवाब न दिया—वह दिमाग पर जोर डालकर सोचने का प्रयास कर रहा था कि तेजस्वी को उसका फोन नम्बर कहां से मिला होगा—किसी नतीजे पर न पहुंच सका वह, बोला—''इस सवाल का जवाब ढूंढ निकालूंगा।''

''सात जन्म लेने के बावजूद तेरे फरिश्ते तक इस रहस्य को नहीं जान सकते थारूपल्ला।''

''तेरे चैलेंज की अस्थियां मैं बहुत जल्द तुझे समर्पित करूंगा।'' दांत भींचकर गुर्राने के बाद थारूपल्ला सामान्य स्वर में बोला—''खैर, मिलना क्यों चाहता है मुझसे?''

''वैरी गुड, ये अच्छा सवाल किया तूने मगर काफी देर बाद किया—मैं बहुत देर से इस सवाल का इंतजार कर रहा था—सोच रहा था, तू कहीं मूर्ख तो नहीं है—असली सवाल ही नहीं पूछ रहा?''

''तो बक, क्यों मिलना चाहता है मुझसे?''

''दो कारण हैं।'' लहजे से जाहिर था कि इस वक्त तेजस्वी ने जबड़े भींच रखे हैं—''पहला, जिस तरह तू मेरी मर्जी के खिलाफ थाने में आकर मुझसे मिला—उसका सटीक जवाब यही हो सकता है कि मैं तेरी मर्जी के खिलाफ तेरी मांद में जाकर तुझसे मिलूं और तेरे आदमियों की मौजूदगी के बावजूद तुझे उतना विवश देखूं जितना थाने में मैं था—दूसरा कारण ये है थारूपल्ला कि अगर कोई शख्स मेरी मर्जी के खिलाफ थाने में आ जाए तो वह मेरे स्पेशल रूल का स्वाद चखे बिना बाहर नहीं निकल सकता।''

''ऐसा हो चुका है बेटे, मैंने किया है ऐसा।''

''इसीलिए तेरी मांद में पहुंचने की ठानी है।'' रिसीवर से तेजस्वी की गुर्राहट फूट रही थी—''मेरे दिलो-दिमाग को उस वक्त तक चैन नहीं मिलेगा जब तक स्पेशल रूल से तेरी चमड़ी न उधेड़ डालूं—मैं आऊंगा बेटे, अपने रूल के साथ आऊंगा मैं!''

थारूपल्ला का चेहरा ही नहीं, संपूर्ण जिस्म गुस्से की ज्यादती के कारण भभक उठा—कुछ कहने के लिए होंठ फड़फड़ाए जरूर मगर आवाज न फूट सकी—जबकि दूसरी तरफ से रिसीवर को जोर से क्रेडिल पर पटककर संबंध विच्छेद कर दिया गया—थारूपल्ला ठगा-सा खड़ा था, रिसीवर से निकलने वाली किर्र ...र्र ...किर्र ...र्र की आवाज पिघले सीसे की मानिन्द उसके जहन में उतरती रही।

"ये ... ये तुम क्या कह रहे हो तेजस्वी?" कमिश्नर शांडियाल तक के लहजे में हकलाहट उत्पन्न हो गई—"तुम काली बस्ती में स्थित थारूपल्ला के अड्डे पर जाओगे ... और वह भी अकेले?"

"जी!" सावधान की मुद्रा में खड़े तेजस्वी ने दृढ़तापूर्वक कहा—"मुझे ऐसा करना पड़ेगा।"

"मगर क्यों?" डी.आई.जी. चिदम्बरम के हलक से चीख निकल गई—"मौत के उस मुंह में तुम्हारा जाना क्यों जरूरी है?"

"लोगों के दिमाग पर छाए स्टार फोर्स के हव्वे को ध्वस्त करना पड़ेगा सर।"

"क्या मतलब?" एस.एस.पी. कुम्बारप्पा ने पूछा।

"स्टार फोर्स लोगों के दिलो-दिमाग पर हुकूमत कर रही है—आम आदमी की यह पक्की धारणा है कि राज्य में केवल वह होगा जो स्टार फोर्स चाहेगी—और मेरी पक्की धारणा ये है कि स्टार फोर्स को तब तक नेस्तनाबूद नहीं किया जा सकता जब तक लोगों के दिलो-दिमाग में बसी इस धारणा की धज्जियां नहीं उड़ा दी जातीं।"

"निश्चित रूप से तुम्हारी बात में दम है तेजस्वी।" एस.एस.पी. सिटी मिस्टर भारद्वाज ने कहा—"मगर इस बात का तुम्हारे काली बस्ती जाने से क्या संबंध?"

"जब लोगों को पता लगेगा कि एक अकेला पुलिस इंस्पेक्टर थारूपल्ला को खुलेआम चैलेंज देने के बाद न केवल काली बस्ती को पार करके उसकी मांद में जा घुसा बल्कि अपने स्पेशल रूल से उसकी चमड़ी उधेड़ने के बाद सुरक्षित वापस भी आ गया तो क्या लोगों के दिमाग में स्टार फोर्स की इमेज बरकरार रह पाएगी?"

"ल-लेकिन!" एस.पी. देहात मिस्टर पाण्डे के चेहरे पर हवाइयां उड़ रही थीं—"ऐसा हो नहीं सकेगा तेजस्वी।"

"क्यों सर, क्यों नहीं हो सकेगा?"

"नहीं तेजस्वी, हम तुम्हें आत्महत्या करने की इजाजत नहीं दे सकते।"

"आत्महत्या?"

"यह आत्महत्या नहीं तो और क्या है?" मिस्टर शांडियाल कहते चले गए—"झावेरी नदी के उस पार स्थित बस्ती का नाम काली बस्ती पड़ा ही इसलिए है क्योंकि दुनिया का ऐसा कोई काला धन्धा नहीं है जो वहां न होता

हो—दो किलोमीटर के क्षेत्रफल में फैली उस बस्ती की आबादी बीस हजार के करीब है—अगर यह कहा जाए तो गलत न होगा कि काली बस्ती का बच्चा-बच्चा स्टार फोर्स का मैम्बर है—वहां पनप रहे काले धन्धों को रोकने की बात तो दूर, फोर्स घुस तक नहीं सकती—कई बार कोशिश की जा चुकी है—हर बार खून-खराबा हुआ—बस्ती के लोग और फोर्स के जवान मारे गए मगर थारूपल्ला की परछाई तक न पहुंचा जा सका—ब्लैक स्टार को ईश्वर और थारूपल्ला को उसका प्रतिनिधि मानते हैं वे—उसकी हिफाजत की खातिर जान तक देने में नहीं हिचकते और तुम ... तुम यह कहना चाहते हो कि जहां अनेक बार प्रयास करने के बावजूद सशस्त्र फोर्स न घुस सकी वहीं अकेले ...।''

''मैं यह करिश्मा करके दिखाऊंगा सर।''

''हरगिज नहीं।'' चिदम्बरम बोला—''ये बेवकूफी करने की इजाजत किसी कीमत पर नहीं दी जा सकती—शायद तुम्हें मालूम नहीं, काली बस्ती के बच्चे-बच्चे पर न केवल अत्याधुनिक हथियार हैं बल्कि हैरतअंगेज तरीके से वे उनका इस्तेमाल भी करते हैं—हिंसक हैं वे—चौबीस घंटे मरने-मारने का ऐसा जुनून सवार रहता है कि ... कि एक बार टैंकों की मदद से काली बस्ती पर हमला किया गया—औरतों ने अपने जिस्मों पर बम बांधे और मकान की छतों से टैंकों पर कूद पड़ीं—इस तरह चार महिलाओं ने अपनी जान देकर टैंक नष्ट कर डाले।''

एस.पी. पाण्डे ने कहा—''काली बस्ती को उजाड़ डालने के मिशन पर गई सैनिक टुकड़ी के एक ऐसे भाग्यशाली सैनिक से मेरी बातें हुईं जो आज तक जीवित है—उसने बताया, सैनिक टुकड़ी पर एक छोटे से मकान से भारी बम वर्षा की गई—कई सैनिक मारे गए मगर अंततः टुकड़ी ने मकान पर कब्जा कर लिया—मौजूद लोगों को कवर कर लिया गया—उनमें एक आठ वर्षीय लड़की भी थी, बच्ची समझकर उसकी तरफ से खास सतर्क न रहा गया—अफसर के नजदीक पहुंचते ही उस बच्ची ने बिजली की-सी फुर्ती के साथ स्कर्ट के नीचे से भारी रिवॉल्वर निकाली और दनादन फायर करके अफसर के चिथड़े उड़ा दिए।''

''फ-फिर क्या हुआ?''

''होना क्या था ... सैनिकों की गनें गरजीं, बच्ची की क्षत-विक्षत लाश जमीन पर गिरी मगर वहीं खड़े उसके मां-बाप और दादा के होंठों पर ऐसी मुस्कान थी जैसे बच्ची के कारनामे पर उन्हें गर्व हो।''

"उफ्फ!" भारद्वाज के मुंह से स्वतः शब्द निकले—"ऐसा जुनून?"

"ऐसे ही जुनूनियों के कारण थारूपल्ला आज तक सुरक्षित है—काली बस्ती के बीचों-बीच स्थित दो-मंजिले मकान में रहता है वह—स्टार फोर्स के वर्दीधारी बस्ती के चप्पे-चप्पे पर तैनात हैं, थारूपल्ला के नजदीक पहुंचना उतना ही कठिन है जितना सूरज पर पहुंचना।"

"मेरा दावा है।" चिदम्बरम कह उठा—"अगर थारूपल्ला ने यह कहा है कि बस्ती में दाखिल होने के बाद ग्यारहवें कदम पर तेजस्वी की लाश पड़ी होगी तो सचमुच ग्यारहवें कदम पर तुम्हारी लाश ही पड़ी होगी तेजस्वी।"

"अगर मैं मरने से डरता तो आपने मेरी नियुक्ति प्रतापगढ़ थाने पर न की होती सर।"

"वो बात अपनी जगह ठीक है मगर हम जानबूझकर तुम्हें मौत के मुंह में नहीं धकेल सकते।" कुम्बारप्पा ने कहा—"स्टार फोर्स को कुचल डालने की सारी उम्मीदें तुम पर टिकी हैं, तुम्हीं न रहे तो मंसूबे बिखर जाएंगे।"

"अगर मुझे इसी तरह रोका जाता रहा तो मेरे जीवित रहने से क्या होगा सर, क्या इस तरह आपके मंसूबे परवान चढ़ सकेंगे?"

"समझने की कोशिश करो तेजस्वी।" शांडियाल थोड़े झुंझला उठे—"कोई और रास्ता निकालो—जोश का नहीं होश का रास्ता।"

"मुझे जोश जरूर आता है सर, मगर होश कभी नहीं गंवाता मैं।"

"क्या वहां जाने की जिद्द का होश से कोई संबंध है?"

"अगर ध्यान से मेरी बात सुनें तो पाएंगे कि मेरा फैसला जोश में नहीं बल्कि होश में और केवल होश में किया गया फैसला है।"

"वह कैसे?"

"या तो मुझे स्टार फोर्स से उलझने का हुक्म न दिया गया होता—और मैं थारूपल्ला से उलझा ही न होता, मगर जब उलझ चुका हूं तो मुझे कोई कदम उठाने से रोका नहीं जाना चाहिए—थाने में मेरे द्वारा थारूपल्ला को दी गई शिकस्त के बाद स्थिति इस दौर में पहुंच चुकी है कि स्टार फोर्स या मुझ में से एक का ही अस्तित्व रह सकता है—थारूपल्ला के मुताबिक ब्लैक स्टार अपना पिछला आदेश वापस लेकर नया आदेश जारी कर चुका है—नये आदेश के मुताबिक उसने दस दिन के अंदर मेरी लाश मांगी है—जाहिर है, उसके आदेश को पूरा करने के लिए स्टार फोर्स एड़ी-चोटी का जोर लगा देगी—मैं गलत तो नहीं कह रहा सर?"

शांडियाल का गंभीर स्वर—"नहीं।"

''मतलब ये कि मुझ पर हमला किया जाएगा—पहला हमला नाकाम होने पर दूसरा, तीसरा, चौथा और पांचवां ... यानि उस वक्त तक प्रयास किए जाते रहेंगे जब तक मैं मर नहीं जाता।''

''करेक्ट।''

''इन हमलों से कब तक बचा रह सकता हूं मैं?''

''कहना क्या चाहते हो?''

''सीधी-सी बात है—अगर मरना ही है तो अपनी शक्ति उनके हमलों से बचने के प्रयास में क्यों गंवाई जाए—पलटकर हमला ही क्यों न कर दिया जाए—मर गया तो गम नहीं क्योंकि मरना तो पहली सूरत में था ही, लेकिन अगर जीवित रह गया तो दुश्मन की रीढ़ की हड्डी तोड़ चुका होऊंगा।''

''रीढ़ की हड्डी?''

''काली बस्ती को पार करके थारूपल्ला तक पहुंच जाना स्टार फोर्स की रीढ़ तोड़ डालने से कम नहीं होगा सर।''

''म-मगर तुम समझ क्यों नहीं रहे तेजस्वी, यह काम नहीं हो सकता।''

''होगा सर, यह काम जरूर होगा।'' तेजस्वी के दांत भिंच गए, चेहरे के जर्रे-जर्रे से आत्मविश्वास टपक रहा था—''थारूपल्ला तक पहुंचने के लिए अनेक बार जो प्रयास किए गए, वे शक्ति के बूते पर किए गए थे, बुद्धि के बूते पर नहीं—इसलिए नाकाम हो गए, मगर मैं दिमाग का इस्तेमाल करूंगा, ठीक उसी तरह जैसे थाने में किया था—मुझे पूरा विश्वास है, इस बार भी सफलता मेरे कदम चूमेगी—अपना काम पूरा करके तेजस्वी को लोग काली बस्ती से बाहर निकलता देखेंगे और इस काम में आपको मेरी मदद करनी होगी।''

''हमें?'' शांडियाल चौंके।

''जी हां!'' तेजस्वी ने कहा—''मैं एकान्त में आपसे कुछ बातें करना चाहता हूं।''

पांडुराम की आंखों में इस वक्त लोमड़ी की आंखों जैसी चपलता गर्दिश कर रही थी—चारों तरफ छाये अंधकार को बेधता हुआ वह एक संकरी गली में दाखिल हो गया—पूरी तरह सजग था वह, अपनी तरफ से अच्छी तरह जांच कर ली थी कि कोई उसे वॉच तो नहीं कर रहा है और संतुष्ट होने के बाद

ही संकरी गली में कदम रखा था परंतु ... काश, वह जान पाता, उसे फॉलो करने वाला उससे ज्यादा चतुर साबित हो रहा था—तभी तो वह बराबर पांडुराम का पीछा करने में भी कामयाब था और उसकी हजार सतर्कताओं के बावजूद यह यकीन दिलाने में भी कि कोई पीछा नहीं किया जा रहा है।

कई मोड़ पार करने के बाद पांडुराम एक मकान के बंद दरवाजे के नजदीक रुका—गली में दोनों तरफ निगाह डाली—दूर-दूर तक अंधकार और सन्नाटे का साम्राज्य नजर आया—हालांकि पीछा करने वाला उससे केवल पंद्रह कदम दूर, एक दीवार से चिपका खड़ा था मगर पांडुराम ने संतुष्टि-जनक ढंग से गर्दन हिलाने के बाद दरवाजे पर दस्तक दी।

दस्तक बहुत जोर से न दी गई थी मगर फिर भी, उसकी आवाज ने गली में सोए सन्नाटे की नींद में खलल डाली—उधर, दीवार से चिपके शख्स ने महसूस किया, पांडुराम ने एक खास अंदाज में दस्तक दी थी—अजीब संगीतमय दस्तक थी वह, जैसे दरवाजे पर दस्तक न दी गई हो बल्कि तबले पर थाप देकर उसे जांचा-परखा गया हो।

दीवार से चिपके खड़े शख्स के होंठों पर मुस्कान फैल गई।

पांडुराम ने पुनः उसी अंदाज में दस्तक दी।

वह शख्स सांस रोके खड़ा रहा।

तीसरी दस्तक के बाद दरवाजा खुला।

एक मोमबत्ती की क्षीण रोशनी नजर आई, पांडुराम ने खुले दरवाजे के अंदर कदम रखा।

उधर दरवाजा बंद हुआ, इधर दीवार से चिपका शख्स तेजी से मकान की तरफ लपका—दरवाजे की झिर्रियां बता रही थीं कि अंदर इस वक्त भी केवल एक मोमबत्ती का ही प्रकाश है—उसने झिर्री पर आंख रख दी मगर कहीं कोई नजर न आया।

पांडुराम झिर्री की रेंज से बाहर, दरवाजे के दाईं या बाईं तरफ था।

''किसलिए याद किया गया मुझे?'' यह आवाज पांडुराम की थी।

एक अनजानी आवाज—''तेरे इंस्पेक्टर ने मेजर साहब को चैलेंज दिया है।''

''मालूम है।''

''क्या मालूम है?''

''कहा है, वह काली बस्ती में स्थित उनके अड्डे पर जाकर ...।''

''मेजर साहब जानना चाहते हैं, इंस्पेक्टर को उनका पर्सनल नंबर कहां से मिला?''

“इकबाल से!”

“इ-इकबाल से?”

“हां!”

लहजे में चिंता एवं हैरानगी उभर आई—“उस तक कैसे पहुंच गया इंस्पेक्टर?”

“ऊपर वाला जाने!” पांडुराम ने कहा—“अदालत से निकलते ही पट्ठे ने जीप के ड्राइवर को असलम की कोठी पर चलने का हुक्म दिया—मैं साथ था ही, मगर न ड्राइवर को मालूम था कि वहां क्यों जा रहा है न मुझे—रास्ते में पूछने की कोशिश की—केवल यह कहकर बात खत्म कर दी ‘देखते रहो’—देखता रहने के अलावा मैं कर भी क्या सकता था—मुकद्दर का मारा इकबाल बेचारा उसे मिल भी कोठी के लॉन में ही गया—तुरंत पूछताछ शुरू कर दी उसने—जीप में डालकर थाने ले आया गया, टॉर्चर चेयर पर बैठने के पन्द्रह मिनट बाद उसने सब उगल दिया।”

“ये इंस्पेक्टर खतरनाक साबित होता जा रहा है।”

“मैं भी यही कहने वाला था।”—पांडुराम बोला—“तेजस्वी पिछले इंस्पेक्टरों जैसा नहीं है—साले का दिमाग कम्प्यूटर की तरह और जिस्म चीते की तरह काम करता है—देखो न, इकबाल उसके शक के दायरे में केवल इसलिए आ गया क्योंकि सलमा के बाद असलम की संपूर्ण दौलत का वारिस वह था।”

“और अब उसने मेजर साहब को चैलेंज दिया है।”

“इसे तो मैं क्या दुनिया का हर व्यक्ति उसका पागलपन कहेगा।”

“इस संबंध में तुझसे कुछ बात हुई उसकी?”

“नहीं!”

“तो तू अपनी तरफ से बात करने की कोशिश कर।” गुर्राहट दरवाजे के बाहर खड़े शख्स के कानों तक पहुंच रही थी—“मेजर साहब का तेरे लिए यही हुक्म है—थाने की घटना के बाद वे इंस्पेक्टर को उतना ‘हल्का’ नहीं ले रहे हैं जितना पिछले इंस्पेक्टरों को लिया जाता था—उनका ख्याल है, इंस्पेक्टर अपना चैलेंज पूरा करने की कोशिश जरूर करेगा और इसके लिए निश्चित रूप से कोई धांसू योजना बनाएगा—मेजर साहब चाहते हैं, उसकी योजना समय से पहले उन्हें मालूम होनी चाहिए।”

“अगर मुझे पता लगी तो बता दूंगा।”

“मेजर साहब का हुक्म है कि योजना हर हाल में उन्हें पता लगनी

चाहिए, यह काम कैसे होगा वह तू जान—अगर कोताही हुई तो तू खतरे में फंस सकता है।''

दरवाजे के बाहर खड़े शख्स ने पांडुराम का जवाब सुनने की चेष्टा नहीं की।

बहुत आराम से और दबे पांव चहलकदमी करता हुआ वह संकरी गलियों के जाल से बाहर निकल आया—सड़क पर पहुंचकर एक सिगरेट सुलगाई उसने।

''मैं उससे कह चुका हूं सर कि आप अपना पिछला आदेश वापस ले चुके हैं।'' थारूपल्ला शक्तिशाली ट्रांसमीटर के माइक पर बोला—''और नए आदेश के मुताबिक दस दिन के अंदर उसकी लाश आपके समक्ष पेश करनी है।''

''तुमने गलती की थारूपल्ला!'' ब्लैक स्टार का गंभीर स्वर।

''ज-जी?'' थारूपल्ला हकला गया।

''हमसे बात किए बगैर तुम्हें ऐसा नहीं कहना चाहिए था।''

''क-क्या आप ऐसा नहीं चाहते?''

''नहीं!''

''आश्चर्य की बात है सर, जिसने स्टार फोर्स के मेजर को थाने में सरेआम शिकस्त दी—जो सीना ठोककर मेरे अड्डे पर आने और अपने रूल से मेरी चमड़ी उधेड़ डालने की धमकी दे रहा है—आप उसकी मौत का फरमान जारी न करें, यह असंभव बात थी—आज तक आपकी तरफ से हर उस शख्स की मौत का फरमान जारी होता रहा है जिसने स्टार फोर्स के सैनिक की तरफ भी टेढ़ी आंख से देखा हो और मैं ... मैं तो मेजर हूं—कल्पना तक नहीं कर सकता कि उस शख्स की मौत का फरमान जारी नहीं होगा जिसने स्टार फोर्स की शानदार परम्परा को दागदार किया है।''

''तुम्हारी सारी बातें अपनी जगह अकाट्य हैं मेजर थारूपल्ला—कोई शक नहीं कि तुम्हारे जरिए उसने जो, संपूर्ण स्टार फोर्स का अपमान किया है उसकी सजा इंस्पेक्टर को भोगनी होगी—हम जो फिलहाल उसे मार डालने का हुक्म नहीं दे रहे हैं, उसका कारण कुछ और है।''

''क्या मैं जान सकता हूं सर?''

''हमें ऐसा इल्म हुआ है जैसे इंस्पेक्टर तेजस्वी वास्तव में वह चीज नहीं है जैसा नजर आ रहा है—उसके दिल में कुछ और है, कोई बड़ा लक्ष्य—शायद स्टार फोर्स को नेस्तनाबूद कर डालने से भी बड़े लक्ष्य को लेकर प्रतापगढ़ आया है वह।''

चकरा गया थारूपल्ला—''स्टार फोर्स को नेस्तनाबूद कर डालने से बड़ा लक्ष्य क्या हो सकता है सर?''

''उसकी कल्पना फिलहाल हम नहीं कर पा रहे, इसलिए चाहते हैं कि असली मकसद जाने बगैर उसे न मारा जाए—शतरंज का कोई बहुत बड़ा खेल, खेल रहा है वह, और हमें उस खेल की जानकारी होनी बहुत जरूरी है।''

एकांत मिलते ही पांडुराम बोला—''एक बात और कहूं हुजूर?''

''बोल!'' तेजस्वी काली बस्ती से संबंधित फाइल का अध्ययन कर रहा था।

''बुरा तो नहीं मानेंगे?''

''नहीं।'' उसने नजरें ऊपर नहीं उठाईं।

''अ-आप काली बस्ती जाने का विचार दिमाग से निकाल दें।''

तेजस्वी ने झटके से उसकी तरफ देखा, पूछा—''क्यों?''

''बड़े खतरनाक लोग हैं वे—अत्यंत हिंसक—न खुद मरने से हिचकते हैं, न किसी को मारते वक्त—फाइल तो आप पढ़ ही रहे हैं—इसमें उन सब ऑपरेशन्स का विवरण है जो थारूपल्ला तक पहुंचने के लिए किए गए—अफीम की खेती काली बस्ती वालों का मुख्य धन्धा है, अफीम से वे स्मैक बनाते हैं और स्मैक को स्मग्ल करके अंतर्राष्ट्रीय बाजार से स्टार फोर्स के लिए आधुनिक हथियार खरीदते हैं।''

''कोई ऐसी बात बता पांडुराम जो इस फाइल में दर्ज न हो।''

''ऐसी किसी बात की जानकारी भला मुझे कैसे हो सकती है साब, मगर वही क्या कम है जो इसमें लिखा है—क्या इसे पढ़कर आप इस नतीजे पर नहीं पहुंचे कि थारूपल्ला की मर्जी के खिलाफ उस तक पहुंचना नामुमकिन है?''

''नहीं पांडुराम ... निराशाजनक बातें मत कर—हालात वहां पहुंच गए

हैं कि मैं चाहकर भी अपने कदम वापस नहीं लौटा सकता—कोई तरकीब सोचनी पड़ेगी, योजना बनानी होगी।''

''य-योजना?''

''ऐसी, जो थारूपल्ला का दिमाग चकराकर रख दे।''

''ऐसी क्या योजना हो सकती है साब?''

''योजना का खाका मेरे दिमाग में बन चुका है।''

''ब-बन चुका है?'' पांडुराम उछल पड़ा—''क-कमाल कर रहे हैं आप!''

''कमाल ही होगा पांडुराम।'' तेजस्वी के होंठों पर आसक्त कर डालने वाली मुस्कराहट उत्पन्न हो गई—''मुझे पूरा विश्वास है—मेरी योजना कामयाब होगी—लोग वह करिश्मा होता देखेंगे जिसके होने की उम्मीद आज मेरे अलावा किसी को नहीं है।''

''ए-ऐसी क्या योजना है साब?''

''तुझे बता दूं?'' तेजस्वी ने उसे रहस्यमय अंदाज में घूरा—''तुझे?''

''क-क्या मुझे बताने में हर्ज है साब?''

''हां, हर्ज है!''

''क-क्या?''

तेजस्वी ने तुरंत जवाब नहीं दिया—बड़े आराम से एक सिगरेट सुलगाई उसने, जोरदार कश लगाया और फिर उस कश के संपूर्ण धुंए को उगलता हुआ बोला—''तू उसे शुब्बाराव को बता देगा।''

''श-शुब्बाराव?'' पांडुराम उछल पड़ा।

तेजस्वी ने उसे बड़ी दिलचस्प नजरों से देखते हुए सवाल किया—''क्या तू शुब्बाराव को नहीं जानता?''

''न-नहीं साब!'' पांडुराम का चेहरा पसीने-पसीने हो गया—''क-कौन से शुब्बाराव की बात कर रहे हैं आप?''

''उसकी, जो 'गुल्फा स्ट्रीट' की एक बहुत संकरी गली में ऐसे मकान में रहता है जो बाहर से उजाड़ नजर आता है।'' इन शब्दों के साथ तेजस्वी पांडुराम के नजदीक पहुंच गया था—''मकान का दरवाजा वह केवल तब खोलता है तब संगीतमय अंदाज में दस्तक दी जाए, कुछ ऐसे अंदाज में जैसे नए तबले को खरीदने से पहले ठोक-बजाकर जांचा-परखा जा रहा हो।''

पांडुराम के छक्के छूट गए।

होशो-हवास गंवा बैठा बेचारा।

मस्तिष्क अंतरिक्ष में परवाज कर रहा था—जिस्म से लहू की मानो एक-एक बूंद निचोड़ ली गई थी—आंखों में खौफ लिए वह होंठों को फड़फड़ाकर रह गया, हलक से आवाज न निकल सकी जबकि तेजस्वी बगैर लेशमात्र उत्तेजना का प्रदर्शन किए कहता चला गया—"अगर तेरे बारे में मैं ये सब न जान गया होता पांडुराम, तो यकीन मान, मैं तुझे अपनी योजना जरूर बताता।"

दहशत का मारा पांडुराम तेजस्वी के कदमों में गिर गया—पैर पकड़कर रो पड़ा वह, गिड़गिड़ा उठा—"म-मुझे माफ कर दो साब, मुझे माफ कर दो।"

"प-पगला!" तेजस्वी हंसा—"मैंने तुझे कुछ कहा है?"

"स-सच कहता हूं साब, जिस तरह पानी में रहकर मगरमच्छ से बैर नहीं लिया जा सकता उसी तरह स्टार फोर्स से बैर लेकर प्रतापगढ़ थाने में नहीं रहा जा सकता—अ-आप जैसा दिलेर आदमी मैंने पहली बार देखा है—किसी इंस्पेक्टर ने स्टार फोर्स से उलझने के बारे में सोचा तक नहीं और मैं ही क्या, थाने पर तैनात किसी पुलिसिए में इतनी हिम्मत नहीं है जो स्टार फोर्स के आदेश की अवहेलना कर सके—कोई मेरी तरह केवल डर के मारे उसका गुलाम है तो कोई 'पगार' पाता है—आप जैसा दिलेर बनने की कूव्वत भला किसमें है साब और ... और मैं तो ये कहता हूं कि आप भी ये दिलेरी छोड़िए—जान है तो जहान है—प्रतापगढ़ थाने पर रहना है तो स्टार फोर्स की गुलामी स्वीकार करनी होगी वर्ना ...।"

"उसी लाइन पर सोच रहा हूं पांडुराम!"

"ज-जी?" पांडुराम का जहन चकरघिन्नी बन गया।

"क्या शुब्बाराव मेरा मैसेज थारूपल्ला तक पहुंचा सकता है?"

"क-क्यों नहीं?" पांडुराम उछल पड़ा मगर अगले ही पल सतर्क नजर आया वह, बोला—"अ-आप मेरे और शुब्बाराव के इस्तेमाल से कहीं कोई चाल तो चलने की नहीं सोच रहे हैं?"

"कैसी चाल?"

"अ-अपना चैलेंज पूरा करने की खातिर कोई ...।"

"नहीं पांडुराम ऐसा नहीं है—मैंने तुझसे केवल यही तो पूछा है कि शुब्बाराव मेरा मैसेज थारूपल्ला तक पहुंचा सकता है या नहीं—इस सवाल का जवाब पाने से भला मैं काली बस्ती को पार करके थारूपल्ला तक कैसे पहुंच जाऊंगा?"

''थारूपल्ला तक क्या मैसेज पहुंचाना चाहते हैं आप?'' पांडुराम ने सतर्क स्वर में पूछा।

''पहले ये बता, वह काली बस्ती में जाकर थारूपल्ला से मिल सकता है या नहीं?''

''केवल तब, जब कोई ऐसी बात हो जो फोन पर न कही जा सकती हो।''

''गुड!'' इस शब्द के साथ तेजस्वी की आंखें इस तरह जगमग कर उठीं मानो उनमें दिव्य ज्योति समा गई हो। लाख खोपड़ी भिड़ाने के बावजूद पांडुराम न समझ सका कि तेजस्वी किस फिराक में है।

तीसरी संगीतमय दस्तक के बाद शुब्बाराव ने आगे बढ़कर दरवाजा खोला—नजर तेजस्वी पर पड़ी और नजर पड़ने की देर थी कि शुब्बाराव का हाथ बिजली की-सी गति से अपने गले में पड़े पोटेशियम साइनाइड के कैप्सूल की तरफ बढ़ा।

परंतु!

तेजस्वी उससे हजार गुना फुर्तीला साबित हुआ।

उसका हाथ न केवल शुब्बाराव के हाथ से पहले उसके ताबीज तक पहुंच चुका था—बल्कि एक ही झटके में ताबीज कैप्सूल सहित उसकी मुट्ठी में कैद हो गया।

प्रत्युत्तर में शुब्बाराव ने उसके जबड़े पर घूंसा रसीद करना चाहा किंतु इस बार भी वह पिछड़ गया, तेजस्वी के भारी बूट की ठोकर इतनी जोर से उसके पेट में पड़ी कि हलक से चीख निकालता हुआ कमरे के फर्श पर जा गिरा।

तेजस्वी ने फुर्ती के साथ होलेस्टर से रिवॉल्वर निकाला, उसकी तरफ तानकर बोला—''ध्यान से सुनो शुब्बाराव, मैं तुम्हें गिरफ्तार करने नहीं आया हूं।''

मगर!

रिवॉल्वर से वह डरे जो जीवित रहना चाहता हो!

जिसका उद्देश्य ही मरना हो वह भला अपनी ओर तने रिवॉल्वर से क्यों डरने लगा, अतः अगर यह कहा जाए तो गलत न होगा कि मरने की खातिर उसने तेजस्वी पर जम्प लगा दी—इधर, तेजस्वी उसका उद्देश्य भली-भांति

समझ रहा था—सो, उसने फायर न करके रिवॉल्वर के दस्ते का भरपूर वार उसके जबड़े पर किया—एक बार फिर चीख के साथ वह फर्श पर जा गिरा, इस बार एक कुर्सी को भी साथ लेकर गिरा था वह और तेजस्वी ने पुनः संभलने का अवसर दिए बगैर आगे बढ़कर जूते सहित अपना दायां पैर उसकी छाती पर रख दिया।

"म-मुझे मरने दो!" शुब्बाराव मचला—"म-मैं मरना चाहता हूं।"

"नहीं शुब्बाराव, मैं तुम्हें मर जाने देने के लिए यहां नहीं आया हूं—जानता था कि मुझे सामने देखते ही तुम मरने की कोशिश करोगे—तभी तो कामयाब न होने दिया—इतनी आसानी से अपने उद्देश्य में सफल होकर तेजस्वी को शिकस्त देने वाली हस्ती ने अभी इस दुनिया में कदम नहीं रखा है और वैसे भी, मैं तुम्हें बता देना चाहता हूं—फिलहाल तुम्हें मरने की जरूरत नहीं है।"

"क-क्या मतलब?" वह अपनी छाती पर जमा अंगद का पैर हटाने की चेष्टा कर रहा था।

"ये कैप्सूल तुम लोग इसलिए अपने गले में लटकाए घूमते हो ताकि पुलिस की गिरफ्त में आने के बाद टॉर्चर चेयर पर पहुंच गए तो न पुलिस तुम्हें मरने देगी न जीने देगी—ऐसी हालत बना देगी कि तुम्हारे मुंह से स्टार फोर्स से संबंधित वे राज फूट सकते हैं जो नहीं फूटने चाहिएं मगर ... मगर एक बार फिर कहता हूं शुब्बाराव, ध्यान से सुनो—न मैं यहां तुम्हें गिरफ्तार करने आया हूं, न ही टॉर्चर चेयर तक ले जाने।" कहने के साथ तेजस्वी अपनी जेब से न केवल रेशम की मजबूत डोरी निकाल चुका था बल्कि उसकी मदद से शुब्बाराव की मुश्कें भी कसनी शुरू कर दी थीं।

शुब्बाराव चुपचाप उसे घूरता रहा।

तेजस्वी ने उसका पीछा तब छोड़ा जब यकीन हो गया—मरने की बात तो दूर, हाथ-पैर तक नहीं हिला सकता वह—निश्चित होने के बाद तेजस्वी ने सबसे पहले दरवाजा अंदर से बंद किया, एक मेज पर पड़े फोन पर नजर डाली और वापस शुब्बाराव के नजदीक पहुंचकर बोला—"तुम्हें मेरा एक सीलबंद लिफाफा थारूपल्ला के पास पहुंचाना होगा।"

"हरगिज नहीं!" बंधा पड़ा शुब्बाराव गुर्राया।

जवाब पर ध्यान दिए बगैर तेजस्वी ने अपनी जेबों में हाथ डाले—बांस पेपर का एक खाली लिफाफा, कुछ कागजात और चंद फोटो निकाले, बोला—"मैं ये कागजात और फोटोग्राफ लिफाफे के अंदर पैक करके भी

यहां ला सकता था क्योंकि यह सारा सामान इसी शक्ल में थारूपल्ला के पास पहुंचना है मगर ऐसा नहीं किया, जानते हो क्यों?''

शुब्बाराव कुछ न बोला, कड़ी दृष्टि से केवल घूरता रहा उसे—जानता था, उसके सवाल करने न करने से कोई फर्क पड़ने वाला नहीं है—तेजस्वी को जो कहना है, हर हालत में कहेगा—हुआ भी वही, तेजस्वी ने बात जारी रखी—''अगर मैं लिफाफे को पैक करके लाता तो तुम्हें यह वहम हो सकता था कि कहीं मैं 'पत्र बम' के जरिए थारूपल्ला का क्रिया-कर्म करने की कोशिश तो नहीं कर रहा हूं—तुम्हें इस वहम से मुक्त रखने के लिए एक-एक कागज और फोटोग्राफ्स तुम्हारे सामने लिफाफे में रखूंगा।''

शुब्बाराव अब भी कुछ न बोला।

तेजस्वी ने सचमुच पहले उसे खाली लिफाफा दिखाया—फिर एक-एक कागज और फोटो उसके सामने झटक-झटककर लिफाफे में रखा, उसे चिपकाया और चिपके हुए स्थान पर अपने हस्ताक्षर करने के बाद बोला—''मेरे ख्याल से अब तुम्हें यकीन होगा कि इस लिफाफे में कोई नाजायज वस्तु नहीं है!''

''फिर भी, मैं इसे थारूपल्ला के पास नहीं पहुंचाऊंगा।'' वह गुर्राया।

''मेरे कहने से न सही, थारूपल्ला के कहने से तो यह काम करोगे?''

''वे मुझे ऐसा आदेश क्यों देने लगे?''

''देंगे मुन्ना, जरूर देंगे—जब हमारा आदेश होगा तो थारूपल्ला को यह लिफाफा अपने पास मंगाने का आदेश देना ही पड़ेगा, करिश्मे को दिखाना तेजस्वी की फितरत में शामिल है।'' कहता हुआ वह आत्मविश्वास भरे कदमों के साथ उस मेज की तरफ बढ़ा जिस पर फोन पड़ा था।

⅄

थारूपल्ला की आवाज उभरते ही वह बोला—''इंस्पेक्टर तेजस्वी हीयर!''

''तूने तो कहा था यहां आएगा, मेरे ठिकाने पर—तेरी उन लम्बी-चौड़ी डींगों का क्या हुआ इंस्पेक्टर?''

''आऊंगा थारूपल्ला जरूर आऊंगा।''

''कूव्वत है तो फोन छोड़ इंस्पेक्टर और काली बस्ती में ग्यारहवां कदम रखकर दिखा।''

''उसी प्रयास में जुटा हूं।''

व्यंग्यात्मक स्वर में पूछा गया—"कहां तक पहुंचा?"

"तेरे पास मेरा एक लिफाफा पहुंचने वाला है।"

"लिफाफा?"

"उसमें कुछ कागज और फोटोग्राफ्स हैं।"

"कैसे कागज और कैसे फोटोग्राफ्स?"

"ऐसे ... जिनमें इतनी तासीर है कि उन्हें देखने के बाद तू मुझे खुद अपने ठिकाने पर बुलाएगा।"

"क्या बक रहा है?"

"तेजस्वी बका नहीं करता, फरमाया करता है और इस वक्त भी फरमा ही रहा है, इसका अहसास तुझे लिफाफा खोलते ही हो जाएगा।"

"तभी न, जब लिफाफा मेरे पास पहुंचेगा?"

"लिफाफा पहुंचेगा थारूपल्ला।"

थारूपल्ला हंसते हुए बोला—"कौन पहुंचाएगा?"

"शुब्बाराव!"

"श-शुब्बाराव?" थारूपल्ला की हकलाहट साफ सुनाई दी।

"इस वक्त वह मेरी गिरफ्त में है।" तेजस्वी उसकी मानसिक स्थिति का अंदाजा लगाता हुआ बोला—"जानता हूं, मेरी ये कामयाबी तुझे आघात पहुंचाएगी—पहली बात ये, मैं शुब्बाराव तक पहुंच कैसे गया—दूसरी ये, तेरे उन दो प्यादों ने मेरे यहां पहुंचने की खबर तुझे अब तक क्यों नहीं दी जो मुझे वॉच कर रहे थे—जाहिर है, मैं उन्हें 'डॉज' देकर यहां पहुंचा हूं और पहुंच इसलिए गया क्योंकि पांडुराम जैसे अक्ल के अंधे को वॉच करना मेरे लिए मुश्किल न था।"

"फिर भी!" थारूपल्ला खुद को नियंत्रित कर चुका था—"शुब्बाराव तेरा आदेश नहीं मानेगा।"

"मैंने ऐसा कब कहा?"

"तो लिफाफा कैसे पहुंचेगा यहां?"

"तू मंगाएगा थारूपल्ला।"

"म-मैं?"

"यस!"

"पागल हो गया है क्या?"

"हुआ नहीं, पहले से हूं—शायद तू भूल गया, यह खिताब पहली टेलीफोन वार्ता में तूने मुझे खुद दिया था—शुब्बाराव तेरे अलावा किसी का

आदेश नहीं मानेगा इसलिए मैंने सोचा, क्यों न वह आदेश इसे तू ही दे जो मैं चाहता हूं।''

''मैं उसे कोई आदेश देने वाला नहीं हूं।''

''क्यों?''

''क्यों से मतलब?'' थारूपल्ला गुर्राया—''मेरी मर्जी।''

''नहीं मेजर—मर्जी तेरी नहीं, मेरी चलेगी।''

''अजीब अहमक आदमी है तू!''

तेजस्वी का स्वर रहस्यमय हो उठा—''ध्यान से सुन थारूपल्ला और मेरे शब्दों में छुपे संदेश को समझने की कोशिश कर—प्रतापगढ़ थाने पर नियुक्ति के बाद से जो कुछ मैं कर रहा हूं, वास्तव में यह सब करने यहां नहीं आया—वह सब दिखावा है, चाल है और मेरे एक बहुत बड़े मिशन की भूमिका है—प्रतापगढ़ थाने पर नियुक्ति का मेरा उद्देश्य कुछ और है।''

उधर, फोन के उस तरफ मौजूद थारूपल्ला के मस्तिष्क में अनार से फूट पड़े—तेजस्वी के एक-एक शब्द ने उसके जहन के लिए जोरदार पटाखों का काम किया था—ब्लैक स्टार के शब्द कानों में गूंजने लगे—उसने यही कहा था, यह कि तेजस्वी का उद्देश्य कुछ और है—उसी उद्देश्य को जानने की खातिर उसने तेजस्वी को जीवित रखने का हुक्म दिया था, संभलकर बोला वह—''क्या कहना चाहता है तू, मैं समझ नहीं पाया।''

''फोन पर इससे ज्यादा कहना खतरनाक हो सकता है।''

''प्रतापगढ़ आने का तेरा असली उद्देश्य क्या है?'' थारूपल्ला व्याकुल हो उठा था।

''कहा न, जो कह चुका हूं—फोन पर उससे ज्यादा नहीं कह सकता—सारी कहानी और मेरा असली उद्देश्य ये लिफाफा तुझे समझा देगा—हां, इतना और कह सकता हूं कि मेरा उद्देश्य ऐसा है जिसे जानकर ब्लैक स्टार की बांछें खिल जाएंगी—मेरे उद्देश्य में स्टार फोर्स का बहुत बड़ा हित छुपा है थारूपल्ला—अब बोल, लिफाफे को अपने पास न मंगाने की अपनी जिद्द को तरजीह देगा या स्टार फोर्स के हित को?''

''त-तू कोई चाल चल रहा है इंस्पेक्टर।'' थारूपल्ला की आवाज कांप रही थी—''फिलहाल तेरा उद्देश्य ये है कि इस झूठ के जाल में फंसकर मैं लिफाफे को अपने पास मंगा लूं और तब तू पलटकर कहे—'देख, मैंने कहा था न कि लिफाफे को तू खुद मंगाएगा'?''

जबरदस्त मुस्कराहट के साथ तेजस्वी बेहिचक बोला—''वह तो मैं कहूंगा ही।''

थारूपल्ला के जहन में सन्नाटा-सा खिंच गया—कितना खुला खेल खेल रहा था इंस्पेक्टर! एक तरफ कह रहा था, अगर उसने लिफाफा मंगाया तो खुलेआम उसे हारा हुआ कहेगा—दूसरी तरफ ये दावा पेश कर रहा था कि लिफाफा उसे मंगाना पड़ेगा—कुछ बोलते न बन पड़ा उस पर, उधर तेजस्वी आत्मविश्वास भरे स्वर में कहता चला गया—''तुझे बहुत पहले सोचना चाहिए था थारूपल्ला, जो काम तू अपनी मर्जी से नहीं करना चाहता उसी काम को अगर मैं करा लेने का इतना ठोस दावा कर रहा हूं तो निश्चित रूप से किसी बूते पर ही कर रहा होऊंगा—दरअसल इस सच्चाई को मैं शुरू से जानता हूं कि स्टार फोर्स के लोगों के लिए अपनी व्यक्तिगत हार-जीत महत्त्व नहीं रखती, उनका पहला और अंतिम उद्देश्य फोर्स का हित करना होता है और तू ... तू तो स्टार फोर्स का मेजर है—मैं जानता हूं, फोर्स के हित की बलि देकर तू किसी कीमत पर अपनी व्यक्तिगत जिद्द को तरजीह नहीं दे सकता—तू मेरे मुंह से यह तो सुन सकता है कि 'देखा—मैं न कहता था लिफाफा तू खुद मंगाएगा', अगर ये लिफाफा तूने नहीं मंगाया और कल किसी जरिए से ब्लैक स्टार को पता लगा कि इसमें क्या था तो निश्चित रूप से तुझे फोर्स का बहुत बड़ा अहित करने की सजा भोगनी पड़ेगी।''

थारूपल्ला के जिस्म में झुरझुरी दौड़ गई—एक तरफ जहां उसे लग रहा था, इंस्पेक्टर अपना 'कौल' पूरा करने हेतु चाल चल रहा है, वहीं यह खौफ सता रहा था कि अगर लिफाफे में सचमुच वह रहस्य छुपा हुआ है जिसकी तलाश ब्लैक स्टार को है तो उसका लिफाफा न मंगाना भयंकर भूल होगी—इस कदर उलझन में फंस चुका था वह कि इस बार भी कुछ बोल न सका जबकि तेजस्वी ने पुनः कहा—''जवाब दे थारूपल्ला, लिफाफा न मंगाकर तू अपनी जिद्द पूरी करना चाहता है या मेरा असली उद्देश्य जानना?''

''क-क्या लिफाफे में सचमुच तेरा असली उद्देश्य छुपा हुआ है?''

''निःसंदेह!'' तेजस्वी की मुस्कराहट अत्यंत गहरी हो गई।

''ठीक है!'' थारूपल्ला ने जैसे फैसला कर लिया था—''शुब्बाराव को फोन दे।''

''उससे पहले तुझे कुछ निर्देश देना चाहूंगा।''

''कैसे निर्देश?''

''मैं नहीं चाहता कि मेरा उद्देश्य शुब्बाराव को मालूम हो अतः उसे

निर्देश दो, वह केवल पत्रवाहक का काम करे—लिफाफे को खोलकर देखने की कोशिश हरगिज न करे।''

''ठीक है!''

''लिफाफे के जोड़ पर मेरे साइन हैं, खोलने से पहले उन्हें चैक करके देख लेना कि खोला तो नहीं गया है?''

''उसकी जरूरत नहीं पड़ेगी, शुब्बाराव को जो आदेश दिया जाएगा उसकी अवहेलना वह नहीं करेगा।''

''ओ.के.।'' कहने के बाद तेजस्वी ने माउथपीस पर हाथ रखा और सफलता की ज्यादती के कारण चमचमा रहीं आंखें शुब्बाराव पर जमाकर बोला—''मेरा करिश्मा देखा शुब्बाराव, तेरा बॉस तुझे यह आदेश देने के लिए मरा जा रहा है कि तू मेरा लिफाफा उसके पास पहुंचा दे, शतरंज के खेल में मैं ऐसी चालें अक्सर चल दिया करता हूं।''

शुब्बाराव की आंखों में आश्चर्य और केवल आश्चर्य के भाव थे।

थारूपल्ला खुद न समझ सका कि लिफाफा खोलते वक्त उसका दिल इतनी जोर-जोर से क्यों धड़क रहा था—हाथ क्यों कांप रहे थे और दिमाग में रह-रहकर बिजलियां-सी क्यों कौंध रही थीं?

शुब्बाराव उसके सामने मेज के पास बैठा था।

मुश्किल से एक पल पूर्व उसने वहां पहुंचकर लिफाफा थारूपल्ला के हाथ में दिया था—थारूपल्ला की जो हालत थी, उसे शुब्बाराव ने भी नोट किया। थारूपल्ला को ऐसी अवस्था में देखने का उसका पहला अवसर था।

लिफाफे में जो था, उस पर थारूपल्ला ने शुब्बाराव की नजर न पड़ने दी।

यह अलग बात है कि लिफाफे से बरामद सामान को देखने के बावजूद स्वयं थारूपल्ला ठीक से कुछ न समझ पाया—कई फोटो थे, एक फोटो में दो छोटे-छोटे बच्चों की वीभत्स लाशें नजर आ रही थीं तो दूसरे में एक बूढ़े और बूढ़ी की लाश—तीसरा फोटो एक जवान महिला की लाश का था—देखने मात्र से पता लगता था, सबकी हत्या नृशंस तरीके से की गई है।

एक और फोटो था।

एक फोटो में तेजस्वी बूढ़े-बूढ़ी, दो बच्चों और एक जवान औरत के साथ खड़ा नजर आ रहा था।

एक अन्य फोटो दुमंजिले मकान का था—बाहर से लिया गया ऐसा फोटो था वह कि जरा-सा गौर से पढ़ने पर मकान के मुख्य द्वार पर लगी 'नेम प्लेट' को पढ़ा जा सकता था।

लिखा था—'कीर्ति कुमारम्, 27, कुटम्बरा, श्रीगंगा।

सभी फोटो देखने के बाद थारूपल्ला ने टाइप किया हुआ कागज पढ़ा, लिखा था---

"प्यारे थारूपल्ला!

अगर तेरी खोपड़ी में 'भेजा' नाम की चीज 'वास' करती होगी तो फोटोग्राफ्स देखकर तू सब कुछ समझ जाएगा क्योंकि ये फोटो साफ-साफ एक कहानी सुनाते हैं—न समझ पाया हो तो ट्रांसमीटर पर ब्लैक स्टार को फोटोग्राफ्स का विवरण दे—मेरा ख्याल है, वह इस चित्रकथा को समझ लेगा—अगर तू समझने में कामयाब हो गया है तब भी, ब्लैक स्टार से तो बात करनी ही होगी क्योंकि यह पुष्टि तो वही करेगा कि मेरे द्वारा भेजी गई चित्रकथा सच है या झूठ।

मैं अपनी चाल चल चुका थारूपल्ला—अब मैं तुझे फोन नहीं करूंगा बल्कि तू खुद फोन करके मुझे काली बस्ती बुलाएगा—याद रहे, यह काम तुझे अपनी मर्जी के खिलाफ करना होगा।

—"इंस्पेक्टर तेजस्वी"

अंतिम पैरा पढ़ते वक्त थारूपल्ला को अपने जिस्म में रह-रहकर कौंधती सर्द लहरों का अहसास हुआ, ये शब्द उसके मुंह से बेसाख्ता निकलते चले गए—"ये काइयां इंस्पेक्टर साबित करता जा रहा है कि जो काम गनें, तोपें, टैंक और बेशुमार सेना नहीं कर सकती, उसे दिमागी ताकत के बूते पर इतनी आसानी से किया जा सकता है जैसे चुटकी बजा दी गई हो।"

"मैं भी यही कहना चाहता था सर, उसने दावा किया था—इस लिफाफे को यहां लाने का हुक्म मुझे आप देंगे—उस वक्त मेरे दिमाग में उसकी छवि एक बड़बोले अहमक व्यक्ति की बनी थी मगर जब कुछ देर बाद आपने सचमुच हुक्म सुनाया तो मैं दंग रह गया—पट्ठा कह रहा था कि 'शतरंज' के खेल में ऐसी चाल वह अक्सर चल दिया करता है।"

एकाएक थारूपल्ला को अहसास हुआ कि शुब्बाराव स्टार फोर्स का एक छोटा प्यादा है, मेजर होने के नाते उसे उससे इस किस्म का 'डिस्कशन' नहीं करना चाहिए, अतः थोड़े कठोर स्वर में बोला—"तुम जा सकते हो शुब्बाराव, मुझे ब्लैक स्टार से बात करनी है।"

शुब्बाराव खड़ा हुआ बोला—''एक सफाई देना चाहता हूं सर!''

''बोलो!''

''मैंने काफी कोशिश की मगर उसने मरने न दिया।''

थारूपल्ला ने केवल इतना कहा—''जाओ!''

फोटोग्राफ्स का विवरण और पत्र का मजमून सुनने के बाद ब्लैक स्टार चुप हो गया—मानो गहरे सोच में डूब गया हो—ट्रांसमीटर पर खामोशी छाई रही और जब ये खामोशी थारूपल्ला के लिए असहनीय हो गई तो बोला—''क्या हुक्म है सर?''

''ऐं ... हां!'' जाहिर था, ब्लैक स्टार लम्बी सोचों से अभी-अभी उबरा था—''जो कहानी इंस्पेक्टर हमें सुनाना चाहता है उसकी पुष्टि करनी होगी—पुष्टि के बाद हम तुमसे संपर्क स्थापित करते हैं।''

''ओ.के. सर!''

दूसरी तरफ से संबंधविच्छेद कर दिया गया।

खौफनाक सस्पैंस में डूब गया थारूपल्ला—ऐसा नहीं कि चित्रकथा सिरे से उसकी समझ में न आ रही हो—काफी हद तक वह समझ रहा था मगर निश्चय न कर पा रहा था कि जो समझ रहा है वह सही है या गलत—ब्लैक स्टार के आदेश की बेचैनी से प्रतीक्षा थी उसे, मगर दिल यह सोच-सोचकर कांप रहा था—कहीं वही आदेश न मिल जाए जिसका दावा तेजस्वी ने कर रखा था?

सारी रात न सो सका वह!

शंकाओं से घिरा रहा!

हल्की-सी आहट पर लगता—ट्रांसमीटर उसे बुला रहा है लेकिन जब पाता, ऐसा नहीं है तो निराशा के अंधकूप में डूब जाता—शंका और निराशाओं के जंगल में भटकता उसका मस्तिष्क अगले दिन ठीक ग्यारह बजे बाहर निकला—तब, जबकि ट्रांसमीटर ने उसे सचमुच कॉल किया।

हैडफोन कानों पर चढ़ाने के बाद उसने माइक पर कहा—''थारूपल्ला बोल रहा हूं सर!''

''इंस्पेक्टर को फौरन अपने ठिकाने पर बुलाओ थारूपल्ला।''

यह वाक्य शानदार बम की मानिन्द 'धड़ाम' से उसके जहन में फटा—उन नसों के परखच्चे उड़ गए जिनमें सोचने-समझने की शक्ति भरी होती

है—वही आदेश मिला था जिसकी शंका से वह मरा जा रहा था—जिसका दावा काइयां इंस्पेक्टर ने किया था, ये शब्द उसके मुंह से बरबस निकल गए—''क-क्यों सर?''

बहुत ही कठोर स्वर में पूछा गया—''क्यों से मतलब?''

''म-मैं ये कहना चाहता था सर, क्या उसे यहां बुलाए बगैर काम नहीं चल सकता?'' थारूपल्ला बुरी तरह हड़बड़ा गया, दरअसल ब्लैक स्टार के हुक्म पर पलटकर सवाल कर देना उनकी शान में गुस्ताखी मानी जाती थी और अपनी भावनाओं के झंझावात में फंसा वह किसी हद तक यह गुस्ताखी कर चुका था—उस पर मरहम लगाने की चेष्टा के साथ बोला—''अ-आपको याद होगा, उसने मेरे ठिकाने पर आकर अपने स्पेशल रूल से मेरी चमड़ी उधेड़ डालने का चैलेंज दे रखा है।''

''हमें याद है।'' सर्द एवं कठोर स्वर।

साहस करके थारूपल्ला ने कह दिया—''क-कहीं यह उसकी कोई चाल न हो?''

''कैसी चाल?''

''यहां आने की चाल, मेरी चमड़ी उधेड़कर निकल जाने की चाल।'' थारूपल्ला कहता चला गया—''आज उसके चैलेंज के बारे में प्रतापगढ़ का बच्चा-बच्चा जानता है, अगर उसने यह चैलेंज पूरा कर दिया तो स्टार फोर्स की साख को ऐसा जबरदस्त धक्का लगेगा जिसकी भरपाई शायद हम अगले दस साल तक नहीं कर पाएंगे।''

''फोटोग्राफ भेजने वाली घटना को उसकी 'चाल' इसलिए नहीं कहा जा सकता क्योंकि हम उसके द्वारा सुनाई गई कहानी की पुष्टि कर चुके हैं, वह सच्ची है।''

''य-यानि 'श्रीगंगा' स्थित 27, कुटम्बरा मकान में रहने वाला परिवार तेजस्वी का था और वह सैनिक कार्यवाही के दरम्यान मारा गया?''

''यह सच है।'' ब्लैक स्टार ने कहा—''उस मकान के बाहर लगी नेम-प्लेट पर लिखा नाम उसके पिता का है—कीर्ति कुमारम् की पत्नी तेजस्वी की मां थी—जवान महिला उसकी बीवी और दो छोटे-छोटे बच्चे उसके लड़के थे—सबके सब सारा परिवार सैनिक कार्यवाही के दरम्यान मारा गया—इस वक्त वह मकान मलबे का ढेर बना पड़ा है।''

थारूपल्ला के मस्तिष्क पर पसीना छलछला उठा—''इस सबका मतलब क्या हुआ सर?''

''मतलब स्पष्ट है थारूपल्ला—फोटोग्राफ्स के जरिए उसने हमें संदेश भेजा है कि उसका लक्ष्य स्टार फोर्स नहीं, बल्कि वे लोग हैं जो स्वयं स्टार फोर्स के लक्ष्य हैं।''

''तो सर, आखिर उसका लक्ष्य है क्या?''

''फोटोग्राफ्स उसके लक्ष्य की तरफ संकेत जरूर करते हैं मगर स्पष्ट नहीं बताते—इसी वजह से हमारा उससे बात करना जरूरी है—और हमसे उसकी बात केवल इस ट्रांसमीटर पर हो सकती है, अतः अगर यह कहें कि उसे तुम्हारे ठिकाने पर बुलाना मजबूरी है तो गलत न होगा।''

थारूपल्ला को अब भी यकीन न था कि वे तेजस्वी की किसी चाल में नहीं फंस रहे हैं, मगर ब्लैक स्टार के समक्ष उससे ज्यादा कुछ नहीं कहा जा सकता था जितना कह चुका था। यह सोचने मात्र से उसके जिस्म में चींटियां-सी रेंगने लगीं कि अब फोन करके वह खुद तेजस्वी को यहां बुलाएगा।

तेजस्वी ने बहुत जोर से ठहाका लगाया, बोला—''अब बोल थारूपल्ला, कैसी रही?''

बेचारा थारूपल्ला!

बोले तो क्या बोले?

जुबान में शब्द न थे, मस्तिष्क विचारशून्य!

रिसीवर हाथ में लिए गुस्से की ज्यादती के कारण वह कांपता रहा जबकि अपनी कामयाबी पर मदमस्त हुए तेजस्वी ने चटकारा लिया—''क्यों थारूपल्ला, शब्दकोश खत्म हो गया क्या—बड़ी लम्बी-लम्बी डींगें मारा करता था तू—कहा करता था, तेरी मर्जी के बगैर काली बस्ती में कोई कदम नहीं रख सकता, अपनी सुरक्षा-व्यवस्था पर बड़ा गुरूर था तुझे—कहां गई वह लम्बी जुबान, अब एक शब्द भी तू बोल क्यों नहीं रहा?''

थारूपल्ला केवल इतना पूछ सका—''कब आ रहा है?''

''तुझे क्यों बताऊं?'' तेजस्वी ने करारा प्रहार किया—''जब मूड होगा आ जाऊंगा!''

''म-मुझे ब्लैक स्टार को जवाब देना है।''

''उसी ब्लैक स्टार को न!'' वह हंसा—''जिसने दस दिन के अंदर मेरी लाश मांगी थी?''

अपमान की ज्वाला में भस्म हुए जा रहे थारूपल्ला के जबड़े भिंच गए—आंखों में खून उतर आया, एक-एक शब्द को चबाता चला गया वह—"मैं अपना अपमान सहन कर सकता हूं इंस्पेक्टर—ब्लैक स्टार का नहीं!"

"क्यों, क्या उसने मेरी लाश नहीं मांगी थी?"

"न-नहीं!" थारूपल्ला ने कहा।

तेजस्वी के माथे पर बल पड़ गए—"मतलब?"

"वह सब मैंने अपनी तरफ से इस उम्मीद के बूते पर कह दिया था कि घटना के बाद वे कोई ऐसा ही आदेश देंगे और तू यह सोचकर बेलगाम न रह सके कि मैं तुझे मार नहीं सकता।"

"ओह, तो तू मेरी लगाम खींचकर रखना चाहता था—अपनी गाय-भैंस या घोड़ा समझ रखा था मुझे?"

थारूपल्ला के पास पुनः कहने के लिए कुछ न था।

"खैर—ये तो तू बेहतर जानता होगा, किसने किसकी लगाम खींचकर रखी—तेरे कथन से जाहिर है, ब्लैक स्टार ने वह आदेश नहीं दिया जिसकी तुझे उम्मीद थी, ऐसा क्यों हुआ?"

"क्योंकि वे तेरे उस मायाजाल में फंसे हुए नहीं हैं जिनमें पुलिस का हर अफसर और प्रतापगढ़ का बच्चा-बच्चा फंसा हुआ है—वे जान चुके हैं कि स्टार फोर्स के साथ छेड़ी गई तेरी जंग नकली है और वास्तव में तेरा उद्देश्य कुछ और है।"

तेजस्वी हैरान रह गया—"कैसे जान गए वे?"

"तू खुद को दुनिया का सबसे बड़ा अक्लमंद समझने का भ्रम न पाल।" थारूपल्ला उसे हैरान करके खुश था—"ब्लैक स्टार के सामने तेरी दिमागी हैसियत वैसी ही है जैसी लोमड़ी के सामने गधे की।"

"झुंझलाहट में तू मेरे लिए अक्सर ऐसे शब्दों का इस्तेमाल करता रहा है थारूपल्ला—कभी पागल कहता है, कभी मूर्ख—कभी अहमक कहता है तो कभी गधा मगर वक्त ये सब तुझे साबित कराता जा रहा है—देख, मैंने कहा था—'शुब्बाराव के हाथ तू खुद लिफाफा मंगाएगा', मैंने कहा था—'अपने ठिकाने पर मुझे खुद आमंत्रित करेगा'—कर रहा है और आगे भी जो होना है, मैं उसके बारे में उतनी ही अच्छी तरह जानता हूं जितनी अच्छी तरह लोग यह जानते हैं कि सूरज हर सुबह किधर से निकलेगा।"

थारूपल्ला क्या कहता, परिस्थितियों के ब्लेड ने उसकी जुबान चीरकर रख दी थी।

''क्या हुआ?'' तेजस्वी ने पूछा—''शायद अचानक चुप हो जाने की बीमारी लग गई है तुझे?''

''वक्त की बात है तेजस्वी, आज वक्त ने मुझे बोलने लायक नहीं छोड़ा।'' दांत भींचे थारूपल्ला कहता चला गया—''वक्त तेरा है और तू भरपूर अंदाज में जायज-नाजायज कहकर उसका फायदा उठा रहा है—सारे जवाब मैं तब दूंगा जब यही वक्त मेरी मुट्ठी में कैद होगा।''

''वक्त!'' तेजस्वी हंसा—''वक्त खुद-ब-खुद किसी की मुट्ठी में कैद नहीं हुआ करता बेटे—वक्त तो बहुत बड़ी चीज है, एक मेंढक तक को मुट्ठी में कैद करने के लिए 'टेलैन्ट' की जरूरत पड़ती है—वह भी मुट्ठी से फिसला-फिसला जाता है।''

थारूपल्ला चुप रहा।

तेजस्वी कहता चला जा रहा था—''मेरे पास ऐसी चालें चलने का हुनर है थारूपल्ला, जिनमें सामने वाले को यह जानते-बूझते फंसना पड़ता है कि वह चाल में फंस रहा है—वह चक्रव्यूह ही क्या हुआ जो सामने वाले को यह जानते-बूझते अपने में फंसने पर विवश न कर दे कि वह फंसाया जा रहा है—अपना उदाहरण ले, तेरे जहन के किसी कोने में अब भी यह विचार सुरक्षित है कि फोटोग्राफ्स के जरिए सुनाई गई मेरी कहानी कल्पित हो सकती है, अपना चैलेंज पूरा करने के लिए मैं चाल चल रहा हो सकता हूं, मगर इसके बावजूद तू मुझे अपने ठिकाने पर बुलाने के लिए मजबूर है—ऐसे लोग तूने कम देखे होंगे जो दुश्मन को चेता-चेता कर अपना प्रतिशोध लेने उसकी तरफ बढ़ते हों, सीना खोलकर पहले ही बता देते हों कि मैं क्या करने वाला हूं—ऐसा करिश्मा केवल वे करके दिखा सकते हैं थारूपल्ला, जो दिमाग का इस्तेमाल करना जानते हों—फिर कहता हूं, वहां पहुंचकर मैं अपने स्पेशल रूल से तेरी चमड़ी उधेड़ने वाला हूं। रोक सके तो रोक ले—पूरे चांस हैं तेरे पास—खुला मैदान है, मगर नहीं—नहीं थारूपल्ला, तू मुझे नहीं रोक सकेगा—ये मेरा दावा है।''

''हां ... हां—मैं सब कुछ जानता हूं।'' बहुत देर से अपनी उत्तेजना पर काबू पाए थारूपल्ला ज्वालामुखी की मानिन्द फट पड़ा, दहाड़ता चला गया वह—''यहां आकर तू मेरी चमड़ी उधेड़ेगा—काली बस्ती के उन हिंसक लोगों को यह दिखाएगा कि तू अपना चैलेंज कैसे पूरा करता है, जो हर उस शख्स की आंखें नोच डालने के लिए आतुर होते हैं जिसने थारूपल्ला को टेढ़ी निगाह से देखा हो—तू सब कुछ कर सकता है, सर्वशक्तिमान है तू मगर

... मगर फिर भी, मैं तुझे आमंत्रित करने पर विवश हूं—वह विश्वास दिलाने पर मजबूर हूं कि तू जब चाहे, काली बस्ती को पार करके मेरे ठिकाने पर आ सकता है—कोई तुझे कुछ नहीं कहेगा, कोई नहीं रोकेगा और मैं ... मैं तेरा इंतजार कर रहा हूं।'' इन शब्दों के बाद रिसीवर इतनी जोर से क्रेडिल पर पटका गया कि तेजस्वी के कान में धमाका-सा हुआ।

''मैं थारूपल्ला बोल रहा हूं।'' काली बस्ती में जगह-जगह लगे लाउडस्पीकर्स पर उसकी आवाज गूंज रही थी—''ध्यान से सुनो, मैं आप लोगों को एक जरूरी संदेश देने जा रहा हूं, अगर किसी को मेरी आवाज साफ सुनाई न दे रही हो तो लाउडस्पीकर के नजदीक आ जाए—यह संदेश सभी के लिए है।''

हालांकि बस्ती में इतने लाउडस्पीकर्स लगे हुए थे कि गलियों की तो बात ही दूर, प्रत्येक मकान तक में थारूपल्ला की आवाज स्पष्ट सुनी जा सकती थी—फिर भी, ज्यादा-से-ज्यादा साफ सुनने की मंशा से लोग अपने काम-धंधे छोड़कर लाउडस्पीकर्स की तरफ लपके।

बच्चे घरों से निकलकर गलियों में आ गए।

औरतें आंगन में या छतों पर पहुंच गईं।

थारूपल्ला अपने कमरे में था—बस्ती भर में लगे लाउडस्पीकर्स का संबंध उस माइक से था जिसे इस वक्त उसने अपने मुंह से लगभग अड़ा रखा था—बस्ती में लाउडस्पीकर्स स्थाई रूप से लगे हुए थे—थारूपल्ला को बस्ती वालों से जो कुछ कहना होता था, इन्हीं के माध्यम से कहता था और बस्ती वाले उनसे निकली आवाज को ईश्वर के प्रतिनिधि द्वारा की गई आकाशवाणी से कम महत्त्व नहीं देते थे।

थोड़ी देर के लिए रुका था थारूपल्ला—जब यकीन हो गया कि सभी लाउडस्पीकर्स के इर्द-गिर्द जमा हो चुके होंगे तो बोला—''जो कुछ इस वक्त मैं कहने जा रहा हूं, मुमकिन है उसे सुनकर आप लोगों को हैरानगी हो, आप जानते हैं, ब्लैक स्टार केवल वह चाहते हैं जिसमें हमारा फायदा छुपा हो—उनके कई आदेश ऐसे होते हैं जिनके फायदे उस वक्त नजर नहीं आते जब आदेश दिए जाते हैं, मगर बाद में पता लगता है कि 'हां इस आदेश के पीछे हम लोगों की भलाई छुपी थी'—वह आदेश, जिसे मैं उनकी आज्ञा से

सुनाने जा रहा हूं—शायद ऐसा ही है, जो मुमकिन है इस वक्त अटपटा और गुस्सा दिलाने वाला नजर आए, परंतु भविष्य में इसके परिणाम हमारे हक में निकलेंगे।''

थारूपल्ला सांस लेने के लिए रुका।

उधर, श्रोताओं के दिल धड़कने लगे।

उनकी याद में पहले कभी संदेश देने से पूर्व इतनी 'लम्बी भूमिका' नहीं बांधी गई थी—इसी कारण उन्हें लगा, कोई खास संदेश दिया जाने वाला है।

''दो दिन पूर्व मैंने बताया था कि इंस्पेक्टर तेजस्वी ने काली बस्ती को पार करके न केवल मुझ तक पहुंच जाने का चैलेंज दिया है, बल्कि ये दावा भी किया है कि अपने स्पेशल रूल से मेरी चमड़ी उधेड़ने के बाद काली बस्ती से सुरक्षित निकल जाएगा—तब, मैंने निर्देश दिया था कि काली बस्ती के अंदर उसे दस कदम तक आने दिया जाए लेकिन ग्यारहवें कदम पर उसकी लाश पड़ी नजर आनी चाहिए—मुझे पूरा विश्वास था कि ऐसा ही होगा—जब मुकम्मल सशस्त्र सेनाएं तुम लोगों से मुंह की खाकर मेरी परछाई के दर्शन किए बगैर लौट गईं तो उस अकेले इंस्पेक्टर की भला क्या बिसात थी! परंतु ...।''

थारूपल्ला पुनः सांस लेने के लिए रुका।

श्रोताओं के सस्पेंस में फंसे दिल का अंदाजा लगाता हुआ कलेजे पर पत्थर रखकर बोला—''ब्लैक स्टार का नया आदेश है, इंस्पेक्टर तेजस्वी को न केवल काली बस्ती पार करने दी जाए बल्कि मुझसे मिलने भी दिया जाए—कोई रोकेगा नहीं उसे—ऐसा आदेश ब्लैक स्टार ने क्यों दिया, इसे वही बेहतर जानते होंगे, मगर आदेश यही है, बस्ती से लौटते वक्त भी कम-से-कम तब तक कोई उसके रास्ते में आने की कोशिश न करे जब तक मैं ऐसा करने का निर्देश न दूं।''

थारूपल्ला ने अपनी बात समाप्त करके माइक और लाउडस्पीकर्स के बीच का स्विच ऑफ कर दिया। मगर उधर, सारी बस्ती में इस आदेश ने मानो तूफान ला दिया।

युवकों की भृकुटियां तन गईं।

बुजुर्ग कह उठे—''पुलिस वाला बस्ती में आए और जिन्दा चला जाए, कैसा अनोखा आदेश है ये?''

बच्चे हैरान थे।

महिलाएं कह उठीं—''ब्लैक स्टार ही जानें, उन्होंने ऐसा आदेश क्यों दिया!''

हर गली में, गलियों के हर चौराहे पर और घर-घर में इस आदेश की चर्चा होने लगी—सभी का मत था—आदेश अनहोना है, अप्रिय है, किंतु उसका आदेश पत्थर की लकीर होता है।

⅄

अगली सुबह!

जब तेजस्वी जीप ड्राइव करता हुआ थाने से बाहर निकला, तब उसके जिस्म पर धोबी के यहां से कुछ ही देर पहले आई कड़क वर्दी थी—सिर पर लगी कैप के पीतल के बैज को मानो रेत से मांज-मांजकर धोया गया था—पैरों में मौजूद भारी बूट इतने चमचमा रहे थे कि अक्स तक देखा जा सकता था और उन सबसे ज्यादा चमकदार थी वह मुस्कराहट जो तेजस्वी के होंठों का स्थाई श्रृंगार बनकर रह गई थी।

जो घोषणा थारूपल्ला द्वारा काली बस्ती में की गई थी—जाने कैसे पेट्रोल पर दौड़ने वाली आग की तरह उसकी खबर संपूर्ण प्रतापगढ़ क्षेत्र में फैल गई!

लोक आश्चर्यचकित थे!

तेजस्वी उनके लिए रोबिन हुड बन गया था।

जाने कैसे, लोगों के पास यह सूचना भी थी कि तेजस्वी आज सुबह काली बस्ती जाएगा—शायद यही कारण था वह जीप लेकर जिन रास्तों से गुजरा—सड़क के दोनों तरफ लोगों की भीड़ खड़ी मिली।

हालांकि किसी ने कुछ कहा नहीं किंतु चेहरे और आंखों में मौजूद भाव बता रहे थे, इस वक्त तेजस्वी देव-पुरुष बनकर उनके दिलों पर हुकूमत कर रहा है। ... अपना स्पेशल रूल उसने ड्राइविंग डोर पर इस तरह बांध रखा था कि दूर ही से नजर आ जाए।

झावेरी नदी का एक किलोमीटर लम्बा पुल पार करके काली बस्ती में प्रविष्ट होते ही स्थितियां बदल गईं।

हालांकि भीड़ बहुत ज्यादा थी—ऐसा लगता था जैसे काली बस्ती का संपूर्ण जनमानस केवल उन रास्तों के दोनों तरफ उमड़ आया हो जिनसे तेजस्वी को गुजरना था—मगर प्रत्येक चेहरे पर उसके लिए घृणा और आंखों में गुस्सा उबल रहा था।

लोग रास्ते के दोनों तरफ यूं खड़े थे जैसे गणतंत्र दिवस की परेड देखने

आए हों, महिलाएं और बच्चे छतों और छज्जों पर थे—तेजस्वी ने नोट किया, सभी के चेहरों पर हिंसक भाव थे—ऐसे, जो स्पष्ट बता रहे थे कि अगर ब्लैक स्टार का आदेश बीच में न होता तो ये लोग गिद्धों की मानिन्द उसके जिस्म को नोच-नोचकर खा जाते—कसमसाहट के रूप में सभी चेहरों पर ब्लैक स्टार के आदेश की विवशता छलकी पड़ रही थी।

हालांकि तेजस्वी जानता था, कोई भी उस पर आक्रमण करके ब्लैक स्टार के हुक्म की अवहेलना नहीं करेगा, मगर फिर भी, उनकी भाव-भंगिमाएं इतनी खतरनाक थीं कि रह-रहकर उसके जिस्म में मौत की सिहरन दौड़ जाती—ऐसा लग रहा था जैसे वह ततैयों के छत्ते के अंदर और अंदर घुसता चला जा रहा हो—यह कल्पना करके उसकी रूह कांप उठी कि अगर ब्लैक स्टार अपना आदेश वापस ले ले तो?

अपने अंजाम की कल्पना मात्र से छक्के छूट गए उसके!

अगर यह कहा जाए तो गलत न होगा कि वह मुस्करा जरूर रहा था परंतु आसक्त कर डालने वाली चमक का दूर-दूर तक नामोनिशान न था—रोकने की भरपूर चेष्टा के बावजूद चेहरे पर हवाइयां उड़ने लगी थीं।

बीच-बीच में फोर्स के वर्दीधारी सैनिक नजर आए।

सबके हाथों में ए.के.-47 थीं मगर वे तेजस्वी के मनो-मस्तिष्क में वह दहशत न बैठा सकीं जो बस्ती के लोगों की भाव-भंगिमाओं के कारण बैठी थी—हिंसक चेहरों के बीच से गुजरता हुआ जब वह थारूपल्ला के मकान के बाहर पड़े लॉन में पहुंचा, तब तक दिल रह-रहकर कहने लगा था—'कुछ भी हो तेजस्वी, काली बस्ती में कदम रखकर तूने गलती की है ...।'

मगर!

अब क्या हो सकता था?

मजबूती का प्रदर्शन किए, आगे बढ़ते चले जाने के अलावा कोई रास्ता न था।

उसने लॉन में जीप रोकी।

दस ए.के.-47 धारियों ने जीप को चारों तरफ से घेर लिया।

सशस्त्र वर्दीधारियों का एक रिंग गोल लॉन की सरहदों पर बना हुआ था—जोर-जोर से धड़क रहे दिल पर काबू पाने की चेष्टा के साथ वह जीप से कूदा—पूरी कोशिश की कि स्टाइल वही रहे जो जीप से थाने के प्रांगण में कूदते थारूपल्ला की थी।

जीप के दरवाजे पर बंधा अपना रूल खोला उसने।

उसे घेरे खड़े वर्दी और ए.के.-47 धारियों ने कुछ कहा नहीं।

तेजस्वी ने उनमें से एक से पूछा—''किधर चलना है?''

''मेरे पीछे आओ!'' कहने के साथ वह इमारत के मुख्य द्वार की तरफ बढ़ा।

तेजस्वी उसके पीछे हो लिया।

स्टार फोर्स के बाकी लोग उसके पीछे थे।

लॉन की सरहदों पर खड़े वर्दीधारी हिले तक नहीं, पूरी तरह मुस्तैद खड़े थे वे।

तेजस्वी इस तरह आगे बढ़ रहा था जैसे रक्षामंत्री सलामी गारत की सलामी ले रहा हो—हां, एक बात अलग थी और वह ये कि रूल की चेन को वह बार-बार अपने हाथों में लपेटता-खोलता जा रहा था।

वे मकान में पहुंचे।

जगह-जगह सशस्त्र सैनिक तैनात थे।

थारूपल्ला से उसकी भेंट ऊपरी मंजिल के एक कमरे में हुई—उसके जिस्म पर इस वक्त अपनी वर्दी थी, नजर पड़ते ही तेजस्वी ने चुभते स्वर में कहा—''हैलो थारूपल्ला—देखो मैं आ गया!''

''बैठो।'' भावहीन चेहरे के साथ उसने कमरे में पड़े सोफे की तरफ इशारा किया।

तेजस्वी आगे बढ़ा—रूल सैन्टर टेबल पर डाला और सोफे पर बैठने के बाद एक सिगरेट सुलगाई—जोरदार कश द्वारा खींचे गए धुएं को छोड़ता हुआ बोला—''मुझे कमरे में इन लोगों की मौजूदगी पसंद नहीं आ रही।''

थारूपल्ला ने सैनिकों से कहा—''तुम जाओ।''

वे इस अंदाज से बाहर निकले जैसे दरवाजे की तरफ से जबरन खींचे गए हों—अंतिम समय तक उनकी सुलगती आंखें तेजस्वी पर जमी हुई थीं, दांत किटकिटा रहे थे वे मगर तेजस्वी ने परवाह न की—उधर सैनिक बाहर निकले, इधर तेजस्वी ने मानो अपने कांस्टेबल को हुक्म दिया—''दरवाजा अंदर से बंद कर दे।''

थारूपल्ला के अंदर से तिलमिलाहट उफनी लेकिन खुद पर काबू पाए रहा—आगे बढ़कर उसने दरवाजा बंद कर दिया, मुड़ा और वापस आकर सोफे के नजदीक खड़ा हो गया।

तेजस्वी ने सामने की सीट की तरफ इशारा किया—''बैठो।''

''बैठने से क्या होगा—तुम्हें यहां ब्लैक स्टार ने बुलाया है, वे तुमसे

बात करना चाहते हैं।'' सपाट स्वर में कहने के बाद थारूपल्ला एक विशाल अलमारी की तरफ बढ़ गया।

इस बार तेजस्वी कुछ बोला नहीं।

अलमारी खोलते थारूपल्ला को देखता रहा—अगले पल उसके सामने शक्तिशाली 'फ्रीक्वेंसी' वाला ट्रांसमीटर था—देखने मात्र से तेजस्वी भले ही लापरवाह नजर आ रहा हो परंतु ब्लैक स्टार से संपर्क स्थापित करते थारूपल्ला की एक-एक हरकत नोट की उसने—उधर, संपर्क स्थापित होते ही थारूपल्ला ने कहा—''थारूपल्ला बोल रहा हूं सर।''

''बोलो!''

''इंस्पेक्टर तेजस्वी यहां मौजूद है।''

संक्षिप्त, सीधा और सपाट आदेश—''बात कराओ।''

कानों से हैडफोन उतारता हुआ थारूपल्ला तेजस्वी की तरफ पलटकर बोला—''ब्लैक स्टार बात करना चाहते हैं।''

तेजस्वी उठा, करीब आधी सिगरेट फर्श पर डाली और जूते से रौंदता हुआ अलमारी की तरफ बढ़ा—चेहरा गंभीर था—दिल बहुत जोर-जोर से धड़क रहा था—मनोभावों को चेहरे पर परिलक्षित न होने देने की भरपूर चेष्टा के साथ वह अलमारी के नजदीक पहुंचा—हालांकि अपना प्लान बनाने के पहले ही चरण में अच्छी तरह व्यवस्थित कर चुका था कि ब्लैक स्टार से क्या बातें करनी हैं, उसके बावजूद कलेजा दहल रहा था—शायद इस भय के कारण कि अगर ब्लैक स्टार को अपनी बातों से विश्वास न दिला पाया, उसे प्रभावित न कर सका तो क्या होगा?

तेजस्वी के अंदर की थरथराहट अपने अंत की कल्पना से जन्मी थी—अगर ब्लैक स्टार को प्रभावित कर सका तो सफलता उसके कदम चूमेगी, न कर पाया तो थारूपल्ला के हवाले कर दिया जाएगा उसे—मौत और जिंदगी के बीच केवल उसके 'वाक्-चातुर्य' को काम करना था—तलवार की धार पर कदम रखते हुए तेजस्वी ने कानों पर हैडफोन चढ़ाने के बाद माइक पर कहा—''जय यमनिस्तान!''

''अपना उद्देश्य बताओ इंस्पेक्टर।'' स्वर बेहद रूखा और कड़ा था।

तेजस्वी के मस्तक पर पसीना छलछला उठा।

दिमाग में विचार कौंधा—'अगर ऐसे सपाट अंदाज में बातें होंगी तो ब्लैक स्टार को प्रभावित करने का मौका ही कहां मिलेगा?'

तेजस्वी के सामने मरने-जीने का प्रश्न मुंह बाए खड़ा था।

और कहावत है, 'मरता क्या नहीं करता' अतः अंदर से चूहे की तरह कांपने के बावजूद लहजे में दृढ़ता एवं आत्म- विश्वास भरता बोला—''आपके सवाल का जवाब देने से पहले मैं अपने कुछ सवालों का जवाब चाहूंगा।''

गुर्राहट उभरी—''भूलो मत इंस्पेक्टर, इस वक्त तुम ब्लैक स्टार से बात कर रहे हो।''

''त-तो?'' हृदय सूखे पत्ते की तरह कांप रहा था मगर लहजे को न लरजने दिया।

''आज तक कोई ऐसी हिमाकत न कर सका कि हमारे सवाल का जवाब देने से पहले अपने सवालों का जवाब चाहे।''

तेजस्वी जानता था, इस वक्त रत्तीभर ढिलाई उसे मौत के मुंह में धकेल सकती थी अतः मुकम्मल दृढ़ता का प्रदर्शन किया उसने—''क्या आज से पहले आपका वास्ता तेजस्वी जैसे किसी शख्स से पड़ा है?''

''मतलब?''

''साफ है, आज तक आप केवल अपने मातहतों से बात करते रहे हैं, और तेजस्वी आपका मातहत नहीं है, अतः आपको मुझसे वैसी बातों की अपेक्षा नहीं करनी चाहिए जैसी आपके मातहत करते हैं।''

बड़े ही खतरनाक स्वर में पूछा गया—''क्या तुम्हें मरने से डर नहीं लगता इंस्पेक्टर?''

एकाएक तेजस्वी को स्मरण हो आया, ब्लैक स्टार उसका उद्देश्य जानने के लिए मरा जा रहा है—दिमाग में विचार उठा—'वह कम-से कम उस वक्त तक उसे नहीं मरने देगा जब तक उसका उद्देश्य न जान ले'—इस विचार ने तेजस्वी के टूटते आत्मविश्वास को सम्बल दिया, पूरी मजबूती के साथ कहा उसने—''अगर डरता होता तो काली बस्ती में कदम रखने के बारे में सोचता ही नहीं।''

''अच्छे-अच्छे सूरमा डर जाते हैं इंस्पेक्टर, शायद तुमने मौत को कभी नजदीक से नहीं देखा?''

''डरने वाले मूर्ख होते हैं, समझदार जानते हैं कि मौत से कोई चाहे जितना भाग ले मगर अंततः वह उसे दबोच ही लेगी—जो इस हकीकत की गहराई में उतर जाते हैं उन्हें मौत से डर नहीं लगता ब्लैक स्टार।'' दांतों-पर-दांत जमाए तेजस्वी कहता चला गया—उसे ब्लैक स्टार से इस लहजे में बात करता देखकर थारूपल्ला की आंखों में आश्चर्य का समुद्र उमड़ आया था—

तेजस्वी को इस तरह देख रहा था वह जैसे हाड़-मास के बने इंसान को नहीं, मिस्र के पिरामिडों को देख रहा हो—उसके जीवन में आया सबसे हैरतअंगेज शख्स कहता चला जा रहा था—''आपका यह कहना गलत है कि मैंने मौत को नजदीक से नहीं देखा, जितने नजदीक से मौत को मैं इस वक्त देख रहा हूं, मेरा दावा है—इतने नजदीक से कभी आप ने भी नहीं देखा होगा।''

''क्या कहना चाहते हो?''

''क्या मेरे और मौत के बीच केवल आपकी चुटकी का फासला नहीं है? क्या थारूपल्ला इस वक्त मौत बनकर मेरी बगल में नहीं खड़ा है? क्या मौत को किसी ने इससे ज्यादा नजदीक से देखा होगा?''

''गुड! तुम ठीक कह रहे हो।''

तेजस्वी को लगा, ब्लैक स्टार प्रभावित हो रहा है—हौसला बढ़ा, दुगने जोश के साथ कहा उसने—''अगर आप इसे अपनी शान में गुस्ताखी न समझें तो मैं बताना चाहता हूं कि बुद्धिमान शख्स अपनी नहीं बल्कि अपने प्रियजनों की मौत से डरता है—उनके मरने से डरता है जिनसे वह मुहब्बत करता हो, जिन्हें टूट-टूटकर चाहता हो—मेरे बूढ़े मां-बाप, मुझे भगवान की तरह पूजने वाली पत्नी और ... और मेरे हंसते-खेलते दो खिलौने, मेरे बेटे ... जब मौत उन सभी को लील गई तो मैं ... मैं भला मौत से क्यों डरने लगा?''

''भावुकता की दीमक विवेक को चाट डालती है इंस्पेक्टर!''

''मगर इंसान के इरादों को चट्टान की तरह अडिग बना देती है।''

''गुड! क्या पूछना चाहते थे तुम?''

मारे सफलता के तेजस्वी झूम उठा।

ब्लैक स्टार अपने सवाल का जवाब पाने से पूर्व उसके सवालों का जवाब देने के लिए तैयार हो चुका था, खुशी को दबाए रखकर उसने गंभीर स्वर में पूछा—''आपको यह भनक कहां से, कैसे और किससे लगी कि मेरा असली उद्देश्य स्टार फोर्स को नेस्तनाबूद करना नहीं बल्कि कुछ और है?''

ब्लैक स्टार चौंक पड़ा—''तुम्हें कैसे मालूम कि हमें पहले से भनक थी?''

''अपनी योग्यताओं के बूते पर मालूम किया।'' तेजस्वी के होंठों पर रहस्यमय मुस्कान थिरक रही थी।

''जवाब दो इंस्पेक्टर।'' मानो सांप फुंफकारा—''किसने बताया तुम्हें?''

तेजस्वी ने थारूपल्ला की तरफ देखते हुए चटखारा लिया—''आपके मेजर ने।''

''नहीं!'' अविश्वसनीय स्वर—''वह तुम्हें क्यों बताने लगा?''

''पूछने वाले में 'गट्स' होने चाहिएं सर, सामने वाला वह सब बता बैठता है जो उसे नहीं बताना चाहिए।'' तेजस्वी एक-एक शब्द को नाप-तोलकर बोल रहा था—''मैंने थोड़ा-सा जोश दिलाया—यह सिद्ध करने का नाटक किया कि मेरे दिमाग के सामने आप भी फेल हैं और वह भड़क गया, मुझे आपके मुकाबले बौना साबित करने के फेर में वह सब बक गया जो वास्तव में उसे नहीं बकना चाहिए था।''

''ऐसी बचकानी चालों में होशियार आदमी नहीं फंस सकता, बेवकूफ ही फंसते हैं।''

तेजस्वी ने जबरदस्त रहस्यमय मुस्कान के साथ कहा—''आप अपने आदमियों को बेहतर जानते होंगे।''

दूसरी तरफ सन्नाटा छा गया—जाहिर था, थारूपल्ला पर गुस्सा आ रहा था उसे—इधर तेजस्वी अपनी कामयाबी पर झूम रहा था—उसका पहला उद्देश्य ब्लैक स्टार के दिमाग में थारूपल्ला की अहमियत कम करना था, वह कामयाब था—बगल में खड़ा थारूपल्ला यह तक न जान सका कि तेजस्वी ब्लैक स्टार के जहन में उसके खिलाफ जहर भर चुका है।

जान भी कैसे सकता था?

ब्लैक स्टार की आवाज तो सुन नहीं सकता था वह और तेजस्वी ने ऐसा कुछ कहा न था जिससे इल्म होता कि ब्लैक स्टार उसके बारे में क्या कह रहा है?

काफी लम्बी खामोशी के बाद ब्लैक स्टार ने कहा—''अगर तुम सचमुच एक कर्मठ, मेहनती, जुझारू, कत्र्तव्यनिष्ठ और ईमानदार पुलिस इंस्पेक्टर होते तो इकबाल की रिक्वेस्ट पर उसे चुपचाप न छोड़ देते।''

''क-क्या मतलब?'' अब बुरी तरह उछल पड़ने की बारी तेजस्वी की थी।

''एक ईमानदार इंस्पेक्टर किसी की हत्या का षड्यंत्र रचने वाले को इस तरह चुपचाप नहीं छोड़ सकता जैसे तुमने इकबाल को इस शर्त पर छोड़ दिया कि हवालात से सीधा फिल्म नगरी चला जाएगा—इकबाल ने ब्लैक फोर्स से बाकायदा सलमा को फंसाने का सौदा किया था, वह सब तुमने जान लिया, मगर न हकीकत अपने अफसरों को बताई न कोर्ट को—हमें उसी समय इल्म हो गया था कि वास्तव में तुम वह नहीं हो जो नजर आ रहे हो।''

''अ-आपको यह भनक कहां से लग गई?''

''कोई तो ऐसी बात होगी 'इंस्पेक्टर', जिसके बूते पर हम यहां—श्रीगंगा में बैठकर—वहां हुकूमत कर रहे हैं जहां तुम इस वक्त नियुक्त हो—पल-पल की खबर रखनी पड़ती है हमें।''

तेजस्वी के मुंह से शब्द न फूट सके।

''हमारे ख्याल से अब हम तुम्हारा उद्देश्य जानने के अधिकारी हैं?''

''निःसंदेह सर। परंतु ...''

''परंतु?''

''मुझे आपकी और अपनी इस वार्ता से किसी व्यक्ति विशेष के दिमागी स्तर का ज्ञान हो गया है।'' इस बार फिर तेजस्वी हर शब्द को नाप-तौलकर बोल रहा था—''और मेरा जो उद्देश्य है, मेरे ख्याल से वह उस स्तर के दिमागी व्यक्ति के जानने योग्य हरगिज नहीं है—रहस्य फूट सकता है और विश्वास रखिए, अगर एक बार किसी 'हल्के' शख्स को मेरे उद्देश्य की भनक लग गई तो सात जन्म लेने के बावजूद अपने लक्ष्य को नहीं बेंध पाऊंगा।''

ब्लैक स्टार ने कहा—''थारूपल्ला की बात कर रहे हो न?''

''जी।''

''हम उसे कमरे से बाहर जाने का हुक्म दिए देते हैं।''

''वह खुद को अपमानित महसूस करेगा।''

''फिर?''

तेजस्वी ने ऐसा नाटक किया जैसे सोच रहा हो और फिर इस तरह बोला जैसे तरकीब दिमाग में आ गई हो—''मुमकिन है, कोई ट्रांसमीटर की 'फ्रीक्वेंसी' को कैच करके हमारी बातें सुन रहा हो—अतः मैं अपने उद्देश्य के बारे में आपको ऐसे सांकेतिक अंदाज में बताता हूं कि सुनने के बावजूद आपके अलावा कोई न समझ पाए।''

''बताओ!''

''किसी भी व्यक्ति को अपने परिवार की मौत के 'असली जिम्मेदार' को नहीं छोड़ना चाहिए।''

''ग-गुड!'' ये शब्द ब्लैक स्टार के मुंह से मानो स्वतः फूट पड़े थे—''तुम्हारे विचार सुनकर हमें खुशी हुई इंस्पेक्टर और अगर यह कहा जाए तो गलत न होगा कि तुम्हारे उद्देश्य की हल्की-हल्की रूपरेखा हम समझ रहे थे—निश्चित रूप से तुममें अपने लक्ष्य को बेंध डालने की कूव्वत है—लक्ष्य हमारा भी वही था मगर ऐसा आदमी न मिल रहा था जिसमें उतनी आग हो जो उस लक्ष्य को जलाकर खाक कर सके।''

"मैं प्रस्तुत हूं लेकिन---"

"लेकिन?"

"मेरे और आपके बीच कम-से-कम एक मुलाकात आवश्यक है क्योंकि न तो ट्रांसमीटर पर उतनी लम्बी वार्ता संभव है न ही सुरक्षित—मुलाकात का अवसर दें तो खुद को सौभाग्यशाली समझूंगा।"

"ठीक है, अगले हफ्ते आज ही के दिन 'जंगल' में मिलते हैं।"

"मैं कैसे पहुंचूंगा?"

"स्टार फोर्स पहुंचाएगी।"

"मेरी छवि खराब नहीं होनी चाहिए।"

"और निखरेगी।"

"उसके लिए जरूरी है, लोगों की नजरों में मैं यहां जो कुछ करने आया था, उसे पूरा करके लौटूं।"

"रिसीवर थारूपल्ला को दो।"

"ओ.के. सर!" आंखों में जुगनू और होंठों पर कामयाबी की मदमस्त मुस्कान लिए तेजस्वी ने हैडफोन और माइक थारूपल्ला की तरफ बढ़ा दिए—उस थारूपल्ला की तरफ जिसके सामने उसके खिलाफ मुकम्मल खिचड़ी पक चुकी थी मगर वह यह तक न जान सका कि आग कब जली?

"नहीं सर ... नहीं!" थारूपल्ला चिहुंक उठा।

दूसरी तरफ से सख्त स्वर में कहा गया—"थारूपल्ला!"

"ऐसा आदेश मत दीजिए सर!" वह गिड़गिड़ा उठा—"म-मैंने सब कुछ सहा मगर ये न सह सकूंगा, इससे बेहतर तो आप मुझे साइनाइड खाने का हुक्म दें—कम-से-कम मर तो जाऊंगा, खुद को जलील होते अपनी आंखों से नहीं देख सकता मैं ...।"

"क्या आज तुम्हें अपनी इज्जत, अपना सम्मान फोर्स के फायदे से बड़ा नजर आने लगा थारूपल्ला?" ब्लैक स्टार कहता चला गया—"क्या तुम फोर्स के किसी बड़े फायदे के लिए जलील होने से इंकार करते हो?"

"म-मेरा मतलब यह नहीं था सर, मैं तो यह कहना चाहता था ...।"

"हम कुछ नहीं सुनना चाहते।" उसका वाक्य काटकर कठोर स्वर में कहा गया—"हमारा आदेश स्पष्ट है, इंस्पेक्टर सबके सामने तुम्हें अपने

स्पेशल रूल से पीटेगा—तुम न केवल यह आदेश जारी करोगे कि कोई बीच में न आए, बल्कि इंस्पेक्टर को सुरक्षित काली बस्ती से बाहर निकालने की जिम्मेदारी भी तुम्हारी है।''

''इ-इस हरामजादे ने ऐसा क्या कह दिया है सर!'' थारूपल्ला दहाड़ उठा—''आखिर इसने ऐसी कौन-सी जादू की छड़ी घुमा दी है जिसके फेर में पड़कर आप फोर्स के एक मेजर की अब तक की सारी वफादारी भूल गए?''

सर्प की सी फुंफकार के साथ पूछा गया—''क्या तुम हमारा आदेश मानने से इंकार कर रहे हो?''

क्रोध के दरिया में बह रहे थारूपल्ला के मस्तिष्क को झटका लगा।

ब्लैक स्टार से उस लहजे में कभी कोई एक शब्द कहने की हिम्मत न जुटा सका था जिस लहजे में थारूपल्ला ने इतना सब कह डाला और ऐसा केवल इसलिए हो सका क्योंकि आदेश सुनते ही थारूपल्ला बौखला उठा, विवेक क्रोध के दरिया में बह चला—सर्प की-सी फुंफकार सुनते ही उसे झटका लगा, अहसास हुआ कि किस हस्ती के सामने इतना बोल गया है!

इधर, उसकी ये हालत तेजस्वी को रोमांचित किए हुए थी—शाही अंदाज में एक सिगरेट सुलगाई उसने और उन नजरों से थारूपल्ला की तरफ देखा जो सामने वाले के दिलो-दिमाग को इस तरह चीर डालती है, जैसे आरा मशीन लकड़ी को।

फुंफकार पुनः उभरी—''जवाब दो थारूपल्ला!''

''आपका हुक्म न मानने का सवाल ही नहीं उठता सर ...।'' थारूपल्ला पस्त हो चुका था।

''अगर पांच मिनट के अंदर वैसा नहीं किया जैसा कहा गया है तो तुम्हें अंजाम भोगने होंगे।'' इस धमकी के तुरंत बाद दूसरी तरफ से संबंध-विच्छेद कर दिया गया।

थारूपल्ला के मस्तिष्क को ऐसा झटका लगा जैसे इलेक्ट्रिक चेयर पर बैठाकर 'शॉक' दिया गया हो।

माइक हाथ में लिए किंकर्त्तव्यविमूढ़ अवस्था में खड़ा रह गया वह।

ट्रांसमीटर से निकलने वाली सूं-सूं की आवाज कानों के पर्दे फाड़े डाल रही थी।

तेजस्वी ने जहरीली मुस्कान के साथ पूछा—''कब तक स्टैचू बने रहोगे मेजर?''

थारूपल्ला के जहन को दूसरा झटका लगा।

हैडफोन और माइक अलमारी में पटके, खून में लिसड़ी आंखों से तेजस्वी को घूरा—जबड़े मजबूती के साथ भिंचे होने के कारण मसल्स रह-रहकर फूल पिचक रहे थे—गुस्से की ज्यादती के कारण सारा जिस्म सूखे पत्ते के मानिन्द कांप रहा था।

तेजस्वी की चुभती हुई स्थाई मुस्कान ने मानो गुस्से की ज्वाला में कपूर का काम किया—खुद को तेजस्वी की आंखों का सामना करने में असमर्थ पाने पर वह घूमा और तेजी से उससे दूर ... सोफा सैट की तरफ बढ़ा—निगाह सेंटर टेबल पर पड़े स्पेशल रूल पर पड़ी तो वहीं चिपककर रह गई।

उधर, तेजस्वी ने एक जोरदार कश लिया।

इस वक्त उसकी तरफ थारूपल्ला की पाठ थी, विजयी अंदाज में आहिस्ता-आहिस्ता उसकी तरफ बढ़ता हुआ बोला वह—''क्या हुआ मेजर साहब, नाराज नजर आ रहे हैं आप?''

''म-मारो!'' फिरकनी की मानिन्द घूमकर थारूपल्ला ज्वालामुखी की तरह फट गया—''म-मारो मुझे—अपने स्पेशल रूल से चमड़ी उधेड़ डालो मेरी ... लहुलुहान कर दो ... जान से मार डालो ... मुझे।''

''जरूर!'' तेजस्वी हंसा—''तेरी ये शानदार ख्वाहिश मैं जरूर पूरी करूंगा।''

''करो! जरूर करो!'' पागल की भांति दहाड़ते हुए उसने घूमकर रूल उठाया और उसकी तरफ फेंकता हुआ चीखा—''लो ... ये रहा तुम्हारा रूल—मैं सामने खड़ा हूं—अपना चैलेंज पूरा करो, मारो मुझे!''

रूल को लपक चुके तेजस्वी ने कहा—''यहां नहीं।''

''फिर?'' थारूपल्ला का पोर-पोर आग उगल रहा था।

''यहां का माहौल पसंद नहीं है मुझे—ठीक उसी तरह, जैसे तुझे मेरे ऑफिस का माहौल पसंद नहीं था—तूने थाने का प्रांगण चुना था—मैंने इस इमारत के लंबे-चौड़े लॉन को चुना है—वहां, जहां चारों तरफ स्टार फोर्स के सशस्त्र वर्दीधारी गार्ड खड़े होंगे—वे गार्ड जिन्होंने थाने में पहुंचकर मेरे एक भी मातहत को हिलने तक का मौका नहीं दिया था, ठीक रहेगा न?''

''ठ-ठीक है हरामजादे, इस वक्त तू जो कह रहा है सब ठीक है—आ चल—लॉन में चल!'' कहने के साथ वह दरवाजे की तरफ लपका मगर ...।

''ठहरो थारूपल्ला!'' तेजस्वी का स्वर आदेशात्मक था।

थारूपल्ला के पैर फर्श पर चिपके रह गए।

पलटकर गुर्राया वह—''अब क्या है?''

‘‘एक सवाल का जवाब दे।’’

‘‘कौन से सवाल का जवाब चाहिए तुझे?’’

‘‘देशराज के पिता के मर्डर का आर्डर किसने दिया था?’’

‘‘मैंने।’’ उसने बेखौफ कहा।

‘‘क्यों?’’

‘‘उन दिनों ब्लैक स्टार ‘जंगल’ में थे—उन्होंने खुद फोन करके इंस्पेक्टर देशराज से असलम की हत्या के जुर्म में उसकी बीवी को फंसाने के लिए कहा था मगर संबंध-विच्छेद होने पर महसूस किया कि लाइन पर उनकी और इंस्पेक्टर की वार्ता किसी ने सुनी है—उनके ख्याल से ऐसा इंस्पेक्टर के घर पर मौजूद किसी एक्सटेंशन इन्स्ट्रूमेंट के कारण हुआ था—उन्होंने तुरंत मुझे फोन करके जांच करने और मुनासिब कदम उठाने का हुक्म दिया—मैंने दो आदमी देशराज के घर भेजे—उन्होंने रिपोर्ट दी कि देशराज के बाप ने सब कुछ सुना है, उस पर सारा भेद पुलिस के उच्चाधिकारियों पर खोल देने का ऐसा भूत सवार है कि इंस्पेक्टर की बीवी के विरोध के कारण उसने उसे बांधकर कमरे में डाल दिया और सब कुछ बता देने की मंशा से एस.एस.पी. की कोठी की तरफ बढ़ रहा है—तब, मुझे उसके मर्डर का आदेश जारी करना पड़ा—साथ ही कहा, चेहरे को इतना कुचल दिया जाए कि लाश की शिनाख्त न हो सके।’’

‘‘मेरा अनुमान यही था।’’

‘‘क्या?’’

‘‘कि देशराज के पिता का हत्यारा तू है।’’

‘‘तो?’’

‘‘साबित हो गया, दिमाग नाम की चीज से तेरा कोई वास्ता नहीं है।’’

‘‘मतलब?’’

‘‘जरा सोच, अगर वह न मरा होता तो ब्लैक स्टार की स्कीम पिटी होती?’’

‘‘वह एस.एस.पी. के पास जा रहा था।’’

‘‘तेरा फर्ज उस पिटती हुई स्कीम को संभालना था परंतु तेरे बेवकूफाना कदम ने उसे और बिगाड़ दिया, ऐसे हालात ‘क्रिएट’ कर दिए तूने कि खुद देशराज ने अदालत में हाजिर होकर सारी स्कीम तहस-नहस कर दी—पता नहीं ब्लैक स्टार ने तेरे जैसे अहमक को मेजर का ओहदा कैसे सौंप रखा है, तुझ जैसे मूर्ख की बेवकूफियों को कैसे बरदाश्त करता है वह?’’

"ओह!" थारूपल्ला गुर्राया—"तूने इस किस्म का जहर दिमाग में भरकर ब्लैक स्टार को मेरे खिलाफ भड़काया लगता है?"

"क्या मैंने ठीक नहीं कहा?"

"इस वक्त तेरी चढ़ी है इंस्पेक्टर, जो कहेगा ठीक ही होगा—गलत तो कुछ कह ही नहीं सकता—एक ही सांस से तूने मुझे मूर्ख, बेवकूफ और अहमक कह दिया—स्वीकार करता हूं कि तेरे जैसे धूर्त आदमी से पहले मेरा भी पाला नहीं पड़ा—मौका लगा तो बताऊंगा कि थारूपल्ला क्या चीज है—इस वक्त तो ब्लैक स्टार के आदेश से तूने मेरे हाथ-पैर बांध रखे हैं—कर ले मनमानी, आ लॉन में ... चलकर मेरी चमड़ी उधेड़ ले।"

तेजस्वी के होंठों की मुस्कान गहरी ... और गहरी होती चली जा रही थी।

"सड़ाक! ... सड़ाक! ... सड़ाक!"

थारूपल्ला के मकान के लॉन में वह हो रहा था जिसकी कल्पना तेजस्वी के अलावा किसी ने न की थी—लॉन में मौजूद ए.के.-47 धारियों के लिए वह दृश्य ऐसा था जैसे सूरज को पश्चिम से उदय होता देख रहे हों।

जबड़े भिंचे हुए थे उनके।

गुस्से की पराकाष्ठा के कारण जिस्म कांप रहे थे।

ए.के. सैंतालिसों पर हाथ इस कदर कसे हुए थे जैसे उन्हें तोड़ डालना चाहते हों।

विवशता के कारण उनकी कसमसाहट उस आदमखोर शेर जैसी थी जिसे चारों तरफ आदमी-ही-आदमी नजर आ रहे हों मगर स्वयं मजबूत पिंजरे में मचल रहा हो।

जिस पिंजरे में वे कैद थे उसकी सलाखें खुद उस शख्स के शब्दों से बनी थीं जिसके जिस्म पर सड़ाक् ... सड़ाक् की आवाज के साथ रूल के अग्रिम सिरे पर झूल रही चेन के निशान बन रहे थे—ब्लैक स्टार का हवाला देकर उसने हुक्म दिया था कि ये सब होगा—सब कुछ होता वे अपनी आंखों से देखेंगे और स्टार फोर्स के हित में केवल देखते रहेंगे।

कोई कुछ नहीं बोलेगा।

तेजस्वी मुकम्मल बेरहमी के साथ उसके जिस्म पर चेन के वार कर

रहा था, परंतु उसकी यह इच्छा पूरी न हो रही थी कि थारूपल्ला चीखे, चिल्लाए, रुक जाने के लिए गिड़गिड़ाए।

दायां हाथ बाईं बगल में और बायां हाथ दाईं बगल में दबाए वह पत्थर की शिला की मानिन्द खड़ा था—चेहरे पर निःसंदेह चेन की मार से होने वाली पीड़ा उभर रही थी किंतु चीख की बात तो दूर, मुंह से हल्की-सी कराह तक को न फूटने दे रहा था वह।

जबड़ों को सख्ती के साथ भींचे, स्टेचू बना खड़ा रहा थारूपल्ला।

चेन से वार करता-करता तेजस्वी पसीने से लथपथ हो गया—थारूपल्ला की चीख सुनने की ख्वाहिश भरपूर प्रयास के बावजूद पूरी न हो सकी।

रुका।

बुरी तरह हांफता हुआ बोला—''ब-बस!''

''बस?'' थारूपल्ला का लहजा चिढ़ाने वाला था—''थक गया?''

''म-मुझे अपना चैलेंज पूरा करना था।'' तेजस्वी उखड़ी सांसों को नियंत्रित करने की चेष्टा के साथ बोला—''सो कर लिया।''

''ताकत है तो मार!'' थारूपल्ला गुर्राया—''और मार! देखूं तो सही तुझमें कितनी जान है?''

माथे का पसीना पोंछते हुए तेजस्वी ने स्वीकारा—''निश्चित रूप से तू शारीरिक ताकत में मुझसे बहुत आगे है।''

''तू हार गया तेजस्वी!'' थारूपल्ला दांत पीस रहा था—''ठीक उसी तरह तू जीतकर भी हार गया जैसे मैं थाने में हारा था—सम्पूर्ण ताकत इस्तेमाल करने के बावजूद तू मेरी चीख सुनने की अपनी ख्वाहिश पूरी न कर सका—इस वक्त अगर मैं वही कहूं जो तूने थाने में कहा था तो बात बे-मौका न होगी—अगर खुले दिमाग का है तो यहां से अपनी शिकस्त कबूल करके जा, सारे रास्ते रटता जा कि काली बस्ती में केवल वो होता है जो थारूपल्ला चाहे।''

''कुबूल है मेजर।'' तेजस्वी बोला—''निश्चित रूप से तूने मुझे शिकस्त दी है।''

''तो आ।'' थारूपल्ला जीप की तरफ बढ़ा—''तुझे काली बस्ती से बाहर छोड़ आऊं।''

''ओ.के.।'' कहने के साथ वह आगे बढ़कर ड्राइविंग सीट के बगल वाली सीट पर जा बैठा क्योंकि ड्राइविंग सीट पर पहले ही थारूपल्ला जम चुका था।

थारूपल्ला ने एक झटके से जीप आगे बढ़ा दी और जिस रफ्तार के साथ काली बस्ती की गलियों से जीप को गुजारा, उसे देखकर तेजस्वी को दांतों तले पसीना आ गया—रास्ते के दोनों तरफ बस्ती के हिंसक लोग खड़े थे मगर किसी की क्या मजाल कि रास्ते में आता?

⅄

''देख लीजिए सर, मैं वह करके काली बस्ती से लौट आया जिसकी किसी को उम्मीद न थी।'' पुलिस कमिश्नर के ऑफिस में, सावधान की मुद्रा में खड़े तेजस्वी ने कहा—''आपको भी नहीं, जबकि आप वह एकमात्र शख्स हैं जिन्हें न केवल मेरी योजना के प्रत्येक प्वाइंट की जानकारी थी बल्कि आपके बगैर ये योजना कामयाब नहीं हो सकती थी।''

''हमें 'श्रीगंगा' सरकार का शुक्रगुजार होना चाहिए तेजस्वी, उन्होंने हमारी भरपूर मदद की।'' शांडियाल का स्वर बेहद गंभीर था, ''हमारी डिमांड पर उन्होंने तुरंत सैनिक फाइल से उस परिवार के फोटो भेज दिए जिसका हवाला तुमने दिया था, उन फोटुओं के बगैर ब्लैक स्टार को धोखा देने वाली ये कहानी किसी भी हालत में नहीं बन सकती थी।''

''इसमें क्या शक है सर।''

''अब तो बता दो तेजस्वी, तुम्हें सैनिक कार्यवाही के दरम्यान इस परिवार के मरने की जानकारी कैसे थी—वह बात तुम्हारे दिमाग में कैसे आ गई कि कीर्ति कुमारम् के परिवार के सदस्यों की लाशों को तुम अपने परिवार की लाशें सिद्ध कर सकते हो?''

''आप इस मनोविज्ञान से तो परिचित होंगे कि अगर कोई शख्स अपने ही नाम के किसी अन्य शख्स का नाम अखबार में पढ़े तो उस नाम से जुड़ी खबर को, अन्य खबरों के मुकाबले खास दिलचस्पी के साथ पढ़ता है।''

''अपने नामराशि से प्रत्येक शख्स को एक अज्ञात लगाव होता है।''

''पांच साल पहले 'श्रीगंगा' में हमारे मुल्क की सेनाएं स्टार फोर्स से लोहा ले रही थीं—अखबारों में सैनिक कार्यवाही की खबरें प्रमुखता के साथ छापी जा रही थीं—अन्य लोगों की तरह मैं भी उन्हें पढ़ता था—उनमें से जो खबर आज तक मेरे दिमाग में अटकी रह गई, वह सैनिक कार्यवाही के दरम्यान कीर्ति कुमारम् के परिवार के मारे जाने की खबर थी—अब, जबकि मैं थारूपल्ला को चैलेंज दे बैठा—काफी दिमाग घुमाया कि उसे रूल से

पीटकर किस तरह वापस आ सकता हूं—यकीन मानिए सर, तरकीब सोचने के प्रयास में दिमाग की चूलें हिल गईं और जब ये हिल रही थीं तभी, दिमाग में कीर्ति कुमारम् के परिवार के साथ हुए हादसे की खबर कौंध गई—विचार उभरा—अगर किसी तरह ब्लैक स्टार को विश्वास दिला दूं कि मैं वह तेजस्वी हूं जिसके मां-बाप, पत्नी और बेटे 'श्रीगंगा' में सैनिक कार्यवाही के दरम्यान मारे गए थे तो वह इस नतीजे पर पहुंचेगा कि मेरा लक्ष्य स्टार फोर्स को नेस्तनाबूद करना किसी हालत में नहीं हो सकता, मगर सबसे बड़ी अड़चन ये थी कि खुद को कीर्ति कुमारम् का बेटा कैसे साबित करूं—इस समस्या को लेकर आपसे एकांत में बात की, आपने कहा—'तुम खुद को उस हालत में कीर्ति कुमारम् का बेटा कैसे सिद्ध कर सकते हो जबकि अखबार में खबर छप चुकी है कि कीर्ति कुमारम् का बेटा भी अपने पूरे परिवार के साथ तभी मर गया था'—मैंने जवाब दिया—'वह खबर पांच साल पूर्व के अखबार में छपी थी सर और कोई प्रमुख खबर न थी—ब्लैक स्टार या किसी अन्य ने पढ़ी भी होगी तो आज इतनी 'डिटेल' याद न होगी—मैं ब्लैक स्टार से कह सकता हूं, वारदात के वक्त मैं यानि कीर्ति कुमारम् का लड़का घर पर नहीं था, इस कारण बच गया'—आपने कहा—'नहीं, ब्लैक स्टार इस किस्म के धोखे में नहीं फंसेगा—वह स्वयं 'श्रीगंगा' में बैठा है—इन्क्वायरी करा लेगा कि कीर्ति कुमारम् के परिवार के साथ क्या हुआ था'—तब, मैं बोला—'यह अंदेशा मुझे भी है सर, तभी तो आपसे बात करने की जरूरत पड़ी।'—आपने पूछा—'क्या मतलब?' मैंने कहा—'मैं चाहता हूं आप कीर्ति कुमारम् के खण्डहर हुए पड़े मकान के चारों तरफ ऐसा जाल बिछा दें, जिससे इन्क्वायरी करने पर ब्लैक स्टार के प्यादों को यह पता लगे कि सैनिक कार्यवाही के दरम्यान तेजस्वी न मारा जा सका था और वह उसी दिन से गायब है'—मेरी यह बात सुनकर आपने कहा—'श्रीगंगा सरकार की मदद के बगैर ऐसा कैसे हो सकता है'—तब मैं बोला—'तो श्रीगंगा सरकार से मदद मांगिए सर, अपना चैलेंज पूरा करने का मेरे पास यही एकमात्र रास्ता है' और तब—आपने मेरी जिद्द पर श्रीगंगा सरकार से मदद मांगी—उन बेचारों ने खण्डहर हुए पड़े कीर्ति कुमारम् के मकान के चारों तरफ आम नागरिकों के रूप में श्रीगंगाई जासूस तैनात कर दिए, जिन्होंने ब्लैक स्टार के प्यादों को यह खबर दी कि सैनिक कार्यवाही के वक्त कीर्ति कुमारम् का लड़का घर पर नहीं था—इसी सबका करिश्मा है कि आज मैं अपना चैलेंज पूरा करने के बाद आपके सामने जीवित खड़ा हूं।''

"इतना सब हो गया तेजस्वी, मगर हमें अब भी यकीन नहीं आ रहा कि वो करिश्मा हो चुका है जिसका कभी किसी को गुमान तक न था।" कमिश्नर शांडियाल कहते चले गए—"तुम्हारी जिद्द के कारण हमने यह सब कुछ किया जरूर, परंतु तुम जानते हो, हमें एक परसेंट यकीन न था कि ये साजिश कामयाब हो जाएगी।"

"छोड़िए सर, हमारी कामयाबी का जश्न आज सारे प्रतापगढ़ में मनाया जा रहा है—लोग खुश हैं, आपके आशीर्वाद से मैं वह करने में कामयाब हो चुका हूं जो चाहता था—प्रतापगढ़ के लोगों की सोच पर सवार यह भूत भाग चुका है कि 'होता वही है जो स्टार फोर्स चाहे'—आज लोग कह रहे हैं, पुलिस जल्द ही 'समूचे प्रदेश में स्टार फोर्स का सफाया कर डालेगी' और हमें इस स्थिति का लाभ उठाना है।"

"कैसे?"

"मैं सार्वजनिक रूप से अपील करूंगा कि जिस किसी को स्टार फोर्स के किसी मेम्बर या छोटे-मोटे अड्डे की भी जानकारी हो, बगैर डरे फलां-फलां फोन नंबर पर बताएं एवं बताने वाले का नाम गुप्त रखा जाएगा और कार्यवाही गोली की-सी गति से की जाएगी'—मेरा ख्याल है, जो भयमुक्त माहौल बना है—हमें उसका लाभ मिलेगा—लोग जानकारियां देंगे और इस तरह हमें स्टार फोर्स को नेस्तनाबूद करने में मदद मिलेगी।"

"वैरी गुड तेजस्वी, तुम बिल्कुल ठीक लाइन पर चल रहे हो।" शांडियाल ने कहा—"हमें तुम पर गर्व है।"

"थैंक्यू ... थैंक्यू सर।" खुशी के मारे तेजस्वी का सारा जिस्म कांप रहा था।

"प्रतापगढ़ में आपके नाम का डंका बज रहा है इंस्पेक्टर साहब, चारों तरफ जय-जयकार हो रही है आपकी।" खुशी से पागल हुआ जा रहा मनचंदा कहता चला गया—"सुना है जुर्म के ठेकेदार प्रतापगढ़ छोड़कर भाग गए हैं—राम-राज्य स्थापित कर दिया है आपने—ये मुजरिम साले स्टार फोर्स के कारण हुकूमत कर रहे थे, जब आपने काली बस्ती में जाकर थारूपल्ला का ही ...।"

"वो सब छोड़ मनचंदा।" चुटकी बजाकर सिगरेट की राख अपने

ऑफिस के फर्श पर डालते तेजस्वी ने पूछा—''अपनी सुना, तू कैसा है?''

''ख-खुश हूं साहब, बहुत खुश।''

''दुकानें कैसी चल रही हैं?''

''मजा आ रहा है हुजूर—दोनों ठेकों पर लाइनें बनी रहती हैं, खाने-पीने की लत किसे नहीं है, और अब प्रतापगढ़ में शराब कहीं और मिलती नहीं, जाएंगे कहां?''

''खूब इन्कम हो रही होगी ...।''

''आपकी कृपा से सारे दिलद्दर दूर हो गए मेरे।''

''मगर तेरी कृपा अब तक हम पर नहीं हुई।''

''ज-जी!''

तेजस्वी ने एक लम्बा कश लेने के बाद कहा—''जब मैंने तुझे पहली बार बुलवाया तब तूने पूछा था कि क्यों बुलवाया है मगर अब ... जब दूसरी बार थाने पर तलब किया है तो पूछ ही नहीं रहा—पूछ मनचंदा, ये तो पूछ कि मैंने तुझे बुलाया क्यों है?''

''हुक्म करो साहब!''

''कच्ची शराब का धंधा चौपट करके मैंने अच्छा काम किया है न?''

''इसमें क्या शक है साहब!''

''अच्छा काम करने वाला इनाम का हकदार होता है और जिसे उस अच्छे काम से फायदा मिला हो, उसकी ड्यूटी बन जाती है कि उसे इनाम दे जिसके कारण उसे फायदा हुआ।''

मनचंदा को लकवा मार गया।

उसने स्वप्न तक में न सोचा था कि तेजस्वी रिश्वत मांगेगा, मगर वह मांग रहा था।

खुलेआम मांग रहा था।

''क्या हुआ मनचंदा, तू बोल क्यों नहीं रहा?''

''आं ... कुछ नहीं, कुछ नहीं साहब।'' उसकी तंद्रा भंग हुई—''ठ-ठीक है, इनाम आपके क्वार्टर पर पहुंच जाएगा।''

''क्वार्टर पर क्यों, यहां क्या बुराई है?''

''य-यहां पहुंच जाएगा साहब, म-मैं तो इसलिए कह रहा था कि शायद आप ऐसा न चाहें—दूसरे पुलिस वाले भी रहते हैं यहां ...।''

''तो क्या हुआ, क्या उन्होंने कच्ची शराब का धंधा बन्द कराने में मेरे साथ मेहनत नहीं की?''

''क-की थी साहब, जरूर की थी।''

''तो वे बेचारे इनाम से वंचित क्यों रहें?''

''ब-बिल्कुल नहीं रहेंगे साहब, सभी हकदार हैं—सबको इनाम मिलेगा।''

''एक बार नहीं, हर महीने मिलता रहना चाहिए—जिस महीने न मिला उस महीने फिर कच्ची शराब का धंधा शुरू हो जाएगा।''

''नहीं हुजूर, ऐसा नहीं होना चाहिए।''

''नहीं होगा।''

''मगर लगे हाथों बता दें कि क्या पहुंचता रहे जो मेरी समस्या हल हो जाए।'' मनचंदा हाथ जोड़कर गिड़गिड़ा उठा—''बड़ी दुविधा में हूं, अगर मेरे भेजे हुए से आप नाराज हो गए तो मेरे बच्चे वीरान हो जाएंगे।''

''अगर तू इस थाने पर मेरी नियुक्ति से पहले एक पैसा कमाता था और अब पांच कमाता है तो बढ़े हुए प्रॉफिट का पचास परसेंट यानि दो पैसे भिजवा दे।''

चिहुंक उठा मनचंदा—''ये तो ज्यादा हो जाएगा हुजूर ...।''

''अब तू यहां से जाता है या नहीं?'' गुर्राते हुए तेजस्वी ने मेज पर रखा रूल उठा लिया।

''ज-जाता हूं साहब।'' मनचंदा खड़ा हो गया—''जाता हूं, इनाम पहुंच जाएगा ...।''

''ये-ये क्या है साब?'' पांडुराम की ज़ुबान लड़खड़ा गई।

तेजस्वी ने जबरन मुस्कान के साथ कहा—''दस हजार रुपया।''

''म-मगर साब ...।''

''मनचंदा दे गया है।'' पांडुराम की हालत का भरपूर आनंद लूटता तेजस्वी कहता चला गया—''हमने प्रतापगढ़ से कच्ची शराब का धंधा उखाड़ दिया न, फायदा मनचंदा को मिला—खुश होकर वह बीस हजार दे गया—दस मैंने रख लिए हैं, दस ये हैं—सबमें बराबर बांट दे।''

''ल-लेकिन सर, ये तो रिश्वत ...।''

''इतना हकला क्यों रहा है, पहली बार रिश्वत के नोट देखे हैं क्या?''

''न-नहीं साब, परंतु ...।''

तेजस्वी ठहाका लगाकर हंसा, बोला—"हैरान हो रहा है—यह सोचकर आश्चर्य के कारण दिमाग फटा जा रहा है तेरा कि मैं यानि तेजस्वी भला रिश्वत कैसे ले सकता है?—सब समझ में आ जाएगा पांडुराम, धीरे-धीरे तेरी समझ में भी आ जाएगा कि तेजस्वी के थाना क्षेत्र में इतने कम क्राइम क्यों होते हैं बल्कि तेरी समझ में तो अब तक ये बात आ भी जानी चाहिए थी मगर तूने दिमाग नहीं लगाया, ध्यान से सोचा नहीं—खैर, मुमकिन है सोचने की कोशिश न की हो।"

किंकर्त्तव्यविमूढ़ अवस्था में खड़े पांडुराम के मुंह से निकला—"म-मेरी समझ में कुछ नहीं आ रहा साब, पता नहीं आप क्या-क्या कहे चले जा रहे हैं ...।"

"हत्या का षड्यंत्री होने के बावजूद मैंने इकबाल को गिरफ्तार नहीं किया—किसी अफसर से उसके संबंध में एक लाइन न कही और थाने से चुपचाप निकालकर फिल्म नगरी के लिए रवाना कर दिया—शुब्बाराव के जरिए ब्लैक फोर्स से तेरे संबंध पकड़ लिए, मगर न मैंने खुद इस थाने से तेरे ट्रांसफर की कोशिश की न किसी अफसर से इस संबंध में जिक्र किया—तुझे सोचना चाहिए था पांडुराम, एक ईमानदार इंस्पेक्टर कहीं ऐसा करता है?"

"म-मैंने सोचा था सर!"

"सोचा होता तो इस वक्त हैरान न होता।" तेजस्वी के होंठों पर धूर्त मुस्कान थी—"अगर रंगनाथन के अड्डे तबाह करने थे तो कर देता—मनचंदा को बुलाकर उस पर यह जताने की क्या जरूरत थी कि मैं उसे कितना आर्थिक फायदा पहुंचाने वाला हूं—साफ जाहिर था, मैं भविष्य में उससे कुछ चाहता हूं—एक कर्त्तव्यनिष्ठ इंस्पेक्टर को भला इससे क्या लेना-देना कि उसके कौन से कदम से किसको क्या लाभ मिलने वाला है!"

"य-ये सब बातें मेरे दिमाग में अटकी थीं साब, मगर आपके चारों तरफ ऐसा आभामंडल है कि जो कुछ इस वक्त आप अपने मुंह से कह रहे हैं, वैसा सोचा तक नहीं जा सकता था।"

"मेरी यही खूबी है पांडुराम—खास तौर पर यह आभामंडल मैं अफसरों के लिए बनाता हूं—इतना खुदगर्ज नहीं हूं कि जो मिले उसे अकेला गड़प कर जाऊं ... मिल-बांटकर खाता हूं मैं।"

"म-मुझे अब भी यकीन नहीं आ रहा साब कि ...।"

"कि मैं इतना बड़ा रिश्वतखोर हूं?" बात पूरी करने के साथ तेजस्वी ने जोरदार ठहाका लगाया।

''मैं अपने मुंह से आपके लिए ऐसे शब्द नहीं निकाल सकता।''

''निकालना भी नहीं।'' तेजस्वी ने चेतावनी दी—''जिन पुलिसियों में रकम बांटो, उन्हें समझा देना—मेरे आभामंडल को तोड़ने की कोशिश न करें—क्योंकि उसे कोई तोड़ नहीं सकता, ऐसी कोशिश करने वाला बहुत जल्द सजा पाता है—पिछले थाने पर ईमानदारी के नशे में चूर एक सिपाही ने ऐसी बेवकूफी कर दी थी—सीधा कमिश्नर साहब के पास पहुंच गया वह, बोला—'इंस्पेक्टर तेजस्वी वैसा नहीं है सर, जैसा आप और अन्य लोग समझते हैं, वह एक भ्रष्ट और रिश्वतखोर पुलिसिया है'—मेरे थाने पर तैनात होने के कारण वह मेरे काफी कारनामों से वाकिफ था—साले ने कमिश्नर के सामने सब बक दिए, कमिश्नर ने सुना जरूर मगर विश्वास न किया—मुझे बता दिया उन्होंने कि कौन-सा सिपाही मेरे बारे में क्या कह रहा था!—मैंने कमिश्नर को समझा दिया, बल्कि सिद्ध कर दिया कि वह सिपाही उस थाना क्षेत्र के उस माफिया गिरोह से पगार पाता है जिसके लिए मैं सिरदर्द बना हुआ हूं, इसी जुर्म में पट्ठा आज तक जेल में पड़ा सड़ रहा है।''

''नहीं साब, इस थाने पर ऐसा ईमानदार कोई नहीं है।''

''जानता हूं, तभी तो यह रकम सबमें बांटने को कहा है—खाओ-पियो मौज लो, ये रकम मनचंदा उस दिन तक हर महीने पहुंचाएगा जब तक मैं यहां हूं और एक क्या, सैकड़ों मनचंदा पैदा करने हैं मुझे—अभी तो प्रतापगढ़ में आया हूं—इतनी मौज कराऊंगा कि पुलिस की नौकरी में पहले कभी न की होगी।''

''मुझे ब्लैक स्टार से मिलना है।''

''कोड?''

''गधे का बच्चा।''

''ओह!'' राइफलधारी की आंखों में उसके लिए सम्मान के भाव उभर आए, बोला—''ब्लैक स्टार का आर्डर है आपको आते ही उनसे मिलाया जाए, एक सेकेंड भी बरबाद करने की इजाजत नहीं है।''

''तुम आधा सेकेंड बरबाद कर चुके हो।'' खुद को गधे का बच्चा कहने वाले पतले दुबले शख्स के होंठों पर मुस्कान उभर आई, उसके जिस्म पर मिलिट्री पुलिस की-सी वर्दी थी।

''आइए।'' कहने के साथ राइफलधारी एक लिफ्ट की तरफ बढ़ा।

पतला शख्स उसके पीछे था।

लिफ्ट के नजदीक पहुंचकर राइफलधारी ने एक बटन दबाया—हल्की सरसराहट के साथ दरवाजा खुल गया, राइफलधारी ने कहा—''लिफ्ट में गोताखोरी का लिबास है, आप उसे ...।''

''मालूम है।'' कहता हुआ वह लिफ्ट में दाखिल हो गया।

बटन दबाकर दरवाजा बंद करते हुए राइफलधारी ने कहा—''इसका मतलब आप इस रास्ते से पहले भी ब्लैक स्टार के पास जा चुके हैं?''

''करेक्ट!''

राइफलधारी ने एक और बटन दबा दिया।

सरसराहट की आवाज के साथ लिफ्ट ने नीचे सरकना शुरू किया।

लिफ्ट आम लिफ्ट की तरह इस्पात की बनी हुई नहीं थी, बल्कि उसकी छत, दीवारें और फर्श तक कांच का था—पारदर्शी कांच के पार, 'लिफ्ट-वे' की दीवारें स्पष्ट चमक रही थीं—एक कोने में गैसमास्क सहित गोताखोरी का लिबास पड़ा था—पतले व्यक्ति ने उसे उठाया।

लिफ्ट करीब पन्द्रह मिनट बाद स्वतः रुक गई।

तब तक उसका संपूर्ण जिस्म गोताखोरी के लिबास से ढक चुका था—चेहरे पर गैसमास्क और पीठ पर ऑक्सीजन सिलेंडर था—लिफ्ट की चारों दीवारों और फर्श के पार हर तरफ पानी-ही-पानी नजर आ रहा था—उसने एक बटन दबा दिया।

चमत्कारिक ढंग से लिफ्ट का फर्श उसके पैरों के नीचे से सरक गया।

पानी में डूबता चला गया वह।

लिफ्ट उसी अवस्था में ऊपर उठती चली गई—फर्श उस वक्त स्वतः यथास्थान फिक्स हो गया जब लिफ्ट पानी से ऊपर पहुंच गई—उधर, गोताखोरी के लिबास में छुपा पतला शख्स तेजी के साथ एक निश्चित दिशा में तैरता चला गया।

परंतु!

स्वतंत्रतापूर्वक बहुत देर तक न तैर सका—शीघ्र ही पानी में डूबी चट्टानों के पीछे से प्रकट होकर आठ 'मझरगन' धारियों ने उसे घेर लिया—सभी के जिस्मों पर गोताखोरी का लिबास था—अगर यूं कहा जाए तो गलत न होगा कि पतले शख्स ने आगे का सफर उनकी कैद में पूरा किया—मगर इस कैद पर उसे कोई आपत्ति न थी—उनके निर्देश पर आराम से तैरता चला गया वह।

वे उसे एक पनडुब्बी में ले गए।

पानी से बाहर आने पर उसने गोताखोरी का लिबास उतारा—'मझरगन' धारियों ने तलाशी ली—न उसने कुछ कहा, न ही उनमें से कोई कुछ बोला—संतुष्ट होने के बाद वे उसे एक कक्ष के बंद दरवाजे के नजदीक ले गए, 'मझरगन' धारियों में से एक ने मानो शून्य से कहा—"गधे का बच्चा आया है सर।"

"ओ.के.।" शून्य से आवाज उभरी।

साथ ही, हल्की सरसराहट ... और दरवाजा एक तरफ सरक गया।

पतले शख्स ने अंदर कदम रखा—दरवाजा वापस बंद हो गया।

मुश्किल से दस बाई दस का कक्ष था वह मगर दीवारों पर जगह-जगह टी.वी. स्क्रीन्स लगी नजर आ रही थीं—इस वक्त केवल एक स्क्रीन ऑन थी और उस पर इस कक्ष के बाहर वाली गैलरी का दृश्य नजर आ रहा था, उसे यहां तक लाने वाले मझरगन धारी वापस जा रहे थे।

"जय यमनिस्तान।" इन शब्दों के साथ पतले शख्स ने जोरदार सैल्यूट मारा।

"बैठो।" अत्यंत प्रभावशाली आवाज उस कुर्सी ने उगली जिसकी विशाल पुश्त पतले शख्स की आंखों के सामने थी—वह आगे बढ़ा, दर्पण की मानिन्द चमचमा रही विशाल मेज के इस तरफ पड़ीं चार कुर्सियों में से एक पर बैठ गया वह—उसी क्षण, स्क्रीन पर नजर आ रहा दृश्य गायब हुआ और कुर्सियां घूम गईं।

अब वह शख्स पतले शख्स के सामने था जिसे लोग ब्लैक स्टार के नाम से जानते थे।

सामान्य जिस्म, सांवला रंग, गोल चेहरा, घने बालों वाली मोटी मूंछें और सबसे विचित्र थीं उसकी आंखें—विचित्र भी और आकर्षक भी—सफेद हिस्सा, सफेद न होकर थोड़ा गंदला सा था—कुछ ऐसा, जैसा बलगम का रंग होता है और काला हिस्सा इतना चमकदार था कि पतले शख्स को इस बार भी वही अहसास हुआ जैसा ब्लैक स्टार के सामने हमेशा होता था—उन आंखों में ऐसा कुछ था कि सामने वाले को वे अपनी तरफ खींचती-सी लगती थीं।

हौले-हौले मुस्करा रहा था वह।

पतले शख्स ने उसे हमेशा मुस्कराते देखा था।

उसे, जिसके जिस्म पर किसी मुल्क की आर्मी के जनरल जैसी वर्दी थी।

उसे, जिसने अपने हाथ में दबे छोटे से रिमोट को मेज पर रखते हुए सवाल किया—''क्या खबर लाए?''

पतले शख्स को मालूम था, न ब्लैक स्टार के पास भूमिका के लिए टाइम होता है, ना ही भूमिका उसे पसंद है, अतः सीधा जवाब दिया—''इंस्पेक्टर तेजस्वी ने ट्रांसमीटर पर झूठ बोला था।''

''मतलब?''

''वह कीर्ति कुमारम् का लड़का नहीं है।''

''और स्पष्ट करो।''

''कीर्ति कुमारम् के लड़के का नाम तेजस्वी जरूर था।'' पतले शख्स को उम्मीद थी कि उसके द्वारा दी जाने वाली इन्फॉरमेशन्स को सुनकर ब्लैक स्टार चौंक पड़ेगा और इस बार वह उस शख्स को चौंकते हुए देखने का सौभाग्य पाएगा जिसे कभी किसी ने चौंकते नहीं देखा—मगर ब्लैक स्टार के अभी भी मुस्कराते नजर आ रहे होंठ उसकी सभी उम्मीदों पर बिजली गिरा गए, बेअटके कहता चला गया वह—''मगर इंस्पेक्टर तेजस्वी वह नहीं है, कीर्ति कुमारम् का लड़का सैनिक कार्यवाही के दरम्यान अपने परिवार के साथ मारा गया था।''

''सुबूत?''

''उस वक्त के अखबार की कटिंग और ये फोटो ...।'' कहने के साथ शख्स ने एक कटिंग और फोटो अपनी जेब से निकाल कर मेज पर रख दिए—ब्लैक स्टार ने पहले खबर पढ़ी, उसमें साफ लिखा था—''कीर्ति कुमारम् का सारा परिवार मारा गया—मरने वालों में तेजस्वी का नाम भी था—फोटो में एक बुढ़िया, बुड्ढे, दो बच्चों, एक जवान और तथा एक युवक की लाशें पंक्तिबद्ध पड़ी थीं—बुरी तरह जली हुई लाशें थीं वे—ब्लैक स्टार अभी उन्हें देख ही रहा था कि पतले शख्स ने कहा—''सेना के बमों ने पूरे परिवार के चिथड़े उड़ा दिए थे, मकान खण्डहर बन गया था।''

''फोटो कहां से हासिल किए?''

''सरकारी आदमी से—सारा रिकार्ड उसी के चार्ज में रहता है और उसके मुताबिक, चार दिन पहले इस परिवार से संबंधित कुछ फोटो जाने क्यों उसकी सरकार ने मंगाए थे।''

''ओह!'' ब्लैक स्टार मानो सब कुछ समझ गया—''थारूपल्ला तक इंस्पेक्टर ने केवल वे फोटो पहुंचाए जिनसे उसका उल्लू सीधा होता था।''

''ऐसा ही लगता है सर।''

''उस दिन तुम्हारे जासूस धोखा कैसे खा गए?''

''जांच करा चुका हूं सर—पता चला है, उस दिन वे जितने लोगों से मिले, सब के सब श्रीगंगाई जासूस थे और उन्होंने जान-बूझकर यह खबर दी कि सैनिक कार्यवाही के वक्त कीर्ति कुमारम् का लड़का घर पर नहीं था।''

''ऐसा धोखा खाने वालों से कहो, कैप्सूल खा लें।'' मुस्कराते हुए ब्लैक स्टार ने यह हुक्म ऐसे अंदाज में दे डाला जैसे किसी से खुश होकर उसे पुरस्कार देने के लिए कह रहा हो।

''वे मर चुके हैं सर।''

''कैसे?''

''मुझे हकीकत पता लगते ही कैप्सूल खाकर ...।''

''गुड।'' मुस्कराहट में अजीब-सी चमक पैदा हो गई—''इंस्पेक्टर ने अच्छी चाल चली—श्रीगंगा सरकार की मदद तक हासिल कर ली उसने! खैर, वास्तविक बायोडेटा?''

''बाप का नाम अरविन्द कुमार, मां का नाम नलिनी—चिंकापुर का रहने वाला है।''

''शादी हुई?''

''पत्नी का नाम शुभा, एक दो--वर्षीय बेटी भी है—नाम अरुणा।''

''नौकरी कब लगी?''

''बेटी पैदा होते ही।''

''और कुछ?''

''बड़ा ही छुपा रुस्तम इंस्पेक्टर है वह।'' पतला शख्स कहता चला गया—''पूरा हरामी, एक नंबर का भ्रष्ट, हद दर्जे का बेईमान और रिश्वतखोर। मगर ...।''

''मगर?''

''जहां रहता है वहां की पब्लिक की नजरों में एकदम उल्टा—अफसरान समझते हैं उस जैसा ईमानदार, वतन-परस्त और कर्त्तव्यनिष्ठ पुलिसिया पूरे विभाग में नहीं है।''

''ये चमत्कार कैसे कर दिखाता है वह?''

''नये थाने पर नियुक्ति होते ही तेजस्वी सबसे पहले कहर बनकर उन गुण्डे-बदमाश, नेता और माफिया गिरोहों पर झपटता है जिनकी सैटिंग पिछले इंस्पेक्टर से होती है—इससे उसे कई फायदे होते हैं—पहला, पब्लिक खुश—दूसरा, क्रिमिनल आतंकित—तीसरा, अफसरान गदगद—इस

अभियान को पूरा करने के बाद वह अपने असली रूप में आता है, मगर केवल मातहतों और उन लोगों के सामने जिनसे रिश्वत लेता है—वह अपनी सैटिंग उनसे नहीं करता जिनसे पिछले इंस्पेक्टर की सैटिंग थी, बल्कि उनसे करता है जो पिछले इंस्पेक्टर के जमाने में दबे हुए थे—न उनमें से किसी में उसका भेद खोलने की हिम्मत होती है, न ही मातहतों में से किसी में—कोई कोशिश भी करे तो पब्लिक और अफसरों की नजरों में एक आदर्श पुलिसिया होने के कारण उसका कुछ नहीं बिगड़ता। उल्टे कोशिश करने वाले को छठी का दूध याद आ जाता है—उसके थाने में आए लोगों की रपट दर्ज नहीं होती, अफसरान समझते हैं क्षेत्र में राम-राज्य स्थापित हो गया है।''

''बड़ा घुटा हुआ इंस्पेक्टर है।''

''उसका दावा है, वह अपने थाना क्षेत्र में हुकूमत करने के लिए पैदा हुआ है—जिस थाने पर उसे नियुक्त कर दिया जाता है, उस थाना क्षेत्र का वह सबसे बड़ा गुण्डा होता है—देशराज जैसे इंस्पेक्टरों और उसमें केवल इतना फर्क है कि वे धौंस में आकर रिश्वत लेते हैं जबकि वह धौंस जमाकर रिश्वत लेता है।''

''एक फर्क और है।''

''ज-जी।'' पतला शख्स हकला गया—''व-वह क्या?''

''तेजस्वी चालाक है, जुझारू है, हिम्मत है उसमें—ये सारे गुण न होते तो हमें बेवकूफ बनाने में कामयाब न हो पाता—भले ही तुम्हारे नाकारा जासूसों के कारण बने लेकिन यह सच है कि उसने हमें बेवकूफ बना दिया और 'टेलैन्टिड' होने के कारण वह अपने गुनाहों की सजा हमारे हाथों से पाने का हकदार है—जंगल में हमारी और उसकी मुलाकात की व्यवस्था की जाए।''

''ओ.के. सर।'' कहने के साथ पतला शख्स खड़ा हो गया।

''इनसे मिलो तेजस्वी।'' शांडियाल ने काला सफारी पहने एक व्यक्ति की तरफ इशारा किया—''ये केन्द्रीय स्पेशल कमांडो दस्ते के चीफ हैं, मिस्टर एम.पी. ठक्कर।''

तेजस्वी ने ठक्कर की तरफ हाथ बढ़ाया और जब हाथ ठक्कर के हाथ के बीच में फंसा तो लगा कि उसका हाथ, हाड़-मांस से नहीं बल्कि फौलाद के बने शिकंजे के बीच फंस गया है।

''ये तेजस्वी है।'' शांडियाल कह रहे थे—''इसके बारे में मैं आपको बता चुका हूं।''

''खुशी हुई।'' ठक्कर ने सीधे उसी से कहा—उसका हाथ अभी भी ठक्कर के फौलादी शिकंजे में था और तेजस्वी को दुखन का अहसास हो रहा था।

एम.पी. ठक्कर!

सात फुट लम्बा, कसरती जिस्म वाला शख्स!

क्रूर चेहरा, सुर्ख आंखें, मोटी और घनी भवें, गंजा सिर—प्राकृतिक रूप से गंजा नहीं था वह बल्कि उस्तरा फिरवा रखा था—हाफ बाजू के सफारी में उसकी मसल्स स्पष्ट दृष्टिगोचर हो रही थीं।

''बैठो।'' कहने के साथ ठक्कर ने उसका हाथ छोड़ दिया।

ठक्कर सामने बैठा—शांडियाल अपनी कुर्सी पर—इस वक्त उसके ऑफिस में चिदम्बरम, कुम्बारप्पा, भारद्वाज और पांडे के अलावा पांच शख्स और थे।

पांचों ने काला सफारी पहन रखा था।

ठक्कर की तरह गंजे!

क्रूर और बलिष्ठ!

चेहरों को देखकर अनुमान नहीं लगाया जा सकता था कि उनके दिलो-दिमाग में क्या घुमड़ रहा है—वे सभी उसे देख रहे थे और तेजस्वी को लग रहा था, वे उसे घूर रहे हैं—पेट में हवा का एक गोला तेजी से घूमता महसूस हुआ—तभी, शांडियाल बोले—''ये पांचों स्पेशल कमांडो दस्ते के वे लोग हैं तेजस्वी, जो तीन दिन पहले वहां पहुंच जाते हैं जहां किसी वी.आई.पी. को आना हो।''

खुद को नियंत्रित रखकर तेजस्वी ने पूछा—''क्या प्रतापगढ़ में कोई वी.आई.पी. आने वाले हैं?''

''चिरंजीव कुमार!'' ठक्कर बोला।

''ओह!''

''तुम जानते होगे—चिरंजीव कुमार इस प्रदेश के भूतपूर्व चीफ मिनिस्टर हैं।'' ठाकुर की आवाज ऐसी थी जैसे रात के सन्नाटे में उल्लू गुर्रा रहा हो—''केन्द्र में उन्हीं की पार्टी की सरकार है—उनका निर्वाचन क्षेत्र प्रतापगढ़ है मगर पिछली बार उन्होंने चुनाव नहीं लड़ा, क्योंकि केन्द्र में बुलाकर विदेश मंत्री बना दिए गए थे—परिणाम यह निकला कि अकेले प्रतापगढ़ में ही

नहीं, सारे प्रदेश में उनकी पार्टी के प्रत्याशी हार गए और चन्द्रचूड़ सरकार सत्ता में आई।''

''जी।''

''चन्द्रचूड़ के कार्यकाल में यहां स्टार फोर्स का जोर ज्यादा बढ़ गया—एक बार को तो यही लगने लगा कि प्रदेश देश के हाथों से फिसलता जा रहा है—तब, प्रधानमंत्री ने चिरंजीव कुमार को वापस प्रदेश में भेजा—उन्होंने प्रदेश के हालात का अध्ययन किया, सुबूतों के साथ केन्द्र को रिपोर्ट भेजी कि अगर तुरंत चन्द्रचूड़ सरकार को बर्खास्त करके राष्ट्रपति शासन लागू न कर दिया गया तो प्रदेश सचमुच देश के हाथ से निकलकर ब्लैक स्टार के हाथों में चला जाएगा।''

तेजस्वी खामोश रहा।

''क्योंकि चंद्रचूड़ सरकार चिरंजीव कुमार के कारण बर्खास्त हुई है, इसलिए चिरंजीव कुमार को स्टार फोर्स से खतरा है और ये खतरा इस कारण ज्यादा बढ़ जाता है क्योंकि चिरंजीव कुमार प्रदेश की कमान सम्भालने के लिए वापस आ चुके हैं—ब्लैक स्टार जानता है, अगर आगामी चुनाव चिरंजीव कुमार के नेतृत्व में लड़ा गया, तो भारी बहुमत के साथ उनकी सरकार बनेगी और पुनः चीफ मिनिस्टर बनते ही चिरंजीव कुमार का सबसे पहला लक्ष्य प्रदेश से स्टार फोर्स का सफाया करना होगा।''

तेजस्वी अब भी चुप रहा।

''स्टार फोर्स क्योंकि इस वक्त मुल्क का सबसे कुख्यात और ताकतवर आतंकवादी गुट है एवं चिरंजीव कुमार उसकी हिटलिस्ट में नम्बर एक पर हैं, इसलिए हमें यानि केन्द्र सरकार के स्पेशल कमांडो दस्ते को उनकी सुरक्षा व्यवस्था का भार सौंपा गया है।''

''मैं समझता हूं सर।''

''आमतौर पर हम लोग वी.आई.पी. की सुरक्षा के मामले में इंस्पेक्टर रैंक के पुलिसियों पर विश्वास नहीं करते—केवल कमिश्नर, डी.आई.जी., एस.एस.पी. और एस.पी. के साथ मीटिंग करते हैं, यहां भी वही कर रहे थे—इन लोगों ने तुम्हारी तारीफ की—कारनामे बताए—इसी कारण हमने तुम्हें यहां बुलवाया।''

''मेरे अफसरों की मुझ पर विशेष कृपा है सर।''

''प्रतापगढ़ चिरंजीव कुमार का गृह नगर है—यहां आगामी चुनाव लड़ना है उन्हें—रात अपने फार्म हाउस पर गुजारा करेंगे—हम रोकने की

चाहे कितनी कोशिश करें मगर 'कैन्वसिंग' के दरम्यान वे बार-बार सुरक्षा घेरे को तोड़कर भीड़ में घुसेंगे—उधर, स्टार फोर्स का शक्ति-केन्द्र भी प्रतापगढ़ ही है, क्या इन हालात में यहां सफलतापूर्वक उनकी सुरक्षा की जा सकेगी?''

''उनकी रक्षा मैं अपने प्राणों की आहुति देकर भी करूंगा सर!''

''हम किसी के प्राणों की आहुति नहीं मांग रहे इंस्पेक्टर।'' ठक्कर ने सख्त स्वर में कहा—''सीधे सवाल का सीधा जवाब दो, तीन दिन बाद चिरंजीव कुमार का यहां आना ठीक रहेगा अथवा नहीं?''

''अगर वे एक हफ्ते बाद आएं तो बेहतर होगा।''

''वजह?''

''पिछली कार्यवाही से मैं काफी हद तक स्टार फोर्स का मनोबल तोड़ने में कामयाब हूं।'' तेजस्वी कहता चला गया—''इस एक हफ्ते में ऐसा कुछ करने की सोच रहा हूं जिससे स्टार फोर्स में भगदड़ मच जाएगी—चिरंजीव कुमार या किसी अन्य की जान लेने की जगह वे अपनी जान बचाने के बारे में सोच रहे होंगे।''

एकाएक ठक्कर शांडियाल की तरफ घूमा—''आपकी क्या राय है कमिश्नर साहब?''

''क्या उनका प्रोग्राम फाइनल नहीं है?'' शांडियाल ने पूछा।

''फाइनल ही समझिए।''

''तब तो यह 'डिस्कशन' ही व्यर्थ है।'' चिदम्बरम कह उठा—''वे आएं, स्थानीय पुलिस को सौंपी गई ड्यूटी का निर्वाह पूरी मुस्तैदी के साथ किया जाएगा।''

''नहीं ... प्रोग्राम फाइनल होने के बावजूद यह 'डिस्कशन' व्यर्थ नहीं है—तीन दिन पूर्व हम लोग स्थिति को 'वॉच' करने पहुंचते ही इसलिए हैं क्योंकि विशेष परिस्थितियों में फाइनल प्रोग्राम को भी रद्द करा सकते हैं।''

कुम्बारप्पा ने पूछा—''वे विशेष परिस्थितियां क्या हैं?''

''मान लो किसी षड्यंत्र की भनक लगे!''

''हमें ऐसे किसी षड्यंत्र की गंध नहीं है।'' भारद्वाज ने कहा।

''क्यों इंस्पेक्टर?'' ठक्कर ने पुनः अपनी आंखें तेजस्वी पर जमा दीं—''तुम्हें स्टार फोर्स स्पेशलिस्ट कहा जाता है, तुम बोलो ... क्या तुम्हें किसी षड्यंत्र की भनक है?''

तेजस्वी भांप न सका कि ठक्कर ने उसे 'स्टार फोर्स स्पेशलिस्ट' व्यंग्य में कहा था या सचमुच उसके कारनामें सुनकर प्रभावित था, बोला—''मुझे नहीं लगता स्टार फोर्स इस बारे में सोच रही है।''

''क्या आप लोगों में से किसी ने 'ट्रिपल जैड' का नाम सुना है?'' ठक्कर के मुंह से निकले इस छोटे से वाक्य ने शांडियाल के ऑफिस में मौजूद तीन हस्तियों के दिमागों के परखच्चे इस तरह उड़ा डाले जैसे फटने के बाद खुद बम के उड़ जाते हैं।

चिदम्बरम, कुम्बारप्पा और तेजस्वी!

चिदम्बरम और कुम्बारप्पा की नजरें एक झटके से मिलीं मगर अगले पल ... शायद इस डर से कि स्पेशल कमांडो दस्ते के धुरंधर उनके मनोभाव न पढ़ लें, विपरीत दिशा में देखने लगे और तेजस्वी को ऐसा लग रहा था जैसे संपूर्ण जिस्म में चार सौ चालीस वोल्ट का करंट गर्दिश कर रहा हो।

''ट-ट्रिपल जैड?'' पांडे ने पूछा—''ये कौन है?''

''एक विदेशी।'' ठक्कर बोला—''काफी कोशिश के बावजूद हम लोग यह पता लगाने में असफल हैं कि उसका संबंध किस देश से है—हमारे मुल्क में पिछले दो साल से सक्रिय है वह और रिकॉर्ड बताते हैं, उसे जब जहां देखा गया वहीं कोई-न-कोई बड़ी वारदात हुई—पिछले दिनों उसे प्रतापगढ़ में देखा गया है—अनुमान लगाया जा रहा है कि शीघ्र ही यहां भी कोई बड़ी वारदात हो सकती है—सम्भव है, वह वारदात वी.आई.पी. पर हमला हो।''

अपने होशो-हवास ठिकाने पर लाकर चिदम्बरम ने पूछा—''क्या स्टार फोर्स से भी उसका कोई संबंध है?''

''अभी तक ऐसा कोई सूत्र हाथ नहीं लगा है।''

''तो उससे आप उस खतरे को किस आधार पर जोड़ रहे हैं जो वी.आई.पी. को स्टार फोर्स से है?'' यह सवाल शांडियाल ने किया।

''इस प्रदेश को हमारे मुल्क से अलग कर देने में अनेक दुश्मन राष्ट्रों की दिलचस्पी है और चिरंजीव कुमार उन सभी राष्ट्रों की आंख की किरकिरी बने हुए हैं।''

''यानि स्टार फोर्स के अलावा दुश्मन राष्ट्र भी वी.आई.पी. की हत्या का प्रयास कर सकते हैं?''

''जितना खतरा स्टार फोर्स से है उतना ही दुश्मन मुल्कों से भी है। मुमकिन है, ट्रिपल जैड उन्हीं मुल्कों में से किसी का जासूस हो।''

शांडियाल के ऑफिस में सन्नाटा छा गया, वह सन्नाटा इतना गहरा था कि एक-दूसरे की सांसों तक की आवाज स्पष्ट सुन सकते थे और फिर, सन्नाटे के मुंह पर तमाचा जड़ने का श्रेय ठक्कर को गया, दृढ़तापूर्वक कहता चला गया वह—''ये चुप्पी बताती है ट्रिपल जैड के बारे में आप लोगों में

से कभी किसी ने नहीं सुना और इस हकीकत की रोशनी में मुझे यह कहने में कोई हिचक नहीं है कि स्थानीय पुलिस उतनी चाक-चौबंद नहीं है जितनी होनी चाहिए—ट्रिपल जैड यहां सक्रिय है, इसकी जानकारी हमें है मगर आप लोगों को नहीं है—तुम्हें भी नहीं है मिस्टर तेजस्वी, जबकि विशेष रूप से वह तुम्हारे ही इलाके में सक्रिय है—तुम ... जिसके इन लोगों ने हमें बड़े-बड़े कारनामे सुनाए हैं।''

''क्षमा करें सर!'' तेजस्वी बहुत मुश्किल से खुद को सामान्य दर्शा पा रहा था—''प्रतापगढ़ का चार्ज संभाले मुझे ज्यादा वक्त नहीं गुजरा है और जितना भी टाइम हुआ है उसमें पूरा ध्यान स्टार फोर्स से लोहा लेने में लगा रहा—शायद इसीलिए किसी विदेशी की सक्रियता मेरी जानकारी में नहीं आई—और मेरे थाना क्षेत्र में वैसी कोई घटना भी नहीं घटी जिसके फलस्वरूप किसी विदेशी की सक्रियता की तरफ तवज्जो जाती।''

''वह वक्त से पहले खुद को चर्चित कर लेने वाले मूर्खों में से नहीं है।''

''मैं समझ गया सर, ट्रिपल जैड काफी सुरक्षित गेम खेलता है।'' तेजस्वी ने कहा—''हालांकि आप लोगों के सामने ज्यादा दावे करना अक्लमंदी न होगी, मगर इतना जरूर कहूंगा कि एक हफ्ते के अंदर स्टार फोर्स में ऐसी भगदड़ मच जाएगी जैसी चींटियों के झुण्ड में सरसों का तेल छिड़कने पर मच जाती है—संभव हो सका तो ट्रिपल जैड को भी खोज निकालूंगा।''

''बहुत बड़ी-बड़ी बातें कर रहे हो इंस्पेक्टर।''

''अपना आशीर्वाद बनाए रखिए सर—ऊपर वाले ने चाहा तो एक हफ्ते बाद चिरंजीव कुमार को किसी सुरक्षा घेरे की जरूरत नहीं रहेगी।''

''ठीक है!'' ठक्कर पहली बार मुस्कुराया—''हम इस फैसले के साथ मीटिंग बर्खास्त करते हैं कि चिरंजीव कुमार का तीन दिन बाद यहां आने का प्रोग्राम कैंसिल—एक हफ्ते बाद, आज ही के दिन हम पुनः यहां मीटिंग करेंगे—उसमें तय किया जाएगा कि चिरंजीव कुमार प्रतापगढ़ कब आएं।''

तेजस्वी ने अपने फ्लैट की चाबी निकालकर 'की-होल' में लगाई ही थी कि चौंक पड़ा।

ठिठका!

कान कुत्ते के कानों की तरह खड़े हो गए।

उसने बंद फ्लैट के अंदर से सरसराहट की आवाज सुनी थी—पुनः उभरने वाली किसी आहट को सुनने की गर्ज से 'की-होल' से चाबी वापस खींची और उसके स्थान पर कान सटा दिया।

अभी अंदर से उभरने वाली किसी आवाज को सुनने का प्रयत्न कर ही रहा था कि पीछे पदचाप उभरी—तेजी से पलटना चाहा परंतु तभी, कनपटी पर किसी सख्त और ठंडी धातु के स्पर्श का अहसास किया, साथ ही सर्द स्वर—"हिलो मत इंस्पेक्टर ...।"

तेजस्वी ज्यों-का-त्यों खड़ा रह गया—बहुत तेजी से दिमाग में यह विचार कौंधा कि इस वक्त वह घिरा हुआ है और घेरने वालों की इच्छा के विरुद्ध जुम्बिश तक खाना घातक हो सकता है।

एक शख्स ने उसके होलेस्टर से रिवॉल्वर निकाल लिया।

"सीधे खड़े हो जाओ!" यह आदेश बाईं तरफ से मिला था।

तेजस्वी ने हुक्म का पालन किया और उसी दरम्यान देखा—तीन ए.के.-सैंतालीसधारी स्टार फोर्स के सैनिक उसे घेरे खड़े थे—उनमें से एक की रायफल की नाल उसकी दाईं कनपटी का चुम्बन लिए हुए थी—गैलरी में अंधकार और सन्नाटा छाया हुआ था—रात के दो बजे वहां किसी किस्म की चहल-पहल की उम्मीद की भी नहीं जा सकती थी।

जिस्म भले ही जड़वत् नजर आ रहा हो परंतु दिमाग के बूते पर शतरंजी चालें चलने वाले तेजस्वी का जहन बड़ी तेजी से क्रियाशील था।

सर्वप्रथम उसे स्टार फोर्स के सैनिकों द्वारा खुद को घेरे जाने का उद्देश्य मालूम करना था, अतः स्वयं को घबराहट से कोसों दूर प्रदर्शित करके सवाल किया—"थारूपल्ला कहां है?"

"खामोश रहो!" गुर्राहट उभरी।

तभी, उनमें से एक ने बंद दरवाजे पर सांकेतिक दस्तक की—फ्लैट के अंदर की लाइट ऑन हो गई—'की-होल' में अंदर की तरफ से एक चाबी डाली गई—पहले लॉक और फिर दरवाजा खुला—थारूपल्ला सामने खड़ा मुस्कुरा रहा था।

इस वक्त उसके जिस्म पर मेजर वाली वर्दी थी।

तेजस्वी ने यह भांपने की भरपूर कोशिश की कि थारूपल्ला को यहां किस आदेश के साथ भेजा गया है मगर भांप न सका, बोला—"मेरे फ्लैट में छुपकर बैठने की क्या जरूरत थी मेजर?"

"ब्लैक स्टार तुमसे मिलना चाहते हैं इंस्पेक्टर।"

''गुड!'' कहने के साथ तेजस्वी हिला ही नहीं बल्कि निर्द्वंद होकर जोरदार अंगड़ाई ली—कारण स्पष्ट था, समझ चुका था कि ये लोग उस पर आक्रमण नहीं करेंगे, बोला—''मैं खुद उनसे मिलने का ख्वाहिशमंद हूं—चलो, कहां मिलेंगे वे?''

''जंगल में!''

''मैं तैयार हूं ... जरा ठहरो!''

''क्या हुआ?''

''फ्लैट से कुछ लेना चाहता हूं?''

थारूपल्ला ने पूछा—''क्या?''

''तुम नहीं समझोगे।'' तेजस्वी ने कहा—''मुमकिन है इस बीच ब्लैक स्टार को मेरे बारे में कुछ गलतफहमियां हुई हों—उन्हें दूर करने के लिए कुछ चीजों की जरूरत पड़ेगी—उन्हें साथ ले लूं तो बेहतर होगा।''

''तुम उनकी गलतफहमियां दूर करने का सामान लेना चाहते हो या सहीफहमियों को पुनः गलतफहमियों में बदलने की कोशिश करने का सामान?''

''एक बार फिर बेवकूफी का प्रदर्शन कर रहे हो थारूपल्ला ...।'' तेजस्वी मुस्कुराया—''क्या तुम यह कहना चाहते हो कि महान ब्लैक स्टार मुझ जैसे इंस्पेक्टर की चाल में फंस सकते हैं?''

थारूपल्ला हड़बड़ा गया, बोला—''मुझे अपने वाक्जाल में फंसाने की चेष्टा मत करो—जो लेना है लो, और चुपचाप हमारे साथ चलो।''

तेजस्वी मुस्कुराता हुआ फ्लैट में दाखिल हो गया।

⅄

हैलीकॉप्टर की गड़गड़ाहट ने तेजस्वी सहित सभी की नजरें आकाश की तरफ उठा दीं परंतु हैलीकॉप्टर तो दूर, आकाश तक नजर न आया उन्हें—थे ही ऐसे स्थान पर कि खुले आकाश के नीचे होने के बावजूद आकाश को देख नहीं पाये—बहुत ही घना जंगल था वह—विशालकाय और घने वृक्षों ने कुछ ऐसा ताना-बाना बुन रखा था कि पत्तों और तनों की छत-सी बन गई थी।

थारूपल्ला बड़बड़ाया—''ब्लैक स्टार आ गए।''

''बड़ी लम्बी इंतजार कराई।'' तेजस्वी ने गहरी सांस ली।

कोई कुछ न बोला।

हैलीकॉप्टर की गड़गड़ाहट निरंतर गूंज रही थी।

तेजस्वी एक लम्बे सफर के बाद यहां पहुंचा था—अगर यह कहा जाए तो गलत न होगा कि यह सफर उसने थारूपल्ला की कैद में रहकर किया था—फिर भी, रास्ते-भर अपने जिस्म की ही नहीं, दिमाग की आंखें भी खुली रखी थीं और यह समझने में सफल था कि भरपूर साधन-सम्पन्न होने के बावजूद सरकार इन जंगलों से स्टार फोर्स का सफाया करने में क्यों असमर्थ है?

जंगल की भौगोलिक अवस्था स्टार फोर्स का अभेद्य कवच थी—जहां इस वक्त वह था उसके चारों तरफ दूर-दूर तक न केवल गगनचुम्बी पर्वतों की श्रृंखला थी बल्कि दर्रे, घाटियों, झरनों और पहाड़ी दरियाओं का जाल बिछा पड़ा था—सामरिक महत्त्व के हर ठिकाने पर उसने स्टार फोर्स की चौकियां स्थापित हुई पाईं थीं—वे चौकियां पर्वत की चोटियों पर चुन-चुनकर ऐसे स्थानों पर बनाई गई थीं जिन पर तैनात स्टार फोर्स के सैनिकों की नजरों से छुपकर इंसान तो क्या, परिन्दा तक जंगल में प्रविष्ट नहीं हो सकता था—चौकियों पर उसने मोर्टार और विमानभेदी तोपें ही नहीं बल्कि टैंक तक देखे थे—संक्षेप में सारी व्यवस्था को यह कहकर व्यक्त किया जा सकता है कि जंगल में स्टार फोर्स का सफाया कर डालना उतना ही कठिन था जितना एक राष्ट्र की सेनाओं द्वारा दूसरे राष्ट्र पर मुकम्मल कब्जा कर लेना—जंगल के प्रवेश मार्गों जहां बारूदी सुरंगें बिछी पड़ी थीं, वहीं जंगल में ऐसी सुरंगों का जाल था जिनके जरिए स्टार फोर्स के सैनिक खरगोशों की मानिन्द जमीन के अंदर-ही-अंदर मीलों दूर निकल सकते थे।

यह सब वह था जिसे तेजस्वी ने अपनी आंखों से देखा था—समझ सकता था कि इससे बहुत ज्यादा वह होगा जो उसने देखा ही नहीं और जिसे ये लोग उसे दिखाना भी नहीं चाहेंगे।

उस वक्त उसका दिल अनायास तेजी से धड़कने लगा जब जंगल में कहीं हैलीकॉप्टर लैंड होने की आवाज आई।

करीब दस मिनट बाद आसपास तैनात सभी ए.के. सैंतालीसधारी जरूरत से ज्यादा मुस्तैद नजर आने लगे—एकाएक जमीन पर पड़े सूखे पत्तों की चरमराहट गूंजी।

साफ अहसास हुआ, कोई शख्स सूखे पत्तों को रौंदता इस तरफ आ रहा था।

एड़ियां बजने लगीं।

सैल्यूट दिए जाने लगे।

और फिर वह क्षण आया जब थारूपल्ला ने भी जोरदार सैल्यूट दिया—तेजस्वी अपने स्थान से खड़ा हो गया और उस हस्ती की तरफ देखा जिसे सैल्यूट दिए जा रहे थे।

उसके जिस्म पर स्टार फोर्स के जनरल की वर्दी थी।

तेजस्वी लाख चेष्टाओं के बावजूद खुद को उसके व्यक्तित्व से प्रभावित होने से न रोक सका—सामान्य जिस्म, गोल चेहरे, सांवले रंग, घने बालों और मोटी मूंछों वाले शख्स की आंखों में जाने वह कैसी दिव्य ज्योति थी कि तेजस्वी उसकी तरफ अपलक देखता रह गया—अगर यह कहा जाए तो गलत न होगा कि वह अपने होश गंवा बैठा था, चौंका तब जब उसके बेहद नजदीक पहुंच चुके जादुई आकर्षण वाले व्यक्ति के मुंह से निकला—''हैलो तेजस्वी!''

''ह-हैलो!'' तेजस्वी मानो अंधकूप से निकला, अपनी बौखलाहट छुपाने की खातिर दायां हाथ ब्लैक स्टार की तरफ बढ़ाया, परंतु ब्लैक स्टार ने उससे हाथ मिलाने की चेष्टा नहीं की, आकर्षक मुस्कान के साथ कहा—''तुम वह पहले शख्स हो जिससे हमने खुद मिलना चाहा।''

''य-ये मेरी खुशनसीबी है सर।''

''क्या तुम यहां इतने आराम से यह सोचकर आ गए कि हम अभी तक उसी भ्रमजाल में फंसे होंगे जो तुमने चंद फोटुओं के जरिए ट्रांसमीटर पर फैलाया था?''

''नहीं सर!'' तेजस्वी संभलकर बोला—''मैं ख्वाब में भी नहीं सोच सकता कि इस बीच आपने मेरा बायोडेटा मालूम न कर लिया होगा।''

''तो फिर बिना किसी हील-हुज्जत के यहां आ जाने का सबब?''

''आपको मिला मेरा बायोडेटा नकली है।''

''मतलब?''

तेजस्वी का हलक सूख गया, बड़ी मुश्किल से कह पाया वह—''मैं एकांत में बातें करना चाहता हूं।''

ब्लैक स्टार की आंखों में ऐसे भाव उभरे कि तेजस्वी की रूह फना हो गई—वह उसे कई पल तक उसी तरह घूरता रहने के बाद गंभीर स्वर में बोला—''अगर तुम पुनः किसी झूठ का जाल बिछाने की तरफ अग्रसर हो तो हम तुम्हारी हिम्मत की दाद दिए बगैर नहीं रहेंगे।''

''मैं कोई जाल नहीं बिछाना चाहता सर—हां, आपको हकीकत बताने का ख्वाहिशमन्द जरूर हूं।''

"आओ!" कहने के साथ वह तेजी से एक ऐसे वृक्ष की तरफ बढ़ गया जिसके तने का व्यास किसी भी तरह दस फुट से कम नहीं था—स्टार फोर्स के सैनिक और थारूपल्ला उन्हें चकित दृष्टि से देखते रह गए, जबकि तेजस्वी उसके पीछे लपका—अपनी चाल में उत्पन्न हो गयी लड़खड़ाहट को भरपूर कोशिश के बावजूद नहीं रोक पाया—उधर, ब्लैक स्टार ने वृक्ष के तने पर तीन बार दस्तक दी।

तने में एक दरवाजा उत्पन्न हो गया।

जमीन के गर्भ में चली गईं लकड़ी की सीढ़ियों को देखकर तेजस्वी दंग रह गया और यह उसके दंग रह जाने की शुरूआत थी—सीढ़ियां तय करने के बाद ब्लैक स्टार के पीछे-पीछे वह जंगल के नीचे बसी जिस दुनिया में पहुंचा, उसे देखकर हैरत से आंखें फट गईं—अगर यहां लाकर अचानक उसकी आंखों से पट्टी हटाई जाती तो यही समझता कि इस वक्त वह किसी फाइव स्टार होटल के बेसमेंट में है—सारा क्षेत्र रोशनी से जगमगा रहा था, कहीं दूर से जनरेटर के चलने की आवाज आ रही थी।

"मीटिंग के दरम्यान जिस वक्त हमने ट्रिपल जैड का नाम लिया, उस वक्त वहां एक खास घटना घटी थी।" केन्द्रीय कमांडो दस्ते के पांचों गंजों पर नजरें टिकाए उनके चीफ अर्थात एम.पी. ठक्कर ने सवाल किया—"क्या तुम लोगों ने उस खास घटना पर ध्यान दिया?"

"यस सर।" एक गंजे ने तत्परतापूर्वक कहा—"उस क्षण चिदम्बरम और कुम्बारप्पा की आंखें मिली थीं और फिर एक साथ दोनों जानबूझकर विपरीत दिशाओं में देखने लगे थे।"

"और कुछ?"

"इंस्पेक्टर तेजस्वी बुरी तरह चौंका था।" दूसरे गंजे ने कहा।

ठक्कर द्वारा एक और सवाल—"तुम लोगों ने क्या नतीजा निकाला?"

"मेरे ख्याल से वे तीनों ट्रिपल जैड को किसी-न-किसी रूप में जानते हैं।" तीसरा गंजा बोला।

चौथे ने कहा—"जानते न भी हों लेकिन यह तय है कि ट्रिपल जैड का नाम उन्होंने पहले भी कहीं सुना था।"

"सुना था तो कुबूल क्यों नहीं किया?" ठक्कर ने सवाल उठाया—

''प्रत्यक्ष में अनभिज्ञ और अनजान क्यों बने रहे?''

''जाहिर है, उनके मन में चोर था।'' पांचवां बोला।

''हमें उस चोर को पकड़ना है।''

''ओ.के. सर!''

''एक और सवाल!'' ठक्कर बेहद गंभीर था—''इंस्पेक्टर तेजस्वी और स्टार फोर्स के टकराव तथा इंस्पेक्टर की चमत्कारिक फतह की जो स्टोरी कमिश्नर शांडियाल ने हमें सुनाई, उसके बारे में तुम्हारा क्या ख्याल है?''

''कमिश्नर ने ही नहीं सर, प्रतापगढ़ के बच्चे-बच्चे की ज़ुबान पर वह कहानी है।'' एक गंजे ने कहा—''मेरी बात विभिन्न तबकों के बहुत से लोगों से हुई है—एक भी ऐसा नहीं मिला जिसने उन्मुक्त कंठ से तेजस्वी की तारीफ न की हो।''

''शायद इसी कारण हमें उस पर शक है ...।''

''श-शक ... कैसा शक सर?''

''आज मैं तुम्हें एक नया पाठ पढ़ाता हूं।'' ठक्कर के क्रूर चेहरे पर वे भाव आसन जमाकर बैठ गए जो स्टूडेंट्स को लैक्चर देते समय प्रोफेसर के चेहरे की शोभा होते हैं—''उस शख्स पर तुरंत अपने संदेह की आंखें गड़ा दो जो साधारण आदमी के बूते से बाहर के काम कर डाले—आंखें मूंदकर कभी उस शख्स के प्रशंसक मत बनो जिसके लाखों प्रशंसक हों—आम लोगों की तरह यह सुनकर संतुष्ट हो जाना तुम्हारा काम नहीं है—मुमकिन है, यह प्रचार उसने खुद किया हो—ऐसे लोग अक्सर बड़ी चालाकी से अपने चारों ओर एक ऐसा आभामंडल तैयार करते हैं जिसे कोई बेंध न सके—जबकि तुम्हारा काम ऐसे ही मंडलों को बेंधना है। अतः किसी प्रचार-तंत्र में न फंसकर, अपने दिमाग से प्रत्येक घटना की बारीक जांच करना ही तुम्हारी ड्यूटी है।''

''हम समझे नहीं सर ...।''

''प्रतापगढ़ थाने पर नियुक्त होते ही वह रंगनाथन पर झपट पड़ता है—गंगाशरण के राजनैतिक जीवन को तबाह कर डालता है—थारूपल्ला से उलझ जाता है, चमत्कारिक ढंग से शुब्बाराव तक पहुंच जाता है और यहां तक कि काली बस्ती में जाकर थारूपल्ला को पीटकर वापस आ जाने जैसा करिश्माई करतब कर दिखाता है—क्या तुम लोगों को नहीं लगता ये काम एक शख्स ... एक अकेले शख्स के बूते से बहुत बाहर के हैं?''

''लगता तो है सर मगर ...।''

''मगर?''

''मुमकिन है श्रीगंगा सरकार और जासूसों की मदद के कारण ...''

''यह वह कहानी है जो इंस्पेक्टर ने कमिश्नर को पढ़ाई और इस कहानी के पढ़ाए में कमिश्नर आ सकता है, हम नहीं।''

''लेकिन सर, ये सच है कि वह काली बस्ती गया और थारूपल्ला को पीटकर वापस आ गया।''

''तुम्हें यही पता लगाना है।'' ठक्कर अपने एक-एक शब्द पर जोर दे रहा था—''ये चमत्कार आखिर हुआ कैसे?''

''इसके लिए उसे वॉच करना पड़ेगा।''

''करो!'' ठक्कर का स्वर सपाट था—''ये इंस्पेक्टर काफी घुटा हुआ मालूम पड़ता है—हम जा रहे हैं मगर, तुम लोग एक हफ्ता यहीं रहोगे।''

''क्या मैं भी सर?'' एक गंजे ने पूछा।

''त-तुम!'' ठक्कर हौले से हंसा—''क्यों, तुम में क्या सुरखाब के पंख लगे हैं जो अलग से आदेश चाहते हो?''

''आपके आदेश पर पिछले चार महीने से प्रतापगढ़ में सक्रिय हूं—बीवी-बच्चों की याद आ रही है सर, क्या मुझे दो-चार दिन की छुट्टी नहीं मिल सकती?''

''तुम्हें ... और छुट्टी!'' एक गंजे ने ठहाका लगाया—''तुम्हारे छुट्टी चले जाने का अर्थ है प्रतापगढ़ में चल रहा अवैध जुए का अड्डा बंद हो जाना, सारे जुआरी एक-दूसरे से पूछते फिरेंगे—''क्यों भाई, ये लुक्का कहां गया?''

''मैं?''

''ये ले!'' उसने अपनी जेब से लड़कियों जैसे लम्बे बालों की एक विग निकाली और अपने गंजे साथी के सिर पर फिट कर दी—न बीच में कोई कुछ बोला, न ही किसी ने उसे रोका ... यहां तक कि उसने दूसरी जेब से एक फेसमास्क निकालकर उसके चेहरे पर चिपका दिया—अब उनका वह साथी सचमुच क्रूर चेहरे वाला लुक्का नजर आने लगा—वह लुक्का जो प्रतापगढ़ में चलने वाले अवैध जुए के अड्डे का मालिक समझा जाता था।

''नहीं नम्बर फाइव—दो-चार दिन की तो क्या, तुम्हें दो-चार मिनट की भी छुट्टी नहीं मिल सकती।'' ठक्कर ने गंभीर स्वर में कहा—''लुक्का वाला यह रोल तुम्हें ही अदा करना है—तुम्हारे पिछले चार महीने से लुक्का के रूप में यहां सक्रिय होने के कारण ही हमें प्रतापगढ़ में ट्रिपल जैड के सक्रिय होने की जानकारी मिली—वह एक ही जानकारी ऐसी थी जिसने समूचे पुलिस विभाग को चौंका दिया।''

''मैं तैयार हूं सर, वो बीवी-बच्चों वाली बात तो मजाक में ...।''

''हम जानते हैं।'' उसका वाक्य पूरा होने की प्रतीक्षा किए बगैर ठक्कर कहता चला गया—''ध्यान रहे नम्बर फाइव, मौजूदा मिशन की सबसे अहम कमान तुम्हारे हाथ में है—अगर यह पता लग जाए कि ट्रिपल जैड पुलिस कमिश्नर के भतीजे से क्या काम लेना चाहता है तो सारे भेद खुद-ब-खुद खुल जाएंगे, उसके बाद हम लोगों की कोशिश ट्रिपल जैड को गिरफ्तार करने की होगी।''

''मैं योगेश पर पूरी नजर रखे हुए हूं सर।''

''योगेश ... योगेश कौन?''

''सॉरी सर, मैं बताना भूल गया—कमिश्नर शांडिल्य के भतीजे का नाम योगेश है।''

''ओह ... लेकिन वह तुम्हारे संदेह के घेरे में आया कैसे?''

''वह मेरे द्वारा चलाए जा रहे अड्डे पर अक्सर जुआ खेलने आता है, स्मैक भी लेता है—तभी किसी से पता लगा कि वह पुलिस कमिश्नर का भतीजा है—'पुलिस कमिश्नर के भतीजे के ये लक्षण?' बस ... मुझे यही बात खटक गई—उसे वॉच किया तो एक रात ट्रिपल जैड से मिलते देखा—उस वक्त मुझे मालूम नहीं था कि वह ट्रिपल जैड है और ट्रिपल जैड नामक चीज कितनी पहुंची हुई है—मुझे तो उस वक्त बस वह एक रहस्यमय व्यक्ति लगा—उनकी बातों से अंदाजा लगाया कि वह योगेश से कोई खास काम चाहता है—यह बात तो उसका हुलिया आदि सुनने के बाद आपने बताई कि ट्रिपल जैड क्या चीज है—अगर उसी समय जानता होता तो योगेश का पीछा छोड़कर उसके पीछे लग जाता और उसका पता-ठिकाना मालूम करके ही दम लेता।''

''इसके बाद तुमने योगेश को ट्रिपल जैड से मिलते कभी नहीं देखा?''

''नहीं।''

''योगेश पर कड़ी नजर रखो—तुम्हारा लक्ष्य यह जानने के साथ कि ट्रिपल जैड उससे क्या काम लेना चाहता है, यह भी है कि ट्रिपल जैड प्रतापगढ़ में कहां, किस रूप में रह रहा है?''

''निश्चिंत रहें सर, इस बार उसके सामने आने पर मैं चूकूंगा नहीं।''

''एक बात और!'' ठक्कर ने कहा—''तुम प्रतापगढ़ थाने पर तेजस्वी की नियुक्ति से पहले से, लुक्का के रूप में जुए का अड्डा चला रहे हो अर्थात उसकी नजर में इलाके के उन कुख्यात गुण्डों में से एक हो जिन्हें पहले ही

दिन उसने थाने में बुलाकर हड़काया था, अतः उसे स्वप्न में भी गुमान नहीं हो सकता कि लुक्का वास्तव में केन्द्रीय कमांडो दस्ते का एजेंट नंबर फाइव है—किसी इलाके के इंस्पेक्टर की ईमानदारी को जितनी खूबसूरती के साथ उस इलाके का गुण्डा परख सकता है, उतनी खूबसूरती के साथ अन्य कोई नहीं परख सकता। समझ रहे हो न?''

''समझ रहा हूं सर।''

''मौका मिलते ही तुम्हें तेजस्वी को परखना है।'' अपनी सीट से खड़े होते हुए ठक्कर ने कहा—''हमारा एक्सपीरियेंस कहता है, उसके बारे में चौंकाने वाली सूचनाएं मिलेंगी ...।''

⅄

''अब कहो, क्या कहना है तुम्हें?''

धाड़-धाड़ की जोरदार आवाज के साथ बज रहे दिल को काबू में रखने का असफल प्रयास करता तेजस्वी बोला—''आपको पता लगा होगा मैं चिंकापुर का रहने वाला हूं, पिता का नाम अरविंद कुमार—मां का नाम नलिनी, पत्नी का नाम शुभा और अरुणा नामक मेरी एक दो-वर्षीय बेटी भी है।''

ब्लैक स्टार की चमकदार आंखें उस पर इस तरह जमी हुई थीं जैसे अजूबे को देख रहा हो—जब तेजस्वी खामोश हो गया और ब्लैक स्टार की काफी इंतजार के बाद भी आगे कुछ न बोला तो उसने शांत स्वर में सवाल किया—''और हमें तुम्हारे बारे में क्या-क्या पता लगा होगा?''

''स-सब कुछ!'' तेजस्वी बड़ी मुश्किल से कह पाया—''वह सब कुछ जो मेरे द्वारा ट्रांसमीटर पर बताए गए मेरे परिचय के विरुद्ध होगा।''

''तुम्हें कैसे पता लगा कि हमें तुम्हारे बारे में यह सब पता लग गया है?''

''केवल अनुमान लगाया है सर—मैं समझ सकता था कि मुझसे भेंट करने से पूर्व आप निश्चित रूप से मेरा 'बायोडेटा' अपनी टेबल पर देखना चाहेंगे और जब आपके आदेश पर ब्लैक स्टार के जासूस मेरा बायोडेटा जानने निकलेंगे तो कुछ भी छुपा न रह सकेगा।''

''खैर!'' ब्लैक स्टार ने पूछा—''अब इस बारे में तुम्हें क्या कहना है?''

''मेरा जो बायोडेटा आपको मिला है, वह नकली, झूठा और गलत है।''

''वह कैसे?''

''स्टार फोर्स के जासूस केवल उस परिचय तक पहुंच सके, जिसे मैंने खुद को इस देश में स्थापित करने के लिए प्रचारित किया है।'' तेजस्वी कहता चला गया—''अगर आज मेरे पास यह परिचय न होता तो मैं पुलिस इंस्पेक्टर न बना होता, क्योंकि कोई श्रीगंगाई नागरिक इस मुल्क की पुलिस में भर्ती नहीं हो सकता।''

''आगे बढ़ो।'' ब्लैक स्टार का स्वर शुष्क हो उठा—''अगर तुम चिंकापुर के निवासी तथा अरविंद कुमार के बेटे नहीं हो तो कौन हो?''

''मैं सचमुच कीर्ति कुमार का लड़का हूं।''

''सुबूत?''

''इजाजत हो तो संक्षेप में अपनी कहानी सुना दूं?''

''जरूर सुनाओ, लगता है तुम कोई दिलचस्प कहानी सुनाने जा रहे हो?''

''पांच साल पूर्व ये तब की बात है जब इस देश की सेना श्रीगंगाई सरकार के निमंत्रण पर वहां यमन उग्रवादियों का दमन करने के उद्देश्य से गई थी—श्रीगंगाई सेना के साथ मिलकर इस देश की सेना ने वहां विध्वंस मचा दिया—ऐसा प्रतीत होता था जैसे वे एक-एक यमन को चुनकर मार डालने पर आमादा हों—यमन बस्तियों पर बमबारी और नरसंहार का तूफान बरपा दिया उन्होंने—एक रात वह बस्ती भी उस तूफान की चपेट में आ गई जहां मेरा घर था—मेरे मां-बाप, पत्नी और दो लड़के थे—मैं एक फैक्टरी में काम करता था, उस वक्त नाइट ड्यूटी पर था जब अचानक आकाश असंख्य विमानों की गड़गड़ाहट से थर्रा उठा—कर्णभेदी धमाके गूंजने लगे—चारों तरफ आग-ही-आग और इंसानी चीखो-पुकार से हमारी बस्ती त्राहि-त्राहि कर उठी—लोग भेड़-बकरियों की तरह जान बचाने की खातिर इधर-उधर भागने लगे—मैं भी उनमें से एक था, फैक्टरी के कई हिस्से ध्वस्त हो चुके थे—चीखता-चिल्लाता मैं सड़क पर आ गया ...।'' कहते हुए तेजस्वी की आंखें अंतरिक्ष में स्थिर हो गईं, ब्लैक स्टार ने टोकना मुनासिब न समझा और तेजस्वी कहता चला गया—''मुझे अपने मां-बाप, बीवी और बच्चों की चिंता आंधी-तूफान की तरह घर की तरफ भगाए ले जा रही थी—अपने मकान की अवस्था देखते ही मेरे जहन के परखच्चे उड़ गए—मकान मलबे का ढेर बन चुका था और वह ढेर धू-धू करके जल रहा था—वही क्यों, आसपास के सारे मकान जल रहे थे—मैं चीखता-चिल्लाता मलबे के ढेर के अंदर घुस गया और तब ... तब मैंने अपने पिता की लाश देखी सर, मां

के जिस्म के उड़े हुए परखच्चे देखे, पत्नी के टुकड़े और बच्चों के लोथड़े देखे—आधे घंटे की बमबारी के बाद विमानों की गर्जना और बमों के धमाके जाने कहां गुम हो गए—घंटों तक इंसानी चीखो-पुकार गूंजती रही, उसके बाद छा गया ऐसा सन्नाटा जो केवल मरघट में होता है और ठीक भी था, सारी बस्ती मरघट ही तो बन चुकी थी—उस रात मैंने अपने बच्चों, अपनी पत्नी और अपने मां-बाप के संयुक्त खून से मस्तक पर तिलक किया—कसम खाई कि जो शख्स इस नरसंहार का जिम्मेदार है, उसे छोड़ूंगा नहीं।'' इतना कहने के बाद तेजस्वी चुप हो गया, सांसें इतनी तेज चल रही थीं जैसे मीलों दौड़ने के बाद अभी-अभी यहां पहुंचा हो—आंखें अंगारों में तब्दील होकर सुलग रही थीं—ब्लैक स्टार उसके कुछ और बोलने की प्रतीक्षा करता रहा, लेकिन जब काफी देर तक उसे अपनी उखड़ी सांस को नियंत्रित करने का प्रयत्न करते पाया तो गंभीर स्वर में बोला—''अगर तुम यह सोच रहे हो इंस्पेक्टर कि भावुकता का प्रदर्शन करके हमें प्रभावित कर सकते हो और हम बगैर किसी ठोस सुबूत के तुम्हें कीर्ति कुमारम् का बेटा मान लेंगे तो तुम मूर्खों की दुनिया के वाशिंदे हो—एक्टिंग किए बगैर बताओ, उसके बाद क्या हुआ?''

''उस वक्त बस्ती में लाशों की कोई कमी नहीं थी सर।'' तेजस्वी उसी तरह अंतरिक्ष में आंखें टिकाये कहता चला गया—''मैंने अपनी कद-काठी की एक ऐसी लाश चुनी जिसके परखच्चे मेरे परिवार की लाशों की तरह उड़ चुके थे—उसे खींचकर मलबा हुए पड़े अपने मकान के अंदर ले गया और उस स्थान पर डाल दी जहां मेरे मां-बाप, पत्नी ...।''

''ऐसा तुमने क्या सोच कर किया?''

''खुद को मृतक घोषित करना चाहता था—सोचा था, जो कसम खाई है शायद उसे पूरी करने के लिए मेरा मृतक घोषित हो जाना कहीं काम आए।''

''उसके बाद?''

''शरणार्थियों के झुण्ड में शामिल होकर एक नौका के जरिए समुद्र पार करके इस मुल्क में आ गया—महीनों तक समुद्र के किनारे बसी बस्तियों में भटकता रहा—पेट भरने के लिए मेहनत-मजदूरी करने और खुले आकाश के नीचे सो जाने के अलावा मेरे पास चारा भी क्या था—दिलो-दिमाग में बदले की आग भभक रही थी मगर मैं मच्छर जैसी हैसियत का शख्स भला उस हस्ती के इर्द-गिर्द कैसे फटक सकता था जिसे मिटा डालने की कसम खाई थी—फिर एक दिन, जबरदस्त समुद्री तूफान आया—समुद्र के किनारे

बसी अनेक बस्तियां तबाह हो गईं—उन्हीं में से एक चिंकापुर भी था—मैंने स्वयं भी वह तूफान चिंकापुर में ही देखा—समुद्र की लहरें अनेक लोगों को उड़ाकर अपनी गहराइयों में ले गईं—बचे-खुचे लोगों के लिए इस देश की सरकार ने राहत शिविर लगाए—मैं भी शिविर में था और मेरे बगल वाले बिस्तर पर थी एक ऐसी अधेड़ औरत, बेहोशी के आलम में जिसके मुंह से बार-बार एक ही लफ्ज फूट रहा था, वह लफ्ज था—'तेजस्वी ... तेजस्वी!'

मैं यह सोचकर उछल पड़ा कि मुझे कौन पुकार रहा है?

आवाज की दिशा में देखा।

बिस्तर के नजदीक खड़ा एक अधेड़ अपनी पत्नी को सांत्वना दे रहा था—'तू चिंता मत कर नलिनी, हमारा तेजस्वी जरूर किसी शिविर में होगा—भगवान इतना निर्दयी नहीं हो सकता कि हमारा बेटा छीन ले ...।'

मैं समझ गया, उनके बेटे का नाम तेजस्वी था।

उनकी बातचीत से मुझे अधेड़ का नाम भी पता लग गया।

ब्लैक-स्टार ने व्यंग्य किया—''उसका नाम अरविंद कुमार होगा?''

''जी हां।''

''बहुत खूब! अच्छे लिंक जोड़ रहे हो—खैर, उसके बाद क्या हुआ?''

''दस दिन गुजर गए—नलिनी की हालत सुधरने लगी—अरविंद जख्मी नहीं था, वह रोज अपने बेटे को ढूंढने अन्य शिविरों में जाता—निराश लौटता मगर पत्नी से निराशाजनक बातें न करता—किसी-न-किसी बहाने उसे उम्मीद बंधाता, जबकि वह जान चुका था, समुद्र की लहरें उसके बेटे को लील गई हैं—मेरे दिमाग में एक विचार कौंधा—यह कि क्यों न मैं उनका तेजस्वी बन जाऊं—उन्हें उनका बेटा मिल जाएगा और मुझे मां-बाप से ज्यादा महत्वपूर्ण एक ठिकाना—एक परिचय—एक ऐसा परिचय जिसकी मुझे घोर आवश्यकता थी—अरविंद कुमार का बेटा घोषित होकर मैं इस देश का नागरिक बन सकता था और इस देश का नागरिक बनने के बाद अनेक संभावनाएं रास्ता खोले खड़ी थीं—मगर ... मगर उनका तेजस्वी भला मैं बन कैसे सकता था? उनके बेटे का नाम ही तो तेजस्वी था। शक्ल तो मुझ जैसी नहीं हो सकती थी, अतः धोखा देकर उनका बेटा बन जाने की कल्पना व्यर्थ थी—उन्हें विश्वास में लेकर ही अपने उद्देश्य में कामयाब हो सकता था, वही किया—मैंने उनसे कहा—'मेरा नाम तेजस्वी है और अपने माता-पिता के प्यार के लिए मैं तड़प रहा हूं और मैं ... मैं आपका तेजस्वी तो क्या बन पाऊंगा लेकिन नाम तो मेरा वह है ही जो आपके बेटे का था—अगर आप

मुझे अपने बेटे के रूप में स्वीकार कर लें तो कोशिश करूंगा, कभी आपको अपने असली तेजस्वी की कमी न खले ...।'

''साबित कर चुके हो इंस्पेक्टर कि तुम वाक्पटु हो।'' ब्लैक स्टार हौले से मुस्कराया—''किसी को भी अपनी बातों के जाल में फंसा सकते हो—इस वक्त तुम हमें केवल यह समझाना चाहते हो कि उन्होंने तुम्हें अपने तेजस्वी के रूप में स्वीकार कर लिया—समझो कि हम समझ गए—कहानी को लम्बी न करके संक्षेप में बताओ, उसके बाद क्या हुआ?''

''धीरे-धीरे उजड़ी हुई बस्तियां आबाद हो गईं—चिंकापुर भी उनमें से एक था—अब मैं सब लोगों की नजर में उनका बेटा तेजस्वी ही था—आगे के बारे में सोच रहा था—यह कि ऐसा क्या किया जाए जिससे अपने लक्ष्य की तरफ बढ़ूं—तभी अखबार में पुलिस महकमे में निकली 'वैकेन्सीज' का विज्ञापन देखा—जहन में बिजली की तरह विचार कौंधा, अगर मेरे जिस्म पर पुलिस की वर्दी हो तो अपने लक्ष्य के बहुत नजदीक पहुंच सकता हूं—अपना विचार मुझे जंचा, मगर वह सब हो कैसे सकता था—उसके लिए जरूरत थी अपनी क्वालिफिकेशन के सर्टिफिकेट की—अरविंद कुमार से बातचीत की—पता लगा उनका तेजस्वी आठवीं के बाद पढ़ा ही नहीं था—बात चूंकि जंच चुकी थी अतः किसी ऐसे आदमी की फिराक में लग गया जो नकली डिग्रियां और सर्टिफिकेट बनाने का धंधा करता हो—आप तो जानते होंगे—नकली डिग्रियां बनाने वालों की इस देश में कोई कमी नहीं है—शीघ्र ही मेरा संपर्क एक आदमी से नहीं बल्कि पूरे गिरोह से हो गया—वे मेरी के.जी. से लेकर एम.एस.सी. तक की पढ़ाई का पूरा रिकॉर्ड बनाने के लिए तैयार थे, मगर अड़चन थी, पैसा—जितना पैसा वे मांग रहे थे उतना न मेरे पास था न अरविंद कुमार के पास, मगर किसी लक्ष्य की धुन लग जाना बड़ी जबरदस्त चीज होती है—मैंने मेहनत की—एक साल जरूर लग गया मगर उतना पैसा जुटाकर दम लिया जितने में मुझे डिग्रियां हासिल हो गईं—इस बीच अरविंद कुमार और नलिनी मुझ पर शादी के लिए दबाव डाल रहे थे—अपने बेटे की शादी करने का बड़ा चाव था उन्हें—कैसे समझाता कि मेरा लक्ष्य शादी नहीं है, मैं तो सीने में कोई दूसरी ही आग लिए भटक रहा था—उनकी खुशी के लिए और उससे भी ज्यादा इस विचार से ग्रस्त होकर कि शादी के बाद मेरा नकली परिचय और मजबूत हो जाएगा, शादी कर ली—शुभा को आज तक नहीं मालूम कि मैं उसके सास-ससुर का वास्तविक बेटा नहीं हूं—जब भी पुलिस विभाग में वैकेन्सीज निकलतीं, मैं एप्लाई कर देता लेकिन कभी

रिटेन में रह जाता तो कभी इन्टरव्यू में—शादी हो गई थी तो अरुण नामक एक बेटी भी दुनिया में आ गई और मेरे लिए वह बेहद भाग्यशाली साबित हुई, यानि मैं तेजस्वी से इंस्पेक्टर तेजस्वी बन गया।''

ब्लैक स्टार ने पूरे धैर्य के साथ सवाल किया—''उसके बाद?''

''इंस्पेक्टर बन जाने के बाद मेरा लक्ष्य था, प्रतापगढ़ थाने पर नियुक्ति—मगर अपनी उस आकांक्षा को भूले से भी किसी के सामने व्यक्त नहीं कर सकता था क्योंकि इससे 'एक्सपोज' हो जाता—बड़े धैर्य के साथ मैंने अपनी वह इमेज बनाई जिससे प्रभावित होकर अफसर एक दिन मुझे खुद प्रतापगढ़ भेज दें।''

''प्रतापगढ़ थाने पर नियुक्ति क्यों चाहते थे?''

''क्योंकि वह शख्स इसी प्रतापगढ़ का निवासी है जिसके आदेश पर मुल्क की सेनाएं श्रीगंगा गईं—जिसके हुक्म पर यमनों की बस्तियां उजाड़ दी गईं, उन पर कहर बरपाया गया।''

''कौन है वह?''

''चिरंजीव कुमार!'' तेजस्वी के मुंह से लावे का भभका- सा निकला—जबड़े भिंच गए, मानो ज्वालामुखी फट पड़ा—''श्रीगंगा में हुए नरसंहार का, बल्कि हर यमन की मौत का जिम्मेदार अग़र कोई अकेला शख्स है तो वह चिरंजीव कुमार है—मैं उसे छोड़ूंगा नहीं ब्लैक स्टार, मैं छोड़ूंगा नहीं उसे!''

''अगर तुम्हारा लक्ष्य वह था तो स्टार फोर्स से क्यों उलझे?''

''दो कारण थे।''

''बताओ!''

''पहला, अपनी इमेज को और पुख्ता करना—दूसरा, आपसे भेंट करना।''

''हमसे क्यों मिलना चाहते थे?''

''क्योंकि जान चुका था, आपकी मदद के बगैर चिरंजीव कुमार को धराशाई नहीं कर सकता।''

''ऐसा क्यों?''

''केन्द्रीय सरकार ने चिरंजीव कुमार के चारों तरफ सुरक्षा व्यवस्था का जो जाल बिछा रखा है, उसे तोड़ना दुनिया के किसी भी अकेले शख्स के लिए असम्भव है—अकेला शख्स उसे मारने के प्रयत्नस्वरूप अपनी जान तो गंवा सकता है लेकिन कामयाब नहीं हो सकता—उसे धराशाई करने के लिए मुकम्मल तैयारियों और पूरे ऑर्गेनाइजेशन की जरूरत होगी जो मेरे पास

नहीं है—सामने आप थे। आपकी स्टार फोर्स थी—मैं ही क्या, बच्चा-बच्चा जानता है कि चिरंजीव कुमार आपकी हिटलिस्ट में है, मदद के लिए आपसे सम्पर्क न करता तो किससे करता?''

''क्या मदद चाहते हो हमसे?''

''वो बाद की बात है सर, पहले यह जांच तो कर लीजिए कि जो कुछ मैंने कहा, वह सच भी है या नहीं?''

''यह सिद्ध करना तुम्हारी ड्यूटी है।'' ब्लैक स्टार के होंठों पर रहस्यमय मुस्कान थिरक रही थी।

तेजस्वी जेब से कुछ कागज निकालता हुआ बोला—''ये मेरी उन डिग्रियों और सर्टिफिकेट्स की फोटोस्टेट कापियां हैं जिनकी बदौलत कीर्ति कुमारम् के तेजस्वी ने अरविंद कुमार का तेजस्वी बनकर इस देश में पुलिस की नौकरी हासिल की—ऑरिजनल पेपर्स विभाग में मौजूद मेरी फाइल में लगे हैं—इन डिग्रियों और सर्टिफिकेट्स के मुताबिक जिन-जिन स्कूल और कॉलिजों में मुझे शिक्षा ग्रहण करते दर्शाया गया है, आप उन स्कूल-कॉलिजों के पर्सनल रिकॉडर्स से इनका मिलान करें—अगर वहां इन डिग्रियों और सर्टिफिकेट्स का रिकॉर्ड मिल जाए तो समझिए कि मैं झूठ बोल रहा हूं और वास्तव में अरविंद कुमार का तेजस्वी हूं—अगर न मिले तो जाहिर है, ये सब नकली हैं।''

''कोई और सुबूत?''

''क्या ये काफी नहीं होगा?''

''यानि कोई और सुबूत पेश नहीं कर सकते?''

''श-शायद नहीं।'' तेजस्वी हकला गया।

''लेकिन हम कर सकते हैं।''

''अ-आप?'' तेजस्वी की आंखें आश्चर्य से फट पड़ीं।

जवाब में ब्लैक स्टार के होंठों पर मौजूद मुस्कराहट ने कुछ ऐसा आकार ग्रहण कर लिया जिसका अर्थ तेजस्वी सात जन्म लेने के बावजूद नहीं समझ सकता था—ब्लैक स्टार ने उसी मुस्कराहट के साथ अपनी जेब में हाथ डाला और चंद कागज उसके सामने फेंकते हुए कहा—''ये वे ऑरिजनल पेपर्स हैं जिनकी फोटोस्टेट कापियां तुम हमें दिखाना चाहते हो।''

''ज-जी?'' तेजस्वी के छक्के छूट गए।

तब, ब्लैक स्टार ने विशेष अंदाज में ताली बजाई।

कमरे में एक दरवाजा उत्पन्न हुआ और उस दरवाजे के पार नजर आ

रहे व्यक्तियों पर नजर पड़ते ही तेजस्वी के हलक से चीख निकल गई—''म-मम्मी ... पापा ... शुभा ... अरुणा ... आप लोग यहां?''

''वैरी गुड तेजस्वी, वैरी गुड।'' एक लम्बे कमरे में चहलकदमी करता ट्रिपल जैड कह उठा—''मुझे तुम पर नहीं, अपने चुनाव पर फख्र है—अपने मिशन के लिए मैंने बिल्कुल ठीक आदमी को चुना—प्रदेश भर में कोई वैसा जाल नहीं बुन सकता जैसा तुमने बुना है—मैंने तुमसे केवल इतना कहा था ब्लैक स्टार को यह भनक नहीं लगनी चाहिए कि इस मिशन में तुम्हारे पीछे भी कोई है और तुमने हमारी मंशा को बड़े नायाब तरीके से अमली जामा पहनाया—तुमने ब्लैक स्टार के सामने खुद को वह सिद्ध कर दिया जो वास्तव में नहीं हो—मजा आ गया तेजस्वी, मजा आ गया—वह तुम्हें कीर्ति कुमारम् का वह श्रीगंगाई बेटा समझ रहा है जो इंतकाम की आग में सुलगता इस देश के पुलिस विभाग का इंस्पेक्टर बन बैठा—आज वह मूर्ख सोच तक नहीं सकता कि तुम कीर्ति कुमारम् के नहीं—बल्कि वास्तव में अरविंद कुमार और नलिनी के ही बेटे हो।''

''यह चाल इसलिए कामयाब हो सकी क्योंकि तुमने सभी स्कूल-कॉलिजों से मेरे सर्टिफिकेट्स और डिग्रियों से संबंधित रिकॉर्ड्स गायब कर दिए—इससे ब्लैक स्टार को पूरा यकीन हो गया कि डिग्रियां फर्जी हैं।''

''रिकार्ड गायब मैंने जरूर किए, मगर योजना तुम्हारी ही थी।''

''तेजस्वी का रिकार्ड गवाह है वह हमेशा अपनी योजना पर काम करता है।'' ट्रिपल जैड से बातें करते वक्त भी उसके चेहरे पर दब्बूपन का कोई भाव न था—''जिस वक्त मैं ब्लैक स्टार के सामने खुद को कीर्ति कुमारम् का बेटा सिद्ध करने के लिए प्रयत्नशील था, उस वक्त अगर तुम भी वहां होते तो इस भ्रम-जाल में फंस जाते कि कहीं मैं वास्तव में ही तो इंतकाम की आग में सुलगता कीर्ति कुमारम् का तेजस्वी नहीं हूं—चिरंजीव कुमार के विरुद्ध मैंने ऐसी घृणा का प्रदर्शन किया जैसे सचमुच वह मेरे परिवार का हत्यारा हो और उसे नेस्तनाबूद करने के अलावा मेरे जीवन का दूसरा कोई लक्ष्य ही न हो।''

''मुझे यकीन है, तुमने शानदार एक्टिंग की होगी।''

''और मुझे यकीन है, दूसरी किस्त स्विस बैंक के मेरे खाते में जमा हो चुकी होगी।''

''तुम्हारा यकीन दुरुस्त है।''

''रसीद?'' तेजस्वी ने हाथ फैला दिया।

ट्रिपल जैड चहलकदमी करता उसके नजदीक पहुंचा—दस्ताना युक्त हाथ अपनी जेब में डाला और एक रसीद निकालकर तेजस्वी को पकड़ा दी—तेजस्वी ने रसीद देखी, संतुष्ट होने के बाद अपनी जेब में रखते वक्त आंखों में वैसी चमक थी जैसी खाने की थाली को देखकर भूखे की आंखों में उभरती है, बोला—''अगर ब्लैक स्टार को मालूम हो जाए कि मैं चिरंजीव कुमार का मर्डर करने पर किसी प्रतिशोध की भावना के तहत नहीं—बल्कि पांच लाख अमेरिकी डालर के लिए आमादा हूं तो वह कम-से-कम दो लाख झटक ही लेगा।''

''तभी तो मैं नहीं चाहता था कि उसे तुम्हारे पीछे किसी अन्य के होने का पता लगे।''

तेजस्वी के होंठों पर कुटिल मुस्कान उभर आई, ट्रिपल जैड की आंखों में आंखें डालकर बोला वह—''दाई से पेट छुपाने की कोशिश मत करो ट्रिपल जैड।''

''क्या मतलब?'' वह चौंका।

''तुम जो यह चाहते हो कि ब्लैक स्टार को मेरे पीछे किसी और के होने की भनक न लगे, वह मेरे किसी लाभ के लिए नहीं, बल्कि अपने लाभ के लिए चाहते हो—तुम्हारी और तुम्हारे देश की पॉलिसी ही यह है कि कल जब इस खबर का विस्फोट सारी दुनिया में गूंजे कि इस मुल्क के सबसे लोकप्रिय नेता की हत्या कर दी गई और इंटैलीजेन्स एजेंसियां उस हत्या की जांच करें तो वे अंतिम रूप से इस परिणाम पर पहुंचें कि चिरंजीव कुमार की हत्या स्टार फोर्स ने कराई है—विदेशी षड्यंत्र की किसी को बू तक न आए और ये 'बू' आएगी भी कहां से—खुद ब्लैक स्टार तक नहीं जानता कि वह किसी विदेशी षड्यंत्र में फंसकर चिरंजीव कुमार का मर्डर करने वाला है।''

''त-तुम कैसे कह सकते हो कि मैं विदेशी हूं?'' ट्रिपल जैड के स्वर में हल्की सी हकलाहट उत्पन्न हो गई।

तेजस्वी ने चटखारा लिया—''केवल कह नहीं रहा, बल्कि जानता हूं।''

''क-क्या जानते हो?''

तेजस्वी वह सब कहता चला गया जो ठक्कर के मुंह से सुना था।

ट्रिपल जैड की आंखों में हैरत और चिंता के भाव नजर आने लगे—तेजस्वी को उसने इस तरह देखा जैसे नौवें आश्चर्य को देख रहा हो, जबकि

तेजस्वी ने बड़ी चालाकी से विषय चेंज किया—''एक और बात सुनकर तुम उछल पड़ोगे।''

''वह क्या?''

''मैं ब्लैक स्टार का भेद जान गया हूं।''

''ब-ब्लैक स्टार का भेद?'' ट्रिपल जैड वाकई उछल पड़ा—''म-मतलब?''

''ब्लैक फोर्स के लोग उसके जिस चेहरे को वास्तविक समझते हैं, असल में वह उसका वास्तविक चेहरा नहीं बल्कि केवल एक मुखौटा है, फेसमास्क है—यहां तक कि उसकी विचित्र नजर आने वाली आंखें तक असली नहीं हैं—सबको धोखा दिए हुए है वह, मगर मुझे धोखा नहीं दे सका—मैं उसके दूसरे रूप से परिचित हूं—बल्कि मिल भी चुका हूं उससे।''

''क्या तुमने उसे यह सब बता दिया?'' मारे आश्चर्य के ट्रिपल जैड का बुरा हाल था।

''वहां बताकर मरना था क्या? लेकिन ...''

''लेकिन?''

''अगर मुनासिब कीमत मिले तो मैं तुम्हें उसकी लाश दे सकता हूं।''

दंग रह गया ट्रिपल जैड—उसे लगा, तेजस्वी इस दुनिया के सबसे खतरनाक शख्स का नाम है—काफी देर तक वह तेजस्वी के होंठों पर नृत्य कर रही कुटिल मुस्कान को देखता रहा, बोला—''मुझे ब्लैक स्टार की लाश का क्या करना है?''

''ठीक भी है, तुम केवल चिरंजीव कुमार की हत्या के तलबगार हो।'' तेजस्वी कहता चला गया—''और तुमसे मुझे केवल उसी के संबंध में बात करनी चाहिए।''

''सौदे के मुताबिक हम तुम्हारे स्विस बैंक वाले एकाउंट में दो किस्तें यानि ढाई लाख अमेरिकी डालर जमा करा चुके हैं—तीसरी किस्त तब जमा कराई जाएगी जब मुझे वह योजना बताओगे जिसके जरिए वह मारा जाना है और चौथी काम होने के बाद।''

''इस हिसाब से मैं तीसरी किश्त का हकदार बन चुका हूं।'' तेजस्वी ने कहा—''मैंने कुछ देर पहले तुम्हें बताया कि चिरंजीव कुमार किस तरह मारा जाने वाला है।''

''नहीं, वह स्कीम मुझे नहीं जंची।''

''क्या कमी है उसमें?''

''जरूरी नहीं कि जुंगजू का निशाना सही लग जाए या वह वक्त से पहले ही पकड़ा जाए ...।''

''तुम अभी जुंगजू को ठीक से जानते नहीं हो।''

''मुमकिन है तुम्हारे इरादे परवान चढ़ जाएं।'' ट्रिपल जैड ने कहा—''उस अवस्था में तीसरी और चौथी किस्त काम होने के बाद एक साथ जमा कर दी जाएंगी।''

''अगर तुम काम होने के बाद मुझे कहीं नजर ही न आए?''

''ऐसा नहीं होगा, इतना विश्वास तो तुम्हें करना ही चाहिए।''

''तेजस्वी ने विश्वास करना नहीं सीखा दोस्त—बल्कि हालात को पूरी तरह अपनी मुट्ठी में रखना सीखा है।'' रहस्यमय स्वर में कहने के साथ उसने जेब से एक आइडेन्टिटी कार्ड निकालकर उसे दिखाते हुए चेतावनी दी—''कोई भी चालाकी करने से पहले याद रखना, यह मेरे पास है।''

उसके हाथ में अपना आइडेन्टिटी कार्ड देखकर ट्रिपल जैड के छक्के छूट गए, लगभग चीख पड़ा वह—''य-यह तुम्हारे पास कैसे पहुंच गया?''

''एक दिन मैं तुम्हारी गैरहाजिरी में यहां आया था—तलाशी ली और ये हाथ लग गया ...।''

''म-मगर ...।'' ट्रिपल जैड हकलाता रह गया।

''अब तुम समझ सकते हो कि मेरे सामने तुम्हारा ओवरकोट, दस्ताने, नकली दाढ़ी-मूंछ, बाल और ये चश्मा आदि सब बेकार हैं—इस आइडेंटिटी कार्ड में न केवल तुम्हारा वास्तविक फोटो लगा है, बल्कि असली नाम के साथ तुम्हारे देश तक का नाम लिखा है—इस सबके बावजूद आतंकित होने की जरूरत नहीं है—इधर काम होने के बाद तुम मुझे फाइनल पेमेंट की रसीदें सौंपोगे, उधर मैं तुम्हें तुम्हारा ये परिचय- पत्र—हां, तुम्हारी तरफ से धोखे की सूरत में यह निश्चित रूप से इस देश के जासूसों के हाथ लग जाएगा।''

''ले-किन तुमने ऐसा किया क्यों?''

''ताकि तुम मुझे कुम्बारप्पा और चिदम्बरम की तरह 'लल्लू' समझने की भूल न कर सको—और न ही काम पूरा होने के बाद उड़न-छू हो जाने की।''

''तो इस कारण तुम्हें मेरे बारे में इतनी सब जानकारी थी?''

''नहीं।'' तेजस्वी मुस्कराया—''उसका स्रोत कोई और था—उसकी बातें सुनने के बाद ही मेरे जहन में यह विचार पनपा कि मुझे तुम्हारी हकीकत मालूम होनी चाहिए, नतीजा सामने है।''

''वह स्रोत क्या था?''

तेजस्वी ने बड़ी सहजता से बता दिया—''एम.पी. ठक्कर।''

''कौन एम.पी. ठक्कर?''

''केन्द्रीय कमांडो दस्ते का चीफ।''

''ओह!'' ट्रिपल जैड की आंखें गोल हो गईं।

तेजस्वी ने एक-एक शब्द पर जोर दिया—''वह तुम्हारे द्वारा पूर्व में किए गए सभी कारनामों से परिचित है—उसका कहना है, अब तक घटना घटने के बाद पता लगता था कि वारदात के पीछे तुम थे, मगर घटना घटने से पहले, पहली बार पता लगा है कि तुम प्रतापगढ़ में सक्रिय हो।''

''ये बड़ी खतरनाक बात है।''

''इससे भी खतरनाक उसे यह मालूम होना है कि तुम्हारा लक्ष्य चिरंजीव कुमार का मर्डर हो सकता है।''

ट्रिपल जैड की आंखों में चिंता की लकीरों का जाल नजर आने लगा। बहुत ही गंभीर स्वर में बोला—''यानि वह मेरे बारे में सब कुछ जानता है?''

''अब तुम समझ गए होगे, वह मुझे चिरंजीव कुमार की सुरक्षा-व्यवस्था का महत्त्वपूर्ण अंग तब तक नहीं बनाएगा जब तक तुम्हारी तरफ से निशि्ंचत न हो जाए।''

''मेरी तरफ से कैसे निशि्ंचत हो सकता है वह?''

''तुम्हारी लाश देखकर।''

''म-मेरी लाश?'' ट्रिपल जैड उछल पड़ा।

तेजस्वी के होंठों पर भेदभरी मुस्कराहट थी—''योजना की कामयाबी के लिए यह जरूरी है ट्रिपल जैड।''

⅄

वातावरण में हथकड़ी और बेड़ियों की खड़खड़ाहट गूंज रही थी।

सभी की निगाहें 'जुंगजू' पर केंद्रित थीं।

उस पर जो मदमस्त शेर की मानिन्द अपनी तन्हा कोठरी से निकलकर नलों की उस कतार की तरफ बढ़ रहा था जहां कैदी नहाया करते थे—उसकी हथकड़ियों से जुड़े दो मोटे-मोटे रस्सों के दूसरे सिरे सिपाहियों के हाथों में थे—वे उसके साथ चल रहे थे।

चारों तरफ खड़े कैदी अपने काम छोड़कर जुंगजू को इस तरह देख रहे

थे जैसे अजूबे को देख रहे हों—लगभग इसी समय, इसी मुद्रा में जुंगजू को उसकी कोठरी से निकालकर नहलाने के लिए नल तक ले जाया जाता था।

कैदी रोज उसे इसी तरह देखते थे।

इंस्पेक्टर देशराज भी उन्हीं कैदियों का हिस्सा था—जुंगजू के जले हुए भयानक बल्कि वीभत्स चेहरे को वह रोज बड़े ध्यान से देखता और सोचता, क्या जुंगजू को अपना चेहरा आईने में देखकर उस लड़की की याद आती होगी जिसने उसे जलाया था?

सुना था, जुंगजू बहुत खूबसूरत था—एक लड़की से प्यार करता था, मगर लड़की किसी अन्य की दीवानी थी और एक रात ... जुंगजू ने लड़की को जबरदस्ती पकड़कर बलात्कार कर डाला—उसके बाद घृणा और क्रोध की भावनाओं के वशीभूत मौका मिलते ही एक दिन लड़की ने उसके चेहरे पर तेजाब फैंक दिया—सिर के बालों सहित सारा चेहरा बुरी तरह जल गया था—लड़की अपना काम करके चली गई, चीखता-चिल्लाता जुंगजू उसके पीछे लपका और इस प्रयास में जीने से लुढ़क गया—ऊपर वाले जबड़े के आगे के दोनों दांत गंवा बैठा—उसके कारण कुछ ज्यादा ही डरावना लगता—कहते हैं बाद में वह लड़की अभिनेत्री बन गई और जुंगजू उसी की हत्या के जुर्म में यहां था। मगर फिर भी ... देशराज को यकीन था, आईने में अपनी शक्ल देखते ही वो लड़की जुंगजू को निश्चित रूप से याद आती होगी।

''फांसी पर चढ़ने वाला है।'' एक कैदी ने कहा—''लेकिन मैंने पट्ठे के चेहरे पर कभी शिकन नहीं देखी।''

''शिकन आएगी भी तो चमकेगी नहीं।'' देशराज ने कहा—''तेजाब ने चेहरे पर जख्म और झुर्रियां ही इतनी डाल दी हैं कि 'एक्सप्रेशन' नाम की चीज उसके चेहरे पर नजर नहीं आ सकती।''

''तुम्हें क्या मालूम इंस्पेक्टर, हम अपराधी लोग साले किसी अंजाम से नहीं डरते ...।'' कैदी ने उसकी खिल्ली उड़ाई—''तुम क्या हो, धोखे में अपने बाप की लाश नदी में क्या लुढ़का बैठे कि टूट गए—अदालत में पहुंचकर सारा कच्चा चिट्ठा खोल बैठे! भला तुम्हें यह बेवकूफी करने की क्या जरूरत थी?''

''जो समझ न सकेगा उसे क्या बताऊं?'' कहने के बाद देशराज एक तरफ को चल दिया।

अधिकांश कैदी तितर-बितर होकर अपने-अपने काम में लग गए—वह एक पत्थर पर जाकर बैठ गया—दृष्टि जुंगजू और उसकी रास पकड़े

सिपाहियों पर केन्द्रित थी—नलों के नजदीक एक घना पेड़ था, पेड़ की जड़ में पक्का गोल चबूतरा बना हुआ था।

रूटीन के मुताबिक सिपाहियों ने जुंगजू की हथकड़ी और बेड़ियों के लॉक खोले—जुंगजू ने अपना कैदियों वाला लिबास उतारकर लापरवाही के साथ चबूतरे पर फेंका और उछल- कूद मचाता नलों की कतार की तरफ बढ़ गया, दोनों सिपाही चबूतरे पर बैठ गए।

जुंगजू का लिबास उनके पीछे पड़ा था।

उधर जुंगजू नहा रहा था, इधर सिपाही समय गुजारने की खातिर गप्पें हांकने में मशगूल थे—ऐसी बात नहीं कि पत्थर पर बैठा देशराज एकटक उन्हीं को देख रहा हो—कभी उसकी नजर उन पर होती थी तो कभी विभिन्न कामों में लगे अन्य कैदियों पर—परंतु अचानक नजर एक ऐसे दृश्य पर पड़ी जिसे देखकर न केवल वह चौंक पड़ा बल्कि दृष्टि चिपककर रह गई।

दृश्य रहस्यमय था।

देशराज के दिमाग में बड़ी तेजी से असंख्य सवाल घुमड़ने लगे।

वह एक कैदी को बड़े ही रहस्यमय तरीके से पेड़ से नीचे उतरते देख रहा था—बहुत ही सावधानी से, दबे पांव उतर रहा था वह—नजरें गप्पें लड़ाते सिपाहियों पर केन्द्रित थीं—'एक्टीविटीज' से जाहिर था कि जो हरकत वह कर रहा था, उसकी भनक सिपाहियों को नहीं लगने देना चाहता था।

बिल्ली की मानिन्द दबे पांव उतरकर वह चबूतरे पर पहुंच गया—इस वक्त अगर वह नजरें घुमाकर देशराज की दिशा में देख लेता कि देशराज उसकी एक-एक हरकत को देख रहा है मगर उसका सम्पूर्ण ध्यान अपने अस्तित्व को सिपाहियों से छुपाने पर केन्द्रित था—देशराज ने बड़ी तेजी से चारों तरफ नजरें घुमाईं—उसके अलावा किसी की नजर पेड़ से उतरे कैदी की रहस्यमय गतिविधियों पर नहीं थी—सभी को वॉच करती देशराज की नजर जब पुनः चबूतरे की तरफ घूमी तो पाया—कैदी ने अपनी मुट्ठी में दबा एक कागज आहिस्ता से जुंगजू की कमीज की जेब में सरका दिया—देशराज ने खूब ध्यान से देखा—वह कागज ही था—नल के नीचे बैठकर नहाने में मशगूल जुंगजू की तो कौन कहे, रहस्यमय कैदी की वहां उपस्थिति की भनक उन सिपाहियों तक को न लग सकी जिनकी पीठ पर वह अपना काम करके वापस पेड़ पर चढ़कर घने पेड़ में खो गया—इस बीच देशराज अपने स्थान से उठा और तेज कदमों के साथ विपरीत दिशा में बढ़ गया—वह रहस्यमय

कैदी को यह पता नहीं लगने देना चाहता था कि उसने उसकी हरकत देख ली है—जहन में बहुत सारे सवाल एक-दूसरे से कुश्ती लड़ रहे थे।

⅄

ट्रिपल जैड की रिपोर्ट सुनने के बाद ट्रांसमीटर पर दूसरी तरफ से गंभीर स्वर में कहा गया—''ये बड़ी खतरनाक बात है ट्रिपल जैड, स्पेशल कमांडो दस्ते को प्रतापगढ़ में तुम्हारी मौजूदगी की भनक लग जाना और इंस्पेक्टर को तुम्हारा असली परिचय पता लग जाना विश्व के सामने हमारे मुल्क के मुंह पर एक कालिख पोत सकता है—भले ही 'ऑपरेशन चिरंजीव कुमार' स्थगित कर दिया जाए, मगर किसी को यह पता नहीं लगना चाहिए कि चिरंजीव कुमार की हत्या के पीछे हमारा मुल्क था।''

''मैं समझता हूं सर, लेकिन फिलहाल हालात इतने संगीन नहीं हैं, मामला संभाला जा सकता है। इस संबंध में इंस्पेक्टर की स्कीम से मैं पूरा इत्तफाक रखता हूं।''

''ओ.के.।''

''आदमी मुझे कब मिल जाएगा?''

''दो दिन बाद।''

''मेरी रिपोर्ट से यह भी आप समझ ही गए होंगे कि ऑपरेशन सही दिशा में काफी आगे बढ़ चुका है ...।''

''वो सब ठीक है ट्रिपल जैड, मगर प्रत्येक पल ध्यान रहे, इंस्पेक्टर ऐसा अकेला शख्स है जिसे कल ये मालूम होगा कि चिरंजीव कुमार की हत्या की अंतिम जिम्मेदार स्टार फोर्स नहीं बल्कि हम हैं, और हम ये हरगिज नहीं चाहेंगे कि ऐसा शख्स चिरंजीव कुमार की हत्या के बाद एक भी सांस ले सके, अतः उसका मर्डर चिरंजीव कुमार के मर्डर से कई गुना ज्यादा जरूरी है।''

''फिक्र न करें सर, मैंने ऐसा जाल बिछा रखा है कि इंस्पेक्टर भी चिरंजीव कुमार के साथ ही इस दुनिया से कूच कर जाएगा।''

''इसके लिए तुमने क्या इंतजाम किया है?''

''यहां के पुलिस कमिश्नर का एक भतीजा है—पक्का स्मैकिया—स्मैक के कारण वह मेरी मुट्ठी में है—मैं जब, जो चाहूं, वह करेगा—एक बार चिरंजीव कुमार के मर्डर की स्कीम बन जाए, फिर मैं उसे इस ढंग से

घटनाक्रम में पिरोऊंगा कि सब कुछ चिरंजीव कुमार की मौत के साथ ही खत्म हो जाएगा।''

''वैसे तो हमें तुम्हारी योग्यताओं पर पूरा भरोसा है ट्रिपल जैड मगर ...''

''मगर?''

''इंस्पेक्टर की तरफ से बेइन्तहा सतर्क रहने की जरूरत है—जो कुछ उसके बारे में तुमने बताया, उससे निर्विवाद रूप से यह सिद्ध होता है कि वह एक दुर्लभ दिमाग का मालिक है—ऐसे आदमी के बारे में हमारी यह कल्पना मूर्खतापूर्ण होगी कि वह हमारे इरादे न समझ रहा हो—निश्चित रूप से उसे इल्म होगा कि हम उसका खात्मा करने की चेष्टा करेंगे—मुमकिन है, अपने बचाव के लिए उसने कोई पैंतरा सोच रखा हो।''

''ये बात मेरे जहन में है सर, वह खुद को शतरंज के खेल का सबसे बड़ा खिलाड़ी कहता है—मगर जब अंतिम चाल चली जाएगी तब उसे पता लगेगा, दरअसल शतरंज उसे आती ही नहीं ...।''

''गुड।''

''बोलो देशराज!'' कमिश्नर शांडियाल ने पूछा—''तुमने हमें यहां क्यों बुलाया है?''

देशराज ने एक नजर कमरे में मौजूद जेलर पर डाली और फिर आहिस्ता से बोला—''मैं नहीं चाहता हमारी बातें कोई और सुने।''

''म-मतलब?'' शांडियाल उछल पड़े।

चौंका जेलर भी था—बड़ी तेजी से उसके चेहरे पर नागवारी के भाव उभरे, बगैर किसी के कुछ कहे उठा और बोला—''मैं चलता हूं।''

''माफ करना जेलर साहब।'' देशराज ने कहा—''बड़ी अजीब बात है कि हम लोग आप ही के ऑफिस में बैठे हैं और आप ही को बाहर जाना पड़ रहा है—मगर क्या करूं, परिस्थितियां कभी-कभी अजीब वाक्ये करा देती हैं। मुझे नहीं मालूम, जो बातें कमिश्नर साहब से करने जा रहा हूं, वे आपके सामने की जा सकती हैं या नहीं—अगर की जा सकने वाली होंगी तो कमिश्नर साहब खुद आपको वापस बुला लेंगे।''

जेलर उसके अंतिम शब्द सुने बगैर बाहर जा चुका था।

''क्षमा कीजिएगा सर।'' कहने के साथ देशराज उठा, तेजी से दरवाजे

के नजदीक पहुंचा और उसे अंदर से बंद करके वापस अपनी कुर्सी पर बैठता हुआ बोला—"हालांकि जेलर साहब को बुरा लगा होगा, मगर मैं ये गोपनीयता बरतने के लिए मजबूर हूं।"

मारे हैरत के शांडियाल का बुरा हाल था—"ऐसी क्या बात है जिसकी खातिर तुमने हमें अपनी 'मिसेज' द्वारा मैसेज भेजकर बुलवाया और अब जेलर के ऑफिस से उसी को ...।"

"मैंने जेल में पनप रहे एक खतरनाक षड्यंत्र की गंध सूंघी है सर।"

"क-कैसा षड्यंत्र?" सस्पैंस की ज्यादती के कारण शांडियाल का बुरा हाल था।

"धीरे बोलिए।" कहने के बाद फुसफुसाते स्वर में देशराज ने वह दृश्य ज्यों-का-त्यों बयान कर दिया जो देखा था—सुनकर शांडियाल के चेहरे पर नाराजगी के भाव उभरे, बोले—"क्या तुमने यह बकवास बताने के लिए जेलर को कमरे से बाहर भेजा है?"

"जी।"

"जो तुमने बताया, वह जेलर की नॉलिज में आना, हमारी नॉलिज में आने से कई गुना ज्यादा जरूरी है बेवकूफ!"

"क्यों?"

"क्योंकि शायद कुछ लोग जुंगजू को जेल से फरार करने का षड्यंत्र रच रहे हैं, ऐसा कोई षड्यंत्र सफल न हो पाए इसकी पूरी जिम्मेदारी जेलर की है।"

"आप ये कैसे समझ गए कि जुंगजू को जेल से फरार करने का षड्यंत्र रचा जा रहा है?"

"जेल में इस किस्म की हरकतों का दूसरा कोई मतलब होता ही नहीं।" शांडियाल अभी तक उससे नाराज थे—"जेलर को वापस बुलाओ और उसे सब कुछ बता दो—वह न केवल उस कैदी की खबर लेगा जिसने जुंगजू की जेब में कागज पहुंचाया है, बल्कि जुंगजू से कागज हासिल करके उनके षड्यंत्र का पता लगाने की कोशिश भी करेगा।"

"मेरा भी यही ख्याल है कि जुंगजू को फरार करने की किसी योजना पर काम चल रहा है, क्योंकि जेल में इस किस्म की हरकत का सचमुच कोई अन्य अर्थ नहीं निकलता, मगर मैं आपकी राय से सहमत नहीं हूं।"

"क्यों?"

"क्योंकि उस कैदी का संबंध स्टार फोर्स से है।"

''तो?''

''जाहिर है, जुंगजू को जेल से फरार करने का षड्यंत्र स्टार फोर्स रच रही है।''

''ओह!'' शांडियाल के चेहरे पर बड़ी तेजी से भाव बदले।

उत्साहित देशराज कहता चला गया—''आप जानते हैं, स्टार फोर्स बगैर उद्देश्य के कोई कदम नहीं उठाती, और उनका उद्देश्य जुंगजू को जेल से फरार भर कर लेना नहीं हो सकता।''

''क्या कहना चाहते हो?''

''निश्चित रूप से स्टार फोर्स के पास ऐसा कोई काम है जिसे जुंगजू ही अंजाम दे सकता है।''

''हम तुमसे सहमत हैं।''

''अब याद कीजिए, जुंगजू किस मामले में एक्सपर्ट है?''

''लाखों की भीड़ से घिरे अपने टार्गेट को बेध डालने में।''

''कुछ दिन बाद प्रतापगढ़ में लाखों की भीड़ के बीच कौन होगा?''

''चिरंजीव कुमार ... ओह!'' ये शब्द शांडियाल के हलक से स्वयं प्रस्फुटित होते चले गए—उनके चेहरे पर हैरानगी और चिंता ने पड़ाव डाल दिया, बोले—''क्या तुम यह कहना चाहते हो कि स्टार फोर्स चिरंजीव कुमार के मर्डर की खातिर जुंगजू को जेल से बाहर निकालने का षड्यंत्र रच रही है?''

''भगवान न करे यह सच हो, मगर कहना यही चाहता हूं।'' देशराज बोला—''मैं नियमित रूप से जेल में आने वाले अखबार पढ़ता हूं—उनके मुताबिक चिरंजीव कुमार का दौरा अपरिहार्य कारणों से रद्द कर दिया गया है, मगर शीघ्र ही उनके आगमन की तारीख घोषित की जाएगी—चुनाव होने वाले हैं, आना तो उन्हें पड़ेगा ही—स्टार फोर्स की हिटलिस्ट में वे नम्बर एक पर हैं और इधर स्टार फोर्स उस शख्स को जेल से फरार करने के लिए प्रयत्नशील है जो एक्सपर्ट ही भीड़ के बीच घिरे शख्स को निशाना बनाने का है, अर्थात सब बातों को एक-दूसरे से जोड़ा जाए तो नतीजा—'टू प्लस टू इज इक्वल टू फोर' जैसा है।''

''वैरी गुड देशराज, निश्चित रूप से तुमने काफी दूर तक सोचा।'' शांडियाल कहते चले गए—''लेकिन अगर ऐसा है, तब भी ... यह राज जेलर से छुपाने की क्या तुक हुई—अगर हम स्टार फोर्स द्वारा रचे गए जुंगजू की फरारी के षड्यंत्र को नेस्तनाबूद करना चाहते हैं तब भी, जेलर को उसमें

अहम भूमिका निभानी होगी।''

''क्यों?''

''निश्चित रूप से आज हम ऐसा कोई कदम उठाकर जुंगजू को जेल से फरार करा के उनके मंसूबों पर पानी फेर सकते हैं, मगर उसे उस वास्तविक लक्ष्य अर्थात चिरंजीव कुमार की हत्या के लक्ष्य में विफल नहीं कर पाएंगे—बल्कि अगर यह कहा जाए तो गलत न होगा कि ऐसा कोई कदम उठाना हमारी भूल होगी।''

''हम समझे नहीं ...।''

''क्या हमारी सफलता उन्हें तुरंत यह नहीं बता देगी कि हमें उनके लक्ष्य की भनक लग गई है?''

''तो क्या हुआ?''

''तब वे चिरंजीव कुमार की हत्या का कोई और षड्यंत्र रचेंगे—किसी ऐसे तरीके से लक्ष्य को बेधना चाहेंगे जो इस तरीके से बिल्कुल अलग होगा—जरूरी नहीं जैसे इत्तफाक के साथ हमें उनके इस तरीके की भनक लग गई है वैसे ही अन्य तरीके की भी लग जाए—उस अवस्था में हम अंधेरे में रहेंगे और मुमकिन है, उस अंधेरे का लाभ उठाकर वे अपने लक्ष्य को बेध डालें, हम हाथ मलते रह जाएंगे सर।''

''किया क्या जाए?''

''जिन परिस्थितियों से हम घिरे हैं, उनमें सबसे बेहतर चाल स्टार फोर्स को इस भ्रमजाल में फंसाए रखना होगी कि उनकी स्कीम न केवल सौ प्रतिशत सफल हो रही है बल्कि किसी को भनक तक नहीं है—जब तक उनकी नजर में उनकी ये स्कीम निर्विघ्न रूप से चल रही होगी, तब तक उनके द्वारा अपनी योजना बदलने का सवाल ही नहीं उठता—हमें सामने तब आना चाहिए अर्थात उस प्वॉइंट पर पहुंचकर उनके मंसूबों पर पानी फेरना चाहिए जब उनके पास अपनी योजना को बदलने का न समय हो, न क्षमता।''

''इसके लिए जुंगजू को फरार होने देना जरूरी है ...।''

''मैं यही कहना चाहता हूं, अगर जुंगजू फरार होकर उनके बीच पहुंच जाए और उसके जरिए हमें स्टार फोर्स के षड्यंत्र की पल-पल की खबर मिलती रहे तो हम न केवल चिरंजीव कुमार की हत्या के घिनौने षड्यंत्र के परखच्चे उड़ा सकते हैं बल्कि स्टार फोर्स को ऐसी शिकस्त दे सकते हैं जिसकी उन्होंने स्वप्न तक में कल्पना न की होगी।''

''तुम हवाई किले बना रहे हो देशराज, भला उनके बीच जाकर जुंगजू पल-पल की रिपोर्ट हमें क्यों देगा?''

''मैं उस तरीके के बारे में सोच चुका हूं सर।''

''सोच चुके हो?''

''जी।''

''क्या?''

देशराज के जबड़े भिंच गए, दृढ़तापूर्वक कहा उसने—''मैं जुंगजू बनकर उनके बीच जाने के लिए तैयार हूं।''

''त-तुम?'' शांडियाल उछल पड़े।

''क्या कोई बुराई है सर?''

कुछ देर तक शांडियाल बहुत ध्यान से उसे देखते रहे, बोले—''शायद तुम भूल गए देशराज—अब तुम इंस्पेक्टर नहीं, मुल्जिम हो ...''

''य-यही!'' देशराज लड़खड़ाती ज़ुबान से कह उठा—''यही तो कहना चाहता हूं सर—पुलिस की पवित्र वर्दी इंसान के बच्चे को इसलिए पहनाई जाती है कि वह अपने समाज और मुल्क की हिफाजत करे—कानून खाकी वर्दीधारी को इतनी ताकतें इसलिए देता है कि उन ताकतों को कुचल डाले जो शरीफ नागरिकों को कुचलने के मंसूबे बनाती हैं, मगर मैंने हमेशा, हर पल हर कदम पर कानून द्वारा बख्शी गई ताकत का दुरुपयोग किया—जब तक जिस्म पर वर्दी रही तब तक उन्हीं को सताता रहा जिनकी हिफाजत के लिए वर्दी पहनी थी—ये सच है सर, मैंने इंस्पेक्टर रहते कभी कोई ऐसा काम नहीं किया जिसकी कानून एक पुलिसिए से अपेक्षा करता है और इसीलिए ...!'' देशराज बेहद भावुक नजर आने लगा—''शायद इसीलिए मेरे दिल में अपने समाज और मुल्क के लिए कुछ कर गुजरने की तमन्ना है—इंस्पेक्टर रहते मैंने जो किया, भगवान ने मेरे ही हाथों पिता की लाश नदी में फिंकवाकर उसकी ऐसी भयानक सजा दी कि आज भी जब वो दृश्य याद आ जाता है तो रूह फना हो जाती है—भगवान की दी हुई सजा को भोगता मैं जेल में हर पल यह सोचता रहा हूं कि काश—उसी भगवान ने मुझे मेरे दुष्कर्मों का प्रायश्चित करने का मौका दिया होता और जब मैंने उस कैदी को जुंगजू की कमीज की जेब में कागज रखते देखा, उसका अर्थ समझा, तब ... दिल यह सोचकर बाग-बाग हो उठा कि शायद भगवान ने मेरी सुन ली है—मैं आपके हाथ जोड़ता हूं सर, आपके पैरों में पड़कर भीख मांगता हूं—भगवान द्वारा बख्शा गया ये मौका न छीनें—आपके पास बहुत सी पॉवर्स

हैं—उनमें एक ये भी है कि समाज और मुल्क की भलाई के लिए किसी भी शख्स को किसी मिशन पर नियुक्त कर सकते हैं—जरूरी नहीं वह पुलिसिया ही हो—मैं वादा करता हूं, आपकी प्रतिष्ठा पर आंच नहीं आने दूंगा—प्लीज, मेरे अंदर भभक रहे ज्वालामुखी को पहचानिए—मेरे खून की हर बूंद में एक ललक गर्दिश कर रही है, मरने से पहले कोई ऐसा काम करना चाहता हूं सर कि लोग मुझसे नफरत न करें—अगर आपने ये मौका छीना तो मौत के बाद भी मेरी रूह इन्हीं हसरतों और आरज़ुओं को गले लगाए भटकती रहेगी।''

देशराज की दीवानगी ने शांडियाल को अवाक् कर दिया—बहुत देर तक उनके मुंह से बोल न फूट सका—याचक के रूप में हाथ जोड़े, चेहरे के ज़र्रे-ज़र्रे पर वेदना लिए देशराज को देखते रह गए थे, काफी देर बाद गंभीर स्वर में बोले—''हम तुम्हारी भावनाओं की कद्र करते हैं देशराज और दिल की गहराइयों से स्वीकार करते हैं कि अगर ये मिशन शुरू किया जा सकता तो तुमसे बेहतर अंजाम कोई नहीं दे सकता, मगर ये मिशन शुरू नहीं किया जा सकता।''

''क्यों सर?''

''किसी अन्य शख्स को ज़ुंगज़ू बनाकर उनके बीच भेजने की चाल किसी हालत में परवान नहीं चढ़ सकती—कोई मेकअप उन्हें धोखा नहीं दे सकता।''

''है सर, एक मेकअप ऐसा ही है जिसे ब्लैक स्टार की सात पुश्तें तक मेकअप साबित न कर सकेंगी।''

शांडियाल ने चकित स्वर में पूछा—''ऐसा कौन सा मेकअप है?''

''मैं दिखाऊंगा---। मिशन तब सौंपिएगा जब आपको यकीन दिला चुकूं कि दुनिया का कोई शख्स मुझे ज़ुंगज़ू का डुप्लीकेट साबित नहीं कर सकता।''

''तो बताओ, कौन-सा मेकअप है वह?''

''बताने से नहीं सर, दिखाने से काम चलेगा—मैं आपको वह मेकअप करके दिखाऊंगा।''

''कब?''

''बहुत जल्द।'' देशराज खुश था—''मगर उससे पहले यह जानना जरूरी है कि खिचड़ी वही पक रही है या नहीं जो हम सोच रहे हैं ...।''

''यह तो वह कैदी ही बता देगा जिसने ...।''

''नो सर, उसे छेड़ना तो दूर—टेढ़ी आंख से देखना तक नहीं चाहिए—

फिलहाल वह जुंगजू और स्टार फोर्स के बीच का पुल है—उसे टेढ़ी आंख से देखने का अर्थ है, स्टार फोर्स को समझा देना कि हमें उनके बीच पक रही खिचड़ी की गंध मिल गई है।''

''फिर क्या करें?''

''हमें सीधा जुंगजू पर हाथ डालना होगा—वह तन्हा कोठरी में रहता है, उससे की गई छेड़खानी की किसी को भनक तक नहीं लग सकेगी।''

''लेकिन जेलर की जानकारी के बगैर जेल में इतनी सब कार्यवाही नहीं हो सकती।''

''इस बारे में फैसला आपको करना है—मैं नहीं चाहता, योजना की जानकारी ज्यादा लोगों को हो, यही सोचकर ये वार्ता उनसे छुपाई—अगर आपको लगता है, उनकी जानकारी के बगैर ये सब सम्भव नहीं तो उन्हें वापस बुलाकर विश्वास में ले सकते हैं।''

''योजना में उसे शामिल करना मजबूरी है—और वैसे भी जेलर का अब तक का रिकॉर्ड बेदाग है।''

''जैसी आपकी मर्जी।'' देशराज के चेहरे पर संतुष्टि के भाव थे।

तलब के कारण योगेश का बुरा हाल था—लगभग दौड़ता हुआ वह कोर्ट की इमारत के कॉरीडोर में पंक्तिबद्ध बने तीन सार्वजनिक टेलीफोन बूथ में से एक में घुसा—कांपती अंगुली से एक नंबर डायल करने लगा—अपनी बेचैनी के कारण इस बात पर उसने जरा भी ध्यान नहीं दिया कि लगभग उसी के साथ बगल वाले बूथ में लुक्का प्रविष्ट हुआ है—दोनों बूथ के बीच की दीवार का निचला आधा हिस्सा प्लाईवुड का बना था और ऊपरी आधा पारदर्शी कांच का—लुक्का ने उसकी तरफ पीठ कर रखी थी और रिसीवर हाथ में लेकर एक फाल्स नंबर डायल करने की चेष्टा कर रहा था।

इधर सिर पर मंडरा रहे खतरे से पूरी तरह बेखबर योगेश ने संपर्क स्थापित होते ही लगभग चीखते हुए कहा—''मुझे ट्रिपल जैड से बात करनी है।''

''बोल रहा हूं।'' दूसरी तरफ से गंभीर स्वर में कहा गया। साथ ही उधर से हल्का सा ठहाका लगाने की आवाज उभरी, कहा गया—''अभी तो तुम्हारी डोज का टाइम गुजरे केवल दो घंटे हुए हैं, इतने कम समय में इतने ज्यादा बेचैन हो गए?''

''म-मुझे खुराक चाहिए ट्रिपल जैड।''

''पहले हमारा एक काम करना होगा।''

''क्या?''

सपाट स्वर में कहा गया—''पुलिस कमिश्नर का मर्डर।''

''श-शांडियाल अंकल का मर्डर?''

''आज की डोज तुम्हें उसके बाद मिलेगी।''

''ल-लगता है तुम फिर मजाक कर रहे हो ट्रिपल जैड—समझ में नहीं आता आये दिन मुझसे इतने खतरनाक मजाक क्यों करते हो—कभी कहते हो 'बैंक में डाका मारूं' तब डोज दोगे, कभी कहते हो 'सड़क पर जा रहे किसी आदमी को गोली मार दूं' तब पुड़िया मिलेगी और जब तैयार हो जाता हूं तो हंस पड़ते हो, कहते हो 'मजाक कर रहे थे—पुड़िया फलां जगह रखी है, ले लूं—आज शांडियाल अंकल को ही मार डालने की बात कर रहे हो—मैं जानता हूं, तुम मजाक कर रहे होगे—प्लीज ट्रिपल जैड, मैं इस वक्त मजाक सहने की स्थिति में नहीं हूं—जल्दी बताओ, मेरी डोज कहां है?''

योगेश बेचारा स्वप्न तक में नहीं सोच सकता था कि इस तरह ट्रिपल जैड उसकी परीक्षा लिया करता है—परखा करता है कि वक्त आने पर गुलाम की तरह वह उसके द्वारा दिए जाने वाले सख्त आदेश को मानेगा या नहीं—उसी प्रयास को जारी रखे ट्रिपल जैड ने कहा—''नहीं योगेश, आज हम मजाक नहीं कर रहे—सचमुच आज की डोज तभी मिलेगी जब अपने अंकल को गोली मार चुके होगे।''

''ठीक है, मैं ये काम करता हूं—तुम पुड़िया भिजवाओ।''

''कमिश्नर को मारोगे कैसे?''

''इसमें क्या मुश्किल है—इस वक्त वे अपने बंगले पर होंगे, रिवॉल्वर मेरे पास है ही—गोली मार दूंगा—तुम बस ये बताओ कि उसके बाद पुड़िया कहां मिलेगी?''

''ओ.के. योगेश!'' जबरदस्त ठहाके के साथ कहा गया—''हमें खुशी है तुम हमारे लिए कुछ भी कर सकते हो—तुम्हारा 'हां' कहना काफी है, फिलहाल कमिश्नर के मर्डर की जरूरत नहीं है।''

''मुझे मालूम था आप मजाक कर रहे होंगे—प्लीज, मेरी पुड़िया ...।''

''तुम कोर्ट की कारीडोर वाले बूथ से बोल रहे हो न?''

''हां!''

''और गाड़ी कोर्ट के पोर्च में खड़ी है?''

''यस सर!''

''तो जाओ, पुड़िया गाड़ी के डैशबोर्ड पर रखी मिलेगी।''

''थ-थैंक्यू ... थैंक्यू सर!'' कहने के बाद एक पल गंवाए बगैर उसने रिसीवर हुक पर टांगा और बूथ का दरवाजा खोलकर खरगोश की तरह कुलांचें मारता पोर्च की तरफ दौड़ा।

अच्छी-खासी भीड़ थी वहां।

लोग हैरानी के साथ उसे देख रहे थे।

लम्बे बालों और क्रूर चेहरे वाले लुक्का के मेकअप में छुपा स्पेशल कमांडो दस्ते का एजेंट नम्बर फाइव केवल योगेश के शब्द सुन पाया था और उन्हीं से दूसरी तरफ से कहे गए शब्दों का अनुमान बखूबी लगा सकता था—वह भी बूथ से निकला, उतनी तेजी से तो नहीं मगर इतनी तेजी से जरूर लपका कि योगेश उसके चंगुल से फरार न हो सके—वह अपना अगला एक्शन निर्धारित कर चुका था।

योगेश पोर्च में खड़ी गाड़ी के नजदीक पहुंचा।

झटके से दरवाजा खोला।

डैशबोर्ड पर पड़ी पुड़िया को देखते ही बांछें खिल गईं।

उसने दीवानों की मानिन्द हाथ लम्बा करके पुड़िया उठाई—गाड़ी के बाहर खड़े-खड़े खोली और अभी उसे अपने मुंह के नजदीक ले ही जाना चाहता था कि हाथ पर किसी बूट की जोरदार ठोकर पड़ी।

पुड़िया उछलकर दूर जा गिरी।

''ये ... ये क्या किया हरामजादे?'' वह दहाड़ उठा।

नजदीक खड़े लुक्का ने कहा—''तुम्हारा खेल खत्म हो चुका है योगेश!''

लुक्का के चेहरे पर नजर पड़ते ही योगेश के होश उड़ गए—पहला डायलॉग वह बगैर यह देखे डकराया था कि ठोकर मारने वाला कौन है—लुक्का को वह जुआघर के मालिक और एक खतरनाक गुण्डे के रूप में जानता था, बोला—''ये तुमने क्या किया लुक्का? उस पुड़िया में मेरी जिंदगी थी।''

''मुझे ट्रिपल जैड का फोन नंबर चाहिए।''

''त-तुम उसका क्या करोगे?''

''इतने दिन से उसी की तो तलाश थी—मैं ये सोचता रहा, शायद तुम्हें उसका पता-ठिकाना मालूम नहीं होगा—वह ही तुमसे संबंध स्थापित करता

होगा मगर कुछ देर पहले मैंने खुद तुम्हें उससे सम्पर्क स्थापित करते देखा है, मेरे लिए फोन नंबर काफी होगा—बोलो, किस नंबर पर मिलता है वह?''

''नहीं!'' योगेश चीख पड़ा—''अगर बताया तो वह मुझे मार डालेगा।''

''वह तो जाने कब मारेगा लेकिन अगर नंबर नहीं बताया तो मैं तुम्हें इसी वक्त गोली मार दूंगा योगेश!'' खतरनाक स्वर में गुर्राते लुक्का ने जेब से रिवॉल्वर निकालकर उस पर तान दिया।

''हरामजादे—कुत्ते!'' स्मैक की तलब के कारण योगेश पर अजीब प्रतिक्रिया हुई—''पहले तो ठोकर मारकर मेरी डोज बिखेर दी, उसके बाद गोली मारने की धमकी देता है—जानता नहीं, मैं पुलिस कमिश्नर का भतीजा हूं—तू मुझे क्या मारेगा, मैं ही तेरा क्रिया-कर्म किए देता हूं।''

इन शब्दों के साथ उसने अपने कोट की जेब से इतनी फुर्ती के साथ रिवॉल्वर निकाला कि स्पेशल कमांडो दस्ते का एजेंट नंबर फाइव दंग रह गया—मजे की बात ये कि योगेश केवल रिवॉल्वर निकालकर ही नहीं रह गया, बल्कि एक ही एक्शन में उस पर फायर भी झोंक दिया।

'धांय' की जोरदार आवाज ने सबको चौंका दिया।

लुक्का ने ऐन वक्त पर जम्प लगाकर अपने जिस्म को एक अन्य कार की बैक में न कर लिया होता तो योगेश के रिवॉल्वर से निकली गोली निश्चित रूप से उसके भेजे के परखच्चे उड़ा डालती और जिस किस्म की फुर्ती का प्रदर्शन उसने किया था, वह केवल स्पेशल कमांडो दस्ते के एजेंट के लिए ही संभव था।

उधर योगेश मानो पागल हो चुका था।

एक और फायर करने के साथ वह लुक्का की तरफ लपका—नंबर फाइव समझ गया, योगेश पर पागलपन सवार हो चुका है—अगर रोका न गया तो निश्चित रूप से उसे गोलियों से भून देगा, अतः उसकी टांगों का निशाना लेकर एक फायर किया।

बचने के लिए योगेश नीचे बैठा।

और!

जो गोली उसकी टांगों का निशाना लेकर चलाई गई थी, वह खोपड़ी में जा धंसी।

योगेश कटे वृक्ष-सा गिरा।

नंबर फाइव ने घबराकर इधर-उधर देखा—विभिन्न वस्तुओं की आड़ में छुपे लोग चेहरों पर आतंक और हवाइयां लिए मौजूदा दृश्य को देख रहे

थे—पलक झपकते ही वह हो गया जिसकी कल्पना नंबर फाइव ने स्वप्न तक में न की थी—एक नजर योगेश के जिस्म पर डाली।

वह मर चुका था।

नंबर फाइव उसकी कार के खुले दरवाजे की तरफ लपका और फिर लोगों के देखते-ही-देखते कार हवा से बातें करने लगी—नम्बर फाइव जानता था, कुछ देर में यह खबर जंगल की आग की मानिन्द शहर में फैल जाएगी कि लुक्का ने सरेआम पुलिस कमिश्नर के भतीजे की हत्या कर दी है।

जो हुआ, नंबर फाइव को उसका गहरा अफसोस था।

जेल के घड़ियाल ने रात के दो बजाए।

जुंगजू ने करवट बदलने की चेष्टा की और हमेशा की तरह हथकड़ी बेड़ियों के कारण अपने इस प्रयास में दिक्कत का एहसास हुआ—मुंह से एक भद्दी गाली निकाल बैठा वह और ठीक उसी समय रात के सन्नाटे को हल्की-सी 'क्लिक' की आवाज ने बेधा।

जुंगजू ने चौंककर कोठरी के दरवाजे की तरफ देखा।

दरवाजा खुला।

एक साथ तीन परछाइयां नजर आईं।

झटके के साथ वह पत्थर के चबूतरे पर उठ बैठा—वातावरण में हथकड़ी और बेड़ियों की खड़खड़ाहट गूंजी, उसके बाद गूंजा जुंगजू का खुरदुरा स्वर—"कौन है?"

दरवाजा बंद हो गया।

एक शक्तिशाली टॉर्च के ढेर सारे प्रकाश-झाग ठीक उसके चेहरे से टकराए—तीव्र रोशनी के कारण आंखें मिचमिचा गईं—हथकड़ियों से जकड़े हाथ अपनी आंखों के सामने अड़ाकर वह गुर्राया—"कौन हरामजादा है?"

"हम हैं जुंगजू!"

"ओह, जेलर!"

"ठीक पहचाना।"

"इस वक्त यहां क्यों आया है?"

"तुझसे कुछ सवालों के जवाब लेने।"

अक्खड़ स्वर—"क्या तुझे मालूम नहीं कि, जुंगजू कभी किसी के सवालों का जवाब नहीं दिया करता?"

"आज तुझे हमारे सवालों के जवाब देने पड़ेंगे जुंगजू।" कमिश्नर शांडियाल ने कहा।

"तू कौन है बे, ये टॉर्च हटे तो देखूं।"

"ले बेटे, टॉर्च हटा रहे हैं।" तीसरे स्वर के इन शब्दों के साथ टॉर्च ने अपना फोकस उसके चेहरे की जगह तन्हा कोठरी की छत को बना दिया—छत बहुत बड़े प्रकाश दायरे से नहा उठी और 'रिफ्लेक्शन' के कारण कोठरी में इतना प्रकाश फैल गया कि एक-दूसरे को अच्छी तरह पहचान सकते थे।

टॉर्च को कोठरी के फर्श पर खड़ी करने का प्रयास करते देशराज को देखते ही वह कह बैठा—"ये रिश्वतखोर पुलिसिया रात के अंधेरे में तुम्हारे साथ कैसे नजर आ रहा है मिस्टर पुलिस कमिश्नर?"

"अगर तू हमारे सवालों का जवाब देगा तो हम भी तेरे हर सवाल का जवाब दे देंगे जुंगजू।" ऑन टॉर्च को फर्श पर खड़ी करने के बाद देशराज जुंगजू की तरफ बढ़ता हुआ बोला—"उम्मीद है, तू हमें सख्ती करने पर मजबूर नहीं करेगा।"

"कौन से सवालों का जवाब चाहते हो तुम?"

देशराज उसके काफी नजदीक पहुंच चुका था जबकि सवाल कमिश्नर साहब ने किया—"ब्लैक फोर्स ने तुम्हें क्या मैसेज भेजा है?"

"ब-ब्लैक फोर्स?" जुंगजू उछल पड़ा—"ब्लैक फोर्स से मेरा क्या ताल्लुक?"

जेलर ने कहा—"तुम्हें उनकी एक चिट्ठी मिली है।"

"च-चिट्ठी?" इन शब्दों के साथ हथकड़ी के कारण एक-दूसरे से जुड़े दोनों हाथ अपने लिबास की ऊपरी जेब की तरफ लपके और जब तक उन तीनों में से कोई कुछ समझ पाता—तब तक जुंगजू कागज को अपनी जेब से निकाल कर मुंह में डाल चुका था।

"र-रोकिए सर, रोकिए इसे!" चीखने के साथ देशराज उस पर झपटा मगर जुंगजू ने हथकड़ीयुक्त अपने हाथ उसके सिर पर दे मारे।

देशराज के हलक से चीख निकल गई।

लोहे की हथकड़ी उसके सिर के अग्रभाग में लगी थी—वहां से खून बहने लगा मगर देशराज ने हिम्मत नहीं हारी और फुर्ती से घूमकर उसके पीछे पहुंचा, उसे जकड़ता हुआ चीखा—"लैटर इसके मुंह में है सर—जल्दी कीजिए, चबा न डाले ...।"

मौके की नजाकत को कमिश्नर शांडियाल समझ चुके थे।

एक क्षण भी गंवाए बगैर उन्होंने होलेस्टर से रिवॉल्वर निकालकर पूरी ताकत से उसके दस्ते का वार जुंगजू के जबड़े पर किया, परिणामस्वरूप जब चीखने के लिए उसका मुंह खुला तो रिवॉल्वर की पूरी नाल मुंह में घुसेड़ दी—अब मुंह में मौजूद कागज को न वह चबा सकता था, न सटक सकता था।

कागज तो बरामद कर लिया गया मगर इसमें शक नहीं कि ये छोटी-सी कामयाबी हासिल करने में उन्हें दांतों पसीना आ गया था।

देशराज के बंधन में बुरी तरह जकड़ा जुंगजू चीख रहा था—''मेरी हथकड़ी और बेड़ियां खोल दो हरामजादों—तब मैं तुम्हें बताऊं कि जुंगजू क्या चीज है ...।''

कोई कुछ नहीं बोला।

शांडियाल कागज को टॉर्च के नजदीक ले गए, बाकायदा जोर-जोर से पढ़ा उन्होंने—''एक महत्त्वपूर्ण काम के लिए तुम्हारा जेल से बाहर आना जरूरी है, क्या तुम वह काम करने के लिए तैयार हो?

ब्लैक फोर्स!''

जुंगजू को जकड़े खड़े देशराज ने पूछा—''बस सर, इतना ही मैसेज है या और कुछ?''

''इस पर और कुछ नहीं लिखा है।''

''पलटकर देखिए।''

शांडियाल ने कागज पलटा, पढ़ा—''मैं तैयार हूं।''

''तो इसी कागज की पीठ पर यह जवाब भेज रहा था।''

जेलर ने पूछा—''लेकिन इसके पास पैन कहां से आ गया?''

''जवाब कच्चे कोयले से, ओह ...!'' कहते-कहते शांडियाल की समझ में जैसे सब कुछ आ गया, बोले—''ये शब्द इसने जली हुई माचिस की तिल्ली के अग्रभाग से लिखे हैं।''

''कई तिल्लियां खर्च की होंगी।''

''मुमकिन है।''

जुंगजू ढीला पड़ गया—शायद इसीलिए क्योंकि उसका सारा संघर्ष ही मैसेज को इन लोगों तक पहुंचने से रोकने के लिए था और उसमें नाकामयाब हो चुका था—देशराज ने भी उसे छोड़ दिया—उसके सामने आया मगर थोड़ी दूरी बनाए रखकर बोला—''हमें पहले से मालूम था कि इस कागज में ऐसा ही कोई मैसेज होगा।''

''तो?'' जुंगजू गुर्राया।

शांडियाल ने गंभीर स्वर में कहा—''हम तुमसे कुछ बात करना चाहते हैं जुंगजू।''

''बात करने के लिए अब रह क्या गया है?''

''इतना तो तुम समझ ही गए होगे कि यह कागज हमारे हाथ में आने के बाद, स्टार फोर्स अब चाहे जितनी कोशिश कर ले मगर तुम्हें जेल से फरार नहीं करा सकेगी।''

''तुम कमिश्नर होने के बावजूद बेवकूफी भरी बातें कर रहे हो शांडियाल!'' जुंगजू ने पूरी दिलेरी के साथ कहा—''तुम्हें मालूम होना चाहिए, स्टार फोर्स एक बार जो ठान लेती है उसे पूरा करने से दुनिया की कोई ताकत नहीं रोक सकती।''

जुंगजू के संबोधन पर शांडियाल को गुस्सा तो बहुत आया मगर जहर के घूंट की तरह उसे पी गए—जानते थे, इस वक्त उनका उत्तेजित हो जाना मुकम्मल योजना को चौपट कर सकता है, अतः अपने एक-एक शब्द को प्रभावशाली बनाने का प्रयास करते बोले—''तुम तन्हा कोठरी में कैद हो और प्रदेश में शायद अभी तक चन्द्रचूड़ सरकार का ही वर्चस्व समझ रहे हो, इसलिए भ्रम में हो कि स्टार फोर्स जो चाहेगी कर डालेगी—तुम्हारी जानकारी के लिए बता दें जुंगजू कि न तो अब प्रदेश में उस चन्द्रचूड़ की सरकार है जो ब्लैक स्टार की अंगुलियों के इशारे पर कठपुतली की तरह नाचती थी, न ही हालात ऐसे हैं कि स्टार फोर्स मनचाही कर डाले—स्थितियां बड़ी तेजी से बदली हैं—इस वक्त स्टार फोर्स पर कानून का शिकंजा हावी है, तभी तो अपनी मदद के लिए उसे तुम जैसे सहयोगी का ध्यान आया—अगर ऐसा न होता तो यह मैसेज अभी ही भेजने की क्या जरूरत थी—बहुत पहले तुम्हें जेल से फरार क्यों न करा लिया गया?''

जुंगजू को कहने के लिए कुछ सूझा नहीं।

देशराज ने लोहे को गर्म जानकर चोट की—''तुम्हारे पास यह चिट्ठी पहुंची और हमें पता लग गया, इसी से समझ सकते हो कि स्टार फोर्स की एक-एक गतिविधि हमारी नजर में है।''

''ये कोई बड़ी बात नहीं है—तू जेल में है ही, किसी को चिट्ठी मेरी जेब में डालते देख लिया होगा—मगर मेरी समझ में यह नहीं आ रहा कि इंस्पेक्टरी से बर्खास्त होने और जेल में अपनी करतूतों की सजा भुगत रहा होने के बाद तू किस हैसियत से कानून की भाषा बोल रहा है?''

''यह रहस्य तुम्हारी तो क्या, बगैर बताए ब्लैक स्टार तक की समझ में नहीं आएगा जुंगजू।''

''मतलब?''

''हमें बहुत पहले से मालूम था कि स्टार फोर्स जब ज्यादा दबाव में जा जाएगी तो मदद के लिए तुम्हें जेल से फरार करने का प्रयास करेगी।'' आकर्षक मुस्कान के साथ देशराज ने कोरी गप्प हांकी—''मेरा कोर्ट में जाकर अपनी करतूतें बखान करना आदि सब एक साजिश थी—उद्देश्य जेल में रहकर तुम पर नजर रखना और जब हमारी उम्मीदों के मुताबिक स्टार फोर्स तुमसे सम्पर्क स्थापित करे तो सक्रिय हो उठना था।''

''और वही तू कर रहा है?''

''तुम समझदार हो।''

''पुलिस की खोपड़ी इतनी दूरदर्शी कब से हो गई और उनमें ऐसी नायाब चालें कब से आने लगीं?''

''ऐसी अनेक चालों के कारण आज स्टार फोर्स टूट रही है।'' शांडियाल ने कहा—''अगर तुम हमारा साथ देने की कसम खाओ तो अंतिम प्रहार स्टार फोर्स को नेस्तनाबूद कर डालेगा।''

''म-मैं साथ दूं?'' जुंगजू ने ठहाका लगाया—''पुलिस का साथ दूं मैं?''

''हां जुंगजू, हमने तुमसे ऐसी ही उम्मीद लगाई है।''

''तब तो मैं ये कहूंगा कमिश्नर कि तेरे दिमाग का दिवाला निकल गया है—तेरे बूचड़खाने में बेवकूफियों से भरा ये ख्याल आ कैसे गया कि जुंगजू कानून द्वारा बनाई गई किसी योजना पर काम कर सकता है?''

''क्योंकि तुम्हारी बूढ़ी मां हमारे कब्जे में है।''

''मां ... मां?'' जुंगजू उछल पड़ा।

''हमें मालूम है तुम उसे बेइन्तहा प्यार करते हो।''

जुंगजू गुर्रा उठा—''तो तुम मां को मार डालने की धमकी देकर मुझसे काम लेना चाहते हो?''

तीनों चुप रहे।

जबकि जुंगजू यह सोचकर मन-ही-मन खुश था कि इन लोगों को यह रहस्य अब तक नहीं मालूम कि मेरा संबंध इस लैटर से भी पहले, बल्कि शुरू से ब्लैक फोर्स से रहा है—अगर मालूम होता तो कभी इस भ्रमजाल में न फंसते कि मैं मां की खातिर वह सब कर सकता हूं जो ये चाहते हैं—सारी दुनिया जानती है, स्टार फोर्स से जुड़ा शख्स सब कुछ गंवा सकता है परंतु

फोर्स से गद्दारी नहीं कर सकता—काफी सोच-समझकर जुंगजू ने फैसला किया कि फिलहाल खुद को फंसा हुआ दर्शाकर इनकी योजना के मुताबिक काम करने का नाटक करने में ही हित है। एक बार जेल से फरार हो जाऊं—तब इन्हें पता लगेगा कि स्टार फोर्स के सिपाही को मां तक की धमकी नहीं डिगा सकती अतः बोला—''करना क्या होगा मुझे?''

''गुड!'' कमिश्नर ने कागज उसे पकड़ा दिया—''सबसे पहले तुम्हारा ये जवाब ठीक उसी तरह स्टार फोर्स तक पहुंचना चाहिए जैसे हमसे बात करने से पूर्व पहुंचना था।''

''ओ.के.!'' जुंगजू ने लैटर अपनी जेब में रख लिया।

देशराज ने कहा—''इधर हम पूरा ख्याल रखेंगे, उधर तुम्हें पूरा ध्यान रखना है—किसी भी तरफ से ऐसी एक्टिविटी न हो पाए जिसके कारण उन्हें शक हो कि तुम्हारी फरारी हम लोगों की इच्छा पर हो रही है, वे लोग इसी भ्रम के शिकार रहने चाहिएं कि जो हो रहा है, उनकी योजना के मुताबिक हो रहा है।''

''ऐसा ही होगा।'' कहते वक्त जुंगजू ने मन-ही-मन उन्हें मूर्ख कहा।

''फरारी से पहले हम एक छोटा-सा ट्रांसमीटर देंगे—उसके जरिए तुम वहां की सारी गतिविधियों की जानकारी हमें देते रहोगे—याद रखना, यदि जरा भी चालाकी दिखाने की कोशिश की तो तुम्हारी मां को कत्ल कर दिया जाएगा।''

''म-मैं ऐसा कुछ नहीं करूंगा।'' जुंगजू ने ऐसे अंदाज में कहा जैसे मां की धमकी ने उसे पस्त कर दिया हो।

''तुम्हारा क्या ख्याल है देशराज?'' जेलर के ऑफिस में पहुंचते ही कमिश्नर शांडियाल ने पहला सवाल किया—''क्या जुंगजू हमारी बातों में आ गया है?''

''निश्चित रूप से सर!'' देशराज ने कहा—''मेरी कोशिश थी वह हमें मूर्ख समझे और वह समझ रहा है।''

''क्या मतलब?'' जेलर उछल पड़ा।

देशराज ने रहस्यमय मुस्कान के साथ जवाब दिया—''हम अच्छी तरह जानते हैं जेलर साहब—उसका संबंध शुरू से स्टार फोर्स से है और आप

जानते होंगे, स्टार फोर्स से लोग जुड़ते ही तब हैं तब अपने व्यक्तिगत रिश्तों को तिलांजलि दे चुकते हैं यानि वह किसी भी हालत में मां की धमकी में आने वाला नहीं है।''

''मैं समझा नहीं।'' जेलर की खोपड़ी अंतरिक्ष में परवाज कर रही थी—''आप लोग कहना क्या चाहते हैं?''

''सारे नाटक का एक ही उद्देश्य था ... यह कि वह इस भ्रमजाल में फंस जाए कि हम लोग यह मान बैठे हैं कि मां की धमकी के बाद वह वही करेगा जो हम चाहते हैं।''

''जब हम जानते हैं, वह हमारे लिए काम नहीं करेगा तो उसे जेल से फरार करके ब्लैक फोर्स तक पहुंचने देने की तुक क्या हुई?''

''योजना उसे फरार होने देने की है ही कहां?''

''म-मतलब?''

''असल योजना मेरे फरार होने की है, स्टार फोर्स यही समझ रही होगी कि वे जुंगजू को ले जा रहे हैं।''

''ऐसा कैसे हो जाएगा?''

''होगा जेलर साहब।'' देशराज ने आत्मविश्वास पूर्वक कहा—''ये करिश्मा होगा।''

''तो फिर इस नाटक का अर्थ?''

''हम भी यही जानना चाहते हैं देशराज।'' काफी देर से खामोश शांडियाल ने कहा—''जब तुम्हारा दावा है कि तुम जुंगजू का ऐसा मेकअप कर सकते हो जिसे ब्लैक स्टार तक मेकअप सिद्ध नहीं कर सकता तो जुंगजू को इस भ्रमजाल में फंसाने की जरूरत ही क्या थी?''

''अगर हम उसे भ्रमजाल में न फंसाते तो कल, परसों या हफ्ते-भर में किसी भी दिन, किसी-न-किसी तरीके से वह स्टार फोर्स तक यह मैसेज भेज देता कि हम लोग उनकी योजना से वाकिफ हो गए हैं, भेजता या नहीं?''

''जरूर भेजता!''

''जब कि अब नहीं भेजेगा क्योंकि अब उसका उद्देश्य हम लोगों पर यह सिक्का जमाना होगा कि वह हमारे लिए पूरी ईमानदारी से काम कर रहा है—सोचेगा, अगर इस वक्त उसने ऐसी कोई कोशिश की और वह हमारी नजरों में आ गई तो सारा खेल चौपट हो जाएगा, खेल को चौपट कर देने का रिस्क वह नहीं ले सकता—फिलहाल उसकी योजना हम पर विश्वास जमाए रखकर फरार होना होगी—सोच रहा होगा, बाद में ... जंगल में जाकर ब्लैक स्टार

को चटखारे ले-लेकर हमारी मूर्खता के किस्से सुनाएगा—यही हम चाहते थे, यह कि हफ्ते-भर तक वह स्टार फोर्स को मैसेज भेजने की कोशिश न करे।''

''क्या इससे बेहतर यह न होता कि तुम आज ही से जुंगजू के मेकअप में स्थापित हो जाते—उसे किसी गुप्त स्थान पर स्थानांतरित कर दिया जाता, जुंगजू बनकर सब कुछ तुम खुद करते?''

''अगर यह संभव होता तो मैं इतनी लंबी क्रिया क्यों अपनाता?''

''मतलब?''

''ब्लैक स्टार जैसी हस्ती को धोखा देने की क्षमता रखने वाला मेकअप इतनी आसानी से नहीं किया जा सकता कि आज करूं, कल जुंगजू बन जाऊं—वैसा मेकअप करने के लिए मुझे कम-से-कम एक हफ्ता तो चाहिए ही—तब तक जेल में जुंगजू को ही जुंगजू के रूप में रखना मजबूरी थी और इसी मजबूरी के कारण उसे ऐसे जाल में फंसाना जरूरी था जिसमें फंसने के बाद वह एक हफ्ता वह करे जो हम चाहते हैं।''

''ये मेकअप का अच्छा सस्पैंस बना रखा है तुमने!''

''खुल जाएगा!'' देशराज के होंठों पर फीकी मुस्कान थी—''मुझे अपने साथ ले चलिए।''

शांडियाल ने जेलर से पूछा—''इजाजत है?''

''जब सब कुछ आप अपने रिस्क पर कर रहे हैं तो मुझे क्या आपत्ति हो सकती है सर—ईश्वर आपको इस खतरनाक मिशन में कामयाबी दे। देशराज के सिर से अभी तक खून बह रहा है, मैं फस्ट एड ...।''

''नहीं जेलर साहब!'' भावुक स्वर में कहते देशराज ने उसका हाथ पकड़ लिया—''जो बह रहा है वह इंस्पेक्टर देशराज वाला खून होगा—गंदा खून है ये, बहने दीजिए!''

''मेरा नाम लुक्का है।'' इन शब्दों के साथ तेजस्वी की मेज पर पांच सौ के नये-नकोर नोटों की एक गड्डी आ गिरी।

तेजस्वी ने ध्यान से उसकी तरफ देखते हुए कहा—''जानता हूं।''

''मैंने पुलिस कमिश्नर के भतीजे का मर्डर किया है।''

''ये भी जानता हूं।'' तेजस्वी ने उसे घूरा—''प्रतापगढ़ की सारी सीमाएं सील कर दी गई हैं—चप्पे-चप्पे पर तुझे ऐसे तलाश किया जा रहा है जैसे

भूसे के ढेर से सुई ढूंढी जा रही हो—अपने भतीजे के हत्यारे को कानून के शिकंजे में देखने के लिए कमिश्नर पागल हुआ जा रहा है—अनेक फोन आ चुके हैं उसके—हर बार एक ही सवाल पूछता है, लुक्का पकड़ा गया या नहीं—नकारात्मक जवाब देते ही भड़क उठता है, कहता है मैं आखिर कर क्या रहा हूं—सरेआम उसके भतीजे का खून करके लुक्का आखिर गायब कहां हो गया?''

''और मैं सीधा थाने में चला आया।''

''इसका मतलब तू आत्मसमर्पण करना चाहता है?''

''अगर तुम मेरे द्वारा अपनी मेज पर फेंकी गई गड्डी का अर्थ नहीं समझते तो मेरे यहां आगमन को आत्मसमर्पण समझो—और अगर समझते हो तो समझो कि अपना बचाव करने आया हूं।''

''क्या मतलब?'' तेजस्वी की आंखें गोल हो गईं।

''अगर कोई हत्यारा उन हालात में फंस जाए जिनमें इस वक्त मैं हूं तो उसके लिए सबसे सुरक्षित स्थान इलाके का थाना होता है—क्योंकि पुलिस के चंगुल से भाग निकलने की कोशिश मूर्खाना सोच होती है—अंततः गिरफ्तार होकर थाने में आना उसकी नियति बन चुकी होती है—तो क्यों न मर्डर करते ही सीधा थाने में चला आए—सौदा पटे तो पौ बारह, न पटे तो आत्मसमर्पण है ही।''

''तो तू यहां 'पौ बारह' करने आया है?''

''हां!'' लुक्का ने पांच सौ के नोटों की एक और गड्डी मेज पर डाल दी।

''ये बेवकूफाना विचार तेरे जहन में आया कैसे?'' तेजस्वी गुर्रा उठा—''सारा प्रतापगढ़, सारा प्रदेश बल्कि सारा देश जानता है तेजस्वी रिश्वत नहीं लेता और तू ... तू तो प्रतापगढ़ के उन रजिस्टर्ड गुण्डों में से है जिन्हें मैंने पहले ही दिन यहां तलब करके चेतावनी दी थी—तूने यह कैसे सोच लिया कि यहां कागज के इन टुकड़ों से कुछ हो जाएगा?''

नंबर फाइव के भीतर निराशा छा गई मगर कोशिश जारी रखी—''मजबूरी सब कुछ सुचवा देती है इंस्पेक्टर साहब—जब मेरे हाथों से ऐसा काम हो ही गया है जिसकी सजा से बचने का उसके अलावा कोई रास्ता नहीं जो कर रहा हूं तो क्या करता—अब आपकी शरण में हूं, जो चाहें करें—उठाकर हवालात में डाल दें या मुझ पर रहम फरमाएं—रहम ही फरमा दें तो सारी जिंदगी आपके बच्चों को दुआएं दूंगा साहब—जो सेवा करूंगा सो तो अलग है ही।''

"जिन हालात में तू यहां आया है उनमें कोई मदद भी करना चाहे तो कैसे कर सकता है?"

"कोई में और इलाके के थानेदार में फर्क क्या है साहब?" तेजस्वी के जवाब से नंबर फाइव को आशा बंधी थी, अतः उत्साहजनक स्वर में बोला—"थानेदार भला क्या नहीं कर सकता?"

"मामला पुलिस कमिश्नर के भतीजे का है ...।"

"ऐसे मामलों में कमिश्नर थानेदार से बड़ा नहीं होता।"

"मुमकिन है तू ठीक कह रहा हो मगर सबसे बड़ी होती है पब्लिक—जिन लोगों ने तुझे थाने में आते देखा होगा वे बवाल खड़ा कर देंगे।"

"इतना उज्जड़ नहीं हूं साहब कि ढिंढोरा पीटता हुआ आपकी शरण में पहुंचा होऊं—बल्कि दावा है, मुझे थाने में घुसते पब्लिक के किसी आदमी ने नहीं देखा—हां, उन पुलिसियों के मामले में कसम नहीं खा सकता जो इस वक्त थाने में मौजूद हैं—सो उनका क्या है, वे सब तो बेचारे आपके मातहत हैं—अफसर तो आप हैं, मुझे मालूम है जो फैसला आप करेंगे, उनका काम केवल उसे अमल में लाना है।"

अब, तेजस्वी की निगाह मेज पर पड़ीं गड्डियों पर स्थिर हो गई, बोला—"मामला कमिश्नर के भतीजे का है ...।"

"तो?" नंबर फाइव की उम्मीदें परवान चढ़ीं।

"रकम बहुत कम है।"

"और लीजिए हुजूर ...।" कहने के साथ उसने एक और गड्डी मेज पर डाल दी।

तेजस्वी ने गंभीर स्वर में पूछा—"ऐसी-ऐसी तुम पर कितनी गड्डियां हैं?"

"एक और है साहब, चार लेकर आया था!"

"कम हैं, टकराव सीधा कमिश्नर से होगा।"

"तो आप हुक्म फरमाएं!"

"दस गड्डियों से काम बनेगा।"

"दूंगा सर, जरूर दूंगा—यही क्या कम है कि आप जैसा ईमानदार थानेदार मुझ पर रहमो-करम करने के लिए तैयार है—ऐसे हालात में भला रकम के लिए क्या सोचना। परंतु ...।"

"परंतु?"

"थोड़ी मोहलत देनी पड़ेगी।" एक ही सांस में लुक्का कहता चला

गया—''जो मेरे पास कैश की शक्ल में था वह सब उठा लाया—वादा रहा साहब, मैं पूरे पांच लाख दूंगा।''

''बैठ!'' तेजस्वी ने कहा।

लुक्का हौले से उसके सामने वाली कुर्सी पर बैठ गया।

''आराम से बैठ जा!'' तेजस्वी पूरी तरह खुल चुका था—''दुनिया की कोई ताकत अब तेरा बाल बांका नहीं कर सकती—कुछ देर पहले तू मुझे थानेदार की ताकत के बारे में बता रहा था—उससे बहुत ज्यादा तुझे प्रेक्टिकल होता दिखाऊंगा, सिगरेट पिएगा?''

''हां साहब, बहुत तलब लगी है।''

''ले!'' जेब से पैकिट निकालकर तेजस्वी ने उसे सिगरेट ऑफर की, फिर एक ही तिल्ली से पहले उसकी और फिर अपनी सिगरेट सुलगाने के बाद बोला—''तेरे जैसों के कारण ही हम पुलिस वालों के बच्चे पलते हैं।''

''मेरी सात पुश्तें आपके गुण गाएंगी इंस्पेक्टर साहब, आप ने मुझ पर बहुत दया की।''

''सो तो ठीक है मगर जैसी मेरी इमेज है, उसके रहते तेरे जहन में यह बात आ कैसे गई कि मौजूदा हालात में थाना तेरे लिए सबसे सुरक्षित साबित हो सकता है?''

लुक्का कुछ कहना ही चाहता था कि फोन की घंटी घनघना उठी।

तेजस्वी ने हाथ बढ़ाकर रिसीवर उठाया, बोला—''थाना प्रतापगढ़।''

''हम बोल रहे हैं तेजस्वी।'' शांडियाल का स्वर उभरा।

''ओह ... सर, आप!''

''क्या हुआ लुक्का का?''

''सॉरी सर!'' होंठों पर कुटिल मुस्कान लिए तेजस्वी ने सम्मानित स्वर में जवाब दिया—''वह अभी तक हाथ नहीं ...।''

''यह सुनते-सुनते हमारे कान पक गए तेजस्वी, तुम आखिर कर क्या रहे हो?'' गुस्से की ज्यादती के कारण शांडियाल का स्वर आग की लपटों सा लग रहा था—''बड़े शर्म की बात है, तुम जैसा काबिल इंस्पेक्टर अब तक उस अदने से गुण्डे को नहीं पकड़ पाया।''

''मुझे दुःख है सर ...।''

''हम कुछ सुनना नहीं चाहते, लुक्का फौरन गिरफ्तार होना चाहिए।'' शांडियाल का सख्त आदेश गूंजा—''उसने सरेआम हमारे भतीजे का मर्डर किया है।''

''क्या बताऊं सर, साला हाथ ही नहीं आ रहा—उसके हर ठिकाने पर कई-कई बार दबिश डाल चुका हूं—पता नहीं साले को आसमान खा गया या धरती निगल गई, मगर आप फिक्र न करें, मैं शीघ्र ही उसे गिरफ्तार करके आपके सामने पेश करूंगा।''

''हमें आश्वासन नहीं तेजस्वी, लुक्का चाहिए—लुक्का।''

''जरूर मिलेगा सर, बचकर कहां जाएगा साला! मगर ...।''

''मगर?'' गुर्राहट उभरी।

''प्रत्यक्षदर्शियों का कहना है, मरने से पहले योगेश ने स्मैक लेनी चाही थी—घटनास्थल से स्मैक मिली भी है, तो क्या आपका भतीजा स्मैकिया था सर?''

''शटअप!'' चीखकर कहा गया—''तुम ये कीमती समय यह सोचने में गंवा रहे हो कि योगेश स्मैकिया था या नहीं, अथवा लुक्का को खोज निकालने की कोशिश कर रहे हो?''

''कोशिश तो वही कर रहा हूं जो आप चाहते हैं मगर आप तो जानते हैं—इन्वेस्टिगेशन के वक्त सभी प्वाइन्ट्स दिमाग में रखने पड़ते हैं—यह बात महत्वपूर्ण है कि उसके स्मैकिया होने की बात आपको मालूम भी है या नहीं, क्योंकि जाहिर है, उसकी सोसाइटी शरीफ लोगों की नहीं होगी।''

''तो क्या तुम यह कहना चाहते हो कि उसका स्मैकिया होना हमारी जानकारी में था? हम उसकी सोसाइटी से पूर्व परिचित थे और उसे सहन कर रहे थे?''

''क्या बात कर रहे हैं सर, ऐसा तो मैं ख्वाब में भी नहीं सोच सकता।''

''तो अपने दिमाग से इस भूसे को निकालो और लुक्का को खोजने की कोशिश करो।''

''ओ.के. सर।'' कहने के बाद तेजस्वी ने कुटिल मुस्कान के साथ रिसीवर क्रेडिल पर रख दिया तथा सामने बैठे लुक्का से बोला—''शांडियाल का फोन था—जो भूतनी का तुझे गिरफ्तार करने के लिए मरा जा रहा है, साले को यह नहीं मालूम कि बड़ा कमिश्नर नहीं, थानेदार होता है—क्या कर लेगा वह, बार-बार फोन ही करेगा न—कैसे पता लगा लेगा कि इस वक्त तू मेरे सामने बैठा है?''

पांच सौ के नोटों की एक और गड्डी मेज पर फेंकने के साथ लुक्का जोरदार ठहाका लगाकर हंसा, बोला—''मैंने तो पहले ही कहा था साहब, सरकार भले ही इस धोखे में हो कि पुलिस में इंस्पेक्टर के भी अफसर होते हैं, मगर हकीकत ये है कि थानेदार पुलिस का सबसे ऊंचा ओहदा है।''

''बातों-ही-बातों में मैंने भी कमिश्नर को आईना दिखा दिया बल्कि अगर यह कहा जाए तो मुनासिब होगा कि धमकी दे दी है उसे—पट्ठा यह सुनते ही बौखला उठा कि योगेश स्मैक लेता था—अब वह यह सोचने पर विवश हो जाएगा कि कल लोगों पर उसके भतीजे के स्मैकिया होने का भेद खुलेगा तो उसकी क्या पोजीशन होगी?''

एकाएक लुक्का ने कहा—''सोच रहा हूं, अब तुम्हें भी आईना दिखा ही दिया जाए!''

''क्या मतलब?'' तेजस्वी हौले से चौंका।

लुक्का ने एक ही झटके में अपने सिर से लम्बे बालों वाली विग और चेहरे से फेसमास्क नोंच डाला—उनके पीछे से जो चेहरा और सिर प्रकट हुआ, उसे देखकर तेजस्वी को इतना जबरदस्त हृदयाघात पहुंचा कि अगर वह हार्ट पेशैन्ट होता तो उसी क्षण धराशाई हो जाता—बौखलाहट की ज्यादती के कारण न सिर्फ कुर्सी से उछल पड़ा बल्कि दायां हाथ तेजी से होलेस्टर की तरफ बढ़ा, मगर सामने स्पेशल कमांडो दस्ते का एजेंट नंबर फाइव था—फुर्ती के मामले में तेजस्वी उसके सामने ऐसा था जैसे चीते के सामने अजगर—नंबर फाइव बहुत पहले अपनी जेब से रिवॉल्वर निकालकर न केवल उसकी तरफ तान चुका था बल्कि गुर्रा भी चुका था—''डोन्ट मूव मिस्टर! डोन्ट मूव!''

तेजस्वी का हाथ ही नहीं, सारा जिस्म जहां-का-तहां रुक गया—पीला जर्द पड़ा चेहरा पसीने से तर-बतर हो चुका था—कांपती टांगें जैसे कह रही थीं कि अब उसके जिस्म का बोझ सम्भालना उनके बस का नहीं है—जबकि रिवॉल्वर ताने नंबर फाइव एक-एक शब्द को चबाता चला गया—''अगर जिस्म में जरा भी हरकत हुई मिस्टर तेजस्वी तो तुम्हारे भेजे के पुर्जे इस ऑफिस में बिखरे पड़े होंगे ... हैन्ड्स अप ... आई से हैन्ड्स अप!''

बौखलाकर तेजस्वी ने तुरंत अपने हाथ ऊपर उठा दिए।

''मेरी गंजी चांद इस वक्त तुम्हें आईने से कम नहीं लग रही होगी!'' होंठों पर सफलतामयी मुस्कान लिए नंबर फाइव कहता चला गया—''इसमें तुम अपना अक्स देख सकते हो—आभामंडल के पीछे छुपा अक्स—वाकई, हमारे चीफ के अनुभवी जहन का जवाब नहीं—उसकी आंखों ने पहले ही दिन तुम्हारे आभामंडल को बेधकर उसके पीछे छुपे वास्तविक चेहरे को देख लिया था—जब वह तुम पर शक कर रहा था, तुम्हें वॉच करने और परखने के हुक्म दे रहा था, तब मैं अकेला ही नहीं बल्कि हम सब, मुझ सहित मेरे

सारे साथी यह सोच रहे थे कि शक के कीटाणुओं ने उसके दिमाग को चट कर डाला है—मगर उसके आदेशों से सहमत न होने के बावजूद हमें उनका पालन करने की ट्रेनिंग मिली है और मेरी आज की सफलता उसी ट्रेनिंग का फल है—कमिश्नर के भतीजे को मैं मारना नहीं चाहता था—उस वक्त मेरी ड्यूटी उसे जीवित रखकर वह उगलवाना थी जो उसे मालूम था, मगर उसने मुझे गोली चलाने पर विवश कर दिया—फिर भी, गोली टांगों पर चलाई थी और अचानक उसके बैठ जाने के कारण जान ले बैठी—मुझे मालूम था, इस चूक के कारण चीफ मेरी फाइल पर एक ऐसा लाल निशान लगा देगा जिसके कारण भविष्य में मुझे मिलने वाली तमाम तरक्कियों पर पूर्णविराम लग जाएगा—इस कारण, जो हुआ उसका मुझे बेहद अफसोस था—फिर सोचा, क्यों न लगे हाथों चीफ के दूसरे हुक्म का भी पालन कर डालूं—शायद कोई सफलता मिले और वह सफलता इतनी बड़ी हो कि पहली असफलता गौण हो जाए—उसका दूसरा आदेश था, अपने लुक्का वाले रूप का लाभ उठाकर तुम्हें परखना—मौका अच्छा था अतः उस आदेश का पालन करने यहां आ पहुंचा—नतीजा सामने है, मुझे पूरा यकीन है, चीफ मेरी इस महान कामयाबी के कारण पहली नाकामयाबी को माफ कर देगा।''

तेजस्वी को काटो तो खून नहीं।

जूड़ी के मरीज की-सी हालत हो गई उसकी—हमेशा जीवंत नजर आने वाली उसकी आंखें इस वक्त निस्तेज नजर आ रही थीं।

मुर्दे की आंखों-सी निस्तेज।

''समझ में नहीं आ रहा नंबर फाइव ने ये किया क्या?'' केन्द्रीय कमांडो दस्ते के एजेंट नंबर वन के चेहरे पर उलझन के भाव थे—''उस शख्स को क्यों मार डाला जिसके जरिए हमें प्रतापगढ़ में ट्रिपल जैड के सक्रिय होने जैसी महत्वपूर्ण सूचना मिली?''

''और आगे भी ट्रिपल जैड तक उसी के माध्यम से पहुंचा जा सकता था।'' एजेंट नंबर टू ने कहा।

श्री बोला—''ट्रेनिंग के दरम्यान हम लोगों के जहन में ठूंस-ठूंसकर यह बात भरी गई है कि उस सूत्र को किसी कीमत पर खत्म नहीं किया जाना चाहिए जिसके जरिए अंधेरे में डूबे रहस्यों तक पहुंचने की संभावना नजर

आती हो—योगेश वैसा ही सूत्र था, नंबर फाइव उसके जरिए ट्रिपल जैड तक पहुंच सकता था।''

''मुमकिन है वह ट्रिपल जैड का भेद जान गया हो?'' नंबर टू ने संभावना व्यक्त की।

''हां, ये हो सकता है।'' नंबर वन की आंखें चमक उठीं—''उसे लगा होगा जो जानकारी योगेश से हासिल की जा सकती थी, की जा चुकी है और अब उसका जीवित रहना उसके लिए व्यर्थ ही नहीं नुकसानदेह भी है—ऐसी अवस्था में हमें सूत्र को नष्ट कर देने की ट्रेनिंग दी गई है—सम्भव है, नंबर फाइव ने इसी स्थिति में पहुंचकर उसे खत्म किया हो।''

''लेकिन मर्डर करने के बाद वह गुम कहां हो गया?''

''हां, ये सवाल उठता है—योगेश की वह गाड़ी पुलिस को एक स्थल पर खड़ी मिल गई है, जिसके जरिए नंबर फाइव घटनास्थल से फरार हुआ था—मगर खुद गायब है जबकि अगर वह ट्रिपल जैड का पता-ठिकाना या उसके बारे में कोई जानकारी प्राप्त कर चुका था तो अब तक यहां पहुंच जाना चाहिए था।''

''पुलिस ने क्या कम जाल बिछा रखा है?''

''पुलिस का जाल उसके लिए क्या मायने रखता है—पुलिस तो लुक्का को ही ढूंढ रही है न, और वह जिस क्षण चाहे लुक्का के व्यक्तित्व को अपनी जेब के हवाले कर सकता है।''

''बिल्कुल सही बात है और इस सही बात के गर्भ से यह सवाल पूरे जोर-शोर के साथ उभरता है कि नंबर फाइव यहां क्यों नहीं आया—कहां, किस चक्कर में उलझा हुआ है वह?''

''कहीं अकेला ही तो ट्रिपल जैड की छाती पर नहीं जा चढ़ा?''

''ऐसी मूर्खता की उम्मीद उससे नहीं की जानी चाहिए।''

''मेरे ख्याल से हमें उसका इंतजार करते रहने या डिस्कशन की जगह मैदान में उतरना चाहिए।'' नंबर थ्री ने राय दी—''ढूंढना चाहिए उसे।''

''कहां ढूंढें?''

''सबसे पहले हम अपना ट्रांसमीटर ऑन करके पुलिस वायरलैस की 'फ्रिक्वेंसीज' कैच करने का प्रयास करते हैं—उससे पता लग जाएगा नंबर फाइव से संबंधित पुलिस के पास लेटेस्ट जानकारी क्या है?''

''अभी कैच करता हूं।'' एजेन्ट नंबर वन ने जेब से माचिस जितना किंतु बेहद शक्तिशाली ट्रांसमीटर निकाल लिया, वह अपने प्रयास में जुट गया,

जबकि नंबर फोर ने कहा—''इतनी सी इन्फॉरमेशन हासिल करने के लिए इतने बखेड़े की क्या जरूरत है—फोन उठाओ, कमिश्नर का नंबर डायल करो—अपना इन्ट्रोडक्शन दो और लेटेस्ट इन्फॉरमेशन मालूम कर लो।''

''कमिश्नर ये नहीं सोचेगा कि लुक्का जैसे टुच्चे बदमाश में हमारी क्या दिलचस्पी हो सकती है?''

''उस पर लुक्का का भेद खोल देने में क्या बुराई है?''

''दिमाग का दीवाला निकल गया है क्या?'' नंबर फोर कह उठा—''कमिश्नर पर उसका रहस्य खोल देने की क्या तुक हुई—लुक्का वाले मेकअप का लाभ उठाकर इंस्पेक्टर तेजस्वी को परखने का काम भी तो चीफ ने नंबर फाइव को सौंप रखा है?''

''ओह!'' नंबर वन उछल पड़ा—''कहीं वह अपने इसी काम को तो अंजाम नहीं दे रहा है?''

''क्या मतलब?'' श्री ने पूछा।

''ये प्वाइंट जमा दोस्तों, बात में वजन है।'' नंबर वन का पूरा चेहरा दमक उठा था—''जिन हालात में इस वक्त लुक्का का व्यक्तित्व घिरा है, इंस्पेक्टर तेजस्वी को परखने के लिए उससे आदर्श सिच्युएशन नहीं हो सकती—अगर मैं लुक्का होता तो सीधा जाकर तेजस्वी से मिलता—मुंहमांगी रिश्वत का लालच देता और योगेश की हत्या के जुर्म से खुद को बचाने की रिक्वेस्ट करता—मेरा ख्याल है नंबर फाइव इस वक्त यही सब कर रहा होगा—हमें पुलिस की नहीं, इंस्पेक्टर तेजस्वी की लोकेशन मालूम करनी चाहिए—वह इस वक्त कहां है, क्या कर रहा है—निश्चित रूप से नंबर फाइव उसके आसपास कहीं होगा।''

तभी, ट्रांसमीटर से निकलकर पुलिस वायरलैस पर सरसरा रही आवाज पूरे कमरे में गूंजने लगी—''हैलो ... हैलो ... लुक्का को रेलवे स्टेशन पर देखा गया है—शायद वह प्रतापगढ़ से भागने की कोशिश कर रहा है—फोर्स स्टेशन पहुंचे—मैं वहीं पहुंच रहा हूं ... अगर कमिश्नर साहब मेरी आवाज सुन रहे हों तो वे भी स्टेशन पहुंचें ... ओवर ... स्टेशन पहुंचें ... ओवर एण्ड ऑल।''

चारों के चेहरे पत्थर की तरह सख्त हो गए थे।

नंबर फाइव मुस्करा रहा था।

वह मुस्कराहट मौत की सिहरन बनकर तेजस्वी के संपूर्ण जिस्म में कौंधती चली गई।

उसका वह दिमाग जो शतरंजी चालें चलने में माहिर था इस वक्त कुंठित होकर रह गया था।

जुबान को जैसे लकवा मार गया था।

नंबर फाइव ने पुनः कहा—"चीफ को शक तो था कि तू घुटी हुई चीज है मगर जब उसे पता लगेगा पांच लाख के लालच में तूने फोन पर कमिश्नर से क्या-क्या डायलॉग बोले तो वह भी दंग रह जाएगा—और अब यह उगलवाना उसका काम है कि तूने काली बस्ती में जाकर थारूपल्ला की खाल उधेड़ने जैसा करिश्माई करतब कैसे कर दिखाया ...?"

उपरोक्त शब्द सुनते ही तेजस्वी के जहन में बिजली-सी कौंधी।

बड़ी तेजी से एक विचार उठा—यह कि नंबर फाइव की ड्यूटी इस वक्त उसे अपने चीफ के सामने पेश करना है।

अर्थात ... उसकी कोशिश मुझे जीवित रखना होगी।

और!

उसकी इस मजबूरी का लाभ उठाया जा सकता है।

तेजस्वी का शतरंजी दिमाग सक्रिय हो उठा था—अचानक उसने पल भर के लिए नंबर फाइव के पीछे मौजूद अपने ऑफिस के दरवाजे को देखा और हल्का-सा इशारा किया—ऐसी कोशिश के साथ जैसे इस इशारे पर नंबर फाइव की नजर न पड़ने देना चाहता हो—साथ ही पुनः अपनी नजरें नंबर फाइव के चेहरे पर गड़ाकर थोड़े उत्साह भरे स्वर में बोला—"तुम मुझे गलत समझ रहे हो दोस्त।"

वही हुआ जो तेजस्वी ने चाहा था।

उसने चाहा था, नंबर फाइव को अपने पीछे किसी की मौजूदगी का वहम हो जाए और यह सोचे कि मैं अनावश्यक रूप से उसे बातों में लगाना चाहता हूं—उस वक्त नंबर फाइव कनखियों से अपने पीछे देखने की कोशिश कर रहा था जब तेजस्वी ने पुनः एक व्यर्थ की बात कही—"मैं वैसा नहीं हूं जैसा तुम सोच रहे हो।"

नंबर फाइव को पूरा यकीन हो गया कि पीछे कोई है तथा तेजस्वी उसे

व्यर्थ की बातों में उलझाने की चेष्टा कर रहा है अतः तेजी से पैंतरा बदलकर खुद को ऐसी पोजीशन में लाना चाहा जिससे एक साथ तेजस्वी और दरवाजे पर मौजूद शख्स को कवर कर सके—जबकि इसी क्षण का लाभ उठाकर तेजस्वी न केवल फर्श पर बैठ गया बल्कि होलेस्टर से रिवॉल्वर भी निकाल लिया।

'धांय!' गड़बड़ी की आशंका होते ही नंबर फाइव ने फायर झोंक दिया।

गोली कुर्सी की पुश्त में धंसी।

तेजस्वी इस वक्त मेज के नीचे था—बाएं हाथ के अंगूठे से वह बटन दबाया जिसके दबते ही थाने के प्रांगण में घंटी की आवाज गूंज उठी—हलचल तो रिवॉल्वर से निकली गोली ही मचा चुकी थी, घंटी की आवाज ने रही-सही कसर पूरी कर दी।

''तुम बच नहीं सकते इंस्पेक्टर!'' बौखलाए हुए नंबर फाइव ने मेज में जोर से ठोकर मारी—''इसकी बैक से निकलकर खुद को मेरे हवाले कर दो, वरना यहां से तुम्हारी लाश उठेगी।''

तेजस्वी मेज के पायों को जकड़े बैठा रहा।

तभी भागते कदमों की आहट ऑफिस के गेट पर आकर रुकी, एक साथ कई स्वर उभरे—''क्या हुआ?''

तेजस्वी पहचान गया, आवाजें पुलिसियों की थीं।

नंबर फाइव की गुर्राहट उभरी—''एक भी हिला तो सबको गोली मार दूंगा—जो जहां है वहीं खड़ा रहे, मैं स्पेशल कमांडो दस्ते का एजेंट हूं और तुम्हारे इंस्पेक्टर को रिश्वत लेने के जुर्म में पकड़ चुका हूं।''

तेजस्वी समझ चुका था, फायर और घंटी की आवाज सुनकर पुलिसिए निहत्थे ही उसके ऑफिस की तरफ दौड़ पड़े होंगे और दरवाजे पर पहुंचते ही खुद को नंबर फाइव की रिवॉल्वर के निशाने पर पाकर हकबकाये खड़े होंगे।

''इंस्पेक्टर साब कहां हैं?'' यह सवाल पांडूराम ने पूछा था।

तेजस्वी ने सोचा, अब नंबर फाइव उसके सवाल का जवाब देगा और उसके लिए ऐसा ही कोई मौका 'स्वर्ण अवसर' था, अतः उधर नंबर फाइव ने कहना चाहा—''वह मेज की बैक ...।''

''धांय!''

तेजस्वी के रिवॉल्वर ने शोला उगला।

गोली नंबर फाइव की कनपटी में जा धंसी।

उसके मुंह से चीख निकली, रिवॉल्वर फर्श पर गिरा।

तेजस्वी द्वारा उसे किसी किस्म का अवसर दिए जाने का सवाल ही न था—पहली गोली की मार से उस वक्त नंबर फाइव शराबी की मानिन्द लड़खड़ा रहा था जब तेजस्वी ने खुद को पूरी तरह मेज की बैक से निकालकर निरंतर दो बार ट्रेगर दबाया—एक गोली पेट में धंसी, दूसरी सीने में।

कटे वृक्ष-सा गिरा वह!

और, अंतिम हिचकी के साथ ठण्डा पड़ गया।

तेजस्वी के हाथ में दबी रिवॉल्वर की नाल से धुआं निकल रहा था।

दरवाजे पर दो पुलिसिए और पांडुराम खड़े थे, इधर तेजस्वी—सभी हकबकाए थे और बीच में पड़ी थी नंबर फाइव की लाश—काफी देर तक वहां ब्लेड की-सी पैनी धार वाला सन्नाटा छाया रहा।

फिर!

एकाएक घनघना उठने वाली फोन की घंटी ने सबको उछाल दिया।

करीब आधे मिनट तक तो तेजस्वी सहित किसी को समझ में ही न आया कि किया क्या जाए—फोन की घंटी निरंतर घनघनाए जा रही थी और फिर, तेजस्वी फोन की तरफ इस तरह लपका जैसे अभी-अभी चेतना लौटी हो—रिसीवर उठाते ही बोला—''थाना प्रतापगढ़!''

''हम बोल रहे हैं तेजस्वी!'' कमिश्नर की आवाज सुनते ही उसके रोंगटे खड़े हो गए।

बुरी तरह बौखला उठा वह—''य ...यस सर!''

''तुम ठीक तो हो?'' सतर्क स्वर में पूछा गया।

पसीने-पसीने हुआ तेजस्वी बोला—''ज-जी हां, ठीक हूं—क्यों?''

''घबराए से लग रहे हो?''

''न-नहीं सर!'' हकलाहट को काबू में रखने की भरसक चेष्टा के साथ कहा उसने—''म-मैं बिल्कुल ठीक हूं—हां, थोड़ा शर्मिंदा जरूर हूं—आप बार-बार फोन कर रहे हैं लेकिन क्या बताऊं सर, लुक्का साला हाथ ही नहीं ...।''

''हमारा ख्याल है वह खुद थाने पहुंचेगा।''

''ज-जी?'' तेजस्वी के हलक से चीख निकल गई।

''और तुमसे कहेगा—मैं हाजिर हूं, योगेश की हत्या के जुर्म में गिरफ्तार कर लो मुझे।''

बौखला गया तेजस्वी—''म-मैं समझा नहीं सर!''

''समझोगे क्या खाक?'' शांडियाल गुर्रा उठे—''हमने जितनी बार फोन

किया, तुम्हें थाने में पाया—जाहिर है उसे तलाश करने तुम अभी तक नहीं निकले—ऐसे हालात में इसके अलावा क्या समझा जा सकता है कि तुम्हें उसके थाने में आकर खुद गिरफ्तारी देने की उम्मीद है?''

''नहीं सर, ऐसी बात नहीं है—एक टुकड़ी सब-इंस्पेक्टर के नेतृत्व में और दूसरी हवलदार पांडुराम के नेतृत्व में हर उस ठिकाने की खाक छानती फिर रही है जहां लुक्का मिल सकता है—मगर दुर्भाग्य से अभी तक उनमें से किसी को सफलता नहीं मिल पाई और मैं ... मैं निकलने ही वाला था कि आपका फोन आ गया।''

''फिलहाल वहीं रहो।''

''क-क्यों सर?''

''हम आ रहे हैं!'' इन शब्दों के साथ उधर से भले ही सामान्य अंदाज में रिसीवर रखा गया हो मगर तेजस्वी को 'धमाके' का स्वर सुनाई दिया—वह 'धमाका' रिसीवर के रखे जाने के कारण कम—शांडियाल के अंतिम शब्दों के कारण ज्यादा धमाकेदार था—कभी न घबराने वाले तेजस्वी को जब पांडुराम ने जूड़ी के मरीज की मानिन्द कांपते देखा तो बोला—''क्या हुआ सर?''

तेजस्वी की चेतना लौटी—रिसीवर को क्रेडिल पर फेंकने के साथ चीखा—''कमिश्नर पहुंचने वाला है पांडुराम—उसे यहां हुई घटना के बारे में पता नहीं लगना चाहिए—जल्दी कर, लाश यहां से हटा।''

''ल-लेकिन सर, ये है कौन?''

''डिटेल बाद में बताऊंगा—फिलहाल इतना समझ ले, अगर ये जिंदा रह जाता तो मुझे अकेले को नहीं बल्कि सारे थाने को, थाने पर तैनात चिड़िया तक को फांसी पर लटकवा देता—मदद कर मेरी, इसे खींचकर हवालात में डलवा—इसकी लाश तक की मौजूदगी हमारे लिए मौत का फंदा है।'' कहने के साथ तेजस्वी ने झपटकर दोनों हाथ नंबर फाइव की लाश की बगलों में डाले और उसे हवालात की तरफ खींचने का प्रयास करने लगा—उधर, पांडुराम ने आगे बढ़कर लाश के पैर पकड़े।

तीनों जख्मों से खून भल्ल-भल्ल करके बह रहा था।

एक सिपाही ने कहा—''सारा ऑफिस खून में सन गया है साब, लाश हटा लें तब भी—यहां की हालत कमिश्नर साहब को सारी कहानी सुना ...।''

''बकवास बंद कर भूतनी के, खून साफ कर।'' तेजस्वी दहाड़ा—''चलो, दोनों लगो।''

दोनों बौखला गए, समझ नहीं पा रहे थे खून कैसे साफ होगा?

खून उगलती लाश को हवालात की तरफ ले जाते पांडुराम ने पूछा—''क्या सचमुच कमिश्नर साहब आने वाले हैं साब?''

''हां, वो उल्लू का पट्ठा अपने भतीजे के कातिल के लिए मरा जा रहा है।''

''वह यही तो है साब।''

''कौन?''

''कमिश्नर साहब के भतीजे का कातिल लुक्का।''

''तूने कैसे पहचाना?''

''मैंने लुक्का को थाने में दाखिल होता देखने के बावजूद यह सोचकर आंखें मूंद ली थीं कि शायद वह आपसे सौदेबाजी करने जा रहा है और मेज पर लम्बे बालों वाली विग तथा लुक्का के चेहरे का मास्क भी रखा है।''

''सोचा मैंने भी यही था—बात भी इस हरामी के पिल्ले ने सौदेबाजी की ही की, मेज पर पड़े दो लाख तूने देख लिए होंगे—मेरी ही मति मारी गई थी जो चक्कर में आ गया—पांच-पांच सौ के नोटों की चार गड्डियां देखकर मुझे सोचना चाहिए था, लुक्का जैसे टुच्चे बदमाश पर वे कैसे हो सकती हैं मगर लालच साला बुद्धि को काम कहां करने देता है—इधर मैंने सौदा कुबूल किया उधर हरामजादे ने विग और फेसमास्क उतारकर कहा 'मैं स्पेशल कमांडो दस्ते का एजेंट नंबर फाइव हूं और रिश्वत लेने के जुर्म में तुम्हें गिरफ्तार करता हूं', मेरे पैरों के नीचे से जमीन खिसक गई—तू ही सोच पांडुराम, इसे लाश में तब्दील कर देने के अलावा रास्ता क्या था?'' कहने के साथ उसने लाश हवालात में पटक दी।

नंबर फाइव की टांगें छोड़कर सीधा खड़ा होता हुआ पांडुराम बोला—''लेकिन साब, अगर कमिश्नर साब आ रहे हैं तो यहां हुई वारदात उनसे छुपाई नहीं जा सकेगी।''

''आ तो वो हरामी का पिल्ला रहा ही है।'' इन शब्दों के साथ तेजस्वी हवालात से पुनः अपने ऑफिस की तरफ लपका—''उसके आने से पहले यहां इतनी सफाई करनी होगी कि ...।''

''नहीं हो सकेगी साब!'' उसके साथ दौड़ते पांडुराम ने कहा—''जरा देखिए तो सही, ऑफिस से लेकर हवालात तक सारा फर्श खून से सना पड़ा है, उन्हें पुलिस ऑफिस से यहां पहुंचने में पंद्रह मिनट से ज्यादा न लगेंगे।''

''तो क्या करें?''

पांडुराम ने राय दी—"उन्हें यहां आने से रोकने का प्रयास।"

तेजस्वी को बात जंची बल्कि आश्चर्य हुआ कि यह छोटी-सी बात उसके दिमाग में क्यों नहीं आई—दोनों पुलिसिए दो कपड़े लिए फर्श पर फैले खून को साफ करने का असफल प्रयास कर रहे थे, तेजस्वी ने कहा—"जल्दी करो हरामजादो—और सफाई से करना, खून का एक कतरा भी कहीं नजर आ गया तो खाल में भूसा भर दूंगा।"

सिपाही जुटे पड़े थे परंतु खून ऐसी चीज नहीं होती जिसके प्रत्येक धब्बे को आनन-फानन में मिटाया जा सके—तेजस्वी ने आगे बढ़कर कमिश्नर का नंबर डॉयल किया, अपनी अंगुलियां उसे बुरी तरह कांपती नजर आईं—फिर भी, रिंग चली गई—दूसरी तरफ से रिसीवर उठाया जाते ही उसने कहा—"इंस्पेक्टर तेजस्वी बोल रहा हूं, कमिश्नर साहब से बात कराओ—जल्दी!"

"वे आपके थाने के लिए निकल चुके हैं।"

"क-क्या?" हलक से स्वतः चीख उबल पड़ी—"कब?"

"मुश्किल से दो मिनट हुए हैं।"

तेजस्वी ने रिसीवर क्रेडिल पर पटक दिया, सम्पूर्ण जिस्म के मसाम रह-रहकर पसीना उगल रहे थे और यही वक्त था जब पांडुराम ने सवाल किया—"क्या हुआ साब?"

"वो हरामी का पिल्ला निकल चुका है।"

पांडुराम को अपने हाथ-पैर ठण्डे पड़ते से लगे, बोला—"अब क्या होगा साब?"

"उसे रोकना होगा पांडुराम—जैसे भी हो उसे रोकना होगा, अगर वह यहां पहुंच गया और ऑफिस की हालत देख ली तो ... तो हमारे पास उसे ठिकाने लगाने के अलावा कोई चारा नहीं रह जाएगा।"

खून साफ करते पुलिसियों के हाथ रुक गए, तेजस्वी के शब्दों ने उनके छक्के छुड़ा दिए थे।

बुरी तरह चकरा चुके पांडुराम के मुंह से निकला—"क-क्या बात कर रहे हैं साब, उन्हें ठिकाने लगाकर भला हम कैसे बच सकते हैं—वायरलैस के जरिए यहां के लिए उनकी रवानगी की जानकारी पूरे विभाग को होगी और यहां पहुंचने के बाद अगर वो हमेशा के लिए गायब हो गए तो ...।"

"व-वायरलेस!" तेजस्वी उछल पड़ा—"वायरलेस ही अब एकमात्र ऐसा हथकण्डा है जिसके जरिये उस भूतनी वाले को यहां पहुंचने से रोका जा सकता है।"

''कैसे साब?''

''गुड!'' अचानक तेजस्वी चुटकी बजा उठा, अंदाज ऐसा था जैसे हल सोच लिया हो, बोला—''वायरलैस जीप में है और जीप प्रांगण में खड़ी है—मैं उस पर कमिश्नर के लिए मैसेज प्रसारित करता हूं कि मुझे अभी-अभी लुक्का के रेलवे-स्टेशन पर होने और प्रतापगढ़ से भागने की कोशिश करने की सूचना मिली है—अतः मैं स्टेशन की तरफ बढ़ रहा हूं, वे भी वहीं पहुंचें।''

''ओ.के. सर, यही ठीक रहेगा।''

''तू एक सिपाही के साथ यहां रह—ऑफिस और हवालात की सफाई करने की चेष्टा कर, दूसरे सिपाही को मैं साथ लिए जाता हूं—कमिश्नर को यहां नहीं पहुंचने दूंगा ये मेरी गारंटी रही।''

घबराए हुए पांडुराम ने कहा—''कोई और भी तो आ सकता है साब!''

''मैं ऑफिस का दरवाजा बंद करके बाहर ताला लटका देता हूं।''

''क्या ये अजीब स्थिति नहीं होगी—सारे थाने में केवल हम दो और वो भी ताले में बंद—उसके अलावा सारा थाना खाली ... कोई पब्लिक का आदमी आ सकता है, लुक्का की तलाश में गए हमारे साथी लौट सकते हैं।''

''उफ्फ ... तू तो नई-नई समस्याएं खड़ी करके टाइम बरबाद कर रहा है पांडुराम।'' उत्तेजना के कारण तेजस्वी झुंझला उठा—''तो ऐसा करते हैं—एक सिपाही मेरे साथ जाएगा, दूसरा थाने के मुख्य द्वार पर पहरा देगा—तू यहां ताले में बंद रहकर सफाई करने की कोशिश कर।''

''अ-अकेला?'' पांडुराम के होश फाख्ता हो गए।

''क्यों ... क्या नंबर फाइव की लाश हवालात से बाहर आकर तेरा गला दबा देगी?''

''मैं अकेला यहां बंद रहकर कर ही क्या सकूंगा साब—मेरे ख्याल से इस वक्त हमें यहां की सफाई के झंझट में न पड़कर इस कोशिश में लगना चाहिए कि कोई भी शख्स किसी कीमत पर आपके ऑफिस में न पहुंच सके—एक बार ये खतरा टल जाए, उसके बाद आराम से सफाई होगी—थाना हमारा है, हम यहां के मालिक हैं—कौन रोकेगा हमें?''

''ये भी ठीक है ...।''

''ऑफिस के दरवाजे पर ताला लटकाकर चाबी अपनी जेब में डाल लीजिए।''

"तू ताला लगा—मैं वायरलैस पर मैसेज देता हूं।" तेजस्वी ने एक सिपाही से कहा—"तू मेरे साथ आ बे!"

सिपाही फौरन खड़ा हो गया।

"ऐसे ही चलेगा क्या?" तेजस्वी उसके खून से सने हाथ देखकर झुंझलाया—"इन्हें धोकर आ!"

"खून तो आपके जूतों पर भी लगा है सर।"

तेजस्वी ने बौखलाकर जूतों पर नजर डाली और दोनों जूतों की नोक पर लगे खून को देखकर अपने बाल नोच डालने को जी चाहा—जहां एक-एक सेकेंड भारी हो रहा था वहां एक के बाद दूसरी समस्या मुंह बाए खड़ी नजर आ रही थी—घबराकर उसने जूते उतारे, बोला—"जा—अपने हाथ और जूते धोकर जीप के पास पहुंच।"

चारों गड्डियां, विग और लुक्का का फेसमास्क तथा रिवॉल्वर जेब के हवाले करने के साथ वह ऑफिस के दरवाजे से बाहर निकलता हुआ चीखा—"ताला लगाकर चाबी मेरे पास ले आ पांडुराम।"

पैरों में केवल जुराब डाले आंधी-तूफान की तरह जीप के नजदीक पहुंचा और उखड़ी सांसों के साथ वह मैसेज प्रसारित करने में जुट गया जो कमिश्नर की दिशा रेलवे स्टेशन की तरफ मोड़ देने वाला था—मैसेज दे चुकने के बाद उसने राहत की आधी सांस ही ली थी कि सिपाही अपने हाथ और उसके जूते धोकर दौड़ता हुआ नजदीक आया—जूतों से पानी चूता देखकर तेजस्वी ने माथा पीट लिया, पट्ठा जूतों की नोक धोने की जगह उन्हें स्नान करा लाया था।

प्लेटफार्म पर कदम रखते ही तेजस्वी की नजर चार गंजों पर पड़ी।

माथा ठनका।

बल्कि यह कहा जाए तो ज्यादा मुनासिब होगा कि दिलोदिमाग को ऐसा झटका लगा जैसा अचानक चार शेरों से घिर जाने पर बकरी को लगता होगा।

भीड़ को चीरते हुए वे उसकी तरफ बढ़े।

तेजस्वी के मसामों ने एक साथ ढेर सारा पसीना उगल दिया।

नियंत्रित रखने की लाख चेष्टाओं के बावजूद दिमाग पर घबराहट काबिज होती चली गई— उनकी 'एक्स-रे' कर डालने वाली नजरों से बचने की खातिर तेजस्वी ने ऐसा प्रदर्शित किया जैसे उन्हें देखा ही न हो और उनकी तरफ पीठ करके प्लेटफार्म पर मौजूद भीड़ का निरीक्षण करने का अभिनय करने लगा।

ऐसा दृश्य था जैसे समूचे प्रदेश की पुलिस प्रतापगढ़ स्टेशन पर सिमट आई हो—चप्पे-चप्पे पर पुलिसिए तैनात थे और हर व्यक्ति को इस तरह घूर रहे थे जैसे वही लुक्का हो—इधर केन्द्रीय कमांडो दस्ते के चारों गंजे उसके नजदीक पहुंचने वाले थे, उधर तेजस्वी की नजर कमिश्नर पर पड़ी।

गंजों के कहर से बचने के लिए उसने शांडियाल के नजदीक पहुंचकर जोरदार सैल्यूट मारा।

''आ गये तुम?'' शांडियाल के स्वर में व्यंग्य था।

तेजस्वी ने पूछा—''नजर आया सर?''

''एक-एक आदमी को चैक किया जा रहा है, लुक्का नजर नहीं आ रहा।''

तेजस्वी ने कुछ कहने के लिए मुंह खोला मगर उससे कोई आवाज निकलने से पहले ही एक हाथ ने उसके कंधे को स्पर्श किया—तेजस्वी को एहसास था कि ये हाथ चार गंजों में से किसी एक का है और मात्र इस एहसास के कारण ही संपूर्ण जिस्म में चार सौ चालीस वोल्ट का करेंट दौड़ गया।

''हैलो इंस्पेक्टर!'' इन शब्दों के साथ पहले एक गंजा सामने आया, उसके बाद बाकी तीनों भी सामने आ गये—तेजस्वी ने अपने चेहरे पर हैरत के समुचित भाव उत्पन्न करने के साथ पूछा—''आप लोग यहां?''

''क्यों?'' एक ने धमाका किया—''क्या कुछ देर पहले तुमने हमें नहीं देखा था?''

''न-नहीं तो!'' तेजस्वी का दिल उसकी पसलियों से सिर टकराने लगा।

''कमाल है!'' दूसरा बोला—''हमें तो ऐसा ही लगा जैसे देखने के बावजूद हमें पहचाने न हो?''

तेजस्वी ने हंसने के प्रयत्न में अपनी बौखलाहट छुपानी चाही—''आप लोगों का हुलिया ही ऐसा होता है कि एक बार देखने के बाद कोई भूल नहीं सकता।''

''यही तो हम सोच रहे थे।'' तीसरे ने कहा—''कि तुम हमें भूल कैसे गए?''

''असल में मेरी नजरें लुक्का को ढूंढ रही थीं।''

''फिर भी, कमिश्नर साहब को तुरंत देख लिया तुमने।'' चौथा उसे घूर रहा था—''हम लोग लगभग कमिश्नर साहब के साथ ही यहां पहुंचे हैं—पांच मिनट हो गए, मगर लुक्का नजर नहीं आया।''

''क्या आप लोग भी उसी की तलाश कर रहे हैं?''

''हां!''

''क्यों?''

''क्यों से मतलब?''

''म-मेरा मतलब ये पुलिस का काम है।'' तेजस्वी हड़बड़ा गया—''योगेश का मर्डर और लुक्का की तलाश आप लोगों के स्टैण्डर्ड से बहुत नीचे की बात है।''

''ये बात ट्रेनिंग के दरम्यान हमें घुट्टी की तरह पिलाई जाती है इंस्पेक्टर कि जहां रहो वहां घटने वाली छोटी-से-छोटी घटना से जुड़े रहो, क्योंकि छोटी-छोटी घटनाओं के सूत्र ही अंततः बड़ी वारदात से जाकर मिलते हैं।''

''हमारे ख्याल से तुम्हारी मिली इन्फॉरमेशन गलत थी तेजस्वी!'' बेचैन नजर आ रहे शांडियाल ने कहा—''न लुक्का यहां है, न ही था।''

नंबर टू ने सीधे तेजस्वी से पूछा—''ये खबर तुम्हें दी किसने थी?''

तेजस्वी संभला—उसे मालूम था, जवाब देने में हुई हल्की सी चूक बवाले जान बन जाएगी—ये गंजे इतने काइयां हैं कि जरा-सा शक होने पर उसके मुंह से निकले हर शब्द की पुष्टि करने पर जुट जाएंगे, अतः मुंह से वे शब्द निकालने चाहिएं जिनकी पुष्टि न हो सके, बोला—''फोन पर सूचना मिली थी मुझे!''

''फोन पर?'' नंबर थ्री उछल पड़ा—''किसका फोन था?''

''उसने अपना परिचय नहीं दिया—मैंने पूछा तो यह कहकर संबंध विच्छेद कर दिया कि आम खाओ इंस्पेक्टर, पेड़ गिनने से क्या लाभ?''

''और तुम आम खाने निकल पड़े?'' नंबर फोर ने व्यंग्य किया।

नंबर दो बोला—''साथ ही वायरलेस पर ढिंढोरा पीट दिया ताकि सारा पुलिस विभाग आम खाने आ जुटे!''

''तुम्हें हो क्या गया है तेजस्वी?'' शांडियाल झुंझला उठे—''एक अज्ञात व्यक्ति के फोन के बूते पर तुम यह मान कैसे बैठे कि लुक्का यहां होगा?''

''समझने की कोशिश कीजिए सर, ऐसे मौकों पर अज्ञात लोगों के फोन कई बार कारगर सिद्ध हो जाते हैं—ऐसा काम उस शख्स के दुश्मनों में से कोई करता है जिसे पुलिस तलाश कर रही हो और चाहता है कि उसका नाम भी ओपन न हो।''

''मेरे ख्याल से फोन झूठा था!'' नंबर वन ने कहा।

''क्या मतलब?''

''लुक्का का यहां न मिलना अपने आप फोन को झूठा प्रमाणित कर देता है।''

''मैं नहीं मानता।'' तेजस्वी तिलमिला उठा—''मुमकिन है लुक्का यहीं हो मगर हमें मिल न पा रहा हो या हम लोगों के पहुंचने से पहले रफूचक्कर हो गया हो—मेरा मतलब, उसके न मिलने से एकमात्र यही बात सिद्ध नहीं होती कि फोन झूठा था—कुछ और भी हो सकता है, कुछ भी—क्या ऐसे वाकये नहीं होते कि वांछित व्यक्ति वहीं कहीं छुपा होता है जहां तलाश किया जा रहा हो लेकिन मिल नहीं पाता?''

''यानि तुम्हें विश्वास है, फोन पर दी गई सूचना सही थी?''

''ऐसा कब कहा मैंने?'' तेजस्वी अड़ गया—''मुमकिन है आप लोगों की धारणा सच हो, मगर अभी यह केवल धारणा है, प्रमाणित नहीं हो गया है।''

''तो प्रमाणित कब होगा?''

''जब लुक्का पकड़ा जाएगा—खुद बताएगा कि जब हम स्टेशन पर उसे तलाश कर रहे थे, तब वह कहां था?''

''तो तुम उसे तलाश करना चाहते हो?''

''कोशिश करना मेरी ड्यूटी है और फिर, अभी तो यहां पहुंचा हूं—आप लोगों ने अपनी बातों में उलझा लिया ...।''

''इंस्पेक्टर साहब ठीक कह रहे हैं भाई।'' नंबर फोर ने कहा—''इन बेचारों को अभी मौका ही कहां मिला है! जाइए इंस्पेक्टर साहब—सारा स्टेशन छान मारिए, शायद लुक्का आप ही का इंतजार कर रहा हो!''

तेजस्वी के जहन पर इस वक्त खौफ नहीं बल्कि प्रतिद्वन्द्विता की भावना सवार थी।

झुंझलाया हुआ था वह, खुद को गंजों से श्रेष्ठ सिद्ध करना चाहता था।

और!

ऐसा करने का एक हथकंडा उसकी जेब में था।

वही उसने किया!

इस वक्त थाने से आया एक पुलिसिया उसके साथ था।

पटरियों पर खड़ी एक खाली ट्रेन के टॉयलेट कर दरवाजा खोलकर

तेजस्वी ने जेब से विग और फेसमास्क निकाला, बाथरूम के फर्श पर डाला और दरवाजा वापस बंद कर दिया।

सिपाही भौंचक्का रह गया, बोला—''ये आपने क्या किया साब?''

''खामोश रहकर तमाशा देखता रह और याद रख, इस कम्पार्टमेंट में हमने कभी कदम नहीं रखा।'' कहने के साथ सिपाही को लगभग खींचता हुआ वह प्लेटफॉर्म पर आ गया—कुछ देर अन्य पुलिस वालों की तरह लुक्का की तलाश में भटकता रहा और तब, जब घूम-घामकर वापस कमिश्नर और केन्द्रीय कमांडो दस्ते के गंजों के नजदीक पहुंचा, एक गंजे ने व्यंग्यपूर्वक पूछा—''मिला?''

तेजस्वी ने निराशाजनक मुद्रा में गर्दन हिला दी।

गंजे यूं मुस्कुराए जैसे परिणाम के बारे में पहले से जानते हों।

''शायद आप लोगों का अनुमान सही है!'' तेजस्वी ने हथियार डाल दिए—''वाकई किसी ने झूठा फोन करके मुझे बेवकूफ बनाया है और मैं बन गया।''

कोई कुछ नहीं बोला।

अंततः शांडियाल ने कहा—''एनाउन्स करा दो, पुलिस वाले सर्च बंद कर दें।''

तेजस्वी ने एक सब-इंस्पेक्टर को एनाउन्समेंट केन्द्र भेज दिया।

उस वक्त स्टेशन पर एनाउन्समेंट गूंज रहा था जब स्टेशन मास्टर लगभग दौड़ता हुआ उनके नजदीक पहुंचा और उखड़ी सांसों को नियंत्रित करने के प्रयास में हांफता हुआ बोला—''य-ये देखिए साहब, ये क्या है?''

उसके हाथ में विग और फेसमास्क देखकर चारों गंजे उछल पड़े।

शांडियाल भी चौंका।

और!

उस वक्त गंजे सवालिया नजरों से एक-दूसरे की तरफ देख रहे थे जब बुरी तरह चौंक पड़ने की लाजवाब एक्टिंग करते तेजस्वी ने स्टेशन मास्टर के हाथ से विग और फेसमास्क लगभग झपट लिए—फेसमास्क को हवा में लहराता कह उठा वह—''अरे, ये-ये तो लुक्का ... मगर ... ये कैसे हो सकता है?''

''ल-लुक्का?'' शांडियाल की खोपड़ी घूम गई—''लुक्का का फेसमास्क?''

''और वैसी ही विग जैसे वह बाल रखता था।'' इस बार तेजस्वी ने विग हवा में लहरा दी।

शांडियाल की खोपड़ी में कुछ नहीं घुस रहा था, बड़बड़ा कर रह गए—''य-ये क्या मामला है?''

''क्या आप लोगों की समझ में कुछ आ रहा है?'' तेजस्वी ने हैरान परेशान गंजों से पूछा—''लुक्का आदमी था या बहरूपिया, एक जीते-जागते आदमी की जगह उसके बाल मिल रहे हैं—चेहरा मिल रहा है, चक्कर क्या है ये?''

नंबर वन ने स्टेशन मास्टर से पूछा—''ये दोनों चीजें तुम्हें कहां से मिलीं?''

''पटरियों पर खड़ी एक खाली ट्रेन के टॉयलेट से सफाई कर्मचारी को मिली हैं—वह मेरे पास ले आया।''

स्टेशन पर हलचल मच गई थी—सफाई कर्मचारी को बुलाया गया, ढेरों सवाल किए गए—वह उन्हें उस टॉयलेट में ले गया जहां से विग और फेसमास्क मिला था। मगर नतीजा न कुछ निकलना था—न निकला—रह-रहकर एक-दूसरे से आंख मिला रहे गंजे जैसे पूछ रहे थे—'क्या तुम्हारी समझ में कुछ आया?'

अंततः तेजस्वी ने कहा—''मेरे ख्याल में अब लुक्का हमें कभी नहीं मिलेगा।''

''क्यों?'' नंबर फोर ने पूछा।

''लुक्का के रूप में जिस चेहरे को हम जानते थे, वह मिल गया है।''

''फिर?''

''फिर क्या?'' तेजस्वी ने उनकी तरफ हिकारत भरी नजरों से देखा—''क्या इन दोनों चीजों को देखने के बावजूद इतनी सी बात तुम लोगों के भेजे में नहीं घुसी कि लुक्का कोई छोटा-मोटा गुण्डा नहीं बल्कि बहुत पहुंची हुई चीज था—ऐसी, जिसकी वास्तविक शक्ल तक से हम लोग वाकिफ नहीं हैं।''

''हम समझे नहीं इंस्पेक्टर, तुम कहना क्या चाहते हो?''

''या तो तुम लोग समझकर भी अनजान बन रहे हो या निरे बेवकूफ हो।'' तेजस्वी ने गिन-गिनकर बदला लेना शुरू कर दिया—''इन दोनों चीजों की बरामदगी अपने आप चीख-चीखकर कह रही है कि दुनिया में उस शक्ल का कभी कोई आदमी था ही नहीं जिस शक्ल के आदमी को हम लुक्का कहते और समझते रहे—वह कोई और था जिसने इस शक्ल और विग की मदद से खुद को प्रतापगढ़ में लुक्का के नाम से मशहूर किया और जिसने

ऐसा किया, जाहिर है कोई बहुत बड़ा खिलाड़ी रहा होगा—बड़े खिलाड़ी के मकसद भी बड़े होते हैं, वैसे भी—कोई किसी छोटे मकसद के लिए इतना बड़ा खेल नहीं खेलेगा कि खुद को किसी क्षेत्र विशेष में नकली चेहरे और नकली नाम से स्थापित कर ले—यह तो ऊपरवाला जाने कि वह कौन था, क्या खेल खेल रहा था या उसका क्या उद्देश्य था? मगर यह तय है, जब उसने देखा कि लुक्का बना रहकर पुलिस के चंगुल से बच नहीं पाएगा तो इस नकली परिचय से मुक्ति पा ली और अब ... अब वह हमारी अगल-बगल में ही खड़ा हो तो हम उसे पहचान नहीं सकते।''

शांडियाल हैरान था जबकि चारों गंजे दिल ही दिल में कुबूल कर चुके थे कि तेजस्वी सारे मामले को ठीक-ठीक समझ रहा है—उसके दिमाग की दाद भी दे रहे थे जबकि खुलकर उनमें से एक ने इतना ही कहा—''लगता है, तुम ठीक कह रहे हो इंस्पेक्टर—वाकई, लुक्का एक काल्पनिक पात्र था जिसमें लोग उलझे रहे।''

''मेरा ख्याल है, अब यह बात आपकी समझ में आ गई होगी कि फोन झूठा नहीं था—न मैं भ्रमित हुआ—ना ही पुलिस विभाग—फोनकर्त्ता जो भी था, उसने स्टेशन पर लुक्का को देखा था और उसके बाद, लुक्का उसके लिए भी गधे के सींग की तरह गायब हो गया होगा।''

''अब ये सारी बातें शीशे की तरह साफ हैं।'' नंबर एक को कहना पड़ा—''स्वीकार करते हैं इंस्पेक्टर, हम गलत थे और तुम सही—तुम पर किए गए कटाक्षों का हमें अफसोस है।''

तेजस्वी के सीने में धधक रही आग को ठंडक मिली।

''इन दोनों चीजों की बरामदगी के बाद जहां पेचीदगी बढ़ गई है वहीं मामला पहले से कहीं ज्यादा महत्त्वपूर्ण हो गया है तेजस्वी!'' कमिश्नर साहब गंभीर स्वर में कहते चले गए—''अब तक जहां लुक्का की तलाश हमें केवल योगेश हत्याकाण्ड का रहस्य खोलने जैसे छोटे उद्देश्य के लिए करनी थी वहीं, अब वे सारे सवाल हमारे सामने मुंह बाये खड़े हैं जो तुमने उठाए—लुक्का बना हुआ ये शख्स कौन था—क्या उद्देश्य था उसका—अपने उद्देश्य को पूरा कर चुका अथवा योगेश की हत्या के कारण मजबूरीवश समय से पहले लुक्का वाला बहरूप त्यागना पड़ा—इन सब सवालों के जवाब ज्यादा महत्त्वपूर्ण इसलिए हैं क्योंकि वे जवाब प्रतापगढ़ में रचे जा रहे किसी बड़े षड्यंत्र का पर्दाफाश कर सकते हैं।''

''मैं सहमत हूं सर, मगर क्योंकि हमारे पास यह पता लगाने का कोई

जरिया नहीं है कि ये विग और चेहरा किसके सिर और चेहरे पर फिक्स था, अतः आगे बढ़ने के लिए एकमात्र साधन योगेश के जीवन की छानबीन रह जाती है।''

''मतलब?''

''वह जो भी है, लुक्का के रूप में योगेश के सम्पर्क में था—योगेश का मर्डर किया है उसने—जाहिर है, कोई कारण रहा होगा—मुमकिन है वह कारण कहीं जाकर लुक्का बने व्यक्ति के कथित बड़े उद्देश्य से जुड़ता हो—योगेश हत्याकाण्ड का कारण जानने के लिए हमें उसकी जिंदगी में झांकना पड़ेगा—वह सचमुच स्मैक लेता था या नहीं—लेता था तो सप्लायर कौन था और बदले में योगेश से क्या चाहता था आदि, आदि।''

''चाहे जो करो तेजस्वी, चाहे जिसकी जिंदगी खंगालो—मगर हम इस रहस्य पर से पर्दा उठा देखना चाहते हैं।''

''आप न कहते तब भी मैं पूरा प्रयास करता सर।'' तेजस्वी अपना सिक्का जमाने का कोई अवसर चूकना नहीं चाहता था—''आखिर ये मेरे थाना-क्षेत्र का मामला है, रहस्यों पर से पर्दा हटाना मेरी ड्यूटी है।''

ट्रांसमीटर पर ठक्कर का गंभीर स्वर उभरा—''उसके बाद क्या हुआ?''

''हम लोग अपने ठिकाने पर लौट आए सर।'' नंबर वन ने बताया—''इस आशा के साथ कि शायद नंबर फाइव इस बीच यहां पहुंच गया हो।''

''मगर वह नहीं पहुंचा?''

''तभी तो चिंतित होकर आपसे संपर्क स्थापित किया है।''

''हमारे ख्याल से अब वह कभी किसी को नजर नहीं आएगा नंबर वन।''

''ज-जी!'' नंबर वन के हलक से चीख निकल गई—''क-क्या मतलब?''

''जो कुछ तुमने बताया, उससे स्पष्ट ध्वनित होता है कि नंबर फाइव अब इस दुनिया में नहीं है।''

''स-सर ...।''

''अगर उसका उद्देश्य पुलिस से पीछे छुड़ाना था तो विग और फेसमास्क को जेब में डाल लेना काफी था—उन दोनों चीजों को ट्रेन के टॉयलेट में डालने की क्या जरूरत थी उसे?''

नंबर वन की ज़ुबान तालू से जा चिपकी, कुछ कहते न बन पड़ा उस पर।

''हमें दुःख है नंबर वन—हालात की भाषा समझने में तुम अभी तक सक्षम नहीं हुए हो—परिस्थितियां चीख-चीखकर बता रही हैं—विग और फेसमास्क टॉयलेट में नंबर फाइव ने नहीं फेंके—ऐसा करने की उसे जरूरत ही नहीं थी—वह इतना 'कूढ़मगज' नहीं था, समझता होता कि अगर वे दोनों चीजें उसने टॉयलेट में छोड़ीं तो उनकी बरामदगी पुलिस को बता देगी कि लुक्का एक काल्पनिक व्यक्ति था और फिर उसकी तलाश शुरू हो जाएगी जो लुक्का बना—दोनों चीजों को अपनी जेब के हवाले करने में फायदा था ताकि पुलिस सदियों तक लुक्का को ढूंढती रहे।''

''तो क्या विग और फेसमास्क टॉयलेट में किसी और ने डाले?''

''हालात यही कह रहे हैं।''

''तब तो स्पष्ट है सर, उसका भेद किसी पर खुल गया होगा।''

''अब तुम्हारा जहन थोड़ा-थोड़ा सक्रिय हुआ है।''

''सवाल उठता है, किस पर—वह कौन है जिसने वे दोनों चीजें टॉयलेट में डालीं?''

''दो व्यक्तियों में से एक है—ट्रिपल जैड या इंस्पेक्टर तेजस्वी।''

''ज-जी?''

''ट्रिपल जैड का नंबर सैकिंड है, फस्ट नंबर पर तेजस्वी को रखा जाए तो गलत न होगा।''

''मैं समझा नहीं सर?''

''उसे दो काम सौंपे गए थे—ट्रिपल जैड का ठिकाना मालूम करना और इंस्पेक्टर को परखना—अगर वह योगेश को मारने से पूर्व ट्रिपल जैड का ठिकाना मालूम कर चुका था तो निश्चित रूप से वहां जाकर उससे भिड़ गया होगा, टॉयलेट से बरामद विग और फेसमास्क उनके टकराव का परिणाम बता रहे हैं।''

''यानि ट्रिपल जैड ने उसे ...।''

''अगर वह ट्रिपल जैड का पता उगलवाए बगैर योगेश को खत्म करने की मूर्खता कर बैठा था तो तुरंत ही यह एहसास हो गया होगा कि इस गलती के लिए हम उसे क्षमा नहीं करेंगे—संभव है, अपनी इस मूर्खता पर पर्दा डालने के लिए इंस्पेक्टर को परखने पहुंच गया हो—वहां कोई गड़बड़ हुई हो।''

''इंस्पेक्टर को फस्ट और ट्रिपल जैड को सैकिंड नंबर पर किन कारणों से रखा जाए सर?''

''तुमने बताया—प्रत्यक्षदर्शियों के मुताबिक लुक्का ने योगेश की टांगों पर गोली चलाई थी जो अचानक उसके बैठ जाने के कारण सिर में लगी—इससे लगता है नंबर फाइव की मंशा उसे मार डालने की न थी यानि तब तक वह योगेश से ट्रिपल जैड का ठिकाना नहीं उगलवा पाया था—अगर यह सच है तो वह ट्रिपल जैड से नहीं बल्कि इंस्पेक्टर से भिड़ा होगा—उधर, तुम्हारे मुताबिक स्टेशन पर इंस्पेक्टर और तुम लोगों के बीच इस बात को लेकर अच्छी-खासी झड़प हो गई थी कि लुक्का स्टेशन पर पहुंचा था या नहीं—यहां तक कि इंस्पेक्टर खीझ उठा था और फिर, वह स्वयं स्टेशन का एक चक्कर लगाकर आया—बाद में विग और फेसमास्क मिले, संभव है ये हरकत उसने खुद को तुम लोगों से श्रेष्ठ साबित करने के लिए की हो।''

''अब हमारे लिए क्या हुक्म है?''

''इंस्पेक्टर को अच्छी तरह टटोलो बल्कि हाथ धोकर पीछे पड़ जाओ उसके—लुक्का का रहस्य भी खोलना पड़े तो कोई गम नहीं—हालांकि हम यहां वी.आई.पी. की सुरक्षा व्यवस्था में व्यस्त हैं मगर मौका मिलते ही वहां आएंगे—चिरंजीव कुमार के दौरे से पहले प्रतापगढ़ में सब कुछ ठीक करना होगा।''

''आप प्रदेश के सबसे योग्य शल्य चिकित्सक हैं डॉक्टर साहब।'' देशराज ने सफेद बालों वाले अधेड़ व्यक्ति से कहा—''केवल इसलिए आपको कष्ट दिया।''

डॉक्टर शुक्ला अपनी नाक पर थोड़ा नीचे सरक आया मोटे लैंसों का चश्मा दुरुस्त करता हुआ बोला—''आपके तो अभी मैं नाम से भी परिचित नहीं हूं जनाब, कमिश्नर साहब ने अनुरोध किया और मुझे आना पड़ा।''

''इसका नाम देशराज है डॉक्टर साहब!'' शांडियाल ने कहा—''इसे एक ऐसे मिशन पर जाना है जिसकी कामयाबी और नाकामयाबी हमारे मुल्क का भाग्य निर्धारित करेगी।''

''ये विषय आप पुलिस वालों के लिए है—मेरा काम है, इलाज करना—और यहां मुझे कोई मरीज नज़र नहीं आ रहा।'' डॉक्टर शुक्ला कहता चला गया—''आपने फोन पर कहा था मैं वे औजार लेता आऊं जो आमतौर पर ऑपरेशन में काम आते हैं—सोचा, शायद किसी वी.आई.

पी. के ऑपरेशन का मामला है—आपके पुलिसियों द्वारा जिस ढंग से मुझे कोठी के इस बेसमेंट में मुझे पहुंचाया गया है वह इतना रहस्यमय था कि मैं ये सोचने पर विवश हो गया—आखिर मामला क्या है?''

''हम ज्यादा लोगों को यह पता नहीं लगने देना चाहते कि देशराज किसी मिशन पर रवाना होने वाला है ...।'' शांडियाल ने समझाया—''जिन पुलिस वालों ने आपको वहां पहुंचाया है, उन तक को यहां चल रहे चक्कर के बारे में कुछ मालूम नहीं है।''

''लेकिन इनकी अपनी उपयोगिता अभी तक मेरी समझ में नहीं आई।''

''बोलो देशराज, डॉक्टर साहब को बताओ, इन्हें क्या करना है?''

डॉक्टर शुक्ला ने देशराज की तरफ देखा।

देशराज ने जेब से एक लिफाफा निकाला—उसमें से बहुत सारे कलर्ड और ब्लैक एण्ड व्हाइट फोटो निकालकर मेज पर सजा दिए—वे सभी फोटो जुंगजू के थे, बोला—''क्या आप इसे पहचानते हैं?''

''नहीं।''

''यह देश का दुश्मन है और मुझे 'यह' बनकर इसके साथियों के बीच जाना है।''

''इसमें मैं क्या कर सकता हूं?''

''आपको मुझे 'ये' बनाना है।''

शुक्ला ने बहुत ध्यान से देशराज के चेहरे और फिर जुंगजू के फोटुओं को देखा—होंठों पर ऐसी मुस्कान उभरी—जैसे बुजुर्ग बच्चे की बचकानी बात सुनकर मुस्कराया हो, बोला—''क्या यहां किसी फिल्म की शूटिंग चल रही है?''

''मैं समझा नहीं डॉक्टर साहब ...।''

''जो तुमने कहा वह केवल फिल्मों में मुमकिन है बरखुरदार।'' कहने के बाद वह कमिश्नर से मुखातिब हुआ—''आपको मेरे टाइम की कीमत मालूम है शांडियाल साहब—मुझे उम्मीद नहीं थी आप उसे इस तरह जाया करेंगे।''

''मेरा कहना भी यही था बल्कि है कि जो देशराज चाहता है वह नहीं हो सकता—मगर यह माना नहीं, बराबर आपको बुलाने की जिद करता रहा।''

''अगर किसी के जिस्म के एक हिस्से का गोश्त गायब हो जाए, किसी की खाल जल जाए तो आप उसी के जिस्म के किसी अन्य भाग से गोश्त लेकर अथवा किसी अन्य के गोश्त से जख्म को 'फुलअप' कर देते हैं।'' देशराज कहता चला गया—''लोगों का कहना है आपके द्वारा ऑपरेट जख्म के निशान तक कुछ दिन बाद नजर नहीं आते।''

''वो सब ठीक है बरखुरदार, लेकिन शल्य चिकित्सा की कुछ लिमिटेशन्स हैं—तुम्हें शांडियाल साहब या शांडियाल साहब को तुम नहीं बनाया जा सकता।''

''आज ही एक केस हुआ है—आपने सुना होगा, कमिश्नर साहब के भतीजे की हत्या के जुर्म में पुलिस को लुक्का नाम के बदमाश की तलाश थी लेकिन मिला उसका फेसमास्क—कहते हैं उस फेसमास्क के जरिए कोई अन्य व्यक्ति लुक्का बना हुआ था?''

''जरूर बना होगा—लेकिन वास्तव में उस शक्ल का दुनिया में कोई आदमी नहीं होगा।''

''मतलब?''

''फेसमास्क बनने संभव हैं लेकिन ऐसा फेसमास्क बनना संभव नहीं है जिसे धारण करके कोई 'तुम' बन जाए। फर्क समझो, ऐसे चेहरे का मास्क तैयार किया जा सकता है जो दुनिया में कहीं होगा ही नहीं, मगर हू-ब-हू नकल नहीं की जा सकती—किसी ने बहुत मेहनत करके नब्बे-पिच्चानवें परसैंट शक्ल मिला भी दी तो कारगर सिद्ध नहीं होगी क्योंकि तुम्हारे चेहरे पर पसीना आ सकता है, जबकि तुम्हारा फेसमास्क पहने व्यक्ति के चेहरे पर पसीना नहीं आएगा।''

''मैं आपसे जुंगजू के चेहरे का मास्क बनाने के लिए कब कह रहा हूं?''

''और क्या चाहते हो?''

''जुंगजू के फोटुओं को ध्यान से देखिए, चेहरा जला हुआ है।''

''देख चुका हूं बरखुरदार, तेजाब से जला हुआ चेहरा है ये।''

''मुझे अपने चेहरे पर ठीक वहां वैसा ही जख्म चाहिए जहां, जैसा जुंगजू के चेहरे पर है—जहां, जैसी जली हुई चुड़चुड़ी खाल की झुर्री है वहां, वैसी ही झुर्री चाहिए—क्या आप ये करिश्मा नहीं कर सकते?''

''कैसे हो जाएगा ये करिश्मा, ऐसा कौन सा औजार है जो तुम्हारे चेहरे की कसी हुई खाल में जख्म और झुर्रियां बना देगा?''

''अगर ये खाल इतनी कसी हुई न हो तो?''

''मतलब?''

''अगर खाल ऐसी पोजीशन में मिले जिसमें आप अपने औजारों की मदद से चाहे जहां, चाहे जैसा जख्म बना सकें और चाहें जहां जैसी चाहें झुर्री डाल सकें तो?''

''हम समझे नहीं बरखुरदार!''

''समझने की कोशिश बाद में कीजिएगा डॉक्टर साहब।'' गम्भीर स्वर में देशराज कहता चला गया—''फिलहाल केवल मेरे सवाल का जवाब दीजिए, अगर खाल ऐसी पोजीशन में हो जिसके साथ आप बगैर किसी बाधा के छेड़खानी कर सकें तो मनचाहे स्थान पर जख्म और झुर्रियां बनाना मुमकिन है या नहीं?''

''मुमकिन है।''

''गुड!'' कहने के साथ देशराज कुर्सी से खड़ा हो गया।

डॉक्टर शुक्ला ही नहीं, कमिश्नर शांडियाल भी उसे चकित दृष्टि से देखते रह गए—उसे, जो आंखों में दिव्य ज्योति लिए अलमारी की तरफ बढ़ा।

नजदीक पहुंचकर अलमारी खोली।

वहां रखा पांच लीटर का एक केन उठाया।

और उस वक्त वह उसका ढक्कन खोल रहा था जब एकाएक कमिश्नर के जहन में बिजली कौंधी, कुर्सी से उठने के साथ चिल्लाए वे—''न-हीं ... नहीं देशराज ... ये क्या बेवकूफी कर रहे हो तुम?''

मगर!

वे देर से एक्शन में आ पाए बल्कि यह कहा जाए तो ज्यादा मुनासिब होगा कि वे बहुत देर से देशराज के इरादे को समझ पाए—जब तक उसे रोकने के लिए लपकते तब तक देशराज वह कर चुका था जिसे उन्होंने 'बेवकूफी' कहा था—एक क्षण के लिए भी हिचके बगैर देशराज ने सारा केन अपने चेहरे पर उलट लिया।

तेजाब से जलने के कारण उसके हलक से चीखें निकलने लगीं।

वह चीखता रहा, चिल्लाता रहा।

''र-रुक जाओ ... रुक जाओ देशराज।'' शांडियाल पागलों की मानिन्द दहाड़ रहे थे—''ये क्या कर रहे हो बेटे?''

देशराज के हलक से मर्मान्तिक चीखों के अलावा कुछ न निकल रहा था।

डॉक्टर शुक्ला अवाक्।

किंकर्त्तव्यविमूढ़ अवस्था में अपनी कुर्सी के नजदीक खड़े थे वह और जलते हुए देशराज को देखकर समझ नहीं पा रहे थे कि ये किस किस्म की दीवानगी थी?

शांडियाल देशराज को रोकना चाहते थे मगर न टाइम था न समझ पाए कि कैसे रोका जा सकता है?

चीखों के बीच देशराज ने अस्पष्ट शब्दों में कहा—''अ ... ब ...आप

... मेरे चेहरे की खाल के साथ मनचाही छेड़छाड़ कर सकते हैं डॉक्टर साहब ... मुझे जुंगजू बना दीजिए ... मुझे जुंगजू ...।'' इन शब्दों के साथ वह बेसमेन्ट की एक दीवार से टकराया—धड़ाम से फर्श पर गिरा और वहीं पड़ा रह गया।

निश्चल था वह!

हलक से चीख तो क्या कराह तक न निकल रही थी।

शांडियाल दौड़कर नजदीक पहुंचे—खुद को तेजाब से बचाते हुए नब्ज टटोली, बोले—''चल रही है डॉक्टर, अभी ये जिंदा है—केवल बेहोश है।''

''मगर!'' डॉक्टर शुक्ला हकला उठा—''ये क्या पागलपन था?''

''हां डॉक्टर ... हां ... हम भी इसकी इस हरकत को पागलपन के अलावा दूसरा कोई नाम नहीं दे सकते।'' शांडियाल की आंखों में आंसू आ गए—''हमें बहुत पहले समझ जाना चाहिए था कि ये गधा क्या सोचे बैठा है—इसने कहा था, वह मेकअप ऐसा नहीं है कि आज किया जाए और कल मैं जुंगजू बन जाऊं—हमें तभी समझ जाना चाहिए था इसके इरादे कितने खतरनाक हैं ... उफ्फ ... हमारी चूक की वजह से यह सब हो गया ...।''

''मैं कुछ समझा नहीं कमिश्नर साहब।''

''छोड़ो डॉक्टर, अब इसे जुंगजू बनाने की कोशिश करो।''

''इसे फौरन हॉस्पिटल ले जाना चाहिए, मेडिकल एड की जरूरत है इसे।''

''नहीं डॉक्टर, ऐसा नहीं किया जाएगा—ऐसा करना इसके साथ विश्वासघात होगा—अगर इसे हॉस्पिटल ले जाया गया तो तेजाब से इसके जलने की खबर आम हो जाएगी और ये उस मिशन पर रवाना नहीं हो सकेगा जिसकी खातिर इतना बड़ा पागलपन कर बैठा—अब मेरी समझ में आया, ये हरकत करने से पहले इसने आपको यहां क्यों बुला लिया था—ये चाहता था, जलने के तुरंत बाद आप इसका ऑपरेशन शुरू कर दें।''

''लेकिन और बहुत सी मेडिसिंस की जरूरत पड़ेगी कमिश्नर साहब—और वे इसे तुरंत न दी गईं तो यह मर भी सकता है।''

''जिस दवा की जरूरत हो आप लिख दीजिए—हम मंगा देते हैं लेकिन बेसमेन्ट से बाहर नहीं ले जाया जाएगा इसे।'' शांडियाल भावुक हो उठे—''अब इसका वह इरादा परवान चढ़ना ही चाहिए जिसकी खातिर इसने वह कर डाला जिसकी हम कल्पना तक नहीं कर सकते थे ...।''

''अच्छी तरह रगड़-रगड़कर सफाई करो हरामजादों।'' अपने ऑफिस में जिन्न की मानिन्द इधर-उधर टहल रहे तेजस्वी ने कहा—''सुई की नोक के बराबर भी खून का धब्बा लगा रह गया तो सारे थाने को फांसी के फंदे पर लटकवा देगा।''

सिपाहियों के हाथ पहले ही मुस्तैदी से अपने काम में जुटे हुए थे।

थाने का लगभग सारा स्टाफ उसके ऑफिस और हवालात की सफाई करने में मशगूल था—जो वहां नहीं था, उसे भी मालूम था कि अंदर क्या हो रहा है!

जैसे थाने के मुख्य द्वार पर तैनात संगीनधारी सिपाही।

उसे सख्त हिदायत थी—बगैर अंदर की इजाजत के किसी को थाने में प्रविष्ट नहीं होने देना है—हैड मुहर्रिर अपने ऑफिस में बैठा खिड़की के माध्यम से प्रांगण में नजर रखे हुए था।

सब-इंस्पेक्टर पांडुराम के साथ हवालात में था।

तेजस्वी दौड़-दौड़कर कभी हवालात में चल रहे काम का निरीक्षण कर रहा था तो कभी अपने ऑफिस का—उसने खून के नन्हें-नन्हें धब्बों को खोजने और उन पर पुलिसियों की तवज्जो आकर्षित करने का काम संभाला हुआ था।

सारा फर्श धो डाला गया और उस वक्त काफी बारीकी से निरीक्षण करने के बावजूद तेजस्वी को कहीं खून का धब्बा नजर नहीं आया जब हवालात से ऑफिस में कदम रखते पांडुराम ने बताया—''लाश तिरपाल के बोरे में पैक कर दी गई है साब।''

''तो मुझे क्या बताने आया है, उठवाकर जीप में डलवा।''

''सब-इंस्पेक्टर साहब ने पुछवाया है, लाश को डालकर कहां आना है?''

''उससे कह, ये हैडेक तेरी है—कहीं उल्टी-सीधी जगह डाल आए और बरामद हो गई तो वे गंजे पूरे थाने के सिर पर तबला बजा देंगे—बड़े हरामी हैं साले, एक-एक प्वाइंट पर ऐसी नजर रखते हैं जैसे बिल्ली चूहे के बिल पर नजर रखती है।''

''उनकी राय है, लाश को श्मशान में ले जाकर लावारिसों की तरह फूंक दिया जाए।''

‘‘गुड, आइडिया अच्छा है पांडुराम—न बांस रहेगा, न साली बांसुरी से कोई धुन निकलेगी।’’ तेजस्वी कहता चला गया—‘‘अपने सब-इंस्पेक्टर ने पहली बार मार्के की बात कही है—जा, उसे मेरी तरफ से बधाई दे और बोरे को उठवाकर जीप में डलवा—किस्सा जितनी जल्दी खत्म हो जाए अच्छा है, पता नहीं कब कौन साला टपक पड़े?’’

पांडुराम हवालात की तरफ लपक लिया।

‘‘मेरे ख्याल से सफाई मुकम्मल हो गई है साब।’’ ऑफिस की सफाई का चार्ज संभाले कांस्टेबल ने कहा—‘‘अगर आप निरीक्षण कर लें तो बेहतर होगा।’’

‘‘ओ.के.!’’ कहने के साथ वह निरीक्षण करने में जुट गया—सिपाही हाथों में खून से सने गीले कपड़े लिए मजदूरों की भांति खड़े थे।

उधर—दो सिपाही, पांडुराम और सब-इंस्पेक्टर तिरपाल के बड़े से बोरे में बंद लाश को संभाले ऑफिस से गुजरकर प्रांगण में खड़ी जीप की तरफ बढ़ गए—ऑफिस की सफाई से संतुष्ट होने के बाद तेजस्वी सिपाहियों को अगला आदेश देने ही वाला था कि बुरी तरह हड़बड़ाया पांडुराम ऑफिस में दाखिल होता हुआ चीख पड़ा—‘‘चारों गंजे आए हैं साब।’’

‘‘क-क्या?’’ तेजस्वी के हलक से चीख निकल गई—‘‘क-कहां हैं?’’

‘‘ग-गेट पर सिपाही से उलझे हुए हैं, वह उन्हें अंदर नहीं आने दे रहा।’’

‘‘तेरे साथ गये सिपाही और सब-इंस्पेक्टर कहां हैं?’’

‘‘स-सिपाहियों के हाथ सने हुए थे—वे उन्हें धोने नल की तरफ दौड़ पड़े हैं जबकि सब-इंस्पेक्टर साब गेट की तरफ गए हैं, वहां गेट के सिपाही से गंजों की काफी गर्मा-गर्म तकरीर चल रही थी।’’

‘‘उन हरामियों ने तुम्हें जीप में बोरा रखते तो नहीं देख लिया?’’

‘‘नहीं देख पाए हैं।’’

‘‘अगर वे गेट तक आ गए हैं तो बगैर मुझसे मिले नहीं टलेंगे ...।’’

सिपाहियों के चेहरे पीले पड़ गये।

रंगे हाथों पकड़े जाने वाले मुजरिमों की-सी हालत हो गई उनकी, पांडुराम ने कहा—‘‘सारा फर्श गीला पड़ा है साब, अगर वे यहां आ गए तो सैकड़ों सवाल करेंगे।’’

एक सिपाही ने राय दी—‘‘उन्हें प्रांगण में बैठा लिया जाए ...।’’

‘‘प्रांगण में जीप खड़ी है बेवकूफ!’’ तेजस्वी ने दांत पीसे—‘‘और उसमें लाश है।’’

सारे हकबका गए—''त-तो?''

''त-तुम भागो।'' तेजस्वी गर्जा—''हाथ साफ करो और ये कपड़े ठिकाने लगा देना।''

''म-मैं क्या करूं साब?'' पांडुराम ने पूछा।

''जीप के इर्द-गिर्द टहल।'' तेजस्वी ने ऑफिस से बाहर लपकते हुए निर्देश दिया—''कोई भी उसमें पड़े बोरे को न देख पाए—कुछ भी हो सकता है पांडुराम, हर मुसीबत से टकराने के लिए तैयार रहना।''

''क्या हो रहा है भाई?'' गेट की तरफ लपकते तेजस्वी ने पूछा—''क्यों झगड़ रहे हो तुम लोग?''

गेट पर खड़े सिपाही ने कहा—''य-ये जबरदस्ती घुसे चले आ रहे हैं साब।''

''तुमने यहां बड़े अहमक पुलिसिए को खड़ा कर रखा है इंस्पेक्टर।'' नंबर फोर गुस्से में था—''न अंदर आने दे रहा है, न ही हमारा कार्ड तुम तक पहुंचाने को तैयार है।''

''सॉरी दोस्तो।'' तेजस्वी ने हंसने का प्रयत्न किया—''ये तुम्हें पहचानता नहीं होगा।''

''इसका मतलब कोई तुमसे मिल नहीं सकता?'' नंबर टू ने कहा।

''ऐसा कैसे हो जाएगा—इसने आप लोगों से कहा होगा, कोई पुलिस वाला आ जाए तो कार्ड मेरे पास भेज देगा।''

नंबर थ्री गुर्राया—''इसने इसके अलावा कुछ नहीं कहा कि साब बिजी हैं, इस वक्त किसी से नहीं मिलेंगे।''

''अगर ऐसा कहा तो गलत कहा।'' कहने के बाद तेजस्वी ने सिपाही को डांटा—''आदमी को देखकर बात किया कर, साहब लोग स्पेशल केन्द्रीय कमांडो दस्ते के मैम्बर हैं।'' कहने के साथ उसने नंबर वन को पटाने की खातिर बांहों में भर लिया, बोला—''इन लोगों की तरफ से मैं माफी मांगता हूं, आओ।''

तेजस्वी बड़ी आत्मीयता के साथ नंबर वन का हाथ पकड़े सब-इंस्पेक्टर के ऑफिस की तरफ बढ़ता हुआ बोला—''आने से पूर्व फोन कर देते तो ये अप्रिय घटना न होती।''

"हमें मालूम नहीं था थानेदार से मिलना इतना कठिन होता है।" व्यंग्यपूर्वक कहने के साथ नंबर वन ने उसकी जेब को थपथपाते हुए पूछा—"इसमें क्या है?"

तेजस्वी के जहन को झटका लगा—दरअसल जेब में नंबर फाइव का रिवॉल्वर था और इस एकमात्र विचार ने उसके छक्के छुड़ा दिए कि अगर रिवॉल्वर पर नजर पड़ गई तो ये लोग क्या-क्या समझ जाएंगे—वह नंबर वन के नजदीक से इस तरह छिटक कर दूर हट गया जैसे अचानक वह गर्म तवे में तब्दील हो गया हो।

खौफ एक ही था, कहीं नंबर वन सीधा जेब में हाथ न डाल दे।

"र-रिवॉल्वर!" चेहरे पर उड़ती हवाइयां लिए वह बड़ी मुश्किल से कह पाया—"रिवॉल्वर है।"

"लेकिन तुम्हारा सर्विस रिवॉल्वर तो होलेस्टर में रखा नजर आ रहा है?"

"हां, सो तो है!" तेजस्वी ने घबराहट पर काबू पाने का भरसक प्रयास किया—"द-दूसरा रिवॉल्वर है ये—रखना पड़ता है—ब्लैक फोर्स के लोग साले ए.के. सैंतालीस लेकर आते हैं, एक रिवॉल्वर से उनका मुकाबला नहीं किया जा सकता।"

"और दो से किया जा सकता है?" नंबर वन ने उसे घूरा।

"ए.के. सैंतालीस का मुकाबला तो खैर ए.के. सैंतालीस से ही किया जा सकता है—मगर वह सरकार हम लोगों को अब तक मुहैया नहीं करा पाई है।" तेजस्वी खुद को नियंत्रित रखने में काफी हद तक कामयाब था—"आप लोगों की तो सीधी एप्रोच है, सिफारिश कीजिए न?"

"ए.के. सैंतालीस तो अभी हम लोगों को भी हासिल नहीं है।"

"बैठिए।" तेजस्वी ने सब-इंस्पेक्टर के ऑफिस में पड़ी कुर्सियों की तरफ इशारा किया—मन-ही-मन अपनी इस कामयाबी पर खुश था कि वह उनका ध्यान अपनी जेब में पड़े रिवॉल्वर से हटाने में कामयाब था, सब-इंस्पेक्टर की कुर्सी पर बैठते हुए उसने पूछा—"कहिए, अचानक कैसे आना हुआ?"

"कुछ जल्दी में हो क्या?" बैठते हुए नंबर वन ने पूछा—"कहीं जाना है?"

"न-नहीं तो!"

"तो फिर इतनी जल्दी-जल्दी टॉपिक क्यों चेंज कर रहे हो? हमारे यहां आने का कारण जानने के लिए उतावले क्यों हो?"

तेजस्वी के मस्तिष्क को एक और झटका लगा—अहसास हुआ कि उसने कितना गलत सोचा था—ये गंजे उसकी बातों के चक्रव्यूह में फंसकर एक सेकेंड के लिए भी टॉपिक से भटकने वाले न थे, बोला—"आप लोगों से तो बात करना मुहाल है, क्या मैंने यहां आने का प्रयोजन पूछकर गलती की?"

"प्रयोजन पूछकर तो नहीं की मगर ...।"

"मगर?"

"सोचने वाली बात है तुमने हमें सब-इंस्पेक्टर के ऑफिस में क्यों बैठाया है?"

"क-क्या मतलब?" तेजस्वी उछल पड़ा—"इसमें भला सोचने वाली क्या बात है?"

"तुमने हमें अपने खुद के ऑफिस में क्यों नहीं बैठाया?" नंबर फोर ने पूछा।

"मैं तो यहां इसलिए बैठ गया क्योंकि मेरी नजर में यहां बैठने या मेरे ऑफिस में बैठने में कोई फर्क नहीं है—अगर आप लोगों को फर्क नजर आता है तो आइए, आगे की बातें वहीं बैठकर करेंगे।"

"बैठो इंस्पेक्टर!" नंबर थ्री ने कहा—"आराम से बैठ जाओ, लगता है तुम्हें हमारी बात बुरी लग गई?"

"बुरी लगने वाली बात तो सभी को बुरी लगेगी।" तेजस्वी नागवारी-भरे अंदाज में बोला—"आखिर आप लोग चाहते क्या हैं?"

"अकेले में तुमसे कुछ बातें करना।" नंबर वन ने कहा।

तेजस्वी ने सीधे सब-इंस्पेक्टर से कहा—"तुम बाहर जाओ।"

सब-इंस्पेक्टर ने आदेश का पालन किया।

कुर्सी पर वापस बैठते तेजस्वी ने एक सिगरेट सुलगाई—वह खुद को इन काइयां गंजों का सामना करने के लिए मानसिक रूप से तैयार कर लेना चाहता था, इतना तो समझ ही रहा था कि इस वक्त वह किन्हीं कारणों से उनके शक के दायरे में है और अगर उन्हें 'टैकिल' करने में जरा भी चूक हो गई तो लेने के देने पड़ जाएंगे, बोला—"अब मैं आप लोगों के सामने बिल्कुल अकेला हूं।"

"हम एक ऐसा रहस्य जान चुके हैं जिसने हमारे दिमाग में सैंकड़ों सवाल खड़े कर दिए हैं और उन सवालों के जवाब केवल तुम दे सकते हो।"

"कौन से सवाल हैं?" तेजस्वी सतर्क हो गया।

''हम जान चुके हैं, योगेश का मर्डर करने के बाद लुक्का तुमसे मिला था।''

''मुझसे?'' तेजस्वी उछल पड़ा—''किस बेवकूफ ने कहा ये?''

''किसी ने भी कहा मगर हमें मालूम है।'' नंबर वन ने अपने एक-एक शब्द पर जोर दिया।

''खाक मालूम है आपको!'' तेजस्वी भड़क उठा—''अगर मुझे मिला होता तो मैं उसे गिरफ्तार क्यों नहीं कर लेता—क्यों बार-बार फोन पर कमिश्नर साहब की लताड़ सुनता?''

''यह तो तुम ही बेहतर जानते होगे कि तुमने उससे अपनी मुलाकात को गुप्त क्यों रखा?'' उसकी आंखों में आंखें डाले नंबर वन कहता चला गया—''और वही जानने हम यहां आये हैं।''

जिस ढंग और कॉन्फिडेंस के साथ नंबर वन ने उपरोक्त वार्त्ता शुरू की थी, उसने न केवल तेजस्वी के दिलो-दिमाग के एक-एक पुर्जे को झनझनाकर रख दिया बल्कि रोयां-रोयां खड़ा हो गया उसका—लगा, किसी न किसी सूत्र से ये काइयां गंजे उसकी मुकम्मल करतूत से वाकिफ हो चुके हैं और अब उसके पास बचाव का कोई रास्ता नहीं है। अगर ये उसके बारे में सब कुछ जान ही चुके हैं और उसका खेल खत्म हो चुका है तो किया भी क्या जा सकता है—फिर भी, केवल 'शह' पर हार मान लेने वाला नहीं था वह—'मात' होने तक जूझता रहने वाला खिलाड़ी था तेजस्वी, शायद इसीलिए उसने अपने चेहरे पर घबराहट या बौखलाहट के एक भी जर्रे को काबिज न होने दिया और पूरी दृढ़ता के साथ गुर्राया—''अगर आप लोगों को लुक्का से हुई मेरी मुलाकात के बारे में मालूम है तो यह भी मालूम होगा कि मैं उससे हुई भेंट को गुप्त क्यों रखे हुए हूं—बराए मेहरबानी उसे भी आप ही फरमा दें।''

''हम सब कुछ जानते हैं, बेहतर होगा अपना गुनाह कुबूल कर लो।''

''ग-गुनाह?'' तेजस्वी की हिम्मत टूटती जा रही थी—''क्या गुनाह किया है मैंने?''

नंबर थ्री ने कहा—''तुमने लुक्का की हत्या की है।''

तेजस्वी उछलकर कुर्सी से खड़ा हो गया—पसीने-पसीने हो चुका, उसका संपूर्ण जिस्म सूखे पत्ते की मानिन्द कांप रहा था, दहाड़ता चला गया वह—''म-मैं लुक्का को मारूंगा क्यों ... लुक्का का कत्ल क्यों करूंगा मैं?''

‘‘क्योंकि वह जान चुका था, तुम एक भ्रष्ट पुलिसिए हो।’’ नंबर टू ने कहा।

‘‘खामोश!’’ तेजस्वी हलक फाड़ उठा, इसमें शक नहीं कि उसे अपना खेल खत्म होता साफ-साफ नजर आ गया था मगर अंतिम समय तक जूझता रहने में माहिर वह चीखता चला गया—‘‘आप लोग अगर स्पेशल कमांडो दस्ते के मैम्बर हैं तो हुआ करें—मगर बगैर किसी आधार के किसी पर इतना ओछा आरोप लगाने का आपको कोई अधिकार नहीं है—मैं खुद पर इतना गंदा आरोप लगाने वाले को शूट तक कर सकता हूं—या ठहरिए ... मैं अभी कमिश्नर साहब को बुलाता हूं ... आप उनके सामने मुझे भ्रष्ट साबित कीजिएगा।’’

उसकी एक-एक हरकत को बहुत ध्यान से वॉच कर रहे नंबर वन ने कहा—‘‘यानि तुम हमारे द्वारा लगाए गए आरोप से इंकार करते हो?’’

‘‘मेरे इंकार या स्वीकार से क्या होने वाला है नंबर वन, सच तो वो होगा जो आप कहेंगे—मगर नहीं ... मैं केवल आपके कहे को सच नहीं होने दूंगा—आप लोगों को साबित करना पड़ेगा कि मैं भ्रष्ट हूं, लुक्का का हत्यारा हूं—मैं उस वक्त तक आपका पीछा नहीं छोड़ूंगा जब तक आप मुझ पर लगाए गए घृणित आरोप साबित नहीं कर देंगे।’’

नंबर वन को लगा, अंधेरे में चलाया गया उनका तीर गलत निशाने पर जा लगा है—एकाएक वह हौले से मुस्कुरा उठा और शांत स्वर में बोला—‘‘अच्छा छोड़ो, हम अपने आरोप वापस लेते हैं।’’

‘‘क्या मतलब?’’ तेजस्वी चिहुंक उठा—‘‘क्या आप लोग पीछे हट रहे हैं?’’

‘‘ऐसा ही समझो।’’

‘‘नहीं!’’ वह भड़क उठा—‘‘मैं यह धींगामुश्ती नहीं चलने दूंगा—स्पेशल कमांडो दस्ते के मैम्बर होना क्या आपको यह अधिकार देता है कि चाहे जब, चाहे जिस पर, चाहे जितने भद्दे आरोप लगा दें और चाहे जब उन्हें वापस ले लें—मैं कमिश्नर साहब के, बल्कि आप लोगों के चीफ के सामने ये मुद्दा उठाऊंगा—उनसे पूछूंगा कि बिना किसी आधार और सूचना के किसी पर मनचाहे आरोप लगाने का अधिकार आपको किसने दे दिया?’’

‘‘उत्तेजना को अलविदा कहो इंस्पेक्टर और शांति के साथ बैठकर हमारी बातें सुनो—मुमकिन है, उन्हें सुनने के बाद तुम इस नतीजे पर पहुंचो कि जो कुछ हमने किया, वक्त पड़ने पर खुद तुम भी वैसा ही करते।’’

''म-मैं?''

''तुम एक पुलिस इंस्पेक्टर हो—कभी-न-कभी, किसी-न-किसी केस के दरम्यान तुम्हारे सामने ऐसे हालात जरूर आए होंगे जब तुम्हें किसी व्यक्ति विशेष पर मुजरिम होने का शक हुआ हो मगर उसके खिलाफ सुबूत न जुटा पाए हों—ऐसी अवस्था में तुम्हारे सामने अपने शक की पुष्टि हेतु अंधेरे में तीर चलाने के अलावा कोई चारा नहीं बचा होगा।''

''तो आप लोग अंधेरे में तीर चला रहे थे?''

''वक्त पड़ने पर प्रत्येक इन्वेस्टिगेटर को ये हथियार इस्तेमाल करना पड़ता है—जिस पर शक हो उस पर हमला कर दो—कहो कि तुम उसकी मुकम्मल करतूत जान गए हो और फिर ध्यान से अपने शब्दों की प्रतिक्रिया देखो—उसकी भाव-भंगिमाएं और हरकतें तुम्हें बता देंगी, शक सही था या गलत?''

''तो आपको ये शक था मैं भ्रष्ट हूं, लुक्का का हत्यारा हूं?''

''था।''

''आधार?''

''योजना के मुताबिक लुक्का को तुम्हारे पास आना था।''

''कैसी योजना, किसकी योजना ... मैं कुछ समझा नहीं।''

''लुक्का हम ही में से एक था, स्पेशल कमांडो दस्ते का एजेंट नंबर फाइव।''

''क-क्या?'' बुरी तरह चौंकने का शानदार अभिनय करते हुए तेजस्वी ने अपना भाड़-सा मुंह फाड़ दिया—जबकि असल में इस वक्त वह राहत की लंबी-लंबी सांसें ले रहा था—गंजों के शब्द बता रहे थे कि वह बाल-बाल बचा है।

''चीफ की तरफ से उसे कुछ काम सौंपे गए थे।'' नंबर वन कहता चला गया—''पहला ट्रिपल जैड का वर्तमान पता-ठिकाना मालूम करना—दूसरा, तुम्हारी ईमानदारी को परखना—उसके पहले काम का माध्यम योगेश था क्योंकि योगेश को ट्रिपल जैड स्मैक मुहैया कराता था—हमने सोचा, शायद नंबर फाइव परखने की खातिर तुमसे मिला हो और उसका रहस्य जानने के बाद तुमने उसकी हत्या ...।''

धांय ...धांय ...धांय!

एकाएक वातावरण गोलियों की आवाज से थर्रा उठा।

सभी इस तरह उछलकर खड़े हो गये जैसे एक स्विच को ऑन कर

देने पर हरकत में आ जाने वाले पुतले हों, चेहरों पर हवाइयां काबिज हो गईं—अभी कोई कुछ समझ भी नहीं पाया था कि एक साथ चार ए.के. सैंतालीसधारी हवा के झोंके की मानिन्द ऑफिस में दाखिल हुए।

''हैन्ड्स अप! हैन्ड्स अप!'' मात्र ये ही आवाजें गूंजीं।

और!

तेजस्वी के साथ चारों गंजों के हाथ भी ऊपर उठते चले गए।

सब-इंस्पेक्टर के ऑफिस में ही क्या मुकम्मल थाने में किसी पुलिसिए को ब्लैक फोर्स के मरजीवड़ों से प्रतिरोध करने का अवसर न मिल पाया—आग उगलती ए.के. सैंतालीसों के साथ खुली छत वाला एक काले रंग का ट्रक अंधड़ की भांति थाने में दाखिल हुआ था।

द्वार पर खड़ा सिपाही लाश में तब्दील हो चुका था।

अन्य कई पुलिसिए मारे गए।

ट्रक प्रांगण के बीचों-बीच रुका।

ए.के. सैंतालीसधारी ब्लैक फोर्स के मरजीवड़े कूद-कूदकर टिड्ढी दल की तरह चारों तरफ फैल गए और उस हमले का कमांडर अपने तीन साथियों के साथ इंस्पेक्टर के ऑफिस में खड़ा गंजों पर बरस रहा था—''कौन हो तुम लोग—और यहां क्या कर रहे हो?''

''हम पुलिसिए नहीं हैं जनाब।'' नंबर वन ने कहा—''पब्लिक के आदमी हैं, रपट दर्ज कराने आए थे।''

''चारों एक जैसे कपड़ों में ... और सिर क्यों मुंडवा रखे हैं?''

नंबर दो बोला—''हमारे बाप मर गए साब, उनका अंतिम संस्कार करके ...।''

''चारों के बाप एक साथ कैसे मर सकते हैं?''

''उन्हें छोड़ो शुब्बाराव, मुझसे बात करो!'' हाथ ऊपर उठाए तेजस्वी एक कदम आगे बढ़कर बोला—''क्या चाहता है ब्लैक स्टार, बार-बार एक ही शैली में थाने पर हमला करने का आखिर मतलब क्या है?''

''प्रतापगढ़ में चर्चा है इंस्पेक्टर कि तुमने थाने पर हुआ ब्लैक फोर्स का पहला हमला नाकाम कर दिया था और उससे भी ज्यादा गर्म चर्चा तुम्हारे काली बस्ती में जाकर मेजर को पीट आने की है।'' शुब्बाराव हर शब्द दांतों से पीसता चला जा रहा था—''हमारा ये हमला न केवल प्रतापगढ़ में

फैली इस गलतफहमी की धज्जियां उड़ा देगा कि तुम वे सब कारनामे केवल इसलिए कर सके क्योंकि कुछ देर के लिए ब्लैक स्टार तुम्हें श्रीगंगाई तेजस्वी मान बैठे थे।''

''औह ... तो ब्लैक स्टार की आंखें खुल गई हैं?''

''तुम्हें हमारे साथ चलना होगा, ब्लैक स्टार तुम्हें अपने हाथों से सजा देने के ख्वाहिशमंद हैं—उनका कहना है, वैसा धोखा उन्होंने पहले कभी किसी से नहीं खाया जैसा तुमने उन्हें दिया—अतः तुम्हें सजा भी वही देंगे।''

तेजस्वी हौले से मुस्कराया—बड़ी ही कुटिल मुस्कान थी वह, बोला—''इसका मतलब तुम मुझे मार नहीं सकते?''

''क्या मतलब?''

''अगर तुम मार दोगे तो ब्लैक स्टार अपने हाथों से कैसे सजा देगा?'' कहते वक्त उसकी मुस्कराहट अत्यंत गहरी हो गई थी, एकाएक वह गंजों की तरफ देखकर बोला—''क्यों भाइयो, मैंने गलत कहा क्या?''

कमांडोज में से कोई कुछ बोला नहीं मगर मन-ही-मन तेजस्वी के दिमाग की दाद दिए बगैर न रह पाये—निश्चित रूप से उसने शुब्बाराव के शब्दों में से एक बारीक प्वाइंट 'कैच' किया था, जबकि शुब्बाराव एक पल के लिए हड़बड़ाने के बाद गुर्राया—''इस भुलावे में रहा तो तड़पने का मौका दिए बगैर लाश में बदल दूंगा इंस्पेक्टर।''

''तू ऐसा नहीं कर सकता शुब्बाराव!'' तेजस्वी ने आत्म-विश्वास के साथ कहा—''मुझे मालूम है बेटे, ब्लैक स्टार के शिकार को उसका तुझ जैसा कोई प्यादा मारने का दुःसाहस नहीं कर सकता—तूने मेरे हाथ ऊपर उठवा रखे हैं न, ये ले—मैं इन्हें नीचे कर लेता हूं, हिम्मत है तो गोली मारकर दिखा।'' कहने के साथ उसने सचमुच अपने हाथ नीचे कर लिए।

शुब्बाराव सकपका गया—उसके पास केवल एक ही आदेश था, यह कि इंस्पेक्टर को पकड़कर काली बस्ती ले आए, अतः अपेक्षाकृत कमजोर स्वर में गुर्राया—''अब अगर तूने एक भी हरकत की तो गोलियों से भून दूंगा—मेजर साहब से मेरा इतना कहना काफी होगा कि तू मेरा हुक्म नहीं मान रहा था।''

''नहीं, मैं तुझे मजबूर नहीं करूंगा शुब्बाराव।''

''मतलब?''

''मैं खुद ब्लैक स्टार से मिलने का ख्वाहिशमंद हूं।''

''तो चल!'' उसने अपनी गन से दरवाजे की तरफ इशारा किया।

तेजस्वी शरीफ बच्चे की तरह दरवाजे की तरफ बढ़ गया।

''तुम भी चलो।'' शुब्बाराव कमांडोज पर दहाड़ा।

''उन बेचारों को क्यों परेशान करता है?'' तेजस्वी ने एक कुर्सी के नजदीक ठिठकते हुए कहा—''ये लोग तो यहां रपट लिखवाने आए थे—पब्लिक के आदमी हैं, इनसे क्या लेना है?''

''तू चुप रह!'' उसे डांटने के बाद शुब्बाराव ने उन्हें हुक्म दिया—''बाहर निकलो और हाथ ऊपर उठाए रखना, जरा भी हरकत की तो भूनकर रख दिए जाओगे।''

इस बीच, तेजस्वी ने कमांडोज को आंख मारी—अभी उनमें से कोई उसकी हरकत का तात्पर्य ठीक से समझ भी नहीं पाया था कि बिजली-सी कौंधी—देखने वालों को केवल एक क्षण के सौवें हिस्से के लिए वह कुर्सी हवा में झन्नाती नजर आई जिसके नजदीक तेजस्वी ठिठका था।

अगले क्षण!

कमरा ए.के. सैंतालीसों की गर्जना से थर्रा उठा।

तीनों गनें तेजस्वी की तरफ जबड़ा फाड़कर दहाड़ी थीं परंतु तेजस्वी उनके आग उगलना शुरू करने से बहुत पहले खुद को ऑफिस के किवाड़ और दीवार के बीच 'फिक्स' कर चुका था।

और फिर!

एक गोली उसके सर्विस रिवॉल्वर ने उगली।

सीधे शुब्बाराव का भेजा उड़ाती निकल गई वह। उसके दोनों साथियों ने पलटकर उसकी तरफ देखा—कमांडोज के लिए इतना काफी था—उनके हाथ एक साथ न केवल नीचे आ गए बल्कि चार रिवॉल्वर एक साथ आग भी उगलने लगे।

शुब्बाराव के साथी भी शराबियों की मानिन्द लड़खड़ाए और इससे पूर्व कि वे फर्श पर गिरते तेजस्वी ने झपटकर ए.के. सैंतालीस संभाल ली, बोला—''मैं देखना चाहूंगा कि तुम लोग कैसे कमांडोज हो—इस वक्त मेरे हर मातहत की जान खतरे में है, उन्हें बचाना हमारा फर्ज है।''

नंबर टू और फोर एक-एक ए.के. सैंतालीस कब्जा चुके थे।

एक दृष्टि शुब्बाराव और उसके साथियों की लाशों पर डालते नंबर वन ने कहा—''तुमने जबरदस्त दुःसाहस का परिचय दिया है इंस्पेक्टर।''

''असली कामयाबी ये होगी कि हम ब्लैक फोर्स के एक भी मरजीवड़े को थाने से बाहर न जाने दें।'' इन शब्दों के साथ उसने वापस दरवाजे की

तरफ जम्प लगा दी थी।

कमांडोज भी लपके।

तेजस्वी के हाथों में दबी ए.के. सैंतालीस ने बगैर किसी चेतावनी के दहाड़कर बरामदे में मौजूद तीन मरजीवड़ों को चीखों के साथ धराशाई होने पर विवश कर दिया—साथ ही, कूदकर बरामदे में पहुंचा—खुद को एक गोल पिलर की आड़ में छुपाए चीखा—"शुब्बाराव मारा जा चुका है हरामजादो—अपने हथियार गिरा दो—वरना सबकी लाशें थाने के प्रांगण में पड़ी नजर आएंगी।"

उसके शब्दों ने जहां पुलिसियों के हौंसले बुलंद कर दिए वहीं ब्लैक फोर्स के मरजीवड़े उत्तेजित हो उठे।

वातावरण ए.के. सैंतालीसों की गर्जना से थर्रा उठा।

अब नंबर वन और थ्री के हाथों में भी ए.के. सैंतालीस थीं।

वे बरामदे में पड़ी मरजीवड़ों की तीन लाशों में से दो की थीं।

पांचों ने एक साथ प्रांगण से हुई फायरिंग के जवाब में अपनी-अपनी ए.के. सैंतालीसों के मुंह खोल दिए—जो मरजीवड़े गोलियों की रेंज में आए वे तो खैर चीख-चीखकर धराशाई हो ही गए, लेकिन जो बचे उन्होंने फुर्ती से पोजीशन ले ली।

अब, बाकायदा मोर्चाबंदी हो गई थी।

तेजस्वी और कमांडोज पर सबसे ज्यादा फायरिंग प्रांगण में खड़े ट्रक के पिछले हिस्से से हो रही थी—दोनों तरफ से रह-रहकर ए.के. सैंतालीसें गरज रही थीं—मगर किसी भी तरफ का नुकसान अब ज्यादा नहीं हो रहा था क्योंकि जो जहां था, खुद को किसी-न-किसी आड़ में ले चुका था।

करीब एक मिनट से छाई खामोशी को एकाएक तेजस्वी की आवाज ने झकझोरा—"चाहे जितनी गोलियां चला लो हरामजादों, मगर अब एक भी गोली हममें से किसी की जान नहीं ले सकती—खैरियत चाहते हो तो हथियार डाल दो।"

जवाब में जीप के पीछे से जबरदस्त फायरिंग की गई।

तेजस्वी और कमांडोज शांत रहे।

तभी जीप स्टार्ट हुई।

"वो आपकी जीप ले जा रहा है साब!" वातावरण में गूंजने वाली यह आवाज पांडुराम की थी—तेजस्वी समझ सकता था कि पांडुराम जीप को ब्लैक फोर्स के कब्जे में देखकर इतना बेचैन क्यों हो उठा है मगर तेजस्वी

के अपने ख्याल से जो हो रहा था, ठीक हो रहा था—जीप में पड़ी लाश पर कमांडोज की नजर पड़ने का अर्थ उसके खेल का खात्मा कर सकता था—अतः बेहतर यही था कि जो जीप चला रहा था वह सुरक्षित फरार हो जाए।

कमांडोज ने जीप पर फायरिंग शुरू की।

तभी, ट्रक स्टार्ट हुआ।

तेजस्वी चीखा—''जीप में केवल एक है जबकि ट्रक में अनेक मरजीवड़े हैं—अब ये लोग भागने की कोशिश कर रहे हैं, ट्रक के टायर बर्स्ट कर दो—फायर!''

बात सबको जंची।

ट्रक के इस तरफ के सारे टायर बैठ गए मगर फर्राटे भरती जीप थाने से बाहर निकल गई थी—ट्रक में भरे और इधर-उधर पोजीशन लिए मरजीवड़ों में एकाएक भगदड़ मच गई—फायरिंग करते हुए वे थाने के गेट की तरफ लपके—इधर से उन पर गोलियां चलाई गईं।

नतीजा, जिनकी मौत आई थी वे मारे गए।

जिनके एकाउंट में सांसें थीं, वे बचकर भाग जाने में कामयाब रहे।

पूरी रिपोर्ट सुनने के बाद ठक्कर ने पूछा—''तुम लोगों की फतह के बाद थाने में क्या हुआ?''

''होना क्या था, सारे ऑफिसर्स वहां पहुंच गए—प्रांगण में पड़ी लाशों को देखकर कमिश्नर तक ने दांतों तले अंगुली दबा ली—सभी उन्मुक्त कंठ से इंस्पेक्टर की तारीफ कर रहे थे जबकि इंस्पेक्टर अपनी फतह के नशे में चूर होने के स्थान पर उत्तेजित था। बार-बार अपने अफसरों से कह रहा था कि मुझे जीवट किस्म के पुलिसियों की टीम चाहिए।''

''किसलिए?''

''ब्लैक फोर्स से लोहा लेने हेतु।''

''मतलब?''

''उसका कहना था—उसके और ब्लैक फोर्स के बीच छिड़ी जो 'वॉर' अभी तक ढीली-ढाली चल रही थी, वह इस वारदात के बाद न केवल तेज हो जाएगी बल्कि प्रतापगढ़ में खून की होली खेली जाने वाली है।''

''ऑफिसर्स ने क्या कहा?''

''कमिश्नर ने शीघ्र ही उसे ऐसे पुलिसियों की टीम देने का वायदा किया—मगर इंस्पेक्टर केवल इस आश्वासन पर संतुष्ट नहीं हो गया, बोला—'मुझे ब्लैक फोर्स के दो-चार छोटे-मोटे ठिकानों की भनक है, उन पर तुरंत हमला होना चाहिए—उसने एस.एस.पी. और डी.आई.जी. से अपने साथ चलने और उन ठिकानों पर दबिश डालने के लिए कहा।''

''फिर?''

''ऑफिसर्स को बात माननी पड़ी, वे दबिश पर निकल गए और हम यहां ...।''

''दबिश का अंजाम?''

''अभी सूचना नहीं मिली है।''

''सूचना रखो नंबर वन, पल-पल की सूचना अपने पास रखो—इंस्पेक्टर ने ठीक कहा है, जो हालात तुम बता रहे हो, उनसे एक ही बात ध्वनित होती है—निश्चित रूप से प्रतापगढ़ में अब खून की होली खेली जाएगी—तुम्हें इस खेल में शामिल होकर लाइट में आने की जरूरत नहीं है—हां, एक अच्छे दर्शक की तरह खेल के हर पहलू पर कड़ी नजर रखो।''

''ओ.के. सर।''

यह खबर सारे प्रतापगढ़ में पेट्रोल पर दौड़ने वाली आग की मानिन्द फैल गई कि ब्लैक फोर्स ने शुब्बाराव के नेतृत्व में थाने पर हमला किया—ब्लैक फोर्स के अनेक मरजीवड़े और खुद शुब्बाराव मारा गया, बाकी लोग बड़ी मुश्किल से जान बचाकर भागने में कामयाब हो पाए।

जिसने सुना सुन्न रह गया।

ज्यादातर लोगों की पहली टिप्पणी यह थी कि अब शीघ्र ही ब्लैक फोर्स बदला लेगी और अभी इस खबर को फैले ज्यादा वक्त नहीं गुजरा था कि लोगों ने तूफानी रफ्तार के साथ सड़कों पर से पुलिस फोर्स के ऐसे काफिले को गुजरते देखा जिसने सारे प्रतापगढ़ में सनसनी फैला दी।

सबसे आगे वाली जीप में लोगों ने तेजस्वी को देखा था।

उसके पीछे सशस्त्र जवानों से भरा प्रदेश पुलिस का एक ट्रक!

उसके पीछे डी.आई.जी. की कार, फिर एक ट्रक, फिर एस.एस.पी. और उसके पीछे तीन ट्रक।

सबको किसी बड़े तूफान के लक्षण साफ-साफ नज़र आ रहे थे।

और फिर ... इस काफिले ने प्रतापगढ़ के अच्छे खासे भीड़-भाड़ युक्त बाजार में पहुंचकर एक तीन-मंजिला इमारत को घेर लिया—दुकानदारों ने आनन-फानन में दुकानें बंद कर दीं—ऐसी भगदड़ मची कि पंद्रह मिनट बाद बाजार में जवान-ही-जवान नजर आ रहे थे।

तब, अपनी जीप पर लगे माइक पर एस.एस.पी. दहाड़ा—"इमारत को चारों तरफ से घेर लिया गया है—जो लोग अंदर हैं, वे पांच मिनट के अंदर सरैंडर कर दें! अन्यथा फोर्स उन्हें भून डालेगी।"

जवाब में केवल सन्नाटा सांय-सांय करता रहा।

तेजस्वी ने ऊंची आवाज में गिनतियां शुरू कर दीं—एक गिनती एक मिनट गुजर जाने का प्रतीक थी और जैसे ही तेजस्वी ने पांच कहा—इमारत की तरफ से गोलियों की बाढ़ जीप पर झपटी।

जवाब में फोर्स ने भी फायरिंग की।

तेजस्वी जीप की बैक में न केवल सुरक्षित था बल्कि अपने हाथ में दबी ए.के. सैंतालीस से इमारत की उस खिड़की पर फायर किए जिसके जरिए उसकी जीप पर गोलियां बरसाई गई थीं।

ब्लैक फोर्स के लोगों ने बता दिया था कि उनका इरादा क्या है।

फोर्स तो मोर्चा लिए हुए थी ही।

सो!

जंग शुरू हो गई।

दोनों तरफ से बाकायदा घात लगा-लगाकर गोलियां चलाई जाने लगीं।

फोर्स को कामयाबी तो मिली परंतु दांतों तले पसीना आ गया—इमारत पर कब्जा करने के बाद फोर्स ने वहां से कुल सात लाशें बरामद कीं—चार के जिस्मों में फोर्स की गोलियां थीं, तीन सायनाइड खाकर मरे थे।

अब फोर्स ब्लैक फोर्स के एक अन्य ठिकाने की तरफ बढ़ गई।

"ये हम क्या सुन रहे हैं थारूपल्ला?" ट्रांसमीटर पर गूंजने वाली ब्लैक स्टार की आवाज गुस्से के कारण थरथरा रही थी—"थाने पर किया गया हमला नाकाम हो गया? शुब्बाराव मारा गया और पुलिस ने हमारे पांच ठिकानों पर कब्जा कर लिया?"

''यस सर, यह सब हुआ है।'' थारूपल्ला ने अपने स्वर को संयत रखने की भरसक चेष्टा के साथ कहा—''बल्कि इससे भी ज्यादा ये हुआ है कि हमारे बहुत से मरजीवड़े भागकर काली बस्ती में आ गए।''

''क्यों, क्या हुआ है ऐसा?'' गुर्राकर पूछा गया।

''क्षमा कीजिएगा सर, यह इंस्पेक्टर को दी गई नाजायज ढील के कारण हो सका।''

''मतलब?''

''पहली बार आपने उसके इस जाल में फंसकर कि वह श्रीगंगाई है, न केवल उसे काली बस्ती से सुरक्षित निकल जाने दिया, बल्कि मुझे पिटने तक का हुक्म दे डाला—उसके बाद आपने धोखा खा जाना स्वीकार करके, मुझे उसे जंगल में लाने का हुक्म दिया—मैंने उसे आपके समक्ष पेश किया—एक बार फिर उसने अकेले में आपको जाने क्या पट्टी पढ़ाई कि मुझे उसे सुरक्षित प्रतापगढ़ पहुंचाने का हुक्म सुना डाला?''

''मानते हैं थारूपल्ला कि वह हमें एक नहीं बल्कि दो बार अपने एक ही जाल में फंसाने में कामयाब रहा—कुबूल करते हैं, ऐसा करामाती शख्स हमारे जीवन में वह अकेला आया है जिसने अपनी एक ही स्टोरी से हमें दो बार धोखा दिया—जंगल के बेसमेंट में उसने एक बार फिर खुद को वह साबित कर दिया जो वास्तव में नहीं था—बड़े पुख्ता सुबूत पेश किए कमबख्त ने—इसी कारण हमने उसे अपने हाथों से सजा देने की कसम खाई है।''

''एक बार फिर क्षमा कीजिएगा सर, मेरे ख्याल से अब आपकी यह कसम उसकी मदद कर रही है।''

''मतलब?''

''थाने पर किया गया हमला शायद इसीलिए नाकाम हुआ क्योंकि शुब्बाराव के पास उसे मार डालने का हुक्म न था—शायद इसी कारण शुब्बाराव मारा गया।''

''कहना क्या चाहता है तू?''

''आप हुक्म दीजिए, मैं चौबीस घंटे में उसकी लाश आपके कदमों में ...।''

''हमें तेजस्वी की लाश नहीं, तेजस्वी चाहिए थारूपल्ला ... जिन्दा तेजस्वी!'' साफ महसूस हो रहा था कि ब्लैक स्टार अपने एक-एक शब्द को चबा रहा है—''अगर तूने घुटने टेक दिए हैं तो ठीक है, तुझे इनाम जरूर दिया जाएगा मगर तब, जब तेरी आंखों के सामने तेजस्वी को हम अपने हाथों से सजा दे चुकेंगे।''

''न-नहीं सर!'' थारूपल्ला कांप उठा—''म-मैंने यह कब कहा कि उसे जीवित अवस्था में आपके समक्ष पेश नहीं करूंगा—मैं तो केवल यह कहना चाहता था कि यह काम उसे मार डालने से ज्यादा मुश्किल है इसलिए थोड़ा टाइम लग सकता है।''

''हम तुझे तीन दिन देते हैं थारूपल्ला, अगर तीन दिन के अंदर उसे जीवित हमारे सामने पेश न कर पाया तो सायनाइड खा लेना, क्योंकि तब तक तू अयोग्य सिद्ध हो चुका होगा।''

अगले दिन सुबह कमिश्नर शांडियाल ने जीवट किस्म के पुलिसियों की जो टुकड़ी तेजस्वी के सुपुर्द की, उसके बूते पर उसने संपूर्ण प्रतापगढ़ में वह तूफान बरपाया कि जुर्म की दुनिया में तहलका मच गया।

जिस ब्लैक फोर्सिए ने टुकड़ी का मुकाबला करने की कोशिश की, मार डाला गया।

जिन्हें अवसर मिला, भूमिगत हो गए।

कुल मिलाकर अगर यह कहा जाए तो गलत न होगा कि ब्लैक फोर्स से संबद्ध लोगों में न केवल आतंक छा गया बल्कि भगदड़ मच गई—तेजस्वी के नेतृत्व में चलाए जा रहे इस अभियान को 'ऑपरेशन सफाया' नाम दिया गया था।

प्रतापगढ़ की आम पब्लिक बेहद खुश थी।

पच्चीस जीवट जवानों के अलावा 'ऑपरेशन सफाए' में तेजस्वी के थाने के हवलदार पांडुराम, सब-इंस्पेक्टर, अन्य पुलिसियों, डी.आई.जी. चिदम्बरम, एस.एस.पी. कुम्बारप्पा और एस.पी. सिटी भारद्वाज भी शामिल था।

सारे दिन और सारी रात यह टुकड़ी उन सभी ठिकानों को अपने कब्जे में लेने के अभियान में जुटी रही जिन पर ब्लैक फोर्स से सम्बद्ध होने का जरा भी शक था।

अगले दिन, दोपहर के करीब बारह बजे पुलिस मुख्यालय में कमिश्नर शांडियाल टुकड़ी की मीटिंग ले रहे थे, अब तक की संपूर्ण रिपोर्ट सुनने के बाद वे बोले—''प्रतापगढ़ को ब्लैक फोर्स के आतंक से मुक्त करने के लिए इंस्पेक्टर तेजस्वी ने एक हफ्ते का टाइम मांगा था—हमें खुशी है बल्कि गर्व

है कि तेजस्वी ने हफ्ता गुजरने से पहले अपना काम कर दिखाया, आज पुलिस की कार्यवाही ...।''

''सॉरी सर!'' एकाएक तेजस्वी अपने स्थान से खड़ा होकर बोला—''मैं कुछ कहना चाहता हूं।''

''बोलो तेजस्वी।'' शांडियाल खुश थे—''सब लोग तुम्हारे विचार सुनने के लिए आतुर हैं।''

''हालांकि अपने सहयोगियों की मदद से जितना मैं कर पाया उस हम पर संतोष व्यक्त कर सकते हैं, लेकिन जब तक प्रतापगढ़ की सीमा में थारूपल्ला और काली बस्ती का अस्तित्व है, तब तक हम लोग चैन की सांस नहीं ले सकते।''

तेजस्वी के शब्दों ने मीटिंग में अजीब सनसनी फैला दी।

सब एक-दूसरे का मुंह देखने लगे।

लम्बे होते सन्नाटे को और लम्बा होने से रोकते हुए डी.आई.जी. चिदम्बरम ने कहा—''थारूपल्ला के अस्तित्व को मिटा डालने की बात तो समझ आती है इंस्पेक्टर, क्योंकि वह एक व्यक्ति है, मौत के साथ उसका अस्तित्व समाप्त माना जा सकता है, परंतु काली बस्ती एक व्यक्ति नहीं बल्कि ऐसे लोगों का समूह है जिसका बच्चा-बच्चा ब्लैक फोर्स की विचारधारा से जुड़ा है, हिंसक है—मरने-मारने को तत्पर रहता है—इतने बड़े समूह अर्थात मुकम्मल बस्ती को अस्तित्वविहीन करने का अर्थ है सबको मार डालना—और यह तो तुम समझते ही होगे कि ताकत होने के बावजूद कोई सरकार ऐसा नहीं कर सकती—इतने लोगों को इस तरह मार डालने का अर्थ होगा, सारे विश्व में त्राहि-त्राहि मच जाना—संसार का हर राष्ट्र हमारे खिलाफ खड़ा हो जाएगा।''

''मैंने उन सबको मार डालने की बात कब कही?''

''तो काली बस्ती कैसे अस्तित्वविहीन होगी?''

''सांप को मार दें या उसके जहरीले दांत तोड़ डालें—बात एक ही हुई, उद्देश्य होता है कि सांप हमें अपने जहर से नुकसान न पहुंचा सके।''

''गुड!'' शांडियाल कह उठे—''लेकिन ये होगा कैसे?''

तेजस्वी ने कहा—''अगर विचार-विमर्श के जरिए हम लोग कोई रास्ता निकाल लें तो इस मीटिंग का होना सार्थक माना जाएगा।''

बात सबको जंची—हर व्यक्ति तेजस्वी से सहमत था मगर रास्ता किसी को नहीं सूझा शायद—इसलिए मीटिंग में पुनः सन्नाटा छा गया और इस

बार जिस किस्म की आवाजों ने सन्नाटे को झकझोरा, वे इतनी भयावह थीं कि हर शख्स इस तरह उछल पड़ा जैसे सबकी कुर्सियां एक साथ गर्म तवों में तब्दील हो गई हों।

चेहरों पर हवाइयां काबिज हुईं, हाथ होलेस्टर्स की तरफ लपके।

आवाजें हैण्ड ग्रेनेड्स के धमाकों की थीं।

इंसानी चीख-पुकार की थीं।

और पुलिस मुख्यालय के ऊपर मंडरा रहे उस हैलीकॉप्टर की थी जिसकी एक सीट पर बैठा मेजर थारूपल्ला शक्तिशाली ट्रांसमीटर के माइक पर लगातार निर्देश जारी किए जा रहा था।

ये निर्देश उसके लिए थे जिसके नेतृत्व में पुलिस मुख्यालय को चारों तरफ से घेर लिया गया था और जिसे मुख्यालय को मलबे के ढेर में बदल देने का काम सौंपा गया था—सिर पर लगे हैडफोन के जरिए थारूपल्ला के निर्देश उसके जहन तक पहुंच रहे थे।

ऐसी बात नहीं कि मुख्यालय की सुरक्षा-व्यवस्था में कोई ढील रही हो, बल्कि सभी अफसरों की मुख्यालय में गोपनीय मीटिंग चल रही होने के कारण सुरक्षा-प्रबन्ध सामान्य अवस्था से कड़े ही थे—शायद इसी कारण ब्लैक फोर्स के लोग अचानक हमला करने के बावजूद सुरक्षाकर्मियों पर हावी न हो सके।

दो सेनाओं के बीच छिड़े युद्ध जैसा दृश्य उपस्थित हो गया।

उधर, मीटिंग हॉल में कोई चीखा—''ब्लैक फोर्स ने मुख्यालय पर हमला कर दिया है।''

सभी ऑफिसर्स, जीवट पुलिसियों की टुकड़ी और पांडुराम तक के हाथ में हथियार नजर आने लगे।

जिसको जिधर जगह मिली लपका।

अंदर की तरफ से बंद हॉल के सभी दरवाजों को किसी-न-किसी ने खोल दिया था—हर शख्स को उस जगह की तलाश थी जहां से खुद को सुरक्षित रखकर ब्लैक फोर्स के आक्रमण का जवाब दे सके।

हाथ में रिवॉल्वर लिए तेजस्वी आंधी-तूफान की तरह एक गैलरी में दौड़ा जा रहा था।

द्रुतगति से भागा चला आ रहा भारद्वाज उससे टकराया।

''मुकम्मल गैलरी पर ब्लैक फोर्स का कब्जा है सर।'' हांफते हुए तेजस्वी ने कहा—''इतने ए.के. सैंतालीसधारी तैनात हैं कि रिवॉल्वरों के बूते पर उनसे टकराना समझदारी नहीं ...।''

मगर।

तेजस्वी का वाक्य अधूरा रह गया बल्कि उसके हलक से चीख निकल गई।

हाथ में दबा रिवॉल्वर छिटककर दूर जा गिरा।

यह एस.पी. सिटी भारद्वाज द्वारा बिजली की-सी गति के साथ की गई हरकत का परिणाम था—अपने हाथ में दबे रिवॉल्वर का प्रहार उसने इतनी जोर से तेजस्वी की कलाई पर किया था कि जब तक तेजस्वी समझ पाता तब तक देर हो चुकी थी, हैरत में डूबे उसके मुंह से ये शब्द निकले—''इ-इसका क्या मतलब सर?''

''हाथ ऊपर उठा लो तेजस्वी।'' भारद्वाज गुर्राया।

तेजस्वी चीख पड़ा—''क्यों ... ये सब क्या है?''

''घबराओ मत!'' भारद्वाज के होंठों पर कुटिल मुस्कान उभर आई—''इस मोड़ के पार ब्लैक फोर्स के जो लोग खड़े हैं वे तुम्हें मारने के लिए नहीं, सुरक्षित निकाल ले जाने के अभियान पर हैं—ये मुख्यालय बहुत जल्द मेरे और तुम्हारे अलावा सभी पुलिस ऑफिसर्स की कब्रगाह बनने वाला है—सबकी लाशें मलबे के ढेर-तले दबी होंगी, मगर थारूपल्ला तुम्हें नहीं मार सकता—तुम्हें सुरक्षित निकाल ले जाने की ड्यूटी मेरे सुपुर्द की गई है।''

''य-यानि हमारे एस.पी. सिटी साहब ब्लैक फोर्स से पगार पाते हैं?'' तेजस्वी दांत पीस उठा।

''जो नहीं पाते उनके रिश्तेदार इस हमले के बाद सारे जीवन रोते रहेंगे।'' भारद्वाज के होंठों पर विजयी मुस्कान थी—''देर मत करो—इससे पहले कि कोई बम हमारे ऊपर मौजूद छत पर आ गिरे, यहां से निकलो।''

तेजस्वी हलक फाड़कर चिल्लाया—''मरने से तू डरता है कमीने, तेजस्वी नहीं डरता।''

''आगे बढ़ो।'' भारद्वाज कठोर स्वर में गुर्राया।

''नहीं बढ़ा तो क्या करेगा तू?''

''मतलब?''

''मार तो तू मुझे सकता नहीं!'' तेजस्वी ने एक-एक शब्द चबाया।

"मैं तेरी टांग तोड़ दूंगा।" भारद्वाज दहाड़ा।

"उससे पहले पीछे खड़े अपने बाप से तो मिल ले।"

भारद्वाज ने फिरकनी की तरह पलटकर पीछे देखा—पीछे तो खैर कोई था नहीं मगर जब तक वापस पलटता, तब तक तेजस्वी का जिस्म गुरिल्ले के जिस्म की तरह हवा में तैरकर उसके ऊपर आ गिरा।

एक-दूसरे से गुंथे दोनों गैलरी के फर्श पर दूर तक लुढ़कते चले गए।

तेजस्वी का हाथ भारद्वाज के हाथ में दबे रिवॉल्वर पर था—उसे यह भी मालूम था कि अगर कोई ए.के. सैंतालीसधारी मोड़ पार करके इधर आ गया तो बाजी उसके हाथ से निकल जाएगी अतः जल्द भारद्वाज से छुटकारा पा लेना चाहता था—इसी प्रयास में भारद्वाज की कलाई उमेठी।

हल्की कराह के साथ रिवॉल्वर भारद्वाज के हाथ से निकल गया।

रिवॉल्वर अपने हाथ में आते ही तेजस्वी छिटककर न केवल उसके जिस्म से अलग हुआ बल्कि उछलकर खड़ा हो गया—एक नजर मोड़ पर डाली, वहां कोई न था—ए.के. सैंतालीसधारियों को शायद सख्ती के साथ अपने स्थान पर खड़े रहने का हुक्म दिया गया था।

भारद्वाज तेजी से खड़ा होता हुआ चिल्लाया—"हैल्प!"

तेजस्वी ने फायर किया, गोली उसके सीने में जा लगी।

"हैल्प मी।" वह लड़खड़ाता हुआ दहाड़ा—"प्लीज ... हैल्प मी।"

तेजस्वी समझ सकता था कि वह मोड़ के दूसरी तरफ खड़े ब्लैक फोर्स के लोगों को पुकार रहा है—मोड़ के उस तरफ पदचाप उभरी—तेजस्वी को समझते देर न लगी कि भारद्वाज की पुकार उन तक पहुंच चुकी है और अब वे इसकी मदद के लिए पहुंचने वाले हैं, अतः हिरन की तरह विपरीत दिशा में कुलांचें भरनी शुरू कर दीं।

बमों के धमाके, गोलियों की आवाजें और हैलीकॉप्टर की गड़गड़ाहट अभी तक जारी थी।

कुम्बारप्पा ने एक खिड़की के पास मोर्चा संभाल रखा था।

उसके सामने, खिड़की के पार करीब पांच ए.के. सैंतालीसधारी थे—दो को वह अपने रिवॉल्वर का निशाना बना चुका था—शायद इसीलिए, उनके बाकी साथियों की मुकम्मल तवज्जो खिड़की पर थी।

उनकी ए.के. सैंतालीसों के मुंह कई बार खिड़की की तरफ खुल भी चुके थे मगर हर बार कुम्बारप्पा दीवार की आड़ में होकर खुद को बचा गया—खिड़की का सारा कांच चकनाचूर हो चुका था।

उसने फायर करने का प्रयास किया।

परंतु रिवॉल्वर से केवल 'क्लिक' की आवाज निकलकर रह गई।

उसने झुंझलाहट और निराशा भरे अंदाज में रिवॉल्वर की तरफ देखा।

तभी, भागते कदमों की आवाज उभरी।

तेजस्वी पर नजर पड़ते ही उसकी आंखें चमक उठीं, मुंह से निकला—"वैरी गुड इंस्पेक्टर! बहुत अच्छे समय पर पहुंचे तुम—एक ए.के. सैंतालीसधारी रेंगकर इस खिड़की के नजदीक आने की कोशिश कर रहा है।"

"तो?"

उसने अपने हाथ में मौजूद रिवॉल्वर की तरफ इशारा किया—"ये खाली हो चुका है।"

"मैं देखता हूं सर।" कहने के साथ तेजस्वी ने खिड़की के कोने से बाहर झांकने का प्रयास किया था कि तड़तड़ाहट की आवाज के साथ गोलियों की बाढ़ खिड़की पर झपटी—तेजस्वी ने यदि तुरंत चेहरा वापस न खींच लिया होता तो निश्चित रूप से गोलियों ने उसके चेहरे का भूगोल बदल दिया होता।

"सम्भलो इंस्पेक्टर!" ये शब्द एस.एस.पी. के हलक से स्वतः निकले—"वे अपने एक साथी को खिड़की के नीचे पहुंचाना चाहते हैं—योजना शायद ये है कि हमें उस पर फायर करने का अवसर न दिया जाए।"

"मैं समझ गया सर।" इस बार तेजस्वी ने पूरी सावधानी के साथ कोने की खिड़की से इस तरफ रेंग रहे ए.के. सैंतालीसधारी की पोजीशन ध्यान से देखी—उधर से तुरंत गोलियों की बाढ़ झपटी मगर तेजस्वी पुनः अपने चेहरे को वापस खींच चुका था—उधर से गोलियां चलनी बंद हुईं और इधर तेजस्वी ने अपना रिवॉल्वर वाला हाथ खिड़की में डालकर बगैर निशाना साधे एकमात्र फायर किया।

बाहर से चीख की आवाज उभरी।

"कमाल कर दिया तुमने।" एस.एस.पी. प्रशंसनीय स्वर में कह उठा—"बगैर निशाना साधे ...।"

"पहले झटके में मैं उसकी पोजीशन देख चुका था।"

"फिर भी, इस तरह निशाना लगाना हैरतअंगेज है।"

''मैं अक्सर हैरतअंगेज काम कर दिखाता हूं सर—अगर मुझमें ऐसे काम करने की क्षमता न होती तो इतने बड़े प्रदेश में से ट्रिपल जैड ने मुझे ही न चुना होता।''

''क-क्या मतलब?''

तेजस्वी ने बड़ी जबरदस्त मुस्कान के साथ पूछा—''क्या आप ट्रिपल जैड को नहीं जानते?''

एस.एस.पी. महोदय हकबका गए—एकदम से सूझा नहीं, इंकार करें या स्वीकार, जबकि तेजस्वी अपनी मुस्कान को और ज्यादा गहरी करता बोला—''घबराइए नहीं सर, मैं भी उसी किश्ती पर सवार हूं जिस पर आप और डी.आई.जी. साहब हैं।''

कुम्बारप्पा के हाथों से मानो तोते उड़ गए—भाड़ सा मुंह फाड़े तेजस्वी की तरफ देखता रह गया वह—मगर फिर शीघ्र ही खुद को संभाला और बोला—''य-यानि तुम्हें सब मालूम है?''

''चोर-चोर मौसेरे भाई होते हैं सर।''

''हमारे चौंकने का कारण हमारे बारे में तुम्हारा जानना नहीं बल्कि ये है कि तुम भी उसी किश्ती के सवार हो—हम बेवकूफ हर मुलाकात पर ट्रिपल जैड को समझाते रहे, वह तुम्हें खरीदने की कोशिश न करे।''

''जो वो बरसाता है उसकी जरूरत किसे नहीं होती सर?''

''बिल्कुल ठीक कहा तुमने।'' कुम्बारप्पा अब पूरी तरह सामान्य नजर आने लगा था—''खैर, हम और डी.आई.जी. साहब शुरू से यह जानने के लिए मरे जा रहे हैं कि आखिर वह काम क्या है जिसके लिए ट्रिपल जैड इतनी दौलत खर्च कर रहा है—बार-बार पूछने के बावजूद न केवल उसने बताने से इंकार कर दिया बल्कि चेतावनी भी दी कि अगर जानने की कोशिश की तो जान से हाथ धो बैठोगे।''

''ऐसा?''

''तुम्हें तो मालूम होगा?''

''क्या?''

''क्या काम है वह?''

''करने वाले को मालूम न होगा तो काम होगा कैसे?''

''तो बताओ, क्या कराना चाहता है वह?''

''आपने अभी-अभी बताया सर—उसने कहा था, मालूम करने की कोशिश करोगे तो जान से हाथ धोना पड़ेगा।''

''ये बात उसने कही थी।'' एकाएक कुम्बारप्पा की आवाज में एस.एस. पी. वाला रुआब उभर आया—''हम तुमसे पूछ रहे हैं—तुम हमारे इंस्पेक्टर हो तेजस्वी, जवाब दो, क्या काम सौंपा है उसने?''

''हमाम में सब नंगे होते हैं एस.एस.पी. साहब, जब मेरे और आपके जिस्म पर कपड़े ही न रहे तो कौन एस.एस.पी., कौन इंस्पेक्टर?'' तेजस्वी के दांत भिंचते चले गए—''आप और डी.आई.जी. साहब महामूर्ख हैं—जो होने वाला है उसे आप लोग पचा नहीं पाएंगे। फिर क्यों न असली काम करने से पहले आप दोनों को इस दुनिया से रुखसत कर दिया जाए?''

''य-ये क्या बक रहे हो तुम?'' एस.एस.पी. महोदय हलक फाड़ उठे।

''और आपसे निजात पाने का इससे खूबसूरत मौका मेरे हाथ नहीं लगेगा।'' इन शब्दों के साथ तेजस्वी कुम्बारप्पा पर झपट पड़ा और उसे घसीटकर खिड़की के ठीक सामने ले गया और बोला—''गुड बाय सर, गॉड आपकी आत्मा को शांति प्रदान करे।''

बाहर मौजूद ए.के. सैंतालीसें गरजीं।

असंख्य गोलियां एक साथ कुम्बारप्पा के जिस्म के परखच्चे उड़ा गईं।

तेजस्वी का जिस्म उसके जिस्म के पीछे था—लाश लिए वह खिड़की के नजदीक से हटा—खुद को सुरक्षित करने के बाद लाश को खिड़की की तरफ धकेला और आगे बढ़ गया।

धूम-धड़ाका अब भी जारी था मगर तेजस्वी के चेहरे पर शिकन तक न थी—मुंह से किसी फिल्मी गाने की धुन को सीटी का स्वर दिए बढ़ा चला जा रहा था वह।

वह जिसे शतरंजी चालें चलने का एक्सपर्ट माना जाता था।

''हैलो ... हैलो।'' हैलीकॉप्टर में बैठा थारूपल्ला माइक पर जोर-जोर से चीख रहा था—उसे लग रहा था आवाज वहां नहीं पहुंच रही है जहां पहुंचाना चाहता था, इसीलिए चीखना पड़ रहा था उसे, मगर हल्की सी यांत्रिक खड़खड़ाहट के बाद हैडफोन के जरिए उसके कानों में आवाज पड़ी—''हैलो सर, हैलो ... मैं कुछ कहना चाहता हूं, क्या मेरी आवाज आप तक पहुंच रही है?''

''हां, बोलो!'' थारूपल्ला ने जोर से माइक पर कहा।

''एक जरूरी मैसेज है सर।'' दूसरी तरफ से कहा गया।

''उसे छोड़ो, पहले हमारे सवाल का जवाब दो।'' थारूपल्ला गुस्से में नजर आ रहा था—''हमें वह ट्रक अभी तक अपने स्थान पर खड़ा क्यों नजर आ रहा है जिसे प्लान के मुताबिक अब से पांच मिनट पूर्व इंस्पेक्टर को साथ लेकर चल पड़ना चाहिए था?''

''मैसेज उसी संबंध में है सर—उस तरफ वाली टुकड़ी के मुताबिक ऑपरेशन नाकाम हो गया है।''

''क-क्या?'' थारूपल्ला दहाड़ उठा।

''स-सॉरी सर।'' आवाज से जाहिर था कि दूसरी तरफ वाला कांप रहा है।

''कैसे हो गया ये सब? मुख्य ऑपरेशन कैसे नाकाम हो गया?''

''मुझे केवल इतना बताया गया है कि एस.पी. सिटी इंस्पेक्टर को गैलरी के एक मोड़ तक ले आया था मगर उसके बाद जाने क्या हुआ, इंस्पेक्टर एस.पी. का मर्डर करने के बाद वापस इमारत में चला गया।''

''यानि इस वक्त वह मुख्यालय में है?''

''यस सर।''

''तो हम मुख्यालय को मलबे के ढेर में कैसे तब्दील करेंगे?'' थारूपल्ला दहाड़ उठा।

''मजबूरी है सर, आपको उसके रहते इमारत पर बमबारी शुरू कर देनी चाहिए—इमारत के अंदर मोर्चा संभाले वे लोग हम पर पहले ही से भारी पड़ रहे हैं—अगर आपने तुरंत इमारत को ध्वस्त करके इसे सभी पुलिसवालों की कब्रगाह न बना दिया तो हम लोग जबरदस्त संकट में फंस जाएंगे।''

''नहीं ... जब तक इंस्पेक्टर इमारत में है तब तक हम वहां एक भी बम नहीं गिरा सकते।''

''त-तो क्या करें सर?''

''क्या इंस्पेक्टर को बाहर निकालने का कोई रास्ता नहीं है?''

''मेरी समझ में नहीं आ रहा, आप ही बता दें तो बेहतर होगा।''

बेचारा थारूपल्ला!

क्या बता देता?

एस.पी. सिटी की मौत उसकी मुकम्मल योजना को पीट चुकी थी, लगभग पस्त स्वर में हुक्म दिया उसने—''जैसे भी हो, अपने बाकी साथियों के साथ काली बस्ती पहुंचो।''

चकित स्वर—''जंग बीच में छोड़कर?''

''जिस जंग से कोई लाभ नहीं निकलना, उसे लड़ते रहना बेवकूफी है।'' दहाड़ने के साथ उसने ट्रांसमीटर ऑफ कर दिया और सीधा चालक से बोला—''वापस चलो।''

''व-वापस?'' वह चौंका, पॉलीथीन की थैली में रखे ढेर सारे बमों की तरफ देखता हुआ बोला—''आपने तो कहा था इनके इस्तेमाल से पुलिस मुख्यालय को मलबे का ढेर बना देना इस मिशन का क्लाइमैक्स होगा?''

''बकवास बंद करो।'' थारूपल्ला चिंघाड़ उठा—''और वापस चलो।''

चालक सहम गया।

मुंह से बोल न फूटा।

मगर यह बात उसकी समझ में बिल्कुल नहीं आ रही थी कि जब बम भी हैं और वह इमारत भी जिसे ध्वस्त करने के टार्गेट से यहां आए थे तो बगैर टार्गेट पूरा किए वापस जाने का हुक्म क्यों मिला है—अभी वह इसी उलझन में फंसा हुआ था कि 'टांय' से गोली हैलीकॉप्टर की टंकी में आ लगी।

हैलीकॉप्टर लड़खड़ाया।

''इसे संभाल बेवकूफ!'' चीखने के साथ थारूपल्ला ने बगल में रखी ए.के. सैंतालीस उठाकर पुलिस मुख्यालय की छत पर नजर आ रहे उस एकमात्र शख्स पर गोलियां बरसा दीं जिसने हैलीकॉप्टर पर गोली चलाने की हिमाकत की थी, मगर उस शख्स को गोलियों से बचकर वाटर टैंक के पीछे छुपते उसने साफ देख लिया।

मारे गुस्से के मानो पागल हो गया थारूपल्ला, दहाड़ा—''मैं इस हरामी के पिल्ले को नहीं छोड़ूंगा, हैलीकॉप्टर उधर लो।''

''सॉरी सर।'' चालक बौखलाया हुआ था—''टंकी में आग लग चुकी है।''

''बात समझ में नहीं आई तेजस्वी।'' कमिश्नर शांडियाल ने पूछा—''तुमने हमसे अकेले में मिलने की इच्छा क्यों प्रकट की?''

''एक ऐसी घटना घट गई है सर, जिसके बाद मुझे किसी पर कोई विश्वास नहीं रह गया है।''

वहां मौजूद नंबर वन ने पूछा—''और हम पर?''

''पूरी बात सुनने के बाद आप लोगों को अपनी यहां मौजूदगी का कारण समझ में जा आएगा।''

''तो बोलो, ऐसी क्या खास बात करनी है जिसे बताने के लिए तुमने हमें इकट्ठा किया है?''

''एस.एस.पी. साहब ने मेरी इन बांहों में दम तोड़ा है।'' तेजस्वी की आवाज गमगीन हो उठी, आंखें शून्य में स्थित हो गईं—जैसे कुम्बारप्पा की मौत का दृश्य इस वक्त भी आंखों के सामने मौजूद हो, कहता चला गया वह—''किसी ने सच कहा है—मरते हुए इंसान के भीतर मौजूद सभी शैतानों के ऊपर उसकी पवित्र आत्मा हावी हो जाती है—ऐसा ही शायद एस.एस. पी. साहब के साथ हुआ था तभी तो ... तभी तो मरने से क्षण-भर पूर्व वे मुझे वह सब बता गए जो उनकी जिंदगी में अगर किसी को पता लग जाता तो या खुद मर जाते या जानने वाले को मार डालते।''

सबका दिल जोर-जोर से धड़कने लगा।

नम्बर वन ने पूछा—''ऐसा क्या कहा उन्होंने?''

''बोले, अपने जीवन में जो कुछ मैंने किया आज ... इस वक्त मुझे उस पर पश्चाताप हो रहा है तेजस्वी, चंद नोटों की एवज में मैंने अपना ईमान, धर्म, सत्य, निष्ठा सब कुछ बेच डाला और मैंने ही क्यों डी.आई.जी. चिदम्बरम भी तो पाप के उसी रथ पर सवार थे।''

''च-चिदम्बरम?'' शांडियाल उछल पड़े—''चिदम्बरम के बारे में उसने ऐसा कहा?''

''हां।''

''क्या बताया एस.एस.पी. ने?'' नंबर टू व्यग्र हो उठा—''किसके हाथों बिके थे वे?''

''ट्रिपल जैड के हाथों।''

''क-क्या?'' एक साथ पांचों उछल पड़े।

''अब समझ में आ गया होगा मैंने आप लोगों को यहां क्यों बुलाया—दरअसल ट्रिपल जैड से संबंधित जानकारी मैं आप ही लोगों को देना चाहता था—क्योंकि इस शख्स की प्रतापगढ़ में मौजूदगी की बात आपके चीफ ने मीटिंग में सबसे पहले कही थी।''

''एस.एस.पी. ने और क्या बताया?''

''गोलियों से बुरी तरह छलनी थे वे—मैं पूछता रह गया कि ट्रिपल जैड के लिए वे क्या काम करते थे, उन्होंने बताने की कोशिश भी की, मगर मुंह

से अल्फाजों की जगह रूह निकल गई—न ये बता सके कि ट्रिपल जैड उनसे क्या काम ले रहा था—न ही यह कि वह कहां रहता है, उनसे और चिदम्बरम से कहां मिलता था।''

गुस्से की ज्यादती के कारण शांडियाल का संपूर्ण जिस्म कांप रहा था, मुंह से शब्द भभकती आग की मानिन्द फूटे—''इन सवालों का जवाब चिदम्बरम को देना होगा—हम उसे इसी वक्त यहां बुलाते हैं।''

''मेरे ख्याल से यह उचित नहीं होगा सर।'' नंबर वन ने कहा।

''क्यों?'' शांडियाल दहाड़ उठे—''क्यों उचित नहीं होगा—अगर पुलिस का इतना बड़ा अफसर देशद्रोहियों के हाथों बिका हुआ है तो बाकी बचा ही क्या?''

''बस सर ... बस!'' तेजस्वी कह उठा—''मात्र यही एक बात मेरे दिलो-दिमाग को लील गई—मरते हुए एस.एस.पी. साहब ने जो कुछ बताया, उसके बाद मुझे किसी पर कोई विश्वास नहीं रह गया है।''

''हमें भावुकता और उत्तेजना पर काबू पाकर धैर्य से काम लेना होगा।'' नंबर वन कहता चला गया—''हमारा उद्देश्य ट्रिपल जैड तक पहुंचना है और अगर मरते हुए कुम्बारप्पा के बयान को सच मान लिया जाए तो डी.आई.जी. चिदम्बरम वह एकमात्र शख्स है जिसके माध्यम से यह काम हो सकता है—मगर तभी जब वक्त से पहले उस पर जाहिर न होने दें कि मरते हुए कुम्बारप्पा ने किसी से कुछ कहा था, क्यों इंस्पेक्टर?

''मैं इस बारे में अपनी कोई राय प्रकट करना मुनासिब नहीं समझता।'' तेजस्वी ने सपाट लहजे में कहा—''जो इन्फॉरमेशन मिली थी वह आप तक पहुंचा दी—अब आपको जो उचित लगे करें—मेरा लक्ष्य स्टार फोर्स है—ट्रिपल जैड की तरफ ध्यान देकर मैं अपने दिमाग को 'डाइवर्ट' करने के पक्ष में नहीं हूं।''

''फिर भी, क्या ये मुनासिब होगा कि बगैर ट्रिपल जैड तक पहुंचने की कोशिश किए चिदम्बरम पर हाथ डाल दिया जाए?''

''मेरे ख्याल से नहीं।''

''ओ.के.।'' शांडियाल ने कहा—''चिदम्बरम के जरिए ट्रिपल जैड तक पहुंचने की कोशिश की जाएगी।''

⁂

''गुड ... वैरी गुड।'' आईने के सामने खड़ा देशराज प्रसन्नता के आवेगवश

कांप रहा था—उसके एक हाथ में जुंगजू का फोटो था—आईने में नजर आ रही अपनी सूरत से फोटो का मिलान करता वह कहता चला गया—''आपने कमाल कर दिखाया डॉक्टर शुक्ला, खुद जुंगजू भी अगर मुझे अपने सामने खड़ा पाए तो इस भ्रम का शिकार हो जाए कि वह आईने के सामने खड़ा है—एक-एक दाग, एक-एक झुर्री मिला दी है आपने।''

''ये कमाल हमने नहीं, खुद तुमने किया है बरखुरदार।'' शुक्ला ने नाक पर सरक आए चश्मे को आदत के मुताबिक दुरुस्त करते हुए कहा—''हम बार-बार एक ही बात रटे जा रहे थे—यह कि ऐसा असंभव है मगर तुमने असंभव को संभव कर दिखाया—तुम्हारे ही दिमाग का आइडिया था और तुम्हारी ही हिम्मत थी जिसके कारण ये सब हो सका—वर्ना ... वर्ना कोई खुद पर इस तरह तेजाब डालकर बदसूरत नहीं बन सकता—ऊपर वाला तुम्हें तुम्हारे मिशन में कामयाबी दे देशराज—तुम्हारी ललक और तुम्हारी देशभक्ति को ये डॉक्टर सैल्यूट मारकर सलाम करता है।''

''जो चमत्कार हुआ है उसका सारा श्रेय मुझे दे डालना आपकी महानता है डॉक्टर शुक्ला—आइडिया मेरा जरूर था मगर उसे आपके अलावा दुनिया का कोई शख्स परवान नहीं चढ़ा सकता था।

''तुम लोग एक-दूसरे का प्रशस्तिगान करते रहोगे या मुख्य मुद्दे पर भी आओगे?'' काफी देर से खामोश खड़े कमिश्नर शांडियाल ने कहा—''और तुम शायद वह भी भूल गए, डॉक्टर शुक्ला, जो मुश्किल से पांच मिनट पहले खुद कहा था।''

''क्या कहा था हमने?''

''यह कि अभी देशराज का बैड से उठना उचित नहीं है।''

''हां ... हां, हमने ऐसा कहा था और ये ठीक भी है।'' डॉक्टर शुक्ला ने इस तरह कहा जैसे सचमुच उसे अपनी कही बात शांडियाल के याद दिलाने पर ही याद आई हो—''मगर इस देशराज के बच्चे की जिद्द के आगे भला चलती किसकी है! जिद्द करके आईने तक आ ही गया।''

''हम इसे वापस बिस्तर पर लिटाने के लिए कह रहे हैं।''

''हां ... हां ... चलो बिस्तर पर लेटो।'' कहने के साथ शुक्ला ने देशराज के बाजू पकड़ लिए।

''आप बेवजह मुझे बीमार बनाए दे रहे हैं सर।'' बिस्तर की तरफ बढ़ते देशराज ने कहा—''असल में मैं खुद को इतना स्वस्थ महसूस कर रहा हूं कि इसी क्षण से जेल में जाकर जुंगजू का रोल अदा कर सकता हूं।''

''फिक्र मत करो—हमारे जाल में फंसा वह भी वही रोल अदा कर रहा है जो उसे समझाया गया था।''

''उस पर कड़ी नजर रखी जा रही है न?'' बैड पर लेटते देशराज ने पूछा।

''निश्चिंत रहो, हर सांस का हिसाब रखा जा रहा है।''

''मामला कहां तक पहुंचा?''

''माचिस की जली हुई तिल्ली से लिखी पर्ची ब्लैक फोर्स के मैम्बर तक अगले ही दिन पहुंच गई थी—कल उसने पुनः एक पर्ची जुंगजू को पहुंचाई जिसमें लिखा है, ऑपरेशन रात के ठीक एक बजे शुरू होगा।''

''यानि मामला ठीक चल रहा है?''

''सब ठीक है—तुम फिक्र मत करो।''

''मगर अभी मुझमें और जुंगजू में एक फर्क है।''

''क्या?'' शांडियाल और शुक्ला ने एक साथ पूछा।

''उसके मुंह में आगे वाले दो दांत नहीं हैं।''

''तो?''

जवाब में जब देशराज ने मुंह खोलकर अपने दोनों दांत बैड के पुश्त वाले लोहे के पाइप पर पटकने शुरू किए तो शांडियाल और शुक्ला बौखला उठे—परंतु उसे अपने दोनों दांत तोड़ लेने से न रोक सके।

देशराज का मुंह खूनमखून हो चुका था।

⅄

घंटी बजते ही नंबर वन ने रिसीवर उठा लिया, मगर माउथपीस में बोला कुछ नहीं, रिसीवर के अंदर से अभी तक लाइन पर रिंग जाने की आवाज़ सुनाई दे रही थी—नंबर टू, थ्री और फोर चेहरों पर जिज्ञासा के बेशुमार भाव लिए वन को देखे जा रहे थे।

एकाएक लाइन पर रिसीवर उठाए जाने का खटका उभरा, डी.आई.जी. चिदम्बरम की आवाज—''हैलो!''

''हम बोल रहे हैं।'' दूसरी तरफ से कहा गया।

''ओह!'' चिदम्बरम का चौकस स्वर—''सर, आप?''

''हम तुमसे मिलना चाहते हैं।''

''हुक्म कीजिए सर।''

''अभी, इसी वक्त ... फौरन चल पड़ो।''

‘‘इ-इस वक्त सर, अभी तो रात के बारह ...।’’

‘‘शटअप!’’ गुर्राया गया—‘‘दो लाख कमाना चाहते हो तो इसी वक्त आ जाओ।’’ इन शब्दों के बाद संबंध विच्छेद कर देने की ध्वनि उभरी—संक्षिप्त वार्त्ता को सुनते-सुनते नंबर वन के मस्तक पर पसीना छलछला आया था, अपने हाथ में मौजूद रिसीवर बहुत आहिस्ता से क्रेडिल पर तब रखा जब चिदम्बरम की तरफ से भी रिसीवर रखे जाने की हल्की आवाज सुन चुका।

‘‘किसका फोन था?’’ नंबर फोर ने पूछा।

वन ने कहा—‘‘शायद उसी का।’’

‘‘शायद?’’ टू का सवाल।

‘‘उसने नाम नहीं लिया मगर अंदाज रहस्यमय था और चिदम्बरम सर ... सर कह रहा था, हवा शंट थी उसकी।’’

‘‘क्या बात हुई?’’ थ्री ने पूछा।

‘‘फोनकर्त्ता ने चिदम्बरम को इसी वक्त बुलाया है।’’

‘‘कहां?’’

‘‘जगह का नाम किसी के द्वारा नहीं लिया गया।’’

‘‘यानि चिदम्बरम को मालूम है उसे कहां पहुंचना है!’’

‘‘यकीनन।’’

‘‘क्या वह पहुंच रहा है?’’

‘‘रात के बारह बजे होने के कारण हिचका था परंतु रहस्यमय शख्स ने डांट दिया—साथ ही कहा, दो लाख कमाना चाहते हो तो फौरन आना पड़ेगा और जवाब की प्रतीक्षा किए बगैर फोन डिस्कनेक्ट कर दिया।’’

‘‘अर्थात वह जानता है कि चिदम्बरम पहुंचेगा।’’

‘‘शायद।’’

‘‘गुड।’’ कहने के साथ नंबर टू उस खिड़की की तरफ लपका जिससे सड़क के पार डी.आई.जी. चिदम्बरम की कोठी का मुख्यद्वार ही नहीं बल्कि लॉन और वृक्षों से घिरी इमारत तक साफ नजर आ रही थी—लिखने की आवश्यकता नहीं रह गई है कि इस वक्त वे शांडियाल की मेहरबानी से डी.आई.जी. की कोठी के ठीक सामने वाली कोठी की ऊपरी मंजिल के एक कमरे में मौजूद थे और डी.आई.जी. के फोन से कनेक्टिड एक इन्स्ट्रूमेंट इस कमरे में था।

नंबर वन, थ्री और फोर भी खिड़की के नजदीक सिमट आए।

कुछ देर बाद डी.आई.जी. की कोठी के बैडरूम की लाइट ऑन हुई, फोर

कह उठा—''वह रवानगी की तैयारी कर रहा है, हमें नीचे, अपनी गाड़ी के नजदीक पहुंच जाना चाहिए।''

बात सबको जंची, अतः ऐसा ही किया गया।

पंद्रह मिनट बाद उसकी गाड़ी उस गाड़ी को फॉलो कर रही थी जिसे चिदम्बरम स्वयं ड्राइव कर रहा था—स्पेशल केन्द्रीय कमांडो दस्ते के कमांडोज ने अपनी गाड़ी की हैडलाइट तो क्या, पार्किंग लाइट तक ऑफ कर रखी थी।

''अब तुम्हें इंस्पेक्टर तेजस्वी को खरीदना होगा।'' मेज पर नोटों की गड्डियां डालते ट्रिपल जैड ने कहा।

''क-क्या बात कर रहे हैं आप?'' चिदम्बरम हकला उठा—''मैंने और कुम्बारप्पा ने पहले ही कहा था—दुनिया के हर शख्स को खरीदा जा सकता है, तेजस्वी को नहीं, वह ...।''

''हमने सुना था डी.आई.जी. साहब, उस वक्त नहीं कहा था अब कह रहे हैं—जो सौगात इस वक्त मेज पर पड़ी है उससे इंसान को तो क्या, उसे बनाने वाले तक को खरीदा जा सकता है—तुम कोशिश करो, कोई लिमिटेशन नहीं है—करोड़, दो करोड़, दस करोड़ ... जहां सौदा पटे पटा लो।''

''ये काम मुझसे नहीं होगा सर।''

ट्रिपल जैड गुर्राया—''क्या बका तुमने?''

''स-समझने की कोशिश कीजिए, मैं तेजस्वी को अच्छी तरह जानता हूं—इधर मैं उसे खरीदने की कोशिश करूंगा, उधर वह झपटकर मेरी गर्दन पकड़ लेगा।''

''वहम है तुम्हारा, ऐसा कुछ होने वाला नहीं है।'' चमकदार काले जूते, काली पैंट, काले ओवरकोट और सफेद ग्लव्स पहने रहस्यमय शख्स ने काले लैंसों वाला अपना चौड़े फ्रेम का चश्मा दुरुस्त किया—चिदम्बरम की आंखें उसके लम्बे बालों और घनी दाढ़ी-मूंछ पर स्थिर थीं जबकि वह चहलकदमी करता हुआ कहता चला गया—''सारा जीवन मैंने लोगों को खरीदने में गुजारा है और उसी अनुभव के आधार पर कहता हूं कोई भी शख्स केवल तब तक बिकाऊ नहीं जब तक उसके अनुरूप कीमत नहीं लगाई जाती—कीमत के मामले में मैं तुम्हें आजाद कर रहा हूं, अतः शीघ्र

ही उस तेजस्वी को अपनी आंखों से बिकता देखोगे जिसके बारे में आज तुम्हारी धारणा यह है कि ...।''

झनाक ... झनाक।

ट्रिपल जैड का वाक्य पूरा होने से पहले ही कमरे में कांच टूटने की आवाज गूंजी।

दोनों ने एक साथ चौंककर खिड़कियों की तरफ देखा—अभी हिल तक नहीं पाए थे कि कमरे में गुर्राहट उभर गई—''डोन्ट मूव मिस्टर ट्रिपल जैड एण्ड चिदम्बरम! जरा भी हिले तो गोलियों से भून दिए जाओगे।''

कमरे की दो दीवारों में बड़ी-बड़ी खिड़कियां थीं—दोनों का कांच फर्श पर बिखरा पड़ा था—ग्रिल्स के बाहर दो कमांडो खड़े थे—दोनों का एक-एक हाथ ग्रिल्स के बीच से होकर कमरे में प्रविष्ट नजर आ रहा था—दोनों हाथों में एक-एक रिवॉल्वर था और रिवॉल्वर की नालें उन्हें घूर रही थीं।

तभी, अंदर से बंद दरवाजे पर बाहर से चोट पड़ने लगी।

''तुम दोनों बुरी तरह घिर चुके हो।'' दाईं ग्रिल के पार खड़ा कमांडो गुर्राया।

चिदम्बरम का मानो दिमाग ही ठप्प हो गया था—एक ही बात गूंज रही थी उसमें, इन लोगों द्वारा उसकी यहां से गिरफ्तारी का अर्थ जीते-जी मौत को प्राप्त हो जाना है ... बल्कि जीवित रहकर सांसें लेना एक बार मर जाने से असंख्य गुना कष्टप्रद होगा—जबकि ट्रिपल जैड जाने क्या सोचकर कमांडो के हुक्म का पालन करने की-सी मुद्रा में दरवाजे की तरफ बढ़ा।

बाहर से दरवाजे को निरंतर तोड़ डालने का प्रयास किया जा रहा था।

सोफे के करीब से गुजरता ट्रिपल जैड एकाएक उसकी पुश्त की बैक में बैठ गया—ग्रिल्स के बाहर खड़े दोनों कमांडोज के रिवॉल्वर्स ने आग उगली—मगर दोनों गोलियां पुश्त में धंसकर रह गईं।

इधर, किसी सुरक्षित स्थान की तलाश में चिदम्बरम हिला ही था कि एक साथ दो गोलियां उसकी टांगों में आ धंसीं—एक दाईं खिड़की से चली थी, दूसरी बाईं से—चिदम्बरम चीख के साथ त्यौराकर फर्श पर गिरा—उधर सोफे की पुश्त की बैक से गोलियां दोनों खिड़कियों पर झपटीं।

कमांडोज दीवार की आड़ में होकर खुद को बचा गए।

चिदम्बरम ने अपनी जेब से रिवॉल्वर निकाला।

कनपटी पर रखा और ट्रेगर दबा दिया।

उधर, भड़ाक की जोरदार आवाज के साथ दरवाजा टूटा।

वहां एक साथ दो कमांडोज खड़े नजर आए—वे ट्रिपल जैड के ठीक सामने थे अर्थात—उनके लिए वह किसी बैक में नहीं था अतः घबराकर दो फायर किए—एक गोली एक कमांडो के कंधे में जा धंसी जबकि दूसरी खाली गई—मगर जवाब में दरवाजे से चलीं गोलियां उसके प्राण पखेरू उड़ा चुकी थीं।

सोफे की पुश्त की बैक में ट्रिपल जैड की लाश पड़ी रह गई।

⅄

''ये क्या बेवकूफी की तुमने?'' एम.पी. ठक्कर भन्ना उठा—''इसका मतलब ये हुआ अब दुनिया में हमें यह बताने वाला कोई जीवित नहीं रहा कि ट्रिपल जैड प्रतापगढ़ में क्यों सक्रिय था—कुम्बारप्पा और चिदम्बरम से क्या काम ले रहा था तथा तेजस्वी को क्यों खरीदना चाहता था?''

''हालात ही ऐसे थे सर, हम मजबूर हो गए।'' नंबर वन ने कहा—''एक गोली नंबर फोर के कंधे में धंस चुकी थी—इस वक्त वह हॉस्पिटल में है—अगर मैं सेकेंड के सौवें हिस्से के लिए भी चूक जाता तो वह हमें भूनकर रख देता और चिदम्बरम ने तो खुद ही खुद को खत्म कर लिया।''

''जो हुआ, तारीफ के लायक नहीं हुआ नंबर वन—मगर अब किया क्या जा सकता है—खैर, कुछ पता लगा ट्रिपल जैड किस देश के लिए काम कर रहा था?''

''हमने उसके नकली बाल, दाढ़ी-मूंछ और चश्मा आदि उतारकर देखे सर—वह रूसी, जर्मनी, अमेरिकी आदि किसी भी देश का हो सकता है—उसके लिबास, यहां तक कि फ्लैट की तलाशी के बावजूद ऐसी कोई वस्तु हाथ न लग सकी जिससे किसी देश से उसका संबंध जुड़ सके, हां—नंबर फाइव का रिवॉल्वर उसकी जेब से जरूर मिला है।''

''नंबर फाइव का रिवॉल्वर?''

''जी हां, लगता है नंबर फाइव का हत्यारा वही था—निश्चित रूप से फाइव ने अकेले ही जाकर ट्रिपल जैड से भिड़ जाने की भूल की।''

''यानि तुमने हमें केवल यह बताने के लिए संपर्क स्थापित किया है कि नंबर फाइव का हत्यारा मारा जा चुका है?'' आवाज बता रही थी कि ठक्कर गुस्से में है—''यह कार्यवाही तुम लोगों की सर्विस बुक में सफलता वाले कॉलम में नहीं नंबर वन, असफलता वाले कॉलम में दर्ज होगी, समझे?''

नंबर वन के चेहरे पर निराशा फैल गई।

"मैं आपसे कुछ कहना चाहता हूं साब।"

"बोलो पांडुराम।"

पांडुराम अच्छी तरह जानता था इस वक्त तेजस्वी के ऑफिस में तो क्या गैलरी तक में कोई नहीं है, फिर भी उसने चोर नजरों से चारों तरफ देखा—चेहरे पर खौफ के भाव गर्दिश कर रहे थे, तेजस्वी ने हौसला अफजाई की—"फिक्र मत करो पांडुराम, हम यहां अकेले हैं।"

"थ-थारूपल्ला के द्वारा मेरे सुपुर्द एक काम किया गया है साब।" फुसफुसाने के बावजूद वह अपने लहजे में उत्पन्न होने वाली हकलाहट से न बच सका।

"क्या?" तेजस्वी ने पूछा।

"आपको बेहोश करना।"

"बेहोश कैसे करोगे?"

"मेरे पास एक टेबलेट पहुंचाई गई है।" कहने के साथ उसने जेब से एक गोली निकालकर तेजस्वी को दिखाई—"कहा गया है, इसे पानी में या किसी पेय पदार्थ में डालकर आपको पिला दूं—आपको कतई महसूस नहीं होगा कि पेय पदार्थ के साथ कोई अतिरिक्त चीज दी गई है।"

"ओह!" तेजस्वी के मस्तक पर बल पड़ गए।

इधर उसका दिमाग तेजी से काम कर रहा था, उधर पांडुराम गिड़गिड़ा उठा—"अ-आप समझ सकते हैं साब, ये सब बताकर मैंने कितना भारी रिस्क लिया है—अब मेरी हिफाजत आपके हाथों में है—झूठ नहीं बोलूंगा, आपने इतना सब कर दिया मगर मेरे दिमाग पर आज भी ब्लैक फोर्स का इतना खौफ हावी है कि एक बार को ख्याल आया, अपनी खैरियत की खातिर चुपचाप उसके हुक्म को बजा डालूं। परंतु फिर, मेरे अंदर से जाने किसने कहा 'नहीं पांडुराम, मुझे ऐसा नहीं करना चाहिए—अगर तूने यह सब किया तो तू खुद को कभी माफ नहीं कर पाएगा'—शायद मुझसे यह सब कहने वाली मेरी अंतरात्मा थी साब—मेरे जमीर ने आपसे गद्दारी करना कुबूल नहीं किया—ये सच है मैं वर्षों से ब्लैक फोर्स के लिए काम कर रहा हूं—मगर यह भी सच है, ये सब मैं उसके खौफ से ग्रस्त होकर करता रहा

हूं—यह सोचकर करता रहा हूं कि मुझ जैसा कमजोर आदमी यह सब करने के लिए मजबूर है—आपके संघर्ष, आपकी हिम्मत के समक्ष मैं नतमस्तक हूं और यह सोचकर आपको सब कुछ बता दिया है कि भले ही मेरा अंजाम चाहे जो हो, परंतु आप जैसे जीवट शख्स की मौत का कारण हरगिज नहीं बनूंगा।''

''चिंता मत कर पांडुराम, तुझे अपने फैसले पर कभी पछताना नहीं पड़ेगा।'' तेजस्वी ने शाबासी देने वाले अंदाज में उसका कंधा थपथपाया।

''पांडुराम बोल रहा हूं सर।''

''बोलो।'' दूसरी तरफ से थारूपल्ला की आवाज उभरी।

''मैंने अपना काम कर दिया है।''

''डिटेल?''

''उसे रात को दूध पीकर सोने की आदत थी, मैंने टेबलेट उसमें डाल दी।''

''वह बेहोश है?''

''अपने बैड पर पड़ा है।''

''ओ.के.।'' कहने के साथ दूसरी तरफ से रिसीवर रखे जाने की आवाज उभरी—इधर पांडुराम संबंध-विच्छेद करने के बाद अभी जोर-जोर से धड़क रहे दिल पर काबू पाने की चेष्टा कर ही रहा था कि नजदीक खड़े तेजस्वी ने पूछा—''क्या वह आ रहा है?''

''केवल रिपोर्ट ले ली है, इस बारे में कुछ नहीं कहा।''

''आना तो पड़ेगा ही।'' नंबर वन ने कहा—''बगैर आए तुम्हें यहां से कैसे ले जाया जाएगा?''

''जरूरी नहीं खुद आए।'' कमिश्नर बोला—''किसी को भी भेज सकता है।''

''खुद आए या किसी को भेजे, इससे हमारी योजना पर कोई फर्क पड़ने वाला नहीं है।'' नंबर टू ने कहा।

''करेक्ट।'' तेजस्वी बोला।

नंबर थ्री ने कहा—''लेकिन जैसा हमारा अनुमान है कि वे लोग तुम्हें काली बस्ती ले जाएंगे, अगर वैसा न हुआ तो न केवल सारी योजना चौपट हो जाएगी बल्कि तुम्हारी जान भी खतरे में पड़ जाएगी इंस्पेक्टर।''

"ऐसे रिस्क उठाने के लिए मानसिक रूप से तैयार होकर ही मैंने इस योजना को कार्यान्वित करना शुरू किया है—वैसे भी, अब यह सब सोचने का वक्त निकल चुका है—जो ड्रामा हमने खुद शुरू किया है अब उसमें हरेक को केवल अपना पार्ट निभाना है—जब वे लोग यहां आएंगे तब मैं उन्हें बेहोश अवस्था में बैड पर पड़ा मिलूंगा और इस कमरे में केवल पांडुराम होगा—आप सब लोग तुरंत खिसक लें—याद रहे, पीछा आदि करके अथवा अन्य किसी भी तरीके से आप लोगों को यह जानने की कोशिश हरगिज नहीं करनी है कि वे मुझे कहां ले जा रहे हैं—अगर वे यह भांप गए कि मैं पुलिस प्लानिंग के तहत उनके साथ जा रहा हूं तो मेरी मौत के जिम्मेदार आप लोग होंगे।"

"नहीं।" सबने एक साथ कहा—"हम ऐसा काम नहीं करेंगे।"

"होश तो नहीं आया इसे?"

चार ए.के. सैंतालीसधारियों का नेतृत्व करते पांचवें शख्स ने कहा—"नो सर।"

"आ भी नहीं सकता।" थारूपल्ला कामयाबी के नशे में चूर था—"जो टेबलेट इसके जिस्म में पहुंचाई गई है, वह तीन घंटे से पहले होश में नहीं आने देगी और होश में आने के बाद भी यह अपने हाथ-पैरों को स्वेच्छापूर्वक नहीं हिला सकेगा।"

पांचों ए.के. सैंतालीसधारी खामोश खड़े रहे।

"बहुत छकाया है कम्बख्त ने—इसके कारण सारे हफ्ते हमें निरंतर नाकामियों का मुंह देखना पड़ा—इसका कारण है कि ये मर न जाए।"

"महान ब्लैक स्टार की इच्छा के कारण नाकामियों का मुंह देखना पड़ा सर, वरना इसकी क्या बिसात थी कि हमारे हमलों को नाकाम कर पाता! अब आदेश दीजिए—हम प्रतापगढ़ से पुलिस का नामोनिशान मिटा देंगे।"

"मैं जरा ब्लैक स्टार को इस काम की सूचना दे दूं—शायद अब शीघ्र ही उनकी तरफ से ऐसा कोई आदेश मिलेगा, क्या तुम लोग इसकी तलाशी ले चुके हो?"

"जी हां, इस वक्त इसकी जेबें बिल्कुल खाली हैं।"

''गुड, तुम लोग जा सकते हो।'' कहने के साथ थारूपल्ला मुड़ा और उस अलमारी की तरफ बढ़ गया जिसमें मौजूद ट्रांसमीटर पर ब्लैक स्टार से संबंध स्थापित किया करता था—उधर पांचों ए.के. सैंतालीसधारी कक्ष का दरवाजा पार करके बाहर गए, इधर तेजस्वी ने पलकों के कोने से कक्ष का दृश्य देखा।

थारूपल्ला इस वक्त अपनी पूरी वर्दी में था—उसकी तरफ पीठ किए ट्रांसमीटर पर ब्लैक स्टार से संबंध स्थापित करने की चेष्टा कर रहा था वह—तेजस्वी जिस पोज में पड़ा था, उसी में पड़े-पड़े कुछ इस तरह अपने घुटने मोड़े कि चींटी के रेंगने जितनी आवाज उत्पन्न न हो सकी।

जिस क्षण थारूपल्ला ट्रांसमीटर के माउथपीस पर 'हैलो ... हैलो' चिल्ला रहा था, ठीक उसी क्षण तेजस्वी ने हाथ बढ़ाकर अपने बाएं जूते की एड़ी से एक छोटा-सा रिवॉल्वर निकालकर जेब में सरका लिया—जब तक थारूपल्ला को दूसरी तरफ से अपनी 'हैलो ... हैलो' का जवाब मिलता, तब तक तेजस्वी दाएं जूते की एड़ी से एक टाइम बम निकालकर अपनी मुट्ठी में भींच चुका था। ब्लैक स्टार से संपर्क स्थापित होते ही थारूपल्ला ने कहा—''मैं बोल रहा हूं सर, ओवर।''

''क्या रिपोर्ट है?'' ब्लैक स्टार की आवाज उभरी।

''आपकी बताई हुई योजना पूरी तरह कामयाब हुई सर, इस वक्त इंस्पेक्टर मेरे कक्ष में बेहोश पड़ा है।''

''मुकम्मल रिपोर्ट दो।''

इधर थारूपल्ला ने पांडुराम के पास टेबलेट पहुंचाने से लेकर बेहोश तेजस्वी के यहां तक पहुंचने की घटना को सविस्तार बताना शुरू किया, उधर तेजस्वी ने अपने नजदीक पड़े सोफे के नीचे टाइम बम फिक्स करना—थारूपल्ला की रिपोर्ट पूरी होने से बहुत पहले वह अपना काम निपटाकर पूर्ववत् बेहोश पड़ा नजर आ रहा था।

''गुड!'' रिपोर्ट सुनने के बाद ब्लैक स्टार ने आदेश दिया—''तुम इसी वक्त उसे अपने हैलीकॉप्टर में डालकर जंगल पहुंचो, हम वहीं आ रहे हैं।''

''ओ.के. सर।''

''ओ.के.।'' इन शब्दों के तुरंत बाद दूसरी तरफ से संबंध विच्छेद कर दिया गया—ट्रांसमीटर ऑफ करने और अलमारी बंद करने के बाद जब वह मुड़कर बेहोश पड़े नजर आ रहे तेजस्वी की तरफ बढ़ा तो चाल बता रही थी कि वह सफलता के मद में चूर था—गुस्से से भरे हल्के-फुल्के बोरे की तरह

उठाकर उसने तेजस्वी को कंधे पर डाल दिया और लंबे-लंबे कदमों के साथ कक्ष से बाहर निकल गया।

इमारत के मुख्य द्वार पर तैनात ए.के. सैंतालीसधारी से उसने कहा—''ब्लैक स्टार के हुक्म पर मैं इसे उनसे मिलाने जंगल में ले जा रहा हूं।''

''हमारे लिए निर्देश?''

''मेरे लौटने का इंतजार करो।'' कहने के बाद थारूपल्ला रुका नहीं बल्कि तेज कदमों के साथ लम्बे-चौड़े गोल मैदान की तरफ बढ़ गया—करीब बीस ए.के. सैंतालीसधारी हैलीकॉप्टर के चारों तरफ एक दायरा बनाए खड़े थे, थारूपल्ला ने उनके मुखिया से पूछा—''हैलीकॉप्टर ठीक है न?''

''एकदम ओ.के. सर।''

थारूपल्ला ने उसका पूरा वाक्य सुनने की चेष्टा नहीं की क्योंकि पहले ही से जानता था हैलीकॉप्टर ओ.के. है—'बेहोश' तेजस्वी को बगल वाली सीट पर बैठाकर वह स्वयं पायलट की सीट पर जा जमा और दस मिनट बाद हैलीकॉप्टर ऊपर उठता चला गया।

अभी वह काली बस्ती के ऊपर ही था कि—

'धड़ाम!'

एक भयंकर विस्फोट ने सम्पूर्ण काली बस्ती को हिलाकर रख दिया।

थारूपल्ला ने चौंककर नीचे देखा और अपने दुमंजिले मकान को आग की लपटों में घिरा देखकर भौंचक्का रह गया—अगर यह कहा जाए तो गलत न होगा कि उन क्षणों में उसका अस्तित्व दिमागविहीन होकर रह गया था।

एक ही विस्फोट होकर रह जाता तब भी शायद जल्द ही काम करने लगता—मगर जब रह-रहकर निरंतर कर्णभेदी विस्फोट गूंजने लगे तो थारूपल्ला मानो पागल हो उठा—वह ध्वस्त होते अपने हैडक्वॉर्टर, वहां तैनात ए.के. सैंतालीस-धारियों की उछलती लाशों और बचे हुओं को जान बचाने की फिराक में इधर-उधर भागते अपनी आंखों से देख रहा था—यह बात जल्दी ही उसकी समझ में आ गई कि आग इमारत में मौजूद बारूद के भण्डार तक पहुंच गई है मगर यह समझ में नहीं आ रहा था कि यह सब हुआ कैसे?

अपनी तबाही को देखने में वह कुछ ऐसा मगन हुआ कि फ्लाईंग की तरफ ध्यान ही न रहा।

झावेरी नदी के एक किलोमीटर लंबे पुल के इस तरफ मौजूद कमिश्नर शांडियाल और एक से तीन नंबर तक के केन्द्रीय कमांडो दस्ते के कमांडोज पहले विस्फोट की आवाज सुनते ही उछल पड़े।

कमिश्नर के मुंह से निकला—"तेजस्वी ने अपना काम कर दिया है।"

"अब हमें भी अपना काम कर डालना चाहिए।" नंबर वन बोला।

फोर ने कहा—"पहले देख तो लें सब कुछ प्लानिंग के मुताबिक हुआ है या ..."

मगर वह अपना वाक्य पूरा न कर सका—पुल के उस तरफ अर्थात काली बस्ती की तरफ से रह-रहकर विस्फोटों की आवाजें आने लगीं, टू ने कहा—"अब हमें देर नहीं करनी चाहिए।"

"ओ.के.।" कहने के साथ शांडियाल ने अपनी गाड़ी में लगे लाउडस्पीकर से संबंधित माइक उठाया, ऑन किया और चीखकर केवल एक ही शब्द कहा—"अटैक!"

प्रतिक्रिया स्वरूप जो हुआ, वह अपने आप बता गया कि सब कुछ पूर्वनिर्धारित था।

पुल के आसपास छुपे पचासों जवान टिड्ढी दल की मानिन्द हवा में सनसनाते नजर आए और पुल पर जा गिरे।

वातावरण धमाकों से दहल उठा।

जवानों ने पुल पर इस तरह हमला किया था जैसे दुश्मन की फौज हो—जबकि बेचारा पुल उनकी किसी हरकत का प्रतिरोध करता भी तो कैसे—अनेक हैण्डग्रेनेड बरबाद कर लिए गए और नेस्तनाबूद कर दिया गया झावेरी का वह एकमात्र पुल जो काली बस्ती को प्रतापगढ़ से जोड़ता था।

धमाके तभी ठण्डे पड़े जब पुल पूरी तरह ध्वस्त हो चुका।

"हैलीकॉप्टर को संभालो बेटे।" तेजस्वी ने छोटा-सा रिवॉल्वर उसकी कनपटी पर रख दिया—"वर्ना तुम्हारा भी यही अंजाम होगा जो हैडक्वॉर्टर का हुआ है यानि टुकड़े- टुकड़े होकर बिखर जाओगे।"

थारूपल्ला हैरान!

हैलीकॉप्टर चालक की तवज्जो के अभाव में एक ऊंची पहाड़ी से टकराने के लिए लपका।

बौखलाए हुए थारूपल्ला को हुक्म का पालन करने के अलावा कुछ न सूझा—हाथ-पैरों ने बिजली की-सी गति से कार्य किया—हैलीकॉप्टर ऊपर उठता चला गया, तेजस्वी का तनावहीन स्वर—''गुड।''

''क-क्या ये सब तूने किया है?'' थारूपल्ला मूर्खों की तरह दहाड़ उठा।

तेजस्वी ने जहरीली मुस्कराहट के साथ जवाब दिया—''यकीनन।''

''क-कैसे?''

''केवल एक टाइम बम के बूते पर।'' तेजस्वी ने कहा—''मुझे मालूम था, तेरे कक्ष के ठीक नीचे वाले कमरे में बारूद का भंडार है—आग वहां पहुंचेगी और मुकम्मल हैडक्वॉर्टर खुद-ब-खुद स्वाहा हो जाएगा।''

''य-ये रहस्य कैसे मालूम था तुझे?'' थारूपल्ला चकित रह गया।

''तू फिर भूल गया, तेजस्वी शतरंजी चालें चलने का हुनरमंद है।''

''क्या मतलब?''

''बारूद के भंडार का रहस्य मुझे उसने बताया था जिसके पास तू जाना चाहता है।''

''ब्लैक स्टार ने?''

''हां बेटे, मुझे मालूम है—यह जानने के बाद आश्चर्य की पराकाष्ठा के कारण तेरे दिमाग की नसें फट सकती हैं कि जो कुछ मैंने किया वह सब होगा, यह बात ब्लैक स्टार न केवल अच्छी तरह जानता था बल्कि दरअसल सब कुछ हुआ ही उसकी और मेरी संयुक्त योजना के मुताबिक है।'' तेजस्वी कहता चला गया—''मेरे द्वारा प्रतापगढ़ में मौजूद ब्लैक फोर्स के ठिकानों पर सफल रेड, शुब्बाराव की मौत और पुलिस मुख्यालय पर तेरे द्वारा किए गए हमलों को नाकाम आदि करना सब ब्लैक स्टार की साजिश थी—उसने यह प्रचारित करके मुझे 'अमर' बना दिया कि वह मुझे अपने हाथों से सजा देने का ख्वाहिशमंद है।''

''बकवास कर रहा है तू!'' थारूपल्ला हलक फाड़ उठा—''भला ब्लैक स्टार तेरे हाथों अपना सब कुछ तबाह क्यों कराएंगे?''

''एक बड़ा काम होना है, उसके लिए जरूरी है कि लोगों को ब्लैक फोर्स ध्वस्त होती नजर आए।''

''ऐसा क्या बड़ा काम है?''

''तुझे या शुब्बाराव को इस काबिल नहीं समझा गया कि उस बड़े काम

की भनक भी तुम्हें लगे—इसीलिए शुब्बाराव मारा गया और कुछ देर बाद तू भी मारा जाने वाला है।''

''मैं तो क्या, तेरी इस बकवास पर ब्लैक फोर्स का प्यादा तक विश्वास नहीं कर सकता कि खुद ब्लैक स्टार तेरे जरिए अपने संगठन को इतना नुकसान पहुंचा सकते हैं।''

''कितना नुकसान?'' तेजस्वी मुस्कराया।

''तूने प्रतापगढ़ से हमें उखाड़ फेंका, मेरा हैडक्वॉर्टर ध्वस्त कर दिया—ब्लैक फोर्स के पचासों जवान और शुब्बाराव को भला खुद ब्लैक स्टार कैसे मरवा सकते हैं?''

तेजस्वी की मुस्कान गहरी हो गई, बोला—''अगर यह सब न किया जाता तो केन्द्रीय कमांडो दस्ते का काइयां चीफ मुझ पर किसी हालात में इतना विश्वास न करता कि मुझे वह काम सौंप देता जो मैं और ब्लैक स्टार चाहते हैं जबकि अब सौंपना पड़ेगा, क्योंकि तेरी तरह कोई भी कल्पना नहीं कर सकता कि खुद ब्लैक स्टार अपना इतना नुकसान कर लेगा जबकि गहराई से देखा जाये तो उतना नुकसान हुआ ही नहीं है जितना नजर आ रहा है—रही तेरी और शुब्बाराव की बात तो तुम दोनों ब्लैक स्टार की नजरों में बहुत अप्रासंगिक हो चुके थे।''

''तू कुछ भी कहे मगर मैं इस बकवास पर यकीन नहीं कर सकता—जाने यह सब मुझे सुनाकर तू कौन सी शतरंजी चाल चल रहा है मगर मैं ... मैं तुझे इसी वक्त खत्म करके तेरी सभी शतरंजी चालों का खात्मा कर दूंगा—हम दोनों साथ मरेंगे हरामजादे, मुझे अपनी मौत का अफसोस नहीं, तेरे मरने की खुशी होगी—ले, मरने से पहले अपनी आंखों से अपनी मौत को देख।'' कहने के साथ उसने हैलीकॉप्टर का रुख ऊंचे पहाड़ की चोटी की तरफ कर दिया।

हैलीकॉप्टर बाज की मानिन्द पहाड़ की तरफ झपटा।

तेजस्वी के संपूर्ण जिस्म में मौत की सिहरन दौड़ गई—थारूपल्ला के चेहरे पर मौजूद जुनून स्पष्ट बता रहा था कि वह दृढ़ निश्चय कर चुका है और इस वक्त अगर वह एक सैकेंड के लिए भी चूक गया तो बाजी हाथ से निकल जाएगी, अतः दांतों पर दांत जमाकर उसने ट्रिगर दबा दिया।

गोली थारूपल्ला के सिर के पार जा निकली।

इसके बावजूद वह तब तक हैलीकॉप्टर को दुर्घटनाग्रस्त करने हेतु प्रयत्नशील रहा जब तक रूह जिस्म में रही और थारूपल्ला को नाकाम करने में तेजस्वी को दांतों पसीना आ गया।

‘‘तुम वाकई हैरतअंगेज पुलिसिए हो तेजस्वी।’’ मीटिंग शुरू होते ही केन्द्रीय कमांडो दस्ते का चीफ कहता चला गया—‘‘ठीक एक हफ्ता पहले तुमने इसी स्थान पर बैठकर न केवल ब्लैक फोर्स को नेस्तनाबूद कर डालने का दावा किया था बल्कि यह भी कहा था कि ऊपर वाले ने चाहा तो ट्रिपल जैड नामक शख्स इस दुनिया में नहीं रहेगा और वही हुआ, हमारी बधाई स्वीकार करो।’’

तेजस्वी ने यह जानने का भरसक प्रयास किया कि ठक्कर के कथन को व्यंग्य में ले या यह समझे कि हृदय से उसकी प्रशंसा कर रहा है परंतु सफल न हो सका—हमेशा की तरह ठक्कर का चेहरा पूरी तरह सपाट था—काफी खोजने पर भी तेजस्वी को वहां कोई भाव नजर नहीं आया, ऐसी अवस्था में अपनी उलझन को छुपाने की खातिर बोला—‘‘मुझे अकेले को श्रेय दिया जाना गलत होगा सर—फोर्स, कमिश्नर साहब और आपके कमांडोज का सहयोग अगर मेरे साथ न होता तो किसी हालत में इतनी बड़ी सफलता की कल्पना नहीं की जा सकती थी।’’

‘‘सबसे ज्यादा श्रेय हम ब्लैक स्टार की कसम को देना चाहेंगे।’’

‘‘ज-जी?’’ तेजस्वी के संपूर्ण जिस्म में चींटियां रेंगने लगीं।

‘‘हालांकि हम प्रतापगढ़ में थे नहीं मगर पल-पल की जो रिपोर्ट मिलती रही है उसके आधार पर हमारी पक्की धारणा है कि अगर ब्लैक स्टार ने तुम्हें अपने हाथ से सजा देने की मूर्खतापूर्ण कसम न खाई होती तो आज स्थिति उल्टी होती।’’

शांडियाल को जाने क्यों ठक्कर की बात पसंद नहीं आई, चेहरे पर नागवारी के भाव लिए कहते चले गए—‘‘महत्त्वपूर्ण ‘श्रेय’ नहीं ‘परिणाम’ है और परिणाम ये है कि हफ्ता भर पहले जो प्रतापगढ़ मुकम्मल तौर पर ब्लैक फोर्स के चंगुल में माना जाता था, आज उसी प्रतापगढ़ में चिराग लेकर ढूंढने पर भी ब्लैक फोर्स का नुमाइंदा नजर नहीं आएगा। थारूपल्ला तक मारा जा चुका है और काली बस्ती का संपर्क प्रतापगढ़ से ही नहीं बल्कि शेष सारी दुनिया से टूट चुका है।’’

‘‘इसमें कोई शक नहीं है सर।’’ मीटिंग में मौजूद नंबर वन ने कहा—‘‘हम लोगों के सामने सबसे बड़ी समस्या काली बस्ती और वहां के हिंसक लोग थे—न उन्हें प्यार से समझाया जा सकता था और ताकत के बूते पर

कुचल डालने के बारे में तो सोचना ही बेवकूफी थी—भले ही प्रतापगढ़ को हमने चाहे जितना ब्लैक फोर्स से मुक्त कर दिया था मगर काली बस्ती वाले किसी भी क्षण यहां हिंसक हमला कर सकते थे और मेरा दावा है, इस समस्या का जो निदान इंस्पेक्टर तेजस्वी ने सोचा, उसके अलावा दूसरा कोई निदान था ही नहीं।''

''निदान केवल सोचा ही नहीं गया बल्कि उसे कार्यान्वित भी किया गया सर।'' नंबर टू ने कहा—''झावेरी का एक किलोमीटर लंबा एकमात्र पुल ध्वस्त हो जाने के कारण काली बस्ती के हिंसक लोग अब चाहकर भी प्रतापगढ़ में नहीं घुस सकते—बस्ती के एक तरफ झावेरी है और तीन तरफ ऊंचे-ऊंचे पहाड़ों की अनंत चली गई ऐसी श्रृंखला जिन्हें पार करने की कल्पना कोई मानव नहीं कर सकता—स्पष्ट है, झावेरी का एकमात्र पुल ध्वस्त करके काली बस्ती को वहां के हिंसक लोगों के लिए एक ऐसी जेल में तब्दील कर दिया गया है जिससे चींटी तक बाहरी मदद के बगैर बाहर नहीं निकल सकती।''

नंबर थ्री चीखा—''केवल थारूपल्ला था जो अपने हैलीकॉप्टर के जरिए न केवल काली बस्ती की सीमा को लांघ सकता था बल्कि अपने साथ कुछ और लोगों को भी बाहर ला सकता था, मगर उसका इंतजाम भी योजना में पहले ही कर लिया गया था—अपनी जान खतरे में डालकर इंस्पेक्टर तेजस्वी ने न केवल काली बस्ती वालों को नेतृत्त्वविहीन कर दिया, बल्कि उनका एकमात्र हैलीकॉप्टर भी इस वक्त हमारे कब्जे में है।''

''मेरे ख्याल से माननीय चिरंजीव कुमार के प्रतापगढ़ में आगमन हेतु इससे अधिक आदर्श स्थिति नहीं बन सकती थी।'' कंधे पर बंधी पट्टी को सहलाते नंबर फोर ने कहा—''न आज यहां ब्लैक फोर्स का अस्तित्व है, न ही ट्रिपल जैड का, बल्कि मैं तो ये कहूंगा कि चिरंजीव कुमार बगैर किसी सुरक्षा-व्यवस्था के चुनाव-प्रचार कर सकते हैं।''

''तो फिर ठीक है।'' ठक्कर कह उठा—''चिरंजीव कुमार यहां कल आ रहे हैं—स्पेशल गार्ड्स तो उनके साथ होंगे ही, मगर याद रहे, सुरक्षा-व्यवस्था में हमें भी किसी किस्म की ढील नहीं आने देनी है।''

''आइए सर।'' जेल की कोठरी में दाखिल होते जेलर और कमिश्नर

शांडियाल पर नजर पड़ते ही जुंगजू बने देशराज ने कहा—''मैं आप ही लोगों का इंतजार कर रहा था।''

''ब्लैक फोर्स का कोई मैसेज मिला?''

''मैसेज ऐसा है जिसे पढ़कर आप लोगों की बुद्धि चकरा जाएगी।''

''मतलब?''

''खुद पढ़ लीजिए।'' कहने के साथ उसने जेब से एक पर्ची निकालकर उन्हें पकड़ा दी, बोला—''जब से मुझे ये पर्ची मिली है, तब से दिमाग भन्नाया हुआ है।''

''ऐसा क्या लिखा है इसमें?'' जेलर ने पूछा

''आप ही पढ़ लीजिए।''

जेलर भी उस पर्ची पर झुक गया जो इस वक्त कमिश्नर साहब के हाथ में थी और इसमें कोई शक नहीं कि जो कुछ उसमें लिखा था, उसे पढ़कर जेलर का ही नहीं कमिश्नर साहब तक का दिमाग अंतरिक्ष में परवाज करने लगा था—उस एकमात्र वाक्य को दोनों ने बार-बार पढ़ा, लिखा था—

'कल रात एक बजे तुम्हें खुद जेलर जेल से निकाल कर ले जाएगा।'

''म-मैं-मैं?'' जेलर के हलक से चीख निकल गई—''मैं निकालकर ले जाऊंगा।''

''लिखा तो इसमें यही है।'' कमिश्नर साहब ने कहा।

''बकवास!'' जेलर लगभग दहाड़ उठा—''कोरी बकवास है ये—मैं अपने बच्चों की कसम खाकर कहता हूं, मेरा उनसे कोई संबंध नहीं है।''

''तो इस पर्ची का मतलब क्या हुआ?''

''म-मेरी समझ में तो एक ही मतलब आता है।'' जेलर बुरी तरह बौखलाया हुआ था—''किसी तरह से उन पर हमारी साजिश का भेद खुल गया है और अब इस तरह वे मुझे आप लोगों की नजरों में संदिग्ध बना देना चाहते हैं।''

''अगर उन्होंने ऐसा सोचा है तो ये उनकी बेवकूफी है जेलर साहब!'' कमिश्नर ने कहा—''क्योंकि हम बिना वजह आप पर कोई संदेह करने वाले नहीं हैं—दूसरे, इस बात की भी दूर-दूर तक कोई संभावना नहीं है कि उन्हें हमारी साजिश के बारे में पता लग गया होगा।''

''तो फिर क्या मतलब है इस पर्ची का?''

''दूसरी तरफ वे झूठी अर्थात ऐसी पर्ची भी जुंगजू के पास नहीं भेज सकते जिस पर अमल न होता हो—यानि जो लिखा है, वह होगा भी।''

''जो सवाल आप लोगों को उलझाए हुए हैं वे उसी क्षण से मेरे दिमाग में घुमड़ रहे हैं जब से यह पर्ची मुझे मिली।'' बेबस आवाज से पता लग पा रहा था कि कहने वाला जुंगजू नहीं देशराज है—''बहुत दिमाग घुमाने के बाद मैं इस नतीजे पर पहुंचा हूं कि शायद ब्लैक फोर्स के लोग आपको यह काम करने के लिए मजबूर करने वाले हैं।''

''म-मतलब?'' एक साथ दोनों के मुंह से निकला।

''संभव है कि वे आपको दबाव में लें।''

''कैसा दबाव?''

''वक्त से पहले उसकी कल्पना नहीं की जा सकती।''

''गुड!'' कमिश्नर साहब कह उठे—''एकमात्र इसी विचार पर यह पर्ची फिट बैठती है, निश्चित रूप से उनके दिमाग में आपको फंसाने की कोई योजना है।''

''मगर क्या?''

''उसमें दिमाग खपाने की जगह अगर हम यह फैसला करें तो ज्यादा बेहतर होगा कि वे जो भी दबाव डालें, थोड़ी बहुत आनाकानी के बाद आप उसे स्वीकार कर लें और वह करते चले जाएं जो वे कहें।''

''ल-लेकिन आखिर वे मुझ पर क्या दबाव डाल सकते हैं?'' जेलर चकराया हुआ भी था और घबराया हुआ भी।

''इसकी कल्पना वक्त से पहले की जानी नामुमकिन है।'' कमिश्नर साहब कहते चले गए—''और वक्त का तकाजा ये है कि उन्हें आप पर वह दबाव डालने का पूरा अवसर दिया जाए जो वे डालना चाहते हैं।''

''अर्थात?''

''निश्चिंत रूप से वे लोग कल रात एक बजे से पहले आपसे संपर्क स्थापित करेंगे—आप वह सब करते चले जाएं जो वे कहें।''

''और यदि न करें तो?''

''रात के ठीक एक बजे हमें जेल रोड पर मिलिए।'' कमिश्नर ने कहा—''लेकिन पैदल आइएगा, क्योंकि उस सड़क पर हमारे वाहन की मौजूदगी उन्हें बहुत कुछ सोचने पर विवश कर सकती है—हम भी पैदल पहुंचेंगे, अगर आप न पहुंचे तो हम समझ जाएंगे कि उन्होंने संपर्क स्थापित किया है और आप उनके दबाव में हैं।''

जेलर की समझ में कुछ नहीं आ रहा था।

''हैलो ... हैलो ... व्हाइट स्टार स्पीकिंग सर।'' तेजस्वी अपनी रिस्टवॉच से छोटी सी कमानी बाहर निकाले जोर जोर से चीख रहा था—''व्हाइट स्टार ... व्हाइट स्टार ... ओवर।''

''यस ... ब्लैक स्टार हीयर।'' रिस्टवॉच से बहुत धीमा स्वर उभरा।

तेजस्वी ने कहा—''ठक्कर आ चुका है।''

''मीटिंग ली?''

''यस सर।''

''क्या रहा?''

''वह अब भी मुझ पर पूरा विश्वास नहीं कर पा रहा है—कह रहा था, यह सब 'ब्लैक स्टार' के द्वारा खाई गई कसम के कारण हो सका।''

''ओह!'' चिंतित स्वर—''फिर?''

''चिंता न करें सर, इतना खतरा तो उठाना ही पड़ेगा।''

''चिरंजीव कब आ रहा है?''

''कल!''

''वैरी गुड।'' ब्लैक स्टार की आवाज उभरी—''इधर तैयारियां कम्पलीट हैं।''

''जुंगजू के बारे में अभी तक कुछ नहीं सुना।''

''फिक्र मत करो, आज रात जुंगजू जेल से बाहर आ जाएगा—सुबह चार बजे वह मेरे पास होगा—उसके बाद तुम्हें केवल यह बताना है कि वह कब और कहां 'एक्शन' करे?''

''वह मैं सुरक्षा-व्यवस्था का भली-भांति अवलोकन करने के बाद बताऊंगा।''

''ठीक है।''

''ओ.के. सर।'' कहने के साथ तेजस्वी ने कमानी रिस्टवॉच में सरका दी—उसकी इतनी सी हरकत से शक्तिशाली ट्रांसमीटर ऑफ हो चुका था—चेहरे पर निश्चिंतता के भाव लिए उसने एक सिगरेट सुलगाई और पहला ही कश लिया था कि सोफे पर आराम से पसरे ट्रिपल जैड ने कहा—''काफी छोटा लेकिन शक्तिशाली ट्रांसमीटर है।''

''ये रिस्टवॉच उसने मुझे जंगल ही में दे दी थी और उसके बाद से इसी के जरिए हमारा संपर्क बना रहा—इसी संपर्क के कारण मैं लगातार ब्लैक

फोर्स से हुई जंग जीतता रहा, जिसके लिए आज चारों तरफ जय-जयकार हो रही है।''

''लेकिन अगर वह रिपोर्ट सही है जो तुमने अभी-अभी ब्लैक स्टार को दी, तो जाहिर है, ठक्कर तुम पर अभी तक विश्वास नहीं कर पा रहा है—इस अवस्था में आगे का काम काफी मुश्किल हो जाएगा।''

''हर काम मुश्किल होता है ट्रिपल जैड—मेरे द्वारा किए गए अब तक के काम क्या कम मुश्किल थे—अकेले ठक्कर के शंकित रहने से क्या फर्क पड़ता है—आज उसके चारों प्यादे, खुद कमिश्नर और प्रतापगढ़ का बच्चा-बच्चा ये मानता है कि मैंने ट्रिपल जैड को मार डाला, ब्लैक फोर्स को नेस्तनाबूद कर दिया, जबकि न ब्लैक फोर्स का कुछ खास बिगड़ा है और तुम तो सामने विराजमान हो ही—ठक्कर शंकाएं भले ही करता रहे मगर मेरा दावा है, न वह ब्लैक फोर्स से हुई मेरी जंग को ब्लैक स्टार से मिलकर लड़ी गई साबित कर सकता है, न ही यह कि हमने ट्रिपल जैड की लाश के रूप में उसे एक ऐसे शख्स की लाश परोस दी जिसे तुम्हारे देश से यहां केवल भेजा ही इन निर्देशों के साथ गया था कि उसे एक विशेष लिबास पहनकर दुश्मन की गोलियों द्वारा मर जाना है—अगर चिदम्बरम आत्महत्या न कर लेता तो वह चिदम्बरम को मार डालता—योजना के मुताबिक उसे न चिदम्बरम को जीवित अवस्था में दुश्मन के हाथ लगने देना था न खुद को।''

''और नंबर फाइव का रिवॉल्वर उसकी जेब से बरामद दिखाकर तुमने उसकी हत्या का इल्जाम भी हमेशा के लिए 'ट्रिपल जैड' के सिर मढ़ दिया।''

''क्या ये सारे काम आसान थे?'' तेजस्वी ने पूछा।

''आसान तो खैर नहीं थे—मगर इन सबको तुमने इस ढंग से अंजाम दिया जैसे कुछ थे ही नहीं।''

''जब असली काम हो जाएगा तब वह भी ऐसा ही लगेगा जैसे कुछ था ही नहीं।'' तेजस्वी के होंठों पर गर्वीली मुस्कान नृत्य कर रही थी—''मेरे काम करने की शैली ही ऐसी है—बड़े से बड़ा काम खुद को कम से कम खतरे में डालकर कर डालना मेरी खूबी है—अब देखो न, मैंने खुद को जरा भी खतरे में डाले बगैर लोगों की नजरों में उस ब्लैक फोर्स को ध्वस्त कर डाला जिसे छूने तक का स्वप्न कोई नहीं देख सकता—ठीक उसी तरह तुम देखोगे, ठक्कर मेरा बाल तक बांका नहीं कर पाएगा और चिरंजीव कुमार की लाश उसकी आंखों के सामने पड़ी होगी।''

"ऊपर वाला तुम्हें कामयाबी दे।"

काले रंग की एम्बेसडर ने जेल का पूरा एक राउण्ड मारा, अंत में उस कोठरी के बाहर जाकर रुक गई जिसमें जेलर के मुताबिक देशराज और जेलर के साथ आए एक ए.के. सैंतालीसधारी के मुताबिक जुंगजू था—ए. के. सैंतालीसधारी पिछली और अगली सीटों के बीच छुपा हुआ था ताकि जेल स्टाफ का कोई अन्य सदस्य यह न ताड़ सके कि गाड़ी में जेलर के अतिरिक्त कोई है।

जेलर आहिस्ता से दरवाजा खोलकर बाहर निकला।

हालांकि वह बार-बार अपने दिल को यह समझाने का प्रयत्न कर रहा था कि वह कोई क्राइम नहीं कर रहा है बल्कि उसी स्कीम को अंजाम दे रहा है जो खुद कमिश्नर और देशराज ने बनाई थी मगर फिर भी, जाने क्यों दिल जोर-जोर से धड़क रहा था—सारा जिस्म पसीने से यूं सराबोर था जैसे क्राइम करने जा रहा हो।

ए.के. सैंतालीसधारी गाड़ी में रह गया था।

जेलर कोठरी का लॉक खोलकर अंदर पहुंचा।

अंधेरे में हथकड़ी और बेड़ियों की खड़खड़ाहट गूंजी, साथ ही जुंगजू की आवाज—"कौन है?"

देशराज ने आवाज की इतनी परफैक्ट नकल की थी कि एक बार को जेलर को लगा, कहीं कोठरी में किसी तरह वापस आकर जुंगजू ही तो बंद नहीं हो गया है—फिर, मन- ही-मन उसे अपने बेवकूफाना ख्याल पर अफसोस हुआ, जेब से टॉर्च निकालकर ऑन करता हुआ बोला—"हम हैं देशराज!"

"द-देशराज ... कौन देशराज?" मानो जुंगजू ही गुर्राया हो।

"घबराओ नहीं देशराज।" जेलर ने प्रकाश दायरा उसके चेहरे पर टिकाए कहा—"यहां हम अकेले हैं।"

अब देशराज को खुलने में बुराई नजर नहीं आई, आंखों के आगे हाथ अड़ाकर चौंध से बचने का प्रयास करता बोला—"क्या सचमुच आप ही मुझे जेल से निकालने आए हैं?"

"हमारा सारा परिवार बंधक बना हुआ है, उनमें से एक बाहर मेरी गाड़ी में मौजूद है और तीन घर पर हैं।"

''ओह!'' देशराज सब कुछ समझ गया, बोला—''उनकी इस हरकत से कम से कम एक बात तो दृढ़ता के साथ सिद्ध हो गई—यह कि हमारी स्कीम की उन्हें दूर-दूर तक भनक नहीं है—अब देर मत कीजिए जेलर साहब, उनकी नजर में अपने परिवार को बचाने की खातिर जल्द-से-जल्द मेरी हथकड़ी और बेड़ियां खोलिए।''

जेलर ने ऐसा ही किया।

देशराज के साथ बाहर आकर उसने कोठरी पुनः लॉक की—उधर अगला दरवाजा खोलकर जेलर ड्राइविंग सीट पर बैठा, इधर पिछला दरवाजा खोलकर गाड़ी में समाते देशराज ने जुंगजू की आवाज में कहा—''क्या शानदार योजना बनाई है ब्लैक स्टार ने, खुद जेलर साहब मुझे अपने साथ ले जा रहे हैं ...।''

जेलर ने चुपचाप गाड़ी आगे बढ़ा दी।

ए.के. सैंतालीसधारी ने कहा—''मेरी तरह दोनों सीटों के बीच छुप जाओ जुंगजू।''

''तू कौन है बे?''

''तुम्हारा दोस्त, ब्लैक फोर्स का अदना-सा मैम्बर।''

''ओह, थैंक्यू दोस्त!'' कहने के साथ वह भी दोनों सीटों के बीच घुसड़ गया।

न किसी प्रकार की कोई दिक्कत आनी थी, न आई—यहां तक कि गाड़ी आराम से जेल का फाटक पार करके सड़क पर आ गई—अब जेलर ने रफ्तार बढ़ा दी थी—जल्द-से-जल्द कोठी पर पहुंच जाना चाहता था वह।

''जल्दी करो!'' ठक्कर ने हैडलाइट पर नजरें टिकाए कहा—''जेलर की गाड़ी आ रही है।''

नंबर वन, टू और थ्री के जिस्मों में मानो बिजली भरी हुई थी—वे सड़क पर टाट की एक ऐसी पट्टी बिछाने में मशगूल थे जिसमें जगह-जगह बड़ी-बड़ी कीलें लगी हुई थीं—पट्टी को इस ढंग से सड़क पर बिछा रहे थे कि कीलों के नोकीले सिरे आसमान की तरफ घूरते रहें।

ठक्कर निरंतर नजदीक आ रही हैडलाइट्स पर नजरें टिकाए उत्तेजित

अवस्था में चीखा—"हमारे पास अब केवल आधा मिनट है—उससे ज्यादा देर सड़क पर रहे तो हैडलाइट्स की हद में आ जाएंगे।"

"काम हो गया सर।" नंबर वन ने बेशुमार कीलयुक्त टाट की पट्टी सड़क पर बिछाने के बाद कहा और साथ ही सड़क के दाईं तरफ जम्प लगा दी—नंबर थ्री उसके पीछे लपका, जबकि ठक्कर और टू सड़क के बाईं तरफ को दौड़े।

वन और थ्री दो पेड़ों की आड़ में जा छुपे, हाथों में रिवॉल्वर नजर आने लगे थे।

ठक्कर और टू ने झाड़ियों के बीच छुपी मारुति जिप्सी की बैक में शरण ली—लिखने की आवश्यकता नहीं है कि उन दोनों के हाथों में भी रिवॉल्वर नजर आने लगे थे—आंखें नजदीक आती जा रहीं हैडलाइट्स पर स्थिर थीं।

पट्टी के नजदीक आते-आते सड़क पर तेजी से दौड़ रही एम्बेसडर के ब्रेक जोर से चरमराए, टायरों की चीख-चिल्लाहट रात के सन्नाटे को दूर तक बेधती चली गई—नजदीक पहुंचते-पहुंचते शायद जेलर की नजर पट्टी पर पड़ गई थी मगर पूरी ताकत से ब्रेक लगाए जाने के बावजूद गाड़ी को पट्टी से पहले न रोका जा सका।

चारों टायरों में कीलें धंस गईं।

हिचकोले खाती एम्बेसडर को रुकना पड़ा।

"क्या हुआ?" गाड़ी से निकलकर यह आवाज ठक्कर, नंबर वन, टू और थ्री के कानों तक पहुंची।

ड्राइविंग सीट से कहा गया—"पंक्चर।"

"इस खटारा गाड़ी के टायर कितने पुराने हैं जेलर?" कोई गुर्राया।

"टायरों का दोष नहीं है।"

"फिर?"

"सड़क पर ढेर सारी कीलें पड़ी थीं, वे शायद टायरों में धंस गई हैं।"

अचानक कार के अंदर मौजूद किसी ने गुर्राकर कहा—"नीचे उतरकर देख जेलर के बच्चे, आखिर हुआ क्या है—याद रख, अगर तू कोई चाल चलने की कोशिश कर रहा है तो वहां हमारे साथी तेरे सारे परिवार को खलास कर देंगे।"

"म-मैं सच कह रहा हूं।" जेलर गिड़गिड़ा उठा—"मैंने कोई चालाकी नहीं की।"

"तो सड़क पर कीलें कहां से आ गईं?"

एक अन्य स्वर—''किसी को क्या मालूम कि इस वक्त तू जेल से किसी कैदी को लेकर निकलेगा?''

''म-मैं कुछ नहीं जानता ...?''

''गाड़ी से बाहर निकलकर देख, आखिर माजरा क्या है?''

ड्राइविंग डोर खुला—एक साया सड़क पर नजर आया।

ठक्कर ने कोहनियों के बल सड़क की तरफ रेंगना शुरू कर दिया—नंबर टू ने भी उसका अनुसरण किया—उधर हाथ में ऑन टॉर्च लिए जेलर कभी टायरों में धंसी कीलों को देख रहा था, कभी कीलयुक्त पट्टी को।

''क्या मामला है?'' कार के अंदर से पूछा गया।

''कुछ समझ में नहीं आ रहा ...।''

''ये जेलर का बच्चा दिमाग से पैदल मालूम पड़ता है!'' इन दोनों के साथ पहले एम्बेसडर का पिछला वाला दायां गेट खुला, फिर बायां—एक साथ दो साए सड़क पर नजर आए।

रेंगने की रफ्तार तेज करता ठक्कर फुसफुसाया—''याद रखना, हमें इनमें से किसी को मारना नहीं है—जीवित गिरफ्तार करना है सबको।''

कमिश्नर शांडियाल जैसी दुविधा का शिकार इस वक्त था वैसी दुविधा में पहले कभी नहीं फंसा था।

''क्या करे वह?''

जो हो रहा था, उसे मालूम था अगर वो हो गया तो उसकी, जेलर की और इंस्पेक्टर देशराज की अब तक की सारी मेहनत पर पानी फिर जाएगा—इस दृष्टिकोण से उसे ठक्कर को रोकना चाहिए था, मगर दो कारणों से ऐसा नहीं कर सकता था—पहला, वह ठक्कर पर यह भेद नहीं खोलना चाहता था कि कैदी जुंगजू नहीं देशराज है—दूसरा, ब्लैक फोर्स के एक सदस्य की मौजूदगी में यह भेद खोलना अपने आप सारे प्लान को चौपट कर डालना था।

उसे गुस्सा आ रहा था तो केवल इस बात पर कि उनके प्लान के बीच ठक्कर क्यों पड़ा?

सड़क पर मौजूद जेलर, ए.के. सैंतालीसधारी और जुंगजू बना देशराज अभी कीलयुक्त पट्टी का अर्थ समझने की कोशिश कर ही रहे थे कि अचानक

सड़क के दाएं-बाएं से जिन्न की मानिन्द चार साए प्रकट होकर उन तीनों के सिरों पर सवार हो गए, वातावरण में आवाज गूंजी—''हैन्ड्स अप!''

पेड़ पर मौजूद शांडियाल जानता था कि वह आवाज ठक्कर की है।

नंबर वन ने ब्लैक फोर्स के आदमी को संभलने का मौका दिए बगैर उसकी ए.के. सैंतालीस झपट ली—वे तीनों अचानक अपने सिर पर सवार हो गई मुसीबत को पहचान भी नहीं पाए थे कि ठक्कर पुनः गुर्राया—''अगर जरा भी हरकत की तो भून दिए जाओगे!''

''तुम कौन हो और क्या चाहते हो?'' हड़बड़ाए हुए जेलर ने हाथ ऊपर उठाते हुए पूछा।

''जब लोग सुनेंगे कि जेलर अपनी गाड़ी में बैठाकर एक खूंखार कैदी को फरार करने का प्रयास कर रहा था तो खुद- ब-खुद मालूम हो जाएगा हम कौन हैं?'' ठक्कर एक-एक शब्द को दांतों से कुचल रहा था—''और फिलहाल चाहते केवल ये हैं कि आप लोग आगे का सफर हमारी गाड़ी से करें, तुम्हारी गाड़ी बेकार हो चुकी है।''

देशराज गुर्रा उठा—''तुम शायद जानते नहीं हरामजादों, हम ब्लैक फोर्स के लोग हैं।''

''और हमें केन्द्रीय कमांडो दस्ते के लोग कहा जाता है।''

ठक्कर हंसा।

पेड़ पर चढ़ा बैठा शांडियाल कुढ़ता रहा जबकि ठक्कर और उसके साथी तीनों को कवर किए झाड़ियों के बीच छुपी मारुति जिप्सी की तरफ बढ़ गए—अभी सड़क पार करके उन्होंने कच्चे में कदम रखे ही थे कि शांडियाल के जहन में बिजली सी कौंधी—एक तरकीब सूझी थी उसे—ऐसी, जिसे बेहतरीन तो नहीं कहा जा सकता था मगर परिस्थितियों के मुताबिक आवश्यक जरूर थी—या शायद अपनी योजना पर पानी फिरते देख न सका वह और चीख पड़ा—''ठहरो मिस्टर ठक्कर!''

सब सकपका गए।

ठिठके।

अभी किसी की समझ में यह तक नहीं आया था कि आवाज किस दिशा से आई—जबकि ठक्कर शांडियाल की आवाज को बखूबी पहचान चुका था, बोला—''ये कमिश्नर साहब की आवाज है ...।''

''हां!'' शांडियाल चिल्लाया—''मैं ही हूं।''

कमिश्नर साहब पेड़ से सीधे जमीन पर कूदे। उनके हाथ में रिवॉल्वर था,

उनकी तरफ बढ़ते हुए बोले—''तुम पुलिस के सारे प्लान को चौपट किए दे रहे हो ठक्कर!''

''य-ये आप क्या बेवकूफी कर रहे हैं कमिश्नर साहब?'' जेलर चीख पड़ा।

''ठक्कर ने यह बेवकूफी करने पर हमें विवश कर दिया है।''

''ल-लेकिन ...!'' जेलर ने बौखलाकर ब्लैक फोर्स के आदमी की तरफ देखा।

ठक्कर की समझ में कुछ नहीं आ रहा था, बोला—''पुलिस का प्लान ... मैं कुछ समझा नहीं, आप और जेलर मुझे एक ही फिराक में नजर आ रहे हैं।''

''ये कैदी असली जुंगजू नहीं बल्कि उसके रूप में पुलिस का आदमी है।''

''क-क्या मतलब?'' ठक्कर चिहुंक उठा।

''हम लोग जुंगजू के भेष में उनके बीच अपना आदमी भेज रहे थे—तुमने बीच में टपककर सारा गुड़ गोबर कर दिया।''

''ओह!'' ठक्कर का स्वर बता रहा था कि उसकी समझ में सब कुछ आ गया है, ब्लैक फोर्स के आदमी की तरफ पलटकर बोला वह—''ल-लेकिन यह भेद आपने इसके सामने ...।''

''हमें मजबूर कर दिया तुमने—जो किया है, अगर वह न करते तो क्या पेड़ पर काठ के उल्लू की तरह बैठे अपनी योजना को रसातल में मिलते देखते रहते? तुम इन सबको गिरफ्तार करके ले जा रहे थे ...।''

''ल-लेकिन अब ब्लैक फोर्स के इस मैम्बर की जानकारी में यह आ जाने से भी तो योजना चौपट हो गई कि जिसे वह जुंगजू समझ रहा था, वह पुलिस का आदमी है?''

''इसी खौफ के कारण तो इतनी देर से पेड़ पर मिट्टी के माधो बने बैठे थे, मगर फिर दिमाग में एक तरकीब आई।''

''क्या?''

''ब्लैक फोर्स के इस आदमी को मार दिया जाए ...।''

हालांकि सबके दिमाग में ख्याल उभरा—''इससे क्या होगा? मगर ठक्कर के दिमाग में यह सवाल नहीं उभरा क्योंकि वह समझ चुका था कमिश्नर साहब क्या चाहते हैं, उसके मुंह से एक ही शब्द निकला—''गुड!''

इधर ब्लैक फोर्स का मेम्बर समझ चुका था उसकी मौत निश्चित है—मौत

से डरता नहीं था वह मगर दिमाग में विचार उभरा—'अगर मैं न रहा तो ब्लैक स्टार को यह बताने वाला कोई न होगा कि जुंगजू के भेष में असल में पुलिसिया है ...।' इसी विचार के वशीभूत वह जान बचाने की खातिर एक तरफ को भागा।

मगर।

'धांय ... धांय!' कमिश्नर के रिवॉल्वर ने दो शोले उगले।

जेलर का सारा परिवार एक बैड पर रस्सियों से जकड़ा पड़ा था—मुंहों पर टेप चिपके हुए थे और तीन ए.के. सैंतालीसधारी बैड के तीन तरफ कुर्सियां डाले आराम से बैठे थे।

अचानक गैलरी में भागते कदमों की आवाज उभरी।

तीनों सतर्क हो गए।

भागते हुए जेलर और जुंगजू कमरे में प्रविष्ट हुए—उन पर नजर पड़ते ही तीनों एक साथ कुर्सियों से उछलकर खड़े हो गए।

दोनों धूल से अटे पड़े थे—कपड़े जगह-जगह से फटे हुए—जिस्म के विभिन्न हिस्सों से खून बह रहा था—बुरी मुसीबत से दो-चार होने के बाद यहां पहुंचे हैं।

"क-क्या हुआ?" उनमें से एक ने पूछा।

"स्पेशल कमांडो दस्ते के लोग थे वे ...।" जेलर कह उठा—"वे न जाने कम्बख्त कहां से टपक पड़े—जेल रोड पर उन्होंने हमें घेर लिया, गाड़ी के चारों टायरों में कीलें धंसा दीं। बड़ी मुश्किल से जान बचाकर भागे हैं ...।"

"हमारा साथी कहां है?"

"वह मारा गया।"

"म-मारा गया?" तीनों एक साथ चिहुंक उठे—"कैसे?"

"कमांडो दस्ते की चीफ की गोली लगी थी उसे—डिटेल बताने का वक्त नहीं है—उन्होंने जेलर को पहचान लिया था, मुमकिन है सीधे यहां आयें ...।" हड़बड़ाया सा जुंगजू एक ही सांस में कहता चला गया—"वे यहां पहुंच गए तो बचकर निकलना मुश्किल हो जाएगा।"

"ल-लेकिन कमांडोज को हमारे मिशन की भनक कैसे लग गई?"

''सनसनाती गोलियों के बीच क्या मैं उनसे ये पूछता?''

ब्लैक फोर्स के तीनों मैम्बर अभी हकबकाई अवस्था में ही थे कि जेलर ने कहा—''बरबाद तो मैं हो ही चुका हूं—जान पर खेलकर जुंगजू को यहां तक इसलिए लाया ताकि अपने परिवार को बचा सकूं—मैंने अपनी ड्यूटी निभा दी है—अब अगर इसे यहां कुछ हो जाए तो मेरी जिम्मेदारी नहीं है, मेरे परिवार के किसी मैम्बर को हाथ तक नहीं लगाओगे तुम लोग।''

''चलो!'' उनमें से एक ने जुंगजू का हाथ पकड़कर दरवाजे की तरफ जम्प लगा दी—बाकी दोनों भी उसके पीछे लपके—सबके निकलते ही जेलर ने झपटकर बैडरूम के दरवाजे की चटखनी अंदर से चढ़ा दी—वापस आकर धम्म से सोफे पर गिरा और बुरी तरह हांफने लगा।

अभी वह अपनी उखड़ी सांसों को ठीक से नियंत्रित नहीं कर पाया था कि कोठी के बाहर से फायरिंग की आवाज सुनकर उछल पड़ा, लपककर बैड के चारों तरफ बंधी रस्सी को खोलता हुआ बोला—''फिक्र मत करो, कमांडोज उन्हें रोकने का नाटक कर रहे हैं—सिर्फ नाटक ... ताकि हम पर हमले की कहानी सच्ची साबित की जा सके—वास्तव में वे ब्लैक फोर्स के लोगों को रोकने में इन्ट्रेस्टिड नहीं हैं ...।''

परिवार का हर सदस्य उनकी तरफ ऐसी नजरों से देखने लगा जैसे पागल हो गया समझ रहा हो।

देशराज को जिस कक्ष में बैठाया गया, वह किसी फाइव स्टार होटल के 'ए.सी. सुइट' से कम न था—शानदार डबल बैड, कीमती वैलवेट चढ़े सोफे, शीशे के टॉप वाली सेन्टर टेबल, एक कोने में वी.सी.आर. सहित कलर टी.वी., दूसरे में छोटा सा रेफ्रीजरेटर और फर्श पर बिछा ईरानी कालीन देखकर उसकी आंखें हैरत से फटी रह गईं—हैरत का मुख्य कारण इस स्थान का उस जंगल के नीचे होना था जिसके चारों तरफ मीलों तक पहाड़ ही पहाड़ थे—उस वक्त वह सोफे पर पसरा सिगरेट फूंक रहा था जब एकाएक कक्ष का दरवाजा खुला, साथ ही आवाज गूंजी—''हैलो जुंगजू!''

''ह-हैलो सर!'' हड़बड़ाकर वह सिगरेट को ऐशट्रे में कुचलता हुआ खड़ा हो गया।

आंखें उन आंखों से जा मिलीं, जिन्हें निःसंदेह दुनिया की सबसे विचित्र

आंखें कहा जा सकता था—आंख का जो तारा काला होना चाहिए वह गंदला था—गोल चेहरे, घने बालों, मोटी मूंछों और सामान्य जिस्म वाले सांवले रंग के उस शख्स में जाने ऐसा क्या था कि देशराज का दिल बेवजह धाड़-धाड़ करके बजने लगा। उसने आकर्षक चाल के साथ सोफे की तरफ बढ़ते हुए पूछा—''कैसे हो?''

''ठ-ठीक हूं सर!'' देशराज के लहजे में खुद-ब-खुद हकलाहट उत्पन्न हो गई।

''बैठो!'' स्वयं एक सोफे पर बैठते हुए ब्लैक स्टार ने कहा।

''थैंक्यू!'' कहने के साथ सकुचाता-सा देशराज सोफे के कोने पर बैठ गया।

''यहां तुम्हें किसी खास काम के कारण लाया गया है।''

''खुशनसीब हूं जो आपको मेरी याद आई।''

''चिरंजीव कुमार को जानते हो?''

''ज-जी!'' वह बोला—''उसे भला कौन नहीं जानता!''

''लाखों की भीड़ के बीच तुम्हें उसका मर्डर करना है।''

ठीक जुंगजू के से अंदाज में कहा उसने—''हो जाएगा।''

''निशाना चूक जाने का अन्जाम तो जानते होगे?''

''मेरी मौत!'' सपाट स्वर—''मगर आपको मालूम है सर, जुंगजू उससे नहीं डरता।''

''बेवकूफ हो तुम!'' ब्लैक स्टार गुर्राया—''तुम्हें अपनी मौत से नहीं, चिरंजीव कुमार की जिन्दगी से डरना चाहिए—हमारा इशारा इस तरफ था कि तुम्हारे हमले के बाद वह बचना नहीं चाहिए।''

''नहीं बचेगा सर!''

''फिर भी लगातार प्रैक्टिस करते रहोगे—'स्पॉट' पर तुम्हारा एक मददगार भी मौजूद रहेगा—कार्यवाही तब तक नहीं होगी जब तक उसकी तरफ से ग्रीन सिग्नल नहीं मिल जाता बल्कि पूरा प्लान भेजेगा वह, काम उसी प्लान के मुताबिक होना है।''

''ओ.के. सर!''

ब्लैक स्टार ने कुछ कहने के लिए मुंह खोला ही था कि दाएं हाथ में बंधी रिस्टवॉच से पिक ... पिक की बारीक आवाज निकलने लगी।

देशराज की नजरें उस पर स्थिर हो गईं।

ब्लैक स्टार ने रिस्टवॉच से छोटी-सी कमानी बाहर खींची—एक बारीक

आवाज उससे निकलकर सारे कमरे में गूंजने लगी—''व्हाइट स्टार स्पीकिंग सर ... व्हाइट स्टार!''

''यस!'' ब्लैक स्टार ने अपने विशिष्ट अंदाज में कहा।

''ये मैं क्या सुन रहा हूं सर, जेल रोड पर जुंगजू को लेने गए लोगों का ठक्कर से टकराव हुआ?''

''ठीक सुन रहे हो।''

''ठक्कर वहां कैसे पहुंच गया?''

''सुना है मुठभेड़ में हमारा एक आदमी मारा गया ...।''

''यह कोई खास बात नहीं है—जुंगजू तो आपके पास पहुंच गया होगा?''

''यहां की फिक्र छोड़कर तुम अपने मोर्चे पर ध्यान केन्द्रित करो व्हाइट स्टार।'' स्वर रूखा था—''बेवजह बातें करते रहना हमें पसंद नहीं।''

''स-सॉरी सर, उत्सुकतावश संपर्क स्थापित कर लिया।''

''और कुछ?''

''चिरंजीव कुमार कल सुबह दस बजे पहुंच रहा है—सुरक्षा व्यवस्था का अवलोकन करने के बाद प्लान से सूचित करूंगा।''

''कोई जल्दी नहीं है, चिरंजीव यहां तीन दिन रहेगा ... ओवर एण्ड ऑल।'' कहने के तुरंत बाद ब्लैक स्टार ने अपनी तरफ से संबंधविच्छेद कर दिया—चेहरे पर मौजूद भावों से स्पष्ट था कि जो बातें ट्रांसमीटर पर हुईं, केवल उनके लिए 'व्हाइट स्टार' द्वारा संपर्क स्थापित किया जाना उसे पसंद नहीं आया, एकाएक सोफे से खड़ा होता हुआ बोला—''फिलहाल तुम फ्रेश हो सकते हो जुंगजू, तीन घंटे के आराम के बाद प्रैक्टिस में जुट जाना होगा।''

सुबह सात बजे बुलाई गई मीटिंग ठक्कर के इस वाक्य के साथ शुरू हुई—''जहां हम सबका ख्याल यह था कि स्टार फोर्स में अब इतना दम-खम बाकी नहीं रह गया है कि वह चिरंजीव कुमार का मर्डर करने का ख्याल दिमाग में ला सके, वहीं रात की वारदात ने हम सबकी धारणायें धूल-धूसरित करके यह सिद्ध कर दिया कि ब्लैक फोर्स न केवल चिरंजीव कुमार के मर्डर की बात सोच रही है—बल्कि सोची-समझी योजना पर कार्यवाही भी शुरू हो चुकी है। एक ताजा सूचना हमारे पास ये है कि ब्लैक स्टार ने 'ऑपरेशन

चिरंजीव कुमार' को पूरा करने का दायित्व जिस शख्स को सौंपा है, उसका छद्म नाम 'व्हाइट स्टार' रखा गया है।''

''व-व्हाइट स्टार!'' सभी के मुंह से यह शब्द फिसलकर रह गया जबकि तेजस्वी के संपूर्ण जिस्म में सनसनी दौड़ गई थी।

कमिश्नर शांडियाल कह रहे थे—''ताजा इन्फॉरमेशन्स के मुताबिक, जुंगजू जंगल में स्थित ब्लैक स्टार के हैडक्वॉर्टर पर पहुंच चुका है—यह इन्फॉरमेशन भी मिली है कि वह लाखों की भीड़ के बीच चिरंजीव कुमार को निशाना बनाने की कोशिश करेगा।''

''इससे भी ज्यादा चिंतित कर डालने वाली इन्फॉरमेशन ये है कि स्पॉट पर जुंगजू का एक और मददगार मौजूद रहेगा।'' यह बात ठक्कर ने कही।

उनके एक-एक शब्द को मीटिंग में मौजूद लोग मुंह बाए सुन रहे थे—हालांकि चेहरे से तो तेजस्वी भी उन्हीं की-सी अवस्था में नजर आ रहा था, परंतु वास्तव में उसकी हवाइयां उड़ी हुई थीं।

ठक्कर और कमिश्नर के बीच कोई अलग ही खिचड़ी पकती महसूस हो रही थी उसे।

आधी सूचना एक के मुंह से निकल रही थी, आधी दूसरे के।

सूचना भी वो जो हंडरेड परसैन्ट सही थी—इसमें शक नहीं कि तेजस्वी को अपना दिमाग अंतरिक्ष में धक्के खाता महसूस हो रहा था—यह बात उसकी समझ में न आकर दे रही थी कि इतनी 'परफैक्ट इन्फॉरमेशन्स' उनके पास कहां से हैं—एस.पी. सिटी के शब्दों ने उसकी तन्द्रा भंग की, उसने कमिश्नर और ठक्कर से सवाल किया था—''क्या जुंगजू के मददगार के बारे में भी कोई सूचना है?''

''अभी इस संबंध में कोई सूचना नहीं मिल पाई है।''

''हमला कौन सी सभा में होने की उम्मीद है?'' अपने सन्नाते दिमाग को काबू में लाकर तेजस्वी ने पूछा।

जवाब ठक्कर ने दिया—''आशा है हमला होने से पूर्व यह सूचना भी मिल जाएगी।''

''तब तो जुंगजू और उसके साथी क्या सफल होंगे?'' नए डी.आई.जी. महोदय खुश थे।

''नहीं।'' ठक्कर ने कहा—''ऐसा सोचकर हम लोग लापरवाह नहीं हो सकते—यह ठीक है इस वक्त हमारी 'गोट' ठीक बैठी है, मगर दुश्मन को कमजोर समझना भूल होगी—चिरंजीव कुमार के प्रतापगढ़ में कदम रखते ही

हम लोगों को बगैर किसी ढील या लापरवाही के उन्हें चारों तरफ से अपने घेरे में ले लेना है—उनका हैलीकॉप्टर ठीक दस बजे एस.डी. कॉलिज के प्रांगण में लैंड करेगा—पहली सार्वजनिक सभा उसी प्रांगण में होगी—उम्मीद है लाखों लोग पहुंचेंगे—स्थानीय पुलिस की पहली ड्यूटी ये है कि उन लाखों लोगों में से एक भी शख्स बगैर तलाशी के एस.डी. कॉलिज के प्रांगण में दाखिल नहीं होना चाहिए।''

सब शांत रहे।

''हम चाहते हैं तलाशी का कार्य नए एस.पी. सिटी के नेतृत्व में हो।''

''आई एम रेडी सर!''

''मैदान के बाहर मौजूद पेड़ों और इमारतों पर भी लोग चढ़े होंगे—उन पर नजर रखने की जिम्मेदारी एस.पी. देहात मिस्टर पांडे सम्भालेंगे।''

''ओ.के. सर!'' पांडे ने कहा।

''सभा में उपस्थित हर शख्स की गतिविधि पर नजर रखने का काम मैदान में तैनात एक हजार सशस्त्र पुलिसियों के अलावा इतने ही एल.आई. यू. के लोगों के जिम्मे होगा—वे सादे कपड़ों में पब्लिक के बीच रहेंगे।''

खामोशी यथावत् छाई रही।

''प्रोग्राम के मुताबिक हैलीकॉप्टर से उतरते ही चिरंजीव कुमार अपनी पार्टी के स्थानीय नेताओं से भेंट करेंगे, स्थानीय नेतागण उन्हें माला पहनाकर स्वागत करेंगे—यह काम वी.आई.पी. लॉबी में होगा—तेजस्वी की जिम्मेदारी सभी वी.आई.पी., स्थानीय नेताओं और मालाओं आदि पर नजर रखनी होगी—इस काम के लिए उसे पचास पुलिसिए मुहैया कराए जाएंगे—वैसे हम यानि स्पेशल कमांडो दस्ते के लोग भी वहीं होंगे और हमारे अलावा होंगे हमेशा चिरंजीव कुमार के साथ चलने वाले 'स्पेशल गार्डर्स' के छः जांबाज—प्रत्येक परिस्थिति में चिरंजीव कुमार के चारों तरफ पहला सुरक्षा घेरा इन्हीं 'स्पेशल गार्डर्स' का होगा—उनके घेरे के बाद हमारा यानि स्पेशल कमांडोज दस्ते का घेरा होगा, उसके बाद स्थानीय पुलिस का सुरक्षा दायरा, उसका नेतृत्व एस.एस.पी. महोदय करेंगे।''

''आप फिक्र न करें सर!''

''फिक्र की बात यहां से आगे शुरू होती है—तब जबकि सभा समाप्त होगी और चिरंजीव कुमार दूसरे सभा-स्थल की तरफ बढ़ेंगे—खुली एम्बेसडर में उनके साथ उनकी पार्टी का स्थानीय अध्यक्ष, दो कमांडो दस्ते के लोग, दो सुरक्षा गार्ड या ज्यादा से ज्यादा कोई एक वी.आई.पी. रहेगा—उनके आगे

स्पेशल गाडर्स की कार, पीछे हमारी कार, हमारे पीछे तेजस्वी की जीप, उधर गाडर्स की कार के आगे एस.एस.पी. की कार रहेगी—जिन रास्तों से वे गुजरेंगे उनका नक्शा बना लिया गया है—जाहिर है, लोग सड़कों के दोनों तरफ ही नहीं इमारतों और पेड़ों तक पर होंगे—उनमें से कोई भी हथियार-बंद न हो यह जिम्मेदारी मिस्टर पांडे, एस.पी. देहात और एस.पी. सिटी की है—जैसे ही चिरंजीव कुमार वाहन से उतरकर किसी तरफ को बढ़ें—स्पेशल गाडर्स, हमारा और स्थानीय पुलिस का वही 'व्यूह' बन जाना चाहिए अर्थात् पहला घेरा स्थानीय पुलिस का, दूसरा कमांडोज का और सबसे भीतरी घेरा गाडर्स का होगा—हमें किसी भी सूरत में, किसी हथियारबंद शख्स को ये घेरे क्रॉस नहीं करने देने हैं।''

सब चुप रहे।

ठक्कर ने आगे कहा—''रात के ग्यारह बजे तक इसी किस्म की यात्रा अथवा सभाओं में भाषण का क्रम चलता रहना है—ग्यारह बजे अंतिम सभा के बाद वे रात्रि-विश्राम अपने फार्महाउस पर करेंगे—कल सुबह सात बजे से पुनः यही क्रम जारी हो जाएगा और देर रात तक चलेगा—इस तरह, प्रतापगढ़ में तीन दिन गुजारने के बाद—अपने अगले लक्ष्य की तरफ जाएंगे—जाहिर है, इन तीन दिनों में हमें उनसे कहीं ज्यादा कड़ी मेहनत करनी है।''

सभी ने अपनी-अपनी राय दी जबकि तेजस्वी का दिमाग यह सोचने में मशगूल था कि सुरक्षा-व्यवस्था में छेद कहां है, कहां चोट की जाये कि ठक्कर के सभी इंतजाम औंधे मुंह आ पड़ें।

चिरंजीव कुमार आ चुके थे।

सभा शांति के साथ चल रही थी।

एस.डी. कॉलिज के लंबे-चौड़े मैदान के चारों तरफ दूर-दूर तक उस लोकप्रिय नेता की प्रभावशाली आवाज गूंज रही थी—मैदान तो खैर खचाखच भरा हुआ था ही, सबसे आश्चर्यजनक बात ये थी कि इतनी भीड़ के बावजूद किसी तरफ शोरगुल न था।

आवाज गूंज रही थी तो केवल चिरंजीव कुमार की।

लोग तन्मय और एकाग्रचित्त होकर उस गोरे-चिट्टे, लम्बे और आकर्षक नेता के एक-एक शब्द को ध्यानपूर्वक सुन रहे थे जिसकी उम्र चालीस के

लपेटे में थी—इस वक्त वह ब्लैक फोर्स के खिलाफ और प्रदेश को देश की मुख्य धारा से जोड़ने के विषय में बोल रहा था।

मंच की सीढ़ियों के नजदीक खड़े तेजस्वी के दिमाग में कई बार शांडियाल के नजदीक जाकर उनसे चंद बातें करने का विचार उभर चुका था—वे मुश्किल से तीस कदम दूर वी.आई.पी. लॉबी में अकेले खड़े थे—भला इस बात को तेजस्वी से बेहतर कौन जान सकता था कि कम-से-कम इस सभा में कोई गड़बड़ी होने वाली नहीं है, अतः अंततः वह लम्बे-लम्बे कदमों के साथ शांडियाल की तरफ बढ़ ही गया, नजदीक पहुंचकर बोला—''सब कुछ ठीक चल रहा है सर!''

''ये माहौल बनाने में तुम्हारा बहुत योगदान है तेजस्वी।'' बातें काफी धीमे स्वर में हो रही थीं—''अगर तुमने प्रतापगढ़ को भयमुक्त न किया होता तो ...''

''मैं बेहद खुशनसीब हूं सर, जो आपसे इतनी प्रशंसा पाता हूं मगर ...''

''मगर?''

''आज सुबह की मीटिंग में मेरे दिल पर आघात लगा—ऐसा आघात कि खुद से घृणा सी हो रही है—दिल में रह-रहकर कई बार ख्याल उभरा कि मैंने जो मेहनत की, क्या वह सब व्यर्थ गई?''

''कैसी बात कर रहे हो तेजस्वी?''

''दिल की बात आपसे न कहूं तो किससे कहूं सर?''

''क्या कहना चाहते हो?''

''ठक्कर साहब तो खैर गैर हैं—जो काम आज यहां कर रहे हैं, तीन दिन बाद वही काम कहीं और कर रहे होंगे अर्थात् उनसे कोई शिकायत भी हो तो क्यों—दुःख इस बात का है कि आपको भी मुझ पर विश्वास नहीं।''

''गलत ढंग से सोच रहे हो तुम!'' शांडियाल ने उसके कंधे पर हाथ रखा—''पर्दा तुमसे नहीं रखा गया बल्कि कुम्बारप्पा, चिदम्बरम और भारद्वाज के उदाहरणों के कारण हमारे और ठक्कर के बीच सूत्र का जिक्र मीटिंग में न करने की रणनीति बनी, मीटिंग में तुम अकेले तो नहीं थे।''

''जो लोग मीटिंग में थे उनसे अलग मुझे समझा ही कहां गया?''

''नहीं ... नहीं ... ऐसी बातें मत सोचो तेजस्वी—कम-से-कम हमारी नजरों में तुम सबसे अलग हो—हम ठक्कर पर शक कर सकते हैं मगर तुम पर नहीं।''

''अफसोस तो यही है सर कि गैर की बातों में आकर आपने भी मुझ पर विश्वास न किया।''

"तुम्हें ऐसा वाहियात ख्याल अपने दिमाग में नहीं लाना चाहिए, सुनो।" शांडियाल का स्वर और धीमा होकर थोड़ा रहस्यमय हो उठा—"जो इन्फॉरमेशन्स हमारे पास हैं, वे ठक्कर की किसी कारगुजारी के कारण नहीं, बल्कि हमारी अपनी 'एफर्ट्स' के कारण हैं—ठक्कर का तो केवल इतना दखल रहा कि जाने कैसे जेल रोड पर प्रकट होकर कम्बख्त ने हमें अपनी योजना ओपन करने पर विवश कर दिया।"

"मैं समझा नहीं सर!"

और वह शांडियाल का तेजस्वी पर अटूट विश्वास ही था जिसके वशीभूत वे उसे देशराज के जुंगजू बनने का सारा वृत्तांत बेहिचक बताते चले गए—उन्हें उस वक्त स्वप्न तक में गुमान न था कि वे देशराज की मौत के वारंट पर हस्ताक्षर कर रहे हैं—सुनते ही तेजस्वी की खोपड़ी झनझनाकर रह गई, शांडियाल के चुप होने पर बोला—"ये सारा किस्सा सुनने के बाद मुझे सबसे बड़ी खुशी इसी बात की है कि देशराज जैसे शख्स के मन में मुल्क के लिए कुछ कर गुजरने की ललक पैदा हुई—ललक भी ऐसी वेगपूर्ण कि खुद की खूबसूरती तक नष्ट कर डाली उसने—अगर सच्चाई कही जाए तो उसका बलिदान मेरी मेहनत से कई गुना ज्यादा महान है—मैं उसे शत्-शत् प्रणाम ही नहीं करता बल्कि ऊपर वाले से दुआ करता हूं वह अपने मिशन में कामयाब हो।

"अब तो उसी की कामयाबी पर हम सबकी कामयाबी टिकी है तेजस्वी।"

अब तेजस्वी को शांडियाल और ठक्कर के बीच अविश्वास की खाई खोदनी थी, अतः एक-एक शब्द को नाप-तोलकर कहना शुरू किया—"जान खतरे में डाल रहे हैं तो उधर देशराज, इधर मैं—दिमाग भिड़ाकर स्कीम बना रहे हैं आप—और मीटिंग में जिस तरह ठक्कर साहब बोलते हैं उससे लगता है, जैसे जो कर रही है—केन्द्रीय कमांडो दस्ते की टीम कर रही है।"

"खाक किया है उन्होंने! हमारी मेहनत का श्रेय खुद लूट रहे हैं।"

"और ऊपर से बार-बार स्थानीय पुलिस को उल्टा-सीधा भी कहते रहते हैं।"

"हम पर रत्ती भर विश्वास करने को तैयार नहीं है पट्ठा!" शांडियाल के दिल में भरी आग आखिर फूट ही पड़ी—"बताकर नहीं दिया कि जेल रोड कैसे पहुंचा?"

"वह किसी पर विश्वास नहीं करता।"

"फिर भी, वह सीधा केन्द्र से जुड़ा है तेजस्वी—चाहे तो हमें काफी नुकसान पहुंचा सकता है—जो बातें यहां हुईं, वे केवल हमारे और तुम्हारे बीच रहनी चाहिएं—मीटिंग में या किसी भी मौके पर तुम अपने मुंह से ऐसी कोई बात नहीं निकालोगे जिससे उसे अहसास हो कि तुम देशराज के बारे में कुछ जानते हो।"

खुद तेजस्वी भी तो यही चाहता था, बोला—"आप कैसी बात कर रहे हैं सर, क्या वो काइयां शख्स मेरे लिए आपसे ज्यादा हो सकता है—जो मीटिंग में आपकी कामयाबियों को अपनी बताकर पेश करता है और आप तक पर विश्वास नहीं करता?"

शांडियाल ने कुछ कहने के लिए मुंह खोला ही था कि सारा मैदान तालियों की गड़गड़ाहट से गूंज उठा—चारों तरफ से शोर-गुल उठने लगा—हर दिशा से 'चिरंजीव कुमार ... जिंदाबाद' के नारों की आवाज आ रही थी।

चिरंजीव कुमार मीटिंग समाप्त कर चुके थे, तेजस्वी दौड़ता हुआ सीढ़ियों के नजदीक पहुंचा।

जिस्म से भले ही अपनी ड्यूटी पर मुस्तैद नजर आ रहा हो, लेकिन पाठक समझ सकते हैं कि वास्तव में उसका दिमाग इस वक्त कहां भटक रहा होगा?

रिस्टवॉच से बहुत बारीक आवाज निकल रही थी—"व्हाइट स्टार स्पीकिंग सर।"

"बोलो!" ब्लैक स्टार ने अपने विशिष्ट स्वर में कहा।

"अंतिम सभा से पांच मिनट पूर्व!"

"प्लान?"

"पांच बजे बताऊंगा।"

"ओ.के.।"

"उससे पहले जुंगजू का निशाना अच्छी तरह चैक कर लें।" ये चंद शब्द कहने के बाद दूसरी तरफ से संबंधविच्छेद कर दिया गया, परंतु ब्लैक स्टार के जहन में हथौड़े से बज रहे थे।

आंखें सिकुड़कर गोल हो गईं।

तेजस्वी के एक-एक शब्द को याद कर रहा था वह—लग रहा था, तेजस्वी जुंगजू के निशाने को नहीं, खुद जुंगजू को चैक करने के निर्देश दे रहा था—जुंगजू के निशाने को चैक करने वाली बात उसने कही ही क्यों?

वह भी अब?

कहता तो पहले कहता!

क्या निशाने के बारे में उसे कोई ख्वाब चमका है?

ब्लैक स्टार को लगा, निश्चित रूप से तेजस्वी जुंगजू को चैक करने के लिए कह रहा था—जरूर उसे कोई नई इन्फॉरमेशन मिली है और फिर ... आज ही 'एक्शन' कर डालने वाली भी कोई बात न थी।

ब्लैक स्टार एक झटके से उठकर खड़ा हो गया।

⅄

बाथरूम का दरवाजा अंदर से बंद करने के बाद देशराज ने अपने बाएं बूट की खोखली एड़ी से एक ट्रांसमीटर निकाला—संपर्क स्थापित करने के बाद बोला—''देशराज हीयर सर ... देशराज हीयर।''

''बोलो देशराज।'' आवाज शांडियाल की थी।

''अंतिम सभा-स्थल पर सभा से केवल पांच मिनट पूर्व का समय चुना गया है।''

''इतनी जल्दी?''

''ऐसा ही आदेश हुआ।''

''योजना के मुताबिक तुम्हारा मददगार कहां होगा?''

''शाम पांच बजे पता लगेगा।''

''ओह!''

''ल-लेकिन अब मैं पांच बजने का इंतजार नहीं करना चाहता।''

''क्यों?''

''आपके इस 'क्यों' का जवाब मेरे पास नहीं है—रह-रह कर मेरे दिलो-दिमाग में यह विचार उठ रहा है कि अब मुझे पहला मौका मिलते ही ब्लैक स्टार को शूट कर देना चाहिए—मैंने खुद, खुद से कई बार यह सवाल किया है—वक्त से पहले ब्लैक स्टार को मार डालने का यह ख्याल बार-बार मेरे दिमाग में क्यों कौंध रहा है—मगर जवाब नहीं मिल पा रहा!''

''क्या तुम्हारे पास उसे खत्म कर डालने के पूरे अवसर हैं?''

"पूरे से भी ज्यादा, वह ठीक उसी तरह मेरे इर्द-गिर्द रहता है जैसे आप रहते थे—कुछ देर बाद हम लंच-टेबल पर एक साथ होंगे—रिवॉल्वर मेरी जेब में है ही—निश्चित रूप से मैं एक ही गोली में उसका काम-तमाम कर सकता हूं—हालांकि जैसा आप और मैं, दोनों जानते हैं कि मेरी इस हरकत के बाद ब्लैक फोर्स के लोगों की अनगिनत गोलियां मेरे जिस्म में धंस जाएंगी—मगर मेरा दावा है, आत्मा पहले उसका जिस्म छोड़ेगी।"

"उसे समय से पूर्व मारकर हम कुछ खोएंगे ही—पा नहीं पाएंगे—संपूर्ण कामयाबी ये होगी कि उधर तुम ब्लैक स्टार को खत्म करो, इधर हम उसे, जिसे चिरंजीव कुमार की हत्या में तुम्हारी मदद करने का दायित्व सौंपा गया है—बल्कि यह भी पता लगाने की चेष्टा करो कि व्हाइट स्टार क्या बला है?"

"ओ.के. सर ... ओ.के.!" कहने के साथ देशराज ने संबंधविच्छेद कर दिया।

सर्किट हाउस में चल रहे चिरंजीव कुमार के लंच के दरम्यान कमिश्नर ने मौका देखकर तेजस्वी को सूचना दी—"अंतिम सभा से पांच मिनट पूर्व चिरंजीव कुमार की हत्या का प्लान बनाया गया है।"

"क्या देशराज से कॉन्टेक्ट हुआ था?" हौले से चौंकते हुए तेजस्वी ने पूछा।

"हां!"

"क्या कहा उसने?"

शांडियाल ने विस्तारपूर्वक सारी बातें बता दीं, सुनने के बाद तेजस्वी ने कहा—"आपने देशराज को ठीक आर्डर दिया—अगर वह पांच बजे से पहले अपना काम कर देता तो न तो हम कभी उसे गिरफ्तार कर पाते जो उसकी मदद करने वाला है—न ही व्हाइट स्टार का रहस्य जान पाते—ब्लैक स्टार की मौत के साथ-साथ यह होना जरूरी है।"

"हम एक उलझन में हैं तेजस्वी।"

"कैसी उलझन सर?"

"ये नई इन्फॉरमेशन ठक्कर को दें या नहीं?"

तेजस्वी तुरंत जवाब न दे सका—सोचने लगा वह, शायद ये कि क्या सलाह देना मुनासिब होगा, जबकि शांडियाल कहते चले गए—"ठक्कर

का जो व्यवहार हमारे साथ है, उसके रहते दिल तो नहीं चाहता—इतना सब करने के बावजूद कम्बख्त हम पर बाल बराबर विश्वास करने को तैयार नहीं है लेकिन ...।''

''लेकिन?''

''सोचते हैं, कहीं इस छुपाव से कोई नुकसान न हो जाए।''

''किसी किस्म का नुकसान होने की संभावना ही कहां है?''

''प्लान भले ही ब्लैक स्टार और व्हाइट स्टार मिलकर चाहे जो बनाते रहें, मगर देशराज के रहते अमल तो उस पर होने से रहा।'' तेजस्वी को शांडियाल और ठक्कर के बीच खाई खोदने में ही अपना रास्ता साफ नजर आया—''होगा तो वास्तव में ये कि पांच बजे के बाद देशराज हमें कथित जुंगजू के मददगार और मौका लगा तो व्हाइट स्टार का परिचय देगा तथा जंगल में ब्लैक स्टार को शूट कर देगा—इधर उसकी इन्फॉरमेशन्स के मुताबिक हम लोग मददगार और व्हाइट स्टार को दबोच लेंगे—चिरंजीव कुमार के आसपास तक कोई खतरा नहीं मंडरा पाएगा।''

''कह तो तुम ठीक रहे हो।''

''बल्कि होगा ये कि मददगार और व्हाइट स्टार को खुद दबोचकर वह सारा श्रेय लूट ले जाएगा—बेहतर यही है सर कि जब सब कुछ कर ही हम रहे हैं तो श्रेय भी स्थानीय पुलिस को ही मिले।''

''ओ.के.!'' कहने के साथ शांडियाल उसके नजदीक से हट गए। हट जाने का मुख्य कारण ठक्कर को अपनी तरफ बढ़ते देखना था।

लम्बे-लम्बे कदमों के साथ वह उनके नजदीक आया, आसपास किसी अन्य को न पाकर धीमे से फुसफुसाया—''क्या बातें हो रही थीं?''

''क-कोई खास नहीं।'' कमिश्नर साहब थोड़ा हकला गए।

''देशराज की तरफ से कोई रिपोर्ट आई?''

शांडियाल ने संतुलित स्वर में कहा—''अभी तो नहीं।''

''जबकि आनी चाहिए।''

''हम समझे नहीं?''

''मौका मिलते ही वह ये सूचना देने वाला है कि उसे आज की अंतिम सभा से पांच मिनट पूर्व चिरंजीव कुमार पर हमला करने का आदेश मिला है।'' कहने के बाद ठक्कर तेज कदमों के साथ एक तरफ को बढ़ गया—जबकि कमिश्नर शांडियाल ठगे से खड़े रह गए—उन्हें लग रहा था, उनसे दूर जाता शख्स साधारण शख्स नहीं, जादूगर है।

''तेजस्वी को तो जानते होगे तुम?'' ब्लैक स्टार ने पहला कौर मुंह में रखते हुए पूछा।

सवाल सुनकर लंच टेबल पर बैठे देशराज ने कहा—''यह नाम शायद किसी पुलिस इंस्पेक्टर का है!''

''इसका मतलब जेल में तुम्हें अखबार नहीं मिलता था?''

''कोठरी से बाहर भी केवल नहाने के बहाने आ पाता था सर।''

''तभी नहीं जान पाए कि उसने क्या-क्या करिश्मे किए हैं।'' ब्लैक स्टार ने कहा—''पहले हम संक्षेप में उसके कारनामे बयान करते हैं।'' कहने के बाद वह स्टार फोर्स से तेजस्वी के टकराव की कहानी सुनाने लगा।

माकूल प्रतिक्रियाओं के साथ देशराज उस कहानी को सुनता रहा।

कहानी पूरी करने के बाद ब्लैक स्टार ने अपने नजदीक खड़े काले भुजंग शख्स से कहा—''हाथ बांधे क्यों खड़े हो गोम्बा, जुंगजू को खरगोश का गोश्त खिलाओ।''

गोम्बा ने आगे बढ़कर हुक्म का पालन किया।

इधर देशराज ने कहा—''हैरत की बात है सर, एक अदने से इंस्पेक्टर ने ब्लैक फोर्स को एक नहीं अनेक मातें दीं, इतना नुकसान पहुंचाया और अभी तक जिंदा है—मेरे ख्याल से तो चिरंजीव कुमार से पहले उसे मार डालना चाहिए।''

हल्की मुस्कान के साथ ब्लैक स्टार ने धमाका किया—''और अब वही तेजस्वी चिरंजीव कुमार का मर्डर करने में तुम्हारी मदद करने वाला है।''

''क-क्या?'' देशराज कुर्सी से एक फुट ऊपर उछल पड़ा।

''व्हाइट स्टार भी वही है।'' उसने दूसरा धमाका किया।

''न-नहीं!'' देशराज के हलक से चीख निकल गई, यह ध्यान आते ही कि इस वक्त वह जुंगजू है, बोला—''य-ये आप क्या करिश्मासाज कहानी सुना रहे हैं सर—पहले तेजस्वी का रूप और अब ये ... ये आप क्या कह रहे हैं?''

''हमारी बातें सुनकर हर पुलिस वाले को इसी तरह उछल पड़ना चाहिए।''

''ज-जी?'' देशराज जड़ होकर रह गया।

ब्लैक स्टार ने उसकी आंखों में आंखें डालकर पूछा—''हमने कुछ

गलत कहा, क्या तेजस्वी की कहानी सुनकर हर पुलिस वाला तुम्हारी तरह नहीं उछल पड़ेगा?''

''ब-बिल्कुल उछल पड़ेगा। बल्कि मुझसे कहीं ज्यादा, जब वे सुनेंगे कि जिसे वे हीरो मान रहे थे, वह दुनिया का सबसे बड़ा विलेन है तो ...।''

''तो निकालो बाएं जूते की एड़ी से ट्रांसमीटर और कमिश्नर को सूचित करो।''

देशराज की घिग्घी बंध गई।

कुर्सी पर बैठा-बैठा मानो स्टैचू में तब्दील हो गया वह।

आंखें पथरा गई थीं।

मुस्कराते ब्लैक स्टार ने कुछ कहना ही चाहा कि देशराज नाम के स्टेचू में चमत्कारिक ढंग से हरकत हुई—हॉल में मौजूद अन्य लोगों की तो कौन कहे, खुद ब्लैक स्टार न जान सका कि देशराज का रिवॉल्वर कब उसकी जेब से निकलकर हाथ में आ गया।

'धांय-धांय-धांय।'

ब्लैक स्टार पर गोलियां बरसाता नजर आया वह।

मगर लाभ?

कुछ नहीं!

गोलियां ब्लैक स्टार के जिस्म से टकरा-टकराकर इस तरह छिटक रही थीं जैसे पत्थर से टकरा रही हों।

इतनी फुर्ती का इस्तेमाल देशराज ने यह सोचकर किया था कि अगर वह चूक गया तो शायद गोम्बा और चारों तरफ खड़े गनधारी उसे ब्लैक स्टार पर हमला करने का मौका ही न दें—परंतु किसी तरफ से उसे रोकने की लेशमात्र कोशिश नहीं की गई—यहां तक कि उसके हाथ में दबे रिवॉल्वर से धांय-धांय के स्थान पर 'क्लिक-क्लिक' की आवाज निकलने लगी।

भौंचक्का था वह!

पागल हो चुके सांड की तरह इधर-उधर देखा, हलक फाड़कर चीखा—''चलाओ गोलियां, मार डालो मुझे!''

कहीं कोई हलचल, कोई प्रतिक्रिया नहीं।

ए.के.-सैंतालीसधारी ऐसे खड़े थे मानो हाड़-मांस के इंसान नहीं बल्कि पत्थर के पुतले हों—उन भावहीन चेहरों को देखकर देशराज को लगा, शायद अब तक वह पुतलों को इंसान समझने की भूल करता रहा था—बौखलाकर गोम्बा की तरफ देखा, वह भी इस वक्त उसे स्टैचू ही नजर आया।

देशराज ने झुंझलाकर उस पर खाली रिवॉल्वर खींच मारा।

परंतु!

ब्लैक स्टार ने आश्चर्यजनक रूप से हाथ बढ़ाकर उसे लपक लिया, बेहद शांत स्वर में कहा उसने—''ज्यादा गुस्सा ठीक नहीं होता मिस्टर देशराज—आओ, आराम से कुर्सी पर बैठो।''

''हरामजादे ... कुत्ते!'' देशराज दहाड़ा—''मैं तुझे जिंदा नहीं छोड़ूंगा।''

''तो मिटा दो हमें, कोई रोक भी तो नहीं रहा तुम्हें!''

कोई और रास्ता न पाकर देशराज उस पर झपट पड़ा मगर तुरंत ही उसे भयानक भूल का एहसास हो गया—बिजली का तेज झटका लगा था, छिटककर दूर जा गिरा—अभी कालीन पर ही पड़ा था कि ब्लैक स्टार ने कहा—''किसी उछल-कूद से कोई लाभ नहीं दोस्त—गुस्सा वैसे भी आदमी के विवेक को खा जाता है—अतः इससे निजात पाओ, उठो और वापस आकर आराम से अपनी कुर्सी पर बैठो!''

देशराज आगे बढ़ा—धम्म से कुर्सी पर जा बैठा—उसके अलावा कर भी क्या सकता था! जबकि ब्लैक स्टार ने गोम्बा से कहा—''हाथ बांधे मिट्टी के माधो की तरह क्या खड़ा है, साहब को फिंगर बॉउल दे।''

गोम्बा में तुरंत हरकत हुई, फिंगर बॉउल देशराज के ठीक सामने रख दी।

''हाथ धो लो।'' ब्लैक स्टार ने उससे कहा।

देशराज बच्चों की तरह अड़ गया—''नहीं धोऊंगा।''

''चलो, न सही।'' ब्लैक स्टार हौले से मुस्कराया—''यह जानने की जिज्ञासा तो तुम्हें जरूर होगी कि हम तुम्हारा भेद कैसे और कब जाने?''

देशराज गुर्राया—''मुझे कोई जिज्ञासा नहीं है।''

''यह भी नहीं जानना चाहते कि हम तुम्हें मार क्यों नहीं रहे?''

''बकना ही चाहते हो तो बको?''

''तुम्हें ट्रांसमीटर पर कमिश्नर से यह कहना पड़ेगा कि तुम्हारा मददगार इंस्पेक्टर तेजस्वी है।''

''मैं समझ गया हरामजादे—तेजस्वी ने प्रतापगढ़ में तेरी स्टार फोर्स की जो धज्जियां उड़ाई हैं, उनके कारण तेरी आंखों में सबसे ज्यादा चुभता कांटा वही है—और मेरे द्वारा कमिश्नर साहब को यह सूचना भिजवाकर तू न केवल अपने तेजस्वी नाम के दुश्मन से हमेशा के लिए निजात पाना चाहता है, बल्कि उसे यह सबक देना चाहता है कि जिनके लिए उसने यह सब किया, तू उसे उनके ही हाथों नेस्तनाबूद करा सकता है—मगर कम-से-कम मुझे माध्यम बनाकर तू अपने इस सपने को साकार नहीं कर सकता।''

"यानि?"

"मैं ट्रांसमीटर पर वो शब्द नहीं कहूंगा जो तू चाहता है।"

"ये तो तुम्हें कहना पड़ेगा देशराज।" ब्लैक स्टार का लहजा पहली बार कठोर हुआ।

"हैलो ... हैलो देशराज।" शांडियाल ट्रांसमीटर पर चीख पड़े—"तुम्हारी आवाज में यह 'कमजोरी' कैसी है, जुबान लड़खड़ा क्यों रही है तुम्हारी—ठीक तो हो?"

"य-ये लोग ये चाहते हैं सर कि मर्डर स्पॉट पर अपने मददगार के रूप में मैं तेजस्वी का नाम ले दूं ...।" दूसरी तरफ से देशराज मानो एक ही सांस में सब कुछ कह डालना चाहता था—"ये लोग मेरा भेद जान गए हैं—मेरे जरिए गलत इन्फॉरमेशन रिले कराकर तेजस्वी को आपकी नजरों में गिराना चाहते हैं—तेजस्वी पर कभी शक न करना सर, ये उसे फंसाने की साजिश ...!"

'धांय!' एक गोली चलने की आवाज उभरी।

उसके बाद गूंजी देशराज की चीख।

वह चीख जो किसी शूल की मानिन्द सीधी शांडियाल के दिल में उतर गई।

अवाक् रह गए वे।

उस शख्स की मानिन्द जिसका क्षण भर में सब कुछ ठग लिया गया हो।

ट्रांसमीटर पर सन्नाटा छा गया—मौत का सन्नाटा था वह और फिर वे पागलों की तरह चिल्लाए—"देशराज ... देशराज ... हैलो ... क्या हुआ तुम्हें ... क्या हुआ बेटे?"

दूसरी तरफ मौन छाया रहा और फिर संबंध विच्छेद होने की ध्वनि!

"क-क्या हुआ सर?" नजदीक खड़े तेजस्वी ने तंद्रा भंग की।

"खत्म ... सब कुछ खत्म हो गया।" कहने के साथ उन्होंने सिर से हैडफोन उतारा।

"मैं समझा नहीं, क्या खत्म हो गया?"

"द-देशराज।"

"क-क्या?" तेजस्वी उछल पड़ा।

शांडियाल की हालत ऐसी थी जैसे उनका जवान बेटा मर गया हो—"वे

उसका भेद जान गए थे ...।''

''क-कैसे?''

''ऊपर वाला जाने ... मगर अब वह इस दुनिया में नहीं है।''

''ऐसा मत कहिए सर।''

''किसी के कुछ कहने से अब वह जिंदा नहीं हो जाएगा—पता नहीं हमें झूठी सूचना देने के लिए मजबूर करने हेतु कम्बख्तों ने उसे किस-किस तरह और कितना टॉर्चर किया होगा मगर फिर भी ... मरता-मरता वह उन्हें शिकस्त दे गया।''

''मैं समझ नहीं पा रहा सर, आप कह क्या रहे हैं?'' तेजस्वी पूरी तरह अधीरता का परिचय देता हुआ बोला—''प्लीज, मुझे पूरी बात बताइए ... आखिर हुआ क्या है?''

शांडियाल ने सब कुछ बता दिया—जाहिर है, सुनने के बाद तेजस्वी ने ऐसा अभिनय किया जैसे जो कुछ हुआ था, उसका उसे उनसे भी ज्यादा दुःख था, अंततः शांडियाल ने पूछा—''अब क्या करें?''

''अब हम कर ही क्या सकते हैं सर!''

''ठक्कर को बतायें या नहीं?''

''ये सब तो बताना ही पड़ेगा—वरना वह बार-बार यह पूछकर हम लोगों का दिमाग खराब कर देगा कि देशराज की तरफ से क्या रिपोर्ट आई—वैसे भी, जाने कैसे कम्बख्त को स्वयं ही सब कुछ मालूम हो जाता है।''

''य-ये तो एक नंबर का हरामी निकला सर।'' ब्लैक स्टार द्वारा ट्रांसमीटर ऑफ किया जाते ही गोम्बा देशराज की लहूलुहान लाश पर नजर गड़ाए बोला—''इस हालत में पहुंचने के बावजूद साले ने वह नहीं कहा जो आप चाहते थे, बल्कि हकीकत उगल दी, सारा भेद खोल दिया।''

ब्लैक स्टार ने रहस्यमय मुस्कान के साथ कहा—''इसने वही कहा जो हम चाहते थे।''

''ज-जी?'' गोम्बा की खोपड़ी कत्थक कर उठी।

''तुम्हारे और हमारे दिमाग में केवल इतना ही फर्क है, हम पहले से जानते हैं कौन शख्स किन परिस्थितियों में क्या करेगा, जबकि तुम यह सब नहीं जान पाते—तुम्हें अब मालूम हुआ है और हम पहले से जानते थे कि

हरामीपन में ये अव्वल नंबर है—जो शख्स यहां आया ही मरने के लिए था, किन्हीं भी परिस्थितियों में मजबूर होकर भला वह ट्रांसमीटर पर ऐसा कुछ कह ही कैसे सकता था जो उसकी नजर में हम चाहते हैं।''

''य-यानि?''

''हम चाहते ही वह थे जो इसने किया, अब कमिश्नर की नजर में तेजस्वी से बड़ा दूध का धुला कोई नहीं होगा।''

हालांकि गोम्बा की मोटी बुद्धि में घुस अब भी कुछ नहीं पाया था मगर चुप रह गया, जबकि ब्लैक स्टार ने कहा—''इसे उठाकर जंगल में डाल आओ, गिद्धों के काम आएगा।''

गोम्बा ने लाश उठाकर कंधे पर डाली ही थी कि एक वर्दीधारी युवक ने कक्ष में प्रविष्ट होकर जोरदार सैल्यूट दिया।

''क्या बात है?'' ब्लैक स्टार ने पूछा।

''एक शख्स आया है सर, जो अपना नाम गौरिल्ला बताता है।''

''गोरिल्ला ... गुड! कहां है?''

''जंगल में, कहता है उसके पास व्हाइट स्टार का अर्जेन्ट मैसेज है।''

ब्लैक स्टार हवा के झोंके की मानिन्द कक्ष से बाहर निकल गया।

ठक्कर को हैरान होता देखकर कमिश्नर साहब हैरान रह गए—उन्होंने अभी-अभी उसे देशराज के अंजाम की सूचना दी थी और हैरान इसलिए थे क्योंकि अन्य सूचनाओं की तरह ठक्कर के पास यह सूचना पहले से नहीं थी, बोला—''हुआ क्या है, विस्तारपूर्वक बताएं।''

''विस्तार के लिए हमारे पास ज्यादा कुछ नहीं है—शायद वे लोग देशराज का भेद जान गए थे।''

''किस तरह?''

''क्या कहा जा सकता है ...।''

''खैर, देशराज ने ट्रांसमीटर पर कहा क्या?''

''हम उसके बोलने की स्टाइल सुनकर ही चौंक पड़े थे—वह काफी मुश्किल से अपनी आवाज को शब्द दे पा रहा था—उस वक्त नहीं समझ पाए लेकिन बाद में समझ गए—उन्होंने उसे टॉर्चर किया होगा।''

''किसलिए?''

''ताकि ट्रांसमीटर पर वह वह सूचना दे जो वे चाह रहे थे।''

''हम समझे नहीं।''

''वे चाहते थे—देशराज हमसे कहे मर्डर स्पॉट पर उसका मददगार इंस्पेक्टर तेजस्वी होगा।''

''तेजस्वी?'' ठक्कर की आंखें गोल हो गईं।

''मगर देशराज ने वह सब कहने की जगह एक ही सांस में यह बता दिया कि उसके मुंह से ऐसा कहलवाने के पीछे ब्लैक स्टार की मंशा तेजस्वी को हम लोगों की नज़रों में संदिग्ध बना देना है—जो कुछ पिछले दिनों तेजस्वी ने किया, उसके कारण दरअसल वह तेजस्वी से सबसे ज्यादा फुंका बैठा है और इसी कारण ऐसी चाल चलना चाहता था जिसमें फंसकर हम खुद तेजस्वी को छठी का दूध याद दिला दें—परंतु देशराज ने वह न कहकर जो वह चाहता था, भांडा ही फोड़ दिया—अपनी इस धृष्टता के कारण उसे मरना पड़ा—मरते-मरते उसने एक ही शब्द कहा था, तेजस्वी पर कभी शक मत करना सर ... तेजस्वी पर कभी शक मत करना।''

''अब हमें अपनी रणनीति नए सिरे से तय करनी होगी।'' ठक्कर ने कहा—''ये तो है नहीं कि जुंगजू के अभाव में ब्लैक स्टार अपने लक्ष्य को त्याग देगा।''

''हमने ऐसा कब कहा?''

''यानि आप मानते हैं, अब वह कोई नई साजिश रचेगा?''

''निःसंदेह।''

''नई साजिश के बारे में कैसे पता लगे?''

''आप सोचिए, स्थानीय पुलिस पर तो आपको भरोसा ही नहीं है।''

''ऐसा न कहें कमिश्नर साहब, वह मोहरा स्थानीय पुलिस की ही देन था जिसके जरिये अब तक उसकी सूचनाएं मिल रही थीं।''

''यह सच्चाई आप उस रणबांकुरे की मौत के बाद स्वीकार कर रहे हैं।'' शांडियाल ने व्यंग्य किया—''हमारा सूत्र मिटा है, आपके वे सूत्र तो काम कर ही रहे होंगे जिनके जरिये सारी सूचनाएं आपके पास हमसे पहले होती थीं—उनके द्वारा पता लगायें ब्लैक स्टार की नई योजना क्या है?''

कमांडो नंबर वन से लेकर फोर के बीच एक शक्तिशाली ट्रांसमीटर रखा

था—कमरे में गूंजने वाली सूं-सूं की आवाज से पता लग रहा था कि वह 'ऑन' है—जिस सैन्टर टेबल पर वह रखा था, उसके चारों तरफ सोफे पड़े थे और सोफों पर पड़े थे वे चारों।

निढाल, निरुत्साहित से।

एकाएक नंबर वन ने कहा—''कहीं 'फ्रीक्वेंसीज' तो चेंज नहीं हो गई है?''

''तुम अपना भेजा अपने ही पास रखो तो बेहतर होगा।'' नंबर टू अपने पोज में किसी किस्म का बदलाव लाए बगैर बोला, ''इसका एक्सपर्ट मैं हूं और मेरे इस कथन पर विश्वास करें कि कोई 'फ्रीक्वेंसीज' चेंज नहीं हुई है—हमने इन्हीं 'फ्रीक्वेंसीज' पर कई बार उनकी बातें सुनी हैं और तब से ट्रांसमीटर यहीं सेट है।''

नंबर टू के इस जवाब के बाद उन तीनों के पास चुप रह जाने के अलावा कोई चारा न बचा।

करीब एक घंटे बाद ट्रांसमीटर से यांत्रिक खड़खड़ाहट उभरी।

चारों एक साथ हड़बड़ाकर चौकस हो गए।

उदासी, निराशा और सुस्ती जाने कहां काफूर हो गई!

चारों के जिस्म में मानो एक साथ बिजली भर गई, नंबर टू ने कहा—''टेपरिकार्डर ऑन करो।''

नंबर वन ने आदेश का पालन लिया।

ट्रांसमीटर से 'इंटर-कनैक्टिड' टेपरिकॉर्डर अब ट्रांसमीटर से निकलने वाली किसी भी आवाज को टेप करने के सफर पर निकल पड़ा था—चारों के कान खड़े होकर ट्रांसमीटर से निकलने वाली आवाज को सुनने हेतु सजग नजर आ रहे थे, एकाएक उससे आवाज निकली—''हैलो ... हैलो ... ब्लैक स्टार स्पीकिंग।''

''व्हाइट स्टार हीयर।'' यह किसी अन्य की आवाज थी।

''सारा प्लान चौपट हो चुका है।''

''वजह?''

''जुंगजू दरअसल जुंगजू था ही नहीं।''

व्हाइट स्टार के चौंकने की आवाज—''तो कौन था?''

''भूतपूर्व इंस्पेक्टर देशराज।''

''य-ये कैसे हो गया?''

''पुलिस ने चाल चली थी।''

"अंजाम?"

"अब वह इस दुनिया में नहीं है।"

"मतलब हमारी प्लानिंग पूरी तरह बिखर चुकी है?"

"वह तो हमने शुरू में ही कहा था।"

"तो?"

"तो क्या!" ब्लैक स्टार का लहजा दृढ़ था—"अभी हमारे पास दो दिन बाकी हैं—नई योजना तैयार करो।"

"हालांकि आनन-फानन में नई योजना बनाना और उस पर अमल करना हाथ पर सरसों के उगाने जैसा है, मगर मैं दिमाग घुमाता हूं सर।"

"ओ.के.।" ब्लैक स्टार के इन शब्दों के बाद कमांडोज के बीच रखे ट्रांसमीटर पर संबंधविच्छेद होने की आवाज उभरी, नंबर वन ने हाथ बढ़ाकर टेपरिकार्डर का स्विच 'ऑफ' कर दिया।

चारों की आंखें जुगनुओं की मानिन्द जगमगा रही थीं।

रात के दो बजे!

गैलरी को पार करके पांडुराम तेजस्वी के फ्लैट की तरफ बढ़ा—अभी उसने बंद दरवाजे पर दस्तक देने के लिए हाथ हवा में उठाया ही था कि जहां का तहां रुक गया—कारण फ्लैट के अंदर से आ रही तेजस्वी की आवाज थी, वह ऊंची आवाज में कह रहा था—"व्हाइट स्टार स्पीकिंग सर।"

"ब्लैक स्टार हीयर।" यह आवाज बहुत बारीक और धीमी थी।

पांडुराम स्टैचू बना खड़ा रह गया।

कानों में तेजस्वी की आवाज पड़ी—"मैंने योजना बना ली है सर, योजना भी ऐसी जिसे सुनकर आपकी बांछें खिल उठेंगी—सबसे दिलचस्प बात ये है कि इस योजना के तहत हमारा दुश्मन नंबर वन अर्थात् इंस्पेक्टर तेजस्वी हमारे लिए काम करेगा।"

"क्या बकवास कर रहे हो?"

"योजना सुनने के बाद आप ऐसा नहीं कहेंगे।"

"बको!"

"आप जानते हैं, आज मैं सारे दिन चिरंजीव के काफिले के साथ रहकर बारीकी से सुरक्षा-व्यवस्था का अध्ययन करता रहा—सुरक्षा व्यवस्था निश्चित

रूप से लाजवाब ही नहीं बल्कि 'अभेद्य' है—वह मंच पर चढ़ा स्पीच दे रहा हो, वी.आई.पी., प्रेस या पब्लिक से मिल रहा हो अथवा जुलूस की शक्ल में सड़क से गुजर रहा हो—हर हाल में तीन सुरक्षा घेरों में रहता है—पहला घेरा स्पेशल गार्डर्स का है, दूसरा केन्द्रीय कमांडोज का और तीसरा स्थानीय पुलिस का—अन्य जगहों की सुरक्षा व्यवस्था के विस्तार में न जाकर अगर मैं वहां की सुरक्षा-व्यवस्था के विस्तार पर जाऊं तो बेहतर होगा जहां योजना के मुताबिक लक्ष्य को बेधा जाना चाहिए।''

''गुड।''

''वह जगह उसका अपना फार्म हाउस है।''

''बोलते रहो।''

''कार्यक्रम में अगर कोई आपातकालीन फेरबदल न हो जाए तो वह दोनों रात अपने फार्म हाउस पर गुजारेगा—बल्कि अब तो एक ही रात कहा जाना मुनासिब होगा क्योंकि आज की रात तो गुजार ही रही है—ऊपर वाले ने चाहा और मेरी योजना में कोई अप्रत्याशित अड़चन न आ गई तो कल रात इस वक्त तक वह दुनिया में नहीं होगा।''

''मतलब की बात करो व्हाइट स्टार।''

''आज की अंतिम सभा खत्म करके वह ठीक साढ़े बारह बजे फार्म हाउस पहुंचा—वहां वे लोग इकट्ठा थे जो ज्ञापन देना चाहते थे—रात के एक बजे तक ज्ञापन लिए, प्रांगण ही में छुटपुट बातें करता रहा और ठीक एक बजे सोने के लिए चला गया—प्रोग्राम के मुताबिक अब वह सुबह पांच बजे उठेगा—वह अन्य नेताओं की तरह लेट-लतीफ नहीं बल्कि टाइम का काफी 'पंक्चुअल' है। आज सारे दिन के कार्यक्रमों से यह बात सिद्ध होती है—हर सभा में लगभग ठीक टाइम पर पहुंचा—कल के कार्यक्रमों के मुताबिक वह एक घंटे में फारिग होकर फार्महाउस के प्रांगण में आ जाएगा तथा अपने चुनाव प्रचार में जुटे कार्यकर्ताओं के साथ एक घंटे तक भावी रणनीति पर विचार विमर्श करेगा—ठीक सात बजे जुलूस की शक्ल में उस पहली सभा की तरफ रवाना हो जाएगा जो आठ बजे सुबह रखी गई है—उसके बाद कल रात के एक बजे तक लगभग वे ही कार्यक्रम हैं जो आज थे अर्थात् आज की तरह कल रात भी करीब साढ़े बारह बजे फार्म हाउस पर पहुंचकर आधे घंटे तक ज्ञापन लेगा।''

''ज्ञापन वाली बात पर तुम ज्यादा जोर दे रहे हो।''

''क्योंकि मर्डर स्पॉट यही है।''

''ओह!''

''पूरा फार्म पांच एकड़ का है मगर उसके बीचों-बीच करीब दो हजार गज का एरिया ऐसा है जो चारों तरफ से एक वृत्त की-सी शक्ल की चारदीवारी से घिरा है—पन्द्रह फुट ऊंची इस चारदीवारी में अंदर जाने के लिए लोहे का केवल एक गेट है मगर इतना बड़ा कि ट्रक तक अंदर जा सकता है—चारदीवारी के वृत्त के बीचों-बीच करीब चार सौ गज का कवर्ड एरिया है—कवर्ड एरिए के चारों तरफ लॉन है।''

''बोलते रहो।''

''क्योंकि यहां उसे रात के साढ़े बारह से सुबह के सात तक का टाइम गुजारना है अतः फार्म हाउस की सुरक्षा में कहीं किसी किस्म की ढील नहीं बरती गई है—यहां तक कि जिस समय चिरंजीव कुमार वहां नहीं रहता अर्थात् सुबह के सात और रात के साढ़े बारह बजे के दरम्यान भी कोई शख्स बगैर तलाशी के चारदीवारी के अंदर दाखिल नहीं हो सकता।''

''तलाशी कौन लेते हैं?''

''हर स्थान की सुरक्षा का नेतृत्व ठक्कर के हाथ में है—वह अपने कमांडोज, स्थानीय पुलिस और एल.आई.यू. आदि का चाहे जहां, चाहे जिस रूप में इस्तेमाल कर सकता है—चारदीवारी वाले लोहे के विशाल गेट पर मैटल डिटेक्टर से लैस एक कमांडो के नेतृत्व में स्थानीय पुलिस के जवान निगरानी करते हैं—कवर्ड एरिए के चारों तरफ फैले लॉन में कुल मिलाकर पचास सशस्त्र जवान और दस एल.आई.यू. के जासूस मौजूद रहते हैं—केन्द्रीय कमांडो दस्ते का एक कमांडो चिरंजीव के बैडरूम के अंदर रहता है—उसकी ड्यूटी चिरंजीव के अलावा किसी को भी किसी भी समय कमरे के अंदर कदम न रखने देना है।''

''यानि चिरंजीव अगर वहां न हो तब भी किसी बाहरी व्यक्ति का चारदीवारी के अंदर घुसना संभव नहीं है?''

''जाहिर है।''

''आगे?''

''साढ़े बारह के आसपास चिरंजीव के साथ वहां स्वयं ठक्कर, स्पेशल गाडर्स, एस.एस.पी., डी.आई.जी., एस.पी. सिटी और देहात के अलावा कमिश्नर शांडियाल और इंस्पेक्टर तेजस्वी भी पहुंच जाएंगे—सुरक्षा व्यवस्था कड़ी हो जाएगी।''

दूसरी तरफ से कोई आवाज नहीं उभरी।

तेजस्वी सांस लेने के लिए रुका था, बुरी तरह धड़क रहे दिल पर किसी तरह काबू पाए पांडुराम के कानों में पुनः तेजस्वी की आवाज पड़ी—''साढ़े बारह और एक बजे के दरम्यान विशाल गेट पर तलाशी लेने वालों की संख्या तिगुनी हो जाती है और तीन के हाथ में मैटल डिटेक्टर होते हैं—एक भी ज्ञापनदाता या कार्यकर्ता उनसे गुजरे बिना अंदर नहीं जा सकता। ज्ञापनदाता साढ़े ग्यारह के आसपास फार्म हाउस पर पहुंचने शुरू हो जाते हैं—उन्हीं में से एक हमारा मरजीवड़ा होगा—एक ज्ञापन के साथ पूरी तरह निहत्था पहुंचेगा वह।''

''निहत्था करेगा क्या?''

''इस बात को भूल जाइए कि कोई बाहरी तत्व किसी प्रकार के 'वैपन' के साथ चारदीवारी के अंदर पहुंच सकता है इसलिए दाखिल तो उसे निहत्था ही होना पड़ेगा—हां, वहां उसे गुलाब के एक घने पौधे की जड़ में पड़ा रिवॉल्वर मिल जाएगा।''

''वहां रिवॉल्वर कहां से आ जाएगा?''

''तेजस्वी रखेगा।''

''त-तेजस्वी?''

''तभी तो कहा था, दुश्मन नंबर वन हमारे लिए काम करेगा।''

''मगर क्यों, तेजस्वी ऐसा क्यों करेगा?''

''क्योंकि उसके मां-बाप, पत्नी और बेटी आपके कब्जे में होंगे।''

''ओह!''

''आप तुरंत उन्हें अगवा कर लीजिए।''

''ठीक है, हम अभी चिंकापुर स्थित ब्लैक फोर्स के मेजर को हुक्म दे देते हैं।''

''वैरी गुड सर।''

''आगे?''

''साढ़े बारह के आस-पास सुरक्षा व्यवस्था का एक हिस्सा बना तेजस्वी फार्म हाउस पर पहुंचेगा—जाहिर है, सुरक्षा व्यवस्था से जुड़े लोगों की तलाशी नहीं ली जाती—उस वक्त तेजस्वी के पास हमारा दिया हुआ एक रिवॉल्वर होगा—उसका काम उसे केवल गुलाब के पौधे की जड़ में छुपाना भर होगा।''

''उसके बाद?''

''पहले से वहां मौजूद हमारा मरजीवड़ा मौका देखकर उसे उठा लेगा—

तभी ज्ञापन देने के बहाने चिरंजीव कुमार के नजदीक जाकर इतनी गोलियां चलाएगा कि उसके जीवित रहने का सवाल ही न रह जाए—मरजीवड़े को मालूम होगा कि उसकी हरकत के जवाब में चारों तरफ से सुरक्षाकर्मियों की इतनी गोलियां चलेंगी कि उसकी लाश का पोस्टमार्टम करने वाले ठीक से गिन तक नहीं पाएंगे।''

''उसकी फिक्र मत करो, हमारे एक इशारे पर मरने वालों की पूरी फौज तैयार है।'' ब्लैक स्टार ने कहा—''हम खुद भी वहां मौजूद रहना चाहेंगे।''

''क-कहां?'' तेजस्वी चौंक पड़ा—''फ-फार्म हाउस पर?''

''हां!''

''ल-लेकिन क्यों?''

''इस विकेट को अपनी आंखों से गिरता देखना चाहेंगे हम।''

''व-वो तो ठीक है सर, लेकिन ये खतरनाक होगा।'' तेजस्वी कहता चला गया—''चिरंजीव के अंत के बाद उस चारदीवारी के अंदर जितने भी लोग होंगे, जांच के दरम्यान सबका इतिहास खंगाल लिया जाएगा।''

''फिक्र मत करो, हमें अपना असली इतिहास छुपाने और नकली इतिहास को असली सिद्ध करने की कला आती है।''

''ठीक है सर, आप चिंकापुर में कार्यवाही कराइए—इधर मैं अपना काम करता हूं।''

''ओ.के.!'' उधर से इस शब्द को सुनते ही तेजस्वी ने संबंधविच्छेद कर दिया।

फ्लैट के बाहर खड़ा पांडुराम दांत भींचकर बड़बड़ा उठा—'नहीं साब ... नहीं, पांडुराम इतनी आसानी से इस देश को सूली पर नहीं चढ़ने देगा—मैं अभी कमिश्नर साहब के पास जाकर तुम्हारा कच्चा चिट्ठा खोले देता हूं ...।'

''व-वे मुश्किल से एक घंटा पहले ही तो आकर सोये हैं सर।'' सशस्त्र सब-इंस्पेक्टर फोन पर गिड़गिड़ा उठा—''क-क्या एकदम जगा देना मुनासिब होगा?''

''उफ्फ ... बेवकूफ आदमी!'' ठक्कर झुंझला उठा—''तुम इस बहस में उलझकर वे क्षण गंवा रहे हो जिसमें तबाही आ सकती है—उन्हें फौरन जगाकर सूचना दो कि ठक्कर बात करना चाहता है।''

''स-सॉरी सर, मैं कोशिश करता हूं—आप होल्ड रखें।'' कहने के साथ उसने वह बटन दबा दिया जिसके परिणामस्वरूप सीधे उस फोन की घंटी

घनघना उठी जो कमिश्नर शांडियाल के बैडरूम में रखा था—दो बार रिंग जाने के बाद रिसीवर उठाया गया, अलसाया और थोड़ा झुंझलाहट भरा स्वर उभरा—''क्या बात है?''

''स-साहब।'' उसका लहजा कांप रहा था—''ठक्कर साहब बात करना चाहते हैं।''

''ठ-ठक्कर?'' शांडियाल अलर्ट नजर आए—''लाइन दो।''

एक क्षण गंवाए बगैर उसने लाइन दी।

''हैलो!'' ठक्कर ने बेचैन अंदाज में कहा ही था कि दूसरी तरफ से शांडियाल ने हड़बड़ाहट भरे स्वर में पूछा—''क-क्या हुआ, कोई खास बात है क्या?''

''आप बगैर समय गंवाए चिंकापुर हैडक्वॉर्टर को हुक्म दें कि वे बिजली की-सी गति से वहां रहने वाले तेजस्वी के परिवार को अपने संरक्षण में ले लें।'' ठक्कर ने लगभग चीखते हुए कहा।

शांडियाल उछल पड़े—''ऐसा क्या हो गया है?''

''प्लीज, समय मत गंवाइए—एक-एक क्षण कीमती है—सवाल-जवाब बाद में करते रहिएगा, चिंकापुर पुलिस को निर्देश दीजिए कि ब्लैक फोर्स के लोग इंस्पेक्टर तेजस्वी के परिवार को अपने कब्जे में लेने की कार्यवाही करने वाले हैं—किसी भी कीमत पर वे कामयाब न होने पाएं।''

समय की गंभीरता को समझते हुए कमिश्नर ने कहा—''ओ.के.।''

''वहां से जो रिपोर्ट मिले, कृपया तुरंत मुझे इस नंबर पर सूचित करें।'' नंबर बताने के बाद ठक्कर ने रिसीवर क्रेडिल पर पटक दिया और इस तरह लम्बी-लम्बी सांसें लेने लगा जैसे मैराथन दौड़ जीतकर आया हो।

कुछ देर कमरे में खामोशी छाई रही।

फिर एकाएक नंबर टू ने कहा—''हमारी इस कार्यवाही से तो उन्हें पता लग जाएगा सर कि हम लोगों ने उनकी 'फ्रीक्वेंसीज' कैच कर रखी है और निरंतर ट्रांसमीटर पर उनके बीच होने वाली बातें सुन रहे हैं।''

''ये कहां से पता लग जाएगा?''

''जब चिंकापुर में पुलिस उनके हमले से पहले ही इंस्पेक्टर तेजस्वी के परिवार को अपने संरक्षण में ...।''

''इससे ब्लैक स्टार को केवल यह पता लगेगा कि देशराज की मौत के बावजूद उनकी गतिविधियां पुलिस को 'लीक' हो रही हैं—यह लीकेज 'ट्रांसमीटर्स' की फ्रीक्वेंसीज के कारण है, यह पता लगने की फिलहाल कोई

वजह नहीं है और फिर, कार्यवाही ही नहीं करेंगे तो सूचनाएं मिलने का लाभ क्या हुआ?''

''मेरी राय के मुताबिक अभी हमें यह कदम नहीं उठाना चाहिए था।'' नंबर वन ने कहा।

''कारण?''

''ब्लैक स्टार और व्हाइट स्टार को अपनी साजिश के मकड़ जाल में गहरे फंसने दें तो ज्यादा 'गेम' कर सकेंगे।''

''क्या तुम यह कहना चाहते हो कि जो वे करना चाहते हैं उसे होने दें?''

''बुरा क्या है सर?'' नंबर थ्री ने सोफा सैट के बीचों-बीच पड़ी सैन्टर टेबल पर रखे शक्तिशाली ट्रांसमीटर और उससे कनैक्टिड टेपरिकॉर्डर की तरफ इशारा किया—''जब तक हमारे पास ये हैं तब तक वे कर ही क्या पाएंगे—जो तय करेंगे वह हमें पहले से मालूम होगा—जाहिर है, जिस क्षण चाहें उनके मंसूबों पर पानी फेर सकते हैं।''

फोर ने कहा—''जितनी गोट्स इस वक्त हमारे हाथ में हैं उनके बूते पर दो बड़ी कामयाबियां हासिल कर सकते हैं—पहली, चिरंजीव कुमार के मर्डर के उनके इरादों को ध्वस्त कर देना—दूसरी, ब्लैक स्टार और व्हाइट स्टार को गिरफ्तार कर लेना अथवा मौत के घाट उतार देना।''

''जबकि फिलहाल आपने जो कुछ किया है उससे वे सतर्क जो जाएंगे—इस बात की जांच शुरू कर देंगे कि 'लीकेज' आखिर हो कहां से रही है—मुमकिन है, फ्रीक्वेंसीज तक पहुंच जाएं—ऐसी अवस्था में हमारा ये सूत्र भी जाता रहेगा।''

''हम तुमसे सहमत हैं।'' ठक्कर की ढेर-सारी खूबियों में से एक यह भी थी कि सामने वाले की बात जंचते ही बेहिचक अपनी गलती कुबूल कर लेता था—बोला—''निश्चित रूप से हमने कमिश्नर को आदेश देकर गलती की है, दरअसल यह सुनते ही कि ये लोग तेजस्वी के परिवार को बंधक बनाकर उसे विवश करना चाहते हैं—इसके अलावा कुछ सूझा ही नहीं कि ऐसा नहीं होने देना चाहिए, ज्यादा गहराई से सोचने का मौका ही नहीं मिला और फिर, समय रहते तुममें से भी तो किसी ने हमें नहीं रोका।''

उत्साहित नंबर वन ने कहा—''मैं रोकना चाहता था सर, लेकिन हिम्मत नहीं पड़ी।''

''ये काम अब भी हो सकता है।'' नंबर टू बोला—''मुमकिन है कमिश्नर चिंकापुर कॉन्टैक्ट न कर पाया हो।''

ठक्कर ने तेजी से फोन की तरफ हाथ बढ़ाया।

तभी घंटी घनघना उठी।

उसने रिसीवर उठाकर 'हैलो' कहा ही था कि दूसरी तरफ से शांडियाल का चिन्तित स्वर उभरा—''चिंकापुर से चिन्तित कर डालने वाली खबर है।''

''क्या हुआ?''

''तेजस्वी का मकान खाली पड़ा है, परिवार गायब है।''

''गुड!'' यह शब्द ठक्कर के मुंह से स्वतः निकल पड़ा।

शांडियाल चौंक पड़े—''क-क्या मतलब?''

''आपने वहां की पुलिस को आदेश दिया होगा कि तेजस्वी के परिवार को खोजने में धरती-आकाश एक कर दें?''

''जाहिर है।''

''सबसे पहले पुनः चिंकापुर 'कॉन्टैक्ट' करके अपना ये आदेश वापस ले लें—वहां की पुलिस से कहें, तेजस्वी के परिवार को खोजने की जरा भी कोशिश न की जाए—इस तरह चुप्पी साध लें जैसे जानते ही न हों कि कोई परिवार गायब है।''

''क्या कहे चले जा रहे हो, दिमाग का फ्यूज उड़ गया है क्या?''

''यह बात मैं ठंडे दिमाग से सोची गई एक योजना के तहत कह रहा हूं कमिश्नर साहब—योजना क्या है, यह मैं इसी वक्त आपकी कोठी पर पहुंचकर बताता हूं—तब तक चिंकापुर पुलिस से वह कहें जो मैंने कहा है—याद रहे, देर करने की अवस्था में एक ऐसी योजना तार-तार होकर बिखर सकती है जिसके बूते पर हम लोग भविष्य में न सिर्फ चिरंजीव कुमार की हत्या के ब्लैक फोर्स द्वारा रचे गए एक और षड्यंत्र को ध्वस्त करने वाले हैं—बल्कि ब्लैक स्टार तक को अपने शिकंजे में फंसा सकते हैं।'' कहने के बाद उसने कमिश्नर के जवाब की प्रतीक्षा किए बगैर रिसीवर क्रेडिल पर पटक दिया।

''तुम वही हवलदार हो न जिसे थारूपल्ला ने तेजस्वी को बेहोश करने का काम सौंपा था?''

''हां साब!'' पांडुराम ने कहा—''हूं तो वही।''

‘‘हम बेहद बिजी हैं।’’ कमिश्नर शांडियाल वाकई जल्दी में नजर आ रहे थे—‘‘जो कहना है, एक ‘सेन्टेन्स’ में कहो।’’

‘‘मेरे पास बहुत ही महत्त्वपूर्ण जानकारी है साब।’’ पांडुराम ने कहा—‘‘अगर ऐसा न होता तो मैं रात के इस वक्त यहां न आता।’’

‘‘उफ्फो!’’ कमिश्नर साहब झुंझला उठे—‘‘पता नहीं बाहर खड़े सब-इंस्पेक्टर ने तुम्हें हमारे पास भेज क्यों दिया?’’

‘‘उन्होंने टालने की बहुत कोशिश की साब, मगर मैं उनके पैरों में पड़ गया—गिड़गिड़ाया—तब कहीं जाकर आपके पास पहुंच सका हूं—जो सूचना और जानकारी मेरे पास है अगर आपने उसे इसी वक्त सुनने की कृपा न की तो अनर्थ हो जाएगा।’’

‘‘जल्दी बोलो।’’

‘‘कल रात फार्म हाउस पर चिरंजीव कुमार का मर्डर होने वाला है।’’

कमिश्नर साहब अवाक् रह गए—बुद्धि चकरा गई उनकी—जो सूचना उनके ख्याल से अभी केवल ठक्कर और उनके पास थी उसे एक हवलदार के मुंह से सुनकर दंग रह जाना स्वाभाविक था—कई मिनट तक पांडुराम के चेहरे को इस तरह देखते रहे जैसे दुनिया के सबसे बड़े आश्चर्य को देख रहे हों, फिर धीमे स्वर में सवाल किया—‘‘तुम्हें यह जानकारी कहां से मिली?’’

‘‘इंस्पेक्टर तेजस्वी के मुंह से साब।’’ कहते वक्त पांडुराम के जबड़े भिंच गए।

कमिश्नर की आंखें सिकुड़कर गोल हो गईं, बोले—‘‘मतलब?’’

‘‘सबसे हैरतअंगेज सूचना यही है साब कि इंस्पेक्टर तेजस्वी इस षड्यंत्र की अगवानी कर रहा है।’’

शांडियाल के जहन में विस्फोट हुआ—देशराज के अंतिम शब्द तेजी से दिमाग में गूंजे—उन्हें लगा, तेजस्वी को उनके संदेह के दायरे में लाया जा रहा है—सतर्क हो बैठे वे—जी चाहा, झपटकर दोनों हाथों से हवलदार का गिरेबान पकड़ लें—अपनी इस प्रबल इच्छा को दबाए रखने हेतु उन्हें जबरदस्त मानसिक श्रम करना पड़ा, अपेक्षाकृत शांत स्वर में बोले—‘‘पूरी बात बताओ।’’

‘‘आज रात जब सोने के लिए मैं अपने बैडरूम में गया तो मेरी पत्नी खुले दिल से इंस्पेक्टर तेजस्वी और उसके कारनामों की प्रशंसा करने लगी—उसकी बातों से प्रभावित होकर मैंने भी अपना वो कारनामा बयान कर दिया जिसके कारण तेजस्वी काली बस्ती में जाकर थारूपल्ला को मार डालने जैसे काम को अंजाम दे सका।’’

"बोलते रहो, हम तुम्हारा इशारा समझ रहे हैं।"

"जोश में पत्नी को वह सब बता तो गया मगर आप समझ सकते हैं, पत्नी पर यह भेद भी स्वतः ही खुल गया कि अतीत में मैं ब्लैक फोर्स के लिए काम करता रहा हूं।"

"उसके बाद?"

"मेरा अतीत जानने के बाद पत्नी ने बहुत धिक्कारा—कहा कि जो कुछ मैं करता रहा हूं, उसके रहते एक पल के लिए भी अपने जिस्म पर पुलिस की वर्दी धारण करने का अधिकारी नहीं हूं—और जो कुछ मैं करता रहा हूं उसका अब केवल एक ही प्रायश्चित है—यह कि इसी समय तेजस्वी नामक देवता के पास जाकर हमेशा के लिए यह वर्दी त्याग दूं, खुद मेरे दिल में भी यही इच्छा प्रबल हुई और मैं सीधा तेजस्वी के फ्लैट पर पहुंचा ...।"

ध्यान से सुन रहे कमिश्नर ने कहा—"बोलते रहो।"

"अभी मैं फ्लैट के बंद दरवाजे पर पहुंचा ही था कि अंदर से इंस्पेक्टर तेजस्वी के जोर-जोर से बोलने की आवाज कानों में पड़ी—वह खुद को व्हाइट स्टार कह रहा था।"

"व-व्हाइट स्टार?" शांडियाल भौंचक्के रह गए।

"जी हां!"

"किससे बातें कर रहा था वह?"

"ट्रांसमीटर के दूसरी तरफ ब्लैक स्टार था।"

"बातें बताओ।"

पांडुराम ने जो सुना था, बताता चला गया—अंतिम शब्दों तक पहुंचते-पहुंचते उसका चेहरा लाल-भभूका हो उठा, कहता चला गया वह—"अब आप ही सोचिए साब, यह सब सुनने के बाद मेरी क्या हालत हुई होगी—एक ऐसी नंगी सच्चाई मेरे सामने थी जिसे जानने के बाद मेरे जैसे शख्स का दिमाग ब्लास्ट तक हो सकता है।"

"ख-खामोश!" एकाएक कमिश्नर शांडियाल अभी तक का अपना सारा धैर्य गंवाकर चीख पड़े—"अपनी गंदी जुबान को लगाम दो हवलदार, वरना हम इसे काटकर फिंकवा देंगे।"

"ज-जी!" पांडुराम सकपका गया, कांप उठा वह—"क-क्या मतलब साब?"

"तो तू अभी तक ब्लैक फोर्स के लिए काम कर रहा है?"

"म-मैं समझा नहीं साब।"

''समझने के बच्चे!'' कहने के साथ शांडियाल ने झपटकर दोनों हाथों से उसका गिरेबान पकड़ लिया और दांत भींचकर ज्वालामुखी की मानिन्द गर्जे—''अपने आका के निर्देश पर तू हमें जो कुछ समझाना चाहता है उसे हम अच्छी तरह समझ चुके थे—तेजस्वी उसकी आंखों का सबसे बड़ा कांटा है और अब ब्लैक स्टार उसे संदेह के दायरे में फंसाकर ध्वस्त करने की साजिश पर अमल कर रहा है।''

''अ-आप तेजस्वी के आभामंडल में फंसे हुए हैं साब।''

''क्या मतलब?''

''असल में वह कभी वैसा इंस्पेक्टर नहीं रहा जैसा आप और दूसरे अफसर समझते हैं—एक नंबर का धूर्त, हरामी और रिश्वतखोर है वह।'' पांडुराम चीखता चला गया—''मनचंदा जैसे लोगों से रिश्वतें लेना, अपने इलाके में हुए क्राइम की रपट दर्ज न करना, गुण्डे-बदमाशों को शह देना उसके मुख्य धंधे हैं—देशराज जैसे पुलिस वालों की बदमाशियां तो उसके पासंग भी नहीं हैं साब ... थाने में लुक्का की हत्या तक उसने ...।''

''तड़ाक् ... तड़ाक् ... तड़ाक् ...!'' कमिश्नर साहब पागल से होकर उसके चेहरे पर चांटे बरसाते चले गए—वे और ज्यादा सहने की मानसिक अवस्था में नहीं रह गए थे।

पांडुराम कदमों में गिर पड़ा, दोनों हाथों से उनके पैर पकड़ लिए और गिड़गिड़ा उठा—''प-प्लीज साब, मेरा यकीन कीजिए ... उस हरामी के आभामंडल से बाहर आइए ... वह आज तक बचा हुआ ही इसलिए है क्योंकि आप उसके खिलाफ कुछ सुनने को तैयार नहीं होते—अगर आपने मेरी बातों पर विश्वास नहीं किया तो ...।''

मगर!

पांडुराम अपना वाक्य पूरा न कर सका।

कमिश्नर साहब जुनूनी अवस्था में उस पर लात-घूंसों की बारिश करते चले गए, साथ ही चीखते जा रहे थे—''हरामजादे ... कुत्ते ... हमें लगता है तू केवल खौफ के कारण ब्लैक फोर्स का 'पिट्ठू' नहीं है, बल्कि बाकायदा उससे 'पगार' पाता है।''

पांडुराम उस वक्त फर्श पर पड़ा कराह रहा था जब एकाएक फोन घनघना उठा—गुस्से की ज्यादती के कारण पागल हुए जा रहे शांडियाल ने आगे बढ़कर रिसीवर उठाया—उनकी 'हैलो' के जवाब में दूसरी तरफ से मुख्य द्वार पर तैनात सब-इंस्पेक्टर की आवाज उभरी—''मिस्टर ठक्कर आए हैं सर।''

एक क्षण के लिए कमिश्नर साहब दुविधा में फंसे नजर आए किंतु अगले पल बोले—''भेज दो!''

रिसीवर वापस रखते ही वे पुनः कराहते पांडुराम पर झपटे और उसके बाल पकड़कर भीतरी कमरे की तरफ घसीटते हुए गुर्राए—''तेरा हिसाब-किताब इस जरूरी मुलाकात के बाद साफ करेंगे हरामजादे।''

''गलत सोचा है उन्होंने बल्कि हम तो ये कहेंगे कि अपनी ही चाल में उन्हें बुरी तरह फंसना पड़ेगा!'' ठक्कर की पूरी बातें सुनने के बाद कमिश्नर शांडियाल कहते चले गए—''तेजस्वी अपने परिवार की खातिर देश और फर्ज से किसी हालत में गद्दारी नहीं कर सकता।''

''क्या वह अपने परिवार को मर जाने देगा?''

''एकदम से ऐसा भी नहीं कह सकते—मगर हमें लगता है वह ऐसा कुछ करेगा जिससे परिवार भी महफूज रहे और उनका षड्यंत्र भी परवान न चढ़ सके।''

कमिश्नर ने कुछ कहने के लिए मुंह खोला ही था कि फोन की घंटी घनघना उठी—उन्होंने हाथ बढ़ाकर रिसीवर उठाया और दूसरी तरफ से बोलने वाले की आवाज सुनते ही ठक्कर की तरफ बढ़ाते हुए बोले—''कमांडो नंबर वन बात करना चाहता है।''

ठक्कर ने झपटने के से अंदाज में रिसीवर उनके हाथ से लिया, 'हैलो' कहा और फिर ध्यानपूर्वक नंबर वन की बात सुनता रहा—वार्ता करीब पंद्रह मिनट चली—ठक्कर केवल हुंकारे भरता रहा—बोला भी तो एकाध ऐसा वाक्य जिससे शांडियाल के पल्ले कुछ न पड़ा—इधर ठक्कर ने रिसीवर वापस क्रेडिल पर रखा, उधर शांडियाल ने कहा—''बड़ी लम्बी वार्ता हुई, क्या मैटर था?''

''आपकी और मेरी सभी शंकाओं के जवाब मिल गए हैं।''

''क्या मतलब?''

''ताजा सूचना के मुताबिक तेजस्वी उनके दबाव में आ गया है।''

''न-नहीं!'' शांडियाल की आवाज कांप गई—''ऐसा नहीं हो सकता।''

ठक्कर ने एक-एक शब्द पर जोर दिया—''तेजस्वी और व्हाइट स्टार के बीच सौदा हो चुका है।''

''क्या सौदा?''

''व्हाइट स्टार द्वारा ब्लैक स्टार को भेजी गई रिपोर्ट के मुताबिक वह कुछ ही देर पूर्व तेजस्वी से उसके फ्लैट पर मिला है—सबसे पहले व्हाइट स्टार ने उसे यह विश्वास दिलाया कि उसका परिवार ब्लैक फोर्स के कब्जे में है—विश्वास आने पर तेजस्वी आतंकित नजर आने लगा, पूछने लगा कि वे लोग चाहते क्या हैं—जवाब में व्हाइट स्टार ने कहा—'इससे ज्यादा कुछ नहीं कि एक शख्स तुम्हें एक रिवॉल्वर देगा—तुम उस रिवॉल्वर को फार्म हाउस के लॉन में गुलाब के एक पौधे की जड़ में छुपा दोगे।''

कमिश्नर साहब ने कुछ कहने के लिए मुंह खोला ही था कि फोन एक बार पुनः घनघना उठा—उन्होंने रिसीवर उठाकर 'हैलो' कहा ही था कि दूसरी तरफ से द्वार पर तैनात सब-इंस्पेक्टर की आवाज उभरी—''मेरी बगल में इंस्पेक्टर तेजस्वी खड़े हुए हैं सर, इसी वक्त आपसे मिलना चाहते हैं।''

''क-क्या?'' कमिश्नर साहब उछल पड़े—''तेजस्वी?''

''यस सर!''

''भेज दो!'' कहने के बाद चेहरे पर हैरत के भाव लिए उन्होंने रिसीवर रखा ही था कि ठक्कर कह उठा—''तेजस्वी इस वक्त यहां क्यों आया है?''

''शायद उसके दिमाग में कोई योजना है ...।''

''याद रहे!'' ठक्कर ने चेतावनी-सी दी—''आप उससे जिक्र नहीं करेंगे कि हमें क्या कुछ मालूम है!''

''आओ ... आओ तेजस्वी।'' कक्ष में दाखिल होते ही कमिश्नर साहब ने गर्मजोशी के साथ उसका स्वागत किया जबकि ठक्कर आराम से सोफे पर बैठा बारीकी से तेजस्वी के चेहरे पर मौजूद भावों को पढ़ने की चेष्टा कर रहा था।

तेजस्वी के चेहरे पर दूर-दूर तक गंभीरता विराजमान थी, उसने ठक्कर को हौले से अभिवादन किया और बोला—''अच्छा हुआ आप भी यहीं मिल गए।''

''ऐसी क्या बात है?''

''आप दोनों से कुछ बातें करना चाहता था।''

''आराम से बैठो।''

''थैंक्यू!'' उसने कमिश्नर से कहा—''बैठिए सर!''

ठक्कर के ठीक सामने वाले सोफे पर बैठता हुआ तेजस्वी बोला—''वे हरामी के पिल्ले समझते हैं मैं ब्लैकमेल हो सकता हूं!''

''कौन हरामी के पिल्ले?'' धड़कते दिल के साथ कमिश्नर ने पूछा—''कौन ब्लैकमेल करना चाहता है तुम्हें?''

''ब्लैक फोर्स वाले।''

खुद ठक्कर का दिल जोर-जोर से धड़कने लगा था, बोला—''हम समझे नहीं।''

''उन्होंने मेरे परिवार को अगवा कर लिया है।''

''कैसे पता लगा?''

''कुछ देर पूर्व मेरे फ्लैट पर ब्लैक फोर्स का एक आदमी आया था—अपना नाम व्हाइट स्टार बताया उसने—कहता था बल्कि साबित कर दिया कि इस वक्त मेरा परिवार ब्लैक फोर्स के कब्जे में है।''

''तो?''

''चाहते हैं अपने परिवार की खातिर मैं उनके लिए एक काम करूं।''

''क्या काम कराना चाहते हैं?''

''फार्म हाउस की चारदीवारी के बाहर उनका आदमी मुझे एक रिवॉल्वर देगा। मुझे वह रिवॉल्वर फार्म हाउस के लॉन में दाईं तरफ मौजूद कोने वाले गुलाब के पौधे की जड़ में छुपा देना है।''

''उसके बाद?''

''उनका कोई मरजीवड़ा गुलाब के पौधे की जड़ से रिवॉल्वर उठायेगा और अपनी जान की परवाह किए बगैर सारी गोलियां चिरंजीव कुमार के जिस्म में भर देगा।''

''ओह, तुमने क्या कहा?''

''गुस्सा तो इतना आया कि उस हरामी के पिल्ले को वहीं पकड़ लूं और शूट करके ब्लैक स्टार को यह संदेश पहुंचा दूं कि तेजस्वी को ब्लैकमेल करने की कोशिश का अंजाम क्या हो सकता है? मगर फिर, अपने बूढ़े मां-बाप, पत्नी और बच्ची का ख्याल आ गया—सोचा, मेरी उत्तेजना के फलस्वरूप वे बेचारे बेगुनाह मारे जाएंगे—क्यों न कुछ ऐसा करूं कि वे लोग अगर बच सकते हैं तो बच जाएं और वक्त आने पर ब्लैक स्टार का यह भ्रम भी टूट जाए कि वह मुझे ब्लैकमेल कर सकता है।''

''वैरी गुड, तो क्या किया तुमने?''

''फिलहाल उनके द्वारा ब्लैकमेल हो जाने का नाटक कर दिया है—मैं

उनका रिवॉल्वर वहां पहुंचा दूंगा जहां वे चाहते हैं—मगर तब तक उसे किसी को नहीं उठाने दूंगा जब तक मेरा परिवार वहां सुरक्षित नजर नहीं जा जाएगा।''

''उसके बाद उठाने दोगे?''

''तय तो यही हुआ है।''

''तय हुआ है से मतलब?''

''मुझे आप लोगों की मदद की जरूरत है।''

''हम समझे नहीं।''

''व्हाइट स्टार ने कहा है, मेरा परिवार चारदीवारी के बाहर नजर जरूर आ रहा होगा मगर प्रत्येक पल ब्लैक फोर्स के लोगों की गन्स के निशाने पर होगा—अगर मैंने गड़बड़ करने की कोशिश की तो वे उन सबको भून देंगे—कहने को तो उन्होंने कह दिया और मैंने सुनकर खौफजदा हो जाने की एक्टिंग भी कर दी—मगर जानता हूं कि फार्म हाउस की चारदीवारी के बाहर तक भले ही मेरा परिवार उनकी गन्स के निशाने पर रहे, परंतु चारदीवारी के अंदर ऐसा कुछ नहीं होगा क्योंकि अगर हथियार साथ रखकर उनमें चारदीवारी के अंदर दाखिल होने की कूव्वत होती तो एक अदने से रिवॉल्वर को मेरे द्वारा अंदर पहुंचाने हेतु इतनी लम्बी-चौड़ी स्कीम क्यों बनाई होती?''

''हंडरेड परसैन्ट ठीक सोचा है तुमने।''

''अगर आप ऐसी व्यवस्था कर दें कि मेरा परिवार एक बार सुरक्षित चारदीवारी के अंदर आ जाए तो फिर मैं उस शख्स की वो गत बनाऊंगा जो गुलाब के पौधे की जड़ में पड़े रिवॉल्वर को छुएगा कि ब्लैक स्टार सात जन्म तक किसी के परिवार को अपने चंगुल में फंसाकर उसे ब्लैकमेल करने का ख्वाब तक नहीं देखेगा।''

ठक्कर ने गंभीर स्वर में कहा—''हमारे ख्याल से तुम्हारी योजना में अभी काफी रद्दोबदल होनी चाहिए।''

''मैं समझा नहीं।''

ठक्कर उसे सब कुछ बताने का फैसला कर चुका था—दरअसल तेजस्वी द्वारा अपने सारे कार्ड ओपन कर देने के बाद अब हालात ऐसे रहे ही नहीं थे कि उसे अलग रखकर योजना तैयार की जा सकती—एक नजर उसने कमिश्नर के चेहरे पर डाली और पुनः तेजस्वी से मुखातिब होता बोला—''तुमने साबित कर दिया तेजस्वी कि कमिश्नर साहब तुम पर इतना विश्वास ऐसे ही नहीं करते।''

"ज-जी, क्या मतलब?"

"जो तुमने कहा, वह हम दोनों पहले से जानते हैं।"

"य-यानि आपको मालूम था कि मेरा परिवार ...।"

"हमें वह भी मालूम है जो तुम नहीं जानते।" ठक्कर अब पूरी तरह खुल चुका था—"और वह ये है कि वे लोग क्या सोच रहे हैं, क्या योजना है उनकी—तुम पर कितना विश्वास कर रहे हैं, कितना नहीं ...।"

"कृपया डिटेल बताएं।"

"व्हाइट स्टार से बात करते वक्त ब्लैक स्टार ने शंका व्यक्त की कि तुम कोई चाल चल सकते हो परंतु व्हाइट स्टार ने पुरजोर विरोध किया—कहा, 'तुम अपने परिवार के लिए वह सब करोगे जो कहा गया है।'

"मैंने व्हाइट स्टार के समक्ष एक्टिंग ही ऐसी की थी जैसे अपने परिवार को उनके चंगुल में पाकर पूरी तरह टूट चुका हूं और उसे बचाने के लिए हर वह काम करूंगा जो वे चाहेंगे।"

"व्हाइट स्टार के दिमाग पर तुम्हारी एक्टिंग का पूरा प्रभाव था।"

"खैर, अब उनकी योजना क्या है?"

"वही जो तुम्हारे और उनके बीच तय हुई है।" ठक्कर बताता चला गया—"चारदीवारी के बाहर एक शख्स तुम्हें रिवॉल्वर सौंपेगा—जब तुम उसे गुलाब के पौधे की जड़ में छुपा चुके होगे तो फार्म हाउस पर एक जीप पहुंचेगी—उसमें तुम्हारा परिवार होगा—जीप चारदीवारी के अंदर प्रविष्ट नहीं होगी लेकिन विशाल गेट के ठीक सामने ऐसे कोण पर खड़ी रहेगी कि तुम चारदीवारी के अंदर रहकर गेट के सामने खड़े होकर अपने परिवार को सुरक्षित देख सकोगे—तब उनका मरजीवड़ा गुलाब के पौधे की जड़ से रिवॉल्वर उठाएगा और अपनी जान की परवाह किए बगैर उसकी सारी गोलियां चिरंजीव कुमार के जिस्म में भर देगा।"

"बिल्कुल ठीक ... यही तय हुआ है।"

"फार्म हाउस पर उस वक्त ब्लैक स्टार भी मौजूद रहेगा।"

"ख-खुद ब्लैक स्टार?" तेजस्वी उछल पड़ा। ब्लैक स्टार ने यह बताना था।

"इसलिए हमें अपनी योजना तीन प्वॉइंट्स को मजबूत करते हुए बनानी है—पहला, किसी भी तरह चिरंजीव कुमार का बाल-बांका न हो पाए—दूसरा, भरपूर चेष्टा के बावजूद वे लोग तुम्हारे परिवार को नुकसान न पहुंचा पाएं और तीसरा, ब्लैक स्टार जिन्दा या मुर्दा हमारे हाथ लगना चाहिए—हम यह सुनहरा मौका गंवा नहीं सकते।"

''ल-लेकिन ब्लैक स्टार वहां खुद क्या कर रहा होगा?''

''चिरंजीव कुमार को मरते अपनी आंखों से देखना चाहता है वह।''

तेजस्वी उत्तेजित स्वर में गुर्रा उठा—''उस हरामजादे की यह ख्वाहिश कभी पूरी नहीं होगी।''

''ऐसे मकसद उत्तेजित होने से नहीं बल्कि शांत दिलोदिमाग से सुलझी हुई योजनाएं बनाने और उन पर अमल करने से पूरे होते हैं इंस्पेक्टर!'' ठक्कर ने जानदार मुस्कुराहट के साथ उसे सीख दी—''अतः उत्तेजना से मुक्त होकर दिमाग को योजना बनाने में मशगूल करना मुनासिब होगा।''

''जब आपको इतना सब मालूम है तो योजना भी बना चुके होंगे?''

''खाका काफी हद तक बन चुका है।''

''क्या हम उस बारे में जान सकते हैं?''

''तुम उनका रिवॉल्वर गुलाब के पौधे की जड़ में छुपाने तक कोई गड़बड़ नहीं करोगे। सारा काम उनके निर्देशों के मुताबिक होना चाहिए ताकि तुम्हें वॉच करने के बावजूद कुछ न पकड़ पाएं।''

''क्या उस रिवॉल्वर को चिरंजीव कुमार के इतने नजदीक पहुंचने देना मुनासिब होगा?''

''इस सबके बावजूद चिरंजीव कुमार खतरे से कोसों दूर रहेंगे।''

''वह कैसे?''

''तुम, हम और ब्लैक फोर्स के लोग तो क्या, देश का बच्चा-बच्चा जानता है कि चिरंजीव कुमार सार्वजनिक स्थान पर हर समय बुलेट-प्रूफ लिबास पहने रहते हैं—केवल धड़ से ऊपर का हिस्सा यानि सिर और चेहरा ही ऐसे हिस्से होते हैं जिन्हें गोलियों से छलनी किया जा सकता है।''

''ब्लैक स्टार की तरफ से मरजीवड़े को पहले ही हिदायत होगी कि वह सारी गोलियां उनके चेहरे और सिर पर मारे।''

''अंतिम सभा और फार्म हाउस के बीच कहीं ऐसी घटना प्लान्ट की जाएगी जैसे विरोधियों ने चिरंजीव कुमार पर पथराव कर दिया हो, एकाध पत्थर चिरंजीव कुमार को लग भी जाए तो कोई बुराई नहीं है।''

''उससे क्या होगा?''

''चिरंजीव कुमार को वहीं एक हैलमेट दिया जाएगा—आम पब्लिक, ब्लैक फोर्स के लोग और खुद चिरंजीव कुमार तक यह समझेंगे कि हैलमेट पत्थरों से बचाव के लिए पहनाया गया है जबकि वास्तव में वह बुलेट-प्रूफ होगा—यहां तक कि चेहरा भी उसमें लगे बुलेट-प्रुफ शीशे के पीछे छुप

जाएगा और यह हैलमेट उन्हें उनके बैडरूम में पहुंचने से पहले नहीं उतारने दिया जाएगा।''

''निःसंदेह आपका इंतजाम प्रशंसनीय है सर!''

ठक्कर ने आकर्षक मुस्कान के साथ कहा—''हम कल्पना करते हैं, अब 'सिच्युएशन' ये है कि भरा हुआ रिवॉल्वर गुलाब के पौधे की जड़ में पड़ा है—लॉन में मौजूद ज्ञापनदाताओं और कार्यकर्त्ताओं की भीड़ के बीच ब्लैक फोर्स के एक या ज्यादा मरजीवड़े व्हाइट स्टार, ब्लैक स्टार, हैलमेट लगाए चिरंजीव कुमार, हम लोग और सुरक्षा-व्यवस्था से जुड़े अन्य लोग मौजूद हैं—चारदीवारी के बाहर विशाल गेट के ठीक सामने खड़ी जीप में तुम्हारा परिवार है—इसमें से कोई भी ऐसी कोई हरकत नहीं करेगा जिससे उन्हें किसी किस्म की गड़बड़ का आभास हो, बल्कि शांति किंतु सतर्कता के साथ ब्लैक स्टार की उस हरकत का इंतजार करेंगे जिसके फलस्वरूप व्हाइट स्टार सहित हमें भी उसकी पहचान हो जाए।''

''क्या मतलब?''

''ब्लैक स्टार द्वारा व्हाइट स्टार को दिए गए निर्देश के मुताबिक वह शख्स ब्लैक स्टार होगा जो अचानक अपने कुर्ते के कालर को उल्टा मोड़ ले।'' ठक्कर कहता चला गया—''याद रहे, ब्लैक स्टार को पहचानने के बावजूद हम लोग शांत रहेंगे—एकदम से उस पर हमला नहीं होगा—हां, उसके चारों तरफ ऐसा घेरा जरूर डाल लिया जाएगा जिसका किसी भी प्रकार उसे आभास न हो—उसकी पहचान होने के तुरंत बाद पहला एक्शन कमिश्नर साहब खुद करेंगे।''

''वह क्या?'' बहुत देर से खामोश बैठे शांडियाल को पूछना पड़ा।

''आप टहलते हुए गेट पार करके चारदीवारी से बाहर निकल जाएंगे—आपका काम तेजस्वी के परिवार को जीप सहित चारदीवारी के अंदर सुरक्षित ले आना होगा।''

''लेकिन चारदीवारी के बाहर मौजूद ब्लैक फोर्स के लोगों की नजरें जीप पर लगी होंगी—जैसे ही हम उसे चारदीवारी के अंदर लाने का प्रयास शुरू करेंगे, वे लोग न केवल सतर्क हो जाएंगे बल्कि एक्शन में आ जाएंगे—उनका प्रयास हमें विफल करना होगा, वे फायरिंग तक कर सकते हैं।''

''उन सब हालात से हमें निपटना होगा।''

''यानि?''

''जाहिर है, जैसे ही आप जीप को चारदीवारी के अंदर लाने का प्रयास

करेंगे, उनकी निगरानी कर रहे ब्लैक फोर्स के लोगों को आभास हो जाएगा कि कहीं कोई गड़बड़ है और आपको रोकने के लिए वे कुछ भी कर सकते हैं, मगर आपको हर हाल में पूरे परिवार सहित जीप को अंदर ले आना है।''

''गेट पर खड़े सुरक्षाकर्मियों के कारण यह काम असंभव हो जाएगा।''

''क्यों?''

''उन्हें निर्देश हैं, बगैर तलाशी के एक भी शख्स चारदीवारी के अंदर दाखिल नहीं होना चाहिए—कल्पना करो, हम जीप लेकर दरवाजे की तरफ लपकें—वहां मौजूद ब्लैक फोर्स के लोगों ने जीप पर गोलियां बरसानी शुरू कर दीं—ऐसे समय में जब गेट पर तैनात सुरक्षाकर्मी तलाशी हेतु जीप को रोकेंगे तो जीप और उसमें सवार लोगों की क्या हालत हो जाएगी?''

''गेट पर और चारदीवारी के बाहर तैनात सुरक्षाकर्मियों को सिच्युएशन से अवगत करा दिया जाएगा—उन्हें समझा दिया जाएगा कि आप अचानक उस जीप को लेकर चारदीवारी के अंदर दाखिल होंगे—तलाशी आदि के लिए वे जीप को रोकने का प्रयास न करके उन लोगों से मोर्चा लें जो किसी भी तरह से जीप को चारदीवारी के अंदर जाने से रोकने का प्रयास कर रहे हों।''

''गुड ... इस स्थिति में काम ज्यादा 'टिपिकल' नहीं रह जाएगा।''

''आपको एक साथ दो तरफ से राहत मिलेगी—पहली, जीप को गेट पर रोके जाने का कोई प्रयास नहीं किया जाएगा—दूसरी, जीप को रोकने का प्रयास करने वाले सभी लोग सुरक्षाकर्मियों का निशाना बन जाएंगे बल्कि उन्हें यह निर्देश भी दे दिया जाएगा कि जीप के चारदीवारी के अंदर प्रविष्ट होते ही गेट बंद कर दें।''

''करेक्ट!''

''लेकिन जिस क्षण चारदीवारी के बाहर ये 'गुलगपाड़ा' होगा, ठीक उसी क्षण अंदर मौजूद मरजीवड़ा, ब्लैक स्टार और व्हाइट स्टार भी तो सतर्क हो जाएंगे।'' तेजस्वी ने कहा—''वे समझ चुके होंगे कि गड़बड़ हो चुकी है।''

''इसमें क्या शक है?''

''उनसे निपटने का इंतजाम?''

''हम लोग क्या अंदर गिल्ली-डंडा खेल रहे होंगे?''

''मैं समझा नहीं।''

''यूं समझो कि चारदीवारी के अंदर और बाहर 'एक्शन' एक साथ

होगा—उधर, कमिश्नर साहब जीप लेकर गेट की तरफ लपकेंगे—इधर मेरा निशाना ब्लैक स्टार होगा—तुम्हारा व्हाइट स्टार और कमांडोज के वे या वह मरजीवड़ा जो रिवॉल्वर की तरफ बढ़ने का प्रयास करेगा—हमारा काम अपने-अपने शिकार को पलक झपकते ही ठीक इस तरह दबोच लेना होगा जैसे बिल्ली चूहे को दबोच लेती है—उधर, स्पेशल गार्डर्स चिरंजीव कुमार को चारों तरफ से ढक लेंगे।''

''योजना पुख्ता, सुरक्षित और विश्वसनीय है।''

''अगर हमारा सूत्र कोई नई जानकारी देता है तो उसके मुताबिक तब्दीलियां कर ली जाएंगी।'' ठक्कर ने कहा—''अब तक की 'प्लानिंग' में कहीं कोई लूज प्वॉइंट नजर आता हो तो बोलो।''

हालांकि लूज प्वाइंट न कमिश्नर साहब को नजर आ रहा था न ही तेजस्वी को, मगर फिर भी, अगले तीस मिनट तक तीनों के बीच स्कीम को लेकर चर्चा चलती रही—उसके बाद ठक्कर उठा और इजाजत लेकर कमरे से बाहर निकल गया, उसे जाता देखकर तेजस्वी होठों ही होंठों में बड़बड़ाया—'आखिर तू भी मेरे जाल में फंस ही गया बेटे!'

ठक्कर को कक्ष से गए दो मिनट गुजरे थे कि तेजस्वी ने कहा—''ये आदमी हम पर जरा भी विश्वास करने को तैयार नहीं है सर—अपने सूत्र का अता-पता बताने को तैयार नहीं है—जैसे मैं या आप फौरन जाकर ब्लैक स्टार को बता देंगे।''

''हम ही कौन-सा उस पर विश्वास करते हैं।''

''जी?''

''हमने उससे पांडुराम का जिक्र तक नहीं किया।''

''पांडुराम?'' तेजस्वी चौंका।

''ओह ... हां, तुम्हीं से जिक्र कहां आया है—बड़ी दिलचस्प बात हुई है तेजस्वी, सुनोगे तो ब्लैक स्टार की बुद्धि पर तरस आएगा—बौखलाहट में कैसी-कैसी ओछी चालें चल रहा है वह!''

''मैं समझा नहीं सर!''

''ठक्कर से कुछ देर पूर्व यहां पांडुराम आया—बोला, तेजस्वी वैसा इंस्पेक्टर नहीं है साब, जैसा आप और दूसरे अफसर समझते हैं बल्कि

देशराज जैसे इंस्पेक्टरों से भी कई गुना ज्यादा भ्रष्टाचारी है—मनचंदा जैसे लोगों से रिश्वत लेता है—अपने इलाके में होने वाले क्राइम्स की रपट दर्ज नहीं कराता—यहां तक कि लुक्का का खून भी थाने में उसी ने ...।''

कमिश्नर साहब कहते चले जा रहे थे।

और तेजस्वी!

तेजस्वी अपने स्थान पर खड़ा-खड़ा पत्थर की शिला में तब्दील हो चुका था।

जिस्म के हर मसाम ने एक दूसरे से शर्त लगाकर पसीना उगल दिया—मस्तिष्क अंतरिक्ष में चकरा रहा था—नसों में दौड़ते खून ने मानो अचानक गर्दिश बंद कर दी।

दिलो-दिमाग और जिस्म तक सुन्न पड़ चुका था।

चौंका तब, जब कमिश्नर शांडियाल ने उसके दोनों कंधे पकड़कर झिंझोड़ते हुए पूछा—''क्या हुआ तेजस्वी, क्या हो गया है तुम्हें?''

''अ-आं!'' मानो गहरी नींद से जागकर हड़बड़ाया हो—''क-कुछ नहीं सर ... कुछ नहीं।''

''अचानक तुम्हारे चेहरे से पसीना क्यों बहने लगा?''

''ओह!'' वह कुछ और बौखला उठा, जेब से रूमाल निकालकर चेहरे से पसीना पोंछा—इस बहाने वह कमिश्नर साहब से अपने चेहरे के उड़ गए रंग को छुपाने का प्रयास कर रहा था। खुद को बड़ी मुश्किल से नियंत्रित करता हुआ बोला—''य-ये सब झूठ है सर, पांडुराम का एक-एक लफ्ज झूठ है।''

''हमने सच कब माना—लेकिन तुम एकाएक इतने नर्वस क्यों हो रहे हो?''

''ये आप समझ सकते हैं सर कि पांडुराम के मुंह से यह सब कहलवाना ब्लैक स्टार की एक चाल है लेकिन कोई और नहीं समझ सकता—हर किसी के पास आप जैसी तीव्र बुद्धि नहीं है सर—ये पसीना, ये घबराहट और नर्वसनैस अचानक मेरे दिलो-दिमाग पर यह सोचकर हावी हो गई कि ये शब्द उसने आपके अलावा किसी अन्य से कह दिए होते तो क्या होता ... या आप ही ने ठक्कर से जिक्र कर दिया होता तो कितनी विकट परिस्थितियों में फंस जाता मैं—वह तो वैसे ही किसी पर विश्वास करने को तैयार नहीं है—ये बातें सुनने के बाद तो मेरी गर्दन ही नाप देता।''

''तुम ठीक कह रहे हो।'' शांडियाल गंभीर थे—''जिस ढंग से पांडुराम

ने वे बातें कहीं, उनसे प्रभावित होकर एक बार को हम भी सोचने पर विवश हो गए—मगर भला हो देशराज के अंतिम शब्दों का—हमें ऐन वक्त पर उसके शब्द याद आ गए और दिमाग ने कहा—यह ब्लैक स्टार की तुम्हें संदेह के दायरे में फंसाने की चाल है—समझ सकते थे कि ठक्कर बेवकूफ है—ब्लैक स्टार की चाल की गहराई को समझने के स्थान पर उसमें फंस जाएगा और तुम्हें अपने संदेह के चश्मे से देखने लगेगा, इसलिए उससे जिक्र नहीं किया।''

''इस वक्त पांडुराम कहां है?'' तेजस्वी आहिस्ता से मतलब की बात की तरफ रेंगा।

''एक कमरे में बंद कर रखा है हमने।''

''गुड!'' तेजस्वी का शतरंजी दिमाग सक्रिय हो चुका था—''और क्या कह रहा था वह?''

''कहता था तुम ब्लैक स्टार द्वारा रचे गए चिरंजीव कुमार की हत्या के षड्यंत्र की अगवानी कर रहे हो और इस अभियान में तुम्हारा कोड 'व्हाइट स्टार' है।''

वास्तव में तेजस्वी की अंतरात्मा तक कांप उठी परंतु प्रत्यक्ष में जोरदार ठहाका लगाया उसने—असल में यह ठहाका वह इसलिए लगा सका क्योंकि समझ चुका था कमिश्नर ने पांडुराम की किसी बात पर विश्वास नहीं किया है, खुलकर ठहाका लगाने के बोला—''मैं व्हाइट स्टार ... वाह ... जोरदार मजाक है—मैं उससे मिलना चाहूंगा सर।''

कमरे में तेजस्वी को दाखिल होता देखते ही पांडुराम उछल पड़ा—''त-तुम?''

''हां पांडुराम, मैं ही हूं—तुम्हारा साब।'' तेजस्वी के होंठों पर जहरीली मुस्कान नाच रही थी।

''स-साब?'' पांडुराम ने घृणा से मुंह सिकोड़ा—''ऐसे साब पर थूकना भी पसंद नहीं करूंगा मैं।''

तेजस्वी के चेहरे पर गुस्से का कोई भाव नहीं उभरा—बड़े आराम से एक सिगरेट सुलगाई उसने—जोरदार कश लिया और ढेर सारा धुआं सीधा पांडुराम के चेहरे पर उगलता हुआ बोला—''मुझसे एक भूल हो गई पांडुराम।''

''कैसी भूल?'' लहजे में हिकारत थी।

''जिस क्षण तूने मुझे यह बताया था कि स्टार फोर्स ने तुझे, मुझे बेहोश करने का काम सौंपा है, मुझे उसी क्षण समझ जाना चाहिए था कि न तू अब मेरे काम का रह गया है, न ही विश्वसनीय—मेरे काम का तो तू तब था जब मैं प्रतापगढ़ थाने पर नियुक्त हुआ था—तब, जब तू ब्लैक फोर्स के लिए काम करता था—जिस क्षण तेरी देशभक्ति जागी, मुझे उसी क्षण समझ जाना चाहिए था तू भविष्य में मेरे लिए खतरनाक साबित हो सकता है।''

पांडुराम चुप रहा—कहने के लिए शायद कुछ सूझा नहीं—हां, गुस्से की ज्यादती के कारण कांप रहा था जबकि क्षणिक अंतराल के बाद तेजस्वी ने उससे सवाल किया—''मगर तू मेरे आभामंडल को कैसे भूल गया—मैंने समझाया था, तेरे जैसी बेवकूफी एक पुलिसिए ने पहले भी की थी—वह बेचारा आज तक जेल में पड़ा सड़ रहा है।''

''तुम्हें अपने आभामंडल पर बहुत गुमान है।'' पांडुराम गुर्राया, वह तेजस्वी को न केवल 'आप' की जगह 'तुम' कह रहा था बल्कि लहजे में आदर का कोई भाव न था, गुर्राता चला गया वह—''मैं अभी भी कसम खाता हूं साब, तुम्हारे आभामंडल के परखच्चे उड़ाकर रख दूंगा।''

''काफी जोश में हो।'' तेजस्वी हंसा।

''प्रतापगढ़ थाने पर नियुक्त होते ही तुमने वहां के गुण्डे बदमाश और दूसरे क्रिमिनल्स को हड़काया था—एक लाइन में खड़ा कर दिया था उन्हें और कहा था—जिस थाने पर मुझे नियुक्त कर दिया जाता है, मैं उस थाना-क्षेत्र का सबसे बड़ा गुण्डा होता हूं—उस क्षण मैंने सोचा था, तुम उनसे यह कहना चाहते हो कि अब प्रतापगढ़ में किसी की गुण्डागर्दी नहीं चलेगी, मगर आज ... आज उससे आगे भी एक सैन्टेन्स सोचने पर विवश हूं—यह कि वास्तव में तुम उनसे यह कह रहे थे कि 'अब प्रतापगढ़ में मेरी गुण्डागर्दी चलेगी'—सचमुच तुमने प्रतापगढ़ के हर गुण्डे को नेस्तनाबूद करके अपनी गुण्डागर्दी का राज्य कायम कर लिया।''

''कहना क्या चाहता है तू?''

''केवल इतना कि जो गुण्डागर्दी आपने कायम की है, मैं उसे नहीं चलने दूंगा।'' अजीब जुनून में फंसा पांडुराम कहता चला गया—''गुण्डों की इस देश में कोई कमी नहीं है साब—हर गली, हर मौहल्ला गुण्डों से आबाद है—शायद ही देश का कोई ऐसा नुक्कड़ बचा हो जहां गुण्डों की हुकूमत न चलती हो लेकिन अगर किसी गुण्डे को पुलिस की वर्दी मिल जाए तो

स्थिति कोढ़ में खाज जैसी हो जाएगी—साधारण गुण्डों के स्थान पर अगर गली-गली में तुम जैसे वर्दी वाले गुण्डे टहलने लगें तो ये देश नर्क से बद्तर बन जाएगा। लेकिन मैं ऐसा नहीं होने दूंगा, अगर ज्यादा कुछ न कर सका तो तुम्हें वर्दी वाले गुण्डे से साधारण गुण्डा तो मैं बना ही दूंगा।'' पांडुराम ने एक-एक शब्द को चबाया—''निखालिस गुण्डा ... वैसा ही, जैसा इस देश के हर नुक्कड़ पर खड़ा रहता है।''

''तू पहेलियां कब से बुझाने लगा पांडुराम?''

''मैं इस वर्दी को तुम्हारे शरीर से नोंच लूंगा और तब—तब तुम केवल एक गुण्डे होगे—साधारण गुण्डे—वैसे ही जैसे असंख्य गुण्डों को यह मुल्क झेल रहा है।''

''बड़ा खूबसूरत चैलेंज दे रहा है पांडुराम!'' तेजस्वी के होंठों पर नाचने वाली मुस्कान गहरी हो गई—''यकीन मान, तेरा ये चैलेंज मुझे पसंद आया—मगर ये महान काम तू करेगा कैसे?''

''जिंदा रहा तो करके दिखाऊंगा साब।''

''जिंदा रहेगा तभी न!''

''मुझे व्यर्थ ही खौफजदा करने की चेष्टा मत करो साब।''

पांडुराम ने एक-एक शब्द चबाया—''तुम्हारा ये नाटक केवल तब तक चल रहा है जब तक कमिश्नर साहब की आंखों पर तुम्हारे प्रति विश्वास की पट्टी बंधी है, और अगर तुमने यहां मुझे किसी किस्म का नुकसान पहुंचाने की कोशिश की तो वह पट्टी खुद-ब-खुद खुल जाएगी—कमिश्नर साहब स्वतः समझ जाएंगे कि जो मैंने कहा वह सच ही होगा, तभी तो तुम्हें मेरा अस्तित्व समाप्त करने की जरूरत पड़ी।''

तेजस्वी के मस्तिष्क को झटका लगा।

पांडुराम ठीक कह रहा था।

इस वक्त वह उसे कोई नुकसान नहीं पहुंचा सकता था जबकि पांडुराम की हर सांस उसकी गर्दन पर लटकी नंगी तलवार थी, मगर वह तेजस्वी ही क्या हुआ जो विवश होने के बावजूद खुद को विवश दर्शा दे—अपनी कमजोरियों को भी खूबी बनाकर दर्शाना उसे आता था—सिगरेट का अंतिम सिरा फर्श पर डाला, जूते से कुचला और प्यार से उसका गाल थपथपाता हुआ बोला—''मैं तुझे मारूंगा नहीं बच्चे!''

''तुम मुझे मार ही नहीं सकते साब।''

''दरअसल तेरा चैलेंज मुझे बहुत आकर्षक लगा—मैं तुझे इस जिस्म

से वर्दी नोंचने का पूरा मौका देता हूं—एक शख्स इतना शानदार चैलेंज दे और सामने वाला उसे मौका दिए बगैर मौत के घाट उतार दे, तो ये कायरता होती है और तू जानता है, तेजस्वी कुछ भी हो सकता है मगर कायर नहीं हो सकता—तू ये भी जानता है पांडुराम कि शतरंज मेरा प्रिय खेल है और उस स्थिति में शतरंज के खिलाड़ी को चाल चलने में आत्मिक सुकून मिलता है जब सामने वाले के पास भी बेहतरीन चालें चलने के लिए मुकम्मल मोहरे हों—हमारे बीच खेल चालू हो चुका है—तेरा चैलेंज तो मैंने सुन भी लिया और कुबूल भी कर लिया, अब मेरी चुनौती सुन—तू जीवित रहेगा, न कभी मेरी गुण्डागर्दी रोक सकेगा और न वर्दी उतरवा सकेगा—मेरे कारनामों के बारे में केवल सुन सकेगा तू लेकिन कुछ कर नहीं पाएगा।''

''कुबूल है साब ... मुझे तुम्हारी चुनौती कुबूल है।''

''तो सुन, तुझे इसी कमरे में पड़े-पड़े बहुत जल्द सूचना मिलेगी कि व्हाइट स्टार की प्लानिंग के मुताबिक चिरंजीव कुमार नाम की हस्ती इस दुनिया से रुखसत हो गई।'' कहने के बाद तेजस्वी तेज कदमों के साथ दरवाजे की तरफ बढ़ गया।

पांडुराम की जुबान को मानो लकवा मार चुका था—लाख दिमाग घुमाने के बावजूद उसकी समझ में यह नहीं आ रहा था कि जो अनर्थ होने जा रहा है, उसे वह कैसे रोक सकता है?

कमिश्नर साहब सोफे पर बैठे सिगार फूंक रहे थे, उसे आया देखते ही सवाल किया—''क्या कहा, कुछ बकता है या नहीं?''

''फिलहाल तो पट्ठा मेरे सामने भी बार-बार यही कहे जा रहा है कि उसने मुझे व्हाइट स्टार के रूप में ब्लैक स्टार से बातें करते सुना है, हकीकत उगलने को तैयार नहीं है।''

''हकीकत भी उगल देगा, हम अभी उसे टॉर्चर सैन्टर ...''

''मेरे ख्याल से अभी ऐसा करना मुनासिब नहीं होगा।''

''क्यों?''

''ब्लैक स्टार को मालूम नहीं होना चाहिए कि इसके जरिए उसने जो चाल चली थी उसका अंजाम क्या हुआ?'' तेजस्वी एक-एक शब्द को नाप-तौलकर बोल रहा था—''फिलहाल कम-से-कम तब तक इसे इसी 'पोजीशन' में रखना मुनासिब होगा जब तक चिरंजीव कुमार का दौरा कम्पलीट नहीं हो जाता।''

तेजस्वी के विश्वास में अंधे कमिश्नर ने कहा—''ओ.के.!''

“देश का नेता कैसा हो ... चिरंजीव कुमार जैसा हो!”

“चिरंजीव, तुम संघर्ष करो ... देश तुम्हारे साथ है!!”

“चिरंजीव कुमार ... जिन्दाबाद!!!”

“चिरंजीव कुमार ... जिन्दाबाद!!!”

हर दिशा में ये गगनभेदी नारे गूंज रहे थे।

चारों तरफ अजीब हंगामा, अद्भुत जुनून था।

ढोल-नगाड़े बज रहे थे।

धूल उड़ रही थी।

लोग उस बगैर छत की एम्बेसडर के आगे-आगे आदिवासियों की तरह नाचते चल रहे थे जिसके बीचों-बीच स्पेशल गार्ड्स से घिरा खड़ा चिरंजीव कुमार हाथ हिला-हिलाकर भीड़ का अभिवादन कर रहा था।

केवल दस मिनट पहले अंतिम सभा समाप्त हुई थी—उसके बाद ये जुलूस चला।

मैदान से निकला। सड़क पर आया।

दृष्टि के अंतिम छोर तक भीड़-ही-भीड़ नजर आ रही थी।

पुलिस के चुनिंदा अफसरों, ठक्कर और उसके कमांडोज तथा स्पेशल गार्डर्स को मालूम था कि फार्म हाउस की चारदीवारी के अंदर आज क्या होने वाला है, परंतु सारे दिन सुरक्षा-व्यवस्था में कोई ढील नहीं आने दी गई—यह सोचकर लापरवाह हो जाने का कोई सवाल ही न था कि हमला तो फार्म हाउस पर होना है—दुश्मन किसी भी समय अटैक कर सकता था और सुरक्षाकर्मियों का काम था किसी भी आकस्मिक खतरे से चिरंजीव कुमार को बचाना।

केवल सड़कें ही खचाखच नहीं भरी थीं बल्कि छतों और छज्जों तक पर औरतें-बच्चे खड़े नजर आ रहे थे—लड़के तो पेड़ों तक पर चढ़े हुए थे—लोग अपने छोटे बच्चों को कंधे पर चढ़ा-चढ़ाकर उसके दर्शन करा रहे थे।

चिरंजीव कुमार का दूध जैसा खादी का कुर्ता, पाजामा और जाकेट सारे दिन की भाग-दौड़ के बाद न केवल मैले हो गए थे बल्कि मुड़-तुड़ भी गए थे—इसके बावजूद दूधयुक्त रूह आफजा जैसे रंग वाला चिरंजीव कुमार इतना सुन्दर लग रहा था कि लोग सम्मोहित से उसे देख रहे थे।

चेहरे पर गजब की चमक थी।

चौड़े भाल पर लगा सुर्ख रोली का तिलक उसकी खूबसूरती में चार चांद लगाए हुए था।

मालाओं से लदा-फदा वह अपने गुलाबी होंठों पर मुस्कान बिखेरकर जिधर को हाथ हिला देता उधर सैंकड़ों हाथ हिलते नजर आने लगते—जिस दिशा में माला फेंक देता उधर एक-एक फूल को प्राप्त करने के लिए लोग यूं झपट पड़ते जैसे सोने की गिन्नियां फेंकी गई हों।

छज्जों-छतों पर मौजूद बच्चों और महिलाओं की तरफ मालाएं उछालना उसका प्रिय शौक मालूम पड़ता था।

मारे उन्माद के पागल से हुए लोग एम्बेसडर के बोनट तक पर चढ़ आते, परंतु सादे लिबास में मौजूद सुरक्षाकर्मी उन्हें दूर हटा देते—तीनों सुरक्षा घेरे बराबर वाहन के साथ चल रहे थे।

रास्ते में अनेक जगह स्वागत हुआ।

युवा महिलाओं ने बहन बनकर आरतियां उतारीं, तिलक किए।

मांओं ने दुलारा, छाती से लगाया और आशीर्वाद से नवाजा।

अपने चारों तरफ मौजूद लोगों के प्यार के समुद्र को जब वह ठाठें लगाते देखता तो खुशी से झूम उठता—आंखें रह-रहकर भर आतीं और भावविह्वल होकर एम्बेसडर से कूद जाता।

पब्लिक के बीच घुस जाता।

चकित लोग उसे इस तरह छू-छूकर देखते जैसे विश्वास न कर पा रहे हों कि वह भी उन्हीं की तरह हाड़-मांस का बना एक पुतला है—सुरक्षाकर्मियों के लिए वे क्षण सर्वाधिक संवेदनशील होते।

वे बाज की तरह अपने घेरे को तोड़कर निकल गए चिरंजीव कुमार की तरफ झपटते—पलक झपकते ही पुनः उसके चारों तरफ घेरा बना लेते, मौका लगते ही वापस एम्बेसडर में ले आते।

और उस वक्त जुलूस फार्म आउस से केवल एक किलोमीटर इधर था जब अचानक कई दिशाओं से पत्थर उछले।

एम्बेसडर में लगे, आस-पास गिरे और स्पेशल गार्डर्स के जिस्मों से टकराए।

अफरा-तफरी मची!

लोग चारों तरफ को भागने लगे।

हवा में लहराते पत्थर जरूर नजर आ रहे थे परंतु उन्हें फेंकने वाले नजर नहीं आए।

पुलिस ने हल्का लाठी-चार्ज किया।

भगदड़ मच गई।

हालांकि एम्बेसडर के आगे मौजूद चिरंजीव कुमार के समर्थकों की भीड़ बाधक थी, फिर भी चालक जितनी स्पीड बढ़ा सकता था बढ़ा दी—स्पेशल गार्ड्स ने चिरंजीव कुमार को इस तरह ढक लिया जैसे सीप ने मोती छिपा लिया हो।

एम्बेसडर तेजी से पथराव वाला स्थान पार कर गई।

पथराव ज्यादा देर नहीं किया गया।

हल्का-सा नाटक था।

उद्देश्य में कामयाबी मिली अर्थात् चिरंजीव कुमार को हैलमेट पहना दिया गया।

उसके बाद फार्म हाउस तक कहीं कोई गड़बड़ नहीं हुई—जुलूस अपने स्वाभाविक जोश-खरोश के साथ वहां पहुंचा—सतर्क तो सुरक्षाकर्मी पहले ही से थे मगर वहां पहुंचने के बाद अत्यधिक सतर्क नजर आने लगे।

हर अफसर ने अपना-अपना मोर्चा संभाल लिया।

दिलों की धड़कनें यह सोच-सोचकर बढ़ने लगीं कि अब वे घटनाएं घटने वाली हैं जिनका उन्हें सुबह से इंतजार था।

एम्बेसडर लोहे वाला गेट पार करके चारदीवारी के अंदर दाखिल हुई।

स्पेशल गाडर्स के घेरे में चिरंजीव कुमार उतरा।

ज्ञापनदाताओं की भीड़ की ओर बढ़ा, एम्बेसडर इमारत के पीछे की तरफ चली गई।

गेट पर तलाशी का काम मुस्तैदी के साथ चल रहा था।

योजना के मुताबिक तेजस्वी चारदीवारी के बाहर ही रह गया—भीड़ काफी थी लेकिन उसे वह युवक नजर आ गया जिसने नीली शर्ट और काली जीन्स पहन रखी थी—उसे मालूम था, रिवॉल्वर यही युवक देगा—युवक कई बार उसके समीप से गुजरा किंतु तेजस्वी ने ऐसा अभिनय किया जैसे उसे जानता ही न हो।

अचानक युवक पुनः उसके नजदीक आया—धक्का-मुक्की का लाभ उठाकर उसके शरीर से सट गया और ठीक उसी समय तेजस्वी ने अपने पेट पर रिवॉल्वर की नाल की चुभन महसूस की, साथ ही युवक की फुसफुसाहट—''इसे संभालो, अगर जरा भी गड़बड़ करने की चेष्टा की तो अपने सारे परिवार से हाथ धो बैठोगे!''

तेजस्वी मन-ही-मन यह सोचकर उसकी हरकत पर मुस्कराया कि इस बेवकूफ युवक को स्वप्न तक में गुमान नहीं हो सकता कि जिसे वह धमका रहा है, वह यहां होने वाले बखेड़े का मुखिया है—प्रत्यक्ष में उसने खौफजदा होने के अभिनय के साथ रिवॉल्वर उसके हाथ से लेकर जेब में सरका लिया।

अगले पल, नीली शर्ट और काली जीन्स वाला युवक आसपास तो क्या दूर-दूर तक नजर नहीं आ रहा था।

भीड़ में छलावे की तरह गुम हो चुका था वह।

परंतु!

तेजस्वी जानता था, युवक उसे भले ही नजर न आ रहा हो, मगर ठक्कर के दो कमांडो साए की तरह उसके पीछे लग चुके होंगे, उन्हें सख्त हिदायत थी—रिवॉल्वर देने वाला एक सेकेंड के लिए भी उनकी आंखों से ओझल न हो पाए और किसी सूरत में यह न भांप पाए कि उस पर नजर रखी जा रही है या पीछा किया जा रहा है—डेढ़ बजे से पहले उसके साथ किसी किस्म की छेड़छाड़ करने का हुक्म तो बिल्कुल था ही नहीं—ठक्कर के मुताबिक वक्त से पूर्व हुई ऐसी कोई भी हरकत ब्लैक स्टार को चौकन्ना कर सकती थी—परिणामस्वरूप सारे किए-धरे पर पानी फिर सकता था।

जेब में रिवॉल्वर लिए तेजस्वी गेट की तरफ बढ़ा।

चारदीवारी के अंदर पहुंचा।

ठक्कर से नजरें मिलीं—आंखों ही आंखों में तेजस्वी ने बता दिया कि रिवॉल्वर उसकी जेब में है।

लॉन में वर्दी और बगैर वर्दीधारी सुरक्षाकर्मियों के अतिरिक्त करीब पांच सौ स्त्री-पुरुष थे—ज्ञापनदाताओं के अलावा वे नेता और सक्रिय कार्यकर्ता भी अभी तक वहीं थे जो हमेशा चिरंजीव कुमार के काफिले के साथ रहा करते थे।

चल रहे ड्रामे से पूरी तरह अनभिज्ञ चिरंजीव कुमार लोगों से ज्ञापन लेने में मशगूल था।

उसने कई बार हैलमेट उतारने की कोशिश की, मगर स्पेशल गाडर्स ने विनम्र अनुरोध के साथ ऐसा नहीं करने दिया।

हालांकि सुरक्षाकर्मियों की गिद्ध-दृष्टि हरेक शख्स को वॉच कर रही थी परंतु अभी तक ब्लैक स्टार, मरजीवड़ों या व्हाइट स्टार की पहचान नहीं हो पाई—होती भी कैसे ... व्हाइट स्टार तो स्वयं तेजस्वी ही था।

योजना के मुताबिक तेजस्वी बाईं तरफ मौजूद गुलाब के पौधे की तरफ

बढ़ा और निर्धारित पौधे की जड़ में ऐसे अभिनय के साथ रिवॉल्वर फेंक दिया जैसे अपनी इस हरकत पर किसी की नजर न पड़ने देता चाहता हो।

लगभग उसी समय एक जीप चारदीवारी के बाहर, गेट से थोड़ी दूर लेकिन ठीक सामने आकर खड़ी हो गई—चारदीवारी के अंदर परंतु गेट के ठीक सामने अपने मोर्चे पर तैनात कमिश्नर शांडियाल का दिल जीप पर नजर पड़ते ही जोर-जोर से धड़कने लगा।

उन्होंने ड्राइवर को जीप में मौजूद दो महिलाओं और एक अधेड़ से कुछ कहते देखा।

फिर ड्राइवर जीप से बाहर निकला। गेट की तरफ बढ़ा, तलाशी के बाद चारदीवारी के अंदर आ गया।

यहां मौजूद अन्य बहुत से लोगों की तरह उसने भी खादी का सफेद कुर्ता-पाजामा पहन रखा था।

शांडियाल की दृष्टि उसी पर केन्द्रित थी।

ठक्कर की सतर्क आंखें उस शख्स को खोज रही थीं जिसे किसी भी क्षण अपने कुर्ते का कॉलर उलटा मोड़ लेना था।

कमांडो नंबर वन और फोर ड्राइवर के दाएं-बाएं मोर्चा संभाल चुके थे, तेज कदमों के साथ चलता हुआ वह तेजस्वी के नजदीक से गुजरता हुआ बड़बड़ाया—"चैक कर सकते हो, परिवार आ चुका है।"

उसकी यह बड़बड़ाहट नंबर वन और फोर ने भी सुनी परंतु जाहिर कुछ नहीं किया।

तेजस्वी इस तरह गेट के सामने की तरफ सरक गया जैसे पुष्टि कर लेना चाहता हो कि उसका परिवार चारदीवारी के बाहर मौजूद है अथवा नहीं, मगर निगाह गुलाब के पौधे की जड़ में पड़े रिवॉल्वर पर ही थी—मानो, जब तक परिवार के पहुंचने की पुष्टि न हो जाए, तब तक किसी को रिवॉल्वर हासिल नहीं करने देगा।

उधर, ड्राइवर ने अपने कुर्ते का कॉलर उलट दिया।

ठक्कर उछल पड़ा।

ठक्कर ही क्यों, लगभग सभी ऑफिसर्स ने उसकी हरकत देख ली थी।

सुरक्षाकर्मियों में भूचाल-सा आ गया।

मगर ये भूचाल ऐसा था जिसने कोई विस्फोट नहीं किया—हल्की-सी गड़गड़ाहट तक नहीं हुई और आंखों के इशारों ही इशारों में ड्राइवर चारों तरफ से बुरी तरह सुरक्षाकर्मियों से घिर गया—अफसरों के विचारानुसार उसे

अपने घिर जाने का गुमान तक नहीं था किंतु वास्तव में यह ऑफिसर्स का भ्रम था—उस शख्स को न केवल अपने घिर जाने की जानकारी थी बल्कि कॉलर उल्टा मोड़ने की हरकत उसने की ही घिर जाने के लिए थी—ये अलग बात है कि वह दर्शा यही रहा था कि उसे दूर-दूर तक अपने घिर जाने का इल्म नहीं है।

अगर सही शब्द इस्तेमाल किए जाएं तो यह कहना अतिश्योक्ति न होगी कि फार्म हाउस के लॉन में शतरंज बिछी हुई थी—सुरक्षाकर्मियों और ब्लैक फोर्स की तरफ से चालें चली जा रही थीं—सबसे ज्यादा मजे की बात ये थी कि दोनों तरफ से चालें चलने वाला खिलाड़ी एक ही था, उसका नाम था—तेजस्वी!

कमिश्नर और ठक्कर की आंखें मिलीं—ठक्कर ने उन्हें 'एक्शन' करने का संकेत दिया, कमिश्नर साहब धाड़-धाड़ करते, अपने दिल को संभाले गेट की तरफ बढ़ गए—योजना के मुताबिक टहलते से गेट पार करके जीप के नजदीक पहुंचे—एक निगाह चारों तरफ मौजूद भीड़ पर डाली—शायद उनका प्रयास ब्लैक फोर्स के लोगों की पहचान करना था, जिसमें वे एक परसैन्ट भी कामयाब न हो सके—कम-से-कम उन्होंने महसूस नहीं किया कि कोई जीप की निगरानी कर रहा है—फिर भी, योजना के मुताबिक ड्राइविंग डोर के नजदीक जाकर इस तरह पूछताछ शुरू की जैसे पुलिस किसी से भी सामान्य पूछताछ कर सकती है, उनका पहला सवाल अधेड़ से था—''आपका नाम?''

''अरविन्द कुमार।'' अधेड़ ने जवाब दिया।

शांडियाल ने अधेड़ महिला से पूछा—''आपका?''

''नलिनी।'' वे सहमे हुए नजर आ रहे थे।

उन्होंने चश्मे वाली युवा महिला से कहा—''तुम्हारा नाम शायद 'शुभा' है?''

''ज-जी, मगर ...''

''घबराओ नहीं!'' शांडियाल ने धीमे से कहा—''हम पुलिस कमिश्नर हैं और जानते हैं कि अब तक तुम लोग ब्लैक फोर्स की कैद में थे—तुम तेजस्वी के माता-पिता और पत्नी हो न?''

''हां-हां!'' तीनों एक साथ कह उठे।

''धीमे स्वर में बात करो, तेजस्वी की बेटी कहां है?''

नलिनी रो देने वाले लहजे में कह उठी—''व-वो अभी तक उन्हीं के कब्जे में है साब!''

शांडियाल के पैरों-तले से जमीन खिसक गई।

दिमाग में दो शब्द गूंजे।

''धोखा ... चालाकी!''

अगर योजना पर अमल किया गया तो तेजस्वी की बेटी मारी जाएगी।

क्या करें?

दुविधा में फंस गए वे!

परंतु केवल एक पल के लिए।

अगले पल निश्चय कर चुके थे।

ब्लैक स्टार लॉन में पहुंच चुका है और अब केवल तेजस्वी की बेटी की खातिर योजना पर अमल को नहीं रोका जा सकता—वह मरती है तो मर जाए या ब्लैक स्टार के उनके कब्जे में आने के बाद वे उसे इतनी आसानी से नहीं मार सकेंगे—कमिश्नर ने यह सोचकर फैसला कर डाला कि जो होगा देखा जाएगा—फिलहाल उनकी ड्यूटी इन लोगों को बचाना है, पूछा—''तेजस्वी की बेटी को क्यों रोक लिया उन्होंने?''

शुभा ने बताया—''कहते थे, अगर तेजस्वी ने कोई गड़बड़ नहीं की तो उसे भी छोड़ दिया जाएगा।''

''और अगर गड़बड़ की तो वे उसे मार डालेंगे।'' अधेड़ की आवाज भर्रा गई।

''तेजस्वी की तरफ से कौन से काम में गड़बड़ की जाने का अंदेशा था उन्हें?''

''हमें नहीं मालूम।''

''खैर!'' कमिश्नर का स्वर और धीमा हो गया—''सुनो, हम अचानक ड्राइविंग सीट पर बैठेंगे और आनन-फानन में जीप को उस लोहे वाले गेट के अंदर ले जाएंगे—तुम लोग घबराना नहीं, आराम से बैठे रहना।''

''य-ये कहां हैं?'' शुभा ने पूछा।

''कौन?'' कमिश्नर साहब ने खड़े-ही-खड़े ठक्कर की दी हुई 'मास्टर की' निकालकर इग्नीशन में फंसा दी—''तेजस्वी?''

''हां!''

''अंदर है!'' उन्होंने चाभी घुमाकर देखी, चाभी फिट थी।

''उनसे कहो गड़बड़ न करें।'' नलिनी ने कहा—''वे लोग अरुणा को ...।''

मगर।

उसका वाक्य पूरा न हो सका।

स्टार्ट होने के साथ ही जीप ने एक तेज झटका खाया था—गजब की फुर्ती के साथ कमिश्नर साहब ड्राइविंग सीट पर बैठे—किसी भी तरफ से चलने वाली गोलियों की परवाह किए बगैर जीप को गियर में डालकर एक्सीलेटर दबा दिया।

जीप तोप से छूटे गोले की तरह गेट पार कर गई।

उम्मीद के विपरीत कहीं कोई फायर नहीं हुआ, कोई गोली नहीं चली।

जीप के गुजरते ही गेट बंद हो गया।

तेजस्वी के बेहद नजदीक पहुंचकर कमिश्नर साहब ने जोर से ब्रेक लगाए—टायरों की तीव्र चीख-चिल्लाहट के कारण चिरंजीव कुमार सहित सभी साधारण लोगों ने उस तरफ देखा।

लेकिन केवल साधारण लोगों ने।

ड्राइवर को घेरे खड़े सुरक्षा-अफसरों ने ठक्कर सहित उस पर जम्प लगा दीं।

अगर यह कहा जाए तो गलत न होगा कि वह चूहे की तरह उनके चंगुल में फंस गया—एक तरफ वह सब हो रहा था, दूसरी तरफ अरविन्द कुमार, नलिनी और शुभा तेजस्वी को बेहद नजदीक खड़ा देखकर जीप से कूदे, नलिनी ने चीखकर कहा उससे—''कोई गड़बड़ मत करना बेटे, वे हमारी अरुणा को मार डालेंगे।''

''आप इधर आइए मांजी!'' कमिश्नर ने उन्हें पकड़ा।

अब तेजस्वी से वही गुहार अरविन्द कुमार करने लगा।

''व्हाइट स्टार भी यहीं कहीं होगा।'' तेजस्वी चीखा—''तलाश करो उसे।''

इस अफरा-तफरी में शुभा की तरफ किसी ने ध्यान न दिया—वह तेज कदमों के साथ चिरंजीव कुमार की तरफ बढ़ी, एक स्पेशल गार्ड ने उसका रास्ता रोक लिया।

''मुझे उनके चरण-स्पर्श करने दो!'' शुभा चीखी।

''नहीं ...।''

गार्ड ने रोकना चाहा मगर खुद चिरंजीव कुमार ने कहा—''फिक्र मत करो, आने दो उन्हें।''

गार्ड को एक तरफ हटना पड़ा।

चिरंजीव कुमार ने आत्मीयता से भरपूर हाथ शुभा के कंधे पर रखा और अपनी चिरपरिचित मुस्कान के साथ मीठे स्वर में पूछा—''कहां से आई हो?''

शुभा जवाब दिए बगैर उसके चरणों में झुक गई।

ठक्कर को जाने क्या आभास हुआ कि जोर से चीखा—"रोको उसे ...।"

धड़ाम!

भयंकर विस्फोट हो चुका था।

इंसानी खून और गोश्त के लोथड़े दूर-दूर तक बिखर गए।

"वैरी गुड!" ट्रिपल जैड झूम उठा—"तुमने कमाल कर दिया तेजस्वी!"

"मेरे पास बकवास सुनने का टाइम नहीं है।" तेजस्वी का लहजा बर्फ की मानिन्द ठंडा था—"पेमेन्ट की अंतिम रसीद मेरे हवाले करो।"

ट्रिपल जैड ने कहना चाहा—"मैं तो तुम्हारी तारीफ कर रहा था तेज ...।"

"अपनी तारीफ मुझे इस वक्त बकवास लग रही है।" उसकी बात काटकर तेजस्वी सपाट लहजे में कहता चला गया—"देर मत करो बेवकूफ—अभी संपूर्ण प्रशासन सदमे में है—कुछ देर बाद परिन्दे तक का प्रतापगढ़ की सीमा से बाहर निकलना असंभव हो जाएगा—अतः रसीद मेरे हवाले करो और फरार हो जाओ यहां से।"

"मेरा आइडेन्टिटी कार्ड?"

"ये रहा ...।" तेजस्वी ने जेब से उसका परिचय-पत्र निकाल कर दिखाया—"एक हाथ से रसीद दो, दूसरे से इसे ले लो।"

"गुड!" ट्रिपल जैड ने अपनी जेब से रसीद निकाली।

उसके बाद सचमुच अपने एक हाथ से रसीद दी, दूसरे से परिचय-पत्र ले लिया—तेजस्वी ने रसीद चैक की और संतुष्ट होने के बाद जेब के हवाले करके फिरकनी की तरह घूमा, तेज कदमों के साथ दरवाजे की तरफ बढ़ता हुआ बोला—"सौदा पूरा हुआ मिस्टर ट्रिपल जैड—आज के बाद न तुम मुझे जानते हो, न मैं तुम्हें, गुड बाई!"

"ठहरो!" एकाएक ट्रिपल जैड के हलक से सर्द गुर्राहट फूटी।

दरवाजे की तरफ बढ़ता तेजस्वी ठिठक गया।

ट्रिपल जैड के आदेश के बगैर हाथ ऊपर उठा लिए उसने।

ट्रिपल जैड की तरफ उसकी पीठ थी—मात्र लहजे से तेजस्वी ने अनुमान लगा लिया था कि इस वक्त ट्रिपल जैड के हाथ में मौजूद रिवॉल्वर उसकी तरफ तना हुआ होगा, अजीब स्वर में पूछा उसने—"क्या मैं पलट सकता हूं?"

''अभी नहीं!'' गुर्राने के साथ ट्रिपल जैड तेजी से उसके नजदीक आया—दाएं हाथ में मौजूद साइलेंसरयुक्त रिवॉल्वर की नाल तेजस्वी की पीठ पर टिकाई और बायां हाथ बढ़ाकर होलेस्टर से उसका सर्विस रिवॉल्वर निकालकर अपनी जेब में ठूंसने के बाद गुर्राया—''याद रखना, जरा भी हरकत की तो मैं गोली चला दूंगा।''

तेजस्वी ने बगैर जरा भी हिले, उसी पोजीशन में खड़े-खड़े पूछा—''अगला आदेश क्या है?''

''घूमो!''

तेजस्वी हाथ ऊपर उठाए घूम गया।

नजरें मिलीं—ट्रिपल जैड की आंखों में विजयी भाव थे—शिकस्त या खौफ का एक भी लक्षण तेजस्वी की आंखों में नजर नहीं आ रहा था, बहुत ही आत्मविश्वासपूर्वक कहा उसने—''एक बात मैं भी कहूं दोस्त?''

''बको!'' वह गुर्राया।

''वहां!'' तेजस्वी ने सोफे की तरफ इशारा किया—''शरीफ लोगों की तरह बैठकर बातें करें तो बेहतर होगा।''

''यहीं खड़े-खड़े बको, एक बार फिर कहूंगा ... ज्यादा स्मार्ट बनने की कोशिश की तो ...।''

ट्रिपल जैड ने जानबूझकर अपना वाक्य अधूरा छोड़ दिया।

तेजस्वी ने 'जैसी मर्जी' वाले अंदाज में कंधे उचकाए, मुंह बिचकाया और बोला—''मैं ये जानना चाहता हूं बंदापरवर कि इस हरकत का आखिर मतलब क्या हुआ?''

''कौन-सी हरकत का?''

''हमारे बीच एक सौदा हुआ था—यह कि मैं चिरंजीव कुमार को खलास करूंगा और तुम मुझे किस्तों में पेमेन्ट करोगे—दोनों के काम हो गए, उसके बाद ये रिवॉल्वर बीच में क्यों आया?''

''अगर तुमने यह सोचा था कि काम होने के बाद हम तुम्हें जिंदा छोड़ देंगे तो यह तुम्हारी बेवकूफी थी।''

''वजह?''

''तुम्हें पहले ही समझ जाना चाहिए था कि हम ऐसे एक भी आदमी को दुनिया में जीवित नहीं छोड़ेंगे जिसके जरिए कल लोगों को यह पता लग सके कि ये काम ब्लैक फोर्स का नहीं, हमारे देश का था—पहले मैंने योगेश के जरिए तुम्हारा खात्मा करने की योजना बना रखी थी—मगर उसकी मौत के

कारण खुद मैदान में आकर यह काम करने पर मजबूर हो गया।''

''अब मैं भी एक बात कहूं?''

''बोलो।''

''मैं बेवकूफ नहीं हूं।''

''यानि?''

''तुमने अभी-अभी कहा अगर मैंने ऐसा सोचा था कि काम होने के बाद तुम मुझे जिंदा छोड़ देने वाले हो तो वह पूरी बेवकूफी थी—जवाब साफ है ट्रिपल जैड, मैंने ऐसा नहीं सोचा था बल्कि मालूम था तुम कितने ऊंचे उड़ोगे।''

''बकवास!'' ट्रिपल जैड ने कहा—''अगर मालूम होता तो तुम परिस्थिति से निपटने की तैयारी रखते।''

''तुमसे किसने कहा मैं तैयारी करके नहीं आया था?''

ट्रिपल जैड को लगा, तेजस्वी ब्लफ मार रहा है, बोला—''आने की बात छोड़ो बेटे, अपनी तरफ से तो तुम सौदा पूरा करके लौटने लगे थे—मैंने ही आवाज देकर रोका ...।''

''मुझे मालूम था तुम रोकोगे।''

''खाक मालूम था तुम्हें!'' ट्रिपल जैड पूरे कॉन्फिडैन्स में था—''अब तुम अपनी झेंप मिटा रहे हो—दरअसल तुम्हें अपने बारे में 'डींग' मारने की आदत है, कभी कुबूल नहीं करोगे कि तुम धोखा खा गए।''

''कभी खाया तो सीना तानकर कुबूल करूंगा दोस्त, लेकिन फिलहाल तेजस्वी को पोंगा पंडित समझकर धोखा तुमने खाया है—हालांकि मैंने तुम्हें चेताने की कोशिश की थी—कहा था कि मुझे कुम्बारप्पा या चिदम्बरम समझने की भूल मत करना मगर तुम नहीं चेते—अब अंजाम भुगतोगे।''

''वैरी गुड, रिवॉल्वर मेरे हाथ में है और अंजाम तुम भुगताओगे?''

''ऐसे आर्टिस्टिक चमत्कार कर दिखाने वाले को ही तो लोग तेजस्वी कहते हैं।'' उसने अपने एक-एक शब्द पर जोर दिया—''सुनो ट्रिपल जैड, जहां तुम और तुम्हारा देश मुझे इसलिए जीवित नहीं रहने दे सकता क्योंकि तुम अपना भेद नहीं खुलने देना चाहते, वहीं मेरा भी एक सिद्धांत है, यह कि मैं खुद पर हावी होने वाले शख्स को इस दुनिया में जीवित नहीं रहने देता—तुमसे अंतिम रसीद लेने के बाद मैं तुम्हें यहां खलास कर देने के उद्देश्य से आया था—वापस जाने का नाटक केवल इसलिए किया क्योंकि जानता था, तुम मुझे वापस जाने देने वाले नहीं हो—एक ही इच्छा थी कि पहल

तुम करो और तुमने की—अब तुम अपनी मौत का जिम्मेदार मुझे नहीं ठहरा सकते—तुम खुद जिम्मेदार होगे ... तुम खुद!''

''अब तुम ये ऊंची-ऊंची डींगें मारने के अलावा कुछ नहीं कर सकते तेजस्वी!'' ट्रिपल जैड गुर्राया—''इस किस्म की बातें करके मुझे नर्वस करने की कोशिश करना बेवकूफी है।''

''गोली चला मुन्ना!'' तेजस्वी ने व्यंग्यात्मक मुस्कान के साथ कहा—''तेरे रिवॉल्वर से निकली गोली का अंजाम खुद बता देगा कि मैं डींग मार रहा हूं या कहीं कोई सच्चाई है?''

एकाएक यह सोचकर ट्रिपल जैड को आश्चर्य हुआ कि जब उसका उद्देश्य ही तेजस्वी को मार डालना है तो अब तक मार क्यों नहीं डाला—इतनी बातें क्यों कर रहा है वह उससे और उसकी इतनी बकवास सुनी ही क्यों—जबड़े खुद-ब-खुद भिंचते चले गए, हलक से गुर्राहट निकली—''मरना ही चाहता है तो ले हरामजादे ... ले!''

जुनून में दो बार ट्रेगर दबाया उसने।

दोनों गोलियां तेजस्वी के सीने से टकराकर यूं छितरा गईं जैसे पत्थर पर से टकराई हों।

पलक झपकते ही ट्रिपल जैड के जहन में विचार कौंधा—तेजस्वी बुलेट-प्रूफ लिबास पहने हुए है—उसने तेजी से अपने रिवॉल्वर का रुख उसके चेहरे की तरफ उठाना चाहा मगर देर हो चुकी थी—उसका प्रयास कामयाब होने से बहुत पहले तेजस्वी का दुहत्थड़ पूरी ताकत के साथ रिवॉल्वर वाली कलाई पर पड़ा।

रिवॉल्वर छिटककर दूर जा गिरा।

गुरिल्ले के पंजों की मानिन्द तेजस्वी के दोनों हाथ उसकी गर्दन पर आ जमे, वह पूरी ताकत से उसका गला दबाता हुआ गुर्रा रहा था—''अब भी समझ में आया नहीं विदेशी कुत्ते कि मैं यहां पूरी तैयारी के साथ आया था?''

ट्रिपल जैड के हलक से गूं-गूं के अलावा दूसरी आवाज न निकल सकी।

आंखें पलकों की सीमा से बाहर कूद पड़ना चाहती थीं।

''मरते-मरते अब तेरी समझ में यह भी आ गया होगा कि शुरू से ही मैंने तेरे रिवॉल्वर का रौब क्यों नहीं खाया?'' गुर्राने के साथ वह ट्रिपल जैड की गर्दन पर अपने हाथों का दबाव बढ़ाता चला गया।

ब्लैक स्टार एक खिड़की के पार खड़ा उस दृश्य को देखकर हौले-हौले मुस्करा रहा था।

तेजस्वी ने अपने हाथ उसकी गर्दन से तब हटाए जब यकीन हो गया कि अब उसमें जीवन का कोई चिन्ह शेष नहीं रह गया है—गर्दन दबाने में पूरी ताकत लगाने के कारण वह बुरी तरह हांफ रहा था।

कुछ देर बाद जब सांसें नियंत्रित हुईं तो सबसे पहले उसकी जेब से अपना सर्विस रिवॉल्वर निकालकर होलेस्टर में डाला—सिगरेट सुलगाई और सोफे पर बैठकर पहला कश ही लिया था कि कमरे में आवाज गूंजी—"मुबारक हो तेजस्वी, मुबारक हो!"

तेजस्वी एक झटके से खड़ा होकर घूमा।

कमरे में दाखिल होते ब्लैक स्टार को देखकर उसके पैरों तले से जमीन खिसक गई—पत्थर की शिला की मानिन्द खड़ा रह गया वह, पलकें तक ने झपकना बंद कर दिया था।

जिस्म पसीने-पसीने हो गया।

तड़पता सा दिल उसकी पसलियों से सिर टकराने लगा—बोलने की लाख चेष्टाओं के बावजूद हलक से आवाज न निकल सकी जबकि संतुलित कदमों के साथ उसकी तरफ बढ़ रहे ब्लैक स्टार ने जीवंत मुस्कान के साथ कहा—"तुम हमें यहां देखकर इसलिए हैरान हो न कि हमें ट्रिपल जैड के ठिकाने का क्या पता?"

"स-सर ...।" हलक में मानो कुछ अटककर रह गया।

"तुम्हारे ख्याल से हमें ट्रिपल जैड नामक किसी शख्स के अस्तित्व तक की जानकारी नहीं होनी चाहिए।" ब्लैक स्टार उसके बेहद नजदीक आ गया—"लेकिन तुम्हारा ये ख्याल गलत है बल्कि शुरू से गलत था।"

"य-यानि आप जानते थे मैं श्रीगंगा के कीर्ति कुमारम् का नहीं बल्कि वास्तव में अरविन्द कुमार का लड़का हूं?" तेजस्वी बड़ी मुश्किल से पूछ सका।

"ये भी जानते थे कि तुम चिरंजीव कुमार का मर्डर प्रतिशोध की आग के कारण ही नहीं, बल्कि ट्रिपल जैड द्वारा धन मिलने के कारण करने वाले हो—यह बात भी हम तभी से जानते हैं जब तुमने जंगल के बेसमेन्ट में प्रभावशाली ढंग से एक काल्पनिक कहानी सुनाकर, अपनी समझ में हमारे सामने खुद को कीर्ति कुमारम् का बेटा सिद्ध किया—हम यह भी जानते थे कि तुम्हारे असली सर्टिफिकेट्स को नकली साबित करने के पीछे ट्रिपल जैड है।"

''भला फिर आपने मेरी बातों में आ जाने का नाटक क्यों किया?''

''हमें एक ऐसे आदमी की जरूरत थी जो सचमुच चिरंजीव कुमार का मर्डर करना चाहता हो—इस बात से हमारी सेहत पर कोई फर्क पड़ने वाला नहीं था कि वह मर्डर प्रतिशोध की खातिर करना चाहता है या धन की खातिर, तुम्हें हासिल करने के लिए तुम्हारी बातों में आ जाने का नाटक करने में हमें कोई बुराई नजर नहीं आई।''

''तब तो आपको ये भी मालूम होगा कि वह झूठी कहानी मैंने इसी के कहने पर आपको सुनाई थी?''

''तुम व्यर्थ ही अपनी स्थिति स्पष्ट कर रहे हो।''

''ज-जी?''

''जितने बड़े ऑर्गेनाइजेशन को हम चला रहे हैं, उसे चलाने के लिए जिस्म की आंखों की नहीं, दिमाग की आंखों की जरूरत होती है तेजस्वी, और दिमाग की ये आंखें चौबीस घंटे खुली रखनी पड़ती हैं—हमें यह भी मालूम है कि ट्रिपल जैड ने तुमसे क्या कहा और यह भी कि तुम हमें ट्रिपल जैड के बारे में क्यों नहीं बताना चाहते थे—दरअसल तुम्हें डर था, अगर हमें ट्रिपल जैड की तरफ से तुम्हारी दिशा में बह रहे धन की गंगा की भनक लग गई तो उसकी एक मोटी धार अपनी तरफ बहाने के लिए कह बैठेंगे।''

तेजस्वी की जुबान तालू से जा चिपकी।

कम्बख्त से कुछ भी नहीं छुपा था।

कहे तो क्या कहे, अपने उस लम्बे-चौड़े झूठ की क्या सफाई दे?

ब्लैक स्टार कहता चला गया—''जबकि जो तुमने सोचा वह पूरी तरह गलत था—हमें धन की धार की नहीं बल्कि तुम जैसे टेलैंटिड शख्स की जरूरत थी—जब तुमने कहा—'ठक्कर और अपने अफसरों का विश्वास जीतने के लिए तुम्हें ऐसा नाटक रचना पड़ेगा जैसे तुमने प्रतापगढ़ से ब्लैक फोर्स का सफाया कर दिया हो और इसके लिए शुब्बाराव एवं थारूपल्ला का मारा जाना जरूरी है तथा पूरा विश्वास जमाने के लिए झावेरी के पुल का उड़ना भी जरूरी है तो एक पल को हमें शक हुआ, कहीं तुम सचमुच ही तो ब्लैक फोर्स को ध्वस्त करने के मिशन में मशगूल नहीं हो मगर अपने जासूसों की इस रिपोर्ट के बाद संतुष्ट हो गए कि ऐसा नहीं है—सचमुच तुम्हारा लक्ष्य चिरंजीव कुमार है, इस महान काम को अंजाम देने के लिए हमने तुम्हारी धाक जमाने हेतु जबरदस्त नुकसान उठाए, शुब्बाराव और थारूपल्ला जैसे लोग खोए—काली बस्ती में मौजूद हमारे समर्थक आज तक कैदियों जैसा

जीवन बिता रहे हैं—जिसने इतना सब कुछ होने दिया वो क्या तुमसे चंद सिक्कों की गुजारिश करता?''

''स-सॉरी सर, स्वीकार करता हूं मैंने गलत सोचा।''

''इस सबके बावजूद 'सॉरी' बोलने की जरूरत नहीं है तेजस्वी—जितना बड़ा काम तुमने किया है उसकी एवज में तुम्हारी शुरूआत करना हम अपना दायित्व समझते हैं—अगर ध्यान से देखा जाए तो तुमने हमसे कोई धोखा नहीं किया, कोई गद्दारी नहीं की—सिर्फ एक छोटा-सा झूठ बोला है—और हम ट्रिपल जैड की तरह अपने काम आने वाले को धोखा नहीं देते—यहां आए ही इसलिए थे क्योंकि मालूम था, काम होते ही पेमेन्ट की अंतिम किस्त तुम्हें यहां खींच लाएगी—यह भी मालूम था कि ट्रिपल जैड़ तुम्हें यहां से जीवित निकल जाने देने का इरादा नहीं रखता—हम नहीं चाहते थे वह तुम्हें कोई नुकसान पहुंचा पाए अर्थात अगर तुमने इसका गला न घोंटा होता तो हमारे रिवॉल्वर की गोली से मारा जाता।''

''ल-लेकिन ये तो मुझ पर दो फायर कर चुका था, तब ...।''

''हमें मालूम था तुम बुलेट-प्रूफ लिबास पहने हुए हो।''

तेजस्वी कह उठा—''क्या कहीं कुछ ऐसा भी था, जो आपको मालूम नहीं था?''

''था।'' ब्लैक स्टार ने बेहिचक कहा।

''ज-जी?''

''जिस वक्त तुम थारूपल्ला को अपने रूल से पीटने काली बस्ती गए और ट्रांसमीटर पर झूठ बोलकर अपना काम निकाल ले गए, उस वक्त हमें बिल्कुल मालूम नहीं था कि तुम झूठ बोल रहे हो—सचमुच उस वक्त हम तुम्हारे द्वारा मूर्ख बन गए और असल में तुम्हारे उसी कारनामे ने हमें यह 'मैसेज' दिया कि वह शख्स तुम्हीं हो जो चिरंजीव कुमार जैसे स्तम्भ को नेस्तनाबूद कर सकता है—वह शिकस्त खाने के बाद ही हमने इस बड़े काम के लिए तुम्हारा चुनाव किया था।''

''अब आप मुझसे क्या चाहते हैं?''

''कुछ और बड़े काम कराना।''

''क्या चिरंजीव कुमार के मर्डर से बड़ा भी कोई काम बाकी है?''

''सबसे बड़ा काम यमनों का एक अलग राष्ट्र बनाना है।''

''यानि आपका अंतिम लक्ष्य?''

''यकीनन!'' ब्लैक स्टार ने कहा—''चिरंजीव कुमार लक्ष्य नहीं, लक्ष्य

के रास्ते की एक बाधा-मात्र था—लक्ष्य तो यमनिस्तान की स्थापना है।''

तेजस्वी चुप रह गया।

''बोलो तेजस्वी, हिचको मत—जो कहना चाहते हो, कहो।''

''बुरा न मानिएगा सर, इतनी बातें सुनने के बाद आपके समक्ष झूठ बोलने की हिम्मत नहीं पड़ रही—अगर हिम्मत कर पाता तो शायद इस वक्त आपको खुश करने की खातिर कह देता कि एक यमन होने के नाते मैं भी एक अलग राष्ट्र के पक्ष में हूं और इस मिशन में आपका पूरा साथ दूंगा।''

''हम खुश हुए कि तुमने ऐसा नहीं कहा बल्कि सच्चाई बयान की—क्योंकि तुम्हारे इस झूठ के जाल में हम बिल्कुल फंसने वाले नहीं थे—हम जानते हैं, न तुम्हें यमनिस्तान बन जाने से खुशी होगी, न ही न बनने का दुःख है।''

''तो आप समझ गए होंगे, आपके लक्ष्य हेतु मैं किसी काम का नहीं।''

''फिर भी, हमारी ख्वाहिश तुम्हारे टेलेन्ट का इस्तेमाल करने की है।''

''क-कैसे?''

''जैसे ट्रिपल जैड ने किया।''

''यानी?''

''भविष्य में तुम्हें हमारे लिए किए गए हर काम की मुंह मांगी कीमत मिलेगी।''

तेजस्वी को लगा, इस वक्त इंकार करना उसके हाथ में नहीं है, अतः दो मिनट सोच-विचार में गंवाने का नाटक करने के बाद बोला—''डन!''

''गुड!''

''तो अगले मिशन के बारे में कुछ कहिए।''

''ये बातें यहां नहीं हो सकतीं, चलना होगा।''

''कहां?''

''जंगल में।''

''वहां जाने का वक्त कहां है सर, अभी तो मुझे चिरंजीव कुमार के मर्डर से उत्पन्न परिस्थितियों से निपटना होगा—फिलहाल कुछ देर के लिए यहां इस काम से निपटने इसलिए चला आया था क्योंकि अफरा-तफरी मची हुई थी—किसी को मालूम नहीं था कौन कहां है। मगर अब ... जैसे-जैसे समय गुजरेगा सबको एक-दूसरे का ख्याल आना शुरू हो जाएगा—मैं गायब पाया गया तो बेवजह संदेह के दायरे में फंसूंगा, इस वक्त मेरा वहां मौजूद रहना जरूरी है।''

''तुम्हें ताजा सिच्युएशन्स नहीं मालूम जबकि हम जानते हैं।'' ब्लैक स्टार ने कहा—''और उनके मुताबिक तुम्हारा वहां जाना मौत के मुंह में जाने के समान है।''

''ऐसा क्या हो गया है?'' तेजस्वी चौंक पड़ा।

''जंगल में पहुंचकर बताएंगे—फिलहाल यहां से चलो।'' कहने के साथ वह दरवाजे की तरफ मुड़ गया—''अगर ट्रिपल जैड की लाश को ठिकाने लगाना जरूरी समझते हो तो साथ ले लो।''

तेजस्वी ने फर्श पर पड़ा ट्रिपल जैड का रिवॉल्वर उठाकर जेब में डाला—उसका निर्जीव जिस्म कंधे पर और ब्लैक स्टार के पीछे दरवाजे की तरफ बढ़ गया।

अजीब से मॉडल की एक कार हिचकोले खाती हुई झावेरी नदी के किनारे-किनारे कच्चे रास्ते पर दौड़ी चली जा रही थी—अजीब से मॉडल की इसलिए कहा गया क्योंकि भरपूर दिमाग खपाने के बावजूद तेजस्वी पता नहीं लगा सका कि ऐसी कार देश या विदेश की किस कम्पनी ने तैयार की है?

कार के सामने की तरफ हैडलाइट्स के प्रकाश के अलावा तीनों तरफ अंधकार छाया हुआ था।

दूर-दूर तक सन्नाटा!

कार के अंदर भी केवल उसके इंजन की आवाज गूंज रही थी—तेजस्वी कार ड्राइव करते ब्लैक स्टार की बगल वाली सीट पर बैठा था—पिछली सीट पर पड़ी ट्रिपल जैड की लाश हिचकोले खा रही थी।

एकाएक तेजस्वी ने पूछा—''क्या हम सचमुच जंगल जा रहे हैं?''

''हम झूठ नहीं बोला करते।'' ब्लैक स्टार ने संक्षिप्त जवाब दिया।

''ल-लेकिन!'' तेजस्वी ने साहस करके कहा—''मेरे ख्याल से यह रास्ता जंगल की तरफ नहीं जाता!''

''जाता है!'' ब्लैक स्टार ने केवल इतना कहा।

और फिर उसने एक सुनसान स्थान पर कार रोकी।

बैक गियर में डाली, ऐसी पोजीशन में ले आया कि हैड लाइट्स के झाग नदी के पानी पर थिरकने लगे—एकाएक तेजस्वी का दिल बहुत जोर-जोर से धड़कने लगा।

''अपनी तरफ का शीशा चढ़ा लो।'' ब्लैक स्टार ने हुक्म दिया।

ये शब्द तेजस्वी के मुंह से बरबस निकल पड़ा—''क्यों?''

''जो कहा गया है वो करो!'' लहजा सख्त हो उठा—''जवाब खुद मिल जाएगा।''

तेजस्वी को लगा, उसके हाथ ने दिमाग के आदेश के बिना वह काम कर दिया जो ब्लैक स्टार चाहता था—उसकी तरफ की खिड़की के अलावा गाड़ी के अन्य शीशे पहले ही से चढ़े हुए थे—उधर उसके हाथ ने अपना काम किया, इधर एक तेज झटका खाकर कार तेजी से सीधी नदी के पानी की तरफ झपटी।

''अ-रे ...रे ...ये आप क्या ...?'' हैरत में डूबे तेजस्वी के हलक से अस्पष्ट से शब्द बाहर निकलकर रह गए, जबकि क्षणभर के लिए हवा में लहराने के बाद कार छपाक से नदी के पानी पर टकराई और डूबती चली गई।

उस वक्त मारे आश्चर्य के तेजस्वी का बुरा हाल था जब उसने कार को ठीक किसी छोटी पनडुब्बी की तरह नदी के पानी के बीच सफर करते पाया—पानी में गाड़ी की हैडलाइट्स पर्याप्त न थीं—सो, तभी उसने ब्लैक स्टार को एक अन्य बटन दबाते देखा—परिणामस्वरूप पानी के अंदर रास्ता एकदम साफ नजर आने लगा।

''क-कमाल की गाड़ी है ये!'' बुदबुदाने के साथ उसने ब्लैक स्टार की तरफ देखा—अपेक्षा थी वह जवाब में कुछ कहेगा परंतु कोई प्रतिक्रिया न पाने के कारण खुद उसे भी चुप रह जाना पड़ा।

ब्लैक स्टार का पूरा ध्यान ड्राइविंग में था।

तेजस्वी को लगा, ब्लैक स्टार के व्यक्तित्व में ऐसा कुछ है जिसके कारण वह उसके दिलो-दिमाग पर हावी होता जा रहा है।

उसने देखा, पनडुब्बी बनी कार कुछ देर नदी में सफर करने के बाद दूसरे किनारे पर मौजूद पानी से भरी एक गुफा में घुस गई—दोनों तरफ गुफा की दीवारें थीं और करीब चार मोड़ बाद कार ऐसे स्थान पर रुकी जिसके बारे में अगर यह कहा जाए तो गलत न होगा कि वहां गुफा खत्म थी।

ब्लैक स्टार ने डैशबोर्ड पर लगा एक लाल रंग का बटन दबाया—तेजस्वी न जान सका कि उसके दबाने पर कहां क्या प्रतिक्रिया हुई मगर इतना तो समझ ही सकता था कि कहीं न कहीं कुछ न कुछ जरूर हुआ होगा।

क्या हुआ है?

यह जानने के लिए उसका दिल असामान्य गति से धड़कने लगा।

खुद ब्लैक स्टार कुछ बता नहीं रहा था और उसकी हिम्मत सवाल करने की पड़ी नहीं।

बौखलाया सा तेजस्वी अभी गाड़ी के चारों तरफ नजर आ रहे पानी को देख रहा था कि बहुत ही हल्की-सी सरसराहट ने कानों को कुरेदा—ऐसा लगा जैसे कोई दीवार सरकी हो मगर ये शायद उसका वहम था—गाड़ी के तीन तरफ नजर आ रहीं दीवारें यथास्थान मौजूद थीं—अभी जहन उस आवाज का कारण खोज ही रहा था कि नजरें स्वतः कार की छत की तरफ उठ गईं—हालांकि कुछ नजर नहीं आया किंतु इस बार वह इतना समझ गया कि लोहे का कोई भारी कुन्दा कार की छत में उभरे किसी दूसरे कुन्दे में फंस गया है।

कार ऊपर उठने लगी।

जैसे क्रेन द्वारा उठाई जा रही हो।

कुछ देर बाद उसने कार को पानी से पूरी तरह बाहर एक गोल पथरीले कमरे के बीचों-बीच हवा में लटके पाया—नीचे की तरफ अर्थात कमरे के फर्श पर दीवारों के सहारे उसने ब्लैक फोर्स के वर्दी से लैस ए.के. सैंतालीसधारी देखे—उन्हीं में से एक को दीवार में लगा लाल बटन दबाते देखा।

पुनः दीवार सरकने जैसी आवाज।

इस बार तेजस्वी समझ गया—कमरे का फर्श और पानी से भरी गुफा की छत यथास्थान फिक्स होने जा रही थी, उसकी यह सोच उस वक्त सही सिद्ध हो गई जब हवा में टंगी कार धीरे-धीरे नीचे आने लगी और फर्श पर टिक गई।

"आओ!" कहने के साथ ब्लैक स्टार ने ड्राइविंग डोर खोलकर कमरे में कदम रखा।

ब्लैक फोर्स के सभी लोगों ने जोरदार सैल्यूट दिए।

तेजस्वी भी तेजी से अपनी तरफ का दरवाजा खोलकर बाहर निकला—देखा, इस गोल पथरीले कमरे की छत करीब पंद्रह फुट ऊपर थी और छत के बीचों-बीच लगी एक चर्खी पर वह मोटी जंजीर लिपटी जा रही थी जिसके सिरे पर क्रेन के कुन्दे जैसा भारी कुन्दा लगा हुआ था।

सारा सिस्टम स्वतः उसकी समझ में आ गया।

"आओ!" पुनः कहने के साथ ब्लैक स्टार गोल कमरे के एक दरवाजे

की तरफ बढ़ा—तेजस्वी लपका—दरवाजा पार करके उन्होंने करीब बारह सीढ़ियां उतरीं—अब वे एक ऐसी गुफा में पहुंच गए जिसकी जमीन डाबर की तरह चिकनी थी।

दूर तक सीधी चली गई थी वह।

रोशनी ही नहीं सुरक्षा का भी भरपूर इंतजाम था—फर्श से करीब बीस फुट ऊपर मेहराबदार छत में जगह-जगह बल्ब लगे हुए थे—उसी तरह, दोनों तरफ की दीवारों से चिपके प्रत्येक तीस फुट पर वर्दीधारी सशस्त्र गार्ड खड़े थे।

सीढ़ियों के नजदीक एक सफेद रंग की मारुति वन थाउजैण्ड खड़ी थी।

तेजस्वी को समझते देर न लगी कि जिस दीवार में सीढ़ियां थीं उसके ठीक दूसरी तरफ पानी से भरी वह गुफा है जहां से विचित्र कार को कुन्देयुक्त जंजीर से उठाकर ऊपर खींचा गया था।

ब्लैक फोर्स के एक सैनिक ने आगे बढ़कर मारुति वन थाउजैण्ड का ड्राइविंग डोर खोल दिया।

ब्लैक स्टार ड्राइविंग सीट पर जा बैठा।

तेजस्वी बायां दरवाजा खोलकर उसकी बगल में।

उसके बाद जो मारुति ने गुफा में रेस लगाई है तो खुद तेजस्वी न गिन सका कि कितने मोड़ पार किए—बस इतना देख पाया कि गुफा में कदम-कदम पर सशस्त्र गार्ड और रोशनी की पूरी व्यवस्था थी।

उस वक्त चमत्कृत रह गया जब खुद को ठीक वहां पाया जहां जंगल में एक पेड़ की जड़ से शुरू होने वाली सीढ़ियां उतरने के बाद पाया था—सारा नक्शा उसकी समझ में आ गया।

इस वक्त वे जंगल के नीचे थे।

गाड़ी को एक स्थान पर छोड़कर ब्लैक स्टार उसे उसी कमरे में ले गया जहां पुलिस ऑफिसर्स को बेवकूफ बनाने के लिए उन दोनों ने बैठकर प्रतापगढ़ से ब्लैक फोर्स के सफाए, शुब्बाराव व थारूपल्ला की मौत और झावेरी का पुल उड़ाने की योजना बनाई थी। ब्लैक स्टार ने शानदार सोफा सेट की तरफ इशारा किया—"बैठो!"

"मेरी समझ में नहीं आ रहा आप मुझे यहां क्यों लाए हैं?"

उसके ठीक सामने बैठते हुए ब्लैक स्टार ने कहा—"क्योंकि अब तुम्हारा खुली दुनिया में जाना संभव नहीं है।"

"क-क्यों?" तेजस्वी ने पूछा—"ऐसा क्या हो गया है?"

''ठक्कर, बचे हुए स्पेशल गार्ड्स और कमिश्नर तक को मालूम हो चुका है कि चिरंजीव कुमार की हत्या के षड्यंत्र की अगवानी तुम कर रहे थे।''

''क-कैसे मालूम हो गया?''

''तुम शायद पांडुराम को भूल गए?''

''वो क्या कर सकता है?''

''वो अकेला कुछ नहीं कर सकता था मगर बहुत-सी बातों ने मिलकर सब कुछ कर दिया।''

''मैं समझा नहीं—पूरा किस्सा विस्तारपूर्वक बताइए।''

''विस्फोट के पंद्रह मिनट तक किसी की समझ में कुछ नहीं आया—चारों तरफ चीखो-पुकार और भगदड़ मची रही—हर शख्स को केवल अपने प्राण बचाने की परवाह थी—चिरंजीव कुमार की पार्टी के नेता और कार्यकर्ताओं तक को यह होश नहीं रहा कि जिसके जिन्दाबाद के नारे लगाते-लगाते उनके गले बैठ चुके थे वह कहां है—चारों तरफ खून, लाश बल्कि लाशों के टुकड़े बिखरे पड़े थे—भागने के लिए लोगों ने चारदीवारी का गेट तक खोल दिया था।''

''क्षमा करें, वह सब मुझे मालूम है—उसी अफरा-तफरी का लाभ उठाकर मैं वहां से गायब होकर ट्रिपल जैड के पास पहुंचा था।''

''अब तुम्हारे वहां से गुम हो जाने के बाद का किस्सा शुरू होता है।'' ब्लैक स्टार कहता चला गया—''चिरंजीव कुमार की लाश की शिनाख्त सबसे पहले उसकी पार्टी के शहर अध्यक्ष ने की—वह भी चिरंजीव कुमार के जूते से—खून सने मानव अंगों के बीच पड़ी एक ऐसी टांग को देखते ही वह चिल्ला उठा जिसमें मौजूद जूते को वह पहचानता था—जैसे ही चीखा—'हमारे नेता नहीं रहे' वैसे ही अफरा-तफरी और भगदड़ पर कुछ अंकुश लगा—लोग पागलों की तरह पूछने लगे—'हमारा नेता कहां है ... हमारा नेता कहां है?' मगर नेता तो बोटी-बोटी हुआ लहू के तालाब में पड़ा था—जब लोगों को वास्तविकता का भान हुआ तो छातियां पीट-पीटकर रोने-चिल्लाने लगे—वातावरण चीत्कारों से भर गया—पागल-से हो चुके वे लोग चिरंजीव कुमार का सिर और धड़ ढूंढने लगे।''

तेजस्वी गंभीरतापूर्वक अपना कारनामा सुन रहा था।

''फिर ठक्कर, कमिश्नर, बचे हुए स्पेशल गार्ड्स और अन्य पुलिस ऑफिसर्स चेते—व्यवस्था बनाने के लिए उनकी समझ में जो आया किया—लोगों को लाशों के ढेर से दूर हटाया, एम्बुलैंस के लिए फोन किया—

चिरंजीव कुमार और तुम्हारी पत्नी सहित कुल मिलाकर बीस आदमियों के मरने और बारह के घायल होने की सूचना है। लाशें और मानव अंगों के टुकड़े खून के तालाब में एक-दूसरे से गड्ड-मड्ड हुए पड़े थे, पुलिस ने बड़ी मुश्किल से घायलों और चिरंजीव कुमार की लाश के टुकड़ों को अलग-अलग जगह से उठाकर एक जगह जोड़ा और अस्पताल भेजा।''

''उन टुकड़ों को अस्पताल ले जाने की क्या जरूरत थी?''

''जो उनकी समझ में आया, किया—इसमें हम क्या कर सकते हैं?''

''खैर, उसके बाद?''

''ठक्कर, कमिश्नर, डी.आई.जी., एस.एस.पी. और एस.पी. आदि उसी समय एक-दूसरे से पूछने लगे थे कि तेजस्वी कहां है—किसी को पता होता तो बताता—ढूंढने की कोशिश की गई—जाहिर है, तुम नहीं मिले—एम्बुलैंस के साथ वे अस्पताल पहुंचे—एक बार फिर तुम्हारी चर्चा चली तो ठक्कर ने शंका व्यक्त कर दी—'मेरे ख्याल से उसे मालूम था कि क्या होने वाला है?'

'हो सकता है।' कमिश्नर कह उठा—पांडुराम कह भी रहा था।

'कौन पांडुराम?' ठक्कर उछल पड़ा।

'एक हवलदार है।'

'क्या कह रहा था वो?'

''कमिश्नर ने सब कुछ बता दिया—सुनकर ठक्कर पागल हो उठा चीखा—'उफ् ... यह सब कुछ मुझसे छुपाकर आपने क्या बेवकूफी की—पांडुराम ठीक कह रहा था—सब कुछ तेजस्वी का ही किया धरा है, गुलाब के पौधे की जड़ में रिवॉल्वर को उठाने की कोशिश किसी ने नहीं की—जीप पर किसी ने कोई फायर नहीं किया—वह शख्स ब्लैक स्टार नहीं बल्कि स्टार फोर्स का छोटा-सा प्यादा है जिसे हमने कॉलर उल्टा मोड़ने के जुर्म में ब्लैक स्टार समझकर गिरफ्तार कर लिया। हर घटना स्पष्ट कर रही है वह सारा ड्रामा नकली था—तेजस्वी द्वारा हमें नकली योजना में भटकाया गया—असल में हत्या उसकी बीवी को करनी थी इसलिए जीप से उतरते ही अपनी बीवी को नहीं पकड़ा।' ऐसे बहुत-से प्वाइंट ठक्कर ने पलक झपकते ही उठा दिए जिन्हें मिलाने पर एकमात्र नतीजा यह निकला, कि चिरंजीव कुमार के हत्यारे तुम हो।''

''मुझे मालूम था, यह हरामी का पिल्ला ऐसा कर सकता है।''

''सुना है ठक्कर ने खुद पांडुराम से बात की और उसके बाद तो उसे इसमें कोई शक ही नहीं रह गया कि हत्यारे तुम ही हो—फार्म हाउस की

चारदीवारी के अंदर हुए विस्फोट की आवाज सारे राष्ट्र को झकझोर चुकी है, लोग जाग चुके हैं, त्राहि-त्राहि मची हुई है—ट्रांसमीटर, वायरलेस, टेलीप्रिन्टर्स, फोन और संचार के प्रत्येक माध्यम पर केवल एक ही सूचना इधर-से-उधर दौड़ रही है—यह कि एक बम विस्फोट में चिरंजीव कुमार मारे गए और उनकी हत्या के जुर्म में तेजस्वी नामक एक इंस्पेक्टर की जोर-शोर से तलाश जारी है—बोलो, क्या इस अवस्था में तुम बाहर की दुनिया में कदम रखकर जीवित रह सकते हो?''

''मेरे माता-पिता कहां हैं?''

''पुलिस द्वारा उनसे पूछताछ की जा रही है।''

''और मेरी बेटी तो यहां होगी ही?''

''सो तो तुम्हें मालूम ही है।''

ब्लैक स्टार ने जो कुछ बताया, उसे सुनकर तेजस्वी के चेहरे पर हवाइयां नहीं उड़ीं—केवल चिंता के लक्षण नजर आ रहे थे—जबकि ब्लैक स्टार के मतानुसार जो कुछ उसने बताया उसे सुनकर तेजस्वी के होश उड़ जाने चाहिए थे।

जब काफी देर तक ब्लैक स्टार ने उसे सोचों में ही डूबा पाया तो बोला—''क्या सोच रहे हो?''

''बाहर की दुनिया में जाए बगैर मेरा काम नहीं चलेगा।''

''मतलब?''

''अगर मैं नहीं मिला तो वे टॉर्चर करते-करते मेरे माता पिता को मार डालेंगे।''

''अगर वे ऐसा प्रयास करते हैं तो हम किसलिए हैं—ब्लैक फोर्स नामक ये ऑर्गेनाइजेशन किसलिए है?''

''मतलब?''

''हमारे चंद मरजीवड़े तुम्हारे मां-बाप को उनके चंगुल से निकालकर यहां ले आएंगे।''

''उसके बाद?''

''उन सहित तुम्हें इस देश से निकालने और जिस देश में चाहोगे, स्थापित करने की जिम्मेदारी हमारी।''

''निःसंदेह आप मुझ पर बहुत बड़ी मेहरबानी करने के लिए तैयार हैं और मैं इसके लिए आपका एहसानमंद हूं।''

''ये कोई मेहरबानी नहीं तेजस्वी बल्कि एक सैटिंग है।'' ब्लैक स्टार

ने साफ लफ्जों में कहा—''हमें तुम्हारे जैसे टेलैन्टिड आदमी की जरूरत है—जिस देश में चाहो हम उसी देश में अपने हक में तुम्हें कोई काम सौंप देंगे ... उस काम की मुंहमांगी कीमत भी मिलेगी।''

''फिर भी, वह जिंदगी कोई जिंदगी नहीं होगी जिसमें मरते दम तक मेरी गर्दन पर ये तलवार लटकती रहे कि जाने कब चिरंजीव कुमार के हत्यारे के रूप में मेरी पहचान हो जाए और उस देश की पुलिस मुझे गिरफ्तार करके इस मुल्क को सौंप दे।''

''हम गारंटी दे सकते हैं, ऐसा कभी नहीं होगा।''

''हालांकि आपका ऑफर आकर्षक है लेकिन ...।''

''लेकिन?''

''मुझे ऐसी जिंदगी गुजारना कुबूल नहीं।''

''तो क्या फांसी के फंदे पर झूल जाना पसंद है?''

''जिसे ये बात पसंद होगी उसका नाम गिनीज बुक वालों को सबसे टॉप पर लिखना पड़ेगा।''

''लगता है तुम अपना नाम गिनीज बुक में टॉप ही पर लिखवाना चाहते हो—तुम्हारे एक बार यहां की पुलिस के चंगुल में फंस जाने का सीधा अर्थ है, भविष्य में फांसी के फंदे पर झूल जाना।''

''क्षमा करें सर, मैं ऐसा नहीं समझता।''

''वजह?''

''कृपया 'सिच्युएशन' से प्रभावित या आतंकित हुए बगैर गौर करें!'' तेजस्वी अपने एक-एक शब्द पर जोर डालता हुआ बोला—''चिरंजीव कुमार की हत्या के जुर्म में वे मुझे फांसी तो क्या एक मिनट की सजा नहीं दिला पाएंगे।''

''वे खुलेआम तुम्हें रेडियो, टी.वी. पर चिरंजीव कुमार के हत्यारे के रूप में प्रचारित कर रहे हैं।''

''क्या उनके इस प्रचार से मैं हत्यारा सिद्ध हो जाऊंगा?''

''यानि?''

''ये ठीक है वे जान चुके हैं मैं चिरंजीव कुमार का हत्यारा हूं, मगर जरा इस देश के कानून पर गौर फरमाइए, किसी के कुछ जानने से मेरे जैसे आदमी का कुछ नहीं बिगड़ सकता। आम लोगों की बात तो छोड़ ही दीजिए, अगर वह जज भी आपके कारनामों को अच्छी तरह जानता हो जिसकी अदालत में आपका मुकदमा है तो वह तब तक आपका कुछ नहीं बिगाड़ सकता जब

तक आप पर लगाया गया आरोप सिद्ध न हो जाए—मेरा जोर सिद्ध होने पर है—महत्त्वपूर्ण किसी का जानना नहीं बल्कि मुझे अदालत में चिरंजीव कुमार का हत्यारा सिद्ध कर देना है और मुझे दूर-दूर तक दिमाग घुमाने के बावजूद ऐसा कोई प्वाइंट नजर नहीं आ रहा जिसके बूते पर कोई माई का लाल इस देश की किसी भी अदालत में मुझे हत्यारा सिद्ध कर सके।''

निःसंदेह ब्लैक स्टार सोचों में डूब गया—पांच मिनट डूबा रहा वह और सोचते-ही-सोचते उसकी विचित्र आंखें जुगनुओं की मानिन्द जगमगा उठीं, बोला—''गुड ... वैरी गुड तेजस्वी—अनुकूल परिस्थितियों में सही निर्णय लेने वाले को बुद्धिमान कहते हैं, परंतु जो विपरीत परिस्थितियों में खरे निर्णय ले वह जीनियस होता है—और इस वक्त तुमने सिद्ध कर दिया कि तुम जीनियस हो।''

तेजस्वी को ब्लैक स्टार पर 'हावी' होना अच्छा लग रहा था। जितना आनंद उसे ब्लैक स्टार को अपने दिमाग का लोहा मनवाने में आ रहा था उतना पहले कभी नहीं आया था—दिमागी स्तर पर ब्लैक स्टार को अपने से 'बौना' साबित करने पर आमादा तेजस्वी ने आगे कहा—''आपका अंतिम लक्ष्य यमनिस्तान की स्थापना है न?''

''ये सवाल बार-बार क्यों पूछ रहे हो?''

''क्योंकि आप वर्षों के संघर्ष के बावजूद आज तक इस लक्ष्य को प्राप्त न कर सके।''

''इतने बड़े लक्ष्य को हासिल करने में टाइम लगता है।''

तेजस्वी ने तपाक से कहा—''जबकि मैं चंद महीनों में आपका यमनिस्तान आपको दे सकता हूं।''

''क-क्या?'' वह शख्स बुरी तरह चौंक पड़ा जिसे कभी किसी ने हल्के से भी चौंकते नहीं देखा था—''क्या कह रहे हो तुम?''

''छोटा मुंह बड़ी बात है सर, लेकिन मैं यकीनन ये चमत्कार करके दिखा सकता हूं।''

''कैसे?''

''बस, आपकी थोड़ी-सी मदद की जरूरत पड़ेगी।''

''मदद की क्या बात कर रहे हो तेजस्वी—थोड़ी-सी क्या, जितनी चाहो मदद मिलेगी—मगर योजना क्या है?''

''इस देश के कानून, संविधान और व्यवस्था में उससे कहीं ज्यादा छेद हैं जितने आटा छानने की छलनी में होते हैं—अगर मेरे जैसा फितरती शख्स

उनसे लाभ उठाकर कुछ करना चाहे तो जो चाहे कर सकता है—इस सच्चाई का इल्म आपको मेरी योजना सुनने के बाद हो जाएगा।''

''अब अगर तुमने योजना सुनाने में देर की तो हम पागल हो सकते हैं।''

''तो सुनिए।'' कहने के बाद जब तेजस्वी शुरू हुआ तो सांस लेने को भी तभी रुका जब बात पूरी कर चुका और उसकी बात पूरी होने के बहुत पहले बल्कि तभी से ब्लैक स्टार की अनोखी आंखों की ज्योति बढ़नी शुरू हो गई थी जब तेजस्वी ने अपनी बात शुरू की—योजना का अंत होते-होते तो उसकी वे आंखें बाकायदा यमनिस्तान के झण्डे को शान से हवा में फहराता देखने लगीं—उधर तेजस्वी चुप हुआ, इधर ब्लैक स्टार मारे खुशी के झूमता हुआ कह उठा—''तुम्हारी ये बात सुनने के बाद केवल एक ही बात कही जा सकती है तेजस्वी—यह कि ऊपर वाले ने तुमसे ज्यादा तेज दिमाग वाला दूसरा शख्स इस धरती पर नहीं भेजा।''

''अब आप शायद मेरी खिंचाई पर उतर आए?''

''नहीं तेजस्वी!'' ब्लैक स्टार पूरी तरह गंभीर था—''ये हमारे दिल की आवाज है।''

''तो फिर मुझे प्रतापगढ़ भेजने की व्यवस्था कीजिए, योजना पर अमल शुरू किया जाए।''

''यमनिस्तान स्थापित करने की कीमत?''

''लक्ष्यप्राप्ति से केवल एक घंटा पहले बताऊंगा।''

''हमें मंजूर है, सब कुछ मंजूर है तेजस्वी—जो कीमत मांगोगे मिलेगी।''

''तो देर न कीजिए।'' तेजस्वी ने एक सिगरेट सुलगा ली—''आखिर मुझे एक बड़ा काम करना है।''

''उससे पहले हम अपने एक सवाल का जवाब चाहेंगे।''

''पूछिये।''

''योजना 'मानव बम' द्वारा चिरंजीव कुमार को उड़ा देने की थी—इस काम के लिए हमारे पास मरजीवड़ों की कोई कमी न थी—हमने कहा भी था, ये काम कोई भी कर सकता है—मगर तुम नहीं माने, खुद कहा कि अरुणा को मार डालने की धमकी देकर यह काम तुम्हारी पत्नी से कराएं—तुमने पूरे विश्वास के साथ यह भी कहा था कि इस धमकी के समक्ष वह घुटने टेक देगी—भले ही मजबूर होकर करे मगर ये काम उसे करना पड़ेगा।''

''क्या मैंने गलत कहा था?''

''गलत तो नहीं कहा था लेकिन ...।''

"आप शायद यह जानना चाहते हैं कि मैंने शुभा को ही क्यों चुना, अपनी पत्नी की बलि क्यों की?"

"यह सवाल हमने तुमसे उस वक्त भी पूछा था मगर तुम यह कहकर टाल गए कि वक्त पर जवाब दोगे, क्या अभी वक्त नहीं आया है?"

"आ चुका है।"

"तो जवाब दो, चिरंजीव कुमार के साथ तुमने उसे क्यों मार डाला?"

"चिंकापुर में मेरी गैरमौजूदगी का लाभ उठाकर एक पड़ोसी से इश्क लड़ा रही थी साली!" कहते वक्त तेजस्वी के चेहरे पर साक्षात् आग धधकती नजर आई—"और समझती थी मुझे कुछ नहीं मालूम।"

⅄

तेजस्वी को मालूम था, जो वातावरण उसके खिलाफ सारे देश में बन चुका है उसके रहते अगर इस वक्त उसे कोई पहचान ले तो पब्लिक हाथ-पैरों से ही पीट-पीटकर मार डालेगी। अतः किसी की भी नजर में आए बगैर सीधा शांडियाल की कोठी पर पहुंचा—वहां तैनात सब-इंस्पेक्टर उसे देखकर इस तरह उछल पड़ा जैसे भूत देख लिया हो—बुरी तरह हड़बड़ाकर उसने अपनी गन तेजस्वी की तरफ तान दी, दहाड़ा—"हैन्ड्स अप ... आई से हैन्ड्स अप!"

"मैं यहां खुद को गिरफ्तार कराने ही आया हूं बच्चे!" कहने के साथ तेजस्वी ने अपने हाथ हवा में उठा लिए।

सब-इंस्पेक्टर दंग रह गया और उस वक्त तो आश्चर्य के कारण उसका बुरा हाल था जब तेजस्वी को जरा भी विरोध करता न पाया—कुछ देर बाद पुलिस वायरलेस पर उसकी गिरफ्तारी का समाचार इधर-से-उधर दौड़ रहा था।

⅄

"अगर तूने हमारे एक भी सवाल का जवाब गलत दिया तेजस्वी, तो अंजाम ऐसा होगा जिसकी तूने स्वप्न तक में कल्पना न की होगी।" गुस्से से पागल हुए जा रहे कमिश्नर शांडियाल ने दोनों हाथों से टॉर्चर चेयर पर बैठे तेजस्वी का गिरेबान पकड़ रखा था, दांतों-पर-दांत जमाए वे गुर्राते चले गए—"बोल

... तूने यह सब क्यों किया—क्या केवल यमन होने के नाते, क्या तू भी यमनिस्तान चाहता था?''

''नहीं सर!'' तेजस्वी ऐसे अंदाज में बोला जैसे जीवन से निराश हो चला हो—''यह बात नहीं थी।''

''फ-फिर ... फिर क्या बात थी हरामजादे?'' कमिश्नर साहब दहाड़ उठे—''चिरंजीव कुमार जैसे देवता को क्यों मार डाला तूने? क्यों किया ये घृणित काम?''

तेजस्वी ने इस तरह गर्दन झुका ली जैसे पश्चाताप की अग्नि में सुलग रहा हो।

एकाएक ठक्कर आगे बढ़ा—कमिश्नर साहब के कंधे पर हाथ रखकर उन्हें अलग हटने का संकेत किया और तेजस्वी के बाल पकड़े—एक झटके से उसका चेहरा ऊपर उठाया, आंखों में आंखें डालकर बोला—''अगर कोई चालाकी करने की कोशिश की तो तेरे जिस्म से खून की एक-एक बूंद निचोड़ ली जाएगी इंस्पेक्टर ...।''

तेजस्वी कुछ नहीं बोला।

सूनी-सूनी आंखों से उसे देखता भर रहा।

टॉर्चर चेयर के ऊपर चार दिशाओं में तेज रोशनी वाले लाल बल्ब लगे हुए थे—चारों की सम्पूर्ण रोशनी का फोकस तेजस्वी के जिस्म पर केन्द्रित था—उस रोशनी के कारण खून में नहाया-सा लग रहा था वह।

चैम्बर में वे तीनों ही नहीं बल्कि डी.आई.जी., एस.एस.पी., एस.पी. देहात और सिटी, कमांडो नंबर वन, स्पेशल गार्ड और पांडुराम भी मौजूद थे—परंतु पांडुराम को वहां इसलिए रखा गया था ताकि तेजस्वी मुकर न सके लेकिन वह एक परसैन्ट भी मुकरने के मूड में नजर नहीं आ रहा था—शायद इसीलिए ठक्कर को लगा, तेजस्वी ने पुनः कोई चाल चलने की तैयारी के साथ खुद अपनी गिरफ्तारी दी है।

तेजस्वी ने उसी पोजीशन में कहा—''आप लोग मुझे इस टॉर्चर चेयर में शायद इसीलिए लाए हैं ताकि अगर मैं आपके सवालों के जवाब न दूं तो मुझे टॉर्चर किया जा सके?''

''हमें जवाब नहीं, सही जवाब चाहिएं इंस्पेक्टर।''

''जिसका सब कुछ उजड़ चुका है—उसे गलत जवाब देकर अब करना भी क्या है सर!''

''क्या मतलब?''

‘‘आप लोगों के साथ धोखा तो हुआ ही है—मगर उससे बड़ा धोखा मेरे साथ हुआ।’’

‘‘क्या बकना चाहता है?’’

‘‘शुरू से शुरू करूं तो बेहतर होगा।’’ एक लम्बी सांस लेने के बाद तेजस्वी शुरू हो गया—‘‘पांडुराम ने आपसे ठीक कहा था कमिश्नर साहब—मैं कभी वैसा पुलिसिया नहीं रहा जैसा आप लोग समझते थे—नंबर एक का रिश्वतखोर, भ्रष्टाचारी और धूर्त पुलिसिया रहा हूं मैं—पांडुराम ने मुझे वर्दी वाला गुण्डा कहा है और सचमुच मैं वर्दी वाला गुण्डा ही था—जिस थाने पर नियुक्त कर दिया जाता उस थाना-क्षेत्र में अपनी गुण्डागर्दी की हुकूमत कायम कर लेता—प्रतापगढ़ में भी मैंने वही किया—यमन होने की खातिर नहीं बल्कि पैसे की खातिर ... पैसे की खातिर मैंने न केवल ब्लैक स्टार का ऑफर कुबूल किया बल्कि उससे हाथ मिलाया, चिरंजीव कुमार की हत्या का षड्यंत्र रचा।’’

‘‘तूने ये सब कितने पैसे की खातिर किया?’’

‘‘पचास लाख की खातिर।’’

‘‘केवल पचास लाख की खातिर तूने देवतातुल्य चिरंजीव कुमार को मारना कुबूल कर लिया?’’

तेजस्वी चुप रह गया।

‘‘खैर!’’ ठक्कर गुर्राया—‘‘आगे बक, तेरे और उसके बीच सौदा कब हुआ?’’

‘‘इस थाने पर नियुक्ति से पहले ही।’’ तेजस्वी बेखौफ कहता चला गया—‘‘कमिश्नर साहब को याद होगा—मेरी प्रतापगढ़ में नियुक्ति की सबसे जोरदार सिफारिश चिदम्बरम और कुम्बारप्पा ने की थी—यहां यह भी बता देना मुनासिब होगा कि वे दोनों जिस तरह ट्रिपल जैड से पगार पाते थे, उसी तरह ब्लैक स्टार के भी पिट्ठू थे और उसी के कहने पर उन्होंने मेरी नियुक्ति प्रतापगढ़ थाने पर करवाई थी।’’

‘‘क्या ट्रिपल जैड और ब्लैक स्टार का भी आपस में कोई संबंध स्थापित हो गया था?’’

‘‘इस बारे में मैं इससे ज्यादा कुछ नहीं जानता कि एक दिन ब्लैक स्टार ने मुझसे कहा कि प्रतापगढ़ में चिरंजीव कुमार के मर्डर के उद्देश्य से ट्रिपल जैड नामक एक विदेशी एजेंट भी सक्रिय है।’’

‘‘निश्चित ही कुम्बारप्पा और चिदम्बरम के जरिए उनके बीच कोई सौदा हुआ होगा।’’

‘‘मुमकिन है।’’

‘‘आगे?’’

‘‘एक-एक घटना का जिक्र करने के स्थान पर अगर यह कह दिया जाए तो पर्याप्त होगा कि आपकी नजरों में महत्त्वपूर्ण बनने के लिए हमने एक योजना तैयार की—उसके मुताबिक ब्लैक स्टार ने जान-बूझकर मेरे द्वारा अपने अड्डे नष्ट कराए, शुब्बाराव और थारूपल्ला को मरवाया—झावेरी का पुल उड़ने दिया—आड़ ये बना दी गई कि ब्लैक स्टार मुझे अपने हाथ से मारने की कसम खा चुका है—कुम्बारप्पा को पुलिस हैडक्वॉर्टर में मैंने खुद अपने हाथों से मारा, फिर ऐसा प्लान स्टेज किया जिसमें फंसकर आपके कमांडोज को खुद चिदम्बरम और ट्रिपल जैड का खात्मा करना पड़ा—इन तीनों को मारना इसलिए जरूरी था क्योंकि उनके जरिए कभी भी षड्यंत्र का पर्दाफाश हो सकता था।’’

‘‘लुक्का के रूप में नंबर फाइव का मर्डर?’’

‘‘सच वही है जो पांडुराम ने बताया होगा।’’

‘‘ब्लैक स्टार से कहां मिलते थे तुम?’’

‘‘रात के किसी समय वह खुद मेरे क्वॉर्टर पर आता था।’’ तेजस्वी ने सफेद झूठ बोला—‘‘लेकिन चिरंजीव कुमार के आने की तारीख पक्की होते ही ब्लैक स्टार ने मुझे एक ट्रांसमीटर दिया, कहा कि भविष्य में मिलना खतरनाक हो सकता है, अतः अब हम इसी पर बातें करेंगे—अपना कोड मैंने व्हाइट स्टार रखा—शुरू में क्योंकि देशराज से संबंधित प्लान की मुझे कोई जानकारी नहीं थी इसलिए वह जुंगजू के रूप में जंगल तक जा पहुंचा, मगर जैसे ही कमिश्नर साहब द्वारा पता लगा, मैंने ब्लैक स्टार को उसका निशाना चैक करने के सांकेतिक शब्दों में इन्फॉरमेशन दे दी।’’

कमिश्नर साहब का जी चाहा कि अपने बाल नोच लें।

ठक्कर ने पूछा—‘‘यह बात तुमने ट्रांसमीटर पर सांकेतिक अंदाज में क्यों कही, ब्लैक स्टार को स्पष्ट क्यों नहीं बताया कि जुंगजू असल में देशराज है?’’

‘‘जो बातें आप कमिश्नर साहब को बताते थे—ये आपसे छुपाकर मुझे बता देते थे—उन्हें सुनकर मुझे विश्वास हो गया कि आपने मेरे और ब्लैक स्टार के ट्रांसमीटर्स की फ्रीक्वेंसीज कैच कर रखी है—तब मैंने और ब्लैक स्टार ने आपको इन्हीं ट्रांसमीटर्स के जरिए धोखे में डालने की योजना बनाई।’’

''ओह!'' अब ठक्कर का दिल चाहा कि अपना माथा पीट ले।

''योजना यह थी कि जो कुछ हम ट्रांसमीटर्स के जरिए 'लीक' करते रहे, वह आपको होता भी नजर आता रहे ताकि पक्के तौर पर आप इस भ्रम में रहें कि आप सही पटरी पर हैं। व्हाइट स्टार के रूप में मैंने अपने ही परिवार को किडनैप करने की बात कही और आपको भ्रम में फंसाने के लिए उस पर अमल भी किया—फिर तेजस्वी के रूप में वह सब बताने मैं कमिश्नर साहब के बंगले पर पहुंच गया—जानता था कि जो भेद आपको पहले से पता है उसे दूसरे ढंग से मेरे मुंह से सुनकर न केवल खुश हो जाएंगे बल्कि मुझ पर विश्वास और भी पक्का होगा तथा योजना ऐसी बनाई जो हम चाहते थे—ब्लैक स्टार और व्हाइट स्टार के फार्म हाउस पर मौजूद रहने की बात ट्रांसमीटर्स पर की ही इसलिए गई थी ताकि आप लोग दोनों को गिरफ्तार करने के लालच में फंस जाएं—कुर्ते का कॉलर उलटने के लिए ब्लैक फोर्स के एक मरजीवड़े को भेजा इसीलिए गया था ताकि आप लोग अंत तक भ्रमजाल में फंसे रहें, जबकि गुलाब के पौधे की जड़ में पड़े रिवॉल्वर को असल प्लानिंग के मुताबिक किसी को हाथ तक नहीं लगाना था।''

''सो तो जाहिर हो गया—मर्डर तुम्हारी बीवी को करना था?''

''नहीं सर, योजना यह नहीं थी—भला अपनी पत्नी के मर जाने की योजना मैं क्यों बनाता!''

''तो?''

''ब्लैक स्टार ने मुझसे कहा था—'ठक्कर की योजना के मुताबिक जिस जीप को कमिश्नर तुम्हारे परिवार को बचाने के मंसूबे के साथ तीर की तरह चारदीवारी के अंदर ले जाएगा, उसके नीचे ब्लैक फोर्स का एक ऐसा मरजीवड़ा छुपा होगा जिसने अपने कपड़ों के नीचे एक ऐसी बैल्ट बांध रखी होगी जिसमें एक बटन दबाते ही जबरदस्त धमाका होगा और मरजीवड़ा सहित सब कुछ खत्म हो जाएगा—ये बटन वह चिरंजीव कुमार के चरण स्पर्श करते वक्त दबाएगा। आप समझ सकते हैं, उसे जीप के नीचे छुपाने की बात तलाशी से बचने हेतु कही गई थी।''

''तुम झूठ बोल रहे हो?''

''नहीं सर, योजना यही थी—मगर मेरे साथ धोखा हुआ।''

''कैसा धोखा?''

''चारदीवारी के अंदर जीप के रुकते ही जब मेरे माता-पिता ने बताया कि अरुणा उनके साथ नहीं है तो यह सोचकर मेरा दिमाग भन्ना उठा कि

ऐसा क्यों है—योजना के मुताबिक ब्लैक स्टार को मेरा सारा परिवार जीप में भेजना था—इस हल्की-सी तब्दीली ने मुझे झकझोर कर रख दिया और अभी ठीक से कुछ समझ भी नहीं पाया था कि वह भयंकर विस्फोट हो गया—दूसरे लोगों की तरह बल्कि आप सबसे कुछ ज्यादा ही मैं बदहवास हो उठा क्योंकि चिरंजीव कुमार के साथ मेरी पत्नी भी मारी गई थी—पगलों की तरह भागता-दौड़ता मैं सीधा अपने फ्लैट पर पहुंचा।''

''वहां किसलिए?''

''मिशन पूरा होने के बाद ब्लैक स्टार ने वहीं मिलने का वायदा किया था।''

''ओह!''

''मगर वहां वह नहीं, उसका एक पत्र मिला।''

''पत्र?''

''आप मेरी कमीज की दाहिनी जेब से निकालकर पढ़ सकते हैं।''

ठक्कर ने झपटने के-से अंदाज में उसकी जेब से कागज निकाला—खोला, सभी उस पर झुक गए—लगभग सभी ने एक साथ पढ़ा, लिखा था—

''हमें मालूम है इंस्पेक्टर, योजना में जो हल्की सी तब्दीली की गई है, वह तुम्हें दु:ख पहुंचाएगी—मगर यह तब्दीली तुम्हारे किसी भी 'डबल क्रास' से बचने के लिए जरूरी थी—हम अच्छी तरह जानते हैं, तुम्हारी बेटी को बचाने के लिए तुम्हारी पत्नी अपने प्राणों की आहुति अवश्य देगी—चिंता मत करो, तुम्हारी बेटी तुम्हें सुरक्षित मिल जाएगी और बाकी के पच्चीस लाख इस पत्र के साथ हाजिर हैं—तुम्हें पहुंचे आघात के लिए हमें खेद है।''

—ब्लैक स्टार

कागज को पढ़ने के बाद सभी के दिमाग झन्ना उठे।

दीन-हीन बना तेजस्वी टूट चुके शख्स की मानिन्द बोला—''जो जैसा बीज बोता है सर, उसे वैसी ही फसल काटनी पड़ती है—इधर मैंने आप लोगों को विश्वास में लेकर सारे मुल्क को छला, उधर ब्लैक स्टार ने मुझे विश्वास में लेकर मेरी सबसे प्यारी चीज छीन ली।''

''लेकिन तू तो कह रहा था सौदा पचास लाख में हुआ, इसमें तो केवल पच्चीस का जिक्र है?''

''पच्चीस सौदा होने से पहले मिल चुका था।''

''कहां है वह?''

"मेरे फ्लैट पर।"

ठक्कर उसे घूरता रह गया—जाने क्यों उसे लग रहा था कि तेजस्वी अब भी कोई चाल चल रहा है।

मगर क्या?

यह वह न समझ सका।

खुद को खुले शब्दों में चिरंजीव कुमार की हत्या का षड्यंत्री कुबूल करने के बाद भला वह क्या चाल चल रहा हो सकता था—सब कुछ स्वीकार कर चुका था तेजस्वी, ऐसा कुछ भी तो नहीं था जो उसने कुबूल न कर लिया हो, अतः ठक्कर के पास पूछने के लिए कोई सवाल बाकी न रहा—काश, उसे इल्म होता कि तेजस्वी किस बला का नाम है!

अगले दिन!

संचार माध्यमों के जरिए सारा देश जान चुका था कि चिरंजीव कुमार की हत्या कैसे हुई—मुल्क के लगभग हर अखबार के विशेष संस्करण प्रकाशित हुए—उनमें पुलिस को दिया गया तेजस्वी का बयान विस्तारपूर्वक छपा था।

देश तो खैर यही सोच-सोचकर भौंचक्का था कि इस हत्या का षड्यंत्र एक ऐसे पुलिसिए ने रचा जो खुद भी सुरक्षा-व्यवस्था का एक हिस्सा था मगर सबसे ज्यादा हैरान थे प्रतापगढ़ के लोग।

वे, जिनके लिए इस रहस्योद्घाटन से पूर्व तेजस्वी फरिश्ता जैसा था।

बच्चा-बच्चा अखबार में छपा उसका बयान पढ़कर दंग रह गया।

पुलिस ने उसके फ्लैट से पचास लाख रुपये बरामद कर लिए थे।

अरुणा लोगों को एक स्थान पर बेहोश पड़ी मिली।

तेजस्वी को विशेष अदालत में पेश किया जाने वाला था—उसे देखने के लिए लोग दूर-दूर से प्रतापगढ़ आ गए—विशेष अदालत के चारों तरफ लाखों की भीड़ इकट्ठा हो गई—भीड़ इतनी उत्तेजित थी कि यदि तेजस्वी हाथ लग जाता तो पीटते-पीटते मार डालती—इस बात को पुलिस अच्छी तरह जानती थी—किसी अप्रिय घटना को रोकने के लिए पूरा प्रबन्ध किया गया था—जबरदस्त सुरक्षा-व्यवस्था के बीच तेजस्वी को कचहरी लाया गया।

विशेष कोर्ट में पेश किया गया।

कोर्ट की कार्यवाही कचहरी के चारों तरफ मौजूद लाखों की भीड़ को सुनाई देती रहे, इसके लिए लाउडस्पीकर्स लगाए गए थे। यह प्रबन्ध तब किया गया जब व्यवस्थापकों को लगा कि यदि ऐसा न किया गया तो गुस्से और रोष से भरी भीड़ कोर्ट की कार्यवाही नहीं चलने देगी।

चारों तरफ से बंद अदालत कक्ष में सरकारी वकील द्वारा तेजस्वी को उसका बयान सुनवाया गया।

कटघरे में खड़ा तेजस्वी केवल मुस्कराता रहा।

सरकारी वकील के चुप होने पर न्यायाधीश द्वारा उससे पूछा गया—"क्या अपने इस बयान के बारे में तुम्हें कुछ कहना है मिस्टर तेजस्वी?"

तेजस्वी को मालूम था इस वक्त वह जो कहेगा, उसे दूर-दूर तक खड़े लाखों लोग सुनेंगे, अतः बोला—"केवल इतना ही कहूंगा योर ऑनर कि इस बयान में कहीं कोई सच्चाई नहीं है।"

सभी चौंक पड़े। खलबली मच गई।

"क्या मतलब?" न्यायाधीश ने पूछा—"क्या ये बयान तुमने नहीं दिए?"

"हमारे पास टेप है मी लार्ड।" सरकारी वकील चीख पड़ा।

"जरूर होगा!" तेजस्वी ने एक-एक शब्द पर जोर दिया—"मगर उसमें वह मजबूरी नहीं भरी गई जिसके कारण मुझे पुलिस के समक्ष यह बयान देना पड़ा।"

"क्या तुम्हें यह बयान देने के लिए पुलिस ने मजबूर किया था?" न्यायाधीश संभलकर बैठ गए।

"बयान मेरे मुंह से निकला जरूर है सर, लेकिन वास्तव में वह मेरा नहीं, पुलिस का बयान है, कमांडो फोर्स के मुखिया का बयान है—मुझे वही सब कहना पड़ा जो वे लोग चाहते थे।"

"वजह?"

"मेरे माता-पिता इनकी कैद में थे और इन्होंने धमकी दी थी कि अगर वह सब नहीं कहा जो टेप में भरा है तो उन्हें खत्म कर दिया जाएगा—ऐसी धमकी के बाद टॉर्चर-चेयर पर बैठा कोई भी शख्स इनकी बात मानने के अलावा कर भी क्या सकता था योर ऑनर?"

"ये आदमी झूठ बोल रहा है मी लॉर्ड!" सरकारी वकील दहाड़ उठा—"इस कोर्ट को, बल्कि सारे देश को बरगलाना चाहता है ये!"

"ये झूठ है!" तेजस्वी हलक फाड़कर चीखा—"सारे देश को बेवकूफ

बनाने की कोशिश केन्द्रीय कमांडो दस्ते का चीफ ठक्कर कर रहा है—पुलिस कमिश्नर, डी.आई.जी., एस.एस.पी. स्पेशल गार्ड, हवलदार पांडुराम, एस.पी. देहात और सिटी कर रहे हैं।''

''यानि वे सबके सब झूठे हैं?'' सरकारी वकील ने व्यंग्य किया—''और तुम अकेले सच्चे?''

''एक ही नाव पर सवार होने के कारण वे सब एक ही सुर में बोल रहे हैं योर ऑनर!''

''क्या मतलब?''

''चिरंजीव कुमार की हत्या के लिए ये सब बराबर के कुसूरवार हैं—अपनी गर्दनें बचाने के लिए ये बड़े अफसर गाज मुझ जैसे छोटे ओहदे वाले पुलिसिए पर गिराना चाहते हैं बल्कि गिरा चुके हैं, मगर मैं इनके षड्यंत्र को किसी हालत में कामयाब नहीं होने दूंगा—सारे देश के सामने उनके चेहरों पर पड़े नकाब नोंच लूंगा—मैं इन्हें नंगा कर दूंगा योर ऑनर—असल में मैं नहीं, ये लोग इस मुल्क की व्यवस्था के माथे पर लगे कोढ़ के धब्बे हैं।''

''कैसे?''

''खुद को दुनिया का सबसे बड़ा धुरंधर समझने वाले मिस्टर ठक्कर इस मामले में ऐसा धोखा खाए हैं कि अपनी गर्दन बचाने के लिए उनके पास पैंतरा बदलने के अलावा कोई चारा नहीं था—जो हुआ है, कृपया मुझे उसे संक्षेप में बताने की इजाजत दी जाए।''

''इस वक्त ये इजाजत नहीं दी जा सकती मी लॉर्ड।''

''देश के सामने सच्चाई आनी चाहिए योर आनर।''

न्यायाधीश ने गंभीर स्वर में कहा—''आप जो कहना चाहते हैं कहें मिस्टर तेजस्वी।''

''थैंक्यू सर!'' कहने के बाद तेजस्वी ने गला खंखारा, बोला—''असल में हुआ ये योर ऑनर कि परसों रात करीब ढाई बजे मेरे फ्लैट पर ब्लैक फोर्स का एक आदमी आया—उसने मुझे विश्वास दिलाया कि मेरा पूरा परिवार ब्लैक स्टार के कब्जे में है और अगर मैं एक रिवॉल्वर फार्म हाउस की चारदीवारी के अंदर गुलाब के पौधे की जड़ में नहीं पहुंचाऊंगा तो मेरे परिवार को खत्म कर दिया जाएगा—दिल चाहा कि उस हरामजादे को वहीं शूट कर दूं, मगर अपने परिवार का अंजाम सोचकर वैसा नहीं कर सका—कुबूल करता हूं सर, उस वक्त मैं कमजोर पड़ गया था मगर घुटने नहीं टेके थे—सोचा, क्यों न कोई ऐसी चाल चली जाए जिससे अपने परिवार को बचा

सकूं और चिरंजीव कुमार को भी—मैं उस शख्स के जाते ही, जिसने अपना नाम 'व्हाइट स्टार' बताया था, कमिश्नर साहब के बंगले पर पहुंचा—वहां ठक्कर साहब भी मौजूद थे—मैंने सारी सिच्युएशन उन्हें साफ-साफ बता दी—यह सुनने के बाद मुझे दंग रह जाना पड़ा कि वे दोनों मेरे साथ घटी घटना से पूर्वपरिचित थे—मैंने सूत्र पूछा—मिस्टर ठक्कर ने बताने से इंकार कर दिया—साथ ही एक योजना बनाई—मेरे परिवार और चिरंजीव कुमार को बचाने के साथ-साथ 'ब्लैक स्टार' और कथित 'व्हाइट स्टार' को गिरफ्तार करने की योजना—इनके उस अज्ञात सूत्र के मुताबिक उन दोनों को वहां आना था—ये बात तो खुद पुलिस कमिश्नर और दूसरे अफसर भी अदालत को बताएंगे सर कि हम सब तो केवल मोहरे थे—योजना भी ठक्कर साहब की थी और उसकी अगवानी भी वे ही कर रहे थे और फिर ... फार्म हाउस की चारदीवारी के अंदर वह योजना इस कदर फ्लॉप हो गई कि चिरंजीव कुमार मारे गए—मेरे साथ-साथ उसी क्षण इनकी समझ में भी यह बात आ गई कि असल में हम सब ब्लैक-स्टार द्वारा मूर्ख बना दिए गए हैं—वह हमारा ध्यान कहीं और लटकाए रहा तथा हत्या दूसरे तरीके से कर दी—इन सब बड़े अफसरों को लगा कि ये सबके सब फंसेंगे—तब, उन्होंने मुझे बलि का बकरा बनाने की योजना बनाई।''

''तुम्हीं में क्या सुर्खाब के पंख लगे थे?'' सरकारी वकील ने कहा—''किसी और को बलि का बकरा क्यों नहीं बना दिया उन्होंने?''

''क्योंकि मैं अकेला उनकी राह का कांटा था।''

''मतलब?''

''जीप में अपनी बेटी के न होने और चिरंजीव कुमार के साथ अपनी पत्नी के मरने की घटनाओं ने पलभर में मुझे समझा दिया कि ब्लैक स्टार ने शुभा को किस तरह मजबूर करके उससे यह घृणित काम कराया होगा—आपे से बाहर होकर मैं घटनास्थल पर ही चीख-चीखकर ठक्कर और कमिश्नर से कहने लगा कि असल में चिरंजीव कुमार और मेरी पत्नी की हत्या के जिम्मेवार वे लोग हैं—ब्लैक स्टार और व्हाइट स्टार को गिरफ्तार करने के लालच में फंसकर वे न कोई स्कीम बनाते, न ही चिरंजीव कुमार की इतनी वीभत्स मौत होती—मुझे यह सब बकता देखकर वे लोग घबरा गए—उन्हें लगा, मैं अपनी बेवकूफी से अपने साथ साथ सबको फांसी के फंदों पर पहुंचा दूंगा और तब ... अफरा- तफरी के बीच उन लोगों ने मुझे दबोच लिया योर ऑनर—फार्म हाउस की इमारत के अंदर ले गए—एक

कमरे में बंद कर दिया और कुछ देर यह ड्रामा स्टेज किया कि मैं गायब हूं—उसके बाद चिरंजीव कुमार की हत्या का षड्यंत्र रचने वाले के रूप में मेरा नाम प्रसारित कर दिया—फिर ये ड्रामा जैसे मुझे गिरफ्तार कर लिया गया हो—मुझे वहां से निकालकर गुप्त तरीके से टॉर्चर चेम्बर में ले जाया गया—वहां जब माता-पिता को मारने की धमकी के साथ यह कहा गया कि मैं खुद को व्हाइट स्टार और ब्लैक स्टार से मिलकर चिरंजीव कुमार की हत्या का षड्यंत्री कुबूल कर लूं तो भौंचक्का रह गया—तब तक वे लोग वह पूरी कहानी तैयार कर चुके थे जो कुछ देर पहले वकील साहब ने सुनाई—वे लोग जो चाहते थे वह सब कुछ मैंने यह सोचकर अपने मुंह से कह दिया कि अगर इस वक्त इनकी बात नहीं मानी तो माता-पिता के साथ मुझे भी मार डालेंगे और लोगों के सामने कभी हकीकत नहीं आ सकेगी—अब जब कि कोर्ट को मैंने हकीकत बता दी है योर ऑनर—मेरी और मेरे परिवार की हिफाजत की जाए।''

''अगर पुलिसियों की कहानी झूठी है तो उसे तुम्हारे फ्लैट से पचास लाख रुपये कैसे मिले?''

''रुपये इनके अपने हैं, मेरे फ्लैट से बरामद दिखाए गए।''

''और ये लैटर?'' वकील ने ब्लैक स्टार का लैटर हवा में लहराया।

''अपनी झूठी कहानी को सच्चाई का जामा पहनाने की खातिर लैटर इन्होंने खुद तैयार किया है।'' तेजस्वी कहता चला गया—''दरअसल ठक्कर का वह सूत्र कोई और नहीं बल्कि ब्लैक स्टार और व्हाइट स्टार के ट्रांसमीटर्स की फ्रीक्वेंसीज थी—मेरे शुरू से ही ब्लैक फोर्स से मिले होने की कहानी केवल इसलिए गढ़ी योर ऑनर ताकि प्रतापगढ़ के जो लोग मुझे बेहद प्यार करते हैं वे नफरत करने लगें।''

''और तुम्हारी बेटी को ब्लैक स्टार ने क्यों छोड़ दिया?''

''खुद कुबूल कर रहा हूं कि उसने यह काम शुभा से अरुणा को मारने की धमकी देकर कराया होगा—और अब जब उसका काम हो चुका है तो अरुणा को कैद रखकर या मारकर उसे क्या मिलना था?''

''यह शख्स झूठ का जाल फैलाकर सबको भरमाना चाहता है मी लॉर्ड।''

''यह तो विस्तृत छानबीन और बहस के बाद ही साबित हो सकेगा योर ऑनर कि देश को ठगने की कोशिश कौन कर रहा है—इस वक्त प्रतापगढ़ और देश की जनता को केवल इतना ही संदेश देना चाहूंगा कि मेरे ब्लैक

स्टार से मिले होने और व्हाइट स्टार होने की कहानी एकदम झूठी, बकवास और बेबुनियाद है—चिरंजीव कुमार की हत्या में एक सुरक्षाकर्मी होने के नाते जितना दोष मेरा है, उससे कहीं ज्यादा मेरे अफसरों का है और मैं उन्हें गुनाहगार साबित करने के बाद ही दम लूंगा।''

''ये तो इस हरामजादे ने बड़ी खतरनाक चाल चली।'' कमिश्नर शांडियाल कहते चले गए—''एक तरह से हम सभी को कटघरे में खड़ा कर दिया उसने।''

''मुझे रात ही लग रहा था वह कोई चाल चल रहा है।'' ठक्कर बेहद गंभीर नजर आ रहा था—''दरअसल सब कुछ इतने आराम से कुबूल करता चला गया कि वह हरकत उसके कैरेक्टर से मेल नहीं खा रही थी लेकिन ...।''

''लेकिन?''

''लाख दिमाग घुमाने के बावजूद उस वक्त समझ में नहीं आया कि वह चाहता क्या है?''

''एक बार फिर वह अपना गेम खेल चुका है सर।'' डी.आई.जी. ने कहा—''हालांकि हम लोगों ने उसे बर्खास्त कर दिया—कोर्ट ने जेल भेज दिया मगर अदालत में उसके बयान के बाद पब्लिक में यह बहस छिड़ गई है कि सच्चा वो है या हम?''

एस.एस.पी. ने कहा—''अगर यह कहा जाए तो अतिश्योक्ति न होगी कि आज सत्तर परसैंट देश उसे सच्चा मान रहा है, प्रतापगढ़ में तो उसे सच्चा मानने वालों की संख्या नब्बे प्रतिशत होगी।''

''इसका कारण है सर!'' एस.पी. देहात ने कहा—''जब कोई नीचे का व्यक्ति अपने अफसर पर आरोप लगाता है तो लोग उस पर सहज ही विश्वास कर लेते हैं, जबकि अफसरों द्वारा मातहत के विरुद्ध की गई कार्यवाही को उत्पीड़न के दृष्टिकोण से देखा जाता है।''

''तुम लोग अभी तक पब्लिक की बहस में अटके हुए हो, जबकि वास्तव में वह हम सबको कानून के शिकंजे में फंसा चुका है।'' ठक्कर ने कहा—''उसकी और हमारी कहानी में इसके अलावा कोई फर्क नहीं है कि हम उसे व्हाइट स्टार कह रहे हैं, जबकि वह खुद को पब्लिक के सामने

व्हाइट स्टार या ब्लैक स्टार से मिला हुआ साबित नहीं होने देना चाहता—इसके अलावा सब कुछ 'सेम' है—वह भी यही कहता है कि हम मूर्ख बने, हमारी बेवकूफी के कारण चिरंजीव कुमार मारे गए और हमारे पास भी इस सच्चाई को स्वीकार करने के अलावा कोई चारा नहीं है।''

''इसका मतलब हम सब फंस जाएंगे?'' एस.पी. सिटी कह उठा।

''जाल तो उसने यही बिछाया है।'' ठक्कर बोला—''और इस जाल को तब तक नहीं तोड़ा जा सकता जब तक हम लोग वह सिद्ध न कर दें वो जानते हैं, हमारे असफल होने पर अदालत तक से साफ बरी हो जाएगा वह।''

सबके चेहरों पर चिंता की लकीरों का जाल बन गया।

जब चिरंजीव कुमार के मर्डर जैसी कोई बड़ी वारदात होती है तो देश ही नहीं पूरा विश्व हिल उठता है।

खलबली ... अव्यवस्था-सी फैलती है!

अखबार आदि महीनों तक उसी खबर से संबंधित नई-नई सूचनाओं और लेखों से भरे रहते हैं मगर धीरे-धीरे वक्त गुजरता है—बड़ी-से-बड़ी घटना स्मृति पटल पर से मिटने लगती है।

लोग अपनी दुश्वारियों ... समस्याओं और रूटीन में उलझ जाते हैं।

ऐसा ही कुछ हुआ। उस घटना को दो महीने गुजर गए।

केन्द्रीय सरकार ने विशेष अदालत और मुल्क के धुरन्धर जासूसों को मिलाकर वारदात की जांच करने हेतु एक विशेष आयोग बना दिया—जांच अपनी जानी-पहचानी गति से चल पड़ी—जांच दल के समक्ष होते तेजस्वी, ठक्कर, कमिश्नर आदि के बयान अखबारों में छपते रहे।

मगर उन्हें जिस दिलचस्पी के साथ लोग शुरू में पढ़ते थे, अब उतनी दिलचस्पी के साथ नहीं पढ़ते थे।

फिर प्रदेश भर में स्थगित कर दिए गए चुनावों की तिथि पुनः घोषित हुई। नई सरगर्मियों के साथ प्रदेश चुनाव सागर में डूबने लगा।

एक और उल्लेखनीय बात हुई।

प्रतापगढ़ से तेजस्वी ने भी नामांकन भर दिया।

इस देश का नियम था—लोग जेल में रहकर भी चुनाव लड़ सकते थे—

देश के लोगों में भी एक कमी थी—वे दिमाग से नहीं दिल से प्रेरित होकर वोट दिया करते थे।

जेल में बंद एक ऐसे शख्स से लोग सहानुभूति रखते थे जो कहता था कि 'देखो ... कैसा जुल्म हो रहा है मुझ पर, बेकसूर होते हुए मुझे जेल में डाल रखा है—इस जुल्म को रोको—मुझे वोट दो और बाहर निकालो।'

लोगों की सहानुभूति उमड़कर वोटों में तब्दील हो जाती।

तेजस्वी पब्लिक की इस कमजोर नस से वाकिफ था।

हालांकि वह जमानत कराकर जेल से बाहर आ सकता था मगर नहीं आया—जीतने के लिहाज से उसे जेल में रहकर चुनाव लड़ना ज्यादा सुरक्षित नजर आया।

अपने भाषणों के कैसिट बाहर भेजे।

वे क्षेत्र के बाहर नुक्कड़ पर बज रहे थे।

घुमा-फिराकर प्रत्येक भाषण कैसिट का एक ही सार था—'अफसरों ने षड्यंत्र रचकर मुझे झूठा फंसाया है, अब आप लोगों की अदालत में हूं।'

उसके समर्थक और ब्लैक फोर्स वाले पूरे चुनाव क्षेत्र में एक ऐसा रथ घुमाया करते थे जिस पर जेल में बंद तेजस्वी के रूप में किसी अन्य को दिखाया जाता।

ब्लैक फोर्स के लोग उसी के चुनाव में क्या, पूरे प्रदेश में सक्रिय थे।

चिरंजीव कुमार के बाद अब उसकी पार्टी में कोई इतना सशक्त और लोकप्रिय नेता नहीं था जिसके नाम और दौरों के बूते पर प्रदेश भर में भारी सफलता का दावा किया जा सकता, फिर भी पार्टी चुनाव तो लड़ ही रही थी।

हर क्षेत्र में उसके प्रत्याशी भी खड़े थे।

किंतु!

प्रतापगढ़ की तरह अधिकांश क्षेत्रों में ब्लैक फोर्स द्वारा समर्थित प्रत्याशियों की स्थिति ज्यादा बेहतर थी।

गंगाशरण क्योंकि उसी पार्टी में था जिसके टिकट पर तेजस्वी चुनाव लड़ रहा था इसलिए उसे इस बार किसी अन्य क्षेत्र से चुनाव लड़ाया जा रहा था—चिरंजीव कुमार की मौत के बाद पंडित शाहबुद्दीन चौधरी ने मौका ताड़ा—अपनी पार्टी से इस्तीफा दिया और चिरंजीव कुमार वाली पार्टी में न केवल शामिल हो गया बल्कि प्रतापगढ़ से पार्टी का टिकट भी हथिया लिया। दरअसल उसे चिरंजीव कुमार के प्रति लोगों की सहानुभूति का लाभ

मिलने की उम्मीद थी, परंतु जब तेजस्वी ने नामांकन भरा तो उसके हौसले पस्त हो गए।

उसे मालूम था, जेल में पड़ा तेजस्वी प्रत्येक हथकंडा इस्तेमाल करेगा।

वही हुआ।

छोटे-मोटे प्रत्याशी चुनाव की तिथि नजदीक आने तक तेजस्वी के समर्थन में मैदान से हटने लगे। पंडित शाहबुद्दीन चौधरी समझ सकता था कि उन्हें ब्लैक फोर्स के लोगों द्वारा डरा धमकाकर बैठाया जा रहा है।

गनीमत थी कि अभी तक उसे कोई धमकी नहीं मिली थी।

मगर मतदान की पहली रात को उसे ब्लैक फोर्स के लोगों ने घेरा—स्पष्ट कहा—''कल हमारे लोग बूथ कैप्चरिंग करेंगे—तुमने या तुम्हारे किसी गुर्गे ने बखेड़ा करने की कोशिश की तो भून दिया जाएगा—बेहतर होगा कल सारे दिन अपने घर से बाहर न निकलो।''

फिर आया मतदान का दिन।

चुनावी पंडितों का दावा है कि संपूर्ण चुनाव-प्रचार के दिनों की मेहनत एक तरफ होती है और मतदान के दिन की जाने वाली मेहनत दूसरी तरफ—इस दिन जिस प्रत्याशी के समर्थक सही दिशा में सही मेहनत कर लें, वह किसी हालत में नहीं हार सकता और वही हुआ—क्षेत्र भर में करीब दस ट्रक भरे ऐसे सशस्त्र मतदाता घूम रहे थे जो विभिन्न बूथों पर जाते—कब्जा करते—साठ प्रतिशत बैलेट पेपर्स लेते—तेजस्वी के निशान पर मोहर लगाते और अगले बूथ की तरफ बढ़ जाते।

यह प्रोग्राम अकेले तेजस्वी के क्षेत्र में ही नहीं बल्कि प्रदेश भर में चल रहा था—जो जहां ज्यादा धाकड़ था वहां उसकी पिल रही थी—जहां दोनों प्रत्याशी धाकड़ थे वहां चाकू-छुरे चले, गोलियां चलीं, हिंसा हुई, लोग मारे गए, मगर क्या फर्क पड़ना था?

इतने बड़े चुनाव में लोगों का मारा जाना भी साधारण प्रक्रिया है।

दो दिन बाद वोटों की गिनती शुरू हुई—तेजस्वी विजयी घोषित किया गया—जेल के बाहर उसके समर्थकों का हुजूम लग गया, लोग उसके समर्थन में नारे लगा रहे थे—नाच गा रहे थे—शराब पी रहे थे—जनादेश से बड़ा आदेश भला क्या होता है! अतः अगले दिन उसे जेल से छोड़ दिया गया—समर्थकों ने उसे कंधे पर उठा लिया—सारे प्रतापगढ़ में शान से विजयी जुलूस निकला।

‘‘मुबारक हो तेजस्वी!’’ ब्लैक स्टार ने उससे हाथ मिलाया ‘‘अब तुम विधायक बन गए हो।’’

तेजस्वी ने गंभीर स्वर में कहा—‘‘विधायक वह काम नहीं कर सकता जिसके लिए यह सब किया गया है।’’

‘‘हमें मालूम है, वह काम चीफ मिनिस्टर कर सकता है। परसों तक तुम चीफ मिनिस्टर बन जाओगे—प्रदेश विधान सभा में हमारे दो-तिहाई में केवल दस विधायक कम पहुंचे हैं—परंतु जो निर्दलीय जीते हैं—उनमें से दस को खरीद लिया जाएगा और दो-तिहाई बहुमत के साथ तुम चीफ मिनिस्टर बन जाओगे।’’

‘‘गुड!’’ तेजस्वी ने कहा—‘‘दो महीने शासन करने के बाद मैं प्रदेश को यमनिस्तान घोषित कर दूंगा।’’

‘‘इन शब्दों को भूल मत जाना तेजस्वी।’’

‘‘कैसी बात कर रहे हैं सर, क्या मुख्य उद्देश्य को भूला जा सकता है?’’

‘‘सत्ता का नशा बहुत घातक होता है तेजस्वी।’’ ब्लैक स्टार का लहजा चेतावनी में तब्दील होता चला गया—‘‘जितनी बड़ी कुर्सी पर तुम्हें पहुंचाया जा रहा है, उसे हासिल करने के बाद आदमी अपनी औकात भूल जाता है—यह भी भूल जाता है कि किस-किस के सहयोग से वहां तक पहुंचा—हमेशा उसी पर बना रहने की कोशिश करने लगता है और इसके लिए वह अक्सर उस सीढ़ी को काटता है जिसके जरिए चढ़ा—तुम ऐसा बेवकूफाना प्रयास करने से पहले सोच लेना, हमारे एक इशारे पर सभी विधायक तुम्हें दिया अपना समर्थन वापस ले लेंगे।’’

ब्लैक स्टार की धमकी पर तेजस्वी अंदर-ही-अंदर तिलमिला उठा परंतु प्रत्यक्ष में बोला—‘‘कम-से-कम मेरे बारे में आपको ऐसा नहीं सोचना चाहिए।’’

‘‘हालांकि तुमसे ऐसी उम्मीद नहीं है मगर आगाह इसलिए करना पड़ा क्योंकि सत्ता की तुलना स्मैक से की जाती है—दोनों में सबसे बड़ी समानता ये है कि एक बार इनका स्वाद चखने के बाद चाहकर भी मनुष्य इनके जाल से मुक्त नहीं हो पाता—उम्मीद है तुम सत्ता के स्मैकिये नहीं बनोगे और हां ... अब तुम ये पैंट-शर्ट पहननी छोड़ो, वर्दी पहना करो।’’

‘‘व-वर्दी?’’

"हां भाई, जैसे पुलिस की वर्दी है—मिलिट्री की वर्दी है—वैसे ही पूरे देश में नेताओं की भी एक वर्दी है—कलफ लगा खादी का बेदाग कुर्ता-पाजामा और सर्दियां हों तो जाकेट या सफेद शॉल—इस बात का खास ख्याल करना चाहिए कि काम चाहे जो करो पर वर्दी पर दाग न लगने पाए।"

"नहीं लगेगा सर!" कहने के बाद तेजस्वी ठहाका लगाकर हंस पड़ा।

अगले दिन वह सचमुच नेता वाली वर्दी में सजा-धजा प्रदेश की राजधानी पहुंचा—प्रदेश भर से राजधानी पहुंच चुके विधायकों ने एयरपोर्ट पर उसका भव्य स्वागत किया क्योंकि एक तरफ उन्हें अपने आका का आर्डर मिल चुका था—दूसरी तरफ अखबारों में जबरदस्त चर्चा थी कि अगला चीफ मिनिस्टर तेजस्वी होगा।

वही हुआ।

एक दिन बाद उसे पार्टी मीटिंग में नेता चुन लिया गया।

⅄

"मेरे जीवन का यह पहला केस है जिसमें दुश्मन सब कुछ कर गया जबकि मेरे द्वारा कुछ किया जाना तो दूर, भरपूर इच्छा और चेष्टाओं के बावजूद उसे रोक तक नहीं सका।" अफसोसनाक स्वर में ठक्कर कहता चला गया—"अगर अब भी कुछ न कर पाया तो परिणाम सारे देश को भुगतना होगा।"

कमिश्नर ने कहा—"क्या कहना चाहते हो?"

"चिरंजीव कुमार के मर्डर के बाद जिस ढंग से कुछ देर गायब रहने के उपरान्त तेजस्वी ने खुद को गिरफ्तार कराया—टॉर्चर चैम्बर में सब कुछ आसानी से स्वीकार करके अदालत में मुकरा और उसके बाद चुनाव लड़कर प्रदेश का चीफ मिनिस्टर बन बैठा—यह ढंग खुद-ब-खुद कह रहा है कि वह जो कुछ कर रहा है, किसी पूर्वनिर्धारित योजना के तहत कर रहा है—क्या आपको नहीं लगता कि सब कुछ योजनाबद्ध तरीके से हुआ है?"

"लगता तो है लेकिन ...।"

"लेकिन?"

"अब तेजस्वी इतना 'ऊंचा' पहुंच चुका है कि हम उसके बारे में ऐसी बातें तक नहीं कर सकते—हम लोग उसके समक्ष 'मच्छर' हैं जिसे जब जहां चाहे मसल सकता है।"

"कहना क्या चाहते हैं आप?"

''ऐसी अवस्था में उसके बारे में इस किस्म की बातें करने का लाभ ही क्या?''

''मैं कमिश्नर साहब से सहमत हूं।'' डी.आई.जी. ने कहा—''जब जनता ही इतनी बेवकूफ है कि उस जैसे दो कौड़ी के आदमी को चीफ मिनिस्टर बना देती है—तो हम क्या कर सकते हैं—हम तो नौकर हैं उसके।''

''मेरे ख्याल से योजनाबद्ध तरीके से हुए इस काम का लक्ष्य यमनिस्तान की स्थापना है—अपने इस ख्याल से मैंने केन्द्र सरकार को भी अवगत करा दिया है और बेहद चिंतित हूं—मामले पर ढंग से जरा विचार कीजिए, आप लोग भी चिंतित हो उठेंगे—आज वह प्रदेश का मुखिया है—जनता द्वारा चुनी हुई विधानसभा में जो प्रस्ताव पारित करा दे वह कानून बन जाएगा—दो-तिहाई बहुमत के कारण कोई भी प्रस्ताव पास कराना उसके लिए चुटकी बजाने जितना आसान है—केन्द्र सरकार यह सोचकर चिंतित है कि कल अगर वह ब्लैक स्टार के इशारे पर विधानसभा में यह प्रस्ताव पास करा दे कि प्रदेश अब एक अलग देश है—केन्द्र सरकार से उसका कोई लेना-देना नहीं तो दुश्मन राष्ट्र उसे मान्यता देने के लिए तैयार बैठे हैं—ऐसी अवस्था में दुनिया की कोई ताकत यमनिस्तान के जन्म को नहीं रोक सकेगी।''

''मान लिया जाए ऐसा होने वाला है, तब भी हम लोग क्या कर सकते हैं?''

उत्तेजित पांडुराम गुर्रा उठा—''मैं कहता हूं साले को गोली मार देनी चाहिए।''

''तुम चुप रहो पांडुराम!'' कमिश्नर ने डांटा—''उस घटना के बाद से हम लोग तुम्हें हर किस्म की मीटिंग्स में बैठाने लगे हैं, इसका मतलब ये नहीं कि सबकी शर्म लिहाज ताक पर रखकर जो मुंह में आए बकने लगो—क्या यह बकवास करते वक्त तुम्हें याद था कि तुम चीफ मिनिस्टर के बारे में बात कर रहे हो?''

पांडुराम सकपका गया।

ठक्कर बोला—''पांडुराम ने बात भले ही गलत तरीके से कही हो मगर प्रदेश सरकार की तरफ से देश पर जो खतरा मंडरा रहा है, उसे टालने के लिए हम सबके दिलों में ऐसा ही जुनून होना चाहिए।''

''मैं एक सवाल पूछना चाहता हूं।'' एस.एस.पी. ने कहा।

''पूछिए!''

''जिस कमांडो फोर्स के आप चीफ हैं उसका काम वी.आई.पी. की

सुरक्षा करना है—चिरंजीव कुमार की मौत के बाद आप यहां से चले भी गए थे मगर फिर लौट आए—क्या हम जान सकते हैं कि अब आप यहां किस मकसद से आए हैं?''

''चिरंजीव कुमार का मर्डर और उसके हत्यारे का चीफ मिनिस्टर बन जाना ऐसी घटनाएं हैं जिन्होंने केन्द्र सरकार की नजरों में मेरे सम्पूर्ण कैरियर पर सवालिया निशान लगा दिए हैं और अगर वह हो गया जिसका मुझे डर है तो मैं अपने आपको कभी माफ नहीं कर सकूंगा—राष्ट्र का बंटना मेरी अयोग्यताओं का प्रतीक है—जब मेरी संभावनाएं सुनने के बाद केन्द्र सरकार चिंतित हुई तो जासूसों के पूरे दल को इस मिशन के साथ यहां भेजने पर विचार करने लगी कि अगर तेजस्वी सरकार ऐसा करने के बारे में सोच रही है तो समय रहते उसे विफल कर दिया जाए—तब रिक्वेस्ट करके मैंने यह मिशन हाथ में लिया—कहा, 'तेजस्वी मेरी अयोग्यताओं के कारण आज चीफ मिनिस्टर बन बैठा है और अपनी हैसियत का लाभ उठाकर वह जो भी कुछ करेगा मेरी आत्मा उसके लिए मुझे उत्तरदायी ठहराएगी, इसलिए चाहता हूं इस मिशन पर मुझे भेजा जाए—बड़ी मुश्किल से प्रार्थना स्वीकार की गई।''

''अपने मिशन की कामयाबी हेतु आप हमसे क्या चाहते हैं?''

''अगर ब्लैक स्टार का खात्मा हो जाए तो ...।''

एस.पी. देहात ने कहा—''सैकड़ों बार कोशिश हो चुकी है—कभी कुछ हाथ नहीं लगा—केवल एक ही तरीका है, जंगल पर बेशुमार बम बरसाए जाएं, उसकी इजाजत प्रदेश सरकार देगी क्यों?''

''हल ये भी नहीं है।'' एस.पी. सिटी ने कहा—''इस तरह हम जंगल और वहां मौजूद ब्लैक फोर्स के लोगों को नष्ट कर सकते हैं मगर ब्लैक स्टार को नहीं—जब तक वह जीवित रहेगा तब तक ब्लैक स्टार को समूल नष्ट नहीं माना जा सकता।''

''मैं तुमसे सहमत हूं।'' ठक्कर बोला—''जंगल और ब्लैक स्टार साथ-साथ ध्वस्त होना चाहिए।''

''और ब्लैक स्टार हमारे हाथ लगेगा नहीं।''

''कोई जाल बिछाना होगा—मुझे मिली इन्फॉरमेशन के मुताबिक ब्लैक स्टार इस वक्त जंगल में है—अगर एक बार वह चंगुल में फंस जाए तो जंगल पर बमबारी कराकर मैं उसके हैडक्वॉर्टर को तबाह कर दूंगा।''

''तेजस्वी वहां बमबारी का हुक्म क्यों देने लगा?''

‘‘प्रदेश सरकार हुक्म नहीं देगी तो केन्द्र सरकार के आदेश पर ऐसा किया जाएगा।’’

‘‘अगर ऐसा हो सकता है तो हम लोग व्यर्थ ही विचार-विमर्श में वक्त बरबाद कर रहे हैं।’’ कमिश्नर ने कहा—‘‘आपके मुताबिक ब्लैक स्टार भी इस वक्त जंगल में है, बमबारी में वह भी ...।’’

‘‘ऐसा इसलिए नहीं करना चाहता क्योंकि पक्के तौर पर ब्लैक स्टार के मरने की पुष्टि नहीं हो पाएगी—वैसे भी, इस तरह से उसके मरने की संभावना कम है—ऐसा हमला होने पर उसने अपने बचाव का पूर्व प्रबन्ध अवश्य किया हुआ होगा—मैं ये चाहता हूं कि इधर ब्लैक स्टार चंगुल में फंसे, उधर जंगल को नष्ट कर दिया जाए।’’

‘‘ब्लैक स्टार तक पहुंचना सूरज पर कदम रखने जितना संभव है।’’

एकाएक ठक्कर ने पांडुराम से पूछा—‘‘क्यों पांडुराम, क्या तुम कोई रास्ता सुझा सकते हो?’’

‘‘नहीं साब, ब्लैक स्टार की इच्छा के बगैर उस तक कोई नहीं पहुंच सकता।’’ पांडुराम ने हड़बड़ाकर कहा।

ठक्कर ने पूछा—‘‘थारूपल्ला का स्थान रंगनाथन ने ले लिया है न?’’

‘‘हां साब।’’ पांडुराम बोला—‘‘तेजस्वी के चुनाव में उसने इतना काम किया कि खुश होकर मेजर बना दिया गया—आप जानते ही होंगे, झावेरी का पुल पुनः निर्मित हो चुका है—अब वह थारूपल्ला की तरह काली बस्ती में रहता है।’’

‘‘ट्रांसमीटर पर ब्लैक स्टार से बात भी कर सकता है?’’

‘‘मेजर को यह पावर होती है साब।’’

‘‘वह जंगल में जाकर ब्लैक स्टार से मिल भी सकता है?’’

‘‘केवल तब जब ब्लैक स्टार बुलाए।’’

‘‘सुना है प्रतापगढ़ में रंगनाथन की एक रखैल रहती है?’’

‘‘वो तो तभी से उसकी चेली है साब, जब रंगनाथन ने कच्ची शराब खींचने का धंधा शुरू किया था।’’

‘‘मगर उसके बारे में ब्लैक स्टार को कुछ नहीं मालूम।’’

पांडुराम बोला—‘‘इस बारे में मुझे कोई जानकारी नहीं है साब।’’

‘‘हमें है—वह अक्सर रात के अंधेरे में उससे मिलने आता है, क्योंकि वह नहीं चाहता कि उसकी इस हरकत की भनक ब्लैक स्टार को लगे—अगर हम होशियारी से काम लें तो इस ‘सिच्युएशन’ का लाभ उठा सकते हैं।’’

''आप जो कहेंगे करने को तैयार हूं साब, बस यमनिस्तान नहीं बनना चाहिए, मगर मेरे ख्याल से आप गलत आदमियों के पीछे पड़े हैं—असली बदमाश साला तेजस्वी है, अपनी स्थिति का फायदा उठाकर वही तो यमनिस्तान की घोषणा ...।''

''जड़ ब्लैक स्टार है पांडुराम—कल तेजस्वी न रहे तो वह अपने किसी दूसरे साथी को चीफ मिनिस्टर बनाकर विधेयक पास करा देगा क्योंकि दो-तिहाई विधायक दरअसल उसके हैं—जबकि ब्लैक स्टार न रहे तो तेजस्वी यमनिस्तान की घोषणा किसके लिए करेगा?''

तेजस्वी हड़बड़ाकर उठा।

बाएं हाथ की तर्जनी में मौजूद मोटे नग वाली अंगूठी से निकलकर एक सुई रह-रहकर अंगुली में चुभ रही थी—उसने मुख्यमंत्री हाउस के शानदार बैडरूम में एक निगाह दौड़ाने के बाद अंगूठी में मौजूद नन्हा-सा बटन दबाया।

मोटा नग हल्की-सी आवाज के साथ अलग हो गया।

अब अंगूठी से आवाज निकल रही थी—''हैलो ... हैलो नंबर टेन रिपोर्टिंग सर!''

''वैरी गुड!'' तेजस्वी की आंखें चमक उठीं—''इस वक्त वह कहां है?''

''हमारे अड्डे पर।''

''होश में या बेहोश?''

''बेहोश!''

''उसे होश नहीं आना चाहिए नंबर टेन—जैसे ही आने लगे, पुनः क्लोरोफार्म सुंघा देना—तुम लोगों की शक्ल तक न देख पाए वह—बहुत खतरनाक आदमी है, होश में आते ही गड़बड़ कर सकता है।''

''क्षमा करें, हमें तो वह जरा भी खतरनाक नहीं लगा।''

''इस भुलावे में मत रहना नंबर टेन।'' तेजस्वी ने चेतावनी दी—''बेहोश ही रखना उसे—हम कल सुबह दस बजे प्रतापगढ़ पहुंच रहे हैं।''

''ओ.के. सर!''

''ओ.के.!'' कहने के बाद जो उसने बटन दबाया तो अंगूठी का नग यथास्थान फिक्स नजर आने लगा—पहली बार उसने अपने बैड पर पड़ी सो रही नन्हीं अरुणा पर नजर डाली।

उसे इस तरह गोद में उठाया कि नींद न टूट पाए।

दरवाजा खोलकर गैलरी में आया—अंदर से बंद एक अन्य दरवाजे पर दस्तक दी।

''कौन है?'' किसी नारी का स्वर उभरा।

''मैं हूं मम्मी, दरवाजा खोलो!'' तेजस्वी ने धीमे स्वर में कहा।

कुछ देर बाद दरवाजा खुला, उसकी मां ने पूछा—''क्या बात है बेटा?''

''इसे अपने पास सुला लो, मुझे इसी समय कहीं जाना है।''

''रात के इस वक्त?'' मां ने बारह बजा रही घड़ी की तरफ देखते हुए पूछा—''कहां जाना है?''

''ओह मां, तुम बार-बार क्यों भूल जाती हो कि अब मैं इस प्रदेश का चीफ मिनिस्टर हूं—बहुत काम रहता है, सारा प्रदेश देखना है मुझे!''

''अच्छा ला!'' मां ने दोनों हाथ फैला दिए।

अरुणा को मां के सुपुर्द करके तेजस्वी वापस अपने कमरे में आया—एक अलमारी खोली—एयर बैग निकाला—उसमें रखा सामान चैक किया—एयर बैग में एक काली पैंट, वैसी ही शर्ट—गोताखोरी का लिबास और प्लास्टिक की एक बहुत लम्बी नली में मौजूद डायनामाइट था—नली में डायनामाइट के बीच दो तार भी नजर आ रहे थे—बैग में एक रिमोट भी था।

संतुष्ट होने के बाद उसने एयर बैग बंद कर दिया।

बंद दरवाजे पर दस्तक हुई।

गुलजारा के पहलू में पड़ा रंगनाथन उछल पड़ा।

चौंकी गुलजारा भी थी परंतु उसके सांवले चेहरे पर घबराहट का कोई भाव न था जबकि रंगनाथन के चेहरे पर चिंता की लकीरें स्पष्ट नजर आ रही थीं, फुसफुसाया—''जल्दी देख कौन है?''

गुलजारा हौले से खिलखिलाई—तीखे नाक-नक्श एवं बड़ी-बड़ी आंखों वाली गुलजारा देखने मात्र से 'प्यासी' नजर आती थी, बोली—''जब से तेरी तरक्की हुई है, पता नहीं तू इतना क्यों डरने लगा?''

''समझने की कोशिश कर, ब्लैक स्टार को मेरे यहां आने-जाने का पता लग गया तो ...।''

वाक्य अधूरा रह गया।

दस्तक पुनः उभरी थी।

इस बार रंगनाथन ने उसे कोहनी मार कर देखने का इशारा किया—गुलजारा उठी, अस्त-व्यस्त कपड़े एवं बालों को दुरुस्त किया और आगे बढ़कर दरवाजा खोल दिया—वहां खड़े व्यक्ति के जिस्म पर मौजूद पुलिस की वर्दी को देखकर वह थोड़ी हड़बड़ा गई—''हवलदार, क्या बात है?''

''मुझे रंगनाथन से मिलना है, कह कि पांडुराम आया है।''

''र-रंगनाथन!'' गुलजारा ने आह भरी—''अब वह निर्दयी यहां कहां आता है, जब से मेजर बना है ...।''

''उड़ने की कोशिश मत कर।'' पांडुराम ने ठीक वही रुख अपनाया जो ठक्कर ने समझाया था—''वह इस वक्त अंदर है—मैंने अपनी आंखों से उसे तेरे फ्लैट में घुसते देखा है।''

गुलजारा ने पुनः कुछ कहने के लिए मुंह खोला ही था कि अंदर से रंगनाथन की आवाज उभरी—''आने दे गुलजारा, आने दे—इतनी समझ तो तुझे होनी चाहिए कि मैं ब्लैक स्टार के भेदियों से डरता हूं, पुलिस के कुत्तों से नहीं।''

गुलजारा दरवाजे के बीच से हट गई।

पांडुराम ने अंदर कदम रखा।

सारे जिस्म को लिहाफ में छुपाए रंगनाथन उठा और पलंग की पुश्त से पीठ टिकाकर बैठ गया—उसका केवल चेहरा लिहाफ से बाहर था—पांडुराम समझ सकता था कि इस वक्त वह नंगा भी हो सकता है—उसे घूरते से रंगनाथन ने पूछा—''क्या बात है, तेरे पेट में क्या 'ऐंठन' हुई कि मुंह उठाये यहां चला आया?''

''ये लिफाफा ब्लैक स्टार के पास पहुंचाना है।'' पांडुराम ने जेब से एक लिफाफा निकाल लिया।

''क्या है इसमें?''

''एक ऐसी जानकारी जो यदि फौरन उनके पास न पहुंची तो उनके जीवन का वह सबसे बड़ा काम बिगड़ जाएगा जिसे वे तेजस्वी के जरिए पूरा करने का मंसूबा बनाए हुए हैं।''

''क्या बक रहा है, मेरी समझ में कुछ नहीं आया।''

''मुझे मालूम था तेरी समझ में नहीं आएगा।''

''फिर ...।''

''वे शब्द बोलना जो मैंने कहे हैं—वे समझ जाएंगे—जो कसर रह जाएगी उसे यह लिफाफा पूरी कर देगा—लिफाफा देखने के बाद शायद

वे तुझसे कहें 'पांडुराम को पकड़कर मेरे पास लाओ' यह सुनकर तू डरना नहीं, उन्हें नहीं बताना कि ये मैंने तुझे यहां दिया था।'' कहने के बाद पांडुराम लिफाफे को पलंग पर डालकर मुड़ा और दरवाजे की तरफ बढ़ गया।

''ठहर!'' रंगनाथन गुर्राया।

वह ठिठका, मुड़ा।

''तुझे कैसे पता लगा मैं यहां मिलूंगा?''

''पुरानी शराब को भला कोई छोड़ता है?'' ये शब्द पांडुराम ने गुलजारा की तरफ देखकर कुछ ऐसे अंदाज में कहे कि गुलजारा खिलखिलाकर हंस पड़ी जबकि रंगनाथन गुर्राया—''तूने यह कैसे सोच लिया कि ब्लैक स्टार तेरे जैसे दो कौड़ी के हवलदार से मिलेंगे?''

''आदमी की अहमियत उसके ओहदे से नहीं बल्कि मुट्ठी में कैद जानकारी से होती है—यह लिफाफा उन्हें संकेत दे देगा कि मेरे पास उनके जबरदस्त फायदे की जानकारी है—तब शायद वे मिलना चाहें और हां, लिफाफे को खोलने की कोशिश मत करना—शायद उन्हें तेरी यह गुस्ताखी पसंद न आए।'' कहने के बाद वह मुड़ा और बाहर निकल गया।

तेजस्वी के जिस्म पर इस वक्त काली पैंट, काली शर्ट, काले जूते और सबके ऊपर गोताखोरी का लिबास था—पीठ पर ऑक्सीजन-सिलेण्डर नजर आ रहा था और उससे जुड़े पाइप का सिरा नाक एवं मुंह पर।

पानी से भरी सुरंग में वह ठीक वहां तैर रहा था जहां से विचित्र कार को कुंदे में फंसाकर ऊपर उठाया गया था—उसके सिर पर मौजूद हैट में एक शक्तिशाली टॉर्च फिक्स थी।

टॉर्च की रोशनी उसके सिर के साथ घूमकर आंखों के सामने फैल जाती।

हर तरफ से निश्चिंत वह टेप की मदद से डायनामाइट से भरी प्लास्टिक की नली को उस दीवार पर चिपकाने में मग्न था जिसके दूसरी तरफ उसके हिसाब से जीना और वह सुरंग थी जहां 'मारुति एक हजार' खड़ी थी।

उसे एक घंटा लगा।

दीवार पर डायनामाइटयुक्त नली का जाल-सा बना नजर आने लगा—सारी गुफा में तैर-तैरकर उसने हर कोण से 'जाल' को देखा—संतुष्ट होने के बाद एयर बैग संभाला और वापसी हेतु गुफा में तैर गया।

शीघ्र ही नदी में पहुंचा।

नदी पार की।

झाड़ियों में छिपी एक ऐसी कार में कपड़े चेंज किए जिसमें मुख्यमंत्री के होने की कल्पना तक कोई नहीं कर सकता था—गोताखोरी का लिबास आदि नदी के हवाले करने के बाद जब वह वहां से चला तो कार के डैश बोर्ड पर फिक्स घड़ी रात के तीन बजने का ऐलान कर रही थी।

तेजस्वी बाकायदा होंठों को सिकोड़कर सीटी बजाने लगा।

"ऐसा आपने उसमें क्या लिख दिया है सर, जो बार-बार इतने विश्वास के साथ कहे जा रहे हैं कि एक बार वह लिफाफा ब्लैक स्टार तक पहुंच जाए और उसमें रखे पत्र को पढ़ ले—उसके बाद वह खुद मुझसे मिलने के लिए बेचैन हो उठेगा?"

"हमने उसमें तुम्हारे नाम से एक छोटा-सा पत्र लिखकर रखा है।"

"कैसा पत्र?"

"लिखा है—केन्द्र सरकार यमनिस्तान की घोषणा होने से पहले तेजस्वी को कत्ल करने की योजना बना चुकी है—ठक्कर के नेतृत्व में पूरा एक दल इस मिशन पर प्रदेश में आ चुका है—मुझे उनकी योजना और ठिकाने की मुकम्मल जानकारी है और मैं इस जानकारी को बेचकर हमेशा के लिए यह देश छोड़ देने का ख्वाहिशमंद हूं।"

"इसमें ऐसा क्या है जिसे पढ़ते ही ब्लैक स्टार ...!"

"यह बात मुझे किसी व्यक्ति ने नहीं बल्कि मेरे अनुभव ने बताई है कि ब्लैक स्टार और तेजस्वी मिलकर इस प्रदेश को देश से अलग करने के षड्यंत्र पर काम कर रहे हैं—अगर मेरा अनुमान ठीक है तो ये बात भी पक्की है कि उनके इस षड्यंत्र के बारे में किसी तीसरे व्यक्ति को कोई भनक नहीं होगी, इस अवस्था में जब वह तुम्हारे पत्र के जरिए यह जानेगा कि तुम प्लान के बारे में जानते हो तो यह जानने के लिए पागल हो उठेगा कि इस रहस्य को तुम जानते कैसे हो? लिहाजा तुम्हें बुलाएगा।"

"अगर आपका अनुमान गलत हुआ?" पांडुराम ने पूछा—"यानी उसके और तेजस्वी के बीच प्रदेश को अलग करने के स्थान पर कोई दूसरी खिचड़ी पक रही हुई तो?"

''हालांकि अनुमान गलत होने की उम्मीद न के बराबर है—केवल डिस्कशन के लिए मान लेते हैं कि ऐसा है—तब पत्र को पढ़कर उसके दिमाग में यह बात आएगी कि पुलिस कोई षड्यंत्र रचना चाहती है—षड्यंत्र क्या है, यह जानने के लिए उसे तुमसे मिलने की जरूरत पड़ेगी।''

''यानि दोनों स्थितियों में मुझे रंगनाथन के साथ जंगल में जाना होगा?''

''शायद!''

''मगर उससे होगा क्या, जंगल में जाकर भी मैं उसका क्या बिगाड़ पाऊंगा?''

ठक्कर ने जवाब नहीं दिया—ध्यान से पांडुराम के चेहरे को केवल देखता रहा—जैसे जांच रहा हो कि जो काम वह इस शख्स से लेना चाहता है उसे करने के लिए तैयार भी होगा या नहीं?

''ऐसे क्या देख रहे हो साब?'' पांडुराम थोड़ा सकपका गया।

''सोच रहा हूं तुम ये काम कर पाओगे या नहीं?''

''कौन-सा काम साब?''

''ब्लैक स्टार को खत्म करने का।''

''यही तो पूछ रहा था, वहां मैं क्या कर पाऊंगा?''

ठक्कर ने एक-एक शब्द पर जोर देते हुए कहा—''जिस तरीके से चिरंजीव कुमार की हत्या की गई थी, उससे मुझे यह इल्म हुआ कि अगर आदमी का बच्चा खुद मरने के लिए तैयार हो जाए तो कहीं भी कुछ भी कर सकता है।''

''क-क्या कहना चाहते हो साब?'' पांडुराम की आवाज में हल्का सा कम्पन्न उत्पन्न हो गया।

''मीटिंग के दरम्यान मैंने तुम्हारे अंदर देश के प्रति जो ललक देखी, वह वही थी जो कभी देशराज में महसूस की थी—देश को तोड़ने वालों को खत्म करने का हमने तुम्हारे अंदर एक जुनून देखा था—कहा भी था कि सबके दिलों में ऐसा ही जुनून होना चाहिए—यह सब देखने के बाद मैंने तुम्हें अपने साथ इस मिशन में लगाने का फैसला किया था।''

''ल-लेकिन क्या जरूरी है कि खुद मरकर भी ब्लैक स्टार को मारा जा सके?''

ठक्कर ने अपनी पैंट खोली—पैंट पर बंधी एक चौड़ी बैल्ट की तरफ इशारा करके बोला—''यह ठीक वैसी बैल्ट है जैसी के बूते पर तेजस्वी की बीवी ने फार्म हाउस की चारदीवारी के अंदर वह विस्फोट किया जिसने इस

देश से उसका बेटा छीन लिया—बैल्ट के पीछे लगा एक बटन दबाने मात्र से ऐसा धमाका होगा जो पांच फुट की परिधि में मौजूद हर शख्स के परखच्चे उड़ा देगा।''

''ओह!'' पांडुराम के हलक से केवल यही एक शब्द निकल सका।

''मैं तुम्हारे चेहरे पर छा गये पीलेपन को देख सकता हूं पांडुराम।'' उसे ध्यान से देख रहे ठक्कर ने कहा—''ठीक भी है दोस्त, हर कोई देशराज की तरह मरने के लिए तैयार नहीं हो सकता है—एक दूसरा काम तो कर सकते हो तुम?''

''क्या?''

''जब ब्लैक स्टार पूछे कि जो कुछ तुमने पत्र में लिखा है वह कहां से पता लगा तो कह देना 'गोंजालो' से।''

''कौन गोंजालो?''

''वह मैं होऊंगा।''

''समझा नहीं साब!''

ठक्कर ने जेब से एक फेसमास्क निकाला, उसे दिखाता हुआ बोला—''जिस तरह नंबर फाइव लुक्का बना हुआ था, उसी तरह मैं गोंजालो बनूंगा—जब वह गोंजालो का पता पूछे तो तुम उसे एक एड्रेस बता देना—कहना, तुम्हें इससे ज्यादा कुछ नहीं मालूम कि वह फलां जगह रहता है।''

''उसके बाद क्या होगा?''

''रहस्य की तह तक पहुंचने के लिए वह मुझे किडनेप कराकर जंगल में मंगाने के लिए मजबूर हो जाएगा।''

''उसके बाद?''

''उसे नजदीक पाते ही मैं बैल्ट के पीछे लगा बटन दबा दूंगा।''

''नहीं साब!'' पांडुराम भावुक हो उठा—''आपकी जान बहुत कीमती है, उस राष्ट्रद्रोही को खत्म करने के लिए इतनी कीमती जान की आहुति नहीं दी जानी चाहिए।''

''देश से ज्यादा कीमती किसी की जान नहीं होती पांडुराम—अगर वह मुल्क के टुकड़े करने में कामयाब हो गया तो मेरे जैसे लाखों लोगों की कीमती जानों को देश क्या रखकर चाटेगा?''

''मैं ऐसा हरगिज नहीं होने दूंगा।''

''क्या मतलब?''

''बैल्ट मुझे दीजिए साब, ये आपके नहीं मुझ जैसे छोटे आदमी के पेट पर ज्यादा जंचेगी।''

''प-पांडुराम!'' ठक्कर जैसे शख्स की आवाज कांप गई।

मगर पांडुराम की आवाज बिल्कुल नहीं कांप रही थी, कहता चला गया वह—''ये हवलदार आपसे वादा करता है साब, अपनी मौत के खौफ से जरा भी नहीं डरूंगा—चीचड़ी की तरह उस हरामी के जिस्म से चिपटकर बटन दबा दूंगा—बस, आपसे एक इल्तिजा है—मेरी पत्नी से कहना, पांडुराम देश के लिए ज्यादा-से-ज्यादा जो कुछ कर सकता था, कर गया—यह सुनकर उसने मुझे बहुत धिक्कारा था कि मैं खौफ के कारण ब्लैक फोर्स के लिए काम करता था।''

ठक्कर उसके भीतर छुपे जुनून को साफ देख रहा था।

समूचे प्रतापगढ़ में हंगामे का माहौल था।

होता भी क्यों नहीं?

चीफ मिनिस्टर को आना था आज यहां—हालांकि प्रदेश की राजधानी ज्यादा दूर नहीं थी—कार द्वारा केवल डेढ़ घंटे में आया जा सकता था मगर मुख्यमंत्री हैलीकॉप्टर से आ रहे थे।

वह मुख्यमंत्री ही क्या हुए जो गाड़ी से आएं?

एक स्कूल के मैदान में हैलीपैड बनवाया गया था—वहां से खुली जीप से प्रतापगढ़ घूमना था उन्हें—चीफ मिनिस्टर बनने के बाद पहली बार आ रहे थे—प्रतापगढ़ की जनता को धन्यवाद देना था।

जनता में लगभग वैसा ही उत्साह था जैसा करीब चार महीने पूर्व चिरंजीव कुमार के लिए देखा गया था—कमिश्नर शांडियाल सहित पुलिस चकरघिन्नी बनी घूम रही थी—हैलीपैड पर और जिन रास्तों से उसे गुजरना था उन पर जबरदस्त सुरक्षा व्यवस्था की गई थी।

ठीक सात बजे हैलीकॉप्टर ने लैंड किया।

तेजस्वी की जय-जयकार से संपूर्ण दिशाएं गूंज उठीं।

गगन थर्रा उठा।

पुलिस वाले दौड़-दौड़कर अपनी ड्यूटी को अंजाम दे रहे थे—सड़कों के दोनों तरफ मौजूद भीड़ में वैसा ही जुनून था जैसा मुख्यमंत्री के अपने क्षेत्र में आने पर होता है—खादी के सफेद कुर्ते-पजामे में सांवला तेजस्वी चिरंजीव कुमार के बराबर भले ही न जंच रहा हो मगर बुरा भी नहीं लग

रहा था—मालाओं से लदा-फदा वह सर्किट हाउस पहुंचा—कार्यकर्ताओं से मिला और पुनः जुलूस चालू हो गया। ठीक दस बजे जहां उसका ब्रेकफास्ट रखा गया था, वहां के बारे में खुद तेजस्वी ने अपने सैक्रेटरी से कहा था—''वह हमारे बचपन के दोस्त का घर है, अतः ब्रेकफास्ट पूरी तरह व्यक्तिगत होगा—कोठी में हमारे और हमारे बचपन के दोस्त के अलावा कोई नहीं होना चाहिए।''

''ऐसा ही होगा सर।'' सैक्रेटरी ने सम्मानपूर्वक कहा था।

वह बेचारा क्या जानता था कि चीफ मिनिस्टर साहब का प्रतापगढ़ आने का असल मकसद ही वहां जाना था—प्रतापगढ़ का दौरा करना या जनता का धन्यवाद करना तो बहाना मात्र थे।

वहां उसे नंबर टेन मिलना था।

वही हुआ।

सैक्रेटरी ने पुलिस को निर्देश दिया कि मुख्यमंत्री साहब जहां ब्रेकफास्ट लेंगे वहां उस सहित किसी को भी अंदर नहीं जाने देना है—पुलिस भी इमारत के बाहर ही रहेगी—लिहाजा तेजस्वी के अलावा चिड़िया का बच्चा तक कोठी में न घुस सका।

कोठी में दाखिल होते तेजस्वी ने पूछा—''तुम्हारे अलावा और कौन है यहां?''

''केवल 'वही'—वह भी बेहोश!'' नंबर टेन ने बताया।

''तुम्हारे साथी?''

''आपका हुक्म होते ही मैंने सबको टरका दिया।''

''गुड ... किधर है वह?''

''उस कमरे में साहब।'' कहने के साथ वह गैलरी की तरफ लपका—कोठी के बाहर मौजूद पब्लिक के शोर की आवाज वहां तक साफ आ रही थी, तेजस्वी ने कहा भी—''पब्लिक साली बहुत शोर मचा रही है।''

''कमरा साऊंड प्रूफ है सर।''

''वैरी गुड, काफी समझदार हो तुम।'' तेजस्वी सचमुच खुश नजर आया।

नंबर टेन उसे जिस कमरे में ले गया, उसका दरवाजा बंद होते ही तेजस्वी के जहन को सुकून मिला—अब बाहर की कोई आवाज उसके कानों तक नहीं पहुंच रही थी—कमरे में ए.सी. चल रहा था।

एक बेहद चमकदार सनमाइका वाली मेज के इस तरफ रखी कुर्सी पर रस्सी की मदद से एक आदमी बंधा हुआ था—बेहोश होने के कारण उसकी

गर्दन एक तरफ को झूल रही थी—इस वक्त वे दोनों कुर्सी के पीछे की ओर थे—ठीक सामने, मेज के पार एक ऊंची पुश्त वाली चमकदार चमड़ा मंढ़ी रिवॉल्विंग चेयर रखी थी, नंबर टेन ने उसकी तरफ इशारा करके अदब से कहा—''बैठिये सर!''

''तुमने ब्रेकफास्ट का इंतजाम बढ़िया किया है।'' तेजस्वी मेज की तरफ बढ़ा।

नंबर टेन ने केवल इतना कहा—''थैंक्यू सर!''

''इसे होश में लाओ।'' रिवॉल्विंग चेयर पर बैठने के साथ तेजस्वी ने अपनी आंखें कुर्सी पर पड़े बेहोश व्यक्ति के चेहरे पर जमा दीं—इस वक्त उसकी आंखों में वह चमक थी जो इंसान की आंखों में केवल तब उभरती है जब उसने अपने संपूर्ण जीवन का सबसे महत्वपूर्ण काम करने में सफलता अर्जित कर ली हो।

उधर, नंबर टेन ने उसका हुक्म होते ही जेब से एक शीशी निकालकर बेहोश व्यक्ति की नाक के नजदीक लहरानी शुरू कर दी—दो मिनट बाद वह कराहने लगा, नंबर टेन ने शीशी हटाने के साथ कहा—''होश आ रहा है सर।''

''अब तुम जाओ, यहां कोई नहीं आना चाहिए।''

''ओ.के. सर ... और हां, मेज की दाईं दराज में सबसे ऊपर एक रिमोट पड़ा है—चाहें तो उसकी मदद से यहीं बैठे-बैठे दरवाजा लॉक कर सकते हैं, उसके बाद केवल रिमोट से ही खुलेगा।''

''हम तुम्हें तुम्हारी समझदारियों का इनाम जरूर देंगे।'' तेजस्वी मुस्कराया।

''आपका सेवक हूं सर!'' अदब से कहने के बाद वह बाहर चला गया।

कुर्सी पर बंधे व्यक्ति की पलकें कांपने लगी थीं, तेजस्वी ने दराज खोली—रिमोट के साथ उसमें एक रिवॉल्वर मौजूद था, हल्की मुस्कान के साथ तेजस्वी ने रिमोट का बटन दबाकर दरवाजा लॉक कर दिया और होश में आते शख्स को देखने लगा।

कुछ देर बाद वह शख्स मिचमिचाती आंखों से सामने बैठे तेजस्वी को देखता रहा और जब विश्वास हो गया कि वह ख्वाब नहीं देख रहा है तो बुरी तरह चौंके हुए स्वर में कह उठा—''अ-आप ... इंस्पेक्टर साहब?''

''इंस्पेक्टर नहीं, चीफ मिनिस्टर!'' तेजस्वी हौले से हंसा—''मुख्यमंत्री!''

''हां-हां, मुझे मालूम हुआ कि अब आप इस राज्य के मुख्यमंत्री बन गए

हैं।'' उसने हड़बड़ाकर कहा—''क-कमाल कर दिया आपने—इतनी जल्दी इतनी तरक्की करते मैंने किसी को नहीं देखा मगर ...।''

''मगर?'' तेजस्वी की मुस्कराहट गहरी होती चली गई।

''य-ये क्या चक्कर है—आपने मुझे यहां इस तरह क्यों बुलवाया और कुर्सी के साथ बांधा हुआ क्यों है? मेरे ख्याल से तो मैंने कोई गलती नहीं की साहब—आपने कहा था कि प्रतापगढ़ से चुपचाप फरार होकर सीधा फिल्म नगरी चला जाऊं—वही मैंने किया था, पलटकर एक बार भी प्रतापगढ़ की तरफ नहीं देखा।''

''झूठ बोल रहे हो, अगर प्रतापगढ़ न आए होते तो यहां ... इस अवस्था में क्यों होते?''

''र-रात ही तो फिल्म नगरी से यहां आया था मगर कोठी के बाहर कुछ लोगों ने हमला किया—अंधेरे के कारण यह भी न देख सका कि वे थे कौन—वैसे भी, जाने कैसे मैं बेहोश होता चला गया—होश में आया तो यहां आपके सामने हूं—लगता है वे आपके आदमी थे—आपने यह तो नहीं कहा था साहब कि फिल्म नगरी से लौटकर कभी प्रतापगढ़ आऊं ही नहीं—अगर आपकी यही इच्छा थी और है तो इस बार छोड़ दीजिए—मैं प्रतापगढ़ की तरफ मुंह तक करके नहीं साऊंगा।''

''क्या तुम्हें थाने से निकलने और फिल्म नगरी पहुंचने के बीच कोई ऐसा शख्स मिला था जिसे तुमने थाने में मेरे और अपने बीच हुई बातें बताई हों?''

''नहीं साहब, कसम खाकर कहता हूं मैंने कभी किसी को कुछ नहीं बताया—कोई नहीं मिला मुझे, किसी ने पूछा ही नहीं तो बताता क्यों?''

''याद करो इकबाल, तुमने निश्चित रूप से किसी को कुछ बताया था।''

''क्या बात कर रहे हैं साहब—किसी से कुछ नहीं कहा मैंने।''

''तो जो बातें केवल मेरे और तुम्हारे बीच हुई थीं, जिस बारे में मैंने उस वक्त थाने में मौजूद पांडुराम तक को नहीं बताया, वे बातें किसी और को कैसे पता लग गईं?''

''किसे पता लग गईं साहब?''

''ब्लैक स्टार को।''

''ब-ब्लैक स्टार?'' इकबाल हकला उठा।

हैरत की ज्यादती के कारण मुंह खुला-का-खुला रह गया उसका।

चेहरे पर खौफ नाचने लगा था।

बहुत ही गहरी मुस्कराहट के साथ तेजस्वी ने कहा—''अब जाकर तुम्हें

एहसास हुआ है कि क्या गलती कर चुके हो—इकबाल के रूप में बार-बार कह रहे हो कि वे बातें तुम मुझे बता चुके हो, समझदार से समझदार आदमी गलतियां करता है मिस्टर ब्लैक स्टार, जरूरत होती है उन्हें पकड़ने वाले की—यह गलती तुम उसी वक्त कर बैठे थे जब थारूपल्ला के कमरे में लगे ट्रांसमीटर पर मैं तुमसे बातें कर रहा था—उस वक्त मुझ पर अपनी जानकारी का रौब गालिब करने के फेर में तुम वह कह बैठे जो मेरे और इकबाल के अलावा किसी को पता ही न था—बात मैंने उसी वक्त पकड़ ली थी—शक हो गया था कि तुम यानि ब्लैक स्टार इकबाल के अलावा कोई नहीं है और विश्वास जंगल में हुई तुमसे पहली भेंट होते ही हो गया—तुमने फेसमास्क पहना हुआ था—हेयर स्टाइल बदली हुई थी—विचित्र कॉन्टैक्ट लैंस लगाकर अपनी आंखें विचित्र बना रखी थीं—चाल-ढाल और आवाज तक बदले हुए थे मगर गर्दन पर ठीक सामने मौजूद तिल की तरफ तुम्हारा ध्यान नहीं गया—इस तिल ने मुझे बता दिया कि तुम इकबाल हो।''

''ऐसा था तो इस रहस्य को छुपाए क्यों रहे?''

''उन परिस्थितियों में यह सब कहके मरना था क्या?''

अब इकबाल के चेहरे पर हल्की-सी कठोरता उभर आई—हलक से गुर्राहट निकली—''अगर तुम हमारा रहस्य जानते थे तो इस हरकत का क्या मतलब है?''

''मतलब तो अब तक आपकी समझ में जा जाना चाहिए था।''

''यानि?''

''नहीं, इतनी जल्दी क्लाइमैक्स पर आना बेहतर नहीं होगा।'' बड़े व्यंग्यात्मक लहजे में कहने के बाद तेजस्वी ने कुर्ते की जेब से लाइटर-पैकिट निकाले—सिगरेट सुलगाई और अपनी आदत के मुताबिक जोरदार कश लेने के बाद गाढ़ा धुआं उगलता हुआ बोला—''जब तुमने मुझे ट्रिपल जैड का मर्डर करते पकड़ा था तब काफी रहस्य खोले थे—एकाध रहस्य तो मैं भी खोल ही दूं—अपने भाई यानि असलम की मौत का समाचार पाकर जब तुम 'श्रीगंगा' से प्रतापगढ़ आए तो अपनी भाभी यानी सलमा को दयाचन्द की मुहब्बत के जाल में फंसी देखकर भुनभुना उठे मगर क्योंकि इकबाल के रूप में ऐसा कुछ नहीं करना चाहते थे जिससे लोगों की दृष्टि तुम पर ठहरे इसलिए एक साधारण व्यक्ति के रूप में थारूपल्ला से सौदा किया—जब तुमने देखा कि देशराज ने गोविन्दा को फंसाकर सारा गुड़ गोबर कर दिया है तो तुरंत ब्लैक स्टार के रूप में फोन करके उसे सही लाइन पर लगा दिया।''

''पिछली बातों को दोहराने से कोई लाभ नहीं तेजस्वी।'' इस बार इकबाल के हलक से ब्लैक स्टार वाली आवाज निकली—''अपनी इस ताजी हरकत का मतलब बताओ हमें।''

''मतलब इतना सीधा और साफ है कि मुझे बार-बार तुम्हारे सवाल करने पर तरस आ रहा है—मरे ही जा रहे हो तो सुनो, अब मुझे तुम्हारे द्वारा इस दुनिया से और ज्यादा ऑक्सीजन खींचे जाना पसंद नहीं अर्थात तुम्हारा अंतिम समय आ पहुंचा है। तुम्हें खलास करने के मेरे पास दो तरीके थे—पहला, यह कि ब्लैक फोर्स के मरजीवड़ों पर किसी तरह यह रहस्य खोल देना कि यमनिस्तान के नाम पर यमन युवकों की भावनाओं को भड़काने वाले तुम खुद यमन नहीं हो, बल्कि किसी अन्य देश के इशारे पर यमन बनकर सम्पूर्ण जाति का खून बहा रहे हो—यह रहस्य जानने के बाद शायद वह युवक खुद ही तुम्हें नोच-नोचकर खा जाते—दूसरा तरीका ये था जो अपनाया, यानि अपने आदमी तुम्हारी प्रतापगढ़ वाली आलीशान कोठी के चारों तरफ इस आदेश के साथ लगाकर कि तुम्हें आते ही दबोच लें—मुझे मालूम था तुम वहां पहुंचोगे क्योंकि एकाध दिन बाद असलम मर्डर केस का फैसला होने वाला है—मैंने अपने आदमियों को निर्देश दिया कि वे तुम्हें संभलने का मौका न दें, बेहोश रखें—बहुत खतरनाक आदमी हो—वे कह रहे थे तुम उन्हें जरा भी खतरनाक न लगे—वे बेचारे क्या जानें, तुम केवल इकबाल के रूप में साधारण व्यक्ति बनकर प्रतापगढ़ की सड़कों पर उतरते हो—खैर, दूसरा तरीका मैंने इसलिए अपनाया क्योंकि इसके तहत मेरी और तुम्हारी यह मुलाकात होनी थी—वह तो अच्छा न होता कि यमन युवकों के हाथों से तुम मर भी जाते और यह भी न जान पाते कि उन पर तुम्हारा भेद खोलने का महान काम किया किसने है?''

''यानि वही हुआ जिसकी हमने शंका व्यक्त की थी?''

''कौन-सी शंका?''

''सत्ता का नशा सवार हो गया है तुम पर, हमसे हुए सौदे को निभाना नहीं चाहते?''

''हालांकि मैंने बार-बार कहा—तुम्हारे सामने ट्रिपल जैड से भी कहा था कि तेजस्वी किसी की गुलामी करने के लिए नहीं बल्कि सबको अपना गुलाम बनाने के लिए पैदा हुआ है—इसके बावजूद अगर तुमने मुझे अपना गुलाम बनाने की बेवकूफाना चेष्टा की तो इसमें मेरा क्या दोष है—तुमसे हुई पहली भेंट पर ही मैंने अपने दिमाग में तुम्हारा अंजाम फिक्स कर लिया

था—दरअसल तेजस्वी को वह शख्स दुनिया में कुबूल ही नहीं जो उस पर हुकूमत करने के बारे में विचार तक करे—मैं हुकूमत करने के लिए पैदा हुआ हूं, कर रहा हूं और करूंगा—रहा सत्ता के नशे का सवाल ... तो ये बात भी किसी हद तक सही है—जहां पहुंचा हूं, यहां पहुंचने के बाद मुझे लगता है, बाकी सारे लक्ष्य बहुत बौने हैं।''

एकाएक इकबाल ने बड़ा ही अजीब सवाल पूछा—''क्या तुम्हें हमारे चेहरे पर कहीं मौत का खौफ नजर आ रहा है?''

''नहीं!'' तेजस्वी ने कहा—''वाकई नहीं, सच्चाई ये है कि यह देखकर मैं खुद हैरान हूं—निःसंदेह तुम जीदार हो—मौत को सामने देखकर भी जिसके चेहरे पर शिकन न उभरे, ऐसे बिरले दुनिया में देखने को कम मिलते हैं।''

''कारण नहीं जानना चाहोगे?''

''बता दो।''

''मेरी मौत के बाद तुम ज्यादा दिन तक यह सुख नहीं भोग पाओगे।''

''वह कैसे?''

''जिस शख्स को मेरे बाद ब्लैक स्टार की छवि संभालनी है उसे हमारे बीच हुए सौदे की पूरी जानकारी है—जब एक तरफ वह मुझे रहस्यमय तरीके से गायब पाएगा, दूसरी तरफ तुम यमनिस्तान की घोषणा नहीं करोगे तो उसकी समझ में सारा मामला आ जाएगा—और तब वह जो कुछ करेगा वह उससे कई गुना ज्यादा खतरनाक होगा जो इस वक्त मैं अपने मुक्त होने पर कर सकता हूं।''

''तुम फिर गच्चा खा गए मिस्टर ब्लैक स्टार—फिर ये भूल गए कि तेजस्वी न कच्चे कदम उठाता है न अधूरे काम करता है—ये देखो, मेरी जेब में ये रिमोट है।'' कहने के साथ उसने जेब से रिमोट निकालकर उसे दिखाया, बोला—''इसका ये लाल वाला बटन दबाते ही नदी से शुरू हुई गुफा की वह दीवार मुकम्मल तौर पर ध्वस्त हो जाएगी जिसके दूसरी तरफ जंगल का बेसमेंट है—खुदा का बच्चा भी जंगल के नीचे तुम्हारे द्वारा बनाई गई आलीशान दुनिया को नदी के पानी में डूबने से नहीं बचा सकेगा—ब्लैक फोर्स का एक भी मरजीवड़ा नहीं बचेगा दोस्त, तुम्हारा उत्तराधिकारी भी वहीं डूबकर मर जाएगा।''

''त-तुम बकवास कर रहे हो।'' इकबाल के चेहरे पर पहली बार बौखलाहट के चिन्ह उभरे।

तेजस्वी उसे इस अवस्था में देखकर आनंदित हो उठा, बोला—''जैसे ही इधर से मेरे आदमियों ने तुम्हारे चंगुल में फंस जाने की सूचना दी—मैं खुद ... चीफ मिनिस्टर होने के बावजूद, मैं खुद साधारण व्यक्ति की तरह कार लेकर राजधानी से प्रतापगढ़ आया—गुफा में जाकर डायनामाइट फिट किया—इतनी मेहनत इसलिए करनी पड़ी क्योंकि ये काम किसी को सौंप नहीं सकता था।''

इकबाल के चेहरे पर मौत का खौफ स्पष्ट नजर आने लगा—हकीकत ये है कि उसके मुंह से बोल न फूट पा रहा था—जबकि तेजस्वी ने दराज खोली—रिवॉल्वर उठाया, नाल पर लगे साइलैंसर को घूरा और बोला—''अब तुम्हारे चेहरे पर मैं मौत के खौफ को बाकायदा कत्थक करते देख रहा हूं दोस्त—तुम जैसी हस्ती के चेहरे पर यह मुझे अच्छा नहीं लग रहा इसलिए अलविदा।''

''पिट् ... पिट् ...।''

दो गोलियां चलाईं उसने।

एक इकबाल की छाती में जा धंसी, दूसरी ने भेजा उड़ा दिया।

रिवॉल्वर को वापस दराज में रखते वक्त तेजस्वी उसे रूमाल से साफ करना नहीं भूला।

तो यह था मुख्यमंत्री का ब्रेकफास्ट!

नंबर टेन को लाश ठिकाने लगाने का ऑर्डर देने के बाद जब तेजस्वी कोठी से बाहर निकला तो उसके इंतजार में खड़ी भीड़ पुनः जोर-शोर से नारे लगाने लगी—सुरक्षाकर्मियों ने यांत्रिक तरीके से उसे अपने घेरे में ले लिया।

खुली जीप पर जा चढ़ा वह।

विजय जुलूस पुनः चल पड़ा—अपने स्वागत में उमड़ी भीड़ की तरफ वह ऐसी प्रसन्न मुद्रा में हाथ हिला रहा था जैसे कुछ हुआ ही न हो—चारों तरफ उसकी जय-जयकार के नारे लग रहे थे।

''तेजस्वी ... जिन्दाबाद'' का शोर था।

प्रतापगढ़ की विभिन्न सड़कों से गुजरता यह जुलूस एक बजे पुलिस मुख्यालय पहुंचा—निर्धारित प्रोग्राम के मुताबिक पहले वहां उसे लंच लेना था—उसके बाद पुलिस ऑफिसर्स की मीटिंग—मीटिंग के बाद पुनः खुली

जीप द्वारा हैलीपैड पर पहुंचना था।

ठीक तीन बजे वापसी।

साढ़े तीन बजे राजधानी में भूकम्प-पीड़ितों को कम्बल बांटने थे।

लंच के बाद पुलिस ऑफिसर्स की मीटिंग उसने कुछ इस तरह लेनी शुरू की—

''कहिये मिस्टर शांडियाल, क्या हाल हैं?'' उसने सीधे कमिश्नर से पूछा।

कमिश्नर साहब अदब से खड़े होकर बोले—''ठीक हूं सर!''

''और तुम मिस्टर डी.आई.जी.?'' तेजस्वी ने कहा—''क्या नाम था तुम्हारा?''

''ए.एल.के. साहनी सर!'' डी.आई.जी. हकला गया।

''प्रतापगढ़ में क्राइम की क्या 'सिच्युएशन' है?''

''इस बार गनीमत है सर।'' एस.एस.पी. ने कहना चाहा—''पिछले साल इन दिनों में ...।''

''हम तुम से नहीं, कमिश्नर से पूछ रहे हैं।'' तेजस्वी ने ऐसी गुर्राहट के साथ कहा कि एस.एस.पी. बेचारा ''सॉरी सर ... सॉरी सर।'' कहता बैठ गया।

शांडियाल ने कहा—''पिछले साल ...।''

''खड़े होकर बताओ।''

''स-सॉरी सर!'' कमिश्नर साहब हड़बड़ाकर खड़े हो गए—''पिछले साथ इन दिनों बासठ हत्याएं, पैंतीस डकैतियां, बारह बस लूट की घटनाएं हुई थीं, मगर इस साल अब तक कुल अड़तालीस हत्याएं ...।''

''हमें आंकड़ेबाजी में उलझाने की कोशिश मत करो कमिश्नर।''

''ज-जी?''

''इस इलाके में ब्लैक फोर्स सक्रिय है।'' तेजस्वी ने कहा—''उसके खिलाफ कोई कार्यवाही हुई या नहीं?''

मीटिंग में सन्नाटा छा गया।

लगभग सभी की सिट्टी-पिट्टी गुम हो चुकी थी।

सहमी-सी नजरों से एक-दूसरे की तरफ देखते रह गए वे—किसी की समझ में नहीं आया क्या जवाब दिया जाए—उन्हें लगा, अब यह कहें कि ब्लैक फोर्स इलाके में खूब फल-फूल रही है तो पुलिस के मुंह से अजीब सा लगेगा और अगर यह कहें कि उसके खिलाफ कार्यवाही की जा रही है तो चीफ मिनिस्टर साहब कहीं भड़क न उठें!

जिन्हें 'सर' कहते-कहते तेजस्वी की ज़ुबान नहीं थकती थी उनके मुंह से खुद को 'सर' सुनने में उसे अलौकिक सुख का एहसास हो रहा था—जिनकी डांट से उसकी सिट्टी- पिट्टी गुम हो जाती थी, उन चेहरों पर मौजूद भावों को देखकर वह आनंदित हो उठा—इस वक्त वे सब बिल्ली की अदालत में खड़े चूहे-से लग रहे थे।

सन्नाटा लम्बा होने लगा तो वह गुर्राया—''क्या हुआ, सबको सांप सूंघ गया—क्या तुम लोग इतने नाकारा हो कि हमारे सवाल का जवाब तक नहीं दे सकते?''

हिम्मत करके एस.पी. सिटी ने कहा—''उनके खिलाफ कार्यवाही चल रही है सर!''

''क्या कार्यवाही चल रही है?''

''पिछले दिनों ब्लैक फोर्स के संरक्षण में चल रहे जुए के अड्डों और कच्ची शराब की भट्टियों पर छापे मारे गए।'' एस.पी. देहात ने कोरी गप्पें हांकनी शुरू कर दीं—''बहुत-से लोग पकड़े गए, उन्हें जेल में ...।''

''मैं ये पूछ रहा हूं मिस्टर एस.पी. कि 'जंगल' में कभी कोई कार्यवाही की जाएगी या नहीं?''

''ज-जंगल में सर ...!''

''ये तो, हकलाने लगे!'' तेजस्वी दहाड़ा—''तुम जवाब दो कमिश्नर।''

''व-वो सर आप तो जानते हैं—जंगल से उनका सफाया करने के अनेक अभियान छेड़े गए मगर कभी कामयाबी नहीं मिल पाई—उनके पास अत्याधुनिक हथियार हैं—विशेष रूप से जंगल की भौगोलिक स्थिति उन्हें मदद देती है—हर बार पुलिस को ही ज्यादा नुकसान उठाना पड़ता है—इसलिए ऐसा कोई ऑपरेशन नहीं किया गया।''

''क्या तुम्हारे ख्याल से ऐसा कोई तरीका है जिससे उनका उन्मूलन किया जा सके?''

''हवाई हमला ही एकमात्र तरीका है सर!''

''जब तरीका है तो अब तक इस्तेमाल क्यों नहीं किया गया?''

''हमें कभी किसी सरकार ने ऐसा हमला करने का आदेश नहीं दिया।''

''हम आदेश देते हैं।'' तेजस्वी ने जोरदार लहजे में कहा—''हमारे यहां से निकलते ही अर्थात् सवा तीन के आसपास जंगल पर जोरदार हवाई हमला कर दिया जाए—हम कोई बहाना सुनना नहीं चाहेंगे—चाहे जितने बम इस्तेमाल करने पड़ें, लेकिन जंगल में ब्लैक फोर्स का एक भी आदमी

जीवित नजर न आए—सुना है, उन्होंने जंगल के नीचे बेसमेन्ट बना रखा है—या तो वह पुलिस के कब्जे में होना चाहिए या ध्वस्त हो जाना चाहिए।''

कमिश्नर सहित सभी पुलिस अधिकारी उसे इस तरह देख रहे थे जैसे सूरज को पश्चिम से उदय होता देख रहे हों—लग रहा था, या तो उनके कान बज रहे हैं या यह वह तेजस्वी नहीं है जिसने ब्लैक स्टार के साथ मिलकर चिरंजीव कुमार की हत्या का षड्यंत्र रचा था और जो आनन-फानन में चीफ मिनिस्टर की कुर्सी पर पहुंचा ही ब्लैक स्टार की मेहरबानियों के कारण है।

तेजस्वी जानता था कि वे दंग हैं।

अगर उनके दिमागों में तेजस्वी के खेलों को समझने की क्षमता होती तो यह दिन ही क्यों देखना पड़ता—वह जानता था, ये लोग इस भ्रम में भी हो सकते हैं कि वह केवल दिखावे के लिए जंगल में कार्यवाही करने की बात कर रहा था—वास्तव में यह सब किया गया तो नाराज हो जायेगा, जबकि सच्चाई ये थी कि अपनी योजना के मुताबिक वह वास्तव में उक्त कार्यवाही कराना चाहता था ताकि नदी के पानी से त्रस्त ब्लैक फोर्स के मरजीवड़े बेसमेन्ट से निकलकर जंगल में आएं तो बरसते हुए बम उनका स्वागत करें।

यह थी तेजस्वी की मुकम्मल योजना।

एक-एक अफसर के चेहरे पर अपनी नजरें फिसलाता हुआ वह कहता चला गया—''रात के आठ बजे हमें हवाई हमले के परिणाम से अवगत कराया जाए—याद रहे, एक बार फिर कहे देते हैं—कोई बहाना नहीं सुनेंगे हम—अगर हंडरेड परसैन्ट कामयाबी की खबर नहीं मिली तो तुम सबको सस्पैंड कर दिया जाएगा।''

आश्चर्य के कारण सभी ऑफिसर्स का बुरा हाल था।

जबकि तेजस्वी ने अपने कुर्ते की जेब में हाथ डाला—रिमोट निकाला और यह सोचकर लाल बटन दबा दिया कि बेसमेन्ट को नदी के पानी से भरने के लिए दो-तीन घंटे तो चाहिएं ही—जब तक वे पानी से त्रस्त होकर ऊपर आएंगे, तब तक बमबारी शुरू हो चुकी होगी।

सभी ऑफिसर्स ने उसे लाल बटन दबाते देखा मगर कोई भला कैसे समझ सकता था कि ये नन्हां-सा बटन दबाकर उसने हजारों लोगों की जल-समाधि का इंतजाम कर दिया है।

तो यह था मुख्यमंत्री का लंच!

जुलूस हैलीपैड पर पहुंचने वाला था कि तेजस्वी की नजर पांडुराम पर पड़ी।

"रोको ... रोको!" उसने लगभग चीखकर ड्राइवर से कहा।

ड्राइवर ने तुरंत ब्रेक लगाते हुए पूछा, "क्या हुआ सर?"

उसका सवाल मानो तेजस्वी के कानों तक पहुंचा ही नहीं—वह काफी दूर, भीड़ के बीच खड़े पांडुराम की तरफ जोर-जोर से हाथ हिलाने में मशगूल था, मगर पांडुराम ने कोई प्रतिक्रिया जाहिर नहीं की जबकि वह देख उसी की तरफ रहा था।

तेजस्वी ने उसके चेहरे पर अपने लिए अजीब-सा रोष महसूस किया।

उसे शरारत सूझी।

लगा, पांडुराम के साथ छेड़छाड़ करने में मजा आएगा।

"उस आदमी को हमारे पास लाओ।" तेजस्वी ने अपनी बगल में खड़े पार्टी के जिलाध्यक्ष से कहा—जिलाध्यक्ष ने उसकी अंगुली के इशारे को 'फॉलो' किया, बोला—"यह तो पांडुराम है।"

"हां, तुम जानते हो उसे?"

"यस सर!"

"वो अपना पक्का यार है, मगर आजकल थोड़ा नाराज चल रहा है—देखो, वो मुड़ गया—शायद समझ गया कि मैं तुम्हें उसके पास भेज रहा हूं—कम्बख्त मिलना तक नहीं चाहता—उसे पकड़कर लाओ।"

जिलाध्यक्ष के लिए इतना काफी था कि चीफ मिनिस्टर ने उसे कोई काम बताया—उत्साह से भरा वह जीप से कूदा और चौकड़ी भरता हुआ भीड़ को चीरता चला गया।

ऐसा कहीं हो सकता है कि अपने इतने समर्थक होते मुख्यमंत्री किसी से मिलना चाहें और न मिल पाएं?

पांडुराम को लगभग जबरदस्ती जीप के नजदीक ले आया गया—तेजस्वी ने बड़ी आत्मीयता से उसका हाथ पकड़ा और ऊपर खींच लिया।

"क्या बात है पांडुराम?" तेजस्वी के होंठों पर मुस्कान थी—"हमसे नाराज है?"

पांडुराम ने अजीब स्वर में कहा—"तुमसे नाराज होकर मरना है क्या?"

"मगर तू तो साफ-साफ नाराज नजर आ रहा है, खैर ... सुना—क्या हाल हैं?"

''मैं तो वही हूं साब जहां था, लेकिन तुम ...''

''हम तुझे अपनी सरकार में मंत्री बना सकते हैं, बोल, बनेगा?''

पांडुराम ने नफरत से मुंह सिकोड़ लिया—''ऐसी सरकार पर तो मैं थूकना भी पसंद न करूं।''

''ओह, जरूरत से ज्यादा नाराज है!'' तेजस्वी को उसका जवाब सुनने में मजा आया—पांडुराम से खुलकर बातें करने का मन हुआ तो जीप में मौजूद लोगों से बोला—''आप लोग कुछ देर के लिए हमें अकेला छोड़ दें—प्राइवेट बातें करनी हैं और आप सुनें!'' उसने ड्यूटी पर तैनात इंस्पेक्टर से कहा—''सब लोगों को जीप से दूर हटा दें—किसी भी तरफ दस-दस कदम तक कोई नजर नहीं आना चाहिए।''

इंस्पेक्टर और उसके सहयोगी हुक्म का पालन करने में जुट गए।

''क्या तमाशा कर रहे हो साब?'' पांडुराम कह उठा।

''सुनने को दिल चाह रहा है कि तू मेरे बारे में क्या सोचता है?''

''सोचता क्या हूं साब, भले ही तुम चाहे जो बन गए हो मगर मैंने भी अपना चैलेंज तो पूरा कर ही दिया ...।''

''कौन-सा चैलेंज?''

''वर्दी वाला ...।''

''ओह, अच्छा!'' तेजस्वी ठहाका लगा उठा।

पांडुराम ने कहा—''तुम्हारी वर्दी तो उतरवा ही दी मैंने।''

''तेरा ख्याल गलत है पांडुराम, वर्दी उतरवा नहीं दी, बल्कि बदलवा दी।''

''मतलब?''

''देख ... मेरे जिस्म पर मौजूद इस नई वर्दी को देख और सोच, क्या ये वर्दी पिछली वर्दी से कहीं ज्यादा पावरफुल नहीं है—मैं तुझे इस वर्दी का दाता मानता हूं—न तू पिछली वर्दी उतरवाता, न मैं इस नई वर्दी तक पहुंचता।''

''शायद ...।''

''शायद नहीं पांडुराम हंडरेड परसैन्ट ठीक कह रहा हूं मैं—मेरे चारों तरफ जय-जयकार कर रहे बेवकूफों के इस हजूम को देख... मीटिंग में होता तो देखता ... पुरानी वर्दी में जिन लोगों को सर ... सर कहता नहीं थकता था, वे सबके सब साले मुझे बार-बार 'सर' कह रहे थे—तू हार गया पांडुराम, असल में तू बुरी तरह हार गया—तेरे उस वर्दी वाले गुण्डे के जिस्म को पुरानी वर्दी से हजार गुना मजबूत वर्दी ने ढांप लिया—उस वर्दी में मेरे पास ताकत ही कितनी थी, जबकि अब ... ऐसा क्या है जो मैं नहीं कर सकता?''

"हां, मुझे मालूम है तुम देश के टुकड़े-टुकड़े कर सकते हो।" पांडुराम के जबड़े भिंच गए—"चाहो तो देश को बेचकर खा सकते हो।"

"क्या मतलब?"

"बात मेरी समझ में आ गई है साब—रहे तुम वर्दी वाले गुण्डे ही—किसी गुण्डे के जिस्म पर अगर पुलिस की वर्दी हो तो स्थिति केवल कोढ़ में खाज जैसी होती है लेकिन अगर तुम जैसे गुण्डे को ये वर्दी मिल जाए तो स्थिति कोढ़ पर तेजाब डालने जैसी हो जाएगी ... सचमुच उस वर्दी में तुम्हारे पास कोई खास ताकत न थी, मगर यह वर्दी धारण करने के बाद असीमित ताकतों के मालिक बन गए हो ... भले ही इस देश के लोग तुम जैसे अनेक वर्दी वाले गुण्डों को झेल रहे हों, मगर मैं तुम्हें नहीं झेल सकता साब!"

तेजस्वी जोर से हंसा, बोला—"क्या करेगा तू?"

"हाथ जोड़कर प्रणाम करूंगा, चरण स्पर्श करूंगा तुम्हारे!"

कहने के साथ पांडुराम उसके पैरों की तरफ झुका ही था कि तेजस्वी की जाने किस इंद्रिय ने खतरे का आभास पाया—जीप से उछलता हुआ हलक फाड़कर चिल्ला उठा वह—"अरे ... रोको इसे!"

"धड़ाम!"

भयंकर विस्फोट हो चुका था।

इंसानी खून और गोश्त के लोथड़े दूर-दूर तक बिखर गए।

॥ समाप्त॥